KB131252

4321

4 3 2 1

2

폴 오스터 장편소설 김현우 옮김

4 3 2 1
by PAUL AUSTER

Copyright (C) 2017 by Paul Auster
Korean Translation Copyright (C) 2023 by The Open Books Co.
All rights reserved.

This Korean edition is published by arrangement with Carol Mann
Agency through Shinwon Agency Co., Seoul.

이 책은 실로 꿰매어 제본하는 정통적인 사철 방식으로 만들어졌습니다.
사철 방식으로 제본된 책은 오랫동안 보관해도 손상되지 않습니다.

차례

4.4

뉴저지 교외의 고등학생으로 지낸 3년 동안 열여섯 살,
열일곱 살, 열여덟 살의 퍼거슨은 스물일곱 편의 단편
소설을 시작했고, 그중 열아홉 편을 완성했으며, 매일
적어도 한 시간씩 스스로 작업 노트라고 부르는 노트에
이런저런 글쓰기 연습을 하며(언젠가 에이미에게 말했
듯이) 깨어 있고, 깊이 파고들고, 더 나아지기 위해 노력했다.
사물이나 풍경, 아침 하늘, 사람 얼굴, 동물, 눈에 떨어
지는 빛의 효과, 잔디밭에 내리는 빗소리, 나무 타는 냄
새, 안개 속을 걷는 느낌이나 나뭇가지 사이로 부는 바
람 소리 등을 묘사하고, 다른 사람이 되어 보기 위해,
적어도 그들을 더 잘 이해하기 위해 주변 사람들(아버
지, 어머니, 새아버지, 에이미, 노아, 학교 선생님들과
친구들, 페더먼 씨와 페더먼 부인 등)의 목소리로 독백
을 적어 보기도 하고, 때로는 J. S. 바흐나 프란츠 카프
카, 동네 슈퍼마켓 계산원, 이리 래커워너 철도의 차장,

그랜드 센트럴역에서 그에게 1달러를 뜯어 간 수염 난 거지 등의 목소리를 상상해 보고, 존경받고 까다로운, 흉내 낼 수 없는 과거의 작가들을 모방해 보고(예를 들어 호손의 문단을 하나 가져와 그의 문장 구조를 바탕으로 글을 적어 보는 것이다. 호손이 동사를 쓴 자리에는 동사를 쓰고, 명사를 쓴 자리에 명사를, 형용사를 쓴 자리에 형용사를 쓰며 ― 글의 리듬을 몸으로 익히고, 음악 같은 문장이 만들어지는 과정을 느끼는 것이다), 말장난이나 동음이의어, 괴롭히다 ail/맥주 ale, 정욕 lust/상실 lost, 영혼 soul/토양 soil, 탄생 birth/침상 berth처럼 철자 하나만 바꿨을 때 흥미로운 효과가 생기는 표현들을 정리하고, 생각이 막혔을 때는 머리를 비우기 위해 아무렇게나 자동 글쓰기를 하기도 했는데, 예를 들어 유목민 nomad이라는 단어에 영감을 받아 휘갈겨 쓴 4페이지짜리 글은 다음과 같은 문장으로 시작했다. 아니, 나는 미치지 않았다 No, I am not mad. 화가 난 것도 아니다. 다만 당신을 불편하게 할 기회를 달라, 그러면 당신 주머니를 깨끗하게 털어 줄 테니. 단막극도 한 편 썼지만 완성한 후에는 역겨워서 태워 버렸고, 신세계 시민이 쓴 시 중 가장 지저분하고 악취가 진동하는 시도 스물세 편 썼지만, 다 찢어 버린 후에 다시는 시를 쓰지 않겠다고 다짐했다. 그는 대부분은 자신이 쓴 글이 싫었다. 대부분은 자신이 어리석고 재능 없으며, 절대 뭔가를 이룰 수 없을 거라고 생각했지만, 그럼에도 꿋꿋하게 해

나갔고, 자주 실망스러운 결과를 낳았음에도 매일 글 쓰는 습관을 유지하도록 스스로를 다그쳤다. 계속 단련하지 않으면 자신에게는 희망이 없다는 것, 자신이 원하는 작가가 되기까지는 많은 시간이, 자기 몸이 다 자라는 데 걸리는 시간보다 더 많은 시간이 필요하다는 것을 알고 있었고, 매번 뭔가를 써낼 때마다 이전의 글보다는 조금씩 덜 나빠지는 것 같기도 했다. 그는 다음 글 역시 혐오스러운 것으로 밝혀진다 하더라도 자신이 나아지고 있음을 감지했는데, 사실 그로서는 선택의 여지가 없기도 했다. 그 일을 하지 않으면 죽을 것 같았고, 죽어 버린 것들이 종종 자기 안에서 튀어나오는 게 힘들고 불만이었지만, 그럼에도 글 쓰는 일은 그가 했던 그 어떤 일보다 살아 있다는 느낌을 줬고, 귓속에서 단어들이 노래를 시작하고, 책상에 자리 잡고 앉아 펜을 잡거나 타자를 하기 시작하면, 그는 알몸이 된 것 같은 기분, 자신을 향해 몰려오는 커다란 세상을 알몸으로 맞이하는 것 같은 기분이 들었다. 그보다 더 좋은 느낌은 없었고, 자신에게서 벗어나, 머릿속에서 노래하는 단어들 속에서 노래하는 더 큰 세상으로 들어가는 그 느낌에 비견할 만한 건 없었다.

고집 세다. 그게 그 시기의 그를 가장 잘 설명하는 단어였다. 한 해가 지날 때마다 그 전해보다 더 고집이 세졌고, 점점 자기 안에 갇혔고, 누군가 혹은 무언가가 자신을 압박해도 물러서지 않으려 했다. 퍼거슨은 자라면서 강경해졌는데, 아버지를 혐오하는 데 강경했고, 아티 페더먼의 사망 이후에 스스로에게 금지한 것들을 지키는 데 강경했고, 스스로를 의식하기 시작한 무렵부터 자신을 죄수처럼 가둬 놓고 있던 교외 생활에 대한 반감에 있어서도 강경했다. 퍼거슨이 아직 견딜 수 없는 잔소리꾼, 방에 들어서자마자 다른 사람들이 모두 도망하게 만드는 그런 사람이 되지 않을 수 있었던 건, 그가 늘 싸움거리를 찾는 대신 보통은 자기 생각을 드러내지 않았기 때문이다. 학교 친구들은 대부분 퍼거슨이 괜찮은 아이라고 — 가끔 뚱할 때가 있고, 약간 자기 머릿속에만 갇혀 있는 것 같기도 했지만, 늘 화나 있는 친구는 아니고, 결코 따분한 친구도 아니라고 생각했는데, 퍼거슨은 모든 사람이 아니라 몇몇 사람에게만 맞섰기 때문이다. 그는 자신이 맞서지 않는 사람은 좋아하는 경향이 있었고, 좋아하는 사람은 조심스럽지만 사려 깊은 애정으로 대했는데, 사랑하는 사람에 대해서는 마치 개가 주인을 사랑할 때처럼 모든 면을 사랑했고, 절대 판단하지 않고, 절대 비난하지 않고, 절대 나쁜 생각을 하지 않으면서 단지 열렬히 좋아했고 함께 있을 때면 무척 기뻐했다. 그는 자신을 사랑하고 자신 역시 그들을 사랑하는 작은 한 무리의 사람들에게 전적으로 의존하고 있었기 때문에, 그들이 없었다면 행크와 프랭크처럼 모든 걸 삼켜 버리는 소각로에 떨어져 밤하늘에 떠다니는 재가 되고 말았을 것이었기 때문이다.

그는 더 이상 「솔 메이츠」를 썼던 열네 살의 바보 같고 하찮은 소년이 아니었지만 여전히 그 소년의 면모를 지니고 있었고, 앞으로도 자신과 그 소년은 오랫동안 함께 갈 것임을 감지하고 있었다. 낯선 것과 익숙한 것을 통합하는 일, 그게 퍼거슨이 하려는 일이었다. 가장 헌신적인 현실주의자처럼 세상을 가까이에서 관찰하면서, 동시에 다른 시각으로, 조금은 왜곡된 렌즈를 통해 세상을 바라보는 방식을 만들어 내는 일. 익숙한 것만 파고드는 책들은 필연적으로 이미 알고 있는 것들만 가르쳐 줬고, 낯선 것만 파고드는 책들은 알 필요가 없는 것들만 가르쳐 줬다. 퍼거슨이 무엇보다 원했던 건 감각적인 대상과 무기력한 사물만 있는, 그렇게 눈에 보이는 세상뿐 아니라, 보이는 것 뒤에 숨은 거대하고 신비한, 보이지 않는 힘까지도 담고 있는 이야기를 쓰는 일이었다. 그는 어지럽히고 혼란을 불러일으키기를 원했고, 사람들이 왁자지껄하게 웃거나 두려움에 부들부들 떨게 만들고, 그들의 마음을 찢어 놓고 정신을 망가뜨리고, 그들 자신의 분신과 바보 같은 춤을 추는 정신 나간 소년들처럼 만들어 주고 싶었다. 그랬다, 톨스토이는 언제나 감동적이었다. 그랬다, 플로베르는 최고의 문장을 만들어 보여 줬다. 그럼에도, 비록 퍼거슨이 안나 K.와 에마 B.의 극적이고 갈수록 극단적으로 치닫는 삶을 즐겁게 읽기는 했어도, 인생의 그 단계에서 퍼거슨에게 가장 강력한 영향력을 행사한 소설 속 인물들은 카프카의 K, 스위프트의 걸리버, 포의 핌, 셰익스피어의 프로스페로, 멜빌의 바틀비, 고골의 코발료프, 그리고 M. 셸리의 괴물이었다.

2학년 때 시도한 것들은 다음과 같다. 어느 날 아침에 일어나서는 자기 얼굴이 달라졌음을 알게 되는 남자 이야기, 외국 도시에서 지갑과 여권을 잃어버린 후 먹을 걸 구하기 위해 자기 피를 파는 남자 이야기, 매달 첫째 날마다 이름을 바꾸는 여자아이 이야기, 논쟁 후에 절교하지만 결국 양쪽 다 잘못된 주장을 하고 있었던 두 친구 이야기, 사고로 아내를 살해한 후 이웃의 모든 집을 밝은 빨간색 페인트로 칠하기로 결심한 남자 이야기, 말하는 법을 잊어버린 후 시간이 지날수록 점점 더 행복해지는 여자 이야기, 가출을 했다가 집으로 돌아오기로 결심하지만, 부모님이 사라져 버렸음을 알게 되는 10대 소년 이야기, 어떤 젊은 남자에 관해 글을 쓰는 젊은 남자에 관해 글을 쓰는 젊은 남자에 관해 글을 쓰는 젊은 남자 이야기……

헤밍웨이는 문장을 더욱 세심하게 살피는 법, 문단을 구성할 때 각각의 단어나 음절이 지닌 무게를 가늠하는 법을 알려 줬다. 비록 헤밍웨이가 가장 잘 쓴 글들은 충분히 존경할 만했지만 그의 작품은 퍼거슨에게 큰 울림을 주지 못했는데, 그 남성적인 허세와 좀처럼 말이 없는 금욕주의가 좀 웃긴다고 생각했고, 그런 까닭에 헤밍웨이는 그에게는 더 심오하고 더 까다로운 조이스보다 뒤떨어지는 작가였다. 열여섯 살 생일에 돈 이모부는 또 한 더미의 책을 선물로 줬는데, 그중에 그때까지 들어 본 적 없었던 이사크 바벨이 있었고, 그는 곧장 퍼거슨이 세상에서 가장 좋아하는 단편소설 작가가 되었다. 하인리히 폰 클라이스트(이모부가 쓴 첫 번째 평전의 주인공이었다)는 곧장 퍼거슨이 세상에서 두 번째로 좋아하는 단편소설 작가가 되었다. 하지만 그중에서 가장 귀한 책, 말할 것도 없이 소중하고, 영원한 지침서 역할을 하게 될 책은, 시그넷 출판사에서 나온 45센트짜리 페이퍼백인 『월든』과 『시민 불복종』의 합본, 소설과 시의 경계에 있는 그 책이었다. 소로가 장편소설이나 단편소설을 쓰는 작가는 아니었지만, 존경스러울 정도로 투명하고 정확한 문장을 쓰는 작가였고, 너무나 아름답게 구성된 문장을 만들어 내는 창작자였기 때문에, 퍼거슨은 마치 그 아름다움이 자신의 턱을 강타하고 머리에 피가 쏠리게 하는 것만 같았다. 완벽했다. 단어 하나하나가 정확한 자리에 떨어진 것 같았고, 문장 하나하나가 그 자체로 작은 작품, 호흡과 생각이 담긴 독립적인 단위들인 것만 같았다. 그런 산문을 읽을 때의 짜릿함은 한 문장에서 다음 문장으로 넘어갈 때 소로가 얼마나 크게 걸음을 옮길지 알 수 없다는 점에서 왔는데 — 어떤 때는 몇 센티미터에 불과했고, 어떤 때는 몇 미터나 몇 킬로미터, 또 어떤 때는 대단히 먼 거리였다 ─ 그런 불규칙한 거리감이 주는 불안정한 느낌에서 퍼거슨은 자신의 글쓰기를 새롭게 바라보는 법을 배울 수 있었다. 소로가 했던 작업은 자신이 쓴 모든 문단에서 반대되는 두 가지, 서로 섞일 수 없는 두 가지 충동을 하나로 통합하는 일이었는데, 퍼거슨은 그 두 충동을 각각 통제하려는 충동과 위험을 무릅쓰려는 충동이라고 불렀다. 그게 비결이라고, 그는 느꼈다. 온통 통제만 하려고 하면 바람이 통하지 않는, 숨 막히는 결과가 나온다. 온통 위험을 무릅쓰려고만 하면 혼돈과 난해함만 낳게 된다. 하지만 둘을 함께 놓으면, 그때는 뭔가에 닿을 수 있을지도 모르고, 그때는 머릿속에서 노래하는 단어들이 종이 위에서도 노래하고, 폭탄이 터지고 건물이 무너지면서 세상이 다른 세상처럼 보이기 시작할지도 모른다.

하지만 소로에게는 문체 이상의 뭔가가 있었다. 거기에는 자기 자신이고자 하는 원초적인 욕구, 주변 사람들에게 상처를 주는 한이 있더라도 자신 이외의 그 어떤 것도 되지 않으려는 욕구가 있었고, 점점 더 고집이 세져 가던 퍼거슨, 청소년기의 퍼거슨에게 더욱 호소력 있게 다가온 큰 고집이 있었다. 퍼거슨은 소로에게서 평생 청소년으로 남을 수 있었던 남자의 모습을 봤는데, 그건 말하자면 자신의 원칙을 포기하지 않은 남자, 타락하고 변절한 어른이 되어 버리지 않은 남자, 용감한 소년인 채 쓰라린 결말을 맞이하는 남자였고, 그건 정확히 퍼거슨이 상상하는 자신의 미래 모습이었다. 스스로를 대담하고 독립적인 존재로 만들어야 한다는 그런 영적인 명령 외에도, 소로의 글에는 돈이 모든 걸 지배한다는 미국적 전제에 대한 비판적 검토가 있었고, 미국 정부를 부정하고 그 정부의 행위에 항의하는 과정에서 감옥에 가는 것도 마다하지 않는 태도가 있었고, 그리고, 당연하게도, 세상을 바꿔 놓은 사상이 있었다. 퍼거슨이 태어나고 다섯 달 후에 인도가 독립할 수 있게 했던 사상, 현재 미국 남부에 새롭게 퍼져 나가고 있고, 아마도 미국 또한 바꿔 놓을 사상, 바로 시민 불복종, 부당한 법의 폭력에 비폭력으로 맞선다는 사상이었다. 『월든』 이후로 120년이 지났지만 달라진 건 거의 없다고, 퍼거슨은 생각했다. 멕시코와 미국의 전쟁은 베트남 전쟁이 되었고, 흑인 노예 제도는 이제 KKK가 장악하는 주 정부들에서 시행되는 짐 크로 법이 되었을 뿐이다. 그리고 소로가 남북 전쟁으로 치닫던 시기에 책을 썼듯이, 퍼거슨은 자신 역시 세상이 다시 한번 크게 갈라서려는 시기에 글을 쓰고 있다고 느꼈다. 어머니가 짐과 에이미의 아버지와 결혼식을 했던 주를 전후로 텔레비전과 신문을 통해, 남베트남에서 미국이 지원하는 응오딘지엠 체제에 항의하는 뜻으로 자기 몸을 태워 버리는 승려들의 모습을 세 번이나 보면서, 퍼거슨은 자신의 고요했던 소년기가 끝나 버렸음을 알게 되었다. 그런 끔찍한 희생 제의가 증명하는 건, 만일 사람들이 평화를 위해 기꺼이 목숨을 바칠 수도 있는 거라면, 점점 확대되어 가는, 그 나라에서의 전쟁이 결국 아주 커져서 모든 걸 가려 버리고, 모든 이들을 눈멀게 하리라는 점이었다.

새집은 메이플우드가 아니라 사우스오렌지에 있었지만, 두 동네는 같은 교육 위원회 소속이었기 때문에 퍼거슨과 에이미는 지역 내 유일한 고등학교인 컬럼비아 고등학교에 계속 다녔다. 1963년 8월 2일, 두 사람의 부모님이 결혼할 무렵 이미 둘은 10학년을 마친 상태였고, 11개월 전 퍼거슨의 옛날 집 뒷마당에서 나눈 기운 빠지는 대화는 거의 잊고 있었다. 에이미는 남자 친구를 사귀었고, 퍼거슨 역시 여자 친구를 사귀었으며, 둘의 남매 같은 우정은 정확히 에이미가 기대했던 대로 탄탄하게 유지되고 있었는데, 이제 둘이 정말로 남매가 되었기 때문에 그 과거의 비유는 굳이 말할 필요도 없는 게 되어 버렸다.

옛날 집을 판 돈은 퍼거슨의 아버지가 모두 가져갔지만, 댄 슈나이더먼은 더 옛날 집, 어린 퍼거슨이 떠나고 싶지 않았던 메이플우드의 첫 번째 집을 여전히 갖고 있었고, 그 집을 2만 9천 달러에 팔고 나서 사우스오렌지에 있는 좀 더 큰 집을 3만 6천 달러에 살 수 있었다. 댄과 결혼한 후에는 아버지가 보내 주던 수표가 더 이상 오지 않았기 때문에 퍼거슨의 어머니는 거의 무일푼이었지만, 댄은 이제 빈털터리가 아니었다. 그와 리즈는 결혼 초기에 두 사람 모두 15만 달러짜리 생명 보험에 가입했는데, 리즈의 끔찍한 이른 죽음 후에 그 보험금을 수령하고 나니 애들러, 퍼거슨, 슈나이더먼 집안 사람들이 모인 새로운 가족은 당분간은 돈이 아쉽지 않았다. 그 돈의 출처, 그러니까 말기 암이 돈으로 바뀐 것임을 생각하면 무시무시했지만, 리즈는 죽었고 삶은 계속되어야 했으므로 그들로서는 거기에 순응하는 것 외에 다른 선택이 없었다.

모두들 새집을 좋아했다. 심지어 퍼거슨도, 작은 동네에 사는 데 반대하고 뉴욕, 혹은 세계 어디든 대도시로만 갈 수 있다면 거의 모든 걸 포기할 수 있었던 그도 괜찮은 선택이라고 했다. 1903년에 지었다는, 우드홀 크레슨트라는 외딴 지역의 막다른 길에 흰색 물막이 판자를 대서 만든 그 집이 지난 7년 동안 그가 억지로 살아야 했던 음침한 〈침묵의 성〉보다는 뼈를 두기에 훨씬 나은 곳이었다. 네 개의 침실에 더해 침실을 하나 더 둘 수도 있었지만, 짐의 침실이 될 수도 있었을 방하나는 댄의 작업실로 쓰기로 했고, 아무도 그 점을 불편하게 생각하지 않았다. 특히 무덤덤한 짐이 그랬는데, 가끔씩만 집에 왔던 그는 거실 소파에서 자는 데 아무 불만이 없었고, 짐 본인이 신경 쓰지 않는다면 다른 가족들도 굳이 신경 쓸 필요가 없었다. 중요한 건 그들이 모두 함께 있다는 사실이었고, 퍼거슨이 댄을 인정하고, 에이미와 짐이 퍼거슨의 어머니를 인정하고, 댄이 퍼거슨을 인정하고, 퍼거슨의 어머니가 에이미와 짐을 인정했기 때문에 모두 평화롭게 자리를 잡았고, 두 동네에 떠도는 소문, 그러니까 지난 시간의 그 모든 곡절과 소동 — 사망, 이혼, 재혼, 새집, 성욕으로 가득한 10대 둘이 같은 집에서 나란히 지내는 것 등 — 을 겪은 후에, 우드홀크레슨트 7번지의 그 집에서 뭔가 이상하고 부자연스러운 일, 바람직하다고 할 수 없는 일이 벌어지고 있다는 소문 따위는 전혀 신경 쓰지 않았다. 댄이라는 남자는 안됐지만 고생하는 예술가로밖에 보이지 않았는데, 그 말은 재치는 있지만 제멋대로인 떠 있는 사람(유대인들이 보기에는), 혹은 정치적 성향이 의심스러운 장발의 비순응주의자(유대인이 아닌 사람들이 보기에는)라는 뜻이었다. 스탠리 퍼거슨의 아내는 어쩌자고 그 많은 돈을 포기해 가면서 결혼을 끝장낸 다음 그런 인물과 합친 걸까?

퍼거슨에게 찾아온 가장 큰 변화는 어머니가 댄 슈나이더먼과 결혼한 일과는 아무 관련이 없었다. 따지고 보면 어머니는 이전에도 결혼한 상태였고, 댄은 그의 아버지보다 나은, 어머니와 더 잘 어울리는 남편이었기 때문에 퍼거슨은 그 결합을 지지했고, 그다음엔 그 일에 관해 따로 생각하지 않았는데, 그럴 이유가 없었다. 오히려 그가 생각했던 건, 자기 삶의 기본 조건과 관련해 훨씬 중요했던 변화, 즉 자신이 더 이상 외아들이 아니라는 사실이었다. 어렸을 때 그는 남동생이나 여동생이 생기게 해달라고 기도했고, 혼자 지내지 않게 아기를 만들어 달라고 몇 번이나 어머니에게 간청했지만, 어머니는 그건 불가능하다고, 이제 어머니 안에 다른 아기는 없다고 했고, 그 말은 세상이 끝날 때까지 그만이 어머니의 하나뿐인 아치일 거라는 뜻이었다. 시간이 지나면서 퍼거슨은 자신의 고독한 운명을 받아들이게 되었고, 생각이 많고 몽상적인 사람이 되어서 이제는 방에 처박혀 책을 쓰는 어른이 되기를 원하고 있었다. 대부분의 아이들이 형제자매를 통해 얻게 되는 시끌벅적한 즐거움이나 혈기 넘치는 우애 같은 건 누릴 수 없었지만, 한편 어린 시절을 지옥 같은 시기, 싸움이 끊이지 않는 시기로 만들어 버리는 갈등이나 증오, 결국엔 평생의 씁쓸함이나 혹은 영원히 정신 이상에 시달리게 하는 그런 것들 또한 피할 수 있었다. 퍼거슨의 어린 시절 소원은 열여섯 살의 누나와 스무 살의 형이라는 형태로 이뤄졌지만, 너무 늦었고, 너무 오랫동안 유예되어 왔기 때문에 이제는 큰 소용이 없었다. 짐은 대부분 집에 없었고 에이미는(지난여름 자신의 고백을 거절한 데 대해 그녀에게 오랫동안 불만을 품고 있었지만) 다시 그의 가장 친한 친구가 되었지만, 그로서는 외아들로 지냈던 이전의 삶을 그리워하지 않을 수 없는 시기가, 비록 그 삶이 지금의 삶보다 훨씬 나빴다고 해도, 종종 있었다.

그가 에이미를 사랑했던 방식으로 에이미 역시 그를 사랑해 줬다면 달랐을 것이다. 만약 둘이서 새로운 환경의 이점을 최대한 활용해 몸과 관련한 다양한 종류의 장난에 탐닉했더라면, 부모님이 보지 않는 곳에서 즉흥적으로 부도덕한 짓을 했다면, 나란히 붙은 각자의 침실 어느 한쪽에서 욕망으로 가득한 은밀한 난장판을 벌이거나 한밤의 만남을 가졌더라면, 그래서 사랑과 위대한 정신 건강을 위해 각자 동정을 잃을 수 있었더라면 달랐겠지만, 에이미는 그런 일에는 관심을 보이지 않았다. 에이미는 정말로, 그리고 진심을 다해 그의 누나가 되려 했고, 섹스에 미친 퍼거슨은, 자신의 성기를 발가벗은 여자아이의 몸에 넣고 동정을 떼어 버리는 게 인생 최대의 목적이었던 퍼거슨은, 그런 현실을 받아들이지 않았더라면 자신이 얻을 수 없는 걸 원하는 데서 오는 초조함으로 폭발해 버렸을 것이다. 거절당한 욕망은 이내 독이 되어 온몸으로 퍼져 나가고, 일단 혈관이나 신체 기관들을 가득 채우고 나면 뇌로 올라와 두개골을 뚫고 터져 나왔을 것이기 때문이다.

새집에서 보낸 처음 몇 주가 그에게는 가장 힘들었다. 에이미와 단둘이 있을 때마다 그녀의 얼굴을 붙잡고 키스를 퍼붓고 싶은 마음을 억눌러야 했고, 밤마다 발기된 상태에서, 바로 옆방에 있는 그녀와 함께 침대로 들어가는 것에 관한 몽상을 다스려야 했을 뿐 아니라, 그 외에도 적응해야만 하는 일상이 수없이 많았다.

대부분은 서로의 사생활을 침범하는 일을 어떻게 피할 것인가 하는 문제였는데, 공유 공간에서 어떻게 함께 지낼 것인가에 관한 매우 엄격한 규칙(노크하기, 욕실에서 나오기 전에 깨끗하게 정리하기, 자기가 먹은 그릇은 직접 설거지하기, 허락받기 전에는 상대의 숙제 베끼지 않기, 상대의 방 기웃거리지 않기 등이었는데, 그러니까 퍼거슨은 에이미의 일기장을 훔쳐보면 안 되고, 에이미는 퍼거슨의 작업 노트나 습작을 훔쳐보면 안 된다는 뜻이었다)이 세워지기 전까지 몇 주 동안은 어색한 순간이 몇 번 있었고, 엄청나게 민망한 일도 두 번이나 있었다. 에이미가 욕실 문을 열었을 때 샤워를 마친 퍼거슨이 발가벗은 채 변기에 앉아 자위하고 있는 순간이 있었고 — 그녀는 나는 못 봤어!라고 외치며 문을 닫았다 — 퍼거슨이 방에서 나왔을 때 에이미가 몸에 수건을 두른 채 복도를 걸어오는 순간도 있었다. 갑자기 수건이 흘러내리며 그녀의 새하얀 몸이 드러났고, 깜짝 놀란 퍼거슨은 의붓누나의 작은 젖꼭지가 있는 가슴과 갈색 음모를 처음으로 봤다. 에이미는 씨발! 이라고 큰 소리로 외쳤고, 퍼거슨은 너한테도 몸이라는 게 있나 싶었는데, 이제 확실히 알았네라고 재치 있게 받아쳤다. 에이미는 웃음을 터뜨리고 팔을 들어 야한 자세를 취하며 그럼 이제 비긴 거네, 딕 선생님이라고 말했다. 둘 다 좋아하는 『데이비드 코퍼필드』에 등장하는 우스꽝스러운 인물에 대한 언급이면서, 동시에 며칠 전에

그녀가 욕실에서 본 장면을 암시하는 말이었다.[1]

퍼거슨에게 여자 친구가 있는 건 사실이었지만, 에이미의 바키스 씨가 하려고만 한다면[2] 기꺼이 그 여자 친구를 버렸을 거라는 점 역시 사실이었다. 하지만 그런 일은 일어나지 않았고, 퍼거슨은 절대 자신에게는 허락되지 않는 몸을 보고 나니 그 몸을 상상하며 스스로를 괴롭히는 고통에서 벗어날 수 있었다. 그건 작은 진전이라고, 결국엔 〈영원한 슬픔이라는 바닥없는 우물〉에 자신을 빠뜨리고 말았을 건강하지 못한 강박에서 스스로를 구해 내는 첫걸음이라고 퍼거슨은 생각했다. 그에 대한 보상으로 그는 여자 친구의 몸에 집중해 보려고 애썼는데, 아직 발가벗은 모습은 허리 위로밖에 보지 못했지만, 11학년이 시작되고 다시 만난 후에는 둘 다 더 대담하고 더 앞뒤 가리지 않게 되었기 때문에 희망을 가져 볼 수 있었다. 에이미와의 관계에서 자신이 어디에 서 있는지, 혹은 그녀를 어떻게 대해야 할지 알 수 없는 상황에서 힘든 여름을 보낸 후에, 퍼거슨은 그냥 포기하기로, 자신의 무기고를 모두 태워 버리고 완전 항복을 선언하는 문서에 서명하기로 마음먹었고, 그 순간부터 에이미라는 누나의 동생 역할에 충실

---

1 딕Dick은 찰스 디킨스 소설 『데이비드 코퍼필드』의 등장인물이면서 남근을 지칭하는 단어이기도 하다. 이하 모든 주는 옮긴이 주이다.

2 바키스Barkis 역시 『데이비드 코퍼필드』의 등장인물이다. 〈바키스 씨가 하려고만 한다면〉은 바키스가 코퍼필드의 유모 클라라에게 구애하는 뜻으로 반복하는 표현 〈Barkis is willin'〉을 암시한다.

해지기로 했다. 그것만이 그녀를 계속 사랑하고 계속 사랑받을 수 있는 유일한 방법임을 알게 되었기 때문이다.

가끔은 싸우기도 했고, 가끔은 에이미가 소리를 지르며 문을 쾅 닫고 그에게 욕하기도 했으며, 가끔은 퍼거슨이 자신의 방에 처박혀서 저녁 내내 그녀와 말을 한 마디도 나누지 않은 채, 그렇게 열 시간이나 열두 시간 동안 완전히 갈라져서 지낼 때도 있었지만, 대부분 둘은 사이좋게 지냈다. 요컨대 둘의 우정은 퍼거슨이 그냥 친구 이상의 관계가 되고 싶다는 생각을 떠올리기 이전의 상태로 되돌아갔지만, 이제 두 사람은 새로 결혼한 부모님과 우드홀크레슨트의 집에서 함께 살고 있었기 때문에 그 우정에 어떤 밀도가 더해졌는데, 서너 시간씩 더 길고 더 친밀한 대화를 하다 보면 늘 어느 시점엔가 에이미의 어머니와 아티 페더먼의 죽음에 관한 이야기로 이어지곤 했다. 함께 시험공부를 하는 시간도 늘어났고(덕분에 퍼거슨의 성적은 평균 B+에서 종종 A-도 받는 정도로 올랐고, 에이미의 성적은 대부분 A나 A-였다), 함께 담배를 피우고, 함께 술을 마시고(대부분은 맥주였는데, 긴 녹색 병에 든 싸구려 롤링록이나 그보다 더 싼, 땅딸한 갈색 병에 든 올드 밀워키였다), 텔레비전에서 해주는 옛날 영화를 함께 보고, 더 많은 음반을 함께 듣고, 진 러미 카드 게임을 더 많이 함께 하고, 뉴욕에 더 자주 함께 나가고, 더 많이 농담하고, 더 많이 놀리고, 정치에 관해 더 많이 논쟁하고, 더 많이 웃고, 상대 앞에서 코를 파거나 방귀를 뀌는 것도 점점 더 신경 쓰지 않게 되었다.

학교에는 총 2천1백 명 이상의 학생들이 있었는데, 학년당 7백 명이 조금 넘는 숫자였다. 메이플우드와 사우스오렌지에 속한 동네들의 중등 교육을 책임지는 그 공장 같은 곳에는 개신교도와 가톨릭교도, 유대교도가 섞여 있었고, 블루칼라 노동자 집안 아이들과 부유한 화이트칼라 상류층 집안 아이들도 있기는 했지만 대부분은 중산층 아이들이었고, 영국, 스코틀랜드, 이탈리아, 아일랜드, 폴란드, 러시아, 독일, 체코슬로바키아, 그리스, 헝가리 출신 집안의 아이들이 있었지만 아시아 출신 학생은 한 명도 없었고, 유색인 학생은 전교를 통틀어 스물네 명뿐이었다. 덕분에 그곳은 에식스 카운티 내의 수많은 단일 인종 학교 중 하나가 되었고, 심지어 그때까지도, 그러니까 제2차 세계 대전이 끝나고 죽음의 수용소를 해방한 지 19년, 20년이 되었어도 두 동네에는 반유대인 정서가 남아 있었고, 그런 정서는 대부분 수군거림이나 침묵, 오렌지 론 테니스 클럽 같은 곳에서 암묵적으로 이뤄지던 출입 금지 조치 등에서 드러났다. 그보다 나쁜 경우도 종종 있었는데, 퍼거슨과 에이미는 그들이 열 살이 되었을 때 메이플우드의 유대인 친구네 집 앞 잔디밭에서 누군가가 십자가를 불태웠던 일을 한시도 잊지 않고 있었다.

　두 사람과 같은 학년에 속한 7백 명이 넘는 학생 중 3분의 2 이상은 대학에 진학할 예정이었다. 일부는 전국 최고의 사립 대학에 진학하고, 일부는 동부 해안을 따라 늘어선 중간 정도의 사립 대학에 진학하고, 일부는 뉴저지의 주립 대학에 진학할 것이었다. 대학에 가지 않는 남학생들에게는 군대와 베트남이 기다리고 있었고, 그 후에는, 만약 〈그 후〉라는 게 있다면, 자동차 정비소의 정비공이나 주유소 직원, 제빵사나 장거리 트럭 운전사가 되거나, 배관공, 전기 기사, 목수 등으로 꾸준히 혹은 띄엄띄엄 일하거나, 경관이나 소방관, 보건소 직원으로 20년을 채우거나, 아니면, 도박이나 도둑질, 혹은 무장 강도라는 위험이 큰 일에서 대박을 꿈꿀 것이었다. 대학에 가지 않는 여학생들의 경우에는, 결혼 후 주부가 되는 방법, 비서 학교, 간호 학교, 미용 학교, 치기공사 학교에 가는 방법 등이 있었고, 사무실이나 식당, 여행사에서 일하며 태어난 곳에서 반경 15킬로미터 정도를 벗어나지 못한 동네에서 남은 평생을 보낼 가능성도 있었다.

　물론 예외는 있었다. 대학에 진학하지도 않고 그렇다고 동네에 계속 머무르지도 않는 여학생들이 있었는데, 퍼거슨이 평생 봐온 뉴저지 여학생들과는 완전히 다른 과거와 미래를 지닌 여학생들이 종종 있었고, 그 중 한 명이 우연히도 고등학교 첫 번째 영어 시간에 그의 앞에 나타났다. 짙은 머리에 짙은 피부색, 예쁘지도 않고 안 예쁘지도 않은 특이한 용모가 퍼거슨의 눈에 띄었는데, 그 모든 특징이 한데 모인 그녀는 마치 동물원에 갇힌 겁 없는 짐승처럼, 조용히 우리 밖을 응시하며 누가 자신에게 먹이를 줄 만큼 용감한 사람인지 살피는 것 같았다. 수업을 시작한 먼로 선생님이 20여 명의 학생들을 한 명 한 명 가리키며 각자 이름을 말하고 자기소개를 해달라고 했을 때, 퍼거슨은 짙은 머리 여학생의 영어에서 영국식 억양을 듣고는 조금의 망설임도 없이 그녀를 좋아하기로 마음먹었다. 어딘가 다른 곳에서 온 여학생이 뉴저지 교외 출신 여학생들보다 당연히 더 매력적이었기 때문이기도 했지만, 그때는 뒷마당에서 에이미에게 거절당하고 정확히 일주일이 지난 시점이었기 때문에, 그에게는 완전한 자유, 누구든 눈에 띄기만 하면 쫓아다닐 수 있는 진절머리 나는 자유가 있었다. 다행히도 에이미는 그해에는 같은 영어 수업을 듣지 않았고, 그 말은 그가 에이미의 눈이 없는 곳에서 짙은 머리 여학생을 쳐다보고, 그녀에게 접근하고, 구애하고, 결국 그녀를 차지할 계획을 짤 수 있다는 의미였다. 자신의 그런 의도를 지켜보는 에이미가 없는 곳에서는, 마음대로 그런 의도를 드러낼 수 있었다.

데이나 로즌블룸은 영국이 아니라 남아프리카 공화국 출신이었다. 모리스와 글래디스 로즌블룸 부부가

요하네스버그에서 낳은 네 딸 중 둘째였고, 현재 미국에 사는 이유는 부유한 공장주인 데이나의 아버지가 자본주의 기업가일 뿐 아니라 사회주의자이기도 해서, 1948년부터 남아프리카 공화국을 장악하고 있는 인종차별주의적 정부에 강력히 반대하며 적극적으로 맞서는 활동을 하고 있었기 때문이다. 그런 전복적 활동이 남아프리카 사법 당국에 큰 타격을 줘서 정부에서는 그를 감옥에 수감하려 했고, 감옥은 모리스의 건강은 물론 가족의 사기에도 좋지 않을 것이었기 때문에, 여섯 명의 가족은 공장과 요하네스버그의 집, 자동차, 고양이, 말, 지방의 별장, 배, 그리고 현금의 대부분을 그대로 남겨 둔 채 황급히 남아프리카를 떠나 런던으로 갔다. 모든 걸 가진 상태에서 거의 아무것도 가진 게 없는 상태로 전락했고, 예순두 살이 된 데이나의 아버지는 몸이 약해져서 더 이상 일할 수 없었기 때문에, 훨씬 젊은 그녀의 어머니, 퍼거슨의 짐작으로는 40대 중반일 듯한 그 어머니가 런던에서 가족의 생계를 책임졌다. 어머니는 3년 만에 해러즈 백화점에서 확고하게 자리를 잡으며 그 일을 훌륭하게 해냈고, 해러즈에서 최고의 성과를 낸 후에는 뉴욕의 색스피프스 애비뉴 백화점에서 두 배의 봉급을 받으며 더 중요한 일을 하는 자리로 옮겼다. 그렇게 로즌블룸 가족은 1962년 봄에 미국 땅을 밟았고, 그렇게 뉴저지주 사우스오렌지의 메이휴 드라이브에 있는 커다랗지만 낡은 집에 자리를 잡았고, 그렇게 데이나 로즌블룸은 먼로 선생님이 담당하는 컬럼비아 고등학교 10학년 영어 수업에서 퍼거슨보다 두 줄 앞에 앉게 되었다.

북아프리카인들의 가무잡잡한 피부색이 섞인 남아프리카 백인, 동유럽 출신 집안이지만 더 위로 거슬러 올라가면 중동의 사막까지 나오는, 독일과 북구의 문학에 등장하는 이국적인 유대인, 19세기 오페라나 컬러 영화에 등장하는 집시, 에스메랄다와 바쎄바, 데스데모나가 하나로 합쳐진 듯한 모습에, 검은색 불꽃같이 제멋대로 자란 곱슬머리를 왕관처럼 얹고 다니는 소녀, 날씬한 팔다리와 홀쭉한 엉덩이, 수업 시간에 노트 필기를 할 때면 약간 구부정해지는 어깨와 목덜미, 느릿느릿한 동작, 절대 서두르지도 늘어지지도 않는 침착하고 부드러운 동작, 레반트 지역 요부 같은 외모와 달리 따뜻하고 애정이 넘치는 단단한 소녀. 여러 면에서 그녀는 퍼거슨이 끌렸던 여학생 중 가장 평범한 사람이었는데, 린다 플래그 같은 미인은 아니었고, 에이미처럼 똑똑하지도 않았지만, 그 둘보다 더 성숙하고 더 안정감이 있었다. 그녀와 그녀의 가족이 겪은 일들 때문이었겠지만 그녀는 퍼거슨보다도 더 성숙했는데, 경험이 많고 구속 같은 것에 얽매이지 않는 관능주의자이기도 해서 퍼거슨의 접근도 잘 받아 줬다. 머지않아 그는 그녀가 자신에게 푹 빠졌고, 에이미처럼 자신에게 험한 말을 마구 쏟아 내지는 않을 것임을 알게

되었다. 논쟁하기 좋아하는 슈나이더먼은 둘의 부모님
이 결혼하기 전 저녁 식사를 자주 했던 그해의 어느 저
녁에, 식사 후 퍼거슨이 파이프를 꺼내 물고 불을 붙이
자 그 자리에서 웃음을 터뜨린 적이 있었다. 작가라면
당연히 책상에 앉아 글을 쓸 때 파이프 담배를 피워야
할 것 같았기 때문에 그도 하나 마련한 것이었는데, 그
녀는 그 일로 그를 아주 혹독하게 놀려 먹었다. 가식적
인 멍청이, 역사상 가장 어리석은 소년이라고 했는데, 데이
나 로즌블룸은 퍼거슨뿐 아니라 그 누구에게도 그런
말은 하지 않을 것 같았다. 그래서 그는 요하네스버그
와 런던을 거쳐서 온 짙은 눈의 전학생에게 구애했고,
그녀를 차지했다. 그가 유혹의 기술을 제대로 알고 행
동했기 때문이 아니라 그녀 쪽에서 그에게 빠졌기 때
문에, 유혹당하기를 원하고 있었기 때문이다.

그는 그녀와 사랑에 빠지지 않았고, 절대 사랑에 빠
지지 않을 것이었다. 처음부터 그는 데이나가 자신이
찾는 커다란 열정의 대상이 될 수 없음을 알았지만, 그
의 몸이 손길을 필요로 했고, 그는 누군가와의 친밀한
관계를 갈망하고 있었다. 데이나는 그를 잘 만져 주고
키스해 줬으며, 너무 잘해 줘서 종종 그녀의 애무에 담
긴 육체적 쾌락은 인생의 그 시기에 그가 원하고 있던
커다란 열정마저 잊어버리게 했다. 접촉과 키스가 많
은 작은 열정으로도 당분간은 충분할 듯했고, 알몸을
확인하고 11학년 겨울에 본격적인 섹스까지 하고 나자

그로서는 충분한 것 이상으로 만족스러웠다.

　그를 사랑하는 집시 소녀와 말없이 하는 동물적인 섹스, 표정과 몸짓과 접촉만으로 이뤄지는 소통, 가장 사소한 문제에 관한 언급을 제외하면 말은 거의 없었고, 에이미나 그의 상상 속 미래 여자 친구와의 관계와 달리 그건 정신들끼리의 만남이 아니었다. 몸들끼리의 만남, 몸들 사이의 이해, 아무런 방해물이 없는 만남, 퍼거슨으로서는 너무 새로운 경험이어서 그는 종종 둘만 있던 방 안에서 자신들이 했던 행동을 떠올리며 몸을 부르르 떨 때도 있었다. 피부는 행복으로 불타오르는 것 같았고, 서로의 몸을 키스로 뒤덮을 때면 온몸에서 땀이 흘렀다. 그녀는 그에게 대단히 친절했고, 그의 두려움과 자기 탐닉적인 절망도 잘 받아 줬고, 자신이 그를 사랑하는 것보다 그가 자신을 덜 사랑한다는 점도 신경 쓰지 않았다. 하지만 두 사람 모두 자신들의 관계는 일시적인 것에 지나지 않음을 알고 있었고, 미국은 그의 장소일 뿐 그녀의 장소는 아님을, 그녀는 졸업 후 열여덟 살 생일까지만 거기 머무를 뿐이고, 때가 되면 이스라엘의 갈릴리호(湖)와 골란고원 사이의 공동 농장으로 떠날 것임을 알고 있었다. 그녀가 원하는 건 그뿐이었다. 대학도 아니고, 책도 아니고, 그 어떤 대단한 일도 아니었고, 그저 다른 사람들과 함께 몸 둘 곳을 찾고 그녀를 쫓아내지 않는 나라에 머무르기 위해 필요한 일을 하는 것뿐이었다.

결국 그녀가 지겨워지는 때가 왔고, 그에게 가장 중요한 일들에 아무 관심을 보이지 않는 그녀와의 관계에 시큰둥해지는 때가 왔다. 함께 학교에 다니는 기간 내내 그는 중심을 잡지 못한 채 이리저리 떠다녔고, 다른 여학생들에게 눈길을 주고, 데이나가 텔아비브의 친척 집에 가 있던 여름 동안 다른 여학생들과 어울리기도 했지만, 그는 그녀와의 관계를 완전히 끝낼 수는 없었다. 그녀의 다정함이 계속 그를 다시 붙잡았는데, 그 착한 마음에서 나오는 다정함에는 저항할 수 없었다. 그리고 섹스도 필요했다. 섹스를 하고 있는 몇 분 혹은 몇 시간 동안은 다른 모든 걸 지워 버릴 수 있었고, 자신이 태어난 이유, 세상에 있는 이유를 알 것 같았다. 성생활의 시작, 진짜 삶의 시작이었고, 학교 안의 다른 여학생들과는 생각도 못 했을 생활이었다. 린다 플래그와 노라 맥긴티, 데비 클라인먼은 모두 확고한 동정, 철로 만든 정조대를 차고 있을 것 같은 고리타분한 애들이었고, 그런 까닭에, 비록 그의 애정이 오락가락하기는 했지만, 그는 자신이 데이나 로즌블룸을 만나고 불가피한 상황이 닥칠 때까지 그녀와 헤어지지 않아도 된다는 게 운이 좋은 일임을 알고 있었다. 데이나는 자신을 그에게 내줬을 뿐 아니라 자기 가족까지 소개해 줬는데, 퍼거슨은 그 가족도 모두 사랑하게 되었다. 그런 가족이 존재할 수 있다는 사실 자체를 사랑하게 되었고, 매번 그 집에 발을 들이고 로즌블룸 집안 특유의 분위기에 젖어 들 때마다 너무 행복해서 그곳을 떠나고 싶지 않았다.

퍼거슨은 오랫동안 그 집안의 분위기를 그렇게 특별하게 만들어 주는 게 뭔지, 자신이 가본 다른 집들의 분위기와 다르게 만들어 주는 게 뭔지 이해해 보려 했지만 정확히 정의 내릴 수는 없었다. 근사함과 단조로움이 뒤섞인 분위기가 아닐까 하고 종종 생각했는데, 그렇다고 근사함이 단조로움 때문에 망쳐지지 않고, 단조로움 역시 근사함에 영향받지 않는 그런 분위기였다. 부모님이 보여 주는 우아하고 아름다운, 절제된 영국식 예절이 아이들의 무절제한 태도와 함께 있었는데, 그렇다고 어느 한쪽이 다른 쪽을 싫어하는 건 아니어서, 집 안에는 언제나, 심지어 데이나의 두 여동생이 거실에서 소리를 지를 때도 평화로운 분위기만 가득 넘치는 것 같았다. 장면 하나. 키가 크고 날씬한, 귀족 같은 로즌블룸 부인이 색스피프스 애비뉴의 사무실에 출근할 때 입는 샤넬이나 디오르의 정장 차림으로, 큰딸 벨라와 피임에 관한 이야기를 침착하게 나누고 있다. 벨라는 미국에 도착한 후 비트족이 되었는데, 어머니의 말에 차분하게 귀를 기울이는 내내 검은색 터틀넥 스웨터를 입고, 검은색 아이라이너를 그리며 서서히 너구리 같은 모습이 되어 간다. 장면 둘. 몸집이 작고 조금 야윈 듯한 로즌블룸 씨가 회색 콧수염을 기르고 실크 애스콧타이를 두른 모습으로 막내딸 레슬리에게 단정한 손 글씨의 장점에 관해 이야기하고 있다. 마르고 키가 작은 아홉 살의 레슬리는 무릎이 딱지투성이이고 입고 있는 원피스의 주머니 안에서는 반려 햄스터 로돌포가 자고 있다. 그런 게 로즌블룸 집안의 분위기, 혹은 순간적으로 발산되는 어떤 느낌이었는데, 그 가족이 함께 겪어야 했던 고난들을 고려하면, 모든 걸 잃어버리고 세상의 다른 곳에서 완전히 새로 시작하고, 또 다른 곳에서 다시 한번 새로 시작한다는 게 어땠을지를 생각하면, 퍼거슨은 그처럼 용감하고 탄탄한 가족이 또 있을까 하는 생각이 들었다. 그게 그 집안의 분위기였다. 살아 있다는 것, 지금부터는 각자의 방식대로 살면 되고, 신들이 우리에게 등을 돌리고 영원히 우리를 돌보지 않는다고 해도 상관하지 않는다는 것.

로즌블룸 씨에겐 배울 점이 많다고 퍼거슨은 판단했다. 예순여섯 살인 데이나의 아버지는 이제 일을 하지 않고 대부분의 시간을 집에서 책을 읽고 담배를 피우며 보냈는데, 퍼거슨은 종종 그를 만나러 갔고, 주로 학교에서 돌아온 직후, 늦은 오후의 햇빛이 거실을 비추며 가구들 사이로 복잡한 그림자가 떨어지는 시간이었다. 거기 그렇게, 소년과 노인은 반은 어둡고 반은 환한 방에 함께 앉아, 특별한 주제도 없이, 정치부터 미국 생활의 특별함에 이르기까지 생각나는 대로 이야기를 나눴다. 가끔은 책이나 영화, 그림에 관해 토론할 때도 있었지만, 대부분은 로즌블룸 씨가 과거에 겪었던, 사소하지만 매력적인 일화들을 들려주곤 했다. 유럽으로 향하는 증기선에서 폭풍우를 만난 일, 본인의 젊은 시절에 유행한 재치 있는 말들, 맨 처음 마티니를 한 모금 마셨을 때 온몸을 타고 흘렀던 충격에 가까운 쾌감, 그래머폰 음반들, 라디오, 여성들의 다리에서 흘러내린, 말아서 신는 실크 스타킹 등, 전혀 의미 없고 아무런 깊이도 없지만 듣고 있으면 매혹적인 이야기들이었다. 퍼거슨은 로즌블룸 씨가 남아프리카에서 겪었던 문제들에 관해서는 좀처럼 말하지 않는다는 걸 눈치챘다. 그리고 그런 말을 하더라도 그의 목소리에서는 망명 중인 사람에게서 예상되는 원한이나 분노, 혹은 적개심이 전혀 느껴지지 않았는데, 바로 그 점이 퍼거슨이 로즌블룸 씨에게 끌렸던 이유이고, 그와 함께 있는 게 그렇게 즐거웠던 이유이다 — 그가 고통을 겪었던 사람이어서가 아니라, 고통을 겪었음에도 여전히 농담을 던질 수 있는 사람이었기 때문이다.

로즌블룸 씨는 퍼거슨이 쓴 이야기들은 읽지 않았을 뿐 아니라 퍼거슨이 쓴 글은 단 한 자도 읽지 않았지만, 지난 몇 달 동안 퍼거슨을 혼란스럽게 했던 문제, 그대로 뒀더라면 몇 년 동안 그를 괴롭혔을 문제를 해결해 준 사람이기도 했다.

아치, 어느 오후에 노인이 말했다. 일상생활에는 좋은 이름이지만 소설가로 좋은 이름은 아니네, 그렇지?

아니죠, 퍼거슨이 말했다. 비극적일 만큼 적합하지

않죠.

아치볼드라고 해도 크게 나아지지는 않아, 그렇지?

전혀 나아지지 않아요. 더 나쁘죠.

그럼 너는 작품을 책으로 낼 때가 되면 어떻게 할 계획이지?

일단 책을 낼 수 있어야겠죠.

뭐, 한번 가정을 해보는 거지. 생각하고 있는 대안이 있니?

딱히 없어요.

딱히 없는 거니, 전혀 없는 거니.

전혀요.

음, 로즌블룸 씨는 그렇게 말하고는, 담배에 불을 붙이고 창밖을 내다봤다. 한참 후 그가 물었다. 중간 이름이 뭐지? 있니?

아이작이요.

로즌블룸 씨는 담배를 크게 한 모금 들이켠 후에 방금 들은 두 음절의 이름을 반복했다. 아이작이라.

제 할아버지 이름이에요.

아이작 퍼거슨.

아이작 퍼거슨. 이사크 바벨이나 아이작 바셰비스 싱어처럼요.

괜찮은 유대인 이름인데, 그렇게 생각하지 않니?

퍼거슨은 아니지만, 아이작은 확실히 그렇네요.

아이작 퍼거슨, 소설가.

아치 퍼거슨은 일반인, 아이작 퍼거슨은 작가.

나쁘지 않은 것 같은데, 네 생각은 어떠니?

전혀 나쁘지 않아요.

두 사람이 한 이름 안에 있는 거지.

아니면 한 사람이 두 이름에 모두 있는 건지도 모르죠. 어느 쪽이든 좋아요. 어느 쪽이든 제 책에는 그 이름으로 서명할래요. 아이작 퍼거슨. 그러니까 당연히 제가 책을 낼 수 있다면 말이지만요.

그렇게 겸손해할 것 없다. 네가 책을 내게 되면 그때 그렇게 해.

그 대화가 있고 6개월 후, 두 사람이 거실에 앉아 남아프리카의 오후 햇살과 뉴저지의 오후 햇살의 차이에 관해 이야기를 나누던 중에, 로즌블룸 씨는 의자에서 일어나 방 반대편으로 갔다가 책 한 권을 가져왔다.

네가 이 책을 읽어 봐도 좋을 것 같구나. 그는 퍼거슨의 손에 부드럽게 책을 건네며 말했다.

앨런 페이턴의 『울어라, 사랑하는 조국이여: 황폐함 속의 위안에 관한 이야기』였고, 런던 베드퍼드 스퀘어 30번지, 조너선 케이프 출판사에서 발간한 책이었다.

퍼거슨은 감사하다고 인사하며 사나흘 안에 돌려주겠다고 했다.

돌려줄 필요는 없고, 로즌블룸 씨가 다시 의자에 앉으며 말했다. 너 주는 거야. 나한테는 더 이상 필요 없으니까.

책을 펼쳐 본 퍼거슨은 첫 장에 다음과 같은 메모가 있는 걸 발견했다. 1948년, 9월 23일. 생일 무지 축하해, 모리스 — 틸리와 벤이. 두 사람의 서명 아래 굵은 대문자로 두 단어가 더 적혀 있었다. 굳건하게 지내자.

아버지 돈은 받지 않기로 했기 때문에, 또 한 번의 여름을 아버지 상점에서 일하면서 보내는 건 고려할 가치도 없었다. 동시에, 아버지 돈을 받지 않으려면 직접 돈을 벌어야 했지만, 그가 있는 세상에서는 두 달짜리 여름 일자리를 구하기가 쉽지 않았고, 어디서 일자리를 찾아야 할지도 알 수 없었다. 이제 열여섯 살이 된 그는 천국 캠프에 가서 식당 종업원으로 일할 수도 있었지만, 거기서는 캠프 마지막 날 방문한 학부모들이 주는 2백 달러 내외의 하찮은 팁 외에 다른 수입은 기대할 수 없었고, 그뿐만 아니라 이미 캠프를 졸업한 퍼거슨은 그곳에 절대 돌아가고 싶지 않았다. 아티 페더먼이 죽는 장면을 목격했던 그 땅에 발을 들여놓는다는 생각만으로도 그는 그 죽음을 다시 목격하는 것 같았다. 그 장면이 반복되고 또 반복되면서, 아티의 입에서 희미하게 새어 나왔던 어, 하는 탄식이 퍼거슨 본인의 입에서 튀어나오고, 퍼거슨 본인이 잔디밭에 쓰러지고, 퍼거슨 본인이 죽어 버릴 것만 같았다. 캠프 식당 종업원 수당이 한 끼당 4백 달러라고 해도 그곳에 가는 건 불가능해 보였다.

10학년 봄 학기, 8월 초에 어머니의 결혼식이 예정되어 있고 퍼거슨으로서는 아무 해결책도 보이지 않는 상황에서, 짐이 자신의 고등학교 친구, 몸무게가 104킬로그램 정도 나가는 미식축구 태클 출신인 아니 프레이저를 소개해 줬다. 아니는 럿거스 대학에서 첫해에 낙제하고 메이플우드와 사우스오렌지에서 이사 업체를 운영하고 있었는데, 보유 차량이라고는 흰색 셰비 승합차 한 대뿐이었고, 사업은 오직 현금만 받고 비공식적으로 운영하는, 보험도 없고, 정식 직원도 없고, 공식적인 사업 조직도 없고, 신고하는 소득이 없기 때문에 세금도 내지 않는 회사였다. 퍼거슨은 다음 해 3월까지는 운전을 할 수도 없었지만, 프레이저는 영장이 나와 6월 말에 딕스 기지로 가야 했던 조수를 대신해 차선책으로 퍼거슨을 고용하기로 했다. 짐의 친구는 상근으로 1년을 일해 줄 사람을 찾고 있었지만, 짐이 프레이저의 친구가 된 건 고등학교 파티에서 벌어진 위기 상황에서 그의 쌍둥이 여동생을 구해 줬기 때문이었고(그녀를 몰아붙이던 술에 취한 라크로스팀 선수를 때려눕혔다), 그 일로 짐에게 진 빚이 있었던 프레이저는 짐의 부탁을 거절할 수가 없었다. 그렇게 퍼거슨은 발을 들였고, 이사 업체 직원으로서의 경력이 시작되었고, 1963년부터 1965년까지 매해 여름 그 일을 했는데, 다음 해에는 새로운 직원이 척추 원반 탈출증으로 갑자기 일을 그만뒀기 때문이었고, 세 번째 해에는 프레이저가 차량을 한 대 더 마련하면서 급히 두 번째 기사가 필요했기 때문이었다. 가끔씩 육체적으로 너무 힘들었고, 해마다 처음 일을 시작하고 6~7일 동안은 온몸에 있는 근육의 절반 정도가 쑤셨지만, 그는 그런 육체노동이 글쓰기라는 정신노동과 좋은 짝이 된다는 사실을 알게 되었는데, 일 덕분에 좋은 몸 상태를 유지할 수 있고, 분명한 목적(사람들의 물건을 한 곳에서 다른 곳으로 옮겨 준다는)에 봉사한다는 점 외에도, 다른 사람들에게 말하지 않으면서 자기만의 생각에 깊이 빠져들 수 있다는 점이 좋았다. 그와 달리 육체노동이 아닌 일을 하는 경우에는 자기 머리를 써서 다른 사람들이 돈을 벌게 해줄 뿐 대가로 돌아오는 돈은 형편없기 마련이다. 퍼거슨의 수당은 아주 적었지만 매번 일을 마칠 때마다 5달러, 10달러, 가끔은 20달러 지폐가 손에 들어왔고, 아직 수백만 명이 베트남에서 불타며 국가 경제를 망가뜨리기 전이어서 일거리도 많았기 때문에, 그는 매주 2백 달러에 가까운 돈을 세금도 내지 않고 벌 수 있었다. 그렇게 퍼거슨은 3년 동안 여름마다 침대와 소파를 짊어진 채 좁은 계단을 올랐고, 골동품 거울과 루이 15세 시대의 접이식 책상을 뉴욕의 실내 장식가 사무실로 옮겼고, 펜실베이니아, 코네티컷, 매사추세츠의 기숙사에 들어가거나 거기서 나오는 대학생들의 이사를 도왔고, 낡은 냉장고나 고장 난 에어컨을 동네 폐기물 처리장에 버렸고, 그 과정에서 사무실에 앉아 일하거나 그러닝스 식당에서 시끄러운 아이들에게 아이스크림을 만들어 주는 일을 했다면 평생 만날 수 없었을 사람들을 많이 만났다. 그뿐만 아니라 아니는 그를 잘 대해 줬고, 존중해 줬다. 퍼거슨의 스물한 살 된 사장님이 1964년 대선에서 골드워터에게 투표했고, 하노이에 핵폭탄을 떨어뜨리고 싶어 했다는 건 사실이었지만, 똑같은 그 아니 프레이저가 두 번째 차량을 구입한 후에는 흑인을 두 명 고용해 직원을 네 명으로 늘렸다는 것 또한 사실이었다. 퍼거슨이 일했던 마지막 여름에, 그는 두 흑인 직원 중 한 명이었던 리처드 브링커스태프와 함께 차를 타고 다니는, 값을 매길 수 없는 특혜를 누릴 수 있었다. 어깨가 넓고 배가 나온 거인이었던 리처드는, 퍼거슨이 다음 목적지까지 차를 몰고 가는 동안 옆자리에서 창밖을 내다보며 교외 지역의 텅 빈 도로와 여기저기 구멍이 파인 도심 거리, 차량이 많은 산업 도로의 스치는 풍경을 유심히 받아들였고, 자신을 기쁘게 하는 일이든, 슬프게 하는 일이든, 화나게 하는 일이든 모두 똑같이 단조로운 목소리로 중얼거리곤 했다. 그는 자기 집 앞마당에서 콜리종 반려견과 놀고 있는 여자아이를 가리킬 때나, 바우어리나 커낼 인근의 교차로를 흐느적거리며 걷는 주정뱅이를 가리킬 때나 모두 정말 예쁘구나, 아치, 정말 예뻐라고 말했다.

　퍼거슨은 자기 아버지가 아들 문제를 어떻게 하면

좋을지 전혀 감도 잡지 못하고 있다는 걸 알았다. 우선 책을 쓴다는 애매한 일을 하고 싶어 하는 사람을 이해하는 게 아버지에게는 불가능한 일이었는데, 아버지에게 그 일은 환상에 빠진 바보짓, 가난과 실패, 그리고 정신을 망가뜨리는 실망감으로 이어지는 확실한 길이기 때문이었다. 그뿐만 아니라 제대로 자란 자기 아들이, 본인이 혼자 힘으로 일으킨 전통적인 미국식 사업체의 혜택을 태어날 때부터 받고 자란 그 아들이, 자신에게 주어진 인생에서 발전과 성공으로 나아갈 기회를 놓아 버리고, 국세청을 속여 먹는 바보 같은 대학 중퇴자 밑에서 평범한 노동자로 일하며 몇 해 여름을 허비하고 있기 때문이었다. 아들이 돈을 번다는 건 전혀 잘못된 게 아니었지만, 문제는 그 돈이 더 큰 돈으로 이어지지 않는다는 점, 그런 종류의 밑바닥 일을 하면 늘 밑바닥에 머물 수밖에 없다는 점이었는데, 자기 아들이 미래에 공장 노동자나 화물선 선원으로 생계를 유지하게 될 거라고 생각하면 아버지는 부끄러워서 견딜 수가 없었다. 의사가 되고 싶어 했던 아들에게 무슨 일이 생긴 걸까? 왜 모든 일이 잘못되어 버린 걸까?

그게 퍼거슨이 짐작한 자신에 대한 아버지의 생각, 실제로 아버지가 아들 생각을 했다면 떠올렸을 것 같은 생각이었다. 아버지의 입장이 되어 써본 2~3페이지짜리 독백에서 퍼거슨은 아버지의 사고방식을 이해해 보려 애썼고, 자신이 아는 스탠리 퍼거슨의 어린 시

41

절 일들을 더 깊이 파고들어 가보려 했다. 할아버지가 살해당한 후, 늘 소리를 지르고 사실상 신경 쇠약 상태였던 할머니가 가사를 책임지면서 겪어야 했던 가난하고 힘들었던 시절, 그다음에는 아무도 설명해 주지 않은, 아마 영원히 이해할 수 없을 두 형의 갑작스러운 캘리포니아 이주가 있었고, 그 후에는 지상에서 가장 돈이 많은 사람, 다른 이들이 신이나 섹스, 훌륭한 작품을 믿듯이 돈만을 믿는 위대한 수익의 선지자가 되겠다는 압박감에 시달렸다. 돈이 구원이자 성취였고, 돈이 모든 것에 대한 궁극적인 판단 기준이었으며, 그 믿음을 거부하는 사람은 바보나 겁쟁이에 불과했다. 전처와 아들은 확실히 그런 바보이자 겁쟁이였는데, 두 사람의 머릿속에는 소설이나 싸구려 할리우드 영화에서 내놓는 허풍만이 가득했고, 일이 그렇게 된 건 대부분 전처의 책임이었다. 한때 그가 사랑해 마지않던 로즈가 아들을 아버지에게서 멀어지게 했고, 아들을 살살 꼬드겨서 진정한 자아를 발견한다느니, 독창적인 운명을 만들어 가야 한다느니 하는 나약하고 말도 안 되는 생각들을 주입했다. 이제 그 모든 피해를 복구하기에는 너무 늦어 버렸고 아들도 잃어버렸다.

그럼에도, 그런 사정을 감안하더라도, 아버지가 왜 여전히 극장에서나 텔레비전 앞에서 꾸벅꾸벅 조는지, 왜 재산이 점점 늘어나는 상황에도 더 가난하고 빡빡하게 지내며, 한 달에 두 번씩 아들과 저녁 식사를 할 때마다 소란스러운 싸구려 식당에만 데려가는지 그 이유는 알 수가 없었다. 퍼거슨과 어머니가 나온 후에 왜 아버지는 메이플우드의 집을 파는 대신 다시 그 집으로 들어갔는지, 그리고 왜 「솔 메이츠」를 인쇄까지 했던 양반이 퍼거슨의 다른 이야기에 관해서는 한 번도 묻지 않고, 우드홀크레슨트에서 새아버지나 의붓형제들과 어떻게 지내는지도 묻지 않는지, 왜 어느 대학에 가고 싶은지도 묻지 않고, 케네디 대통령의 암살에 관해 한 마디도 하지 않고, 대통령이 총을 맞았다는 사실 자체에도 전혀 신경을 쓰지 않는 것처럼 보이는지, 그 이유를 알 수가 없었다. 아버지의 머릿속으로 들어가 살아 있는 뭔가를, 다른 사람과 이어져 있는 뭔가를 찾아보려 하면 할수록 퍼거슨은 점점 더 갈피를 잡을 수가 없었다. 퍼거슨에게는 훨씬 더 복잡한 로즌블룸 씨, 속마음을 대부분까지는 아니더라도 많은 부분 세상에 드러내지 않는 그 사람이 아버지보다는 더 이해하기 쉬웠다. 아버지는 일을 하고 있지만 로즌블룸 씨는 그렇지 않다는 사실로 두 사람의 차이를 모두 설명할 수는 없었다. 댄 슈나이더먼도 일을 했다. 그의 아버지처럼 하루에 열두 시간이나 열네 시간을 쏟아붓는 대신 하루에 일고여덟 시간씩 일주일에 5~6일을 꾸준히 일했고, 세상에서 가장 빛나는 예술가는 아니었지만 자신의 소박한 재능의 한계를 알고 작업에서 즐거움을 찾는 사람이었고, 본인 표현에 따르면 붓으로 먹고사는 자영업 기술자로서 그럭저럭 생활을 꾸려 나가고 있었다. 당연히 스탠리 퍼거슨이 쓸어 담고 있는 만큼의 큰 돈을 벌지는 못했지만 그럼에도 씀씀이는 그보다 너그러웠는데, 새 아내에게 새 자동차를 사준 것만 봐도 그런 면모를 잘 알 수 있었고, 덕분에 퍼거슨과 에이미는 운전면허 시험을 통과한 후에 어머니가 타던 옛날 폰티액을 함께 소유하게 되었다. 그뿐 아니라 댄은 주변 사람들의 생일마다 근사한 모빌이나 작은 회전 조각상 같은 선물을 직접 만들어 줬고, 갑자기 외출해서 식사를 하거나, 음악회에 가거나, 영화를 보기도 했고, 딸에게는 물론 퍼거슨에게도 용돈을 주겠다고 고집을 부렸다 — 여름 방학 동안 일해서 번 돈은 은행에 넣어 두고 둘이 고등학교에 다니는 동안은 건드리지 않는 게 좋겠다며 일주일에 한 번씩 둘에게 똑같이 용돈을 줬다 — 하지만 그의 너그러운 면모를 가장 잘 보여 주는 건 성격 자체였는데, 활달한 기질과 애정이 가득한 염려, 소년 같은 모습, 장난기, 포커 같은 사행성 게임에 대한 열정, 내일을 무시하고 오늘에 집중하는 다소 무모한 태도 등이 퍼거슨의 아버지와 너무 달라서, 아들이면서 의붓아들이기도 한 그는 그 두 사람이 같은 인류의 구성원이라는 사실을 받아들이기가 어려웠다. 그리고 댄의 형인 길버트 슈나이더먼도 있었다. 퍼거슨의 새로운, 놀랄 만큼 지적인 삼촌이었는데, 줄리아드에서 전임으로 음악사를 가르치며 곧 출간될 음악 백

과사전의 고전 작곡가 항목을 하나씩 써나가는 등 누구보다 열심히 일하는 사람이었다. 돈 이모부 역시 일을 하고 있었는데, 절친 노아에게는 다혈질이고 종종 심술궂기도 한 아버지였지만, 쉬지 않고 일하면서 몽테뉴 평전을 계속 써나가는 와중에 한 달에 두 개 혹은 세 개씩 서평을 꼭꼭 쏟아 냈다. 심지어 아니 프레이저도, 낙제생이자 병역 면제자, 국세청을 갉아먹는 전직 미식축구 선수도 엉덩이에 불이 나게 일을 하고 있었지만, 퍼거슨이 익히 알게 되었다시피, 그 아니는 매일 밤 여섯 병 묶음의 뢰벤브로이 맥주를 마시고 서로 다른 동네에 사는 세 명의 여자와 동시에 연애도 하고 있었다.

퍼거슨은 아버지와 함께 있을 때 화내지 않으려고 애썼다. 심지어 댄 슈나이더먼이 퍼거슨에게 용돈을 주기로 했다는 말을 들었을 때 가전제품의 왕이 반가워하는 걸 보면서도 크게 놀랐을 뿐 화내지는 않았다. 법적으로나 도덕적으로나 그에게 용돈을 줘야 하는 사람은 그의 아버지였지만, 한편으로 퍼거슨은 아버지도 화가 나 있을 거라고, 그가 아니라 어머니에게 화가 나 있을 거라고 짐작했다. 어머니는 이혼을 독촉했을 뿐 아니라 이혼 후에는 그렇게 빨리 재혼해 버렸고, 그에 맞서 아버지는 아들에 대한 책임을 외면해 버림으로써, 원하지 않게 돈을 쓰지 않아도 된다는(최근에는 거의 모든 지출을 원하지 않았다) 구두쇠로서의 보상을 챙기는 동시에, 그런 지출을 전처의 새 남편에게 넘겨 버리는 만족까지 덤으로 얻은 것이다. 소소한 적대감과 괴롭힘이 교차하는 벼룩 서커스 같은 장난질이라고, 퍼거슨은 생각했다. 아버지에게는 마음을 더욱더 닫게 되었지만, 아버지가 용돈을 주는 의무를 저버린 건 오히려 잘된 일인지도 몰랐다. 퍼거슨 쪽에서는 설사 아버지가 용돈을 준다고 해도 거절했을 테고, 그로서는 용돈을 받지 않기로 한 결정, 적대적인 행위이자 거의 선전 포고에 가까운 그 결정으로 아버지와 부딪치고 싶지 않았기 때문에, 굳이 아버지에게 먼저 싸움을 걸고 싶은 생각은 없었다. 그저 아버지와의 만남을 가능한 한 조용하게 넘기고 싶었고, 서로에게 상처를 줄 수도 있는 일은 생기지 않기를 바랄 뿐이었다.

아버지에게 받는 용돈도 없고 — 야구도 없었다. 아티 페더먼의 유령이 여전히 주위를 맴돌았고 퍼거슨은 약속을 어길 수 없었기 때문이다. 다른 운동은 할 수 있었지만 그 어떤 것도 야구만큼 중요하지는 않았고, 고등학교 첫해에 후보 농구팀 포워드로 뛰었던 퍼거슨이 다음 해에 대표 팀에서는 뛰지 않기로 하면서 그가 팀 종목에 참여하는 일은 갑자기 그리고 영원히 끝나 버렸다. 한때 그에게는 운동이 전부였지만, 그건 『죄와 벌』을 읽기 전, 데이나 로즌블룸과의 섹스를 발견하기 전, 첫 담배를 피우고 첫 술을 한 모금 삼키기 전, 혼자 방 안에 앉아 소중한 노트에 단어들을 채워 가며 저녁 시간을 보내는 미래의 작가가 되기 전의 일이었고, 여전히 운동을 좋아하기는 했지만 이제 그것들은 느긋하게 즐기는 수준으로 떨어지고 말았다 — 터치 풋볼, 픽업 농구, 새집 지하실에서 치는 탁구, 그리고 가끔 일요일에 댄과 어머니와 에이미와 함께 치는 테니스 정도였다. 보통은 복식이었는데, 아이들 대 어른들, 혹은 아버지-딸 대 어머니-아들로 짝을 맞춰서 했다. 그런 운동은 죽기 아니면 살기로 달려들었던 소년 시절의 전투가 아니라 그저 기분 전환을 위한 오락일 뿐이었다. 열심히 뛰고, 땀을 흘리고, 시합에 이기거나 지고, 집에 돌아와 샤워를 하고 담배를 피우는 것. 그래도 그건 여전히 아름다웠고 특히 그가 가장 사랑하는 운동, 금지된 야구가 그랬는데, 그는 다시는 야구를 하지 않을 테지만, 플러싱 지구에 새로 창단한 메츠 팀은 계속 응원했다. 하지만 9회 말 2 아웃, 주자가 두 명 있는 상황에서 추 추 콜먼이 타석에 들어선다고 해도 서구 세계의 운명이 그 선수에게 달려 있는 것처럼 절박해하지는 않았다. 콜먼이 삼진을 당하면 의붓형과 새아버지는 괴롭게 신음했지만, 퍼거슨은 그저 고개를 끄덕이거나 가로젓고는 자리에서 일어나 조용히 텔레비전을 껐다. 추 추 콜먼은 삼진을 당하기 위해 세상에 나온 사람이었고, 그가 삼진을 당하지 않는다면 메츠는 메츠가 아니었다.

매달 두 번씩 아버지와 저녁을 먹고, 두 달에 한 번씩 뉴로셸에서 페더먼 가족과 저녁을 먹었다. 페더먼 가족과의 식사는 퍼거슨이 불안해하면서도 절대 빠지지 않고 지킨 의식 같은 일이었는데, 그로서는 아티의 부모님이 왜 자신을 계속 부르는지 분명히 알 수가 없었고, 사실 원하지도 않으면서, 사실 그 식사 자리에 가면 늘 두려움에 시달리면서도 왜 자신은 그 먼 길을 가서 그분들을 만나는 건지 점점 더 알 수가 없어졌다. 흐릿했다. 각자의 동기는 이미 생각나지 않았고, 그나 페더먼 부부나 양쪽 모두 자신들이 무엇을 하고 있는지, 왜 계속 그렇게 하는지 이해할 수 없었지만, 그럼에도 그렇게 하고 싶은 충동은 처음부터 있었다. 장례식 후 페더먼 부인은 그를 안으며 그가 언제까지나 자신들의 가족일 거라고 말했다. 퍼거슨은 장례식 후 거실에서 열두 살의 실리아와 나란히 앉아 있을 때 이제 자신이 오빠라는, 언제까지나 돌봐 주겠다는 말을 어떻게 꺼내야 할지 몰라 애를 먹었다. 그들은 왜 그런 말을 하고, 그런 생각을 했던 걸까? — 그런 게 도대체 무슨 의미였을까?

그와 아티는 단 한 달 동안만 친구였다. A. F. 쌍둥이가 탄생할 만큼은 충분히 긴 시간이었고, 아주 길고 친밀한 우정이 시작되기에는 충분한 시간이었지만, 어느 한쪽이 다른 한쪽의 가족 구성원이 되기에 충분한 시간은 아니었다. 친구가 죽기 전까지 퍼거슨은 랠프 페더먼과 셜리 페더먼을 만나 보지도 못한 상태였다. 심지어 그는 두 사람의 이름도 몰랐지만, 페더먼의 부모님은 아들이 천국 캠프에서 보냈던 편지들 덕분에 그에 관해 알고 있었다. 그 편지들이 핵심이었다. 수줍고 말이 적었던 아티가 새로 사귄 훌륭한 친구에 관해 부모님에게 털어놓았고, 그런 까닭에 두 분은 퍼거슨을 만나기도 전에 그가 훌륭한 아이임을 알고 있었다. 그러다 아티가 죽었고, 사흘 후에 그 훌륭한 친구가 장례식에 나타났고, 그는 자신들의 아들과 꼭 닮은 모습은 아니었지만 그래도 많이 비슷한 아이, 키가 크고 튼튼한, 똑같이 운동을 잘하는 남자아이, 같은 유대인이고, 학교 성적이 좋은 아이였다. 자신들의 아들을 잃어버린 바로 그 시점에 그런 아이가, 아들이 형제라고 불렀던 아이가 그들의 삶에 등장했다는 사실이 그들에게 강한 영향을 미쳤을 거라고, 퍼거슨은 추론했다. 마치 사라져 버린 아들이 신들을 설득해 다른 소년을 그들 앞에 보내 준 것만 같은, 죽어 버린 아들과 맞바꾼, 살아 있는 사람들의 세상에 있는 아들을 본 듯한 기이한 느낌이었을 것이다. 그래서 퍼거슨과 계속 연락함으로써 그들은 아들이 서서히 자라면서 어른이 되어 갔다면 어떤 모습이었을지, 열네 살이 열다섯 살이 되고, 열다섯 살이 열여섯 살이 되고, 열여섯 살이 열일곱 살이 되고, 열일곱 살이 열여덟 살이 되면서 점차 거쳐 갔을 그 변화들을 볼 수 있었다. 그건 일종의 연기임을 퍼거슨은 깨달았고, 또 한 번의 일요일 저녁 식사를 위해 뉴로 셀에 갈 때마다, 그는 더 충실하게 자기 자신이 되려는 척, 최대한 온전히 그리고 진심으로 자기 모습을 보여 주려는 척 연기했다. 그들은 모두, 실제로 지각하지는 못했겠지만, 자신들이 연기를 하고 있다는 걸 알았다. 아치는 절대 아티가 될 수 없었는데, 그가 원하지 않았기 때문이 아니라 살아 있는 이는 절대 죽은 이를 대신할 수 없었기 때문이다.

좋은 분들이었다. 친절하고 모나지 않은 분들이었고, 가로수가 늘어선 거리에 있는 작고 하얀 집에 살고 있었다. 같은 거리에는 두세 명의 자녀와 흰색 차고에 든 자동차 한두 대가 있는, 역시 열심히 일하는 중산층 이웃이 소유한 작고 하얀 집들이 늘어서 있었다. 랠프 페더먼은 키가 크고 마른 40대 후반의 남성이었는데, 약제사였고 뉴로셀 상업 구역의 중심가에 있는 세 개의 약국 중 가장 작은 약국을 소유하고 있었다. 셜리 페더먼 역시 키가 크고 말랐고, 남편보다 몇 살이 어렸다. 헌터 대학을 졸업한 그녀는 지역 도서관에서 시간제로 일했으며, 지역 및 전국 선거가 있으면 민주당 후보의 선거 운동원으로 활동했고, 브로드웨이 뮤지컬을 좋아했다. 두 사람 모두 퍼거슨을 꽤나 존중해 줬는데, 아마도 그가 아들에 대한 의리 때문에 자신들의 초대에 계속 응하는 데 고마워하는 것 같았고, 그를 잃고 싶지 않았기 때문에 저녁 식사 자리에서는 조용히 앉아 퍼거슨이 주로 이야기를 하게 했다. 실리아는 거의 말을 하지 않았지만 그의 말에 귀를 기울이고, 부모님 두 분보다 더 집중해 들었는데, 소심하고 슬픔에 빠졌던 어린 아이가 자신감 있는 열여섯 살 고등학생으로 변화하는 과정을 지켜보면서 퍼거슨은 바로 그녀가 자신이 계속 그 집을 찾는 이유라는 생각을 했다. 그녀가 아주 똑똑하다는 건 이전부터 알았지만 이제 그녀는 또한 예뻐지기까지 하고 있었는데, 날씬하고 백조처럼 팔다리가 긴 유형의 미인이었고, 그와 어울리기에는 아직 어렸지만 한두 해만 더 지나면 더 이상 그렇지 않을 테고, 그의 머릿속 헤아릴 수 없는 깊은 곳에는 언젠가 자신이 실리아 페더먼과 결혼할 운명이라는, 그녀 오빠의 이른 죽음이라는 부당함을 만회하기 위해 그녀와 결혼하는 식으로 자신의 삶이 흘러가리라는 막연한 생각이 자리 잡고 있었다.

그가 이야기를 해야 했다. 그냥 거기 앉아서 예의 바른 대화만 나누는 게 아니라 진짜로 말하고, 그들이 그를 이해할 수 있게 본인 이야기를 해야 했고, 처음 몇 번의 만남 후에는 실제로 그렇게 했는데, 그들에게 자신에 관해, 당시 자기 주변에서 벌어지던 일들에 관해 이야기했다. 그때쯤에는 아티에 관한 이야기는 점점 줄어들어 갔는데, 같은 자리에 계속 머무르기만 하는 건 너무 소름 끼치는 일이었기 때문이다. 퍼거슨은 처음 아홉 달 동안 페더먼 씨의 머리가 짙은 갈색이었다

가, 갈색과 회색이 뒤섞였다가, 대부분 회색이 되었다
가, 완전히 하얗게 변해 버리는 과정을 목격했고, 아티
의 아버지가 얼마 동안 점점 야위어 갔던 반면 어머니
는 점점 살이 쪄서 1961년 10월까지 4킬로그램 넘게
늘고, 1962년 3월까지 7킬로그램, 9월까지 9킬로그램
정도 느는 것도 지켜봤는데, 아티의 죽음 이후 그들의
영혼에 어떤 변화가 생기고 있는지를 그런 신체 변화
가 잘 보여 줬다. 그들의 아들이 열 살 소년들의 리틀
야구 리그에서 너무나 뛰어났고 과학과 수학에서는 늘
A+를 받았다는 이야기 같은 건 더 이상 꺼낼 필요가
없었고, 퍼거슨은 그 저녁 식사 시간을 잘 보내기 위한
새로운 전략을 만들어 냈는데, 그건 아티를 몰아내고
그들이 뭔가 다른 생각을 하게 만드는 것이었다.

그들의 아들 때문에 야구를 그만뒀다는 이야기는 절
대 하지 않았고, 에이미 슈나이더먼을 향한 성적인 생
각에 관해서도 한 마디도 하지 않았고, 데이나 로즌블
룸과의 섹스 이야기도 하지 않았고, 어느 날 밤 에이미
의 남자 친구 마이크 러브와 함께 술을 너무 많이 마셔
서 신발과 바지에 다 토했다는 이야기도 하지 않았다.
하지만 그런 비밀과 점잖지 못한 일을 숨긴 것만 제외
하면 그는 아무것도 감추지 않고 자신에 관해 말하려
했는데, 퍼거슨처럼 말수가 적은 사람에게는 어려운
일이었지만 그들 앞에서 솔직해질 수 있도록, 그들을 위
해 연기할 수 있도록 훈련했고, 아티의 사망 이후 고등학

교를 졸업할 때까지 4년 동안 모두 스물네 번이나 뉴로
셸에서 저녁을 먹는 동안 그는 많은 이야기를 했다. 집
안에 있었던 이런저런 큰일들(부모님의 이혼, 어머니
의 재혼, 아버지와의 냉랭한 관계)과 새로운 친척들을
알아 가는 신기한 경험에 관한 이야기였고, 거기에는
단순히 새아버지와 의붓형제들뿐 아니라 댄의 형인 길
도 포함되었는데, 박식하고 이해심 많은 길은 글쓰기
에 열정을 지닌 의붓조카에게 관심을 보였다(가능한 한
모든 걸 배워야 해, 아치. 한번은 그가 이런 말을 했다. 그런
다음엔 모두 잊어버리는 거야. 그런데도 잊을 수 없는 것들이 내
작품의 원천이 되는 거란다). 길의 뚱한 아내 애나와 통통
하고 거만하게 웃는 두 딸 마거릿과 엘라, 그리고 성미
가 까다롭고 나이가 많은 길의 아버지도 있었다. 그 할
아버지는 워싱턴하이츠의 요양원 3층에 살았는데, 이
미 정신이 나갔거나 치매 초기 증상을 보였지만 종종
시그 루먼[3] 같은 독일어 억양으로 오줌 좀 싸게 이제 모두
입들 닥쳐! 같은 잊을 수 없는 말들을 던지곤 했다. 어머
니가 재혼하면서 가장 좋아진 건, 그가 페더먼 부부에
게 말한 바에 따르면, 무슨 영문인지는 모르겠지만, 서
로 다른 가족들이 복잡하게 얽히면서 그의 가장 친한
친구 노아 마크스가 이제 새로 생긴 의붓누나와 의붓
형과도 이어지게 되었다는 사실이었다. 한 다리 혹은
두 다리 건너서(정확한 촌수는 아무도 몰랐다) 모두 사

3 독일 출신의 미국 배우.

촌이 되었는데, 그는 그 생각을 할 때마다 머리가 어지러울 지경이었다 ─ 노아와 에이미가 하나의 뒤섞인 가족 집단 안에서 함께 묶이다니! 그리고 댄 슈나이더 먼이 도널드 마크스와 아주 잘 지내는 것도 발전이었다. 아버지는 돈 이모부를 싫어했고 잘난 체하는 멍청이라고 흉본 적도 있을 만큼 사이가 좋지 않았기 때문에, 그건 좋은 일이라고 퍼거슨은 이야기했다. 어머니와 이모의 관계가 나아진 건 아니고 앞으로도 절대 나아지지 않겠지만, 적어도 이제는 마크스 가족과 함께 앉아 식사하면서 비명을 지르거나 총을 꺼내 누군가의 머리통을 쏴버리고 싶은 충동은 들지 않았다.

누구에게도 할 수 없는 이야기를 페더먼 가족에게는 할 수 있었고, 덕분에 그는 그들과 있을 때 다른 사람이 되었는데, 집이나 학교에서보다 더 솔직하고 더 재미있는 사람, 사람들을 웃게 만들 줄 아는 사람이었고, 그게, 다시 그들을 만나러 가는 또 하나의 이유였다. 그들이 그의 이야기를 듣고 싶어 한다는 걸 그는 알고 있었다. 예를 들면 노아에 관한 이야기도 그중 하나였는데, 끊임없이 그의 이야기에 등장했던 노아는 삶이라는 덤불을 그와 함께 헤쳐 나가는 든든한 동료 여행자이자, 지역 내 최고의 사립 학교인 리버데일의 필드스턴 학교에서 전액 장학금을 받는 학생이었다. 키가 크고 이제 치아 교정기를 뗀 노아는 어찌어찌 여자 친구도 생겼고, 필드스턴 연극반에서 연출을 맡고 있었는데, 이오

네스코의 『의자들』이나 『대머리 여가수』 같은 현대 희곡은 물론 존 웹스터의 『하얀 악마』(완전 피바다였다!) 같은 고전까지 다뤘고, 벨 앤드 하월사(社)의 8밀리미터 카메라로 단편 영화도 만들었다. 여전히 최고로 영리한 훼방꾼이었던 그는 1964년 5월에 있었던 퍼거슨과 아버지의 두 번째 격주 만남에 함께 나갔는데, 그때는 장소가 싸구려 식당이 아니라 기분 나쁜 블루 밸리 컨트리클럽이었다. 퍼거슨은 노아도 함께 갈 수 있으면 가겠다고 아무렇게나 이야기했고, 놀랍게도 아버지가 그의 요구를 받아들이면서 그렇게 가전제품의 왕과 두 아이는 일요일 오후에 컨트리클럽에서 점심을 먹게 되었다. 노아는 퍼거슨이 아버지에 맞서고 있다는 건 물론, 그 컨트리클럽도 혐오한다는 사실까지 잘 알고 있었기 때문에, 끝에 흰 방울이 달린 스코틀랜드 빵모자를 쓰고 나타나 그 장소와 그 장소가 상징하는 것들을 비웃어 줬다. 그렇게 우스꽝스럽고 터무니없이 큰 모자를 본 퍼거슨과 그의 아버지는 동시에 웃음을 터뜨렸는데, 아마도 두 사람이 동시에 웃음을 터뜨린 건 거의 10여 년 만의 일이었을 것이다. 하지만 노아는 무표정한 얼굴로 웃지 않았고, 당연히 그것 때문에 더 웃겼는데, 자신은 골프 클럽에 처음 와보기 때문에 제대로 보이고 싶었으며, 골프가 원래 스코틀랜드에서 기원한 운동이니까 골퍼들은 어떤 일이 있어도 반드시(그는 실제로 어떤 일이 있어도 반드시라고 말했다) 골프장 주변에서는 스코틀랜드 의복을 갖춰야 한다고 했다. 클럽에 도착했을 때 노아가 약간 흥분한 건 사실이었는데, 아마도 본인 표현에 따르면 지저분한 부자들과 섞여야만 하는 상황이 불편했기 때문일 수도 있고, 퍼거슨 본인은 감히 입 밖에 내지 못하는 표현들을 큰 소리로 말함으로써 그와의 유대감을 보여 주고 싶었기 때문일 수도 있다. 예를 들어 어기적어기적 지나가던 어떤 뚱뚱한 남자가 노아의 스코틀랜드 빵모자를 가리키며 모자 멋지네!라고 했을 때 노아는 (장난스러운 미소를 잔뜩 지은 채) 고마워요, 뚱땡이라고 대답했다. 하지만 열 걸음쯤 앞서서 걸어가던 퍼거슨의 아버지는 그 모욕적인 말을 듣지 못했고, 덕분에 두 소년은 그가 그 말을 들었다면 쏟아 냈을 호된 꾸중을 피할 수 있었고, 그렇게 퍼거슨은 제발 다른 곳에 갔으면 좋겠다는 생각 없이 블루 밸리 컨트리클럽에서의 시간을 어떻게든 견뎌낼 수 있었다.

그게 노아의 한쪽 면이라고 그는 페더먼 가족에게 말했다. 그렇게 어설픈 공작원이나 장난스러운 광대 같은 모습이 있지만 바탕은 사려 깊고 진지한 사람이었는데, 케네디가 총에 맞았던 주말에 그가 한 행동을 보면 잘 알 수 있었다. 정말 우연하게도 그 주에 노아는 뉴저지에 와서 퍼거슨과 에이미와 함께 우드홀크레슨트의 새집에서 이틀 밤낮을 보낼 예정이었다. 그의 8밀리미터 카메라로 함께 영화를 제작할 계획이었는데,

퍼거슨의 단편소설 「무슨 일이야?」를 각색한 무성 영화였다. 가출했다 돌아와 보니 부모님이 사라져 버린 걸 발견한 소년에 관한 이야기였고, 노아가 소년 역을, 퍼거슨과 에이미가 부모 역을 맡을 예정이었다. 그러던 금요일, 11월 22일, 노아가 포트 오소리티 터미널에서 막 뉴욕을 출발하기 한 시간 전에, 케네디가 댈러스에서 총에 맞아 사망했다. 방문을 취소하는 게 당연한 상황이었지만 노아는 그러고 싶지 않았기 때문에, 전화를 해서 예정대로 어빙턴 버스 정류장에 마중을 나와 달라고 했다. 그들은 주말 내내 함께 텔레비전을 지켜봤다. 퍼거슨과 새아버지가 거실의 기다란 소파 한쪽 끝에 나란히 앉고, 에이미와 그녀의 새어머니가 반대쪽에 함께 웅크리고 앉았는데, 로즈는 에이미를 안아 줬고 에이미는 머리를 로즈의 어깨에 기대고 있었다. 노아는 재치를 발휘해 카메라를 꺼내서 그들의 모습을 촬영했다. 그들의 얼굴과 텔레비전 화면 속 흑백 이미지들을 오가며 이틀 동안 거의 내내 촬영했는데, 월터 크롱카이트의 얼굴, 존슨과 재키 케네디가 함께 비행기에 오르고 존슨이 새 대통령으로서 선서하는 장면, 잭 루비가 댈러스 경찰서 복도에서 오즈월드에게 총을 쏘는 장면, 장례식이 열리던 날의 기수 없는 말과 아버지의 관에 경례하는 어린 존-존의 모습, 그 모든 공식 행사들이 소파에 앉은 네 사람과 교차되었다. 침울한 표정의 댄 슈나이더먼, 진이 빠져서 멍한 그의 의붓아들, 젖은 눈으로 텔레비전 화면에 펼쳐지는 장면들을 지켜보는 두 여성, 카메라에 녹음 기능이 없었기 때문에 당연히 그 모든 장면에는 소리가 없었다. 촬영 분량이 거의 열 시간에서 열두 시간은 되었을 텐데, 자리를 잡고 앉아 처음부터 끝까지 보기에는 견딜 수 없을 정도로 긴 시간이었지만, 촬영분을 갖고 뉴욕으로 돌아간 노아는 전문 편집 감독의 도움을 받아 27분짜리로 만들었고, 그 결과는 경탄할 만했다고, 퍼거슨은 말했다. 국가적 재앙이 네 사람의 얼굴과 그들 앞에 놓인 텔레비전 화면에 함께 펼쳐지는, 열여섯 살 소년이 만든 진짜 영화, 단순한 역사적 기록이 아니라 하나의 예술 작품, 혹은 퍼거슨이 자신이 아끼는 작품들에 관해 이야기할 때 늘 쓰는 표현에 따르면, 걸작이었다.

노아에 관한 이야기가 많았지만 에이미와 짐 이야기, 어머니와 새아버지 이야기, 아니 프레이저와 다니다가 뉴저지 고속 도로에서 사고가 날 뻔한 이야기, 데이나 로즌블룸과 그녀의 가족 이야기, 로즌블룸 씨와 나눈 대화 이야기, 그리고 마이크 러브와의 우정 이야기도 있었다. 마이크는 에이미의 남자 친구였다가, 전 남자 친구였다가, 다시 남자 친구가 되었는데, 엠마 골드만이 누구인지 알고 있었을 뿐 아니라 그녀의 자서전 『나의 삶을 산다는 것』도 읽었고, 학교에서 유일하게 알렉산더 버크먼의 『무정부주의자의 옥중 회고』도 읽은 학생이었다. 덩치가 좋은 마이크 러브, 급진적인 반(反)소비에트 마르크스주의자이자, 운동과 조직, 대중의 행동을 굳게 믿었던 그는 그런 이유로 퍼거슨이 소로에게 관심을 두는 걸 달가워하지 않았다. 소로는 온통 개인에 관해서만 이야기하는 사람, 도덕적 원칙에 따라 행동하고 의식도 있지만, 체제를 공격하고 사회 자체를 아래쪽과 위쪽에서 동시에 다시 세울 수 있게 할 이론적 기반은 전혀 갖추지 못한 외톨이일 뿐이었다. 탁월한 작가인 건 맞지만 대단히 위축되고 새침한 사람이었고, 여성들을 너무 두려워해서 아마도 죽을 때까지 동정이었을 거라고(당시 열네 살이었던 실리아는 퍼거슨이 그 단어를 반복해 말하자 킥킥 웃음을 터뜨렸다) 마이크는 말했다. 시민 불복종에 관한 그의 생각이 간디와 킹, 그리고 민권 운동을 펼치는 여러 사람에게 영향을 주긴 했지만 수동적 저항만으로는 충분하지 않고, 머지않아 무장 투쟁이 시작될 거라고도 했다. 그래서 마이크는 M. L. 킹보다는 맬컴 엑스를 좋아했고, 자신의 방 벽에 마오의 포스터를 붙여 놓고 있었다.

아티의 부모님이 그 친구의 생각에 동의하냐고 물었을 때 퍼거슨은 아니라고 대답했다. 하지만 바로 그 점이 그들의 대화가 생산적인 이유라고 덧붙였는데, 매번 마이크가 그렇게 도발할 때마다 그는 자신이 믿는 것에 관해 더 진지하게 생각하게 된다고, 똑같은 생각을 가진 사람하고만 대화하면 어떻게 뭔가를 배울 수 있겠냐고 그는 말했다.

그리고 먼로 선생님 이야기가 있었다. 그가 가장 좋아하는 이야기였고, 선생님은 고등학생으로서의 삶을 견딜 만한 것으로 만들어 주는 유일한 사람이었는데, 10학년과 11학년 내내 그녀가 영어 선생님이었던 건 대단한 행운이었다. 젊고 활기찬 에벌린 먼로 선생님, 퍼거슨이 처음 그녀의 수업에 들어갔을 때 그녀는 불과 스물여덟 살이었고, 촌스럽고 보수적이며 모더니즘에 반대했던 볼드윈 선생님에 대한 생생한 해독제 역할을 해줬다. 먼로 선생님의 결혼 전 성은 페란테였는데, 브롱크스 출신의 억센 이탈리아 소녀였고, 전액 장학금을 받고 배서 대학에 진학했고, 재즈 색소폰 연주자인 보비 먼로와 결혼했고, 빌리지에서 열리는 모임에 자주 나가며, 음악가, 화가, 배우, 그리고 시인 들의 친구인, 컬럼비아 고등학교에 은총을 베푸는 가장 멋진 선생님이었다. 먼로 선생님이 퍼거슨이 만났던 다른 모든 선생님과 다른 점은, 그녀는 학생들을 온전한 인격체이자 독립적인 인간으로, 덩치만 큰 어린이가 아니라 어린 성인으로 대한다는 점이었다. 덕분에 그녀의 수업을 듣는 학생들은 모두 스스로에 대한 좋은 느낌을 지닌 채 그녀가 과제로 내준 책들, 조이스 씨, 셰익스피어 씨, 멜빌 씨, 디킨슨 씨, T. S. 엘리엇 씨, G. 엘리엇 씨, 워튼 씨, 피츠제럴드 씨, 캐더 씨의 책을 비롯해 그 모든 책에 관한 이야기에 귀를 기울였다. 퍼거슨이 들은 선생님의 두 수업에서 그녀를 좋아하지 않는 학생은 한 명도 없었지만, 그 누구도 퍼거슨만큼 그녀를 흠모하지는 않았다. 그는 고등학생 시절에 쓴 소설을 모두 그녀에게 보여 줬는데, 심지어 그녀의 수업을 듣지 않았던 마지막 학년 때도 그렇게 했다. 먼로 선생님은 돈 이모부나 밀드러드 이모보다 더 좋은 평가자라고는 할 수 없었지만, 두 사람보다 더 솔직하게 그를 대해 줬고, 그녀의 평가는 더 구체적이면서 동시에 그를 북돋아 줬는데, 그런 평가를 들으면 퍼거슨은 마치 자신이 그 일을 하기 위해 태어났고 다른 선택은 불가능하다고 이미 정해진 것만 같았다.

그녀는 칠판에 늘 같은 문구를 적어 뒀는데, 미국 시인 케네스 렉스로스의 시에서 인용한 구절로, 뒷자리에 앉은 학생들도 볼 수 있게 큰 글씨로 쓰여 있었다. 퍼거슨은 수업 중에 자주 그 문구를 쳐다봤고, 나중에 계산해 보니 그녀의 수업을 듣는 동안 그 문장을 수천 번은 되뇌었던 것 같았다. 〈세상의 폐허에 맞서는 유일한 방어책은 창조적 활동이다〉라는 그 문장을.

페더먼 부인이 말했다. 모든 젊은이에게는 먼로 선생님 같은 분이 필요한 거야, 아치. 하지만 모든 젊은이가 그런 분을 만나는 건 아니지.

정말 무서운 생각이네요, 퍼거슨이 말했다. 먼로 선생님이 없었다면 제가 어떻게 되었을지 모르겠어요.

뉴욕이 계속 퍼거슨을 유혹했고, 그는 자유로운 토요일이면 가능한 한 자주 그곳으로 갔다. 어떤 때는 혼자였고, 어떤 때는 데이나 로즌블룸과 함께였고, 또 어떤 때는 에이미와 함께였고, 혹은 에이미와 마이크 러브, 혹은 셋 모두와 함께였는데, 뉴욕에서 그는(그들은) 노아가 빌리지에 머무는 주말이면 그 젊은 그라우초와 합류했다. 노아는 아버지와 밀드러드 이모와 함께, 혹은 돈 이모부와 밀드러드 이모가 별거 중인 경우라면 아버지와 함께 머물렀다. 왜 대도시가 교외보다 좋은 거냐고 누군가 물었을 때 퍼거슨은 밀도, 규모, 복잡함이라고 정리했는데, 그건 그의 무리에 속한 다섯 명이 모두 공유하는 감정이었다. 고등학교 졸업 후의 진로를 이미 결정한 데이나를 제외하면 나머지 넷은 뉴욕에 있는 대학에 가겠다고 결심했는데, 그 말은 남학생 세 명은 컬럼비아, 에이미는 바너드라는 뜻이었다. 물론 그 학교들에서 받아 준다는 전제하에 그런 것이었고, 그들의 좋은 성적을 감안하면 실현 가능한 일이었고, 적어도 가능성이 희박한 일은 아니었지만, 정작 합격한 세 명 중 돌아온 9월에 모닝사이드하이츠로 이사한 사람은 한 명뿐이었다. 일단 노아가 진학에 실패한 건 자업자득이라고 할 수 있었다. 그는 11학년 여름 방학에 새로운 습관이 하나 생겼는데, 마리화나에 너무 빠져든 나머지 잠시 학교 공부에 흥미를 잃어버렸고, 그런 이유로 12학년 1학기 성적과 시험 점수가 추락했고,

컬럼비아 대학은, 노아 아버지의 모교이자 가족 모두 노아가 다음 4년을 보내기를 기대하고 있던 그 학교는 그를 떨어뜨렸다. 노아는 그냥 웃어넘겼다. 그는 대신 NYU에 진학하기로 했고, 그러면 계속 뉴욕에 남을 수 있었다. 비록 컬럼비아보다는 좀 떨어지는 학교, 게으르고 열의도 없는 학생들을 위한 고만고만한 학부 수업밖에 없는 학교로 인식되었지만, NYU에 가면 그는 영화 제작을 공부할 수 있었고, 그건 컬럼비아 학부에는 없는 수업이었다. 그뿐만 아니라, 본인의 말에 따르면, NYU에 다니면 할렘과 허드슨강 사이에 끼어 있는 쓰레기 굴 같은 빈민가가 아니라 도심의 가장 멋진 지역에서 살 수 있었다.

　　노아는 워싱턴 스퀘어로, 마이크는 브로드웨이와 앰스터댐 애비뉴 사이의 웨스트 116번가로 갔고, 퍼거슨과 그의 의붓누나는 뉴욕시티 경계 바깥에 있는 대학에 진학했다. 에이미의 결정은 순전히 마이크 때문이었다. 두 사람은 11학년 중반에 마이크가 모이라 오펜하임이라는 여학생과 바람을 피웠을 때 이미 한 번 헤어진 적이 있었지만, 길게 이어지던 이별 기간 끝에 마이크가 납작 엎드려 반성했고 에이미는 그에게 한 번 더 기회를 줬는데, 불과 몇 달 만에 그는 또 한 번 옆길로 샜고, 똑같은 모이라 오펜하임과, 안 된다고 해도 말을 들으려 하지 않는 매력 없는 날라리인 그녀와 바람을 피워서 에이미를 배신했고, 지긋지긋하고 화가 난 에이미는 마이크와는 영원히 끝이라고 했다. 그다음 주에 그녀가 지원한 학교들에서 보낸 답장이 우드홀크레슨트의 우편함에 도착했다. 각각 1지망과 2지망이었던 바너드와 브랜다이스에 모두 합격했는데, 마이크 러브 근처에는 얼씬도 하고 싶지 않고, 그 살찐 얼굴과 퉁퉁한 몸을 봐야만 하는 상황도 피하고 싶었던 그녀는 뉴욕을 피해서 매사추세츠 월섬으로 가기로 했고, 브랜다이스도 바너드만큼 좋은 학교라고 확신했기 때문에 자신의 결정에 관해서는 두 번 생각하지 않았다. 그 돼지 새끼가 그녀를 모욕하고 가슴을 찢어 놓았기 때문에, 퍼거슨은 다른 곳으로 가는 게 낫겠다는 그녀의 생각에 동의했다. 그리고 자신은 그녀의 편이라는 걸 증명해 보이겠다는 단순한 이유로 가을에 그녀가 매사추세츠로 떠날 때는 둘이 공동으로 쓰던 폰티액을 주겠다고 했고, 마이크 러브와는 당장, 지금부터 절교하겠다고 선언했다.

퍼거슨의 상황은 에이미보다 좀 더 복잡했다. 그는 컬럼비아에서 합격 통보를 받았고 컬럼비아에 진학하고 싶었다. 마이크 러브와 기숙사 방을 함께 쓰는 한이 있더라도 여전히 컬럼비아에 진학하고 싶었지만, 돈 문제, 학비를 누가 지불할 거냐는 대답할 수 없는 문제가 남아 있었다. 한발 양보해서 아버지에게 갈 수도 있었고, 아버지는 분명 그를 위해 나설 것이었다. 아무리 내키지 않는 일이라고 해도 결국 아들의 교육비를 지불하는 건 아버지의 책임이었지만, 퍼거슨은 그런 선택은 아예 고려하지도 않았다. 어머니와 댄은 그의 입장을 잘 알고 있었는데, 처음부터 잘 알고 있었고 그런 입장은 완고하고 자기 파괴적인 거라고 여겼지만, 그럼에도 그를 존중해 주고 그의 생각을 바꾸려고 애쓰지 않았다. 어머니 본인이 그 싸움에서 물러났고, 퍼거슨과 그의 아버지의 관계를 수습해 보려고 애쓰는 시기도 이미 지나 버렸기 때문이었는데, 옛날 집을 파는 문제와 관련해 아버지가 치사한 방법을 쓴 이후로 로즈는 스탠리의 돈을 받지 않으려는 아들의 결정이 자신을 지켜 주기 위한 선택임을 이해했다 — 그건 아주 감정적이고 비합리적인 결정일지 모르지만, 또한 사랑에 따른 행동이기도 했다.

12학년에 다니고 있던 11월, 퍼거슨은 어머니와 새 아버지와 함께 앉아서 그 문제를 논의했다. 입학 지원서를 최종적으로 보내야 할 시점이 다가오고 있었고, 댄은 걱정하지 말라고, 학비가 얼마든 그 정도 돈은 있다고 말했지만 퍼거슨은 여전히 의심스러웠다. 그는 대학 생활 1년에 약 5천에서 6천 달러 정도가 들 테고 (학비, 하숙비, 책, 옷, 생필품, 교통비, 그리고 매월 필요한 약간의 용돈까지) 4년을 마칠 때까지 모두 2만 혹은 2만 5천 달러 정도가 필요할 거라고 짐작했다. 그건 에이미도 마찬가지여서 4년 동안 2만에서 2만 5천 달러가 필요했다. 에이미와 퍼거슨이 고등학교를 졸업하

는 것과 동시에 짐은 MIT를 졸업할 예정이었는데, 그
러면 세 명째 학비를 부담해야 할 필요는 없어지겠지
만, 짐은 물리학과 대학원 진학을 알아보고 있었고, 비
록 장학금과 함께 생활비 수당을 받을 수 있는 학교를
찾는다고 해도 그 수당만으로 모든 비용을 충당하기에
는 부족할 것이기 때문에, 댄이 1년에 1천이나 1천5백
달러 정도를 지원해 줘야 했다. 결국 두 명의 슈나이더
먼과 한 명의 퍼거슨이 고등 교육 기관에 다니려면 대
충 1년에 1만 1천이나 1만 2천, 혹은 1만 3천 달러 정
도가 드는 셈이었는데, 평균적으로 댄은 1년에 3만 2천
정도를 버는 것 같았고, 바로 그 점이 퍼거슨이 그의 말
을 의심하는 이유였다.

리즈의 사망 보험금이라는 여분의 돈이 있었지만,
1962년 여름에 댄이 받았던 15만 달러는 1964년 11월
말에는 7만 8천 달러로 줄어든 상태였다. 이미 써버린
7만 2천 달러 중 2만 달러는 이전 집의 대출금을 상환
하는 데 들어갔는데, 그 집을 팔고 현금으로 새집을 사
면서 어머니와 새아버지는 우드홀크레슨트 7번지를
온전히 소유하게 되어서, 재산세와 수도 요금 외에 은
행에 갚아야 할 돈 때문에 숨통이 조일 일은 없었다.
7만 2천 달러 중 1만 달러도 집에 페인트칠을 하고, 수
리하고, 여기저기 개량 공사를 하느라 써버렸는데, 그
렇게 하면 집을 팔 때 더 좋은 값을 받을 수 있을 것이
었다. 그 외에도 결혼 이후 자동차를 사고, 외식하고,

휴가를 가고, 자코메티와 미로, 필립 거스턴의 그림을 사는 데 4만 8천 달러가 더 들었다. 퍼거슨은 아버지가 돈에 인색한 게 너무 싫었지만 새아버지가 돈을 아무렇게나 써버리는 것에도 적잖이 놀랐는데, 댄의 수입이 적어서 학비로 쓸 수 있는 자금이 그 7만 8천 달러밖에 없는 거라면, 퍼거슨의 계산에 따르면, 자신과 에이미가 대학을 졸업할 시점에는 3만 달러 정도밖에 남지 않을 테고, 만약 댄과 어머니가 지난 2년 동안 돈을 썼던 것처럼 계속 쓴다면 그보다도 훨씬 적어질 것이었다. 그런 이유로 퍼거슨은 가능하면 두 분에게서 받는 돈을 최소화하고 싶었고 — 가능하다면 한 푼도 받고 싶지 않았다. 당장 누군가가 굶어 죽을 일은 없었지만, 그리 멀지 않은 어느 시점에, 그러니까 어머니가 더 이상 젊지 않고, 하루에 한 갑씩 피워 댄 체스터필드 때문에 건강도 그리 좋지 않아진 상태에서 댄이 궁핍한 지경이 되어 버릴까 봐 두려웠다.

두 여름 동안 아니 프레이저와 일하면서 모아 둔 2천 6백 달러가 있었다. 책과 음반에 쓰는 돈을 줄인다면 여름이 끝날 때까지 추가로 1천4백 달러 정도는 모을 수 있을 테고, 그러면 총액이 정확히 4천 달러가 된다. 할아버지가 졸업 선물로 2천 달러를 주겠다고 이미 어머니에게 약속한 상태였고, 만약 자신의 저축금과 할아버지의 돈을 모두 대학 진학에 쓴다면 댄이 부담해야 할 금액은 하나도 없게 된다. 하지만 첫해는 그렇게 넘긴다고 쳐도 남은 3년은 어쩐단 말인가? 물론 여름에는 계속 일을 하겠지만, 그 시점에는 무슨 일을 해서 얼마나 벌지 여전히 알 수 없었고, 할아버지가 기꺼이 어느 정도 지원은 해주겠지만 거기에만 의존할 수는 없었는데, 할아버지가 심장 질환을 앓으면서 병원비가 산더미처럼 늘어 가던 상황에서는 특히 그랬다. 운 좋게 컬럼비아에 들어가서 1년간 뉴욕에서 지낸다고 해도, 그다음엔 라스베이거스로 날아가 가진 돈을 전부 13번 숫자에 거는 수밖에 없었다.

고육지책이 하나 있기는 했다. 조합이 잘 맞으면 돈 문제를 한꺼번에 해결해 줄 수도 있는 도박이었지만, 만약 성공한다고 해도 퍼거슨으로서는 자신이 가장 원하는 걸 포기해야만 했는데, 뉴욕과 컬럼비아는 완전히 물 건너간 이야기가 될 것이기 때문이었다. 더 나쁜 건, 앞으로 4년을 더 뉴저지에서, 가장 벗어나고 싶은 그곳에서 보내야 한다는 점이었다. 단순히 뉴저지가 아니라 지금 사는 곳보다 별로 크지도 않은 또 하나의 뉴저지 소도시에서 지내야 했고, 그건 평생 그렇게 벗어나고 싶었던 상황에 또다시 놓이게 된다는 의미였다. 그럼에도 만약 그 해결책이 자신에게 주어지기만 한다면(아무리 생각해 봐도 그런 일이 생길 것 같지는 않았지만), 그는 기꺼이 그걸 받아들이고 자신이 했던 도박에 감사를 표할 생각이었다.

프린스턴 대학에서 그해부터 월트 휘트먼 장학 제도

라는 새로운 프로그램을 시작했다. 1936년 졸업생인 고든 디윗의 자금으로 운영되는 프로그램인데, 그는 이스트러더퍼드에서 자라며 그곳의 공립 학교를 졸업한 인물이었고, 프로그램은 해마다 뉴저지 공립 학교를 졸업하는 학생 중 네 명에게 전액 장학금을 지급한다고 했다. 경제적 지원이 반드시 필요한 학생이어야 했고, 거기에 더해 우수한 학업 성적과 건강한 인성도 갖춰야 했는데, 잘나가는 사업가의 아들이었던 퍼거슨은 지원할 자격이 없다고 생각하는 사람도 있었겠지만, 사실은 그렇지가 않았다. 스탠리 퍼거슨은 아들에게 용돈을 줄 의무를 저버렸을 뿐 아니라, 아들의 양육에 필요한 비용의 절반을 부담하기로 한 이혼 당시의 합의도 지키지 않고 있었다. 합의대로라면 그는 퍼거슨의 어머니와 새 남편이 퍼거슨을 먹이고 입히는 데쓴 돈은 물론 병원비나 치과 치료비의 절반을 줘야 했지만, 재혼 후 6개월이 지나도록 돈은 한 푼도 지급되지 않았고, 퍼거슨의 어머니는 변호사와 상의 후에 법정 소송을 통해 퍼거슨의 아버지가 돈을 지급하도록 하겠다고 협박하는 편지를 보냈다. 그에 대해 퍼거슨의 아버지가 타협안을 제시했고 — 양육비의 절반을 내지 않는 대신, 이후로는 아들 몫으로 받아 온 소득세 환급을 포기하고 그 권리를 댄 슈나이더먼에게 넘기겠다고 했다 — 그걸로 그 문제는 정리가 되었다. 퍼거슨은 그런 분쟁에 관해서는 까맣게 모르고 있었는데, 어머니와 새아버지에게 프린스턴의 월트 휘트먼 장학금 이야기를 꺼내고, 지원서는 보내 보겠지만 자신이 지원 자격에 부합하는지는 모르겠다고 말했을 때, 두 분은 자격이 될 거라고 했다. 댄의 수입이 적다고는 할 수 없었지만, 세 자녀를 한꺼번에 대학을 보내는 상황이라면 실제로 퍼거슨도 경제적 곤경이라는 조건에 해당한다고 할 수 있었다. 법적으로만 보자면 부자 관계는 이미 끊긴 상태였다. 퍼거슨은 미성년자였고, 이제 그의 경제적 지원은 오직 어머니와 새아버지에게서만 나왔기 때문에, 프린스턴 대학뿐 아니라 그 누가 봐도 그의 아버지는 더 이상 존재하지 않는 셈이었다. 그건 좋은 소식이었다. 나쁜 소식은 마침내 퍼거슨이 그의 아버지와 관련한 진실을 알게 되었다는 점, 그리고 그 남자가 저지른 행동에 격분했다는 점이었다. 한때 결혼했던 여인을 대하는 그 천박함과 치사함에 너무나 화가 나서 아버지의 얼굴을 한 대 갈기지 않고는 견딜 수가 없을 것 같았다. 그 개새끼는 그를 버렸고, 이제 그가 똑같이 되돌려 주고 싶었다.

한 달에 두 번씩 같이 저녁을 먹기로 약속한 건데, 퍼거슨이 말했다. 이제 더 이상 만날 일도 없겠네요. 그 사람이 어머니와의 약속을 지키지 않는데 내가 지킬 이유가 없잖아요.

이제 너도 거의 열여덟 살이니까, 어머니가 말했다. 뭐든 네가 원하는 대로 할 수 있어. 네 인생은 네 거니까.

아버지는 엿 먹으라고 해요.

너무 흥분하지 말고, 아치.

아니에요. 진짜로, 엿 먹으라고 해요.

그는 지원자가 수천 명은 될 거라고 짐작했다. 주 전체에서 최고의 학생들, 전국적으로 알려진 미식축구와 야구 선수들, 반장과 토론 대회 우승자들, SAT에서 8백 점 만점을 두 개나 받은 과학 영재들, 그런 훌륭한 후보들이 많아서 퍼거슨 본인은 1차 심사를 통과할 가능성도 희박해 보였지만, 어쨌든 그는 지원서와 자신이 쓴 단편소설 두 편, 그리고 추천서를 써준 사람들의 목록을 보냈다. 먼로 선생님, 프랑스어 선생님인 볼디외 선생님, 그리고 당시 영어 선생님인 맥도널드 선생님이었다. 그는 사자가 되고 싶었지만 결과적으로 호랑이가 되는 선택을 한 셈이었고, 그 줄무늬 외피를 당당하게 걸칠 수 있도록 최선을 다했다. 담청색과 흰색 대신 검은색과 오렌지색, 존 베리먼과 잭 케루악 대신 F. 스콧 피츠제럴드.[4] 그런 것들이 정말 중요한 걸까? 프린스턴은 뉴욕에 있는 학교가 아니었지만 기차를 타면 한 시간밖에 걸리지 않았고, 컬럼비아와 비교해 프린스턴이 지닌 장점 중 하나는 짐이 그곳 물리학과 대학원 과정에 지원했다는 점이었다. 짐은 확실히 합격

---

4 사자와 담청색, 흰색은 컬럼비아 대학, 호랑이와 검은색, 오렌지색은 프린스턴 대학의 상징이며, 존 베리먼과 잭 케루악은 전자, 스콧 피츠제럴드는 후자 출신이다.

할 테고 퍼거슨은 그렇지 않았지만, 그럼에도 꿈을 꿀 수는 있었다. 책과 우정이 가득한 숲속에서, 나무 사이로 알베르트 아인슈타인의 유령이 떠다니는 그곳에서 둘이 함께 다음 4년을 보낸다는 상상만으로도 너무 즐거웠다.

11월 말에 있었던 어머니와 댄과의 대화 이후 퍼거슨은 아버지에게 긴 편지를 써서 한 달에 두 번씩 해왔던 저녁 식사를 그만두는 이유를 설명했다. 다시는 아버지를 만나고 싶지 않다고 분명하게 말하지는 않았는데, 자신이 그런 말을 할 수 있는 입장인지 아닌지 여전히 확신할 수 없었고, 아마도 그런 것 같기는 했지만, 그는 고작 열일곱 살이었기 때문에 삶을 바꿔 놓을 수 있는, 미래에 대해 최종적인 통보를 하기에는 용기와 확신이 부족했다. 그는 자신의 미래가 아주 길게 이어지리라 기대했고, 앞으로 다가올 날들에 아버지와의 관계가 어떻게 펼쳐질지는 아무도 모르는 일이었다. 대신 그가 꺼낸 이야기, 편지의 핵심 내용은 아버지가 소득세 환급과 관련해서 자신을 부양가족에서 빼버렸다는 걸 알고 얼마나 상심했나 하는 것이었다. 마치 자신이 지워진 것만 같다고, 그는 적었다. 마치 아버지가 지난 20년을 잊어버리고, 그 일들이 없었던 듯 행동하려고 애쓰는 것 같다고 했다. 그러니까 어머니와의 결혼 생활뿐 아니라 자신에게 아들이 있다는 사실마저도 잊어버리려고 애쓰는 것 같다고, 그래서 그 아들을 완전히 댄 슈나이더먼의 부양가족으로 넘겨 버린 것 같다고 적었다. 하지만 그런 걸 모두 제쳐 두더라도, 그 이야기를 2페이지나 가득 채워 넣은 후에 퍼거슨은 계속 적었는데, 두 사람이 함께 하는 식사 자리가 점점 더 견딜 수 없이 우울해지고 있다고 했다. 실은 두 사람 모두 할 말이 전혀 없는 상황에서 생기 없는 사소한 잡담만 지루하게 늘어놓는 게 무슨 의미가 있냐고, 그런 우울한 자리에 앉아 시계를 보며 얼른 시간이 흘러 고문이 끝나기만을 기다리는 건 너무 슬픈 일이 아니겠냐고, 잠시 휴식기를 갖고 언젠가 미래에 다시 만나는 걸 생각해 보는 편이 어떻겠냐고 했다.

아버지는 사흘 후에 답장을 보냈다. 퍼거슨이 원했던 대답은 아니었지만, 적어도 뭔가 내용이 있기는 했다. 알았다, 아치. 우선은 당분간 쉬도록 하자. 잘 지내기를 바란다. 아빠가.

퍼거슨은 다시는 아버지에게 손을 내밀지 않을 생각이었다. 적어도 그 정도 결심은 했고, 만약 아버지가 그를 소중하게 생각하고, 그와의 관계를 회복하려고 애쓰지 않는다면 그 관계는 그대로 끝이었다.

1월 초에 컬럼비아, 프린스턴, 그리고 럿거스에 원서를 보냈다. 2월 중순에 학교를 하루 빠지고 뉴욕으로 나가 컬럼비아에서 면접을 봤다. 이미 익숙한 교정이었는데, 퍼거슨은 그곳을 볼 때마다 가짜로 꾸민 로마 시대의 도시를 떠올렸다. 작은 교정 한가운데에 거대한 버틀러 도서관과 로 도서관이 마주 보고 있었는데, 고전 양식으로 지은 그 육중한 대리석 건물 두 채가 마치 코끼리처럼 주변의 다른 벽돌 건물들 위로 군림했다. 해밀턴 홀에 도착한 그는 4층으로 올라가 문을 두드렸다. 면접관은 경제학 교수인 잭 셸턴이었는데, 아주 유쾌한 사람이어서 대화 내내 농담을 던졌고 심지어 숨 막히는, 경화증에 걸린 컬럼비아라는 표현까지 썼다. 퍼거슨이 작가가 되려는 야망이 있다는 걸 알게 된 면접관은 컬럼비아 고등학교 12학년 학생에게 컬럼비아 대학의 문예지를 몇 권 내줬다. 30분 후 IRT 급행 전철에서 그 잡지들을 뒤적이던 퍼거슨은 대단히 재미있는 시구를 우연히 발견했다. 정기적인 섹스가 도움이 된다. 퍼거슨은 크게 웃음을 터뜨렸고 컬럼비아가 그렇게 숨 막히는 곳만은 아니라는 걸 깨달았다. 재미있는 구절이었을 뿐 아니라 사실이기도 했기 때문이다.

그다음 주에는 처음으로 프린스턴을 방문했다. 많은 학생들이 씨발이 들어가는 시를 쓰는 곳일지는 의문이었지만, 교정은 컬럼비아보다 훨씬 크고 매력적이었다. 뉴욕이 아니라 뉴저지의 소도시에 있는 학교라는 사실을 만회할 만한 목가적인 광채가 있었다. 고전 양식이 아니라 고딕 양식으로 지은 건물들, 매우 정교하고 거의 완벽에 가까운 풍경이, 역시 정성껏 다듬은 관목 덤불과 키가 큰 무성한 나무들 사이를 채우고 있었지만, 그러면서도 어딘가 멸균 처리를 한 듯한 느낌이 있었다. 마치 프린스턴 대학을 세운 부지 자체가 거대한 유리 용기 속에 있는 것만 같았고, 블루 밸리 컨트리클럽과 마찬가지로 돈 냄새도 나는 것 같았는데, 할리우드가 생각하는 이상적인 미국의 대학, 누군가가 그에게 들려준 이야기에 따르면 남부의 학교 중 가장 북쪽에 있는 학교였지만, 그렇다고 불평할 건 없었다. 그리고 월트 휘트먼 장학생이 되어 공짜로 그 땅을 돌아다닐 수 있다면 그로서는 불평할 이유도 없었다.

교정을 모두 둘러본 그는, 월트 휘트먼이 여성에게 아무 관심이 없는 남성이었다는 걸 당시 사람들도 알았을 거라고 생각했다. 월트는 남성과 남성 사이의 사랑을 믿었던 사람이지만, 나이가 들고 인생의 마지막 19년을 바로 길 건너의 캠던에서 보냈고, 덕분에 뉴저지를 대표하는 전국적인 명사가 되었다. 그의 작품은 놀랄 만큼 좋으면서 동시에 놀랄 만큼 나쁘기도 했는데, 그가 쓴 시들 중 최고는 지금까지 미국에서 나온 시들 중 최고이기도 했다. 고든 디윗이 뉴저지 출신 학생들을 위한 장학금에 죽은 정치인이나 월가의 오만한 공직자가 아니라 월트의 이름을 붙인 건 용감한 결정이었다. 지난 20년 동안 고든 디윗 본인이 정확히 그런 인물이었다.

이번에는 면접관이 한 명이 아니라 세 명이었는데, 퍼거슨은 면접에 어울리는 복장을 갖추고(흰색 셔츠, 재킷과 타이) 어머니와 에이미의 간청에 따라 면접 전에 머리도 깎았지만, 그 세 남자 앞에서는 초조하고 어색했다. 면접관들은 컬럼비아의 교수보다 덜 친근했고, 그가 예상한 질문들을 모두 물어봤는데, 한 시간이나 이어진 신문 같은 면접을 마치고 방에서 나오면서 그는 망친 것 같은 기분이 들었다. 먼저 윌리엄 제임스와 그의 동생 헨리 제임스가 쓴 책의 제목을 혼동했고, 한술 더 떠서 〈산초 판사〉를 〈폰초 산사〉라고 했다. 입에서 흘러나오자마자 바로 수정하기는 했지만, 그런 실수들이야말로 진짜 제대로 된 바보들의 특징이라는 생각이 들었다. 그는 자신이 모든 장학금 지원자 중 틀림없이 꼴찌를 할 거라고 확신했고, 부담감을 느끼는 상황에서 그렇게 형편없는 모습을 보인 자신이 역겨웠다. 하지만 무슨 이유, 혹은 이유들 때문인지 알 수 없어도, 그와 이야기를 나눈 세 명의 면접관 이외에는 아무도 알 수 없는 그런 이유로 선정 위원회는 그와 다른 판단을 했고, 그는 3월 3일에 2차 면접에 나오라는 통보를 받았다. 퍼거슨은 영문을 알 수 없었지만 — 처음으로, 혹시 약간의 희망이 있는 게 아닐까 궁금해지기 시작했다.

열여덟 번째 생일을 보내는 방법으로는 좀 어색했다. 다시 재킷과 타이 차림으로 프린스턴으로 가서 고전 교수인 로버트 네이글 교수와 일대일 면접을 봤는데, 그는 소포클레스와 에우리피데스의 희곡을 영어로 번역했고, 소크라테스 이전 시대를 다룬 연구서를 출간했으며, 길쭉하고 슬퍼 보이는 얼굴에 눈빛에는 진지함이 가득한 40대 초반의 남자였고, 본인이 프린스턴을 졸업했고 퍼거슨이 장학금을 받을 수 있게 전적으로 지원해 주고 있던 맥도널드 영어 선생님에 따르면 프린스턴 전체에서 가장 문학적인 인물이라고 했다. 네이글은 상관없는 잡담 같은 걸로 자신의 숨을 낭비하지 않았다. 첫 면접에서는 퍼거슨의 학업 성적(좋은 편이었지만 뛰어나지는 않았다), 여름 방학 동안 했던 이사 업체 일, 승부를 가리는 운동을 그만둔 이유, 부모님의 이혼과 어머니의 재혼에 대한 그의 느낌, 다른 곳이 아니라 프린스턴에서 공부하면서 얻고 싶은 것 등에 관한 질문이 대부분이었는데, 네이글은 그런 문제들은 모두 무시한 채 퍼거슨이 지원서와 함께 보낸 두 편의 단편소설에만 관심을 보였고, 퍼거슨이 어떤 작가를 읽고 어떤 작가를 읽지 않았는지, 가장 아끼는 작가가 누구인지만 알려고 했다.

첫 번째 단편소설인 「그레거 플램의 삶에 있었던 열한 번의 순간」은 지난 3년 동안 퍼거슨이 썼던 소설 중 가장 긴 작품으로, 타자기로 옮겨 쳤을 때 모두 24페이지였다. 9월 초순에서 11월 중순 사이에 썼는데, 두 달 반 동안은 습작 노트나 부가적인 일은 모두 제쳐 두고 자신이 정한 한 가지 과제에만 집중해서 꾸준히 작업했고, 그 과제란 누군가의 인생을 이어지는 하나의 이야기로 전하지 않고 서로 어긋나는 여러 개의 순간들로 툭툭 제시하는 것이었다. 어떤 순간을 통해 그의 행동, 생각, 충동을 보여 준 다음 그다음 순간으로 넘어가는 식이었는데, 순간과 순간 사이의 여백과 침묵에도 불구하고 퍼거슨은 읽는 이들이 머릿속으로 그 순간들을 이어 붙여 나갈 수 있을 테고, 그렇게 축적된 장면들은 이야기를 닮은 무언가가, 혹은 단순한 이야기가 아니라 장편소설을 축약해 놓은 어떤 것이 될 거라고 상상했다. 첫 장면에서 그레거는 여섯 살인데, 거울에 비친 자신의 얼굴을 유심히 들여다보며 만약 자신이 거리를 걸어가는 모습을 본다면 자신을 알아볼 수 없을 거라는 결론을 내린다. 두 번째 장면에서 일곱 살의 그레거는 할아버지와 함께 양키 스타디움에 있다. 행크 바워가 2루타를 치는 순간 다른 관중들과 함께 자리에서 일어나 환호하던 중에, 오른쪽 팔뚝에 축축하고 미끌미끌한 뭔가가 와서 닿는 느낌이 든다. 인간의 침 덩어리, 마름모꼴의 두꺼운 그 가래를 보니 생굴이 팔뚝을 타고 오르는 것만 같았는데, 분명 위쪽 관중석에 있는 누군가가 뱉은 게 틀림없었다. 손수건으로 침을 닦아 낸 후 손수건째 버리려던 그레거는, 단순한 역겨움을 넘어 침을 뱉은 사람이 일부러 그런 건지 아닌지 궁금해진다. 그가 그레거의 팔뚝을 겨냥하고 정확하게 맞춘 건지 아니면 그 침이 우연히 그 자리에 떨어진 건지는 그레거의 정신세계에서 중요한 구분인데, 왜냐하면 만약 일부러 맞춘 거라면 그건 세상이 나쁜 의도와 사악함이 지배적인 힘인 곳, 보이지 않는 어른이 아무 이유도 없이 그저 다른 사람을 해치는 즐거움을 위해 알지도 못하는 소년을 공격하는 그런 곳이라는 뜻이기 때문이고, 반면 우연히 맞은 거라면 그건 불행한 일이 종종 생기지만 누구도 탓할 수 없는 그런 곳이라는 뜻이기 때문이다. 이어서 열두 살의 그레거는 자기 몸에 난 최초의 음모를 발견하고, 열네 살의 그레거는 가장 친한 친구가 눈앞에서 쓰러져 뇌동맥류라는 증상으로 죽는 장면을 목격하고, 열여섯 살의 그레거는 동정을 잃는 걸 도와준 여자아이와 함께 나란히 발가벗고 누워 있고, 그런 다음 마지막 장면, 이제 열일곱 살이 된 그레거는 혼자 언덕 위에 앉아 머리 위로 흘러가는 구름을 바라보며, 이 세상이 실제 현실인지 아니면 그저 자신의 정신을 투영한 뭔가에 불과한 건지 궁금해한다. 그게 실제라면, 어떻게 그의 정신 안에 이 세상을 담는 일이 가능한 걸까? 이야기는 이렇게 끝난다. 그런 다음 언덕을 내려오던 그는, 배가 아픈 걸 느끼며 점심을 먹으면 기분이 좋아질지 나빠질지 생각한다. 오후 1시이다. 북쪽에서 바람이 불어오고, 전화선 위에 앉아 있던 제비는 사라지고 없다.

다른 작품 「오른쪽, 왼쪽, 혹은 정면으로?」는 12월에 쓴 것으로, 세 개의 장으로 구성되었는데 각각은 7페이지 정도 분량이었다. 래즐로 플루트라는 남자가 시골에서 산책에 나선다. 교차로에 도착한 그는 세 가지 가능성 중 하나를 택해야만 한다, 왼쪽으로 갈지, 오른쪽으로 갈지, 정면으로 갈지. 첫 번째 장에서 그는 정면을 택하고 2인조 강도를 만나 문제에 휩쓸린다. 두들겨 맞고 돈까지 뜯긴 그는 죽은 사람처럼 길가에 쓰러져 있다가 얼마 후 의식을 되찾아 몸을 일으키고, 힘겹게 1.5킬로미터 정도를 걸어가 어느 집에 도달한다. 문을 두드리자 어떤 노인이 그를 집 안으로 들이는데, 어찌 된 일인지 노인은 플루트에게 사과하고 용서를 구한다. 노인은 플루트를 주방 싱크대로 데려가 얼굴의 피를 씻는 걸 도와주는데, 그 와중에도 계속 미안하다며 자신이 끔찍한 일을 저질렀다고 중얼거린다. 하지만 가끔은, 내 상상력이 너무 제멋대로 날뛰어서 어쩔 수가 없어요. 남자가 플루트를 다른 방으로 안내한다. 집 안의 한쪽 끝에 있는 그 서재에서 남자는 책상 위에 놓인 손으로 쓴 원고 뭉치를 가리키며 원하시면 직접 보세요, 하고 말한다. 습격받은 주인공은 원고를 집어 들고 거기에 방금 자신에게 벌어진 일들이 세세하게 적혀 있는 걸 발견한다. 그런 사악한 인물들이 도대체 어디서 나왔는지 모르겠네요, 노인이 말한다.

두 번째 장에서 플루트는 정면이 아니라 오른쪽으로 간다. 그는 첫 번째 장에서 있었던 일은 전혀 기억하지 못하고, 새로운 장은 완전히 백지상태에서 시작하기 때문에 이번에는 뭔가 덜 끔찍한 일이 벌어질 거라는 희망이 느껴진다. 실제로 오른쪽 길을 따라 2.5킬로미터 정도를 걸어간 후에, 그는 고장 난 자동차, 혹은 고장 난 것으로 보이는 자동차 옆에 서 있는 여인과 마주치는데, 만약 자동차가 제대로 굴러갔다면 그 여인이 시골길 한가운데 서 있을 이유가 없기 때문이다. 플루트가 가까이 다가가서 보니 타이어 네 개도 모두 멀쩡하고, 보닛이 열려 있지도 않고, 라디에이터에서 시커먼 연기가 뿜어져 나오지도 않는다. 하지만 분명 어떤 문제가 있는 게 틀림없고, 여인에게 가까이 다가간 플루트는 그녀가 대단히 매력적이라고 생각한다. 적어도 그의 눈에는 그렇게 보이고, 그는 기회를 붙잡아 그녀를 도와주려 한다. 단지 그녀를 도와주고 싶어서가 아니라, 그런 기회가 제 발로 그를 찾아왔고 그걸 최대한 활용하고 싶기 때문이다. 무슨 문제가 있는 거냐고 그가 묻자 그녀는 배터리가 나간 것 같다고 대답한다. 보닛을 열어 본 플루트는 전선들 중 하나가 빠진 걸 발견하고 다시 연결한 다음 그녀에게 차에 올라 시동을 걸어 보라고 한다. 여인은 시키는 대로 하고, 키를 돌려 시동이 걸리자 환하게 웃으며 플루트에게 손 키스를 날린 다음 차를 몰고 사라진다. 여인이 너무 빨리 출발하는 바람에 플루트는 자동차 번호를 받아 적을 틈도 없었다. 이름도, 주소도, 전화번호도 모르고, 불과 1분 만에 자신의 삶에 등장했다가 사라져 버린 그 매혹적인 유령 같은 여인과 다시 연결될 방법을 전혀 모른다. 플루트는 계속 걸음을 옮긴다. 자신의 어리석음이 지굿지굿하고, 왜 자신의 인생에서 행운은 늘 그렇게 손가락 사이로 흘러내려 버리는 건지, 왜 더 좋은 무언가를 약속하는 듯하다가 결국에 가서는 늘 실망만 시키는 건지 의아하다. 3킬로미터쯤 지나, 1장에 나왔던 강도들이 다시 등장한다. 강도들이 수풀 뒤에서 튀어나와 그를 쓰러뜨리려 하지만, 이번에는 그도 반격한다. 무릎으로 강도 한 명의 사타구니를 공격하고 다른 한 명의 눈을 찌른 다음 도망치는데, 그렇게 도로를 내달리는 동안 어느새 해가 지고 어둠이 내린다. 곧 주변을 분간하기가 어려워지고, 그는 도로가 휘어지는 지점에 아까 본 여인의 자동차가 서 있는 걸 발견한다. 차는 나무 옆에 주차되어 있지만 여인은 보이지 않고, 그가 여인을 부르며 어디 있냐고 소리쳐 봐도 아무 대답이 없다. 플루트는 밤의 어둠 속으로 달려 들어간다.

세 번째 장에서, 그는 왼쪽으로 간다. 늦은 봄의 매혹적인 오후이고, 길 양쪽의 풀밭에는 야생화가 가득하고, 2백 마리의 새들이 내는 울음소리가 수정 같은 맑은 공기 속에 울려 퍼진다. 플루트는 삶이란 자신에게 다양한 방식으로 친절하기도 하고 잔인하기도 했다는 걸 떠올리고, 결국 대부분의 문제는 자신에게서 비롯한 것이었다는 깨달음에 이른다. 자기 삶을 이렇게 지루하고 밋밋하게 만든 건 자기 책임이며, 만약 삶을 더 풍성하게 살고 싶다면 다른 사람들과 더 많은 시간을 보내야 하고, 홀로 걸어가는 일은 멈춰야만 한다.

왜 인물들에게 그렇게 낯선 이름을 붙였죠? 네이글이 물었다.

모르겠습니다, 퍼거슨이 말했다. 그런 이름들 때문에 독자는 그들이 이야기 속 인물들이라는 걸 알게 되니까요. 실제 세계가 아니라요. 저는 실제 세계인 척하지 않고 이야기임을 드러내는 이야기가 좋습니다. 온전한 진실인 척하는 이야기, 진실 외엔 아무것도 아닌 척하는 이야기가 아니라요. 진심입니다.

그레거Gregor는, 카프카를 인용한 것 같은데.

그레고어Gregor 멘델도 있습니다.[5]

길쭉하고 슬퍼 보이는 교수의 얼굴에 짧게 미소가 스쳤다. 네이글이 말했다. 하지만 지원자는 카프카도 읽었죠?

『심판』, 『변신』, 그리고 다른 작품도 열 편에서 열두 편 정도 읽었습니다. 천천히 시간을 두고 읽으려고요, 너무 좋아하는 작가라서요. 제가 자리를 잡고 앉아 아직 읽지 않은 카프카의 작품을 다 읽어 버리면, 그다음엔 기대해야 할 카프카의 작품이 없어지는 셈인데, 그건 슬픈 일입니다.

즐거움을 아껴 두는 거군요.

맞습니다. 한 병밖에 주어지지 않았는데 만약 한 번에 다 마셔 버린다면, 그 병에 든 걸 또 마실 기회가 사

5 퍼거슨 소설 속 그레거 플램, 카프카 소설 『변신』의 그레고어 잠자, 유전학자 그레고어 멘델은 모두 이름의 철자가 〈Gregor〉이다.

라져 버리니까요.

　지원서를 보면 작가가 되고 싶다고 했는데. 지금까지 본인이 쓴 글들에 관해서는 어떻게 생각하나요?

　대부분 나쁩니다. 형편없이 나빠요. 몇몇 부분이 조금 나아지기는 했지만, 그렇다고 좋다는 뜻은 아닙니다.

　지원서에 포함한 두 작품은?

　고만고만합니다.

　그런데 왜 지원서에 포함했죠?

　그 두 편이 가장 최근에 쓴 거니까요. 그리고 제가 쓴 글 중에 제일 긴 글들이기도 합니다.

　깊이 생각하지 말고, 작가 이름 다섯 명만 대보세요. 지원자한테 가장 큰 영향을 준 카프카는 제외하고.

　도스토옙스키. 소로. 스위프트. 클라이스트. 바벨입니다.

　클라이스트는, 요즘 고등학생들이 많이 읽는 작가는 아닌데.

　저희 이모가 클라이스트 평전을 쓴 분이랑 결혼했습니다. 그분이 저한테 클라이스트의 작품을 줬습니다.

　도널드 마크스.

　아세요?

　한 다리 건너서 알지.

　다섯 명은 너무 적네요. 중요한 이름을 몇 개 빼먹은 것 같습니다.

　잘 알겠습니다. 당연히 디킨스도 있을 거고, 그렇죠?

그리고 포, 확실합니다. 그리고 아마 고골, 현대 작가들은 제외하더라도 말입니다. 조이스, 포크너, 프루스트. 이 작가들 책은 다 읽은 거죠?

프루스트는 아직 읽지 않았습니다. 말씀하신 다른 작가들은, 네, 맞습니다. 아직 『율리시스』는 시작을 못 했는데, 이번 여름에 시도해 볼 생각입니다.

베케트는?

『고도를 기다리며』만 읽어 봤습니다.

보르헤스?

전혀 안 읽었습니다.

재미있는 책들이 많이 기다리고 있습니다, 퍼거슨 군.

아직 제대로 시작도 못 한 것 같습니다. 셰익스피어 희곡 몇 편을 제외하면 18세기 이전 작품은 거의 읽어 본 적이 없습니다.

스위프트 이야기를 했는데, 필딩이나 스턴, 오스틴은 어떻습니까?

아직 못 읽어 봤습니다.

클라이스트의 글에서 지원자에게 인상적인 부분은 무엇이었습니까?

문장의 속도였습니다. 추진력이요. 그는 끊임없이 말하지만 많이 보여 주지는 않는 것 같습니다. 많은 사람들이 그런 방식은 잘못된 거라고 하지만, 저는 그의 이야기들이 앞으로 치고 나가는 방식이 좋거든요. 대단히 정교한 이야기지만, 동시에 마치 동화를 읽는 듯한 느낌도 듭니다.

클라이스트가 어떻게 죽었는지는 알죠, 그렇죠?

서른네 살에 총을 물고 방아쇠를 당겼습니다. 이중 자살 계약에 따라 여성 지인을 먼저 죽인 후에요.

말해 보세요, 퍼거슨 군. 프린스턴에 합격했지만 장학금 지원은 받을 수 없다면, 그래도 이 학교에 올 겁니까?

그건 컬럼비아 쪽 결과에 달린 것 같습니다.

그쪽이 1지망이군요.

네.

이유를 물어봐도 될까요?

뉴욕에 있는 학교니까요.

아, 그렇죠. 그래도 장학금을 받을 수 있으면 이 학교로 오는 거고.

당연합니다. 아시다시피, 돈 문제가 중요하니까요. 제가 컬럼비아에 합격한다고 해도, 가족들이 보내 줄 여유가 있을지는 확신할 수 없습니다.

음, 위원회에서 어떤 결정을 내릴지 알 수 없지만, 이 말은 해주고 싶네요. 나는 지원자가 제출한 이야기들을 재미있게 읽었고, 그 글들이 고만고만한 정도보다 훨씬 좋다고 생각합니다. 플루트 씨는 여전히 또 하나의 두 번째 길을 찾고 있겠지만, 〈그레거 플램〉은 사랑스럽고 놀라운 글이었습니다. 지원자의 나이를 감안하면 탁월한 작품이라고 할 수 있고, 세 번째 부분과 다섯 번째 부분을 조금만 수정하면 어딘가에 발표도 할 수 있을 거라고 확신합니다. 하지만 하지 마세요. 그게 내가 지원자에게 해주고 싶은 말입니다. 저의 개인적인 조언이라고 할까요. 잠시 거리를 두고, 서둘러 출판하지 마세요. 계속 작업하고, 계속 성장하고, 준비가 될 때까지는 절대 출판하지 마세요.

감사합니다. 아니, 감사한 게 아니라 — 하지만 네, 교수님 말씀이 맞습니다라고 해야겠지만, 그런데 잘못 아셨을 수도 있고, 〈고만고만한〉 부분 관련해서요, 그러니까 제 말은, 그래도 참 큰 의미가……. 이런, 무슨 말씀을 드려야 할지 모르겠네요.

아무 말도 하지 마세요, 퍼거슨 군. 그냥 자리에서 일어나서 나랑 악수한 다음에 집으로 돌아가면 됩니다. 만나서 영광이었습니다.

6주 동안 불확실한 시기가 이어졌다. 3월 내내, 그리고 4월 절반이 지나는 동안 로버트 네이글의 말이 퍼거슨의 머릿속에서 계속 타올랐다. 탁월한 작품, 그리고 만나서 영광이었습니다라는 말이 늦은 겨울과 이른 봄의 쌀쌀한 날씨에도 그를 따뜻하게 지켜 줬다. 네이글은 그의 작품을 읽은 첫 번째 모르는 사람, 중립적인 인물, 그와 아무 관련이 없는 완전한 외부인이었음을 깨달았는데, 프린스턴 전체에서 가장 문학적인 인물이 그의 작품이 가치 있다고 판단한 이상, 젊은 작가는 학교에 가지 않고 자기 방에서 하루에 열 시간씩, 이제 막 머릿속에서 형태를 잡기 시작한 새로운 작품에 집중하고 싶었다. 〈멀리건의 여행〉이라는 그 이야기는 지금까지 그가 쓴 작품들 중 최고가 될 것이고, 마침내 찾아올 커다란 도약이 될 것이었다.

긴 기다림의 시기 중 어느 날 아침, 퍼거슨이 주방에 앉아 호랑이와 사자에 관해, 아니면 개미들을 배출하는 공장으로 유명한 럿거스에서, 세계적으로 유명한 대도시인 뉴저지주 뉴브런즈윅에 있는 그 학교에서 자신 역시 한 마리 개미가 되어 버릴 가능성에 관해 생각하고 있을 때, 어머니가 그날 발행된 『스타레저』를 들고 왔다. 어머니는 신문을 아침 식탁에 내려놓으며 한번 봐봐라고 말했다. 너무나 예상 밖의 뉴스, 가능할 거라고 생각했던 일들의 영역 밖에 있는 사건, 말도 안 되게 잘못되었고 어이없는 일이어서 그는 세 번이나 들여다본 후에야 그 소식을 비로소 받아들일 수 있었다. 그의 아버지가 재혼했다. 수익의 선지자께서는 마흔한 살의 에설 블루먼솔이라는 상대와 가약을 맺었는데, 그녀는 고 에드거 블루먼솔을 잃고 홀로 된 과부이자, 열여섯 살 앨런과 열두 살 스테파니라는 두 아이의 엄마였다. 미소를 짓는 아버지와 봐줄 만하지 않다고 할 수 없을 두 번째 퍼거슨 부인의 사진을 보면서, 퍼거슨은 그녀가 어머니와 확실히 닮았다는 사실을 알 수 있었다. 특히 키와 몸매, 그리고 짙은 머리카락 색이 그랬

는데, 마치 아버지가 원래 모델의 새로운 버전을 찾아
낸 것만 같았다. 하지만 대체자는 절반쯤 예쁠 뿐이었
고, 뭔가를 경계하는 눈빛이었다. 그녀의 눈빛은 어딘
가 슬프고 폐쇄적이며 조금 차가웠던 반면, 퍼거슨 어
머니의 눈빛은 주변 사람들 모두의 안식처 같았다.

그는 아버지가 그 여인을, 형식적으로는 자신의 새
어머니가 된 그 여인을 소개해 주지 않은 데 대해 화를
내고, 결혼식에 초대받지 못한 일에 크게 상처받아야
하는 거라고 생각했지만, 둘 다 해당 사항이 없었다.
안심이 되었다. 마침내 이야기가 끝났고, 스탠리 퍼거
슨의 아들은 이제 더 이상 자신을 낳아 준 아버지와 그
어떤 혈연관계도 인정할 필요가 없었다. 그는 어머니
를 보며 외쳤다. Adiós, papa — vaya con Dios(아디오
스, 아빠 — 신과 함께하시기를)![6]

그로부터 3주 후, 같은 날에 서로 다른 세 곳 — 뉴욕
시티, 매사추세츠주 케임브리지, 그리고 뉴저지의 작
은 동네 — 에서, 뒤섞인 가족 집단의 젊은이들은 각각
우편함을 열고 기다려 온 편지를 확인했다. 노아가 받
은 단 한 통의 탈락 통보를 제외하면 모두 싹쓸이하듯
합격 통보를 받았는데, 슈나이더먼-퍼거슨-마크스
4인방에게는 전례가 없는 대성공이었고, 덕분에 그들
은 다음 4년 동안 어느 곳에서 자신들의 삶을 살아갈지
결정할 수 있는 부러운 위치에 놓이게 되었다. NYU

6 스페인어.

외에도 노아는 시티 칼리지와 미국 극예술 아카데미에도 갈 수 있었고, 짐은 서부의 캘리포니아 공대, 남쪽의 프린스턴에 갈 수 있었고, 그대로 MIT에 남을 수도 있었다. 바너드와 브랜다이스 외에 에이미는 스미스, 펨브로크, 그리고 럿거스에도 진학할 수 있었다. 퍼거슨으로 말하자면, 개미는 예상대로 그를 붙여 줬고, 예상과 달리 두 정글 야수들도 마찬가지였다. 에이미는 합격 통지서를 주방에 던지며 고개를 젖히고 숨이 넘어갈 정도로 기뻐했고, 그는 자리에서 일어나 그녀의 할아버지 말투를 최대한 흉내 내서 〈우리 함께 춤출까, 아가?〉라고 말했고, 그런 다음 그녀가 서 있는 곳으로 다가가 그녀를 안으며 입술에 곧장 키스했다.

월트 휘트먼 장학생.

컬럼비아에서도 자신감을 주는 편지가 왔지만, 뉴욕은 기다려야만 했다. 돈 때문에 프린스턴에 갈 수밖에 없었지만, 돈 문제를 떠나서 장학금을 따냈다는 차별성이 있었다. 말할 것도 없이 그의 인생에서 있었던 일들 중 가장 큰 일이었고, 댄의 표현에 따르면 엄청난 자랑거리였는데, 무덤덤하고 티를 내지 않는 퍼거슨에게도, 보통은 자신이 이룬 것에 대해 쑥스러워하고, 자기 입으로 떠벌리기보다는 조용히 방을 나가 버리는 쪽을 택하는 그 퍼거슨에게도 프린스턴 장학금은 달랐다. 너무 큰 일이라 다른 사람들에게 알리는 게 기분 좋았고, 그가 네 명의 장학금 수령자 중 한 명이 되었다는 소문이 학교에 퍼졌을 때는, 그는 평소처럼 부끄러워하거나 겸손한 말을 하지 않고 축하 인사를 모두 받아들였다. 그는 탐욕스럽게 칭찬을 받아들였고, 갑자기 세상이 자기 주변을 돌기 시작한 것처럼 그렇게 세상의 중심이 된 상황을 즐겼다. 부러움과 시기의 대상이 되었고, 모두가 그의 이야기를 했으며, 비록 9월에는 뉴욕에 가고 싶다고 생각했던 그였지만, 당장은 프린스턴 대학의 월트 휘트먼 장학생으로 사는 것만으로 충분하고도 남을 정도였다.

두 달이 흘렀고, 고등학교 졸업식 다음 날 퍼거슨은 아버지에게 편지를 한 통 받았다. 장학생이 된 걸 축하하는 짧은 인사와 함께(장학생 선정 소식이 『스타레저』에 실렸다), 1천 달러짜리 수표가 한 장 들어 있었다. 퍼거슨의 첫 반응은 수표를 찢어서 아버지에게 돌려보내고 싶다는 것이었지만, 곧 더 좋은 방법을 생각해 내고는 수표를 자기 계좌에 입금했다. 돈이 계좌에 들어온 후에는 5백 달러짜리 수표를 두 장 써서 건전한 핵 정책을 위한 전국 위원회SANE[7]와 SNCC에 하나씩 보냈다. 좋은 곳에 쓸 수 있는데도 돈을 찢어 버리는 건 어리석은 일이었고, 그가 살고 있는 엉망이 된 세상의 무능함과 부당함에 맞서 싸우는 이들에게 주지 않을 이유가 없었다.

같은 날 저녁, 퍼거슨은 방 안에서 문을 잠그고 옛날

7 National Committee for a Sane Nuclear Policy. 이하 SANE.

집을 떠나온 이후 처음으로 울었다. 데이나 로즌블룸이 그날 오전에 이스라엘로 떠났고, 그녀의 부모님은 또 한 번의 새로운 시작을 위해 런던으로 돌아갈 예정이었기 때문에, 아마도 그녀를 다시는 보지 못할 가능성이 컸다. 그는 그녀에게 가지 말라고 간청했고, 그동안 자신이 잘못한 부분이 많았기 때문에 자신을 증명해 보일 기회를 다시 한번 갖고 싶다고 설명했다. 그녀가 이미 마음을 정했고 아무것도 자신을 막을 수 없다고 하자, 그는 충동적으로 결혼하자고 말했다. 데이나는 그의 말이 농담이 아니라는 것, 한 마디 한 마디가 진심이라는 것을 알았기 때문에, 그가 자기에겐 일생일대의 사랑이었다고, 남은 평생 동안에도 진심으로 아낄 사람이라고 말한 다음, 그에게 마지막으로 키스하고 돌아섰다.

다음 날 아침, 그는 다시 아니 프레이저와 일을 시작했다. 대학생 씨는 다시 이사 업체로 돌아왔고, 리처드 브링커스태프와 함께 승합차를 타고 다니며 리처드가 텍사스에서 보낸 어린 시절과, 작은 마을에 있던 매춘업소에 관한 이야기를 들었다. 주인이 너무도 인색했던 그 업소에서는 콘돔을 재활용했는데, 따뜻한 물에 헹군 다음 빗자루 손잡이에 끼워서 햇빛에 말렸다고 했다. 퍼거슨은 세상은 이야기들로 이뤄져 있다고, 너무나 다른 이야기들이 많아서 전부 모아 책으로 낸다면 9억 면짜리 책이 될 거라고 생각했다. 와츠 폭동과

미국의 베트남 침공으로 기억될 여름이 시작되었고,
퍼거슨의 할머니와 에이미의 할아버지는 그 여름의 끝
을 보지 못했다.

5.1

그는 교내 최신 기숙사인 카먼 홀 10층에 방을 배정받았다. 하지만 퍼거슨은 짐을 풀고 물건들을 정리하자마자 북쪽으로 몇 미터 떨어진 기숙사인 퍼널드 홀로 가서, 엘리베이터를 타고 6층으로 올라가 617호 앞에 잠시 서 있었다. 그다음에는 다시 내려와 버틀러 도서관을 따라 난, 벽돌을 간 산책로를 걸어 세 번째 기숙사 건물인 존 제이 홀로 갔다. 그곳에서 엘리베이터를 타고 12층으로 올라가 1231호 앞에 잠시 서 있었다. 페데리코 가르시아 로르카가 1929년과 1930년에 몇 달간 컬럼비아 대학에 머물렀을 때 그 두 방에서 지냈다. 퍼널드 617호와 존 제이 1231호는 그가 「컬럼비아 대학교에서의 고독 시들」, 「도시로 돌아오다」, 「월트 휘트먼에게 바치는 송시」(지저분한 뉴욕 / 철조망과 죽음의 뉴욕)를 비롯해 『뉴욕에 온 시인』에 실린 작품 대부분을 쓴 작업실이었고, 그 시집은 1940년, 로르카가 프랑코

의 부하들에게 맞고, 살해당하고, 공동묘지에 던져진
지 4년 만에 끝내 발간되었다. 성지였다.

두 시간 후, 퍼거슨은 브로드웨이와 웨스트 116번가
로 가서 초크 풀 오너츠에서 에이미를 만났다. 너무 맛
있어서 록펠러의 돈으로도 더 좋은 커피를 살 수는 없
을 거라는(텔레비전 광고에 따르면 그랬다) 그 유명한
천상의 커피를 파는 곳이었다. 초크 풀 오너츠는 록펠러
주지사의 친구 재키 로빈슨을 부사장이자 인사 이사로
채용한 바로 그 회사였는데, 에이미와 퍼거슨은 어색
하고 뭔가 뒤엉킨 듯한 사실들에 관해 잠시 생각해 봤
고 — 안 끼는 데가 없는 넬슨 록펠러 가문은 남미에
커피 농장을 소유하고 있다. 야구계에서 은퇴한 재키
로빈슨은 아직 비교적 젊은 나이였지만 머리가 하얗게
세어 버렸다. 그 커피숍은 뉴욕에 지점이 여든 개쯤 있
고 종업원은 대부분 흑인이다 — 이내 에이미가 그에
게 대학은 어떤지, 마침내 자유인이 된 기분은 어떤지
물었다. 아주 좋아, 찢어질 것 같아. 그는 그렇게 대답하고
에이미의 목과 귀와 눈썹에 키스했다. 한 가지 사건만
빼면 그랬는데, 그 사건 때문에 그는 교정에 도착한 지
한 시간 만에 얼굴을 한 대 맞을 뻔했다. 오리엔테이션
기간에 신입생들에게 담청색 비니를 쓰게 하는 컬럼비
아 대학의 전통에 관한 이야기였는데(비니 앞쪽에 학
번을 새겼고 그해에는 웃기게도 69학번이었다), 퍼거슨
은 그게 역겨운 관습이라고, 몇십 년 전에 폐지되었어

야 하는 19세기 부잣집 출신 학부생들의 모욕적인 의
례로 퇴행하는 짓이라고 생각했다. 가슴에 신입생임을
알리는 이름표를 붙인 채 자신의 일을 생각하며 사각
형 안뜰을 이리저리 돌아다니는데, 선배 두 명이 그를
불러 세웠다고 했다. 소위 감시단, 그러니까 신입생이
교정 이곳저곳을 찾아갈 수 있게 도와주는 학생들이었
다. 그를 부른 덩치들은 짧은 머리에 트위드재킷을 입
고 타이까지 매고 있었고, 미식축구팀의 라인맨이 분
명해 보였는데, 길을 알려 줄 마음은 전혀 없는 것 같았
고 그저 왜 비니를 쓰지 않았냐고만 물었다. 친절한 학
생이라기보다 불친절한 경관에 가까운 말투였고, 퍼거
슨은 비니는 자기 방에 있다고, 그날뿐 아니라 일주일
동안 그 어느 날에도 쓸 생각이 없다고 퉁명스럽게 대
답했다. 그 말에 경관 중 한 명이 재수 없는 놈이라며 방
에 가서 비니를 가져오라고 했다. 그는 죄송합니다만
그렇게 원한다면 직접 가서 가져오시든가요, 하고 대
답했고, 그 반응에 감시단원이 너무 흥분해서 순간 퍼
거슨은 떡이 되게 맞을 줄 알았지만 다른 경관이 친구
를 진정시켰고, 퍼거슨은 그 충돌을 길게 끌지 않고 그
냥 가던 길을 갔다.

　남자 대학교 동족 집단에 관한 최초의 인류학 수업
이었네, 에이미가 말했다. 네가 속한 세계는 이제 세 가
지 종족으로 나뉠 거야. 남학생 친목회 회원이나 운동
부원이 아마 3분의 1 정도 될 거고, 공붓벌레가 또 3분

의 1 정도, 그리고 재수 없는 놈이 나머지 3분의 1이야. 네가, 아치, 재수 없는 놈이라서 기뻐. 한때는 너도 운동부원이었지만.

그럴지도 모르지, 퍼거슨이 말했다. 하지만 재수 없는 놈의 심장을 가진 운동선수였잖아. 그리고 어쩌면 —방금 생각난 건데— 공붓벌레의 머리도 있을지 몰라.

천상의 커피가 그들 앞에 나왔고, 퍼거슨이 한 모금 마시기도 전에 젊은 남자 한 명이 다가와 에이미에게 미소를 지으며 아는 척을 했다. 중간 정도 몸집에 헝클어진 긴 머리였고, 물어볼 것도 없이 재수 없는 놈 부류, 이제 퍼거슨도 소속된 그 부류의 동료처럼 보였는데, (에이미에 따르면) 재수 없는 놈과 운동선수를 구분하는 건 머리 길이였기 때문이다. 좌파 성향(반전, 인권 옹호), 예술과 문학에 대한 믿음, 그리고 모든 형태의 제도적 권위에 대한 의심 등 다른 공통점에 비하면 머리 길이는 가장 덜 중요한 특징이기는 했다.

잘됐네, 에이미가 말했다. 이쪽은 레스, 여기 올 줄 알았지.

레스 고츠먼이라는 대학 2학년생이었고, 에이미와 편하게 지내는 친구라고 했지만 실은 잘 안다고는 할 수 없는 지인인 정도였다. 하지만 브로드웨이가 양쪽에 있는 사람들은 모두 에이미 슈나이더먼이 누구인지 알았고, 레스는 그날 오후 초크 풀 오너츠에 들르기로, 그러니까 퍼거슨의 대학 생활 첫날을 환영하는 깜짝 선물로 등장하기로 에이미와 약속해 둔 상태였다. 왜냐하면 그 레스 고츠먼이 6개월 전 퍼거슨이 처음 교정을 찾았을 때 발견하고 재미있어했던 바로 그 문장, 정기적인 섹스가 도움이 된다를 쓴 장본인이었기 때문이다.

아, 그거, 레스는 자리에서 튀어 올라 시인의 손을 잡은 퍼거슨에게 말했다. 그때는 그게 재미있다는 생각이 들어서.

지금도 재미있어요, 퍼거슨이 말했다. 외설스럽고 공격적이기도 하지만, 적어도 어떤 사람들, 대부분의 사람들에게는 그렇겠지만, 부인할 수 없는 사실이기도 하니까.

레스는 살짝 미소를 지어 보이고, 에이미와 퍼거슨을 몇 번 번갈아 쳐다본 다음 말했다. 에이미 말이 너도 시를 쓴다던데. 『컬럼비아 리뷰』에 보여 줘봐. 와서 노크만 하면 돼. 페리스 부스 홀, 3층. 사람들이 안에서 소리를 지르는 방이야.

10월 16일, 퍼거슨과 에이미는 처음으로 반전 시위에 참가했다. 5번 애비뉴 베트남 평화 행진 조직 위원회에서 조직한 행진이었는데, 마오주의 학생 활동가부터 정통 유대교 랍비까지 수만 명의 사람들이 모였고, 둘 중 누구도 야구장이나 미식축구장에서 말고는 그 정도의 대규모 군중에 속해 본 적이 없었다. 군중은 이른 가을의 맑은 토요일 오후에 완벽한 뉴욕의 완벽한 파란

하늘 아래 행진했고, 5번 애비뉴를 따라 내려가다 유엔 플라자가 있는 오른쪽으로 방향을 트는 동안 어떤 사람들은 노래를 부르고, 어떤 사람들은 구호를 외치고, 대부분은 말없이 그저 걸었다. 퍼거슨과 에이미도 후자에 가까워서 그저 손을 잡고 말없이 나란히 걸었는데, 센트럴 파크의 낮은 담장에 앉은 한 무리의 사람들이 환호와 함성으로 응원해 주는가 하면, 다른 한 무리, 전쟁에 찬성하는 사람들의 무리, 퍼거슨이 나중에 생각한 바에 따르면 〈반전 반대 세력〉 무리는 욕이나 험한 말을 퍼부었는데, 몇 번인가 시위대에 달걀을 던지거나, 달려들어 때리거나, 빨간색 페인트를 뿌리기도 했다.

2주 후, 참전을 옹호하거나 반전에 반대하는 사람들 2만 5천 명이 〈베트남에서의 미국의 노력을 지지하는 날〉을 정해 자신들만의 행진을 벌였고, 선출직 공무원들은 높은 곳에 설치된 관람석에서 응원을 보냈다. 그 시점에 자신들의 정부가 전쟁에서 저지른 실수를 인정하려는 미국인은 거의 없었지만, 18만 명의 미군 전투 부대가 베트남에 주둔 중이고, 〈천둥소리 작전〉으로 알려진 폭격이 8개월째 진행 중이고, 추라이나 이아드랑에서 벌어진 전투에서 발생한 미군 사상자 수가 속속 전해지는 상황에, 존슨과 맥너마라, 웨스트모얼랜드가 미국인들에게 약속했던 신속하고 최종적인 승리는 점점 멀어지고 있었다. 8월 말, 의회에서는 징집 관런 서류를 훼손한 자는 징역 5년 혹은 1만 달러 이하의 벌금에 처한다는 법안을 통과시켰다. 그럼에도 젊은이들은 집회에서 자신들의 징집영장을 불태우기를 멈추지 않았고, 징집에 저항하는 운동은 전국으로 확대되어 갔다. 하루는 퍼거슨과 에이미가 5번 애비뉴로 행진을 시작하기 전에, 3백여 명의 군중이 화이트홀 거리의 징집 안내 센터 앞에 모여 스물두 살의 데이비드 밀러가 자신의 징집영장을 불태우는 광경을 지켜봤다. 새로운 연방법에 대한 최초의 공개적인 저항이었다. 10월 28일, 다른 네 명의 젊은이가 폴리 스퀘어에서 같은 행위를 시도하다가 방해꾼과 경찰에게 제지당했다. 그다음 주, 유니언 스퀘어에서 시위 도중 다섯 명의 젊은이가 징집영장을 태우려는 순간, 군중 틈에서 반전 반대 세력의 젊은이 한 명이 튀어나와 소화기를 뿌려 댔다. 흠뻑 젖은 다섯 명의 젊은이는 축축해진 영장에 간신히 불을 붙일 수 있었고, 경찰 바리케이드 뒤에 모여 있던 수백 명은 〈우리에게 기쁨을! 하노이에 폭격을!〉이라고 외쳤다.

그들은 〈영장 말고 네 몸에 불을 붙여!〉라고도 외쳤다. 나흘 전 펜타곤 앞에서 분신한 평화주의자 퀘이커 교도에 대한 비열한 언급이었다. 베트남 신도들이 네이팜탄에 불타는 광경을 목격한 프랑스 가톨릭 사제의 글을 읽은 후, 세 어린아이의 아버지이기도 했던 서른한 살의 노먼 모리슨은 볼티모어에 있는 자신의 집에서 워싱턴 D. C.까지 차를 몰고 갔고, 로버트 맥너마라의 사무실 창에서 45미터쯤 떨어진 곳에 자리를 잡고 앉아, 전쟁에 대한 무언의 항의로 자신의 몸에 등유를 붓고 분신했다. 현장에 있던 사람들 말에 따르면 불꽃이 약 3미터 높이로 치솟았다고 한다. 네이팜탄이 전투기에서 평지로 떨어졌을 때와 비슷한 화력이었다.

영장 말고 네 몸에 불을 붙여.

에이미가 옳았다. 〈베트남〉이라는 작고 눈에 띄지도 않는 소란이 한국 전쟁보다 크고, 제2차 세계 대전 이후 그 어떤 전쟁보다 큰 갈등이 되었고, 하루하루 지날수록 더 커져 갔다. 매시간 더 많은 병력이 저 멀리 지구 반대편의 가난한 나라로 보내져서는 공산주의의 위협에 맞서, 북베트남이 남베트남을 점령하는 사태를 막기 위해 싸우고 있었다. 20만, 40만, 50만 명의 퍼거슨 세대 젊은 이들이 배를 타고 한 번도 들어 본 적 없고 지도에서 찾을 수도 없는 정글과 마을로 떠나고 있었고, 미국 땅으로부터 수천 킬로미터 떨어진 곳에서 전투가 벌어졌던 한국 전쟁이나 제2차 세계 대전과 달리, 이번에는 베트남과 고국 양쪽에서 전쟁이 벌어지고 있었다. 퍼거슨이 보기에 군사적 개입에 반대하는 주장은 너무나 명료하고, 논리가 설득적이고, 사실 관계를 면밀히 검토해 보면 너무나 자명한 것이어서, 그로서는 사람들이 어떻게 전쟁을 지지할 수 있는지 도무지 이해할 수 없었다. 하지만 수백만 명이 전쟁을 지지했고, 당시에는 전쟁에 반대하는 수백만 명보다 지지하는 쪽이 훨씬 많았기 때문에, 전쟁을 지지하거나 반전에 반대하는 세력의 눈에는 정부 정책에 반대하는 사람은 적의 대리인, 스스로를 미국인이라 부르기를 포기한 미국인에 불과했다. 전쟁 지지자들은, 5년의 징역형을 각오하고 징집영장을 태우는 젊은이가 나타날 때마다 배신자 혹은 공산주의 찌꺼기라고 외쳤지만, 퍼거슨은 그 청년들을 우러러보며 그들이야말로 이 나라에서 가장 용감하고 가장 신념에 찬 미국인들이라고 생각했다. 그는 전폭적으로 그들을 지지했고 군인들이 한 명도 빠짐없이 귀국할 때까지 반전 시위에 나설 생각이었지만, 군인들 중 한 명은 될 수 없었다. 왼손 엄지가 없기 때문에 그들 옆에 나란히 설 수 없었고, 동료 학생들이 느끼는, 졸업 후 신체검사에 끌려갈 것에 대한 두려움에서도 이미 자유로웠다. 징집 거부는 불구자나 장애인의 일이 아니라 적합한 사람, 훌륭한 군인이 될 자격을 갖춘 사람의 일이었고, 그러니 의미 없이 흉내만 내기 위해 감옥에 가는 위험까지 감수할 필요는 없었다. 그건 외로운 자리였고, 그는 종종 추방된 사람들 틈에서 한 번 더 추방된 것 같은 느낌도 들었는데, 그런 그의 모습에는 결국 어떤 수치스러움도 묻어 있었다. 하지만 마음에 들든 안 들든 자동차 사고를 겪었기 때문에 그는 나중에 맞서 싸울지 도망칠지를 놓고 갈등하지 않아도 되었고, 주변 사람들 사이에서 오직 그만이 다음 단계에 대한 두려움 없이 살고 있었다. 그런 상황은 많은 이들이 균형을 잃고 넘어지던 때에도 그만은 확실히 두 발로 단단히 서 있을 수 있게 해줬다. 1965년 9월과 10월, 나라는 이미 둘로 쪼개져 있었고, 그 후로 미국이라는 단어를 입에 올릴 때마다 광기라는 단어를 떠올리지 않을 수 없었다.

마을을 구하기 위해 먼저 파괴해야만 한다.

그다음, 11월 9일, 노먼 모리슨이 펜타곤 앞마당에서 자살하고 일주일 후, 그리고 컬럼비아에서의 첫 학기가 6주 정도 지나고 퍼거슨이 어렴풋이 자신의 미래를 감지하며 여전히 대학만이 유일한 길인지 확신하지 못하고 있을 때, 뉴욕에서 불빛이 사라졌다. 오후 5시 27분에 시작해서 13분 만에 미 북동부 20만여 제곱킬로미터에 해당하는 지역에 전기 공급이 중단되어 3천만 명이 어둠에 갇혔고, 거기에는 직장에서 집으로 돌아가는 지하철에 타고 있던 80만 명의 뉴욕 시민도 포함되었다. 운이 없었던 퍼거슨, 그 무렵에는 잘못된 시간에 잘못된 장소에 있는 재주가 거의 완벽의 경지에 이르렀던 그는, 카먼 홀 10층으로 올라가는 엘리베이터 안에 혼자 있었다. 방에 들러 책을 두고 두꺼운 재킷으로 갈아입을 생각이었다. 방에는 1분 이상 머무르지 않을 예정이었다. 6시까지 에이미의 아파트에 가서 그녀와 함께 스파게티를 만들어 먹고, 그다음엔 에이미가 그날 오후에 완성한 역사 과제물을 읽어 볼 계획이었다. 1866년 시카고 헤이마켓 스퀘어에서 일어난 무력 충돌에 관한 15페이지짜리 과제물이었고, 그녀가 과제물을 쓸 때마다 그는 편집자 역할을 해줬는데, 과제를 제출하기 전에 그가 읽어 주는 게 기분 좋다고 그녀는 말했다. 그런 다음에는 거실 소파에 앉아 두어 시간 동안 각자 다음 날 수업 준비를 하고(퍼거슨은 투키디데스, 에이미는 존 스튜어트 밀), 기분이 내키면 브로드웨이까지 걸어가 웨스트엔드 바에서 맥주를 한두 잔 하고, 거기 혹시 친구들이 있으면 이야기를 나누며 충분히 시간을 보낸 후에, 아파트로 돌아와 에이미의 작지만 달콤하고 안락한 침대에서 또 한 번의 밤을 보낼 예정이었다.

처음에는 무슨 상황인지 전혀 알 수 없었다. 갑자기 엘리베이터가 멈췄는지, 아니면 불이 먼저 꺼졌는지, 혹은 두 일이 동시에 벌어졌는지 알 수 없었지만, 머리 위에서 형광등이 탁탁 소리를 냈고 엘리베이터가 거칠게 요동쳤다. 쿵 소리에 이어 뭔가가 끌리는 소리가 나고, 끌리는 소리에 이어 다시 쿵 소리가 나고, 혹은 두 소리가 동시에 나는 것 같기도 했지만, 모든 일이 너무 순식간에 벌어졌고, 2초 만에 불이 전부 꺼지고 엘리베이터가 멈춰 버렸다. 퍼거슨은 6층과 7층 사이 어디쯤엔가 갇혔고 거기에 열세 시간 반을 갇혀 있게 되는데, 어둠 속에서 혼자 할 수 있는 일은 아무것도 없었고, 머릿속에 떠오르는 생각들을 점검하며 그저 오줌보가 터져 버리기 전에 다시 불이 들어오기만을 바랄 뿐이었다.

처음부터 그는 그 일이 자신만이 아니라 모두의 문제임을 알았다. 건물 전체에서 사람들이 소리쳤고 — 정전! 정전! — 적어도 퍼거슨이 듣기에 그 목소리에서 공포가 느껴지지는 않았다. 차라리 뭔가를 축하하는 듯한 신난 목소리였고, 엘리베이터 통로까지 타고 들어온 커다란 웃음소리가 벽에 울렸다. 단조롭고 오래된 일상이 목적을 잃어버렸고 예상치 못한 새로운 일이 하늘에서 떨어진 것이다. 검은 혜성이 도시의 하늘을 가로지르고 있으니, 파티를 열어 환영해 주자! 좋은 반응이라고, 퍼거슨은 생각했고, 그런 쾌활한 분위기가 이어질수록 자신도 공포에 빠지지 않을 수 있을 것 같았다. 아무도 두려워하지 않는다면 자신도 두려워할 이유가 없었다. 비록 강철 상자 안에 갇혔지만, 별 하나 없는 북극에서 겨울밤을 보내는 눈먼 사람처럼 아무것도 보이지 않았지만, 심지어 관에 갇혀서 빠져나가기 전에 굶어 죽을 것 같은 느낌도 들었지만 말이다.

2~3분 만에, 정신을 차린 학생 몇 명이 엘리베이터 문을 두드리며 안에 누가 있는지 물었다. 네! 몇몇 목소리가 들렸고 퍼거슨은 허공에 매달린 불운한 학생이 자신만이 아니라는 사실을 알게 되었다. 엘리베이터 두 대가 모두 멈췄는데, 다른 쪽 엘리베이터에는 대여섯 명의 학생들이 있었던 반면 퍼거슨은 혼자였다. 갇힌 건 다른 학생들과 마찬가지였지만 그는 홀로 감금

된 셈이었다. 그가 이름과 방 번호(1014B)를 외치자 대답이 들려왔다. 아치, 이 불쌍한 놈! 퍼거슨이 다시 외쳤다. 팀! 얼마나 걸릴 것 같아? 팀의 대답은 도움이 되지 않았다. 그건 아무도 모르지.

할 수 있는 일이 없었다. 거기 앉아 나갈 때까지 기다려야 할 것 같았다. 신통치 못한 불운남은 여자 친구의 아파트에 가려던 중에 어쩌다 1번 실험자가 되었고, 이제 지상 6.5층에 매달린, 모든 감각이 차단된 탱크 안에 갇혀 있었다. 아이비리그의 해리 후디니,[8] 뉴욕 대도심의 로빈슨 크루소가 되었고, 칠흑 같은 밀실에 갇힌 끔찍한 느낌만 아니라면 그는 세상에서 가장 웃기는 바보, 혹은 전 우주적 바보가 된 데 감사 인사라도 했을 것이다.

바지에 그대로 오줌을 싸야겠다고, 그는 결정했다. 방광을 비워야 할 때가 되면, 바닥에 싼 다음 차갑고 출렁이는 오줌 구덩이에 — 다음 몇 시간 동안 — 앉아 있기보다는, 어릴 때 자주 했던 것처럼 바지에 찔끔찔끔 싸는 방법에 의존해야 할 것 같았다.

담배도 성냥도 없었다. 담배는 시간을 보내는 데 도움이 될 테고, 성냥이 있다면 담배 연기를 빨아들일 때마다 담배 끝이 타들어 가는 모습은 물론, 이따금 주변도 볼 수 있을 것이다. 하지만 이른 오후에 담배와 성냥

8 20세기 초에 활동한 헝가리계 미국인 마술사로, 특히 탈출 마술에 탁월했다.

둘 다 떨어졌고, 그는 웨스트 111번가에 있는 슈나이더
먼 스파게티집에 저녁을 먹으러 가는 길에 새로 한 갑
씩 살 생각이었다. 꿈이나 꾸라고, 웃기는 친구.

전화가 여전히 되는지도 알 수 없었지만 혹시 될지
도 모른다고 생각해 다시 팀을 불렀다. 에이미에게 연
락해서, 6시에 그가 나타나지 않아도 걱정하지 않도록
그가 어떤 상황에 처했는지 전해 달라고 부탁하려 했
지만, 팀은 더 이상 근처에 있지 않았고, 다시 소리쳤을
때 이번에는 아무도 대답하지 않았다. 환호와 웃음소
리는 지난 몇 분 새에 잦아들었고 복도에 몰려 있던 학
생들도 사라졌는데, 팀은 분명 마리화나에 빠진 다른
친구들과 한 대 피우러 10층에 올라갔을 것이었다.

그 안은 너무나 어두웠고, 모든 것과 너무나 단절되
어 있었고, 세상, 혹은 퍼거슨이 세상이라고 상상해 온
곳에서 너무나 벗어나 있었고, 퍼거슨은 자신이 여전
히 자기 몸 안에 있는 건지 서서히 의문이 들었다.

그는 여섯 살 생일에 부모님이 주신 손목시계를 떠
올렸다. 조절 가능한 금속 줄이 달려 있고, 어둠 속에
있으면 숫자들이 빛을 내던 어린이용 시계였다. 침대
에 누워 눈을 감고 잠에 빠져들기 전에 그 녹색 숫자들
을 보면 어찌나 안심이 되던지, 아침에 해가 뜨고 사라
질 때까지 곁을 지켜 주는 작은 인광성(燐光性) 친구들
이었다. 밤에는 친구였지만 낮에는 그저 색칠한 숫자
에 불과했던 그 시계, 이제 그는 시계를 차고 다니지 않

았고, 오래전 생일 선물이었던 그 시계가 어떻게 되었는지, 도대체 어디로 사라져 버렸는지 궁금해졌다. 아무것도 보이지 않았고 시간 감각도 없었다. 엘리베이터에 갇혀 있었던 시간이 20분인지, 30분, 40분인지, 한 시간인지도 알 수 없었다.

골루아즈. 브로드웨이에 도착하면 그 담배를 살 생각이었다. 여름에 에이미와 파리 여행을 하면서 처음 피우게 된 담배, 아주 강하고, 셀로판지를 씌우지 않은 창백한 파란색 갑에 든 갈색의 통통한 담배, 프랑스 담배 중에 가장 싼 그 담배를 미국에서 피우는 것만으로도 다른 세상에서 둘이 보낸 그 밤낮들로 돌아가는 것 같았다. 거칠고 시가와 비슷한 그 향은 캐멀이나 러키 스트라이크, 체스터필드처럼 부드러운 담배의 향과는 달랐기 때문에, 한 모금 빨아들이고 내뱉는 것만으로도 곧장 시장 맞은편에 있는 작은 호텔의 18호실로 돌아가는 기분이었고, 어느새 생각은 다시 파리의 거리들을 떠돌고, 그곳에서 둘이 함께 느꼈던 행복을 다시 살고 있는 것 같았다. 담배는 그 행복을, 해외에서 보낸 한 달 동안 그들을 사로잡았던 새롭고 더 큰 사랑을 상징했고, 그런 사랑은 모닝사이드하이츠의 〈재수 없는 놈 부대〉에 합류한 그에게 음란한 선배 대학생 시인을 깜짝 선물처럼 만나게 해준 일에서도 드러났다. 에이미와 그녀의 예측 불가능한 성격, 번개처럼 즉흥적으로 뭔가를 만들어 내는 능력, 풍부한 인맥과 너그러운 마음이 모두 축복이었다.

퍼거슨은 레스의 제안을 받아들여 자기 작품을 『컬럼비아 리뷰』에 내보고 싶은 마음이 들었지만, 그 만남 이후로 한 달 반이 지나도록 그 방을 찾아가지 않았다. 레스에게 최근 작품들, 실망스럽고 출판할 가치가 없는 그것들을 보여 주기가 꺼려졌던 건 아니다. 그보다는 파리에서 시작한 번역이 더 진지한 작업이 되어 버렸기 때문이었다. 이제 몇몇 사전(『프티 로베르 사전』, 『삽화가 든 프티 라루스 사전』, 그리고 없어서는 안 될 『허랩 불영사전』) 덕분에 완벽하다고 할 수 없었던 그의 프랑스어 실력이 조금 나아진 상태였고, 더 이상 시구를 잘못 이해하거나 숙어와 관련해 실수하는 일은 없었다. 그전에 그가 번역한 아폴리네르나 데스노스의 문장들은 언어학적 분쇄기에 넣어서 갈아 낸 〈프링글리시 Fringlish〉에 불과했었지만, 이제는 점차 프랑스어가 아니라 영어처럼 들리기 시작했다. 하지만 아직 발표할 수준은 아니었는데, 제대로 하려면 손봐야 할 부분들이 있었고, 그 영광스러운 서정시들의 한 행 한 행, 단어 하나하나가 괜찮다고 느껴질 때까지는 교내 잡지사를 찾아갈 생각이 없었다. 너무 존경하기 때문에 자신의 모든 걸 쏟아 넣지 않을 수 없는, 쏟아 넣고 또 쏟아 넣지 않을 수 없는 작품들이었다. 잡지에서 번역 작품도 실어 줄지는 알 수 없었지만, 시도해 볼 가치는 있었다. 『리뷰』는 그가 그때까지 만나 본 가장 재미

있는 신입생들을 끌어들이고 있었고, 본인 역시 그 일부가 되면 데이비드 지머, 대니얼 퀸, 짐 프리먼, 애덤 워커, 피터 에런 같은 시인이나 산문 작가 무리에 합류할 수 있을 것이었다. 모두 그와는 이런저런 수업을 같이 듣고 있었고, 지난 6주 동안 충분히 봐왔기 때문에 그들이 얼마나 지적이고 책을 많이 읽었는지 알 수 있었다. 언젠가는 진짜 시인이나 소설가가 될 자질을 갖춘 초짜 작가들, 그들은 똑똑하고 불타는 재능을 지닌 재수 없는 1학년들이었을 뿐 아니라, 모두 신입생 오리엔테이션이 진행되던 일주일 동안 비니를 단 한 번도 쓰지 않은 학생들이었다.

퍼거슨은 더 이상 시를 쓰지 않았다. 적어도 당분간은 아니었고, 미래에 언젠가 다시 그 모험에 나선다고 해도 지금의 그는 스스로를 잠복 중인 시인으로 생각할 수밖에 없었다. 10대 중반에 시라는 질병이 찾아왔고, 2년 동안 열에 시달리며 거의 1백 편에 가까운 시를 써냈다. 그러다 버몬트에서 프랜시가 차를 들이받는 사고가 있었고, 갑자기 시가 써지지 않았다. 스스로도 이해할 수 없는 이유 때문에 그는 사고 이후 시를 쓰는 일이 조심스럽고 두려웠고, 간신히 써낸 얼마 안 되는 작품들도 좋지는 않았다. 적어도 충분히 좋지는 않았다. 결코 충분히 좋다고 할 수 없었다. 기사체 산문을 쓴 덕분에 막다른 사태는 피할 수 있었지만, 그의 일부는 시를 쓰는 그 느릿한 작업, 삽으로 땅을 파서 직접 흙 맛을 보는 듯한 그 느낌이 그리웠고, 그런 이유로 파운드가 젊은 시인들에게 해준 조언을 따라 번역을 해보기로 한 것이었다. 처음에는 그저 손을 계속 굴리는 연습, 좌절 없이 시를 쓰는 즐거움만 느낄 수 있는 작업 정도로 생각했지만, 한동안 해보고 나니 번역에는 그 이상의 뭔가가 있다는 걸 알게 되었다. 만일 아끼는 시를 번역하는 중이라면, 그 시를 조각조각 해체해 당신의 언어로 다시 맞춰 내는 일은 일종의 헌신, 지금 손에 쥐고 있는 아름다운 작품을 당신에게 준 대가(大家)를 섬기는 한 방법이었다. 위대한 대가 아폴리네르와 그보다 작은 대가 데스노스는 퍼거슨이 보기에 아름답고, 대담하고, 놀랄 만큼 창의적인 시들을 써냈다. 한 편 한 편이 우수(憂愁)와 명랑함을 동시에 담고 있었는데, 그건 열여덟 살 퍼거슨의 가슴속에 있는 모순된 충동들을 어떻게든 하나로 합친, 드문 조합이었다. 그래서 잡지 사무실의 문을 두드릴 수 있을 만큼 충분히 단단해질 때까지 그는 시간이 날 때마다 다시 작업하고, 다시 생각하고, 그렇게 번역을 다듬어 나갔다.

그 문은 페리스 부스 홀 303호의 문이었다. 교정 남서쪽 모퉁이에 있는 그의 기숙사 건물 바로 옆에 자리한 학생회관 건물이었다. 그는 지금 기숙사 건물에 갇혀 있고, 암흑 속에서 정신을 잃지 않는다는 가정하에, 어떻게든 거기서 벗어날 수 있다면 지금 겪고 있는 일을 글로 써야 할 것 같았다. 재치 있고 도발적인 1인칭 글을 쓰면『컬럼비아 데일리 스펙테이터』에는 실을 수 있을 것이었다. 당시 그는 그 교내 신문의 기자로, 학교 당국이나 지도 교수의 간섭은 일절 없는 상황에서 신문을 만드는 40여 명의 학부생들 중 한 명이었다. 아직 303호의 문을 두드릴 용기는 없었지만, 신입생 오리엔테이션 주간의 이틀째 되던 날, 3층 복도 반대편 끝에 있는 318호의 커다란 사무실에 들어가 기자단에 합류하고 싶다고 했다. 그것뿐이었다. 수습 기간도 없고, 시험용 기사도 없고,『몬트클레어 타임스』에 썼던 기사들을 보여 줄 필요도 없었다. 그냥 가서 기사를 쓰면 되고, 마감 시간을 맞추고 일을 할 줄 아는 기자라는 것만 증명하면 그대로 받아 줬다. Auf wiedersehen, Herr Imhoff(안녕, 임호프 씨)!⁹

신입생이 쓸 수 있는 기사는 학사 일정이나 학생 활동, 스포츠, 그리고 주변 공동체에 관한 것이었다. 퍼거슨이 스포츠만 빼고요, 제발 스포츠만 아니면 됩니다라고 하자 편집부에서는 학생 활동 부문 기사를 맡겼다. 일주일에 평균 두 번 정도 썼고, 길이는 짧아서 그 전해에 고등학교 농구부나 야구부에 관해 썼던 기사의 절반 정도였다. 지금까지 그가 쓴 기사는 좌파와 우파 양측 모두의 여러 정치적 활동과 관련한 것들이었다. 소위 〈부당한 억압 전쟁〉에 맞서 싸우기 위해 학내 반징집 연합을 조직하려는 5월 2일 위원회의 계획을 다뤘고,

9 독일어.

현 시장인 존 린지가 〈공화당의 원칙에서 벗어났기〉때문에 윌리엄 F. 버클리를 새로운 시장 후보로 지지한다는 공화당 쪽 학생 연합의 소식도 다뤘다. 그 외에 퍼거슨이 가볍고 시시콜콜한 잡글이라고 부르는 기사로는 소소한 학내 소식들, 이를테면 학기가 시작되고 3주나 지났지만 신입생 열세 명이 아직 기숙사를 배정받지 못했다든지, 학생 식당 운영 업체에서 존 제이 홀에 새로 생길 〈카페〉의 이름을 공모하는데, 〈혼 앤드 하다트처럼 자판기로 음식을 파는〉 카페테리아이고, 수상자에게는 뉴욕 시내 어느 식당에서든 쓸 수 있는 2인 식사권을 준다는 이야기 등을 다뤘다. 정전 직전까지는, 허락되지 않은 시간에 남자 손님을 기숙사 방에 들였다는 이유로 정학당할 위기에 처한 바너드 대학 신입생에 관한 기사를 쓰던 중이었다. 현재 학칙에 따르면 남자 손님은 일요일 오후 2시부터 5시까지만 방문할 수 있는데, 문제의 손님은 새벽 1시에 바너드 학생과 함께 있었다. 그 학생, 보호를 위해 기사에서 이름을 밝힐 수 없는 그 학생은 학교 측 처사가 부당하다고, 〈다른 학생들도 다 하고 있는데 나만 들킨 것뿐〉이라고 했다. 에이미가 신입생 때 그 감옥이나 다름없는 기숙사에 들어가지 않으려고 속임수를 쓸 만도 했다. 평소 A. I. 퍼거슨 기자는 지침에 따라 객관적으로 사실을 전하는 기사를 썼지만, 동료 신입생으로서 아치 퍼거슨은 시인 레스 고츠먼의 후렴구로 기사를 시작하며 그 여학생의 편을 들어 주고 싶었다.

사실이 스스로 말하게 하라.

신문 일은 세계에 관여하면서 동시에 거기서 물러나는 것이었다. 그 일을 잘하려면 퍼거슨은 그 모순의 양면을 모두 인정하고 이중성 안에서 사는 법을 익혀야 했다. 대상을 깊이 파고들면서도 여전히 중립적인 관찰자로 옆에 물러나 있는 일이었다. 취재 대상을 깊이 파고드는 일은 한 번도 그를 흥분시키지 않은 적이 없었는데, 농구 경기 기사를 쓰는 경우처럼 빠른 속도를 낼 때나, 여자 대학의 이성 방문자에 관한 낡은 규정을 파헤치는 경우처럼 천천히 깊게 뭔가를 조사할 때나 마찬가지였다. 반면에 한발 물러나 있는 건 잠재적으로 문제가 될 수도 있겠다고 그는 느꼈고, 적어도 앞으로 몇 달, 혹은 몇 년에 걸쳐 적응해야 할 일이라고 생각했다. 공정성과 객관성을 위해 언론인으로서 맹세하는 건 성직자로서 위계를 받아들이고 여생을 유리 수도원 안에서 지내는 것 — 비록 내면은 인간사의 소용돌이에 시달리더라도 속세에서 벗어나는 것 — 과 다르지 않기 때문이었다. 언론인이 된다는 건 창밖으로 벽돌을 던져 혁명의 시작을 알리는 사람은 절대 될 수 없다는 뜻이었다. 누군가가 벽돌을 던지는 걸 지켜볼 수 있고, 그가 왜 벽돌을 던졌는지 이해해 보려 애쓸 수 있고, 그 벽돌이 혁명의 시작에서 얼마나 의미심장한 건지 사람들에게 설명해 줄 수도 있지만, 스스로는 절대 그 벽돌을 던질 수 없고, 누군가에게 벽돌을 던지라고 부추기는 군중이 될 수도 없다. 기질적으로, 퍼거슨은 벽돌을 던지고 싶어 하는 부류는 아니었다. 그는 자신이 어느 정도 이성적인 사람이기를 바랐지만, 당시의 불안한 시대 분위기 때문에 벽돌을 던지지 않는 이성적 이유들이 점차 이성적이지 않은 것처럼 비치기 시작했고, 마침내 첫 번째 벽돌을 던져야 할 시점이 되었을 때 퍼거슨은 창문보다는 벽돌 쪽에 훨씬 더 공감하고 있었다.

그의 생각은 잠시 잠든 듯 주변의 한없는 어둠 속으로 낮게 가라앉았고, 그렇게 기억 상실에 가까운 상태에서 깨어난 다음에는 자신이 번역한 데스노스의 짧은 시의 마지막 부분을 떠올렸다.

세상 어딘가

산의 밑자락에서

탈영병이 보초들에게 말하네

그의 말을 이해하지 못하는 이들에게.

암흑 공간에 네 시간 동안 갇혀 있자 마침내 방광이 견딜 수가 없었고, 그는 마치 기저귀를 찬 채 웃는 아기처럼 아무런 죄의식 없이 바지에 오줌을 지렸다. 뜨끈한 액체가 속옷과 코듀로이 바지를 적시는 걸 느끼며 그는 참 역겨운 상황이라고 생각했지만, 그와 동시에 가득 찬 상태보다는 그렇게 비워 버린 상태가 훨씬 낫다는 느낌도 들었다.

둘 다 다섯 살 때, 어느 날 오후 보비 조지네 뒷마당에서 함께 오줌을 눴던 일이 떠올랐다. 보비가 그를 돌아보며 물었다. 아치, 이 오줌은 다 어디로 가는 거야? 수백만 명의 사람과 수백만 마리의 동물이 수백만 년 동안 오줌을 썼는데, 왜 바다와 강에는 오줌이 아니라 물이 가득한 거야?

퍼거슨은 그 질문에 단 한 번도 제대로 대답할 수 없었다.

그의 오랜 친구는 고등학교 졸업식 다음 날 볼티모어 오리올스와 계약했고, 퍼거슨은 『몬트클레어 타임스』에 쓴 마지막 기사에서, 계약과 함께 4만 달러의 보너스를 받은 보비가 곧 메릴랜드의 애버딘으로 가 오리올스 산하 싱글 A 팀의 주전 포수로 뉴욕-펜 단축 리그에서 뛰게 될 거라는 소식을 전했다. 친구는 그해 여름에 이미 스물일곱 경기를 뛰었는데(타율은 2할 9푼 1리였다), 그 무렵 병무청에서 신체검사 통지서가 날아왔다. 학생이 아니었기 때문에 4년간 징집 유예를 받을 수 없었던 보비는 9월 중순에 미 육군에 입대했고, 당시는 딕스 기지에서 신병 훈련을 거의 마친 상태였다. 퍼거슨은 보비가 서독의 편안한 부대로 배치되기를, 거기서 야구 유니폼을 입고 2년 동안 야구를 하며 애국 시민의 의무를 대체할 수 있기를 간절히 희망했다. 꼬마 보비 조지가 소총을 멘 채 베트남의 정글을 헤집고 다니는 모습은 도저히 상상할 수 없었다.

전쟁은 얼마나 지속될까?

로르카는 서른여덟 살에 파시스트 암살단에 살해당했다. 아폴리네르 역시 같은 나이에, 제1차 세계 대전 종전을 마흔여섯 시간 앞두고 스페인 독감으로 사망했다. 데스노스는 마흔네 살에, 체코 테레진 강제 수용소에서 해방되고 불과 며칠 후 장티푸스로 사망했다.

퍼거슨은 잠이 들었고 자신의 죽음을 꿈꾸는 꿈을 꿨다.

다음 날 아침 7시에 다시 전기가 들어왔고, 그는 10층에 있는 자기 방으로 올라가 축축한 옷을 벗고 15분 동안 샤워를 했다.

그 전날, 스물두 살의 로저 앨런 러포트가 몸에 휘발유를 붓고 유엔의 다그 함마르셸드 도서관 앞에서 분신했다. 몸의 95퍼센트에 2도, 3도 화상을 입은 그는 구급차에 실려 벨뷰 병원으로 옮겨졌고, 그때까지는 의식이 있고 말도 할 수 있었다. 그의 마지막 말은 다음과 같았다. 나는 가톨릭교도 노동자입니다. 나는 전쟁에, 모든 전쟁에 반대합니다. 나의 행동은 종교적인 행위였습니다.

그는 정전 사태가 해결되고 얼마 후 죽었다.

신입생 인문학(필수). 가을 학기: 호메로스, 아이스킬로스, 소포클레스, 에우리피데스, 아리스토파네스, 헤로도토스, 투키디데스, 플라톤(『향연』), 아리스토텔레스(『미학』), 베르길리우스, 오비디우스. 봄 학기:『구약』과『신약』여러 부분, 아우구스티누스(『고백록』), 단테, 라블레, 몽테뉴, 세르반테스, 셰익스피어, 밀턴, 스피노자(『에티카』), 몰리에르, 스위프트, 도스토옙스키.

신입생 현대 문명(필수). 가을 학기: 플라톤(『국가』), 아리스토텔레스(『니코마코스 윤리학』,『정치학』), 아우구스티누스(『신국론』), 마키아벨리, 데카르트, 홉스, 로크. 봄 학기: 흄, 루소, 애덤 스미스, 칸트, 헤겔, 밀, 마르크스, 다윈, 푸리에, 니체, 프로이트.

문학 연구. 가을 학기(퍼거슨이 입학 전 시험에서 높은 점수를 받으면서, 〈신입생 작문〉을 대신해 필수 과목으로 지정되었다): 단 한 권『트리스트럼 섄디』를 다루는 집중 세미나.

현대 소설. 봄 학기: 영어와 프랑스어 책을 번갈아 읽는 두 언어 세미나. 디킨스, 스탕달, 조지 엘리엇, 플로베르, 헨리 제임스, 프루스트, 조이스.

프랑스 시. 가을 학기 ─ 19세기: 라마르틴, 비니, 위고, 네르발, 뮈세, 고티에, 보들레르, 말라르메, 베를렌, 코르비에르, 로트레아몽, 랭보, 라포르그. 봄 학기 ─ 20세기: 페기, 클로델, 발레리, 아폴리네르, 자코브, 파르그, 라르보, 상드라르, 페르스, 르베르디, 브르통, 아라공, 데스노스, 퐁주, 미쇼.

컬럼비아 대학의 최고 장점은 수업과 교수, 그리고

동료 학생이라는 걸 알기까지는 오래 걸리지 않았다. 도서 목록은 엄청났고, 수업 인원은 적었고, 학부생들을 가르치는 일에 특별한 관심을 갖고 즐거움을 느끼는 정교수들이 지도했고, 학생들은 똑똑했고, 수업 준비를 잘했고, 발표하기를 두려워하지 않았다. 퍼거슨은 말은 거의 하지 않았지만 한두 시간 동안 진행되는 수업에서 나오는 이야기들을 전부 흡수했고, 지성의 천국에 떨어진 기분이었다. 한편 지난 10년에서 12년 사이에 많은 책을 읽어 왔음에도 자신이 거의 아무것도 알지 못한다는 걸 빠르게 깨달았기 때문에, 그는 과제로 나온 수백 면, 혹은 1천 면도 넘는 글을 부지런히 읽었고, 가끔은 읽기가 힘겨울 때도 있었지만 자신에게 맞지 않는 책이나 시(『미들마치』, 『신국론』, 그리고 페기, 클로델, 페르스의 끔찍한 거드름)라고 해도 대충 훑어보기는 했고, 가끔은 과제로 나온 것보다 더 읽기도 했다(『돈키호테』 같은 경우에 과제의 범위는 전체 분량의 절반 정도였지만 그는 모두 읽어 버렸다. 위대한 책들 중에서도 가장 위대하고 강력한 책 전체를 읽지 않을 도리가 없었다). 가을 학기가 시작되고 2주 후, 부모님이 뉴어크에서 차를 타고 와서는 그린 트리 식당에서 그와 에이미에게 저녁을 사줬다. 앰스터댐 애비뉴에 있는 헝가리 식당으로, 퍼거슨이 너무 좋아해서 〈맛집〉이라고 부르던 곳이었다. 자신이 수업을 얼마나 즐기고 있는지, 자신의 주된 일이 책을 읽는 것과 책에 관해 글을 쓰는 것(!)이 되었다는 사실이 얼마나 놀라운지 그가 말하기 시작하자, 어머니는 그를 낳기 전 몇 달 동안 누렸던 대모험 이야기를 해줬다. 침대에 갇힌 채 할 일이라고는 책 읽기밖에 없었는데, 밀드러드가 추천해 준 훌륭한 책들, 스탠리가 도서관에서 그녀를 위해 빌려 와준 책들이었다. 요즘도 그 책들 생각을 하는데, 그렇게 오랜 시간이 흐른 후에도 무척 또렷하게 떠오른다고 했다. 퍼거슨은 어머니가 범죄물 몇 권과 미술이나 사진에 관한 책을 제외하고는 독서하는 모습을 본 적이 없었기 때문에, 출산을 앞둔 젊은 어머니가 뉴어크에 얻은 첫 아파트에 혼자 누워서, 점점 불러 오는 배 위에 소설책을 받쳐 들고 읽는 모습을 상상하며 감동했다. 부풀어 오른 그녀의 몸 안에는 다름 아닌, 아직 태어나지 않은 자신이 있었다. 당연하지, 어머니가 오래전 일들 생각에 따뜻한 미소를 지어 보이며 말했다. 너를 가졌을 때 내가 그렇게 책을 많이 읽었는데, 어떻게 네가 책을 안 좋아할 수 있겠니?

퍼거슨도 웃음을 터뜨렸다.

웃을 일이 아니야, 아치, 아버지가 말했다. 생물학자들이 삼투라고 부르는 거야.

메템프시코시스metempsychosis라고도 해요. 에이미가 말했다.

퍼거슨의 어머니는 혼란스럽다는 표정을 지어 보였다. 정신병psychosis이라고? 그게 무슨 말이니?

영혼들이 옮겨 다닌다는 거예요, 퍼거슨이 설명했다.

당연하지, 그의 어머니가 말했다. 그게 내가 말하려던 거야. 내 영혼이 곧 네 영혼이야, 아치. 앞으로도 계속 그럴 거야, 내 몸이 사라지고 나서도 말이야.

그런 생각은 하지도 마세요, 퍼거슨이 말했다. 제가 저기 위에 있는 분들이랑 특별한 거래를 했는데, 그분들이 어머니는 영원히 살 거라고 약속했어요.

좋은 수업, 좋은 선생, 좋은 동료 학생, 하지만 컬럼비아 대학의 모든 면면이 즐거운 건 아니었고, 그중에서도 퍼거슨이 특히 좋아하지 않았던 부분은 케케묵은 아이비리그 특유의 가식과 시대에 뒤떨어진 교칙, 엄격한 의례, 그리고 학생 복지에 대한 무관심 등이었다. 모든 권위는 학교 당국에 있었고, 학사 운영 원칙을 검토할 적법한 절차나 공정한 위원회도 없었기 때문에, 학교가 원할 때면 아무런 설명 없이 아무 때나 학생들을 퇴학시킬 수도 있었다. 퍼거슨이 문제에 빠질 일은 없었지만, 시간이 지나면 다른 학생들은 그렇게 될 것이었고, 많은 학생이 문제에 빠져든 1968년 봄, 학교 전체는 난장판이 된다.

그 이야기는 나중에.

퍼거슨은 뉴욕에 있는 게 기뻤고, 에이미의 뉴욕에서 에이미와 함께 있는 게, 마침내 20세기 수도의 상주민이 된 게 기뻤다. 한편 이미 컬럼비아 대학 주변 동네를 아는, 적어도 어느 정도는 아는 그였지만, 거기에 살다 보니 모닝사이드하이츠의 본모습이 보이기 시작했다. 가난과 절망이 가득한 상처받고 붕괴된 곳, 블록마다 낡은 건물들이 가득했고, 아파트로 쓰이는 그 건물들에는 생쥐와 시궁쥐, 바퀴벌레가 사람과 함께 살고 있었다. 지저분한 거리에는 종종 치우지 않은 쓰레기가 널브러져 있었고, 거리를 오가는 사람들의 절반은 제정신이 아니거나, 막 정신을 놓으려고 하거나, 신경쇠약에서 회복하는 중이었다. 그 동네는 뉴욕의 길 잃은 영혼들이 모이는 시발점이었고, 퍼거슨은 보이지 않는 상대, 존재하지 않는 이들과 이해할 수 없는 깊은 대화를 나누는 사람들을 날마다 열 명쯤 마주칠 수 있었다. 물건이 터질 듯이 든 쇼핑백을 들고 구부정한 몸을 접은 채 보도를 내려다보며 작고 숨 가쁜 목소리로 주기도문을 중얼대는, 한쪽 팔이 없는 부랑자. 앰스터댐 애비뉴에 늘어선 건물들 입구에 몸을 숨긴 채 깨진 돋보기 파편으로 한 달쯤 지난 『데일리 포워드』를 읽는 수염 난 난쟁이. 잠옷 차림으로 여기저기 떠다니듯 돌아다니는 뚱뚱한 여자. 브로드웨이 한가운데 차가 다니지 않는 구역에서, 지하철역 통풍구 앞 벤치에 모여 있는 술에 취하고, 나이 들고, 제정신이 아닌 사람들, 어깨를 맞대고 앉아 각자 말없이 먼 곳을 바라보는 그 사람들. 지저분한 뉴욕. 철조망과 죽음의 뉴욕. 그중 모두들 〈염키 맨〉이라고 부르는 사람도 있었다. 매일 초크 풀 오너츠 앞에 서서 야베 염키라는 말을 되뇌는 미치광이였다. 〈염키 박사와 엠시〉라고 불리는 오래된 학파의 주장을 장황하게 늘어놓고, 본인이 나폴레옹의 아들이며 메시아라고 주장하는 남자, 그는 미국의 지조 있는 애국자로서 어디를 가든 성조기를 갖고 다녔는데, 날이 추울 때면 망토처럼 몸에 두르기도 했다. 그리고 조막만 한 머리를 박박 밀고 다니는 소년-청년 보비, 낮시간 동안 브로드웨이와 113번가 모퉁이에 있는 랠프의 타자기 상점에서 잔심부름을 하는 그는, 비행기처럼 양팔을 펼치고 입으로는 출력을 최대로 높인 B-52 폭격기 소리를 내며 행인들 사이를 휘젓고 다녔다. 그리고 대머리 샘 스타인버그도 있었다. 늘 같은 자리를 지키는 샘 S.는 매일 아침 브롱크스에서 지하철을 두 번 갈아타고 와서 브로드웨이나 해밀턴 홀 앞에서 초콜릿바를 팔았는데, 그뿐만 아니라 매직 마커로 직접 그린 투박한 상상 동물 그림도 1달러에 팔았다. 세탁소에서 다림질을 마친 셔츠 안에 넣어 주는 마분지에 그린 소품이었는데, 자신의 말을 들어 주는 사람이라면 누구든 불러 세워서 저기 선생님, 새 작품입니다, 아름다운 새 그림 있어요, 세상에서 가장 아름다운 그림입니다라고 말했다. 그리고 호텔 하모니를 둘러싼 커다란 수수께끼가 있었다. 브로드웨이와 110번가 모퉁이에 있는, 무일푼인 사람들을 위한 다 쓰러져 가는 호텔로, 주변에서 가장 높은 건물이었고, 벽돌 벽에는 약 4백 미터 떨어진 곳에서도 볼 수 있을 만큼 큰 글씨로 호텔의 홍보 문구가 적혀 있었는데, 〈호텔 하모니 — 삶이 즐거움이 되는 곳〉이라는 그 문구야말로 세상에서 가장 바보 같은 모순 어법임이 분명했다.

그곳은 어퍼웨스트사이드의 무너진 세계였고, 퍼거슨은 지저분하고 비참한 자신의 새 본거지에 적응하고 단단해질 때까지 시간이 좀 걸리기는 했지만, 하이츠의 모든 면이 그저 황폐하기만 한 건 아니었다. 그 거리에는 젊은이들도 돌아다녔고, 바너드나 줄리아드의 예쁜 학생들도 종종 그 풍경 안에 나타났는데, 그 여학생들이 지나칠 때면 그는 마치 꿈속에서 나온 환영이나 유령을 보는 것 같았다. 114번가와 116번가 사이의 브로드웨이에는 서점들이 있었고, 115번가 모퉁이의 지하에는 외국어 서적만 파는 서점도 있어서 퍼거슨은 프랑스 시 책장을 샅샅이 뒤지며 30분 정도는 기꺼이 보낼 수 있었다. 거기서 남쪽으로 스무 블록이나 스물다섯 블록을 가면 있는 탈리아와 뉴요커에서는 최고의 옛날 영화와 신작을 상영했고, 지저분한 식당 칼리지인에서는 주크박스로 에디트 피아프의 노래를 들으며 값싼 아침 식사로 배를 채울 수 있었는데, 그곳에는 퍼거슨을 자기라고 부르는, 뚱뚱하고 머리를 금발로 염색한 여자 종업원이 있었다. 초크 풀 오너츠에서 커피를 마시며 10분 휴식을 취하고, 프렉시스에서 생명을 유지해 주는 햄버거를 먹고(대학물을 먹은 햄버거라고 했다), 108번가와 109번가 사이에 있는 쿠바식 중국 음식점이데알에서 에스프레소와 함께 로파비에하를 먹고, 〈맛집〉에서는 굴라시와 만두를 먹었다. 〈맛집〉에서는 자주 에이미와 저녁 식사를 했기 때문에 통통한 주인 부부는 두 사람에게 공짜 디저트를 내주기 시작했다. 하지만 그 무너진 주변 동네에서 중심이 된 장소는 웨스트엔드 바 앤드 그릴이었는데, 113번가와 114번가 사이의 브로드웨이에 있는 그곳에는 부드럽게 광을 낸 엄청나게 큰 타원형의 참나무 테이블 바가 있고, 북쪽과 동쪽 벽에는 네 명에서 여섯 명 정도가 들어가는 칸막이 자리가 늘어서 있고, 안쪽에는 이동식 테이블과 의자가 있었다. 이미 지난해에 에이미가 그에게 웨스트엔드를 알려 줬는데, 이제 퍼거슨 역시 1년 내내 그 동네에서 지내게 되면서 그 오래되고 조명이 흐릿한 술집은 어느새 그가 주로 시간을 보내는 곳이 되었고, 낮에는 공부방으로, 밤에는 만남의 장소로 쓰는 두 번째 집이라고 할 수 있었다.

그의 관심을 끈 건 맥주나 버번이 아니었다. 그건 대화, 『스펙테이터』나 『컬럼비아 리뷰』에서 일하는 친구들과의 대화, 에이미의 정치적 동료들이나 이런저런 웨스트엔드 단골들과의 대화였고, 음료는 칸막이 자리에 계속 앉아 있기 위한 소품에 불과했다. 이야기를 나누고 싶은 사람들에 둘러싸여 지내는 건 퍼거슨 인생에서 처음 있는 일이었고, 지난 2년 동안 홀로 대화 상대가 되어 줬던 에이미, 그의 인생에서 유일하게 이야기를 나눌 만한 상대였던 에이미뿐 아니라 이제는 많은 상대가 생겼고, 그가 웨스트엔드에서 나누는 대화는 해밀턴 홀에서 듣는 수업들만큼이나 가치 있었다.

『스펙테이터』 친구들은 진지하고 열심히 일하는 무리로, 옷차림이나 머리 모양은 재수 없는 놈보다 공붓벌레 쪽에 가까웠지만 재수 없는 놈의 심장을 가진 공붓벌레라고 할 수 있었다. 퍼거슨의 69년 졸업반 동기 중에는 이미 언론인이 되겠다고 결심한 친구들도 있었고, 그들은 고등학교를 졸업하자마자 마치 그 일을 몇 년 동안 해온 사람들처럼 헌신적으로 일했다. 『스펙테이터』의 선배들은 브로드웨이 아래쪽으로 두어 블록 떨어진 다른 술집인 골드 레일에 모였는데, 그곳은 주로 남학생 친목회 회원들이나 운동부 선수들이 선호하는 곳이었고, 퍼거슨의 동료들은 웨스트엔드의 지저분하고 덜 시끄러운 분위기를 선호했다. 칸막이 자리에서 그와 종종 술을 마시며 이야기를 나누는 세 명으로는 먼저 차분하고 사려 깊은 로버트 프리드먼, 롱아일랜드 출신으로 학사 분야를 담당하며, 열여덟 살이라고는 믿을 수 없을 정도로 거의 『타임스』나 『헤럴드 트리뷴』 기자들처럼 능숙하게 전문적인 기사를 쓰는 그 프리드먼, 시카고 출신의 말이 빠른 그레그 멀하우스(스포츠 담당), 샌프란시스코 출신의 고집 세고 치밀한 회의주의자 앨런 브랜치(지역 사회 담당)가 있었다. 그들은 모두 『스펙테이터』의 편집 위원회가 지나치게 보수적이고, 전쟁과 관련한 학교 측 대응뿐 아니라(징집 담당자가 교정을 돌아다닐 수 있게 허용했고, ROTC — 롯시라고 읽었다 — 즉 해군 학군단과의 관계도 끊어 내지 못하고 있었다), 캠퍼스 부지를 확장하기 위해 학교 소유의 아파트에서 가난한 세입자들을 쫓아내는, 악덕 건물주 같은 학교의 처사도 너무 느슨하게 다루고 있다는 데 동의했다. 2학년 봄 학기가 되어 자신들이 『스펙테이터』를 통제할 수 있게 되면, 프리드먼을 편집장으로 뽑고 모든 것을 바꾸는 작업에 착수할 생각이었다. 때가 되면 진행할 그 반란 계획은, 퍼거슨이 그해 동료 신입생 무리와 관련해 이미 감지하고 있던 점들을 확인해 줬다. 그들은 선배들과 달랐다 — 더 공격적이고, 더 참을성이 없었으며, 어리석고, 자기만족적이고, 부당한 일에 맞서 싸울 준비가 되어 있었다. 1947년에 태어난 전후의 아이들은 불과 2~3년 앞서 전쟁 중에 태어난 아이들과는 공통점이 거의 없었고, 그렇게 짧은 시간에 세대 간 단절이 생겼다. 선배들 대부분이 1950년대에 자신들이 배운 것들을 믿었던 반면, 퍼거슨과 친구들은 자신들이 비이성적인 세계에 살고 있다는 것, 대통령을 암살하고, 시민의 뜻에 반하는 법을 만들고, 무의미한 전쟁에 젊은이들을 내보내는 그런 나라에 살고 있다는 것을 이해했고, 그 말은 그들이 선배들보다는 좀 더 현재의 실제 모습에 관심을 두고 있다는 뜻이었다. 작은 예를 들자면, 사소하지만 적절한 예였는데, 신입생 오리엔테이션 주간에 벌어진 비니 소동이 그랬다. 퍼거슨은 본능적으로 비니 쓰기를 거부했고,『컬럼비아 리뷰』나『스펙테이터』멤버들뿐 아니라 다른 수많은 신입생도 같은 마음이었고, 693명의 신입생 중 3분의 1이 넘는 학생들이 학기가 시작되기 전부터 감시단원인 미식축구부원들을 노려보고 어깨를 부딪치는 등 갈등을 일으켰다. 조직된 행동은 아니었다. 비니를 쓰지 않은 학생들은 각자 자신의 뜻에 따라 그렇게 했는데, 다들 트위들디와 트위들덤[10] 부대의 신병 같은 모습으로 교정을 다녀야 한다는 생각 자체를 받아들일 수 없었고, 그런 반항심에는 전염성이 있어서 결국 사실상의 집단행동, 불참 운동, 전통과 상식의 대립으로 치닫고 말았다. 결과는? 학교 당국에서는 앞으로 신입생에게 비니를 나눠 주지 않겠다고 발표했다. 작은 승리였지만 앞으로 닥칠 일의 전조이기도 했다. 오늘은 비니였지만, 내일은 뭐가 될지 몰랐다.

추수 감사절 주간이 끝날 무렵, 퍼거슨은 자신이 보기에 완성된 것 같은 번역 시를 여섯 편 갖고 있었고, 가장 중요한 에이미의 평가를 통과하고 난 다음 마침내 그것들을 모아 노란색 봉투에 넣어서『리뷰』에 투고했다. 예상했던 대답과 달리 편집자들은 잡지에 번역 작품을 싣는 데 원칙적으로 반대하지 않았고 — 그중

10 루이스 캐럴 소설『이상한 나라의 앨리스』에 등장하는 두 인물로, 생김새와 옷차림이 같아 서로 구분되지 않는다.

한 명의 표현에 따르면 지나치게 길지만 않으면 — 그렇게 탈영병과 보초에 관한 데스노스의 시를 퍼거슨이 번역한 결과물인 「세상의 끝에서」가 봄 호에 실리게 되었다. 온전한 시인이라고 할 수는 없었지만 그럼에도 그는 그때까지 자신이 썼던 그 어떤 시보다 훨씬 훌륭한 시를 번역함으로써 여전히 시 쓰는 일에 관여하고 있었고, 『리뷰』에 참여하는 젊은 시인들, 그보다 훨씬 큰 야심을 가졌고, 번역을 하기 위해 아무것도 희생하지 않은 퍼거슨과 달리 시를 쓰기 위해 모든 걸 희생하고 있던 그들은, 그 모임에서 그가 지닌 가치를 인정해줬다. 퍼거슨은 특정 작품이 다른 작품에 비해 지닌 장점을 알아보고, 평소 그들이 시에 관해 이야기할 때보다 더 넓고 포괄적인 관점을 제시할 수 있을 것이었다. 그럼에도 그들은 그를 내부자로 받아들이지는 않았는데, 그건 전적으로 공정하고 당연한 일이라고 퍼거슨은 생각했다. 결국 그는 진정으로 그들 중 한 명이라고는 할 수 없었지만, 적어도 웨스트엔드에서 함께 어울리기에는 모두 좋은 친구들이었고, 퍼거슨은 그들과 이야기를 나누는 게 좋았다. 특히 그중에서도 가장 멋지고 눈에 띄었던 데이비드 지머는 그에게 깊은 인상을 남겼고, 글을 쓰지는 않지만 시카고에서부터 지머의 친구였던 마코 포그도 그랬다. 포그는 머리를 잔뜩 헝클어트린 채 아이리시 트위드 정장을 입고 다니는 특이한 친구였는데, 문학에 아주 조예가 깊었기 때문에 라틴어로 농담을 해서 그 말을 알아듣지 못하는 사람들까지도 웃길 수 있었다.

퍼거슨이 기자와 시인 무리에 끌린 건, 그 친구들이 가장 활기찼고 세상과의 관계 안에서 자신들이 누구이고 어떤 존재인지를 이미 파악하기 시작한 것처럼 보였기 때문이다. 반면 69년 졸업반 학생들 중에는 자기 자신은 물론 그 무엇에 대해서도 갈피를 잡지 못하는 이들도 있었다. 학교에서 좋은 성적을 받고 표준화된 시험을 여러 차례 통과했지만 여전히 어린이 같은 정신 상태를 벗어나지 못하고 헤매는 10대 소년, 미성숙한 청년, 혹은 숫총각 풋내기였던 그 친구들은 작은 지방 도시나 교외 분양 주택에서 자라 학교와 기숙사만 오가며 지냈다. 너무 크고, 너무 거칠고, 너무 빠른 뉴욕은 그들에게 위협이고 혼란이었다. 그런 친구들 중 한 명이 퍼거슨의 룸메이트였던 오하이오 데이턴 출신의 다정한 팀 매카시였다. 처음으로 집에서 벗어나 지내는 자유를 감당할 준비가 전혀 되지 않은 채로 대학에 온 친구였지만, 비슷한 처지의 다른 학생들과 달리 팀은 도시를 피해 자기 안으로만 위축되지 않았다. 그는 곧장 새로운 생활로 뛰어들어 맥주를 엄청나게 마시고 정기적으로 마리화나를 피우는 두 가지 즐거움에 정신을 놓아 버렸고, 두 번 정도 LSD를 하고 제대로 환각에 빠진 적도 있었다. 퍼거슨은 뭘 해야 할지 몰랐다. 그는 대부분 111번가에 있는 에이미의 아파트에서 밤을 보냈고, 카먼 홀의 방은 그저 책과 타자기와 옷을 보관하는 사무실 정도의 역할만 했다. 그 방에 있을 때면 타자기를 앞에 놓고 책상에 앉아 있는 경우가 많았는데, 『스펙테이터』에 실을 기사를 쓰거나, 수업에 제출할 길거나 짧은 과제물을 작성하거나, 아니면 또 다른 번역 시를 작업했다. 특별한 관계가 만들어질 만큼 팀을 자주 보지도 못했고, 둘은 꽤 친했지만, 언젠가 104번 버스에서 엿들은, 어떤 여성이 다른 여성에게 한 말을 빌리자면 깊이 피상적인 사이였다. 퍼거슨은 팀이 심각한 문제가 될 수 있는 상태로 치닫는 걸 감지했지만 개인적인 일에 간섭하기는 망설여졌다. 자신은 옆에서 이미 충분히 봤기 때문에 마리화나 같은 어리석은 습관이나 LSD 같은 미친 습관에는 전혀 관심이 없었지만, 무슨 권리로 팀 매카시에게 그런 짓을 멀리하라고 조언한단 말인가? 12월 중순의 어느 날, 복도 끝에서 무리와 함께 막 마리화나를 피운 팀이 요란스럽게 키득키득 웃으며 방에 들어섰을 때, 퍼거슨은 마침내 작심하고 말했다. 너한테는 재미있을지 몰라도, 팀, 다른 사람들한테는 하나도 재미없어.

데이턴 출신의 소년은 침대에 털썩 몸을 던지고는 웃으며 대답했다. 그렇게 기분 나빠 할 거 없잖아, 아치. 꼭 우리 아버지 같잖아.

네가 마약을 얼마나 하든 신경 안 쓰는데, 여기서 낙제하면 좋지는 않을 거 아냐. 그렇잖아?

불만 가득한 목소리네, 뉴저지 씨. 나 이번 학기에 죄다 A, 아니면 B야. A가 더 많아. 그리고 기말시험에서 예정대로만 된다면 성적 우수자 명단에도 들 거야. 그 정도면 아버지도 자랑스러워하시지 않을까?

그건 다행이네. 하지만 매일 그렇게 약에 취하면 얼마나 버틸 수 있을 것 같아?

버틴다고? 그냥 늘 올라가는 거야, 친구. 늘 올라가고, 못 올라가서 안달이야. 그리고 취하면 취할수록 더 올라가는 거야. 너도 한번 해봐, 아치. 대서양 이쪽에서 제일 단단하게 선다고.

퍼거슨은 헛웃음을 터뜨렸다. 에이미가 터뜨리는 그런 헛웃음과 달리, 이 경우에는 진짜 웃음이 아니라 패배를 인정하는 웃음이었다. 그는 질 수밖에 없는 언쟁을 벌였던 것이다.

바로 지금이 우리가 가장 젊은 순간이잖아. 팀이 말했다. 젊음이 지나가고 나면 급한 내리막길뿐이잖아. 지루한 어른의 삶. 어쩌고저쩌고, 어쩌고저쩌고. 직장, 아내, 자식 두어 명, 그다음엔 슬리퍼 신은 채 배회하고, 풀 공장에 실려 갈 날만 기다리게 되는 거잖아.[11] 이[齒]도 없고 아무것도 없이 말이야. 그러니까 할 수 있을 때 재미있게 즐기며 살지 않을 이유가 없잖아.

재미라는 게 뭐냐에 달렸지.

11 과거에 말이 늙어 죽으면 뼈로 풀을 만들기 위해 공장으로 옮겼다는 사실에 빗댄 농담.

우선은 맘대로 하는 거지.

맞아, 네가 생각하기에 맘대로 하는 건 뭐야?

마음껏 놀고, 놀랄 만한 일을 벌이는 거지.

너한테는 그럴지 몰라도, 모두에게 해당하는 건 아니야.

땅바닥을 기는 것보다는 날아다니는 게 낫지 않겠냐? 특별할 것도 없어, 아치. 그냥 팔을 벌리고 이륙하면 돼.

그런 걸 원하지 않는 사람도 있다고. 게다가 날아오르는 거라고 생각할 수도 있겠지만, 실제로 그렇게 할 순 없어.

왜 안 돼?

날 수 없으니까, 그게 다야. 그냥 못 나는 거야.

퍼거슨이 날 수 없다거나, 맘대로 할 수 없다거나, 놀랄 만한 일을 벌일 수 없다는 게 아니라, 그런 일을 하려면 에이미가 필요했다는 뜻이었다. 첫 이별과, 첫 재회와, 프랑스에서 매일 같이 잠자리에 드는 생활을 경험한 이후로, 그는 이제 에이미와 함께 있지 않으면 자신이 자신이 아닌 것만 같았다. 뉴욕 생활은 거기서 한발 더 나간 상태였다. 서로를 매일 볼 수 있는 일상을 얻었고, 원한다면 늘 함께 있을 수도 있었지만, 퍼거슨은 그런 가능성을 당연한 것으로 여겨서는 안 된다는 사실을 알고 있었다. 한 번의 이별을 통해 알게 되었듯이 에이미는 다른 사람들보다 더 여유가 필요한 사람이었고, 억압적인 어머니 때문에 모든 종류의 감정적 부담에 심한 거부 반응을 보였기 때문에, 만약 그녀가 줄 수 있는 것 이상을 요구하게 되면 그녀는 다시 한번 그를 떠나고 말 것이었다. 그는 종종 자신이 그녀를 지나치게 사랑하는 건 아닌지, 그녀를 제대로 사랑하는 법을 아직 익히지 못한 건 아닌지 고민했는데, 퍼거슨은 당장 내일이라도 기꺼이 그녀와 결혼할 생각이었기 때문이다. 대학에서의 첫 달을 보내고 있는 열여덟 살 학생에 불과하지만, 그는 남은 인생을 그녀와 함께 헤쳐 나가며 다른 사람은 절대 쳐다보지도 않을 준비가 되어 있었다. 그런 생각이 얼마나 지나친지는 그도 알았지만 멈출 수가 없었다. 에이미는 그의 마음 모든 곳에 엉켜 있었다. 그녀가 자기 안에 그렇게 함께 있기 때문에 그는 그일 수 있는데, 더 이상 그녀가 없으면 인간 비슷한 뭔가도 될 수 없다는 걸 숨길 이유는 없었다.

그런 마음에 관해서는 한 마디도 꺼낸 적이 없었다. 겁을 줘서 그녀를 도망가게 하는 게 아니라 그녀를 사랑하는 게 목적이었기 때문에, 퍼거슨은 최선을 다해 에이미의 기분을 살폈고, 그녀가 말하지 않는 미묘한 암시를 파악해서 그때그때 반응했는데, 예를 들어 오늘 밤 그녀의 침대에서 함께 자도 되는 건지, 아니면 그녀가 잠자리를 내일로 미루고 싶어 하는지, 저녁을 함께 먹자고 해야 할지, 나중에 웨스트엔드에서 보자고 해야 할지, 둘 다 과제가 있으니 그냥 집에 있자고 해야 할지, 아니면 이것저것 다 팽개치고 탈리아에 영화를 보러 가자고 해야 할지 제대로 파악해야 했다. 모든 결정은 그녀가 하게 했는데, 그녀가 스스로 결정을 내릴 때 더 자유롭고 행복하다고 느낀다는 걸 알았기 때문에, 그리고 무엇보다도 그가 원하는 에이미는 그토록 열정적이고, 부드럽고, 재치 있는 여자아이, 사고 후에 자신을 구해 준 친구이자, 그와 함께 프랑스 곳곳을 다닌 대담한 공모자이자, 지난가을에는 넉 달 동안 그를 자신의 궁정에서 몰아내 뉴저지의 외딴곳에서 외로운 전원생활을 하게 한 뚱한 지배자였기 때문이다.

대부분은 그녀와 함께 지냈는데, 보통 일주일에 나흘이나 닷새, 종종 엿새를 함께 보낼 때도 있었고, 카먼홀의 싱글 침대에서 자는 날은 일주일에 하루, 이틀, 혹은 사흘뿐이었다. 그는 에이미네서 자는 날이 7일, 기숙사에서 자는 날은 없었으면 좋겠다고 생각했지만, 지금 정도의 횟수도 괜찮았다. 중요한 건 2년이 흐른 후에도 함께 침대에 누우면 둘의 몸이 불타오른다는 사실이었고, 퍼거슨이 에이미의 침대에서 함께 잘 때면 섹스를 하지 않고 잠드는 일은 거의 없었다. 고츠먼의 명제를 뒤집어 말하자면, 정기적인 섹스가 둘에게 도움이 될 뿐 아니라 좋은 섹스가 둘을 더 안정적이고 강하게 만들어 주기도 했다. 둘 사이의 육체적 친밀감은 아주 크고 밀도가 높아서, 퍼거슨은 가끔 에이미의 몸을 자기 몸보다 더 잘 아는 듯한 기분이 들기까지 했다. 하지만 늘 그랬던 건 아니었기 때문에 몸과 관련한 문제에 있어서는 그녀의 말에 귀 기울이고 그녀가 이끄는 대로 따라야 했고, 그녀의 눈이 하는 말에 집중해야 했다. 종종 그가 신호를 잘못 해석하고 잘못된 행동을 할 때가 있었는데, 예를 들면 그녀가 원하지도 않는데 껴안고 키스를 하면, 비록 그를 밀어내지는 않았다고 해도(그렇게 하면 그의 혼란만 더 커지니까) 그녀가 진심으로 안기고 있지 않다는 것, 그 순간 그만큼 섹스에 전념하지 않고 있다는 것을 알 수 있었다. 그래도 그녀는 그를 실망시키고 싶지 않았기 때문에 그가 계속하게 내버려 뒀다. 그의 욕망을 받아들이고 거기에 수동적으로만 함께하는 기계적인 섹스였는데, 그건 섹스를 아예 하지 않는 것보다 더 나빴다. 처음 그런 일이 벌어졌을 때 퍼거슨은 너무 부끄러운 나머지 다시는 그런 섹스를 하지 않겠다고 속으로 다짐했지만, 몇 달이 지나는 동안 그런 상황은 두 번 더 있었고, 마침내 그는 남자와 여자는 다르다는 걸 이해했다. 자신의 여자를 제대로 대하려면 훨씬 더 주의를 기울이고 그녀처럼 생각하고 느끼는 법을 익혀야만 했는데, 에이미 쪽에서는 퍼거슨이 무슨 생각을 하고 기분이 어떤지 정확히 아는 게 분명했다. 그랬기 때문에 그녀는 그가 욕망에 사로잡혀 저지른 실수나 사랑에 눈이 멀어 저지른 바보 같은 행동도 모두 참아 줬던 것이다.

그가 종종 범한 또 다른 실수는 에이미의 자기 확신을 과대평가하는 것이었다. 슈나이더먼 집안 사람의 특징이라고 할 수 있는 불같은 성미 때문에 의심이나 자신 없음 따위는 전혀 느끼지 않을 것 같았지만, 그녀 역시 다른 모두와 마찬가지로 기분이 좋지 않을 때가 있었고, 슬플 때, 약해질 때, 침울하게 자기 안으로 숨어들 때가 있었다. 그런 순간이 너무 드물었기 때문에 그때마다 퍼거슨의 눈에 놀랍게 보였던 것뿐이다. 우선은 지적인 의심이 있었다. 자신의 정치적 생각이 건강한지 아닌지, 자신의 행동이나 말이나 생각이 누군가에게 가치 있는 건지, 체제가 절대 바뀔 것 같지 않은 상황에서도 그 체제에 맞서 싸우는 게 의미가 있는지, 상황을 더 낫게 만들려는 싸움이, 그 싸움의 수혜자라고 생각했던 바로 그 사람들의 반대에 부딪히면서 오히려 상황을 더 나쁘게 만들어 버리는 건 아닌지 등등. 그뿐만 아니라 스스로에 대한 의심도 있었다. 사소한 여자애 문제들이 갑자기 뚜렷한 이유도 없이 그녀를 괴롭힐 때가 있었다. 입술이 너무 얇다든지, 눈이 너무 작다든지, 이가 너무 크다든지, 다리에 점이 너무 많다든지 하는 문제들, 퍼거슨은 다리에 난 그 밝은 갈색 점들을 너무 사랑했지만, 그녀는 아니야, 추해, 하고 말했고, 그 후로는 한 번도 반바지를 입지 않았다. 언제는 너무 뚱뚱해졌다고, 언제는 살이 너무 빠졌다고, 또 가슴이 너무 작다고, 유대인 특유의 코가 너무 크다고, 그리고 미친년 머리처럼 꼬인 이 머리는 뭐냐고, 정말 어떻게 해볼 수가 없는 머리라고 불평하기도 했다. 또 화장품 회사들이 여성을 세뇌해서 뒤틀린 가상의 여성성에 순응하게 만들고, 자본주의의 거대한 이익 기계를 배불리기 위해 사람들로 하여금 필요하지도 않은 상품을 소비하게 만드는데, 자신은 왜 계속 립스틱을 바르고 싶어 하는 거냐고 자문하기도 했다. 그 모든 의심이 이제 막 꽃처럼 성년의 초창기에 접어든 활기차고 매력적인 아가씨 안에 있었다. 에이미 슈나이더먼 같은 사람이 자신의 몸과 관련한 그런 의심에 굴복해 버릴 지경이라면, 아예 기회도 가져 보지 못한 뚱뚱한 사람이나 못생긴 사람, 불구인 사람은 어쩌라는 말인가? 남자와 여자는 그저 다르기만 한 게 아니라고 퍼거슨은 결론지었다. 여자로 사는 게 남자로 사는 것보다 훨씬 힘들었고, 만약 그 사실을 잊어버린다면 천상의 산에서 신들이 내려와 그의 눈알을 뽑아 버릴 거라고 속으로 생각했다.

1966년 봄, 컬럼비아 대학에 민주 사회를 위한 학생 모임 SDS[12] 지부가 생겼다. SDS는 그때쯤 전국적인 조직이 되어 있었고, 대학 내 대부분의 좌파 모임은 투표를 통해 SDS에 합류하거나 기존 조직을 해체하고 거기에 흡수되었다. 그런 모임 중에는 지난해 모든 것에 맞선 저항을 상징하는 백지를 들고 교내 가장 넓은

12 Students for a Democratic Society. 이하 SDS.

통행로에서 시위행진을 했던(퍼거슨이 정말 보고 싶었던 광경이다) 사회 모독 위원회, 진보 노동당의 지원을 받고 있던 5월 2일 운동, 진보 노동당(마오주의를 추종하는 강성 정당) 당원들, 에이미가 신입생 때부터 활동해 온 모임이자 지난 5월, 스물다섯 명의 회원이 로 도서관 광장에서 열린 NROTC 시상식에 기습 침투해 경찰과 격투를 벌이기도 했던 베트남 문제 해결을 위한 독립 위원회 ICV[13] 등이 있었다. SDS의 구호는 민중이 결정하게 하라!였고, 퍼거슨은 그 모임의 입장(전쟁 반대, 인종 차별 반대, 제국주의 반대, 가난 반대 — 그리고 모든 시민이 평등한 민주 세계를 지향한다)을 에이미만큼이나 열성적으로 지지했지만, 에이미가 그 조직에 가입한 반면 그는 하지 않았다. 각자의 이유가 모두 명확했기 때문에 둘은 그 문제에 관해 오래 이야기하지 않았고, 서로를 설득하려고 애쓰지도 않았다. 그는 사실 에이미가 그 조직에 가입하는 걸 응원했고, 그녀 쪽에서는 그가 어떤 조직에도 가입하지 않는 이유를 이해했다. 에이미는 벽돌을 던지는 자신의 모습을 상상할 수 있는 사람인 반면, 퍼거슨은 그럴 수 없고 그래본 적도 없는 사람이기 때문이었다. 만일 기자 완장을 태워 버리고 『스펙테이터』 일을 그만둔다고 해도 그는 조직에는 가입하지 않을 생각이었다. 3월 26일에 있었던 또 한 번의 반전 시위에 에이미와 함께 참가해 5번

13 Independent Committee on Vietnam. 이하 ICV.

애비뉴를 따라 행진했지만, 그로서는 대의를 위해 자기 몫을 하는 건 거기까지였다. 어쨌든 숙제를 마치고 신문사 일까지 하고 나도 시간은 많았고, 그 시간을 시끄럽고 논쟁이 오가는 정치 집회, 다음에 닥칠 문제에 어떻게 대응할지 계획을 짜는 그런 모임에 참석하는 데 쓰기보다는, 자신의 시인과 함께 보내는 데 쓰는 편이 훨씬 매력적으로 보였다.

6월 초 두 번째 학기가 끝났을 때, 퍼거슨은 팀 매카시와 악수하고 카먼 홀에 작별 인사를 한 후 학교 바깥의 더 넓은 하숙집으로 옮겼다. 반드시 기숙사 생활을 해야 한다는 건 신입생에게만 해당하는 일이었고, 이제 신입생이 아닌 그는 어디든 원하는 곳으로 갈 수 있었다. 그동안 내내 그의 바람은 에이미와 함께 지내는 것이었지만, 자존심 때문에(또한 어쩌면 사랑을 시험해 보려는 마음에) 퍼거슨은 그녀의 아파트에서 비게 될 두 개의 방(모두 선배들이 쓰던 방이었다) 중 하나를 빌릴 수 있을지 묻지 않았고, 그녀 쪽에서 먼저 물어 오기를 기다렸다. 그녀는 4월 말이 되어서야, 아파트를 함께 쓰던 졸업 예정자들이 졸업식을 마치자마자 뉴욕을 뜰 거라는 소식을 들은 지 몇 시간 만에 그에게 물어 왔다. 자신이 먼저 부탁해서가 아니라 그렇게 초대를 받고 함께 살게 된 것, 자신이 에이미를 원하는 만큼 그녀도 자신을 원하고 있음을 확인한 것은 너무나 달콤

했다.

둘은 곧장 비어 있는 두 방을 차지했는데, 둘 다 아파트 뒤쪽에 있는, 에이미가 쓰던 비좁은 굴 같은 안쪽 방에 비해서는 넓고 환했다. 복도를 따라 나란히 붙은 두 방에는 각각 더블 침대와 책상, 서랍, 책장이 갖춰져 있었는데, 떠나는 선배들에게 총 45달러씩 주고 물려받은 것들이었다. 지난 1년 동안 출퇴근처럼 왔다 갔다 하던 생활은 그걸로 끝났고, 브로드웨이를 따라 기숙사와 에이미의 아파트를 오가는 일도 더 이상 없었다. 이제 둘은 함께 살았고, 일주일에 7일 밤을 같은 침대에서 잤고, 1966년 그해 여름 내내, 열아홉 살의 퍼거슨은 이미 자신에게 주어진 것 이상으로 뭔가를 더 바랄 필요가 없는 세상에 들어선 느낌으로 지냈다.

전례 없이 균형 잡히고 내적으로 충만한 시기였다. 지금 케이크를 먹고 있는데 남은 케이크도 잔뜩 있는 것 같았다. 누구도, 그 누구도 그 정도로 행복했던 적은 없을 것 같았다. 『지상의 삶의 기록』이라는 책이 있다면, 퍼거슨은 자신이 그 책의 저자에게 무슨 속임수를 썼고, 그래서 그 저자가 그해를 기록했어야 할 면을 너무 빨리 넘겨 버린 나머지 몇 달이 백지로 남아 버린 게 아닌가 하는 의문이 들었다.

숨을 쉬기 어려울 정도로 더운 뉴욕의 여름이었다. 32도가 넘는 날들이 이어지면서 열기에 아스팔트가 녹고 보도의 콘크리트 조각이 신발 밑창에 쩍쩍 붙었다.

습도가 너무 높아 대로변 건물들의 벽돌도 땀을 흘리는 것 같았고, 모든 거리에서 쓰레기 썩는 냄새가 진동했다. 미군 폭탄이 하노이와 하이퐁에 쏟아졌고, 헤비급 챔피언은 언론에서 베트남 이야기를 했다(베트콩들은 아무도 나를 〈니거〉라고 부르지 않았다는 말로, 그는 미국이 치르던 두 전쟁을 하나로 합쳐 버렸다). 시인 프랭크 오하라가 파이어아일랜드의 해안에서 모래언덕용 차량에 치여 마흔 살의 나이로 사망했고, 퍼거슨과 에이미는 둘 다 지루한 여름 아르바이트에 발이 묶여 있었다. 퍼거슨은 서점 점원, 에이미는 사무실 보조였는데 둘 다 봉급이 너무 적어서 골루아즈 담배를 아껴서 피워야 할 정도였다. 하지만 보비 조지는 독일에서 야구를 하게 되었고, 웨스트엔드 바에는 에어컨이 있었고, 일단 뜨겁고 환기도 안 되는 아파트로 귀가하고 나면, 퍼거슨은 시원한 물수건으로 에이미의 알몸을 닦아 주며 마치 다시 프랑스로 돌아간 것 같은 꿈을 꿀 수 있었다. 정치와 영화가 있는 여름이었고, 78번가 슈나이더먼 가족 아파트와 웨스트 58번가 애들러 가족 아파트에서의 저녁 식사가 있고, 『헤럴드 트리뷴』이 폐간되고 역사에서 사라지면서 길 슈나이더먼이 『뉴욕 타임스』로 직장을 옮기고, 길과 에이미의 오빠 짐과 함께 카네기 홀의 연주회에 가고, 무더위를 피해 104번 버스를 타고 브로드웨이를 따라 내려가 탈리아나 뉴요커에 가서 영화를 보는 여름이었다. 언제나 코미디 영화를 선택했는데, 당시의 침울한 분위기 때문에 가능하면 자주 웃어 줄 필요가 있었기 때문이다. 마크스 형제나 W. C. 필즈의 영화들, 혹은 그랜트와 파월, 헵번, 던, 롬바드 같은 배우가 연기한 괴짜가 나와 바보 같은 짓을 하는 영화들이었는데, 그런 영화들은 아무리 봐도 질리지 않았고 둘은 새로운 코미디 영화들이 동시 상영하는 걸 발견하면 언제든 버스에 올라탔다. 냉방이 되는 어두운 극장에 앉아 몇 시간 동안 전쟁과 냄새나는 거리를 잊을 수 있다는 건 큰 위안이었지만, 동네든 다른 어디에서든 코미디 영화를 상영하지 않을 때면 둘은 소위 반대하는 자의 글을 읽는다는 그해 여름의 계획에 빠져들었다. 마르크스와 레닌은 반드시 읽어야 했기 때문에 읽었고, 트로츠키와 로자 룩셈부르크, 옘마 골드만과 알렉산더 버크먼, 사르트르와 카뮈, 맬컴 엑스와 프란츠 파농, 소렐과 바쿠닌, 마르쿠제와 아도르노 등을 읽으며 자신들의 나라에서 벌어진 일들을 이해하는 데 도움이 될 만한 대답을 찾으려 했다. 나라가 이제 자체의 모순을 견디지 못하고 무너져 내리는 듯 보였다. 에이미가 사태를 파악하는 데 있어 점점 마르크스주의자의 입장(자본주의의 불가피한 전복)에 가까워져 갔던 반면, 퍼거슨은 의심을 거둘 수 없었다. 그에게 헤겔의 변증법은 세계를 바라보는 기계적이고 단순한 관점처럼 여겨졌을 뿐 아니라 미국 노동자들에게는 계급 의식도 없었기 때문에, 문화의 어느 측면에서도 사회주의에 대한 공감대는 찾을 수 없었기 때문에 에이미가 예측하는 대변혁이 일어날 가능성은 거의 없어 보였다. 즉 둘은 의견이 달랐지만 본질적으로는 같은 편이었고, 그런 차이들은 중요하지도 않았다. 당시 둘에게는 그 무엇도 완전히 확실하지 않았고, 어쩌면 상대가 옳거나 둘 다 틀렸을 수도 있다는 걸 이해하고 있었기 때문에, 눈을 가리고 계속 걷다가 벼랑 끝에서 떨어지는 것보다는 그렇게 자신들의 의심을 터놓고 자유롭게 이야기하는 편이 나았다.

무엇보다도, 에이미를 유심히 바라보는 여름이었다. 그녀가 립스틱을 바르는 모습, 어떻게 해볼 수 없다는 그 머리를 빗는 모습을 지켜보고, 손바닥에 보디로션을 짠 다음 다리와 팔과 가슴에 바를 때 손을 관찰했다. 그녀가 욕조에, 다리는 갈고리 모양이고 갈라진 세라믹 사이로 녹 자국이 보이는 그 오래된 욕조 속 미지근한 물에 몸을 담그고 눈을 감고 있는 동안 그녀의 머리를 감겨 줬고, 아침에 침대에 누워, 방 한구석에서 창으로 비치는 햇빛을 받으며 옷을 챙겨 입는 그녀를 바라봤고, 그녀는 팬티와 브라와 면 스커트를 차례대로 입으며 그를 향해 미소 지었다. 탐폰, 피임약, 생리통이 심한 기간에 배가 아플 때 먹는 약 등 그녀의 여성 세계 안에서 함께 지내며 그런 작고 세세한 면면을 알게 되었고, 장보기, 설거지 등 집안일을 함께 했고, 주말 저녁에 먹을 칠리를 만들기 위해 주방에 나란히 서서 양파나 토마토를 썰 때 그녀가 아랫입술을 살짝 깨무는 모습을 봤다. 아르바이트하는 곳에서 좋은 인상을 주기 위해 손톱이나 발톱에 매니큐어를 칠할 때 그녀의 눈에 드러나던 집중력을 봤고, 그녀가 욕조에 앉아 조용히 다리와 겨드랑이의 털을 면도하는 모습을 지켜봤고, 그런 다음 함께 욕조에 들어가 미끄러질 듯 매끈한 그녀의 새하얀 몸에 비누칠을 해줄 때, 손에 닿는 비현실적으로 부드러운 그녀의 피부를 느꼈다. 그리고 섹스, 섹스, 아무것도 덮지 않고 그녀의 침대에 누워 뒹굴며 했던, 땀으로 가득한 여름의 섹스가 있었다. 삐걱대던 낡은 선풍기는 공기를 조금 휘저을 뿐 조금도 시원하지 않았고, 전율을 느끼고 숨을 내쉬는 소리와 고함과 신음을 그녀 안에서, 그녀 위에서, 아래서, 옆에서 들었다. 그녀의 목에서 울리는 깊은 웃음소리가 있었고, 갑자기 간질이고, 어린 시절에 알던 팝송이나 자장가를 부르고, 지저분한 5행시나 어린이집에서 배운 동화를 떠올렸다. 다시 흥분한 에이미가 눈을 가늘게 뜨고, 행복한 에이미가 차가운 물이나 맥주를 들이켜고, 허기진 부두 인부처럼 급하게 음식을 먹었다. 필즈나 M. 형제의 영화를 보며 큰 소리로 웃었고 ─ 멀쩡한 대사가 하나도 없어, 아치! ─ 어느 날 저녁, 그가 번역한 르네 샤르의 초기 시를 보여 줬을 때 그녀가 짧게 탄식했다. 단 여섯 단어로만 된 짧은 시, 「라스네르의 손」이라는, 훗날 영화 「천국의 아이들」 속 등장인물로 다뤄진 19세기 프랑스의 범죄자 시인에 관한 작품이었다.

　유창한 말들의 세계는 사라져 버린 것을.

　그 여름은 끝나지 않을 것 같았다. 태양은 하늘에 멈춰 있었고, 책 속의 한 장이 사라져 버렸고, 숨을 너무 크게 쉬거나 너무 많은 걸 요구하지 않는 한 언제나 여름일 것 같았다. 그들은 열아홉 살이었고 마침내, 거의 마침내, 마침내 어쩌면 자신들 앞에는 뭐든 놓여 있을 것 같은 시간들에 작별 인사를 해야 할 순간이었는지도 모른다.

5.2

5.3

1965년 11월 7일, 퍼거슨은 호메로스『오디세이아』의 제16권에 이르렀다. 석 달째 지내고 있던 파리 7구의 아파트 6층, 하녀용 작은 방에 놓인 책상 앞에 앉아 있었다. 마침내 오디세우스는 끝이 없을 것 같았던 트로이아 원정을 마치고 이타케로 돌아온다. 부엉이 같은 회색 눈의 아테나 여신은 그를 나이 든 부랑자의 주름 투성이 몸과 옷으로 변장시키는데, 그렇게 꾀 많은 노인의 모습으로 돼지치기 에우마이오스와 함께 도시 외곽의 산속 오두막에 앉아 있을 때 오디세우스의 아들 텔레마코스가 걸어 들어온다. 20년 전 오디세우스가 트로이아로 떠날 때 갓난아기에 불과했던 그의 아들은 아버지가 돌아온 사실을 아직 모르고, 본인 역시 길고 위험했던 항해에서 막 돌아온 참이다. 에우마이오스가 텔레마코스의 어머니 페넬로페에게 아들이 무사히 이타케로 돌아왔다는 소식을 전하기 위해 궁으로 떠난 후 아버지와 아들은 처음으로 단둘이 마주하지만, 아버지는 아들을 마주하고 있음을 아는 반면 아들은 여전히 아무것도 모르고 있다.

그때 아테나 여신이, 키 크고 잘생긴 이타케 여인으로 변신한 아테나 여신이 나타나지만, 그녀는 오디세우스의 눈에만 보이고 그의 아들에게는 보이지 않는다. 잠시 오디세우스를 밖으로 불러낸 아테나 여신은 변장의 시간은 끝났다고, 이제 텔레마코스에게 정체를 밝혀야 할 때라고 말한다. (퍼거슨의 책상에 놓인, 새로 출간된 피츠제럴드의 번역에 따르면) 〈거기까지 말한 아테나는 황금 지팡이로 그를 건드려 / 입고 있던 옷을 순백색의 베옷으로 바꿔 주고 / 그를 싱싱한 젊은 몸으로 되돌려 줬다 / 햇빛에 타서 그을린 피부에 턱선이 매끈해졌으며 / 볼에 난 수염도 더 이상 회색이 아니었다〉.

하느님은 없다고, 퍼거슨은 계속 되뇌었다. 단 하나의 하느님은 지금까지도 없었고 앞으로도 절대 없을 테지만, 신들은 있었다. 세계 곳곳에 다양한 신들이 있었고 그중에는 올림포스산에 살았던 그리스 신들, 아테나나 제우스, 아폴론을 비롯해 『오디세이아』의 초반부 295면 내내 설치고 다니는 여러 신들도 있었는데, 그들이 무엇보다 재미있어하는 건 인간들의 일에 개입해 엉망으로 만들어 놓는 것이었다. 신들은 그저 가만히 있지를 못했고 태어날 때부터 그렇게 생겨 먹은 듯했다. 비버가 댐 짓기를 그만둘 수 없는 것이나 고양이가 쥐 괴롭히기를 그만둘 수 없는 것과 비슷하다고 퍼거슨은 생각했다. 그들은 영원불멸의 존재들이었는데, 그렇게 시간이 많다는 건 재미있고 종종 소름 끼치는 그들의 유희를 막을 방법도 없다는 의미였다.

오디세우스가 다시 오두막으로 돌아오자 노인의 변신에 벼락을 맞은 듯 놀란 텔레마코스는 그가 신이 틀림없다고 생각한다. 하지만 오디세우스는 터지려는 눈물을 참으며 간신히 말을 꺼낸다. 〈신이 아니다. 왜 나를 신이라 생각하느냐? 아니, 아니야. / 나는 너의 어린 시절에 함께 있지 못했던 아버지다. / 아버지가 없어서 힘들었겠지. 내가 그 사람이다.〉

그게 첫 번째 공격, 퍼거슨의 갈비뼈와 아랫배 사이 뼈가 없는 부분을 파고들어 오는 칼끝 같은 문장이었다. 오디세우스의 그 짧은 대답이 그에게는 다음의 문장과 똑같은 효과를 불러일으켰기 때문이다. 날이 추울 것 같구나, 아치. 학교 갈 때 목도리 꼭 챙겨 가.

칼날이 더 깊이 들어왔다. 〈경이로운 아버지를 얼싸안으며 / 텔레마코스도 눈물을 흘렸다. 진한 눈물이 / 두 남자의 갈망의 우물에서부터 솟아올라 / 날카로운 흐느낌이 두 남자에게서 터져 나오는데 / 미처 날아오르기 전에 농부에게 둥지를 습격당한 / 발톱을 세운 매의 울음소리 같았다 / 그렇게 무기력하게 둘은 흐느끼며 눈물을 쏟아 냈고 / 해가 질 때까지 울음을 멈추지

않았다.〉

　퍼거슨이 책을 읽으며 운 건 그때가 처음이었다. 텅
빈 영화관이든 다른 관객이 있는 영화관이든 영화를
보며 운 적은 셀 수 없이 많았는데, 가끔은 아무 생각이
없는, 감정 쓰레기에 불과한 작품을 보면서도 울었고,
길과 함께 「마태 수난곡」을 듣다가, 특히 세 장짜리 음
반 중 세 번째 장 앞면에서 테너 가수가 갑자기 감정적
으로 변하는 부분에서 목이 막힐 정도로 운 적도 있었
다. 하지만 책을 읽으면서 그런 감정이 든 적은 한 번도
없었고, 대단히 슬프고 감동적인 책을 읽을 때도 마찬
가지였다. 그런데 파리의 희미한 11월 빛 아래, 1달러
45센트짜리 보급판 『오디세이아』의 296면 위로 그의
눈물이 떨어지고 있었고, 고개를 들어 작은 방의 창밖
을 내다보려 했을 때는 방 안의 모든 게 흐릿하게 보
였다.

『오디세이아』는 길이 작성해 준 도서 목록의 두 번째
책이었다. 『일리아스』가 첫 번째였고, 호메로스로 알려
진 익명의 음유 시인 혹은 음유 시인들이 쓴 두 편의 서
사시를 헤치고 나온 후에는, 다음 2년 동안 남은 아흔
여덟 권의 책도 모두 읽겠다고 약속했다. 그리스 비극
과 희극, 베르길리우스와 오비디우스, 『구약』 일부(킹
제임스판), 아우구스티누스의 『고백록』, 단테의 『지
옥』, 몽테뉴의 『수상록』 절반 정도, 셰익스피어는 비극

네 편과 희극 세 편 이상, 밀턴의 『실낙원』, 플라톤, 아리스토텔레스, 데카르트, 흄, 칸트의 선집, 『옥스퍼드 영국 시선』, 『노턴 미국 시선』, 거기에 필딩-스턴-오스틴, 호손-멜빌-트웨인, 발자크-스탕달-플로베르, 고골-톨스토이-도스토옙스키 등 영국과 미국, 프랑스, 러시아 소설가들의 작품이 포함되어 있었다. 길과 그의 어머니는 4-F 등급에 전직 책 도둑인 아들이 1~2년 안에 대학에 대한 생각을 바꿔 주기를 바라고 있었지만, 퍼거슨이 계속 정식 교육의 혜택을 거부할 경우, 적어도 그 1백 권의 책이 교육받은 사람이라면 누구나 읽어야 할 책에 관한 약간의 지식을 제공해 줄 거라고 생각했다.

퍼거슨은 약속을 지킬 생각이었는데, 그 책들을 읽고 싶기도 했고 한 권 한 권을 읽어 볼 계획도 분명히 있었다. 훈련받지 않고, 단련되지 않은, 아무것도 모르는 사람으로 인생을 살고 싶지는 않았다. 그는 단지 대학에 가고 싶지 않았을 뿐이고, 프랑스어를 온전하고 유창하게 익히고 싶다는 야심이 있었기 때문에 알리앙스 프랑세즈에서 두 시간짜리 수업을 일주일에 다섯 개 연속으로 듣는 건 아무 문제가 없었지만, 다른 곳에서 그렇게 수업에 앉아 있고 싶은 생각은 전혀 없었고, 특히 대학은 말할 것도 없었다. 대학은 그가 다섯 살 이후로 줄곧 갇혀 있던, 경비가 삼엄한 다른 수용소들보다 나을 게 없었고 심지어 의심할 여지 없이 더 나쁠 것이었다. 이상을 포기하고 그 기간을 4년 더 연장한다면, 그 이유는 학생 신분으로 군대 징집을 미룰 수 있다는 것뿐이었는데, 그러면 베트남으로 떠나느냐 아니면 반전 운동에 뛰어드느냐 하는 양자택일을 하지 않아도 되었고, 나아가 연방 교도소에 수감되느냐 아니면 영원히 미국을 떠나느냐 하는 두 번째 양자택일을 하지 않아도 되었고, 그렇게 학교에 갇혀 지내는 4년 동안은 그런 선택들을 미룰 수 있을 것이었다. 하지만 퍼거슨은 이미 다른 방법으로 군대 문제를 해결했고, 이제 군대가 그를 거부했기 때문에 그는 그 어떤 양자택일의 상황에 몰리지 않고도 대학을 거부할 수 있었다.

자신이 대단히 운이 좋다는 건 알고 있었다. 전쟁을 피할 수 있었을 뿐 아니라 전쟁에 따라오는 불쾌한 선택도 모두 피할 수 있었는데, 그 선택이란 그 사악한 전쟁이 계속되는 한 미국의 모든 고교 졸업생이나 대학 졸업생이 직면해야 하는 끔찍한 〈예〉 혹은 〈아니요〉였다. 부모님이 반대하지 않았다는 점이 핵심이었는데, 길과 어머니가 졸업반 시기의 탈선을 용서한 일이 길게 볼 때 그가 살아남는 데 매우 중요했다. 비록 두 분은 계속 그를 걱정하고 정신적인 면에서나 감정적인 면에서 안정되었는지 의심했지만, 길이 엄청난 도움을 줄 거라고 했던 정신과 치료를 강요하지는 않았다. 퍼거슨은 그런 건 필요 없다고, 사춘기의 어리석은 실수라면 할 만큼 했지만 이제 본질적으로 괜찮아졌고, 그런 막연한 주장에 부모님의 돈을 쓰는 건 자기 죄의식만 키울 뿐이라고 했다. 부모님은 받아들였다. 퍼거슨이 성숙하고 이성적인 목소리로 이야기할 때면 두 분은 늘 받아들였는데, 그건 퍼거슨이 자제력을 잃지 않고 자신을 통제할 때면, 그러니까 전체 시간의 절반쯤은 그런 모습이었는데, 그럴 때면 그는 세상 누구보다 다정하고 사랑스러웠기 때문이다. 그의 눈에서 너무나 다정하고 투명한 애정이 뿜어져 나와 아무도 그에게 저항할 수 없었고, 특히 어머니와 새아버지가 그랬는데, 퍼거슨에게 그렇게 다정한 모습 외에 많은 모습이 있다는 걸 완벽히 알았음에도 전혀 저항할 수가 없었다.

그 두 가지 행운 외에, 마지막 순간에 세 번째 행운이 찾아왔다. 당분간, 어쩌면 꽤 오랫동안 파리에서 살 수 있는 기회였는데, 처음에는 어머니가 너무 멀리 떨어져 지내게 될 것을 불평하고, 길이 계획 자체에 필요한 이동과 그에 따른 수십 가지의 현실적인 어려움에 대해 불안해한 터라 불가능할 듯 보였지만, 퍼거슨의 4-F 등급 통지서가 우편함에 도착하고 2주 후 길이 파리의 비비언 슈라이버에게 편지로 조언을 구했을 때, 놀랍게도 그녀는 길의 불안함을 종식하고 놀란 어머니의 걱정을 크게 줄여 주는 답장을 보내왔다. 〈저한테 아치 보내요〉라고 비비언은 적었다. 〈제 아파트 6층의 샹브르 드 본[14]이 지금 비어 있거든요. 조카 에드워드가 학

14 chambre de bonne. 프랑스어로 〈하녀 방〉이라는 뜻으로, 보통 주거

업을 마치러 버클리로 돌아갔는데, 다른 사람을 들이는 건 너무 번거로워서요. 그러니까 좁은 방도 상관없다면 아치가 써도 돼요. 당연히 방세는 없고요. 샤르댕에 관한 제 책이 막 런던과 뉴욕에서 출간되었고, 지금 프랑스어판을 내려고 번역하고 있는데, 지루한 작업이지만 다행스럽게도 거의 끝나 가요. 또 당장 서둘러야 할 다른 계획도 없으니까, 선생님이 정리해 주신 특별한 책들을 읽는 아치의 숙제를 봐줄 수도 있어요. 물론 그러려면 저도 책들을 읽어 봐야겠지만, 다시 그런 좋은 책들에 빠져들 생각을 하니 솔직히 너무 기대되네요. 보내 주신 고등학교 잡지에 실린 영화 평들을 읽어 보니 아치는 재능 있고 지적인 젊은이인 것 같아요. 제 지도 방식에 아치가 동의하지 않는다면 다른 선생님을 찾아볼 수도 있겠지만, 기꺼이 한번 시도해 보고 싶어요.〉

퍼거슨은 너무 행복했다. 그냥 파리가 아니라 비비언 슈라이버와 함께 지내는 파리, 가장 눈부신 여성성의 화신의 자비로운 보호 아래 지내는 파리, 7구의 위니베르시테가(街)에서 지내는 파리였다. 부유하고 차분한 분위기가 가득 느껴지는 파리 좌안 지역, 조금만 걸어가면 생제르맹의 카페들이 나왔고, 조금만 걸어가 강을 건너면 샤요궁의 시네마테크가 있었고, 그중 가장 중요한 건, 태어나 처음으로 자기만의 삶을 가지게 되

용 건물 꼭대기에 있으며 비좁고 저렴하다.

었다는 사실이었다.

어머니와 길에게 작별 인사를 하는 건 아팠다. 특히 어머니가 힘들었는데, 10월 중순의 비 오는 날 밤 셋이 집에서 만든 요리로 했던 마지막 식사 끝자락에 어머니는 살짝 울었고, 그 모습을 본 퍼거슨 역시 울음을 터뜨릴 뻔했지만, 그는 자신이 쓰고 있는 책 이야기를 꺼내며 어색해질 수도 있었던 상황을 피했다. 군대 신체검사 직후에, 그러니까 아직 자신에게 무슨 일이 벌어질지도 모르고, 완전히 길을 잃은 것 같은 느낌이 들던 그 시기에 시작한 책이었는데, 얇은 책이었지만 〈로럴과 하디는 어떻게 내 인생을 구원했나〉라는 제목만은 확실히 정해 놨다. 그건 본질적으로는 어머니에 관한 책, 뉴어크 화재가 있던 날부터 어머니가 길과 재혼한 날까지 둘이서 지나온 힘든 시기에 관한 책이 될 거라고, 그는 말했다. 책은 크게 세 부분으로 구성할 예정이었다. 〈위대한 망각〉이 1부인데, 묘한 공백기와 그다음 시기에 두 사람이 본 영화들과 그 영화들이 두 사람에게 가졌던 의미, 그리고 그 우스꽝스러운 스튜디오 영화들이 지닌 삶을 구원하는 능력에 관한, 웨스트사이드에 있는 극장 발코니석에서 어머니가 체스터필드 연기를 뿜어 대고, 퍼거슨은 눈앞의 2차원 스크린에서 펼쳐지는 영화 속으로 직접 들어가는 상상을 하던 그 시기에 관한 글이었다. 이어지는 2부 〈스탠과 올리〉는 그가 두 바보 연기자에 매혹되고 지금까지 좋아하게 된

역사에 관한 부분이었고, 3부 〈예술과 쓰레기〉, 혹은
〈이것이냐 저것이냐〉는 할리우드의 허섭스레기 영화
와 외국의 걸작 들의 차이를 분석하고, 걸작의 가치를
옹호하면서도 허섭스레기의 가치 역시 강하게 주장하
는 글이었다. 그렇기 때문에 멀리 떨어져 있는 편이 나
을 것 같다고 그는 말했다. 과거의 어머니에 관해 쓰기
위해 지금의 어머니와는 떨어져 지내는 편이, 당분간
은 현재의 간섭이 미치지 않는 방대하고 밀도 높은 기
억의 공간에서, 아무런 방해 없이 원하는 만큼 과거에
파묻혀 있을 수 있는 곳에서 지내는 편이 나을 것 같다
고 말했다.

　어머니는 눈물 사이로 미소를 지어 보였다. 반쯤 피
운 담배를 왼손으로 비벼 끄면서, 오른손으로 퍼거슨
을 가까이 당겨 이마에 입을 맞췄다. 길은 식탁에서 일
어나 퍼거슨이 앉아 있는 쪽으로 다가와서는, 역시 입
을 맞춰 줬다. 퍼거슨도 두 분에게 입을 맞췄고, 길이
어머니에게 키스하고, 모두 잘 자라는 인사를 했다. 다
음 날 저녁에는 잘 자라는 인사가 작별 인사가 되었고,
몇 분 후 퍼거슨은 비행기를 타고 사라졌다.

그녀는 마지막으로 만난 후로 조금 나이를 먹었다. 혹
은 지난 3년 동안 그의 머릿속에 있던 모습보다는 조금
나이 들어 보였다. 그녀는 이제 마흔한 살, 거의 마흔두
살이었는데, 그 말은 역시 지난 3년 동안 조금 나이를

먹긴 했지만 여전히 아름다운 그의 어머니보다 두 살 밖에 어리지 않았다는 뜻이고, 의심할 것도 없이 비비언 슈라이버 역시 여전히 아름다웠다. 조금 나이가 들었을 뿐이었고, 여전히 그녀에게서는 광채가 났고, 그의 어머니에게서는 볼 수 없는, 사람을 반하게 하는 매력과 자신감을 풍겼다. 열심히 일하는 예술가였던 어머니는 세상에 나설 때만 본인 외모에 신경을 썼던 반면, 예술가에 관한 책을 쓰는 비비언 슈라이버는 늘 세상에 나와 있는 사람이었고, 자식은 없고 친구는 수없이 많은 부유한 과부였고, 길에 따르면 예술가, 작가, 언론인, 출판인, 갤러리 대표나 미술관장과 스스럼없이 지내는 사람이었다. 그에 비하면 조용히 지내던 퍼거슨의 어머니는 자기 작업에만 열중하는, 남편과 아들을 제외하고는 친한 사람이 없는 사람이었다.

공항에서 시내로 들어가는 택시 뒷좌석에서 비비언은(터미널에서 그녀는 슈라이버 부인 혹은 마담 슈라이버가 아니라 비비언이나 비브로 부르라고 했다) 퍼거슨 본인과 그의 계획에 관해, 파리에서 지내면서 하고 싶은 일에 관해 질문을 1백 개쯤 했고, 퍼거슨은 지난여름부터 쓰기 시작한 책과, 영어만큼 잘 말할 수 있게 프랑스어 실력을 늘리기로 했다는 결심과, 길이 만들어 준 도서 목록을 파고들어 그 1백 권의 책에 담긴 모든 단어를 자기 것으로 만들겠다는 열의와, 가능한 한 많은 영화를 보고 자신이 본 걸 3공 서류철에 기록으로 남기겠다는 계획과, 영화에 관한 글을 써서 만약 영국이나 미국, 혹은 프랑스에서 발간되는 영어 잡지의 편집자가 받아 준다면 발표하고 싶다는 야망과, 어디서든 할 수 있다면 농구를 하고 파리에도 아마추어 농구 리그 같은 게 있다면 참가하고 싶다는 바람과, 프랑스 아이들에게 영어를 가르치면서 부모님이 매달 보내 주는 돈 이외에 용돈을 더 마련할 수 있는 가능성, 그러니까 법적으로는 프랑스에서 일자리를 구할 수 없으니 은밀히 그런 일을 할 수 있는 가능성 등등에 관해, 시차 때문에 지친 상태로 비비언 슈라이버의 질문에 하나하나 대답했다. 더 이상 열다섯 살 때처럼 그녀에게 압도되지 않았고, 그녀를 대리 부모가 아니라 아는 어른, 그리고 잠재적인 친구로 생각하고 씩씩하게 자신의 생각을 정리할 수 있었는데, 그녀가 자기 건물에 있는 방을 그에게 제공하기로 한 게 모성애 비슷한 충동(자식이 없는 여인이, 어쩌면 20대 초반에 가졌을 수도 있었을 아이를 돌봐 주려 한다는)에서 비롯한 결정이라고 생각할 이유는 없었기 때문이다. 아니, 유사 엄마 체험은 고려 대상이 아니었고 다른 이유가 있었는데, 아직은 알 수 없던 그 이유가 계속 그를 혼란스럽게 했다. 그런 까닭에, 일단 그녀의 많은 질문에 대답한 후 그는 한 가지만 물어봤는데, 그건 길이 비비언의 편지를 받은 후 줄곧 스스로에게 물어 온 질문이었다. 그녀는 왜 이렇게까지 하는 걸까? 감사한 마음이 없는 게 아니라고, 퍼거슨은 덧붙였다. 다시 파리로 돌아와서 너무 기쁘지만, 둘은 거의 모르는 사이나 다름없는데 그녀는 거의 모르는 사람을 위해 왜 이렇게까지 애쓰는 걸까?

좋은 질문이네, 그녀가 말했다. 나도 답을 알고 싶어.

모르세요?

잘 모르겠어.

길 아저씨와 관련이 있을까요? 전쟁 중에 아저씨가 해준 일이 생각나서? 아마도?

아마도. 하지만 그것만은 아니야. 그보다는 뭔가 느슨해졌기 때문이 아닐까 하는데. 샤르댕 책을 쓰는 데 15년이 걸렸는데, 그 일이 끝나고 나니까 내 인생에서 그 책이 차지하던 부분이 텅 비어 버렸거든.

15년. 믿을 수가 없어요, 15년이라니.

비비언이 미소를 지어 보였다. 인상을 쓰는 것에 가까운 미소라고 퍼거슨은 생각했지만, 그래도 미소였다. 그녀가 말했다. 내가 좀 느리단다, 얘야.

그래도 모르겠어요. 빈자리가 저랑 무슨 관련이 있을까요?

사진 때문일 수도 있지.

무슨 사진이요?

네가 꼬마일 때 어머니가 찍어 준 사진 말이야. 내가 그 사진 샀는데, 기억나니? 지난 3년 동안 『샤르댕』 마무리 작업을 하던 방에 그 사진이 걸려 있었거든. 남자

아이가 등을 카메라 쪽으로 돌리고 있지. 줄무늬 티셔츠가 등에 딱 붙어서 튀어나온 척추골이 보이고, 앙상한 오른쪽 팔이 나와서 손바닥으로 카펫을 짚고 있고, 멀리 보이는 텔레비전 화면에서는 〈로럴과 하디〉가 방영 중인데, 소년의 얼굴에서 텔레비전 화면까지의 거리가 카메라에서 소년의 등까지의 거리와 똑같은 그 사진. 구도가 완벽하고 — 탁월했지. 거기 네가 있는 거야. 바닥에 혼자, 두 거리 사이의 한복판에 매달린 채 말이야. 소년기의 전형이라고 할까. 소년기의 쓸쓸함. 네 소년기의 쓸쓸함. 말할 것도 없이 그 사진을 볼 때마다 나는 네 생각을 했겠지. 3년 전 파리에서 한 번 마주친 소년, 한때 사진 속 바로 그 꼬마였던 소년 말이야. 그렇게 자주 네 생각을 하다 보니 어느새 우리 둘이 친구가 된 것 같더라고. 그래서 길의 편지로 네가 여기 오고 싶어 한단 걸 알고서, 속으로 생각했지. 좋았어, 이제 진짜로 친구가 될 수 있겠구나 하고 말이야. 바보 같은 소리라는 거 알지만, 정말로 그랬거든. 내 생각엔 우리 같이 지내면 재미있을 거야, 아치.

2층의 아파트는 넓었고 6층의 샹브르 드 본은 그렇지 않았다. 아래층에는 일곱 개의 커다란 방이, 위층에는 한 개의 작은 방이 있었는데, 일곱 개의 방 각각에는 가구와 등, 페르시아산 깔개, 회화, 드로잉, 사진, 책이 가득했다. 침실, 서재, 거실 벽을 따라 어디에나 책이 있었고, 방들은 안에 있는 물건들을 모두 받아들이고도 움직임을 방해하지 않을 정도로 넓었으므로 아파트에는 여유 있고 단정한 분위기가 감돌았고, 너무 작지도 너무 크지도 않은, 딱 적당한 느낌이 들었다. 퍼거슨은 검은색과 흰색 타일이 깔린 순백색의 커다란 옛날식 주방과, 거실과 주방 사이, 미국처럼 뭉툭한 손잡이가 아니라 날씬한 손잡이가 달리고 거울까지 붙은 양쪽으로 여는 문에 압도되었다. 거실에도 역시 양쪽으로 여는 커다란 창문이 있었고, 거기에는 거의 투명한 모슬린 커튼이 달려 있어서 아침과 오후, 가끔은 해 질 녘까지 은은한 빛이 스며들었다. 아래층 아파트는 부르주아지의 천국이었지만, 6층 하녀 방, 프랑스에서는 지층을 1층이 아니라 레드쇼세rez-de-chaussée라고 부르기 때문에 엄밀히 말하자면 건물 7층에 있는 그 방은 텅 빈 네 개의 벽과 기울어진 천장밖에 없는 공간이었고, 침대와 좁은 5단 책장, 작은 책상과 삐걱거리는 고리버들 의자, 침대 아랫부분의 서랍과 찬물만 나오는 세면대만으로도 가득 찼다. 복도 끝에 공용 화장실이 있었고 샤워기나 욕조는 없었다. 엘리베이터를 타고 5층까지 올라간 후 계단으로 한 층 더 올라가면 건물의 북쪽 벽을 따라 나무 바닥 복도가 길게 뻗어 있고, 똑같은 갈색 문 여섯 개가 나란히 늘어서 있었다. 그 방들은 각각 0층에서 5층까지 사는 주인들 소유였는데, 퍼거슨의 방은 두 번째 문이었고, 나머지 방들은 아래층 주인집에서 일하는 스페인이나 포르투갈 출신 가정부들이 쓰고 있었다. 어린 수도승의 침울한 골방이라고, 파리에 도착하던 날 오전 비비언과 함께 그 방에 들어선 퍼거슨은 깨달았다. 기대했던 상황이 전혀 아니었고, 태어나서 지내 본 방들 중 가장 작은 방, 질식할 것 같은 느낌 없이 지낼 수 있을 때까지 적응 기간이 꽤 필요할 듯한 〈샹브르〉였다. 하지만 그 방에도 창문들은 있었는데, 북쪽 벽에 난 높은 창문의 바깥은 거리 쪽으로 철제 난간이 있는, 290밀리미터쯤 되는 그의 발로 간신히 딛고 설 수 있는 아주 작은 발코니였고, 그 발코니, 혹은 양쪽으로 여는 창 너머 북쪽으로는 오르세 강변로, 센강, 강 건너편의 그랑 팔레를 내다볼 수 있었다. 우안을 따라 올라가면 몽마르트르에 있는 사크레쾨르 성당의 상아색 원형 지붕까지 보였고, 발코니에 몸을 기댄 채 고개를 왼쪽으로 돌리면 샹 드 마르스 광장과 에펠 탑이 보였다. 나쁘지 않았다. 전혀 나쁘지 않았던 게, 그 방은 글 쓰고, 책 읽고, 잠만 자는 방이었을 뿐, 밥 먹고, 씻고, 이야기하는 일은 당연히 모두 아래층에 있는 비비언의 아파트에서 이뤄졌기 때문이다. 요리사 셀레스틴은 그가 원할 때면 언제나 음식을 내어 줬고, 아침은 맛있는 커피와 타르틴뵈레, 점심은 그가 생제르맹 대로나 그 언저리 카페에서 샌드위치를 먹는 날이 아니면 따뜻한 요리였고, 비비언이 집에 있든 없든 저녁까지 먹을 수 있었다. 비비언과, 혹은 비비언을 포함한 다른 사람들과 외식하거나, 비비언의 아파트나 다른 사람들의 아파트에서 열리는 저녁 파티에 참석할 때도 있었는데, 비비언은 천천히 자신이 속한 복잡한 파리 주민들의 세계로 그를 안내했고 퍼거슨은 천천히 자리를 잡아 갔다.

처음 다섯 달 동안 그의 낮 시간은 다음과 같이 규칙적으로 돌아갔다. 매일 아침 9시에서 12시까지 자신의 책 작업, 오후 12시에서 1시까지 점심 식사, 1시에서 4시까지 길의 도서 목록에 있는 책 읽기. 화요일과 목요일에는 오후 1시에서 2시 30분까지만 읽고 다음 한 시간 반은 비비언의 서재에서 그녀와 읽은 책에 관한 대화를 나눴다. 그다음 한 시간은 좌안 지역을 산책했고(주로 생제르맹, 라탱 지구, 그리고 몽파르나스였다), 월요일에서 금요일까지 라스파유 대로의 알리앙스 프랑세즈에서 수업을 들었다. 책 작업을 마칠 때까지(3월의 열아홉 번째 생일이 지나고 며칠 후였다), 그리고 더 이상 수업을 듣지 않아도 될 정도로 프랑스어 실력을 갖추기 전까지는(역시 3월이었다) 쓰기와 읽기, 공부라는 세 가지 기초적인 활동에만 전념하며 다른 일은 하지 않았고, 그 말은 얼마간 토요일과 일요일, 그리고 가끔 평일 저녁을 제외하고는 영화를 볼 시간도 없었고, 농구할 시간도, 프랑스 아이들에게 영어 개인 교습을 할 시간도 없었다는 뜻이다. 퍼거슨이 그 정도로 한 가지 목표에만 헌신한 적은 그때까지 없었고,

스스로 정한 일들을 그렇게 열성적으로 지켜 낸 적도 없었는데, 매일 아침 창문으로 햇살이 비칠 때면 그는 차분함과 안정감을 느꼈고, 지금 있는 곳에 있다는 게 기뻤고, 그건 심지어 숙취 때문에 몸 상태가 최상이 아닌 아침이라고 해도 다르지 않았다.

쓰고 있는 책이 그에겐 전부였다. 그 책은 살아 있는 상태와 살아 있지 않은 상태를 나누는 기준이었고, 아직 퍼거슨은 어린 편이었지만, 그런 작업을 하기에 대단히 어린 게 분명했지만, 열여덟 살에 그 책을 시작했다는 것의 장점은 아직 소년 시절에서 많이 멀어지지 않았기 때문에 그 시기를 생생하게 기억한다는 점이었고, 던바 선생님과 『리버사이드 레블』 덕분에 몇 년 전부터 글을 써오고 있던 그는 엄격히 말하면 더 이상 초보도 아니었다. 던바 선생님의 잡지에 다양한 분량의 기사를 스물일곱 편 실었고(타자기로 쳤을 때 2.5페이지인 짧은 글에서 11페이지인 긴 글까지 있었다), 서류철에 영화에 대한 인상을 기록으로 남기기 시작한 후로는 거의 매일 글을 쓰는 일이 습관처럼 되어서 이제 서류철에 160장 이상의 일지가 쌓였고, 거의 매일에서 어떤 일이 있어도 매일로 넘어가는 건 자연스러운 도약이었다. 지난 3년 동안 본인의 노력에 더해 길과의 긴 대화들도 있었는데, 간결하고 우아하며 분명한 문장을 쓰는 방법, 문장과 문장을 연결해 힘 있는 문단을 만드는 방법, 앞 문단의 주장을 이어 가거나 반박하는 식으로(이는 글에서 전하려는 주장이나 목적에 따라 달랐다) 다음 문단을 시작하는 방법 등을 배울 수 있었다. 퍼거슨은 새아버지의 말에 귀 기울이며 그런 가르침들을 익혔고, 덕분에 책을 쓰기 시작했을 때는, 아직 고등학교도 마치지 않는 시점이었지만, 이미 글로 쓰인 단어들에 대한 경건한 태도는 갖춘 셈이라고 할 수 있었다.

책을 써볼 생각을 처음 한 건 8월 2일에 있었던 신체검사에서 모욕을 당한 직후였다. 그의 이름에 붙은 전과자라는 오점을 강제로 밝혀야 했을 뿐 아니라, 의사는 그 내용까지 구체적으로 이야기하라고 했다. 그러니까 조지 타일러가 그의 어깨를 억세게 움켜잡았던 그날의 일뿐 아니라 들키지 않고 넘어갔던 수많은 다른 날까지 이야기하라고 했는데, 화이트홀가에 있는 연방 정부 건물 안에서 미 육군 군의관 앞에 앉은 퍼거슨은 긴장하고 겁먹은 상태였기 때문에 사실대로 말해버렸고, 그 질문에 몇 번 있었습니다라고 대답했다. 그렇게 졸업반 시절의 절도 행각을 상세히 털어놔야 했던 모욕에 더해, 자신의 부자연스러운 성적 욕망을 고백하는 더 큰 모욕이 있었다. 여자뿐 아니라 남자에게도 끌린다고 말하자 그 남자는, 그러니까 마크 L. 워딩턴 박사는 그 문제에 관해서도 상세히 이야기하라고 퍼거슨을 재촉했다. 퍼거슨은 사실대로 말하면 군대에 2년 복무하거나, 징집을 거부했다는 이유로 연방 교도소에서

5년을 보낼 일이 없으리라는 걸 알았지만, 워딩턴 박사의 눈빛에 드러난 역겨움과 꽉 다문 턱이나 팽팽한 입술에서 전해지는 혐오감 때문에 사실을 말하기가 어려웠다. 하지만 그 남자는 세세한 부분까지 알기를 원했고 퍼거슨으로서는 이야기를 하지 않을 수 없었기 때문에, 이른 봄부터 초여름에 브라이언이 뉴욕을 떠날 때까지 아름다운 브라이언 미셰브스키와의 연애에서 본인이 한 야한 행동들을 읊어 나갔다. 네, 선생님. 퍼거슨이 말했다. 둘은 아무것도 걸치지 않은 채, 그러니까 완전히 발가벗은 채 여러 번 함께 침대에 누웠다. 네, 선생님. 퍼거슨이 말했다. 둘은 입을 벌린 채 키스하고 혀를 상대의 입 안에 밀어 넣었다. 네, 선생님. 둘은 단단해진 성기를 서로의 입 안에 넣었다. 네, 선생님. 둘은 서로의 입 안에 사정했다. 네, 선생님. 둘은 단단해진 성기를 서로의 엉덩이에 넣고 그 안에, 혹은 엉덩이를 때리며 그 위에, 혹은 서로의 얼굴이나 배에 사정했다. 퍼거슨이 이야기를 하면 할수록 의사의 얼굴에는 점점 더 역겹다는 표정이 떠올랐고, 면담이 끝날 때쯤엔 절대 군대에 갈 수 없을 퍼거슨은 팔다리를 모두 떨고 있었고, 자기 입에서 나온 말들 때문에 토할 것 같았다. 자신이 한 행동들이 수치스러워서가 아니라 의사의 눈이 자신을 경멸했기 때문에, 자신을 도덕적 퇴보이자 미국인들의 삶의 안정에 대한 위협이라고 봤기 때문에 그랬고, 퍼거슨은 마치 미국 정부가 자기 인생에 침을 뱉는 것 같은 기분이었다. 그 미국은 어쨌든, 좋든 싫든 조국이었고, 그는 건물을 벗어나 뜨거운 뉴욕 여름의 거리로 나오며 스스로에게 말했다. 뉴어크 화재 이후의 우울한 날들에 관해 작은 책을 써보겠다고, 아주 강렬하고, 아주 눈부신, 살아 있다는 게 진실로 어떤 의미인지 보여 줌으로써 어떤 미국인도 다시는 그에게 침을 뱉을 수 없게 만들 그런 책을 써보겠다고 다짐했다.

아버지가 방화범이 낸 화재에 불타 죽었을 때 나는 일곱 살이었다. 불에 그을린 아버지의 잔해를 나무 상자에 넣어 땅에 묻은 후, 어머니와 내가 밟은 발밑의 땅이 부스러지기 시작했다. 나는 하나뿐인 자식이었다. 아버지는 나의 하나뿐인 아버지였으며, 어머니는 아버지의 하나뿐인 아내였다. 이제 어머니는 누구의 아내도 아니었고, 나는 아버지 없는 아이였다. 한 여인의 아들이었지만 한 남자의 아들은 아니었다.

우리는 뉴욕 경계에 인접한 저지의 작은 동네에 살았는데, 화재가 있었던 날 밤으로부터 6주 후, 어머니와 나는 그 동네를 떠나 도심으로 이사했고, 웨스트 58번가에 있는 조부모님의 아파트에서 임시로 지냈다. 할아버지는 그 시기를 〈묘한 공백기〉라고 불렀다. 그 말은 고정된 주거지도 없고 학교에 다니지도 않았다는 뜻인데, 이어진 몇 달 동안, 그러니까 1954년 12월 말부터 1955년 초까지, 어머니와 나는 새로 살 집과 내가 다닐 학교를 찾아 맨해튼 거리를 돌아다니며 자주 영화관의 어둠 속에서 안식을 찾았다…….

책의 1부의 초고는 10월 중순 퍼거슨이 뉴욕을 떠나기 전에 완성되었다. 타자기로 쳐서 72페이지 분량을 신체검사가 끝나고 대서양 횡단 비행기를 타기 전까지 두 달 반 동안 썼으니, 대충 하루에 1페이지를 쓴 셈이었다. 그게 퍼거슨이 세운 목표였다. 하루에 괜찮은 글 1페이지씩 쓰는 것, 그 이상은 거의 기적처럼 보였다. 다듬지 않은 일부 원고를 길이나 어머니에게 보여 줄 용기는 없었고, 작품이 제대로 완성되면 최종 결과물을 전해 주고 싶었다. 하지만 〈묘한 공백기〉에 어머니와 함께 본 영화 대부분을 그 글에서 다뤘고, 또 〈묘한 공백기〉 자체와 힐리어드 학교에서의 새로운 생활, 하느님과의 전쟁과 의도된 실패들이 이어지던 자기 파괴 계획, 〈위대한 망각〉 시기에 어머니와 함께 더 많은 할리우드 영화를 보기 위해 습격한 극장의 발코니석들, 이어서 사진가로서 어머니의 재출발, 어머니가 사진을 현상하는 암실이 되어 버린, 한때 환했던 그의 놀이 방까지, 11개월 반 동안의 그의 어린 삶, 1954년 11월 3일 아침 어머니가 뉴어크 화재로 불에 타 사망한 아버지의 소식을 전했을 때부터 시작해 1955년 10월 17일 퍼거슨이 3층의 아파트에서 텔레비전을 틀었다가 〈로럴과 하디〉의 시작을 알리는 「뻐꾸기 울음소리」 주제곡과 자막을 처음 본 그 순간까지 이어진 삶을 다뤘다.

새로운 환경에 적응하고 작은 방에서 편안함을 느끼기까지 2주가 걸렸지만, 11월 1일이 되자 그는 다시 책

쓰기에 빠져들었다. 뉴욕에 있는 동안 〈스탠과 올리〉
부분을 쓸 준비를 마쳤는데, 새아버지의 도움으로 로
럴과 하디 영화의 전체 목록을 작성했고, 그다음엔 현
대 미술관 영화 부문 책임자인 클레먼트 놀스의 도움
으로 미술관이 소장 중인 그들의 영화를 모두 볼 수 있
었다. 혼자 영사기를 돌려서 볼 때도 있었고 가끔은 커
다란 스크린에 상영되는 걸 보기도 했는데, 영화를 보
면서 세세한 부분까지 기록해 놓은 덕분에 파리에서
그것들에 관해 쓸 때는 머릿속에서 장면들이 생생하게
되살아나는 것 같았다. 놀랍게도 로럴과 하디에 관해
영어로 쓰인 책은 딱 한 권뿐이었는데, 존 매케이브가
썼고 1961년에 출간된 240면짜리 전기가 있기는 했지
만 그 외에는 퍼거슨이 알기로 영어로 쓰인 다른 책은
단 한 권도 없었다. 올리는 1957년에 사망했고 스탠은
1965년 2월, 그러니까 퍼거슨이 10년 전 과거에 자신
의 삶을 구원해 준 두 사람에 관한 글을 써보기로 마음
먹기 6개월 전에, 끔찍하게 늙은 나이라고는 할 수 없
는 나이(일흔네 살)로 사망했다. 일단 책의 그 부분을
시작하고 나니 퍼거슨은 자신이 놓쳐 버린 기회를 생
각하지 않을 수 없었다. 완성된 원고를 스탠에게 보여
주는 일보다 더 행복한 일은 없을 것 같았기 때문이다.
뉴욕에서 학교를 다닐 때 쓴 기사들과 마찬가지로, 퍼
거슨의 접근 방식은 영화 자체를 보는 것뿐이었다. 여
덟 살, 아홉 살 때 처음 봤던 것처럼, 중절모를 쓴 자기

친구들의 개인사에 관한 정보 없이, 1926년에 리오 매케리 감독이 핼 로치 스튜디오에서 처음 제작 팀을 구성했다는 역사적 사실에 관한 정보 없이, 올리가 세 번 결혼하고 스탠은 여섯 번 결혼했다는(그중 세 번은 같은 여성과 했다) 사실도 모른 채 그냥 볼 뿐이었다. 책 쓰기 외에 책 쓰기만큼이나 그의 머릿속을 끈질기게 사로잡고 있던 주제는 섹스였는데, 이제 열여덟 살이 된 그였지만 여전히 스탠 로럴이 누군가와 섹스하는 모습은 상상하기 어려웠고, 여섯 명의 아내, 그중 세 명은 같은 사람이었다는 그 아내들과 섹스하는 모습은 말할 것도 없었다.

그는 11월과 12월, 그리고 1월 중순까지 꾸준히 작업했고, 조부모님이 12월의 어느 날 센트럴파크웨스트의 아파트를 깜짝 방문해서 준 한 더미의 선물, 두루마리형 스크린과 16밀리미터 영사기, 그리고 로럴과 하디 단편 영화의 필름 열 통에 관한 이야기로 책의 2부를 마쳤다. 2부 역시 어찌 된 영문인지 1부와 정확히 같은 분량, 72페이지였고, 마지막 문단은 다음과 같았다. 영사기가 중고라는 사실은 중요하지 않았고, 제대로 작동했다. 필름에 긁힌 자국들이 있고, 소리가 마치 욕조에서 울리는 것 같다는 점도 중요하지 않았다. 영상은 볼 만했다. 그리고 그 영상들과 함께 그는 새로운 어휘들을 익혔는데, 예를 들어, 〈그을린〉보다는 〈스프로킷〉 같은 단어를 생각하는 게 결국은 훨씬 좋았다.

그런 다음 퍼거슨은 길을 잃었다. 책의 3부, 그사이 〈고물상과 천재들〉로 제목을 바꾼 그 부분에서는 원래 예술 영화와 상업 영화의 차이, 특히 할리우드와 세계의 나머지 지역 영화들의 차이를 파고들어 보려 했고, 그중에서도 다양한 장르와 형식의 상업 영화를 만드는 데 탁월했던 할리우드의 고물상 세 명(머빈 리로이, 존 포드, 하워드 호크스)과 외국의 천재 세 명(예이젠시테인, 장 르누아르, 사티아지트 레이)에 관해 쓰려고 했지만, 두 달 반 동안 자기 생각을 종이에 옮겨 보려 힘들게 노력한 끝에, 퍼거슨은 자신이 다루는 주제가 책의 나머지 부분과 아무 관련이 없다는 것, 거의 다른 책 혹은 다른 에세이를 쓰고 있고, 거기에는 죽은 아버지나 힘겹게 노력하는 과부나 망가진 꼬마를 생각해 보게 할 여지가 없다는 것을 알게 되었다. 자신이 계획을 얼마나 형편없이 구성했는지 깨달은 건 충격이었지만, 그렇게 방향을 잘못 잡은 덕분에 피해를 어떻게 수습해야 할지도 알 것 같았다. 그는 〈고물상과 천재들〉의 처음 20페이지를 잠시 물려 놓고, 1부로 돌아가서 그 부분을 둘로 나눴다. 먼저 〈묘한 공백기〉에서는 화재 사건이 벌어지고 뉴욕의 힐리어드로 전학하기 전까지의 시기를 다뤘고, 어머니가 어퍼웨스트사이드의 영화관 매표원에게 됐고요, 아줌마. 잔돈이나 주세요라고 말하는 부분에서 끝냈다. 그리고 〈위대한 망각〉은 전과 다른 지점, 즉 퍼거슨이 힐리어드에 등교한 첫날에서 시작해, 똑같이 텔레비전에서 로럴과 하디의 영화를 처음 만난 날에서 끝냈다. 3부에서는 두 바보에 대한 어머니의 반응을 추가하고 매일의 의무 농담을 좀 더 자세하게 다뤘지만, 마지막 문장은 그대로 그을린이라는 단어가 나오는 그 문장이었다. 거기에 4부 〈발코니에서의 저녁 식사〉를 덧붙였는데, 그가 보기엔 그 부분이 책의 논리적인 결론이자 감정적인 핵심부가 될 것 같았다. 거실에서 있었던 어머니와의 대화를, 사실상 책의 모든 내용이 향하고 있는 그 순간을 빼먹은 그는 아무것도 보지도 듣지도 못한 셈이었다. 그래서 2월 중순 사흘간의 아침 시간 동안, 황폐하면서도 너무나 집중했던 그 시간 동안 그는 자신이 쓰는 단어들에서 책의 다른 어떤 부분에서보다 생생한 감정을 느끼며, 무너진 자신이 어머니에게 고백한 사건을 10페이지에 걸쳐 적어 나갔다. 거실 카펫에 앉아 두 사람 모두 눈물을 홍수처럼 흘린 일, 하느님의 침묵과 하느님에 대한 부정과 하느님에 대한 반감이 이어지던 과정을 복기하고, 학교 성적이 나빴던 이유를 쓰고, 그런 다음, 울음을 그치고 마음을 진정시킨 두 사람이 — 당연하게도! — 95번가와 브로드웨이가 사이의 영화관에 가서 발코니에 앉아 김빠지고 싱거운 콜라와 함께 핫도그를 먹고, 어머니는 체스터필드를 피우고, 함께 히치콕의 천연색 영화 「나는 비밀을 알고 있다」에서 도리스 데이가 역사상 가장 바보 같은 노래 「케 세라 세라」를 부르는 장면을 본 일을 적었다.

6개월 동안 자신에 관한 글을 쓴 결과로 나온 157페이지짜리 그 책 덕분에 퍼거슨은 자신과 새로운 관계를 만들 수 있었다. 자신의 감정이 좀 더 친밀하게 느껴지는 동시에, 그 감정에 거리를 두고 거의 거기서 떨어져 나와 무관심해질 수 있었는데, 마치 그 책을 쓰는 동안 모순되게도 자신이 더 따뜻하면서 동시에 더 냉정한 사람이 된 것 같았다. 따뜻해진 건 안에 있던 걸 꺼내 세상에 보여 줬기 때문이었고, 냉정해진 건 그렇게 안에 있던 걸 마치 다른 사람, 낯선 사람, 익명의 누군가에게 속한 것처럼 바라볼 수 있었기 때문이었다. 글을 쓰는 자신과의 그 새로운 상호 작용이 자신에게 좋은 건지 나쁜 건지, 더 좋은 건지 혹은 더 나쁜 건지는 그도 알 수 없었다. 그가 아는 건 책을 쓰며 자신이 소진되었다는 것, 자신에 관한 글을 써보겠다는 용기를 다시 낼 수 있을지 확신할 수 없어졌다는 것뿐이었다. 영화에 관해서라면 쓸 수 있을 것 같았고, 어쩌면 언젠가는 다른 주제에 관해서도 써볼 수 있을 것 같았지만, 자서전을 쓰는 건 너무 가슴을 쥐어짜는 일이었고, 따뜻함과 냉정을 동시에 유지하기란 너무 어려웠다. 그 시절 어머니의 모습을 재발견하고 나니, 갑자기 지금의 어머니가, 어머니와 길이, 쓰러지기 직전의 『헤럴드 트리뷴』이 그리워졌다. 조만간 두 분이 파리를 방문해 주기를 바라고 있었는데, 이제 퍼거슨은 성인이었지만 그럼에도 그의 안에는 어린이 같은 면이 많았고, 지난 6개월 동안 자기 어린 시절에 묻혀 지냈기 때문에 거기서 벗어나기가 쉽지 않았다.

그날 오후, 비비언과의 목요일 공부 시간에 그는 『햄릿』 대신 〈로럴과 하디는 어떻게 내 인생을 구원했나〉를 제본도 하지 않은 상태로 들고 내려갔다. 『햄릿』은 다음 기회로 미뤄야겠다고, 퍼거슨은 마음먹었다. 늘 기다리기만 하는 햄릿은 조금 더 기다려야 했는데, 이제 막 책을 마친 퍼거슨으로서는 누군가에게 보여 주고 싶어 견딜 수가 없었기 때문이다. 자신이 쓴 글을 스스로 평가할 수는 없었고, 그게 진짜 책이라고 할 만한지 아니면 실패한 책인지, 제비꽃과 장미가 가득한 정원인지 트럭째 뿌려 놓은 거름 더미만 가득한 정원인지 전혀 알 수가 없었다. 길이 바다 건너에 있는 상황에서 비비언이 최선의 선택이었고 또한 불가피한 선택이었다. 그녀라면 자신의 작품을 공정하고 편견 없이 읽어 주리라 믿을 수 있었고, 또한 그녀는 이미 탁월한 지도 교사임을 증명해 보이기도 했다. 일주일에 두 번씩 하는 수업을 정말로 열심히 준비했고, 함께 읽는 책에 관해 수도 없이 많은 이야기를 하며 믿을 수 없을 정도로 예리한 모습을 보여 줬을 뿐 아니라(예를 들어 아우어바흐의 『미메시스』에서 오디세우스의 상처를 다룬 부분을 읽을 때 보여 준, 핵심 대목들에 대한 explication de texte[텍스트 설명] 방식 독해, 즉 꼼꼼한 읽기), 고

대 로마의 사회적, 정치적 환경이라든가 오비디우스의 유배, 단테의 추방, 그리고 아우구스티누스는 북아프리카 출신이었기 때문에 흑인이거나 갈색 피부의 사람이었을 거라는 놀라운 정보 등 작품을 둘러싼 배경과 그 너머까지도 들려줬고, 근처의 아메리칸 라이브러리나 조금 먼 영국 문화원 도서관에서 확인한 참고 서적이나 역사책, 비평서까지 끊임없이 알려 줬다. 퍼거슨은 세속적이고 가끔 경박하기도 한 마담 슈라이버가 (파티에서 큰 소리로 웃거나 지저분한 농담에 킬킬거리는 사람이었다) 동시에 그렇게 헌신적인 학자이자 지성인이기도 하다는 점이 놀라우면서도 재미있었다. 그녀는 스위스모어 대학을 수석으로 졸업했고, 본인이 비꼬듯이 〈소어 본〉[15]이라고 부르는 파리의 대학에서 미술사로 박사 학위를 받았으며(샤르댕에 관한 논문이 있었는데, 나중에 책까지 내게 될 주제와의 첫 만남이었다), 명쾌하고 유려한 글을 쓰는 작가였고(퍼거슨은 그녀의 책을 몇 부분 읽어 봤다), 길이 적어 준 문학 작품들을 퍼거슨이 읽고 생각할 수 있게 지도해 주는 데 더해, 토요일이면 그를 루브르나 현대 미술관, 죄 드 폼 미술관, 마그 재단 미술관 등에 데리고 다니며 미술품을 감상하고 그것에 대해 생각하는 법을 가르쳐 주는 수고도 아끼지 않았다. 퍼거슨은 그녀가 자신을 가르

15 sore bone. 영어로 〈아픈 뼈〉라는 뜻으로, 비비언이 파리의 소르본 Sorbonne 대학을 비꼬아 부르는 이름.

치는 일에 그렇게 많은 시간을 들이는 이유를 여전히 이해할 수 없었지만, 그녀 덕분에 자신의 정신이 점점 자라고 있다는 건 알 수 있었다. 그런데 왜, 왜 저한테 이 모든 걸 해주시는 거예요? 그가 물으면, 수수께끼 같은 비브는 미소를 지으며 대답하곤 했다. 나도 재밌으니까, 아치. 나도 배우는 게 많으니까.

퍼거슨이 초고를 들고 내려갔던 2월 중순의 그 오후가 되기까지, 퍼거슨은 넉 달째 파리에 살고 있었고, 그와 비비언 슈라이버는 친구, 좋은 친구가 되었고, 어쩌면 상대와 조금은 사랑에 빠졌을 수도 있었다(퍼거슨은 가끔씩 그렇게 생각했다). 적어도 그는 그녀와 사랑에 빠졌고, 그녀는 언제나 가장 따뜻하고 가장 암묵적인 애정을 보여 줬다. 오후 2시 30분 약속 시간에 서재의 문을 두드린 그는 그녀가 들어오라는 말을 할 때까지 기다리지 않았는데, 그런 건 두 사람의 방식이 아니었다. 그는 그저 자신이 왔다는 걸 알리기 위해 노크한 후에 바로 들어갔고, 그녀는 독서용 안경을 쓰고, 불이 붙은 말버러를 왼손 검지와 중지 사이에 끼우고, 오른손에는 『햄릿』을 든 채 늘 앉는 검은색 가죽 안락의자에 앉아 있었다. 책은 가운데 부분이 펼쳐져 있었고, 언제나처럼 그녀의 머리 뒤 벽에는 그의 사진 「아치」, 10년도 더 전에 그의 어머니가 찍어 준 사진이 걸려 있었는데, 그는 갑자기 누군가가 자신의 책을 출판한다면(행운이 있기를!) 그 사진이 표지가 되겠다고 생각했다. 비비언은 책에서 고개를 들고 그에게 미소 지어 보였고, 퍼거슨은 아무 말 없이 방을 가로질러 가서는 그녀의 발밑에 원고를 내려놓았다.

다 썼어? 그녀가 물었다.

다 썼어요. 그가 대답했다.

잘했어, 아치. 브라보. 완전 특별한 날이네. ⟨merde⟩[16] 가 많이 필요하겠는걸.

오늘 오후는 『햄릿』 건너뛰고 대신 이걸 봐주시면 안 될까요? 짧아요. 두세 시간이면 다 읽으실 거예요.

아니, 아치, 그보단 더 필요할 것 같은데. 너도 제대로 된 반응을 바라겠지, 그렇지?

당연히요. 뭔가 거슬리는 부분이 있으면 마구 표시해 주세요. 아직 최종은 아니고, 일단 마친 거예요. 그러니까 연필 들고 보면서 바꿀 부분이나 개선할 부분, 잘라 낼 부분, 뭐든 생각나는 대로 알려 주세요. 저는 지긋지긋해서 더는 못 보겠어요.

이렇게 하자. 비비언이 말했다. 나는 여기 있을 테니까 너는 산책을 가든, 저녁을 먹든, 영화를 보든, 하고 싶은 거 하는 거야. 그리고 집에 돌아와서도 곧장 네 방으로 올라가고.

저 몰아내시는 거네요, 네?

네 책을 읽는 동안은 네가 주변에 없으면 좋겠어. 너무 신경이 쓰이니까. Tu comprends(이해하겠지)?

16 프랑스어 감탄사.

Oui, bien sûr(네, 그럼요).

내일 아침 8시 30분에 주방에서 만나자. 그러면 나는 남은 오후랑 저녁 시간, 필요하면 밤늦게까지 여유가 생기는 거니까.

자크랑 크리스틴 만나는 오늘 저녁 약속은요? 8시에 보기로 하신 거 아니에요?

취소해야지, 네 책이 더 중요하니까.

그건 읽을 만할 때 얘기죠. 글이 안 좋으면 저녁 놓치게 한 걸로 저 욕하실걸요.

안 좋을 거라고 생각 안 해, 아치. 하지만 만약 그렇다고 해도 네 책이 저녁보다 더 중요해.

왜 그렇죠?

왜냐하면 네 책이니까. 너의 첫 번째 책, 앞으로 몇 권을 더 쓰든, 첫 번째 책은 다시 쓸 수 없는 거야.

다른 말로 하면, 제가 동정을 잃었다는 거네요.

그렇지. 너는 동정을 잃은 거야. 좋은 떡을 쳤든 나쁜 떡을 쳤든 다시 동정이 될 수는 없는 거지.

다음 날 아침, 퍼거슨은 비비언이 나타나 책으로 써낸 자신의 고달픈 핑계에 대해 판정을 내리고 역사의 쓰레기통에 던져 버리기 전에, 그 책이 그렇게 버려진 수백만 개의 인간사 중 하나가 되기 전에, 셀레스틴이 만들어 준 카페오레를 한두 잔 마시고 용기를 내보려는 마음으로 8시보다 몇 분 일찍 주방으로 내려갔다. 그런 계산에도 불구하고 비비언이 선수를 쳐서, 그가 주방에 들어섰을 때 그녀는 이미 흰색 목욕 가운을 걸친 채 흰색 주방의 흰색 에나멜 식탁에 앉아 있었고, 식탁 위에는 셀레스틴이 만들어 준 카페오레와 함께 흰색과 검은색이 뒤섞인 그의 원고가 든 파일이 놓여 있었다.

Bonjour, Monsieur Archie(안녕하세요, 아치 씨), 셀레스틴이 말했다. Vous vous levez tôt ce matin(오늘은 일찍 일어나셨네요). 그녀는 그를 부를 때면 친한 관계에서처럼 〈tu〉가 아니라 하인이 주인을 부를 때처럼 〈vous〉라고 했는데, 미국인인 그가 듣기에는 여전히 거슬리는 언어 습관이었다.[17]

셀레스틴은 덩치가 작고 활발한 50대 여성이었는데, 나서지 않으면서도 놀랄 만큼 다정한 사람이라고 퍼거슨은 늘 생각했다. 그를 계속 〈vous〉라고 부르기를 고집하기는 했지만, 그는 그녀가 자기 이름을 프랑스식으로 발음하는 게 좋았는데, 딱딱한 〈ch〉 소리가 덜 거슬리는 〈sh〉로 바뀌어서 〈아르시〉처럼 들렸고, 그때마다 그는 기록 보관소archive의 프랑스어에 해당하는 아르시브archive를 떠올리지 않을 수 없었다. 여전히 어린 그였지만 이미 하나의 기록 보관소가 되었고, 그 말은 그가 오랫동안 보존될 — 비록 그의 책이 역사의 쓰레기통에 속한 것이라고 해도 — 누군가라는 뜻이

17 〈tu〉와 〈vous〉는 모두 프랑스어의 2인칭 단수 대명사로, 전자는 친밀하거나 동등한 사이에, 후자는 경어가 필요한 사이에 사용된다.

었다.

Parce que j'ai bien dormi(잠을 잘 잤거든요)라고 퍼 거슨은 대답했지만, 그건 사실이 아니었다. 부스스한 머리와 퀭한 눈을 보면 누구라도 그가 지난밤 레드와 인 한 병을 다 비우고 거의 잠을 자지 못했다는 사실을 알 수 있었다.

비비언이 자리에서 일어나 늘 하는 아침 인사로 그 의 볼에 입을 맞췄고, 그런 다음에는 평소와 달리 그를 안아 주며 양쪽 볼에 한 번씩 더 입 맞췄다. 쪽쪽거리는 두 번의 가벼운 키스 소리가 타일이 깔린 주방에 울렸 고, 그녀는 팔을 뻗어 그를 떼어 놓으며 물었다. 왜 그 래? 꼴이 엉망이네.

초조해서요.

초조해하지 마, 아치.

바지에 똥이라도 쌀 것 같아요.

그것도 하지 마.

통제가 안 되면요?

일단 앉아, 바보야. 그리고 내 말 들어 봐.

퍼거슨이 앉았고, 잠시 후 비비언도 앉았다. 그녀는 몸을 숙여 퍼거슨의 눈을 들여다보며 말했다.

걱정 마, 친구. Tu piges(알았어)? Tu me suis bien(무 슨 말인지 알지)? 아름답고 절절한 책이야. 너 정도 나 이의 누군가가 이렇게 좋은 글을 쓸 수 있다는 게 놀라 울 정도로 말이야. 한 단어도 바꾸지 않고 그대로 출판

해도 될 정도로 강렬해. 그런가 하면 여전히 완벽하다고
는 할 수 없고, 네가 마음대로 의견을 적어도 좋다고 해
서 적어 놓기는 했어. 6~7페이지 정도 분량은 삭제해도
좋을 것 같고, 다듬으면 좋을 것 같은 문장은 50~60군
데 정도 돼. 그냥 내 의견이고, 당연히 너는 내 의견을
따르지 않아도 돼. 자, 여기 네 원고(퍼거슨 쪽으로 원
고를 밀어 준다). 네가 어떻게 할지 결정하기 전까지
나는 단 한 마디도 덧붙이지 않을 거야. 그냥 제안일 뿐
이라는 건 명심하고, 다만 내 의견으로는, 수정하면 더
좋은 책이 될 것 같기는 해.

　　너무 감사해요.

　　나한테 감사할 게 아니야, 아치. 너무 훌륭한 네 어머
니에게 감사해야지.

　　그날 늦은 오전, 퍼거슨은 자신의 원고를 다시 들여
다보며 비비언이 적어 준 의견들을 살폈다. 대부분, 그
러니까 80~90퍼센트는 정확한 지적이었고, 어찌 되었
든 그 정도면 꽤 높은 비율이라고 그는 생각했다. 삭제
한 것들은 사소하지만 예리했는데, 어떤 부분에서는
문장을, 어떤 부분에서는 형용사를 미묘하지만 과감하
게 깎아 내면서 산문에 힘이 더 생긴 것 같았다. 그리고
어색한 문장이 너무 많았는데, 스스로 수십 번이나 읽
었을 때는 찾을 수 없던 그 맹점들이 그는 창피했다. 이
어진 열흘 동안 퍼거슨은 문체상의 결점이나 글을 나
쁘게 만드는 반복들을 하나하나 점검했는데, 가끔은

비비언이 표시하지 않는 부분을 손댈 때도 있었고, 가끔은 수정한 부분을 원래대로 돌려놓기도 했지만, 핵심은 비비언이 책의 구성 자체는 그대로 남겨 뒀다는 점이었다. 그녀는 문단이나 장의 순서는 건드리지 않았고, 대대적으로 바꾸거나 삭제한 구절도 없었다. 수정을 마친 퍼거슨은 여기저기 메모가 적혀 있어 거의 읽을 수도 없게 된 원고를 다시 타자기로 정리하기 시작했고, 이번에는 모두 세 부를(복사본 두 부까지 포함해서) 작성했다. 오타를 남발한 덕분에 거의 지옥 같은 작업이었지만 3월 3일 그의 열아홉 번째 생일 무렵에는 거의 완성할 수 있었고, 생일이 지나고 엿새 만에 마침내 완전히 작업을 마쳤다.

그사이 비비언은 전화를 돌리며 영국인 친구 중 잠재적으로 퍼거슨의 책을 내줄 수 있을 사람들에게 문의했다. 뉴욕이 아니라 런던을 택한 건 그쪽에 아는 사람이 더 많았기 때문이고, 영국이든 미국이든 출판에는 전혀 무지했던 퍼거슨은 비비언에게 모든 일을 맡기고 타자기 작업만 차곡차곡 진행하면서, 일부만 써놓은 〈고물상과 천재들〉, 즉 두 번째 책의 핵심 부분이 될 수도 있고 아닐 수도 있는 그 글에 관해 다시 고민하기 시작했고, 고등학교 시절 쓴 글 중 긴 것들을 읽어보며 다듬어서 (그럴 가치가 있는 경우에) 잡지에 실어볼까 생각 중이었다. 비비언이 두 곳의 작은 영국 출판사, 영세하지만 그녀가 〈새로운 재능〉이라 부르는 글을 출판하는 데 적극적인 그 두 곳으로 후보를 좁히고 나서도, 퍼거슨은 둘 중 한 곳에서 자신의 책을 받아 줄 거라고는 전혀 기대하지 않았다.

어디에 먼저 보낼지는 네가 결정해. 열아홉 살 생일 날 아침에 비비언이 주방에서 말했다. 두 출판사의 이름은 각각 〈아이오 북스〉와 〈선더 로드〉라는 말을 듣자마자 퍼거슨은 본능적으로 아이오라고 대답했다. 아이오가 누구인지 잘 알아서가 아니라, 선더thunder(천둥)라는 단어가 제목에 로럴과 하디가 들어간 책과는 맞지 않을 것 같아서였다.

출판을 시작한 지 4년 된 곳인데, 말하자면 여유 있는 사람들의 취미 생활을 위한 책을 내는 출판사야. 오브리 헐이라는 30대 남자가 운영하는데, 시에 중점을 두고 가끔 소설이나 논픽션도 낸다고 하고, 디자인과 제본이 좋고, 좋은 종이를 쓰고, 그렇지만 1년에 열두 종에서 열다섯 종 정도만 내는 곳이야. 선더 로드는 스물다섯 권 정도 내는 곳인데, 그래도 여전히 아이오 쪽이야?

무슨 상관이에요? 어차피 거절당할 건데. 선더 쪽에 보내더라도 거절당하는 건 마찬가지일 테고.

알았어, 비관 씨. 그럼 마지막 질문. 표제지 말인데. 다음 주쯤 보낼 건데 너는 무슨 이름을 쓰고 싶어?

무슨 이름이요? 제 이름이죠, 당연히.

그러니까 아치볼드인지, 아치인지, 아니면 그냥 A.

혹은 A.에다가 가운데 이름 첫 글자까지 넣을 건지 말이야.

출생증명서랑 여권에는 아치볼드로 되어 있지만 그이름으로 부르는 사람은 아무도 없어요. 아치볼드 아이작. 단 한 순간도 아치볼드였던 적이 없고, 아이작이었던 적도 없어요. 저는 아치예요. 늘 아치였고 앞으로도 죽을 때까지 언제나 아치일 거예요. 그게 제 이름이니까요, 아치 퍼거슨. 제 작품에 서명할 때도 그 이름으로 할 거예요. 물론 지금 그게 중요한 문제는 아니죠, 제정신이 박힌 출판업자라면 그렇게 괴상한 작은 책을 내고 싶어 하지 않을 테니까. 그래도 미래를 위해 생각해 놓는 건 좋을 것 같아요.

파리에서 지낸 처음 몇 달 동안 낮 시간은 그런 식으로 흘러갔다. 집중해서 공부하고, 자기 책을 열심히 쓰고, 버몬트의 여름 방학 프로그램 이후로 프랑스어 실력도 꾸준히 늘고 있었다. 알리앙스 프랑세즈에서의 수업과, 온전히 프랑스어만 써야 했던 비비언의 파리 친구들과의 저녁 식사, 셀레스틴과 매일 나누는 일상적인 대화뿐 아니라, 술집에 서서 술을 마실 때나 점심시간에 카페에서 샌드위치를 먹으며 마주치는 수많은 낯선 사람들 덕분에 그는 거의 영어와 프랑스어를 반반씩 쓰는 프랑스의 미국인처럼 되었고, 프랑스어 환경에 너무 빠져든 나머지 영어로 된 책을 읽고, 영어로 글을 쓰고, 비비언과 영어로 소통하는 일이 없었다면 그의 영어가 쇠퇴할 것만 같았다. 이제 꿈도 종종 프랑스어로 꿨고(한번은 웃기게도 꿈에서 영어 자막이 흘러나온 적도 있다), 머릿속에는 이중 언어로 된 괴상하고 종종 야한 농담이 가득했는데, 예를 들면 평범한 프랑스 표현인 ⟨au contraire(반면에)⟩가 비슷한 발음의 영어로 변하면서 ⟨O cunt rare(오 귀한 보지여)⟩라는 엄청나게 저속한 표현이 되기도 했다.

어쨌든 보지는 그의 머릿속에 늘 있었고 그건 자지도 마찬가지였는데, 더불어 현재 혹은 과거 사람들의 발가벗은 몸에 관한 상상과 기억도 떠올랐다. 저녁에 해가 지고 도시에 어둠이 내리면, 낮 시간 동안 홀로 하는 맹렬한 훈련은 종종 한밤의 질식할 듯한 외로움으로 바뀌곤 했다. 처음 몇 달이 가장 힘들었는데, 초반에 많은 사람들을 소개받았지만 딱히 좋아할 만한, 비비언의 1백만 분의 1만큼이라도 좋아할 만한 사람은 한 명도 없었고, 그는 숨 막힐 듯한 자신의 작은 방으로 들어와 외로움에서 벗어나기 위해 이런저런 일을 하며 공허한 밤 시간을 때우곤 했다. 읽기(거의 불가능했다), 휴대용 트랜지스터라디오로 클래식 음악 듣기(어느 정도 가능했지만 한 번에 20~30분 이상은 절대 할 수 없었다), 자기 책 한 번 더 다듬기(힘들었지만 가끔은 생산적이었고, 가끔은 전혀 소득이 없었다), 생미셸 대로 뒤쪽이나 주변에 있는 극장에 가서 밤 10시 영화

보기(영화는 썩 좋다고 할 수 없는 경우에도 즐길 만은 했지만, 12시 30분에 방으로 돌아오면 외로움은 그대로 거기서 그를 기다리고 있었다), 보지, 자지 문제가 통제할 수 없는 지경일 때면 레 알 주변 거리를 돌아다니며 매춘부 찾기(길거리 창녀들을 지나칠 때면 아랫배에 난리가 났고, 그렇게 잠시나마 해소할 수 있었지만 섹스 자체는 무뚝뚝하고 침울했다. 아무 이유도 없는 비인간적인 섹스를 하고 어둠 속을 걸어 집으로 돌아올 때면 어쩔 수 없이 줄리와의 아픈 기억이 떠올랐고, 어머니와 길이 보내 주는 용돈이 일주일에 80달러라는 걸 감안하면, 10달러나 12달러가 드는 그런 뒹굴기도 최소한으로 줄여야 했다). 최후의 해결책은 술이었는데, 그건 다른 해결책들과 함께 쓸 수도 있었다. 술 마시며 책 읽기, 술 마시며 음악 듣기, 영화를 본 뒤나 또 한 명의 눈이 슬픈 창녀와 만난 뒤에 술 마시기 등 ─ 그건 외로움이 너무 크게 느껴질 때면 언제든 모든 문제를 해결해 주는 유일한 해결책이었다. 뉴욕에서 인사불성이 된 적이 너무 많았기 때문에 스카치는 이제 끊기로 맹세한 퍼거슨은 처방 약을 레드와인으로 갈아탔다. 점심시간에 돌아다니는 동네 주변의 에피스리épicerie들에는 푼돈 1프랑에 파는 1리터짜리 뱅 오르디네르vin ordinaire가 있었는데(6구 식료품점들에 가면 상표를 붙이지 않은 병에 넣어 파는 20센트짜리 와인이 있었다는 뜻이다), 퍼거슨은 늘 그런 술 한두 병을 방에 챙겨 뒀다. 외출하는 밤이든 방 안에 있는 날이든 그 1프랑짜리 와인은 그를 슬슬 졸리게 만들어 결국 잠에 빠져들게 하는 효과가 있었지만, 이름도 없는 불결한 와인은 그의 몸이 받아들이기에 버거웠고, 다음 날 아침 잠에서 깨면 종종 머리가 어지럽고 깨질 것 같아 힘들 때도 있었다.

보통 일주일에 한두 번씩 그는 비비언과 단둘이 아파트에서 저녁을 먹었다. 셀레스틴이 만든 포토푀나 카술레, 뵈프부르기뇽 같은 전통적인 겨울 요리였는데, 파리에 남편이나 가족이 없던 셀레스틴은 언제든 부탁만 하면 추가로 일하기를 마다하지 않았고, 늘 배가 고프던 퍼거슨은 주요리를 한 번, 혹은 두 번 더 추가해서 먹었다. 단둘만의 조용한 그 저녁 식사 자리들을 통해 비비언은 퍼거슨과 친구가 되었는데, 어쩌면 처음부터 있던 우정이 더 단단해졌다고 해야 할지도 모르겠다. 두 사람 모두 자신들이 살아온 이야기를 했고, 퍼거슨이 비비언에 관해 알게 된 것 중 많은 부분이 전혀 예상치 못한 일들이었다. 예를 들어 그녀는 브루클린 플랫부시 인근에서 태어나 자랐는데, 그곳은 원조 아치가 살았던 곳이기도 했고, 그녀는 성이 그랜트인 집안 출신이지만 유대인이었다(덕분에 퍼거슨은 옛날 언젠가 자기 할아버지가 레즈니코프에서 록펠러를 거쳐 퍼거슨이 된 이야기를 해줬다). 의사와 5학년 선생님 사이의 딸이었고, 총명한 과학자이자 전쟁 때 길의 동료였던 더글러스보다는 네 살이 어렸다. 고등학교를 졸업하기 전인 1939년에 열다섯 살의 나이로 리옹에 있는 먼 친척을 보러 프랑스를 방문했는데, 거기서 장피에르 슈라이버를 만났다. 더 먼 친척뻘, 10촌이나 12촌쯤 되던 그는 막 서른다섯 살 생일 파티를 마친 상태였는데, 그 말은 그녀보다 스무 살이나 많았다는 뜻이다. 뭔 일이 생긴 거지, 비비언이 말했다. 둘 사이에 불꽃이 튀었고, 그녀는 장피에르에게 자신을 내줬다. 홀아비였던 그는 프랑스의 큰 무역 회사의 사장이었고 그녀는 고작 브루클린에 있는 에라스뮈스 고등학교의 10학년생이었는데, 그 관계는 당사자를 제외한 사람들 눈에는 대부분 조금 뒤틀린 것처럼 보였지만, 어린 나이였음에도 늘 스스로를 성인으로 생각하던 비비언에게는 한순간도 그렇게 느껴지지 않았다. 9월에 독일군이 폴란드를 침공하자 두 사람은 전쟁이 끝날 때까지 만날 방법이 없었지만, 로잔에 있었던 장피에르는 안전했다. 이어진 5년 동안 비비언은 고등학교와 대학을 마쳤고, 장피에르와 244통의 편지를 주고받았고, 1944년 8월 파리가 해방된 후에 길이 수를 써서 그녀를 프랑스행 배에 태울 무렵엔 이미 결혼을 결심한 상태였다.

비비언이 그런 이야기를 즐기는 것 같았기 때문에 그녀의 이야기를 듣는 게 즐거웠다. 서른다섯 살 남자가 열다섯 살 여자아이에게 빠진 일은 역시 조금은 뒤틀렸다고 해야 할 것 같았지만, 퍼거슨은 자신 역시 첫 프랑스 여행을 할 때 열다섯 살이었고, 가족들 사이의 비슷한 관계를 통해 비비언 슈라이버를 만났다는 생각을 하지 않을 수 없었다. 그녀는 그보다 스무 살이 아니라 스물세 살이나 많았지만, 이미 한쪽이 다른 쪽 나이의 절반도 되지 않는 마당에 그런 차이를 따질 필요까지는 없어 보였고, 파리에서 보낸 처음 몇 달 동안 외롭던 그는 비비언에게 욕망을 느끼며 둘이 함께 침대에 들어갈 수 있기를 희망하기도 했다. 연애나 결혼에서 나이 문제를 개의치 않는 그녀라면, 어쩌면 퍼거슨과 함께 반대 방향의 실험을 해보고 싶은 건 아닐까, 그러니까 이번에는 그녀가 나이가 많은 쪽을 맡고 그가 이전에 그녀가 그랬듯 어린 쪽을 맡아서, 야하게 뒤틀린 모험에 함께 취해 볼 수도 있지 않을까 하는 궁금증도 들었다. 어쨌든 그는 그녀가 아름답다고 생각했는데, 자신에 비해 나이가 들기는 했지만 큰 틀에서 보자면 늙었다고는 할 수 없었고 여전히 육감적인 광채가 흐르는 여인이었다. 그가 보기에, 그녀 역시 틀림없이 그를 매력적으로 생각하고 있는 것 같았는데, 그가 잘생겼다는 말을 자주 했고, 함께 저녁을 먹으러 아파트를 나설 때면 무척 근사해 보인다고도 했기 때문이다. 그녀가 그를 불러서 함께 지내기로 한 진짜 이유가 그것이었다면, 그의 몸을 상상하며 그 젊은 몸을 세게 짓눌러 보고 싶기 때문이었다면 어떻게 되는 걸까? 그렇다면 그에 대한 그녀의 설명할 수 없는 너그러움도 이해가 되었다. 공짜 방에 공짜 식사, 공짜 공부, 11월 르 봉 마르세 백화점에서의 첫 쇼핑 때 사준 옷들, 그날 하루에만 그녀는 비싼 셔츠와 신발, 스웨터, 주름 잡힌 코듀로이 바지 세 벌, 뒤쪽에 두 군데 트임이 있는 스포츠 재킷, 겨울 코트와 빨간색 양모 목도리를 사줬다. 모두 최상급 프랑스 옷들이었고, 그는 그 첨단 유행의 옷들을 입는 게 너무 즐거웠다. 그가 그녀를 욕망하듯 그녀 역시 그를 맹렬히 욕망하는 게 아니라면 그 모든 걸 사줄 이유가 없지 않았을까? 섹스 토이. 그게 정확한 표현이었다. 그랬다, 그녀가 염두에 둔 게 그렇다면 그는 기꺼이 섹스 토이가 될 생각이었다. 하지만 그게 정확히 자신이 염두에 둔 거라고 말하는 듯한 눈빛으로 그녀가 그를 볼 때가 있다고 해서(생각이 가득한 눈빛으로 그의 얼굴을 똑바로 바라보며 아주 작은 움직임까지 놓치지 않으려 할 때가 있었다), 그가 먼저 행동에 나설 처지는 아니었다. 어린 쪽이었던 그는 선제공격할 권리가 없었고 먼저 손을 내미는 쪽은 비비언이어야 했지만, 그로서는 그녀가 자신을 안고 입에 키스해 주기를, 아니면 손을 뻗어 손끝으로 자신의 얼굴을 만져 주기를 그토록 바랐지만, 그녀는 절대 그러지 않았다.

그는 거의 매일 그녀를 만났지만 그녀 사생활의 세세한 부분은 신비에 싸여 있었다. 애인이 있을까? 퍼거슨은 자문해 봤다. 여러 명 있을까, 아니면 차례대로 여러 명 있었을까, 아니면 한 명도 없는 걸까? 단둘이 저녁을 먹다가 밤 10시에 갑자기 외출한 건 도시 어딘가에 있는 다른 남자의 침대에서 약속이 있었기 때문일까, 아니면 그저 친구들과 늦은 술자리가 있었을 뿐일까? 가끔씩 주말에 집을 비우는 건 왜일까? 보통 한 달에 한두 번이었고 대부분은 암스테르담에 가는 거라고 했는데, 거기서 남자가 그녀를 기다린다는 건 있을 법한 일이었지만, 다시 생각해 보면 샤르댕에 관한 책이 막 출간된 상황에서 그녀는 다음 책의 소재를 찾는 중이었고, 렘브란트나 페르메이르, 혹은 네덜란드에서만 작품을 볼 수 있는 다른 화가를 선택했을 수도 있었다. 답을 알 수 없는 질문들이었고, 비비언이 지난 일에 관해서는 자유롭게 말하는 반면 현재에 관해서는, 적어도 현재 본인의 개인적인 일에 관해서는 그렇지 않았기 때문에 퍼거슨이 파리에서 유일하게 이어져 있는 한 사람, 그가 사랑하는 단 한 명은 또한 그에게 낯선 사람이기도 했다. 일주일에 한두 번은 아파트에서 단둘이 저녁 식사를 하고 두세 번은 식당에서 외식을 했는데, 거의 언제나 다른 사람들을 만났다. 비비언의 친구들, 오랫동안 만나 온 파리 친구들이었는데, 다양하지만 종종 겹치기도 하는 미술계와 문학계 사람들이었다. 화가와 조각가, 미술사 교수, 미술에 관해 글을 쓰는 시인, 갤러리 주인과 그의 아내, 모두 자기 영역에서 잘나가는 사람들이었고, 그 말은 그런 자리에서 퍼거슨이 늘 가장 어린 사람이었다는 뜻이고, 퍼거슨은 많은 사람들이 그를 비비언의 섹스 토이로 의심한다는 걸 깨달았다. 그들의 의심은 사실이 아니었고 비비언은 늘 그를 제일 친한 미국 친구의 의붓아들이라고 소개했지만, 네 명, 여섯 명, 혹은 여덟 명이 모인 자리에서 꽤 많은 사람들이 그를 철저히 무시했고(프랑스인들보다 더 냉정하고 무례한 사람들은 없다는 사실을 그는 알게 되었다), 반면 몇몇은 가까이 다가와 그에 관한 모든 걸 알고 싶어 했다(프랑스인들보다 더 따뜻하고 민주적인 사람들은 없다는 사실을 그는 알게 되었다). 무시당하는 날이라고 해도 그런 식당에 있는 일 자체의 즐거움, 그런 장소들이 상징하는 듯 보이는 근사한 삶의 일부가 된 것 같은 즐거움이 있었다. 3년 전에 처음 본 후로 그에게는 파리와 뉴욕의 모든 차이점을 대변하는 상징이 되어 버린 라 쿠폴의 웅장함뿐 아니라, 보팽제, 푸케, 발자르 같은 술집 겸 식당들, 목재 벽과 거울을 댄 기둥이 있고, 식기 부딪치는 소리와 50명에서 250명 사이 손님들의 말소리가 뒤섞여 울리는 19세기 호화 식당들과 소규모 호화 식당들이 있었다. 한편 5구에는 그보다 낮은 급의 식당이 많았는데, 그는 지하에 있는 튀니지나 모로코 음식점에서 처음으로 쿠스쿠스와 메르게즈 소시지를 먹어 봤고, 미국의 치명적인 적이라 할 수 있는 베트남 요리의 고수 향을 처음 접했고, 그해 가을에 두세 번인가는 유난히 흥겨웠던 저녁 식사가 자정 넘어서까지 이어지면서 네 명, 다섯 명, 여섯 명, 일곱 명이 모두 레 알에 몰려가 피에 드 코숑에서 양파수프를 먹은 적도 있었다. 그 식당은 새벽 1시, 2시, 3시까지도 손님들이 바글바글했는데, 예민한 예술가들과 심야의 취객들이 테이블에 앉아 있고, 근처의 창녀들은 피 묻은 작업복과 앞치마 차림의 덩치 큰 정육점 직원들과 나란히 바에 기대서서 ballons de rouge(동그란 잔에 담긴 레드와인)를 마시고 있었다. 퍼거슨은 그렇게나 이질적인 사람들이 한데 뒤섞이고, 있을 법하지 않은 조화를 만들어 내는 장면을 그곳 말고 세상 다른 곳에서도 볼 수 있을지 궁금했다.

저녁 식사는 많았지만 섹스는 없었다. 돈을 내고 하는, 결국은 후회하게 되는 섹스밖에 없었고, 그런 후회들을 제외하면 매일 아침 비비언과의 볼 키스 외에 그 누구와도 신체적 접촉은 없었다. 12월 19일, 드골은 공화국의 대통령으로 재선되었고, 자코메티는 심막염이라는 심장 질환으로 스위스에서 죽어 가고 있었고(그는 그 병으로 1월 11일에 사망했다), 저녁 식사를 마친 퍼거슨이 밤거리를 배회하다 집으로 돌아올 때면 언제나 경찰이 불러 세워서 신분증을 확인했다. 1월 12일, 그는 잘못 기획했던 책의 3부를 다시 쓰는 작업을 시작했고, 매우 힘들게 많은 시간을 허비한 후에야 완전히 해체하고 새로운, 좀 더 적절한 결말 부분을 쓸 수 있었다. 1월 20일, 여전히 자신의 책과 관련해 혼란스러운 상황에서 벗어나지 못한 상태로, 그는 코넬 대학에서 첫해를 보내고 있던 브라이언 미셰브스키에게서 편지를 받았고, 네 단락밖에 안 되는 짧은 편지를 다 읽기도 전에 그는 건물 자체가 자신을 덮치는 것 같은 느낌이 들었다. 브라이언의 부모님은 아들이 봄에 파리를 방문할 수 있게 돈을 주겠다는 약속을 취소해 버렸다고 했다. 퍼거슨이 미칠 듯이 기다리던 그 방문이 사라졌을 뿐 아니라, 브라이언 본인도 자신이 가지 않는 편이 최선인 것 같다고 적고 있었다. 본인에게 여자 친구가 생겼고, 지난해에 퍼거슨과 사이좋게 지낸 일은 즐거웠지만 자신들이 한 짓은 아이들 장난 이상은 아니었던 것 같다고 했다. 대학에 발을 들인 후에 그런 일은 그만하기로 했고, 그 모든 걸 영원히 지나간 일로 생각하기로 했다고, 퍼거슨은 여전히 평생의 가장 친한 친구이지만, 둘의 우정은 지금부터는 평범한 우정일 뿐이라고 적고 있었다.

평범함. 평범하다는 건 무슨 의미일까, 퍼거슨은 자문했다. 다른 남자와 키스하고 싶고 사랑을 나누고 싶은 자신의 감정은 어째서 평범하지 않은 걸까? 동성끼리 하는 섹스도 이성끼리 하는 섹스만큼이나 평범했고, 오히려 더 평범하고 더 자연스러울 수도 있었다. 왜냐하면 자지에 관해서라면 여자들보다 남자들이 훨씬 잘 이해하고 있기 때문에, 상대가 뭘 원하는지 막연히 짐작하지 않고 더 쉽게 알 수 있고, 이성 간의 섹스를 그토록 복잡하게 만드는 구애와 유혹의 놀이를 할 필요도 없었기 때문이다. 그리고 왜 개인이 이쪽 아니면 저쪽을 선택해야만 한단 말인가, 왜 평범함이나 자연스러움이라는 이름으로 세상 사람 절반을 지워 버린단 말인가, 실상은 모두가 〈양쪽 다〉인데, 왜 사람들과 사회는, 그리고 서로 다른 사회에 속한 사람들이 만든 법이나 종교는 그 사실을 무서워하며 인정하지 못한단 말인가? 3년 반 전에 캘리포니아의 카우걸은 이렇게 말했다. 나는 내 삶을 믿거든, 아치. 그리고 그걸 두려워하고 싶지도 않아. 브라이언은 두려워했다. 대부분의 사람은 두려워했지만, 두려워하는 건 바보 같은 삶의 방식이라고, 퍼거슨은 느꼈다. 솔직하지 못하고 기운 없는 삶의 방식, 출구 없는 삶, 죽은 삶이라고.

다음 며칠 동안 그는 브라이언의 작별 편지 ── 그 많은 장소 중에 뉴욕주 이서커에서 보내온(하필이면 이타케라니!)[18] ── 때문에 엉망이 된 기분으로 돌아다녔고, 밤이면 거의 견딜 수 없는 외로움에 시달렸다. 레드와인을 평소보다 두 배나 마셨고, 이틀 밤 연속으로 싱크대에 토했다. 보는 눈이 예리하고 관찰력도 뛰어난 비비언은 브라이언의 편지가 도착한 후 처음으로 단둘이 저녁 식사를 하는 자리에서 그를 유심히 살폈고, 잠시 머뭇거리다가 혹시 문제가 있는 거냐고 물었다. 그녀라면 엉망이 된 팰로앨토 여행 때 시드니 밀뱅크스

---

18 코넬 대학교가 있는 뉴욕주 이서커Ithaca는 오디세우스의 고향인 이타케에서 이름을 따왔다.

가 그랬듯 자신을 배신하지는 않을 거라고 확신했기 때문에, 퍼거슨은 사실대로 말하기로 마음먹었다. 누구에게든 이야기해야 했고, 이야기할 사람이 비비언밖에 없었다.

실망스러운 일이 있었어요, 그가 말했다.

그건 잘 알겠고, 비비언이 대답했다.

네, 며칠 전에 너무 큰 상처를 받았는데, 아직 헤어나지 못하고 있어요.

어떤 상처?

사랑의 상처요. 제가 아주 소중하게 생각하는 사람이 보낸 편지였어요.

힘들겠다.

대단히 힘들어요. 그냥 차인 게 아니라, 제가 평범한 사람이 아니라는 말을 들었으니까.

평범하다는 게 무슨 의미지?

제 경우에는, 모든 종류의 사람들에 대한 보편적인 관심이에요.

알겠네.

정말 아시겠어요?

내 짐작엔 남자 사람과 여자 사람 이야기인 것 같은데, 아니야?

맞아요.

네가 그렇다는 건 계속 알고 있었어, 아치. 네 어머니 전시회 개막식에서 처음 봤을 때부터.

어떻게 아셨어요?

음료를 나르던 젊은 남자들을 바라보는 네 시선에서. 그리고 네가 나를 보던 시선, 그리고 지금도 보고 있는 시선에서.

그렇게 티가 나요?

딱히 그렇진 않아. 하지만 나는 그런 쪽으로는 감이 좋거든, 오랜 경험에서 오는 거지.

양쪽 다인 사람들을 알아본다는 말씀이에요?

그런 사람이랑 결혼했으니까.

아, 제가 전혀 몰랐네요.

너 장피에르랑 많이 비슷해, 아치. 그래서 내가 여기 와서 함께 지내자고 한 건지도 모르겠구나. 그 사람을 떠올리게 하니까, 많이…… 아주 많이 말이야.

그리워하시네요.

무지하게.

꽤 복잡한 결혼이었을 것 같아요, 그래도. 그러니까 제 말은, 만약 제가 계속 이런 식이면, 그 누구와도 결혼은 못 할 것 같거든요.

상대도 양쪽 다인 사람이 아니라면 그렇겠지.

아. 그 생각은 한 번도 못 해봤네요.

맞아, 가끔 복잡해질 때가 있지. 하지만 노력해 볼 가치는 있어.

우리가 같다는 이야기를 하시는 거예요?

그렇지. 하지만 다르기도 해. 그러니까 나는, 내가 정한 건 아니지만 여자고, 너는, 이 친구야, 남자니까.

퍼거슨은 웃었다.

그 후엔 비비언이 그를 보며 웃었고, 덕분에 퍼거슨은 다시 웃었고, 일단 퍼거슨이 다시 웃자 비비언도 다시 그를 보며 웃었고, 얼마 후에는 둘이서 함께 웃고 있었다.

다음 토요일이었던 1월 29일, 두 명의 손님이 아파트로 와서 저녁을 함께 먹었다. 둘 다 미국인이었고 둘 다 비비언의 오랜 친구였는데, 쉰 살 전후의 남성 앤드루 플레밍은 대학 시절 비비언의 미국사 교수로 지금은 컬럼비아에서 가르친다고 했고, 30대 젊은 여성 리사 버그먼은 캘리포니아 라호이아 출신으로 파리에 있는 미국 법률 회사에서 일했는데, 그녀의 사촌이 비비언의 오빠와 결혼했다고 했다. 주초에 있었던 비비언과의 대화, 비록 반대 방향이기는 하지만 둘이 똑같이 양쪽 모두의 성향이 있다는 상호 고백으로 이어진 그 대화 때문에, 퍼거슨은 혹시 리사 버그먼이 현재 비비언이 불타오르고 있는 대상이 아닐까 궁금했고, 만약 그렇다면 저녁 식사 자리에 그녀가 왔다는 게 비비언이 문을 살짝 열고 본인의 사생활을 그에게도 조금씩 보여 주기로 했다는 신호가 아닐까 생각하기도 했다. 플레밍에 관해 말하자면, 그는 안식년을 맞아 본인의 표현대로라면 프랑스에 있었던 미국 선배들(프랭클린, 애덤스, 제퍼슨)에 관한 책을 마무리하기 위해 파리에 체류하는 중이었는데, 명백히 여자들과는 맞지 않는, 명백히 남자에게만 관심을 보이는 남자임이 분명했고, 덕분에 식사가 시작되고 20~30분이 지나자 퍼거슨은 팰로앨토에서의 끔찍했던 밤 이후 처음으로 자신이 성소수자들끼리만 모인 식사 자리에 있다는 사실을 깨달았다. 이번에는 그때와 다르게, 그도 재미있었다.

다시 미국인들 사이에 있는 게 좋았는데, 아주 편안하고 부담이 없었고, 같은 배경을 지녔고 같은 농담에 웃을 수 있는 사람들과 함께 앉아 있다는 게 아주 즐거웠다. 네 사람은 제각각 달랐지만 마치 아주 오랫동안 만나 온 친구들처럼 수다를 떨었는데, 리사를 바라보는 비비언을 보면 볼수록, 그리고 비브를 바라보는 리사를 보면 볼수록 퍼거슨은 자기 직감이 옳았음을, 그러니까 두 사람이 실제로 엮여 있음을 확신했고, 그건 비비언에게 잘된 일이라고 생각했다. 그는 마음이 선한 비비언이 본인이 원하는 건 그게 뭐든 전부 가질 수 있기를 바랐고, 이 리사 버그먼, 독일계나 유대계 베르크만이 아니라, 잉그리드나 잉마르처럼 스웨덴계 베리만의 후손이었던 그녀는 매혹 그 자체로서, 모든 걸 받아 마땅한 비브에게 어울리는 활기차고 싱그러운 사람이었기 때문이다.

〈크다〉라는 게 그녀에게서 가장 눈에 띄는 특징이었다. 몸집이 크고, 178센티미터쯤 되는 키에 골격이 탄탄하고, 군살 하나 없이 건장하고, 다부지고, 어깨가 넓고, 굵은 팔뚝에 힘이 넘치고, 가슴이 크고, 남부 캘리포니아의 극단적인 금발이고, 동그랗고 핏기 없는 얼굴에 눈썹은 거의 보이지 않는, 하계 올림픽 포환던지기나 원반던지기에서 메달을 딸 것 같은 사람, 어느 나체주의자 잡지에서 막 튀어나온 듯한 스웨덴계 미국인 전사, 전 세계 문명권의 나체주의자들 중에서 역기 부문 챔피언일 것 같은 사람이었다. 그뿐만 아니라 그녀는 너무너무 재미있고 자유분방했는데, 한 마디 할 때마다 중간중간 웃음을 터뜨렸고, 그 맛깔 나는 영어를 들으며 퍼거슨은 자신이 뉴욕을 떠나온 후로 그런 표현들, 그러니까 대단하다wonderful나 놀랍다marvelous를 써야 할 자리에 대신 들어간 쬐깐하다dinky, 후지다 dorky, 꾀죄죄하다grotty, 쌔끈하다snazzy, 띵하다 goofy, 콧대 높다snooty, 허접하다crummy, 찝찝하다 cruddy, 같잖다crappy, 찐득하다gunky, 사악하다 wicked 같은 2음절의 단어들을 무척 그리워하고 있었음을 깨달았다. 리사는 파리에서 자신이 어떤 법률 관련 일을 하는지에 관해서는 한 마디도 하지 않았다.

　그와 대조적으로 중년의 플레밍은 작고 통통했는데, 기껏해야 168센티미터 정도 될 것 같았고, 어기적거리며 걸었고, 재킷 안에 입은 브이넥 스웨터 밑으로 올챙이배가 상당히 나왔고, 손은 작고 살집이 많았고, 턱이 없는 데다 얼굴 살은 처졌고, 코 위에 평범하지 않은 동그란 뿔테 안경을 쓰고 있었다. 어느 순간 갑자기 그리고 되돌릴 수 없을 만큼 더는 젊지 않게 되어 버린 젊은 교수였다. 말을 조금 더듬고, 점점 가늘어지는 회색 머리가 줄어들고 있는 원숙한 학자였지만, 같은 식탁에 앉은 나머지 세 사람에게 주의를 기울이고 적극적으로 반응하기도 했다. 많이 읽고 아는 것도 많았지만 자신이나 자신의 책에 관해서는 많이 이야기하지 않았다. 그게 그날 밤 그들이 한 놀이였다. 법률가 리사는 법에 관해 이야기하지 않고, 미술에 관한 글을 쓰는 비비언은 미술에 관해 이야기하지 않고, 회고록 작가 퍼거슨은 기억 이야기를 하지 않고, 역사가 플레밍은 파리에 있었던 미국 선배들에 관한 이야기를 하지 않는 것. 종종 더듬기는 했지만 플레밍은 깔끔하고 매끈한 문장으로 자기 이야기를 했고, 모든 일에 해당하면서 아무 일도 아닌 일반적인 대화에 적극적으로 참여했는데, bien sûr(물론), 정치도 그중 하나였다. 베트남 전쟁과 고국의 반전 운동(퍼거슨은 매디슨에 있는 사촌 에이미로부터 한 달에 두 번씩 그 소식을 들었다), 드골과 프랑스 대선, 메디 벤 바르카 유괴 사건으로 체포되기 직전에 자살했다는 조르주 피공이라는 남자, 메디 벤 바르카는 모로코 정치인이었는데 그의 행방은 그때까지도 알려지지 않은 상태였다. 그뿐만 아니라 제목도 기억나지 않는 영화의 여자 주인공 이름을 맞춘다든지 — 리사는 그 부분에서 탁월했다 — 유명하지 않은 1950년

대 팝송 가사를 흥얼거린다든지 하면서 소소하게 기분 전환을 하기도 했다.

저녁 식사는 느긋하고 즐겁게 흘러갔다. 세 시간 동안 나른하게 음식을 먹고, 이야기하고, 와인을 많이 마신 다음 코냑으로 바꿨고, 퍼거슨과 플레밍이 잔을 들고 건배하는 순간, 비비언이 리사에게 아파트 안 어딘가에 있는 뭔가를 보여 주고 싶다고 했고(퍼거슨은 그때쯤엔 이야기에 귀를 기울이지 않고 있었는데, 두 사람이 서재나 비비언의 침실에서 껴안으러 가는 것이기를 바랐다), 그렇게 두 여인이 자리를 뜨자 식탁에는 퍼거슨과 플레밍만 남았는데, 잠시 두 사람 모두 무슨 말을 해야 할지 몰라 아무 말도 하지 않는 어색한 순간이 지나고, 플레밍은 위에 있는 퍼거슨의 방에, 식사 도중 그가 세상에서 가장 작은 방이라고 한 그 방에 가보자고 했다. 퍼거슨은 웃으며 거긴 볼 것도 없다고, 어지러운 책상과 정리하지 않은 침대밖에 없다고 허탈하게 말했지만, 플레밍은 상관없다고, 단지 세상에서 가장 작은 방이 어떻게 생겼는지 보고 싶을 뿐이라고 했다.

플레밍이 아닌 다른 사람이었다면 퍼거슨은 안 된다고 했을 테지만, 그는 저녁 시간이 지나는 동안 그 교수를 좋아하게 되었고, 그 눈빛에서 느낀 친절함, 어딘가 부드럽고 동정적이고 슬픈 기운, 자신의 모습을 숨겨야만 했던 끊임없는 내적 압박감에서 비롯했을 것으로 짐작되는 고통 때문에 그에게 친밀감을 느꼈다. 벽장

속에 숨어 지내야 했던 세대, 지난 30년 동안 동료 교수나 학생 들의 의심에 찬 시선을 피해 그늘진 모퉁이로만 살금살금 돌아다녔을 것이었다. 그들은 모두 그를 여자 같은 남자라고 단정한 다음, 그가 제대로 처신하고, 순진하고 의심하지 않는 사람들에게 먼저 손대지 않을 경우에만 아이비리그 컨트리클럽의 잔디밭을 돌아다닐 수 있도록 마지못해 허락했을 것이었다. 저녁 내내 퍼거슨은 그런 삶의 잔인함에 관해 생각했고, 그는 플레밍이 안됐다는 생각이 들었고, 어쩌면 그를 동정했을지도 모른다. 그래서 위층으로 가보자는 말에 거절하는 대신 그러자고 했고, 비록 이전에 앤디 코언이 그랬던 것처럼 말의 표면적 의미와 진의가 다른 사람과 함께 있는 기분이 들기 시작했지만, 〈그래서 어쩌라고〉 하는 생각도 들었다. 그는 이제 청년이었고 본인이 원하지 않는 사람에게 맞춰 줄 필요는 없었다. 육체적으로 전혀 끌리지 않는, 다정하고 나이를 먹어 가는 남자라면 말할 것도 없었다.

이런 세상에, 퍼거슨이 방문을 열고 불을 켜자 플레밍이 말했다. 정말, 정말 작구나, 아치.

퍼거슨은 얼른 침대 시트를 퀼트 이불로 가리고 플레밍에게 앉으라고 한 다음, 자신은 책상 의자를 당겨 앉았다. 비좁은 방에서 마주 앉으니 얼굴이 너무 가까웠고 두 사람은 무릎이 거의 닿을 듯했다. 퍼거슨이 플레밍에게 골루아즈 한 대를 권했지만 교수는 고개를 저으며 거절했다. 갑자기 초조하고 산만해진 그는 무슨 말을 하고 싶기는 하지만 자신도 그게 뭔지 모르는 사람처럼 확신이 없어 보였다. 퍼거슨은 담배를 피워 물며 물었다. 괜찮으세요?

나는 그냥…… 그러니까 궁금해서……. 네가 얼마나 원하는지 말이야.

원한다? 무슨 말인지 모르겠어요. 뭘 원해요?

얼마나…… 돈을.

돈? 무슨 말씀이세요?

비비언 말이 네가…… 그러니까 비비언은 네가 돈이 궁할 거라고, 빠…… 빠듯하게 살고 있다고 해서.

계속 무슨 말씀인지 모르겠어요. 저한테 돈을 주시고 싶다는 뜻이에요?

맞아. 그러니까 너도 괜찮다면 말이야……. 그게…… 나한테 잘해 주는 게.

잘해 줘요?

내가 외로운 사람이거든, 아치. 사람 손길이 필요해.

이제 퍼거슨은 알 것 같았다. 플레밍은 그를 유혹할 계획이나 기대 없이 위층으로 올라왔지만, 퍼거슨이 함께 해주기만 한다면 기꺼이 섹스에 돈을 지불할 용의가 있었다. 돈을 지불하는 건, 어떤 젊은이도 돈을 받지 않으면 자기 몸을 만져 주지 않을 것임을 그도 알기 때문이었고, 갖고 싶은 젊은이의 손길을 받는 쾌락을 위해서라면 플레밍은 기꺼이 그 젊은이를 창녀로, 그의 엉덩이에 박아 줄 남자 〈줄리〉로 만들 수도 있었다. 플레밍이 그렇게 원색적인 표현을 생각하지는 않았을 것이다. 그건 창녀와 고객 사이의 이름 없는 섹스가 아니라 이미 서로를 아는 두 사람 사이의 섹스였고, 덕분에 단순한 교환이 아니라 뭔가를 베푸는 행위가 되는 셈이었다. 나이가 든 쪽이 젊은이에게 절실히 필요한 돈을 주고, 그 대가로 나이 든 쪽 역시 다른 종류의 베풂을 받는 셈이었다. 그런 생각들이 퍼거슨의 머릿속에서 맴돌았고, 부모님에게 받은 적은 용돈이 정말 궁핍한 정도인지 아닌지 이리저리 따져 봤다. 부유한 후견인의 보호 아래 지내면서 집세도 안 내고, 식비도 안 내고, 공짜 옷을 입는 입장에서 용돈이 부족하다고는 할 수 없었다. 하지만 그 모든 상황에도, 하루 10달러로 나머지 모든 비용을 감당하기란 쉽지 않았다. 사고 싶은 영화 관련 책이 너무 많지만 살 여유가 없고, 밤마다 라디오에서 나오는 지루한 프랑스 음악만 들을 게 아니라 전축을 사서 음반들을 간절히 듣고 싶은 처지에서는 그랬다. 그랬다, 돈이 더 있으면 도움이 될 것이고, 돈이 더 있으면 수십 가지 면에서 생활이 나아질 테지만, 그렇다고 해서 그 돈을 얻기 위해 플레밍이 해주기를 바라는 일을 기꺼이 할 수 있는 걸까? 게다가 신체적으로 역겨운 사람과 섹스하는 건 무슨 느낌일까, 그건 어떤 느낌일까 하는 질문을 떠올리는 순간 갑자기 그런 일을 부업으로 삼으면 많은 돈을 벌 수 있겠다는 상상이 되었다. 중년의 외로운 미국인 관광객들과 잠자리를 갖는 것, 남성들에게는 단단한 대여용 젊은이, 여성들에게는 매력적이고 젊은 제비, 윤리적으로 잘못된 부분이 없지 않았지만, 리사가 저녁 식사 도중 몇 번이나 사용한 단어를 빌리자면 사악했지만, 그냥 섹스 문제일 뿐이었고 양쪽 모두가 원한다면 절대 잘못되었다고 할 수 없는 일이었다. 돈을 버는 것뿐 아니라 그 돈을 버는 과정에서 덤으로 수많은 절정을 맛볼 수도 있었다. 가만히 생각해 보면 그건 거의 웃기는 상황이기도 했는데, 왜냐하면 절정이야말로 말할 것도 없이 좋은 것이면서 동시에 세상에서 돈으로 살 수 없는 것 중 하나이기 때문이었다.

퍼거슨은 몸을 앞으로 내밀며 물었다. 왜 비비언은 제가 돈이 필요하다고 했을까요?

모르지, 플레밍이 대답했다. 그냥 나한테 네 이야기를 하다가…… 그러다가…… 네가 그러니까…… 그게 정확한 표현이 뭐였더라……? 거의…… 거의 맨바닥이라고.

그럼 뭘 보고 제가 선생님에게 잘해 주는 일에 관심이 있을 거라고 생각하셨어요?

그런 거 없어. 그냥 희망 사항이지, 그뿐이야. 그러니까…… 느낌이랄까.

돈은 얼마나 생각하고 계세요?

모르겠다. 5백 프랑? 1천 프랑? 네가 말해 줘, 아치.

1천5백이면 어때요?

나한테······ 나한테 그 정도는 있을 거야. 잠깐만 좀 볼게.

플레밍이 재킷 안주머니에 손을 넣어 지갑을 꺼내는 모습을 지켜보며, 퍼거슨은 자신이 실제로 그 일을 하고 있다는 것, 매달 부모님에게 받는 용돈에 버금가는 돈을 위해 자신이 이 뚱뚱한 대머리 남자 앞에서 옷을 벗고 섹스하게 되리란 것을 알았다. 그리고 플레밍이 지갑에서 돈을 꺼내 세는 동안 퍼거슨은 자신이 두려워하고 있다는 걸 깨달았다. 죽을 만큼 두려웠고, 뉴욕의 북 월드에서 책을 훔칠 때와 똑같이 두려웠고, 살 밑에서 열기가, 한때 두려움이 타오르는 열기라고 스스로 불렀던 그 기운이 너무나 빨리 온몸으로 퍼지며 머릿속의 박동은 거의 흥분에 가까워졌다. 그래, 바로 그거였다. 허락된 일들의 경계를 지날 때의 두려움과 흥분, 비록 퍼거슨이 유죄 판결을 받아 감옥에서 6개월이나 보낼 뻔했고, 이론적으로는 그런 경험을 한 퍼거슨은 다시는 경계 근처에도 가면 안 되었겠지만, 그는 여전히 어린 시절과 마찬가지로 있지도 않은 하느님, 사기꾼 하느님을 비웃으며 기꺼이 그 하느님에게 한 방 먹여 주고 싶었다. 플레밍이 1백 프랑짜리 열두 장과 50프랑짜리 여섯 장을 꺼낸 다음 지갑을 다시 주머니에 넣을 때쯤, 퍼거슨은 자신에게 너무 화가 났고, 자기 약점이 너무 역겨웠고, 플레밍에게 다음과 같이 말하는 자기 목소리에서 잔인함마저 느껴져서 스스로 놀랐다.

돈은 책상 위에 두고, 앤드루, 불 꺼주세요.

고맙구나, 아치. 내가…… 얼마나 고마운지 몰라.

그는 플레밍을 쳐다보고 싶지 않았다. 심지어 그가 눈에 걸리는 것조차 싫었는데, 그를 쳐다보지 않고 아예 눈을 돌려 버림으로써 플레밍이 거기 없는 거라고, 그날 저녁에 플레밍은 식사 자리 자체에 없었고, 퍼거슨은 그를 본 적이 없는 거라고, 앤드루 플레밍이라는 남자가 지상 어디에도 존재하지 않는 거라고 생각할 수 있기를 원했다.

일은 어둠 속에서 해치우지 않으면 전혀 못 할 것 같았는데 ─ 그래서 불을 꺼달라고 명령한 것이다 ─ 퍼거슨이 일어나 옷을 벗기 시작했을 때 복도에서 불이 켜졌다. 그날 이런저런 사람들이 지나다니는 통에 자주 켜졌던 minuterie(1분짜리 자동 등)였다. 문틀과 잘 맞지 않는 문짝 사이에 틈이 있었기 때문에 갑자기 빛이 들어왔고, 어둡다고 할 수 없을 만큼 충분히 빛이 들어오는 바람에 어둠에 익숙해져 있던 퍼거슨의 시야에 벌거벗은 플레밍의 통통한 몸이 들어왔고, 결과적으로 퍼거슨은 매트리스 아래 깊은 서랍이 달린 침대에 들어갈 때 눈을 깔고 바닥만 내려다봐야 했다. 일단 침대에 들어간 다음에는 고개를 세우고 벽만 쳐다봤고, 그러는 사이 플레밍은 그의 맨가슴에 키스하고, 천천히 딱딱해지고 있던 그의 자지 쪽으로 손을 내렸고, 잠시 격하게 만지다가 자기 입에 넣었다. 계속해서, 아무런 저항도 하지 않던 퍼거슨은 어느새 등을 대고 누운 자세가 되었고, 그러자 벽이 보이지 않게 되어서 이번에는 창 쪽으로 고개를 돌렸다. 바깥 풍경이 자신이 안에 있다는 사실을, 너무 작은 방에 갇혀 있다는 사실을 잊게 해줄 거라고 생각했지만, 바로 그때 복도의 불이 다시 들어오면서 창은 거울이 되어 방 안에 있는 것만 비쳤고, 그 안에는 자신이 침대에서 플레밍과 함께라기보다는 침대에서 플레밍에게 눌린 채 누워 있었고, 아저씨의 평퍼짐하고 살 많은 엉덩이가 우뚝 솟아 있었다. 거울이 되어 버린 창에서 그 광경을 보는 순간 그는 눈을 감아 버렸다.

그는 섹스할 때 눈을 뜨고 함께 있는 사람을 바라보는 게 좋았기 때문에, 늘 눈을 크게 뜨고 했다. 앤디 코언과 레 알에서 마주친 거리의 여자들 몇 명을 제외하면 강렬히 끌리는 사람이 아닌 사람과는 한 적이 없었고, 자신이 아끼는 사람을 만지고 그 손길을 느끼는 즐거움은 상대를 바라보면서 할 때 훨씬 컸기 때문에, 그런 즐거움에서는 몸의 다른 어떤 부분보다도, 심지어 피부보다도 눈이 큰 역할을 했다. 하지만 기억하는 한 누군가와 잠자리를 가진 이후 처음으로 퍼거슨은 눈을 감은 채 하고 있었고, 그렇게 함으로써 그 방에서, 그리고 그 순간에서 스스로를 떼어 내고 싶었다. 플레밍이 자기 자지를 쥐고 침을 묻혀 달라고 하는 순간에도 퍼거슨은 온전히 그 자리에 있지 않았고, 그의 상상은 위니베르시테가 꼭대기 층에 있는 방에서 벌어지는 일과는 아무 상관이 없는 이미지들을 만들어 내고 있었다. 서로를 안은 채 눈물을 흘리는 오디세우스와 텔레마코스를 떠올렸고, 퍼거슨의 손은 근육이 있는 반달 같은 브라이언 미셰브스키의 사랑스러운 엉덩이, 다시는 보거나 만질 수 없는 그 엉덩이를 스쳤고, 불쌍한 줄리, 성은 끝내 알 수 없었던 그녀는 〈망자들의 호텔〉에 있는 방에서 아무것도 없는 매트리스 위에 죽은 채 누워 있었다.

이제 플레밍은 퍼거슨에게 넣어 달라고 부탁했다. 부탁이야, 하고 플레밍은 말했다. 그래, 원한다면 말이야. 고마워. 깊이, 끝까지 넣었다. 여전히 아무것도 보지 않고 있던 퍼거슨은 단단해진 자기 물건을 보이지 않는 남자의 널찍한 구멍에 천천히 밀어 넣었고, 교수는 끙끙거리다가 신음하기 시작했고, 퍼거슨의 자지가 자기 안에서 움직이는 동안 계속 신음 소리를 냈다. 퍼거슨은 그 몸부림치는 소리까지는 대비하지 못했기 때문에 막을 수도 없었다. 미리 대비하고 지워 낼 수 있었던 시각적인 것들과 달리, 심지어 귀를 막아도 소리는 계속 흘러들어 왔고, 아무것도 그 소리를 막을 수 없었고, 그러자 갑자기 모든 게 끝나 버렸다. 퍼거슨은 발기가 풀리면서 줄어들었고, 계속 유지하기란 불가능했다. 발기 유지도, 하고 있던 일의 유지도 불가능했고, 모든 게 끝났다. 그는 물건을 뺐고, 끝내지도 못한 채 그걸로 끝이었고, 그 모든 것이, 영원히 끝이었다.

죄송해요, 그가 말했다. 이걸로는 안 되겠네요.

퍼거슨은 플레밍에게 등을 돌린 채 침대에 걸터앉았고, 한 번에 폐가 가득 차도록 숨을 크게 들이마시는 바람에 거의 질식할 뻔했지만, 길게 흐느끼며 한 번에 공기를 모두 내뱉었다. 큰 기침 소리만큼 큰 구역질 소리, 개가 짖는 소리만큼 큰, 숨통을 타고 올라오는 갈라진 비명 소리가 주변 공간을 가득 채웠고, 그는 숨을 헐떡였다.

그보다 더 나쁜 감정은 없었다. 그보다 더 끔찍한 수치는 없었다.

퍼거슨이 얼굴을 가린 채 흐느끼자 플레밍이 그의 어깨를 짚으며 미안하다고 말했다. 그 방에 올라오지 말았어야 했고 부탁도 하지 말았어야 했다고, 잘못되었다고, 어쩌다 일이 이렇게 되었는지 모르겠다고 했다. 하지만 제발, 이번 일로 상처를 받으면 안 돼, 아무 일도 아니야. 둘 다 술을 너무 마셔서 제정신이 아니었고, 모두 실수였다고 했다. 여기 1천 프랑 더 줄게, 1천 5백 프랑 더 줄게. 부탁이야, 아치, 나가서 하고 싶은 거 해. 네가 행복해지는 데 써.

퍼거슨은 침대에서 일어나 책상 위에 놓인 돈을 집어 들었다. 냄새나는 당신 돈 필요 없어요, 그가 지폐를 움켜쥔 채 말했다. 씨발 단 1프랑도 필요 없다고.

그런 다음, 그는 여전히 발가벗은 채 방 북쪽의 긴 창을 양쪽으로 열어 발코니에 한 발을 내밀고, 추운 1월의 밤 속으로 지폐 뭉치를 던졌다.

5.4

그는 열여덟 살, 그녀는 열여섯 살이었다. 그는 이제 막 대학 생활을 시작하려 했고 그녀는 고등학교 11학년이 되었다. 더 이상 그녀에 관한 생각만으로 시간 낭비를 하는 대신, 언젠가 둘이서 함께 나눌 수도 있고 그렇지 않을 수도 있는 미래를 다시 한번 상상만 하는 대신, 그는 이제 직접 시험해 보기로 했다. 린다 플래그는 3년 전 시험에서 탈락했지만, 에이미 슈나이더먼과 데이나 로즌블룸은 둘 다 통과했다. 그가 그때까지 사랑한 여자는 그 둘밖에 없었고, 비록 방식이 조금 다르기는 하지만 여전히 둘 다 사랑하고 있었다. 에이미는 이제 의붓누나였고, 그가 그녀를 사랑한 방식으로 그를 사랑해 준 적은 한 번도 없었다. 데이나는 그 누구에게 받을 수 있는 것보다 훨씬 큰 사랑을 그에게 줬지만, 이제 그를 떠나 다른 나라에 살았고 그의 인생에서 완전히 사라져 버렸다.

그는 그 모든 상황, 그러니까 죽어 버린 아티의 여동생과 사랑에 빠짐으로써 아티의 죽음이라는 바로 그 저주에서 벗어날 수 있으리라는 생각, 새벽 4시의 몽상 같은 그 논리에는 뭔가 제정신이 아닌 요소가 있다는 걸 알고 있었다. 하지만 그런 이유 때문만은 아니라고 스스로에게 말했다. 그는 점점 더 사랑스러워지는 실리아, 마른 아버지를 닮았고, 땅딸하고 과체중인 어머니와는 유전적으로 전혀 비슷하지 않은 그녀에게 진심으로 끌렸다. 그녀는 점점 더 아름다워지고, 생각도 점점 날카로워지고 있었지만, 그가 그녀와 단둘이 있을 기회는 한 번도 없었는데, 아티의 장례식 이후로 그녀에게 뭔가를 이야기할 때는 늘 그녀의 부모님도 함께 있었기 때문이다. 그녀가 어떤 사람일지는 여전히 불확실했는데, 그녀는 퍼거슨이 뉴로셸을 방문할 때만 조용히 앉아 있는, 새침하고 불평불만이 많은 중산층 아이일 수도 있었고, 아니면 활기 넘치는 소녀, 때가 맞으면 그의 적극적인 행동을 불러일으킬 자질이 있는 그런 사람일 수도 있었다.

그는 그 시험을 〈혼 앤드 하다트 통과 의례〉라고 불렀다.

자신이 그랬듯 그녀도 자동판매기 식당의 매력에 빠진다면, 고등학생 시절 그의 연인들이 그녀와 비슷한 나이에 보인 것과 비슷한 반응을 보인다면 문은 여전히 열려 있는 셈이었고, 그는 계속 실리아를 염두에 둔 채 그녀가 자라기를 기다릴 것이었다.

그게 아니라면 문은 닫히는 셈이고, 그는 세상의 잘못을 바로잡으려는 어리석은 환상을 포기하고 다시는 그 문을 열 생각을 하지 않을 것이었다.

노동절 다음 목요일에 뉴로셸에 있는 집에 전화를 했다. 2주 동안은 프린스턴에 내려가지 않아도 되었고 공립 학교는 이미 개학한 상태였기 때문에, 토요일 오후에 실리아와 만날 수 있기를 희망했다. 그주 토요일이 안 되면 그다음 주 토요일에라도.

전화를 받은 실리아는 그가 어머니와 다음 저녁 식사 약속을 잡으려고 연락한 거라고 짐작했다. 그녀가 수화기를 내려놓기 직전에 그는 아니라고, 자신은 실리아 본인과 이야기하려고 전화한 거라고 말했다. 개학을 하니 기분이 어떠냐고 묻고(그저 그랬다), 올해는 생물과 물리, 화학 중에 무슨 수업을 듣는지 물은 후에(물리였다), 그는 돌아오는 토요일이나 그다음 토요일에 맨해튼에서 만나 점심을 먹거나, 영화를 보거나, 박물관에 가거나, 뭐든 그녀가 원하는 걸 할 수 있을지 물었다.

당연히 농담이지? 그녀가 물었다.

왜 내가 농담을 해?

그냥…… 음, 신경 쓰지 마, 중요한 거 아니야.

그래서?

좋아, 다른 일 없어. 이번 주 토요일이랑 다음 주 토요일 둘 다.

그럼 이번 주에 보자.

알았어, 아치 오빠. 이번 주 토요일.

그랜드 센트럴역에서 그녀를 만났다. 두 달 반 만에 만난 그녀가 너무 예뻐 보여서 용기가 났다. 매끄러운 메이플시럽 같은 피부는 살짝 탔는데, 어린이들을 위한 뉴로셀의 일일 캠프에서 보조 상담사 겸 수영 강사로 일하면서 그렇게 되었다고 했다. 덕분에 새하얀 이와 눈의 흰자 부분이 더 환하게 빛나고, 그날 오후에 입은 흰색 블라우스와 청색 치마의 단순한 복장도 썩 잘 어울린다고 그는 생각했다. 거기에 더해 분홍빛이 도는 빨간색 립스틱이 흰색과 파란색, 갈색으로 이뤄진 전체적인 색조에 작은 강조점 역할을 했다. 날씨가 따뜻해서 그녀는 어깨까지 내려오는 머리를 무용수처럼 올리고 있었는데, 덕분에 길고 우아한 목선이 드러났고, 퍼거슨은 자신을 향해 다가오는 그녀의 모습이 너무 인상적이어서 고개를 설레설레 저었다. 그는 그녀가 여전히 자신에게는 너무 어린 상대라고, 이건 그냥 친구로서 함께 노는 거라고, 처음 만날 때의 악수와 헤어질 때 하게 될 악수 외에는 절대로, 어떤 상황에서도, 그녀의 몸에 손을 대는 건 생각도 하면 안 된다고 스스로를 타일렀다.

나 왔어, 그녀가 말했다. 이제 내가 왜 와야 했는지 알려 줘.

웨스트 42번가에서부터 6번 애비뉴와 7번 애비뉴 사이 웨스트 57번가에 있는 블록을 향해 올라가는 동안 퍼거슨은 자신이 왜 난데없이 그녀에게 연락하게 되었는지 설명하려 애썼지만, 실리아는 믿지 않는 눈치였고 그가 자신을 만나려 한 이유를 납득하지 못하는 것 같았다. 퍼거슨이 앞뒤가 맞지 않는 이야기를 할 때마다 고개를 저었는데, 예를 들어 자신은 이제 곧 대학에 돌아가야 하니까 이번 가을에는 서로 만날 기회가 많지 않다고 하자, 그녀는 언제부터 자기를 만나는 일이 그에게 그렇게 중요해졌냐고 반문했다. 그리고 〈우리 친구잖아, 그렇지 않아? 그걸로 충분하지 않아?〉라는 그의 말에 대해서는 〈우리가 친구라고? 오빠랑 우리 부모님은 친구일지 모르지, 일종의 친구. 하지만 지난 4년 동안 오빠랑 나랑 나눈 대화를 모두 더해도 1백 마디도 안 될 것 같은데, 살아 있는지 확신도 할 수 없는 사람과 왜 만나고 싶었던 거야?〉라고 대답했다.

활기 있는 아이라고, 퍼거슨은 스스로에게 말했다. 그거 하나는 분명했고, 그거 하나는 확실했다. 그녀는 자존심 있는, 거침없이 자기 생각을 말하는 영리한 여학생으로 자란 한편, 새롭게 알게 된 그런 적극적인 태도와 함께, 답이 없는 질문들, 적어도 퍼거슨으로서는 제정신이 아닌 사람처럼 들릴 위험을 감수하지 않고서는 대답할 수 없는 질문들을 하는 재주도 얻은 것 같았다. 무슨 일이 있어도 아티 이야기는 꺼내면 안 되겠지만, 그녀가 동기를 따져 묻는 이상 그는 지금까지 했던 어설픈 대답보다는 더 나은 대답을 해야만 한다고 생각했다. 진실한 대답, 그녀의 오빠 이야기를 제외한 모든 이야기를 하나하나 해줘야 했고, 그는 그날 저녁에 전화한 건 진심으로 그녀를 만나고 싶었기 때문이라는 말로 새로운 대답을 시작했다. 그건 사실이었고, 그녀를 따로 만나고 싶었던 건 이제 그녀의 부모님이나 뉴로셸의 집과 상관없이 둘만의 일대일 관계를 만들어갈 때가 되었다고 생각했기 때문이라고 했다. 그럼에도 그녀는 그의 말의 그 어떤 부분도 전혀 진실로 받아들이지 못한 채, 왜 그런 수고를 하느냐고, 왜 자신과 시간을 보내고 싶어 하는 거냐고 물었다. 자신은 그저 고등학생일 뿐이고, 그는 이미 프린스턴에 다니고 있는데 말이다. 다시 한번 퍼거슨은 간단하고, 진실한 대답을 했다. 왜냐하면 그녀도 이제 성인이고, 이제 모든 게 달라졌고 앞으로도 계속 다를 것이기 때문이라고 했다. 그녀에게는 그를 한참 나이가 많은 사람으로 보는 잘못된 습관이 있었는데, 따지고 보면 자신들은 두 살밖에 차이가 나지 않고, 머지않아 그 두 살은 아무런 의미가 없어지고 동년배나 다름없어질 것이었다. 퍼거슨은 자신의 의붓형인 짐을 예로 들었다. 그보다 네 살이나 많지만 가장 가까운 친구였고, 짐은 그를 완전히 동등한 관계로 대했다. 마침 짐이 심장에서 들리는 이상음 때문에 신체검사에서 면제 판정을 받은 후 프린스턴에서 대학원 과정을 시작하기로 하면서 둘은 같은 학교에 다니게 되었는데 — 대단한 행운이었다 — 가능한 한 자주 만나는 건 물론 심지어 봄이나 이른 여름에 함께 여행을 갈 계획까지 세웠다 — 프린스턴에서 코드곶까지의 도보 여행이었는데, 자동차나 기차, 버스는 단 한 번도 이용하지 않고, 심지어 자전거조차 타지 않고 만의 북쪽 끝까지 가보는 계획이었다.

실리아는 조금씩 마음을 열기 시작했지만, 여전히 이렇게 말했다. 하지만 짐은 오빠네 형이잖아. 그건 달라.

의붓형이지, 퍼거슨이 말했다. 그것도 2년밖에 안 되었어.

알았어, 그 말 믿을게. 하지만 지금부터 내 친구가 되려면 오빠처럼 굴려고 하면 안 돼, 잘난 척하는 오빠 말이야. 무슨 말인지 알지?

당연히 알지.

가짜 오빠 흉내도 더 이상 안 돼. 아티 오빠 이야기도 그만하고. 나는 그 이야기가 싫고 앞으로도 그럴 거니까. 그런 지긋지긋하고 어리석은 이야기는 우리 둘 다한테 도움이 안 되는 것 같아.

맞아, 그 이야기는 하지 말자, 영원히. 퍼거슨이 말했다.

둘은 막 매디슨 애비뉴에서 왼쪽으로 꺾어서 57번가를 따라 걷기 시작했다. 족히 열다섯 블록을 지나오면서 팽팽한 논쟁을 벌인 끝에 마침내 휴전이었고, 이제 실리아는 미소를 짓고 있었다. 퍼거슨의 질문을 귀 기울여 들은 후에 실리아는 당연히 자동판매기 식당이 뭔지 안다고, 혼 앤드 하다트도 들어 봤지만 자신이 기억하는 한 들어가 본 적은 없고, 꼬마일 때도 없었던 것 같다고 했다. 그런 다음 그녀가 물었다. 거기는 어때? 왜 거기에 가야 하는 거야?

보면 알아, 퍼거슨이 대답했다.

그는 그녀가 시험을 통과하기를 바랐기 때문에 그녀의 반응을 최대한 유리하게 해석해 주기로 했고, 자신의 원칙을 조금 느슨하게 적용해서, 심지어 아무 관심을 보이지 않는다고 해도 전폭적이고 열성적인 반응과 똑같은 것으로 간주해 주기로 했다. 반감을 보이거나 경멸하는 경우에만 불합격이라고, 스스로에게 말했는데, 135킬로그램쯤 되는 흑인 여성이 죽어 버린 아기 예수에 관해 중얼거리는 모습을 보며 린다 플래그가 보였던 역겨워하는 반응에 버금가는 반응만 아니면 된다고 생각했다. 하지만 그런 생각을 더 이어 가기도 전에 둘은 이미 자동판매기 식당에 도착했고, 금속과 유리로 만들어진 풍미 가득한 상자 같은 그곳에 들어서자마자, 지폐를 동전으로 바꾸기도 전에 실리아가 내뱉은 말은 그의 걱정을 날려 버렸다. 세상에, 그녀는 말했다. 진짜 이상하고 멋진 곳이잖아!

둘은 샌드위치를 사 와서 자리에 앉아 대화했고, 대

부분은 그해 여름에 있었던 일들 이야기였다. 퍼거슨의 경우에는 리처드 브링커스태프와 가구를 옮긴 일, 자기 할머니와, 짐과 에이미의 할아버지를 묻어 드리기 위해 묘지에 간 일, 그리고 작은 서사시 〈멀리건의 여행〉을 쓴 일 등이었다. 그 글은 모두 24장(章)으로 구성될 예정이었는데, 각각의 장은 6~7페이지 분량이었고, 매 장마다 서로 다른 상상 속의 나라로 떠난 여정이 펼쳐졌다. 〈길 잃은 영혼들로 가득한 미국 사회〉에 관한 멀리건의 인류학적 보고서가 될 작품이었고, 이미 12장까지는 써놓았는데, 대학 생활이 너무 빡빡하지 않아서 프린스턴으로 이사한 후에도 계속 작업할 수 있기를 바란다고 그는 말했다. 실리아의 경우에는, 낮 시간에 아이들과 수영장에서 물놀이를 하는 것 외에, 뉴로셀 대학에서 삼각법과 프랑스어 야간 강의를 들었는데, 이미 학점을 충분히 받아 놓아서 11학년 학기에 추가로 한 과목만 더 들으면 다음 가을에 대학에 갈 수 있었다. 왜 그렇게 서두르는 거야? 퍼거슨이 물었을 때 그녀는 쪼그만 교외 동네에 사는 게 지긋지긋하다고, 얼른 거기서 벗어나 바너드가 되었든 NYU가 되었든 뉴욕으로 가고 싶다고 했다. 그녀가 이른 탈옥을 하려는 동기를 또박또박 말하는 걸 들으며, 퍼거슨은 마치 자기 자신의 말을 듣는 것처럼 현기증이 났다. 본인의 삶에 관한 그녀의 말이나 생각은, 퍼거슨 자신이 몇 년 동안 하고 있는 말이나 생각과 완전히 똑같이 들렸다.

그녀가 세상에서 가장 똑똑하고 야망에 찬 학생이라는 칭찬은 하지 않았다. 그렇게 말하면 이야기가 어쩔 수 없이 아티의 좋았던 학교 성적 이야기로, 가족이 모두 학교 성적이 좋았다는 이야기로 이어질 것이었기 때문이다. 대신 그는 점심 식사 후에는 뭘 하고 싶냐고 물었다. 그날 오후에 상영 중인 영화가 여러 편 있었는데, 그중에는 비틀스가 출연한 신작(「헬프!」)과 고다르의 최신작, 먼저 본 짐이 쉬지 않고 이야기하고 있는 「알파빌」도 있었다. 하지만 실리아는 박물관이나 미술관에 가는 게 더 재미있을 것 같다고 했는데, 그러면 두 시간 동안 어둠 속에 앉아 다른 사람들이 하는 이야기만 듣고 있는 대신 둘이서 계속 이야기할 수 있을 거라고 했다. 퍼거슨은 고개를 끄덕이며 좋은 지적이야, 하고 말했다. 둘은 5번 애비뉴를 따라 프릭 미술관으로 가서 페르메이르와 렘브란트, 샤르댕의 작품을 보며 오후를 보낼 수 있었다. 괜찮아? 그럼, 단순히 괜찮은 것 이상이지. 하지만 퍼거슨은 그 전에 커피 한 잔씩만 더 하고 나가자고 했고, 어느새 자리에서 일어나 컵 두 개를 들고 사라졌다.

퍼거슨은 고작 1분 정도만 자리를 비웠을 뿐인데, 그 사이에 실리아는 옆 테이블에 앉은 남자를 관찰했다. 퍼거슨의 어깨에 가려 보이지 않던 덩치가 작은 노인이었는데, 퍼거슨이 다시 커피를 채운 컵과 크림 용기를 가지고 돌아올 때까지 실리아는 남자를 지켜보고 있었고, 그 눈빛이 너무 불편해 보여서 퍼거슨은 무슨 문제가 있는 거냐고 물었다.

저분이 너무 안됐어, 그녀가 말했다. 종일 아무것도 안 드신 것 같아. 그냥 저기 앉아서 두려운 듯이 커피만 바라보고 있잖아. 저 커피를 마셔 버리면 한 잔 더 살 돈은 없고, 그러면 가게에서 나가야만 하니까.

자리로 돌아오는 길에 노인을 봤던 퍼거슨은 몸을 돌려 그를 다시 쳐다보는 건 예의가 아닌 것 같았지만, 사실이었다. 남자는 외로운 빈털터리처럼 보였고, 지저분한 손톱과 나이 든 요정처럼 슬픈 얼굴을 한, 반백의 지저분한 주정뱅이였다. 돈이 하나도 없는 것 같다는 실리아의 말이 맞는 듯했다.

우리가 뭐 좀 드리자. 그녀가 말했다.

그러자, 퍼거슨이 대답했다. 하지만 저분이 우리한테 뭘 달라고 한 건 아니니까, 안돼 보인다고 무작정 찾아가서 돈을 주면 상처받을지도 몰라. 우리는 좋은 뜻이지만 저분 기분이 더 나빠질 수도 있잖아.

오빠 말이 맞을 수도 있어, 실리아는 컵을 들어 입으로 가져가며 말했다. 하지만, 틀렸을 수도 있어.

둘 다 커피를 다 마시고 자리에서 일어났다. 실리아는 지갑을 열었고, 옆 테이블에 앉은 남자를 지나칠 때 1달러를 꺼내 남자 앞에 내려놓았다.

저기요, 선생님, 가서 뭐 좀 사 드세요. 그녀가 말했다. 노인은 1달러를 챙겨 주머니에 넣고는 고개를 들어

그녀를 보며 말했다. 고맙습니다, 아가씨. 신의 축복이
있을 거예요.

나중은 나중이었다. 분명 뿌듯하고 유익한 나중, 놀랄
만큼 훌륭하지만 아직 너무 어린 실리아와 더 많은 오
후를 보내고, 어쩌면 밤도 보내게 될 그런 나중이 될 테
지만, 지금은 지금이었다. 지금 세상은 뉴저지 중부의
크랜베리 습지와 저지대로 옮겨졌고, 지금 세상은 온
통 새로운 환경에 적응하려고 애쓰는 8백 명의 신입생
중 한 명이 되는 것과 관련한 일들뿐이었다. 스스로를
잘 파악하고 있었던 그는 자신이 잘 적응하지 못할 것
임을, 그곳에는 마음에 들지 않는 부분들이 있을 것임
을 알고 있었지만, 동시에 좋아하게 될 일들을 최대한
활용하기로 마음먹었고, 그러기 위해 프린스턴으로 떠
나기 전 다섯 가지 행동 수칙을, 대학 생활 내내 지킬
다섯 가지 법칙을 정했다.
  1) 가능한 한 주말은 뉴욕에서 보낸다. 7월에 할머니
가 갑작스럽고 안타깝게 돌아가신 후에(울혈성 심부전
이었다) 이제 홀아비가 된 할아버지가 그에게 웨스트
58번가의 아파트 열쇠를 주면서 남은 침실을 마음대로
쓸 수 있게 해줬는데, 그 말은 이제 뉴욕에서 밤을 지낼
곳이 생겼다는 뜻이었다. 그런 방이 생긴 건 욕망과 기
회가 맞아떨어진 특별한 경우였고, 대부분의 금요일
오후에 퍼거슨은 학교를 나와 한 량짜리 셔틀 기차를

타고(그건 쪼그만 교외 동네라고 할 때처럼 〈쪼그미〉라
는 별명으로 알려져 있었다) 프린스턴역에서 프린스턴
정크션역까지 간 다음, 북쪽으로 가는 더 길고 더 빠른
기차를 타고 맨해튼 시내로 나간다. 이전의 아름다운
건물을 1963년에 허물고 새로 지은 펜실베이니아역은
추했지만, 그런 건축학적 실책은 그렇다 치더라도 뉴
욕은 여전히 뉴욕이었고 뉴욕에 가야 할 이유는 많았
다. 소극적인 이유라면 프린스턴의 답답함에서 벗어나
가끔씩 신선한 공기를 쐴 수 있다는 것이었고(비록 뉴
욕의 공기가 신선하지는 않았지만), 그렇게 함으로써
학교에서 지내는 동안 답답함을 견디고 어쩌면 그곳
생활을 즐길 수 있을지도 모른다는 것이었다(답답한
방식 나름대로). 적극적인 이유는 이전의 바로 그 이유,
밀도, 규모, 복잡함이었고, 또 다른 적극적인 이유는 할아
버지와 함께 시간을 보내고 노아와의 관계도 계속 유
지할 수 있다는 것이었는데, 그에겐 아주 핵심적인 부
분이었다. 퍼거슨은 대학에서 친구를 사귀기를 기대했
는데, 친구를 만들고 싶었고, 만들 수 있을 것 같기도
했지만, 그에겐 그 어떤 친구도 노아보다 더 중요할 것
같지는 않았다.

2) 창의적 글쓰기 수업은 듣지 않는다. 힘든 결정이
었지만, 퍼거슨은 졸업할 때까지 그 원칙을 고수하려
고 노력했다. 힘들었던 이유는 프린스턴 학부 과정의
글쓰기 수업은 전국에서 가장 오래되었으며, 그는 이

미 하고 있는 일을 하는 것만으로도 성적을 받을 수 있었기 때문이다. 그러니까 자신의 책을 꾸준히 써가는 데 대한 보상을 받을 수 있다는 뜻이었고, 그 말은 다시, 한 학기에 수업 하나만큼은 공부 부담을 덜어 낼 수 있다는 뜻이었다. 그러면 글 쓰는 일 외에 책을 읽고, 영화를 보고, 음악을 듣고, 술을 마시고, 여자를 쫓아다니고, 뉴욕에 갈 시간이 늘어날 것이었다. 하지만 퍼거슨은 창의적 글쓰기 수업에 원칙적으로 반대하는 입장이었다. 그는 소설 쓰기는 가르칠 수 있는 게 아니며, 미래의 작가는 모두 본인이 직접 그 방법을 깨쳐야만 한다는 확신을 갖고 있었다. 그뿐 아니라, 들은 바에 따르면 그 글쓰기 워크숍에서는(워크숍이란 단어 때문에 그는 작업실을 메운 젊은 도제들이 톱으로 나무를 자르고 판자에 못질하는 모습을 떠올리지 않을 수 없었다) 학생들이 서로의 작품을 평가한다는데, 그가 보기에는 말도 안 되는 일이었다(눈먼 이가 눈먼 이에게 길 안내를 하다니!). 골 빈 학부생들에게 자기 작품을 보여 줄 이유가 없었는데, 유난히 별나고 쉽게 규정할 수 없는 그의 글을 본 학생들은 인상을 찌푸리며 쓰레기 같은 실험작으로 치부해 버릴 것이었다. 자기 글을 나이가 많고 경험이 많은 사람들에게 보여 주고 일대일로 평가받고 토론하는 건 반대하지 않았지만, 단체로 그렇게 한다는 게 끔찍했는데, 그 끔찍함이 오만함 때문인지 두려움(염려하던 그 주먹질에 대한) 때문인지는, 그가 자기 글이 아닌 다른 사람의 작업에는 쥐똥만큼도 관심이 없다는 사실에 비하면 전혀 중요하지 않았다. 관심도 없는데 신경 쓰는 척할 필요가 있을까? 그는 여전히 먼로 선생님과 연락했고(그녀는 〈멀리건의 여행〉의 첫 열두 개 장을 읽었는데, 눈이 번쩍 뜨이는 적절한 지적과 함께 열두 번의 키스만 있었을 뿐 주먹질은 없었다), 그녀가 시간이 없을 때면 돈 이모부나 밀드러드 이모, 노아, 에이미 등 다른 믿을 만한 독자들을 찾았고, 곤란한 상황에 처했지만 그런 믿을 만한 독자들에게 연락할 수 없는 상황이 닥친다면, 로버트 네이글 교수, 프린스턴 전체에서 가장 문학적인 인물이라는 그를 찾아가 솔직하게 도움을 청할 생각이었다.

3) 이팅 클럽[19] 활동 금지. 같이 수업을 들을 친구들의 4분의 3은 결국 어떤 이팅 클럽이든 하나는 가입할 것 같았지만 퍼거슨은 관심이 없었다. 이팅 클럽은 남학생 친목회랑 비슷했지만 완전히 똑같지는 않았는데, 요란한 몸싸움과 말싸움 정도의 차이가 있을 뿐이었고, 프린스턴의 고답적이고 고리타분한 특징들을 고스란히 품고 있을 법한 그런 모임에 퍼거슨은 냉담했다. 이팅 클럽에 가입하지 않고 〈독립적으로〉 활동함으로써 그는 그 답답한 곳의 가장 답답한 일들을 피할 수 있을 것이었고, 덕분에 그곳 생활이 조금은 더 행복해질 수 있을 것이었다.

19 eating club. 비싼 회비로 운영되는 학내 회원제 사교 클럽.

4) 야구 금지는 계속되고, 소프트볼, 위플볼, 스틱볼 같은 변종도 하지 않는다. 때와 상대에 상관없이 캐치볼도 하지 않고, 테니스공, 분홍색 스폴딘 고무공, 양말 뭉치 등을 던지고 받는 것도 하지 않는다. 고등학교를 졸업하고 나면 그 원칙을 지키기가 조금 쉬워질 것 같았는데, 이제 옛날 야구 친구들, 그가 장래가 촉망되는 좋은 선수였음을 기억하는 친구들을 마주치지 않아도 되기 때문이었다. 그 친구들은 야구를 그만두겠다는 그의 결정에 의아해했고, 그가 이야기한 이유를 납득하지 못한 채 고등학교 시절 내내 진짜 이유를 물어보곤 했는데, 자비롭게도 이제 그런 질문들도 끝이었다. 하지만 다른 한편으로는, 그는 컬럼비아 고등학교의 복도와 교실을 떠나 전국에서 가장 운동에 미친 대학에 발을 들여놓으려 하고 있었다. 1869년 전국 최초로 열린 대학 간 미식축구 시합에서 럿거스를 상대했던 학교이자, 불과 6개월 전 전국 대학 체육 연합NCAA[20] 농구 대회에서 4강에 올랐던 학교였다. 역대 아이비리그 팀 성적 중 최고였는데, 빌 브래들리와 미시간 대학 캐지 러셀의 대결이 전국 신문을 장식했고, 이어서 패자부활전에서 브래들리가 전례 없는 58득점을 올리며 프린스턴에 승리를 안겨 줬고, 말할 것도 없이 퍼거슨이 도착했을 때까지도 학교의 모든 사람들이 그 시합 이야기를 우려먹고 있을 것이었다. 어디서든 운동하는

20 National Collegiate Athletic Association. 이하 NCAA.

학생들을 볼 수 있을 테고, 퍼거슨도 자연스럽게 끼어서 이런저런 운동을 하게 되겠지만 그건 반코트 농구나 터치 풋볼 등으로만 한정한다. 실리아의 죽은 오빠를 기억하는 의미로 스스로 금지한 운동에 빠져드는 유혹을 미연에 방지하기 위해, 그는 8월 말에 자신의 야구 장비를, 그러니까 배트 두 개, 스파이크 한 켤레, 루이스 아파라시오 모델의 롤링스 글러브를 우드홀크레스트의 옆집에 사는 깡마른 아홉 살 소년 찰리 배싱어에게 줘버렸다. 가져, 이제 나한테는 필요 없는 거야, 하고 퍼거슨은 찰리에게 말했고, 존경해 마지않는 옆집 대학생 형이 무슨 이야기를 하는지 이해하지 못했던 어린 배싱어는 퍼거슨을 올려다보며 물었다. 진짜로 주는 거야, 아치 형? 맞아, 퍼거슨이 대답했다. 진짜로 주는 거야.

5) 아버지에게 먼저 연락하지 않는다. 만약 아버지가 먼저 연락해 온다면 대응을 할지 말지 신중하게 생각해 볼 테지만, 그런 일이 있을 것 같지도 않았다. 6월에 퍼거슨 쪽에서 고등학교 졸업 선물 고맙다고 짧게 적어 보낸 게 마지막 연락이었고, 아버지가 보낸 수표가 도착했던 날 그의 기분이 유난히 씁쓸하고 절망적이었기 때문에(그날 아침 데이나가 이스라엘로 떠나 버렸다), 그는 그 돈을 SNCC와 SANE에 절반씩 기부해 버릴 거라고 했다. 아버지가 기뻐하지는 않았을 것이다.

망설여지고 불안하고 초조하고 또 초조해서, 〈대학 생활〉이라는 습지와 저지대로 떠나던 날 아침에 어머니와 짐이 함께 차를 타고 가며 진정시켜 주지 않았더라면 그는 아마 아침도 제대로 먹지 못하고, 그나마 먹은 것도 반쯤 게워 낸 다음 비틀거리며 프린스턴 대학의 잔디밭에 도착했을 것이다.

가족 모두에게 정신없는 하루였다. 댄과 에이미는 다른 차를 타고 북쪽의 브랜다이스로 출발했고, 퍼거슨 일행은 아니 프레이저가 친절하게도 공짜로 빌려준 흰색 셰비 승합차를 타고 남쪽으로 향했다. 그렇게 보슬비가 내리는 아침에, 뉴저지 고속 도로에서 짐이 운전대를 잡고 퍼거슨과 어머니는 그 옆에 끼여 앉았고, 뒤에는 승합차 지붕까지 두 의붓형제의 살림살이가 가득 쌓여 있었다. 이불과 베개, 수건, 옷가지, 책, 음반, 전축, 라디오, 타자기가 뒤죽박죽되어 있었고, 퍼거슨은 이제 막 자신의 다섯 가지 행동 수칙 중 세 가지를 말한 참이었다. 짐이 고개를 저으며 슈나이더만 집안 특유의 그 수수께끼 같은 미소를 지어 보였다. 그건 웃음을 터뜨리기 직전의 미소라기보다는, 뭔가 생각과 깊은 사고를 암시하는 미소였다.

긴장 풀어, 아치, 그가 말했다. 너무 진지하게 받아들이는 것 같아.

그래, 아치, 어머니도 맞장구를 쳤다. 오늘 아침에는 좀 이상하구나. 아직 도착도 안 했는데 너는 벌써 도망칠 생각부터 하고 있잖아.

무서워서 그래요, 퍼거슨이 말했다. 반동적인 반유대인 소굴에서 길을 잃어버리고, 살아 나오지 못할까 봐 무섭다고요.

그의 의붓형은 이제 웃음을 터뜨렸다.

아인슈타인을 생각해, 짐이 말했다. 리처드 파인먼을 생각해 보라고. 프린스턴에서는 유대인을 죽이지 않아, 아치, 그냥 소매에 노란 별을 달고 다니게 할 뿐이야.

퍼거슨도 이제 웃음을 터뜨렸다.

짐, 그런 농담은 하면 안 돼. 절대 하면 안 돼. 어머니는 그렇게 말했지만, 잠시 후엔 그녀도 웃고 있었다.

10퍼센트쯤 된다고 들었는데, 짐이 말했다. 전국 평균보다 한참 높은 거지……. 평균이 2~3퍼센트 정도 될까?

컬럼비아는 20~25퍼센트라고 하던데, 퍼거슨이 말했다.

그럴지도 모르지. 하지만 컬럼비아에서는 장학금을 안 주잖아. 짐이 대답했다.

브라운 홀, 3층에 있는 침실 두 개짜리 기숙사는 공동 공간과 욕실까지 포함해 신입생 네 명이 지내기에 충분한 공간이었다. 브라운 홀과 룸메이트 스몰. 하워드 스몰은 키가 180센티미터쯤 되는 다부진 체격이었고,

235

눈이 맑고 차분한 자기 확신이 느껴지는, 자신이 있는 자리와 자신의 몸에 편안하게 정착한 것 같은 친구였다. 단단하게, 하지만 뼈가 아플 정도로 단단하지는 않게 첫 악수를 나눈 후에, 하워드는 고개를 내밀고 퍼거슨의 얼굴을 유심히 들여다봤다. 이상한 행동이라고 퍼거슨은 생각했지만, 이어서 하워드가 질문을 했고 그러자 그건 전혀 이상한 행동이 아니게 되었다.

혹시 컬럼비아 고등학교에 다녔던 거 아니지, 그렇지? 하워드가 물었다.

맞아, 사실은 거기 다녔어. 퍼거슨이 말했다.

아, 그래도 컬럼비아 고등학교에 다닐 때 후보 농구 팀에서 뛴 적은 없지, 그렇지?

뛰었어. 2학년 때뿐이었지만.

어디서 본 거 같은데. 혹시 포워드였니?

왼쪽. 왼쪽 포워드. 맞아. 네가 어떻게 아는지는 모르겠지만, 어쨌든 맞아.

나는 웨스트오렌지의 후보 팀 벤치 선수였거든, 그해에.

그러니까…… 재미있네……. 우리는 벌써 두 번째 마주친 거네.

두 번씩이나 마주치면서 서로 몰랐던 거지. 홈경기에서 한 번, 원정 경기에서 한 번. 하지만 나는 재능 없는 바보였으니까. 정말 끔찍하고 어설펐거든. 너는 진짜 잘했어, 내가 기억하기로는, 늘 대단히 잘했는데.

나쁘진 않았지. 하지만 계속 그렇게 운동선수용 사타구니 보호대만 차고 다닐지 아니면 팬티와 브라에 집중할지 정해야 했으니까.

둘은 미소를 지었다.

어려운 선택은 아니네, 그랬다면.

그럼, 전혀 힘들지 않았지.

하워드는 창 쪽으로 다가가 교정을 가리켰다. 여기좀 봐봐, 그가 말했다. 얼 공작의 시골 별장 같지 않아? 아니면 제정신이 아닌 부자들을 위한 정신 병원이거나. 프린스턴 대학, 근사하지. 나를 받아 준 건 감사한일이고, 이런 호화로운 방을 준 것도 감사한 일이야. 하지만 하나만 좀 설명해 줘. 왜 여기는 온통 검은색 다람쥐들뿐일까? 내 경험에 따르면 다람쥐들은 늘 회색이었는데, 여기 프린스턴에서는 모두 검은색이야.

왜냐하면 걔들도 전체 디자인 계획의 일부니까, 퍼거슨이 말했다. 프린스턴 대표 색이 뭔지는 기억하지?

오렌지색…… 그리고 검은색.

맞아, 오렌지색과 검은색. 오렌지색 다람쥐들만 찾으면, 왜 검은색 다람쥐들이 있는지도 이해하게 될거야.

하워드는 미지근하게 웃기고 미지근하게 바보 같은 퍼거슨의 농담에 웃음을 터뜨렸고, 그 웃음 덕분에 뒤틀린 것처럼 쓰리던 퍼거슨의 배 속도 조금씩 편안해졌다. 프린스턴 대학이 결국 적대적이고 실망스러운 곳으로 밝혀진다고 해도, 여기서 그는 친구를 사귈 것이었고, 룸메이트의 웃음소리를 들으니 그럴 수 있을 것 같았다. 도착한 첫날 첫 시간에 맨 먼저 그런 친구를 만난 건 행운이었다.

각자 짐 뭉치와 상자와 가방을 풀어서 정리하는 동안, 퍼거슨은 하워드가 맨해튼 어퍼웨스트사이드에 살다가 열한 살 때 아버지가 몬트클레어 주립 대학의 학생처장이 되면서 다리와 터널을 오가는 생활을 시작했다는 걸 알게 되었다. 지난 7년 동안 둘이 몇 킬로미터 떨어지지 않은 곳에 살면서도 고등학교 체육관의 마룻바닥에서 두 번 마주친 걸 제외하고는 만난 적 없다는 사실이 신기했다. 모르는 사람들이 우연히 같은 감방에 던져진 후 서로를 시험해 보듯 둘은 빠른 속도로 서로를 알아 갔는데, 좋아하는 것과 싫어하는 것이 많이 겹치기는 했지만 완전히 똑같지는 않았다. 우선 둘 다 양키스보다는 메츠를 좋아했다. 하지만 스몰이 2년 전부터 엄격한 채식 식단을 따르고 있던 반면(그는 윤리적으로 동물 도살에 반대하는 입장이었다) 퍼거슨은 생각하고 말 것도 없이 뼛속까지 육식파였고, 또한 하워드가 담배를 피웠다 안 피웠다 했다면 퍼거슨은 하루에 규칙적으로 열 개비에서 열두 개비 사이의 캐멀을 피웠다. 책 제목과 작가 이름이 마구 튀어나왔고(퍼거슨은 현대 미국 시와 유럽 소설에 점점 빠져들고 있었지만, 하워드는 그쪽은 거의 읽어 보지 않았다고 했다), 영화 취향은 소름 끼칠 정도로 똑같았다. 1950년 대 최고의 코미디 영화는 「뜨거운 것이 좋아」이고 최고의 추리물은 「제3의 사나이」라는 데 의견 일치를 본 후에, 하워드는 갑자기 신이 나서 잭 레먼Lemmon과 해리 라임Lime![21]이라고 외치고는 책상에 앉아 펜을 꺼내서 〈레몬〉과 〈라임〉의 테니스 매치 장면을 그리기 시작했다. 퍼거슨은 천재 룸메이트가 단숨에 스케치를 그려내는 걸 놀란 눈으로 지켜봤다 ── 팔다리가 달려 있고 오른손에 라켓을 쥔 더 길고 퉁퉁한 레몬과, 역시 팔다리가 달려 있고 라켓을 쥔 더 작고 동그랗고 부드러운 라임이 테니스를 치는 장면이었다. 레몬과 라임의 표정은 원래의 레몬과 라임(그러니까 잭 레먼과 오슨 웰스)의 표정과 똑같았는데, 하워드가 네트와 허공을 날아다니는 공을 그려 넣자 그림이 완성되었다. 퍼거슨은 시계를 확인했다. 첫 번째 선을 시작하고 마지막 선을 그릴 때까지 3분이었다. 절대 3분 이상은 아니었고, 어쩌면 2분일 수도 있었다.

세상에, 너 그림 좀 그리는구나. 퍼거슨이 말했다.

레몬 대 라임이야, 하워드는 칭찬은 무시한 채 말했다. 꽤 재미있는데, 그렇게 생각하지 않아?

꽤 재미있는 정도가 아니라 무지 재미있어.

우리 뭔가 찾아낸 것 같은데.

---

21 잭 레먼은 「뜨거운 것이 좋아」에 출연한 배우이고, 해리 라임은 「제 3의 사나이」의 등장인물이다.

그럼, 당연하지, 퍼거슨은 그렇게 말했다. 그런 다음 손가락으로 하워드의 펜을 톡톡 두드리며 윌리엄 펜 Penn이라고 말하고, 그림이 그려진 종이를 두드리며 대 패티 페이지Page라고 덧붙였다.

아무렴! 끝이 없을 거야, 그치?

둘은 몇 시간이나 같은 놀이를 했다. 짐을 풀고 정리하고, 식당에서 점심 식사를 하고, 함께 교정을 구경하다 곧장 저녁을 먹으러 갈 때까지 모두 40~50개의 단어 짝들을 생각해 냈다. 처음부터 끝까지 웃음이 멈추지 않았고, 가끔은 너무 크게 웃고 또 가끔은 너무 오랫동안 웃음이 멈추지 않아서 퍼거슨은 자신이 태어난 이래 그렇게 많이 웃어 본 적이 있었을까 하는 생각이 들 정도였다. 눈물이 날 정도로 웃었고, 숨이 막힐 정도로 웃었다. 이제 막 집을 떠나 이미 정해진 과거와 아직 쓰이지 않는 미래의 경계에 서 있는 젊은 여행자에게, 그건 두려움과 떨림을 극복하는 최고의 놀이였다.

신체 기관을 생각해 보자, 하워드가 그렇게 말하고 1~2분 후 퍼거슨이 대답했다. 레그스Legs 다이아몬드 대 러니드 핸드Hand, 잠시 후 하워드가 대꾸했다. 이디스 헤드Head 대 마이클 풋Foot.

액체 생각해 보자, 퍼거슨이 말했다. H_2O의 변형된 형태. 하워드가 대답했다. 존 포드Ford 대 래리 리버스 Rivers, 클로드 레인스Rains 대 머디 워터스Waters. 퍼거슨은 잠시 집중하더니 자신만의 짝을 생각해 냈다. 베넷 서프Cerf[22] 대 투츠 쇼어Shor,[23] 베로니카 레이크Lake 대 딕 다이버Diver.

허구의 인물도 가능해? 하워드가 물었다.

왜 안 되겠어? 우리가 아는 인물이라면 실존 인물이랑 같은 거지. 그나저나 해리 라임이 언제부터 허구의 인물이 아니었던 거지?

저런, 해리를 잊고 있었네. 그렇다면 C. P. 스노Snow 대 유라이어 히프Heep.[24]

아니면 두 영국 신사, 크리스토퍼 렌Wren 대 크리스토퍼 로빈Robin.[25]

아주 좋아. 이제 왕이랑 왕비도 보자, 하워드가 말했다. 한참 후에 퍼거슨이 말했다. 오렌지Orange 공 윌리엄 대 로버트 필Peel. 거의 동시에 하워드가 말했다. 가시 공작 블라드 대 뚱보 왕 카롤루스.

미국 사람들 생각해 보자, 퍼거슨이 말했고, 다음 한 시간 동안 둘은 다음과 같은 짝을 생각해 냈다.

코튼Cotton 매더 대 보스 트위드Tweed.

네이선 헤일Hale 대 올리버 하디Hardy.

스탠 로럴Laurel 대 주디 갈런드Garland.

W. C. 필즈Fields 대 오드리 메도스Meadows.

---

22 영어로 〈파도〉를 뜻하는 〈surf〉와 발음이 같다.
23 영어로 〈기슭〉을 뜻하는 〈shore〉와 발음이 같다.
24 영어로 〈더미〉를 뜻하는 〈heap〉와 발음이 같다.
25 굴뚝새 대 개똥지빠귀.

로레타 영Young 대 빅터 머추어Mature.

윌리스 비리Beery 대 렉스 스타우트Stout.

핼 로치Roach 대 버그스Bugs 모런.

찰스 비어드Beard 대 소니 터프츠Tufts.

마일스 스탠디시Standish 대 시팅Sitting 불.[26]

단어들의 짝은 계속 이어졌고, 그들도 멈추지 않았다. 하지만 저녁 식사 후에 마침내 방으로 돌아와 목록을 작성하려 했을 때는, 생각났던 단어 짝의 절반 정도는 기억나지 않았다.

기록을 잘 해야겠네, 하워드가 말했다. 그래도 최소한, 생각나는 대로 던지는 건 너무 휘발성이 강하니까 늘 펜이나 연필을 들고 다녀야 한다는 점을 알게 되었잖아. 떠올렸던 것들을 대부분 까먹어 버리니까.

까먹을 때마다 새로운 짝을 생각해 낼 수 있어, 퍼거슨이 말했다. 예를 들어 갑각류를 떠올린다고 해봐, 그물을 던져 놓고 잠시만 기다리면 버스터 크래브Crabbe 대 진 슈림프턴Shrimpton[27]이 떠오르잖아.

멋지네.

아니면 소리라고 해보자. 숲속의 달콤한 새소리나 정글의 우렁찬 포효 말이야. 그럼 라이어널 트릴링

---

26 순서대로 면 대 트위드, 튼튼하다 대 강인하다, 월계관 대 화환, 들판 대 초원, 젊다 대 원숙하다, 맥주beer 대 흑맥주, 바퀴벌레 대 벌레, 턱수염 대 다발, 서다stand 대 앉다sit.

27 게crab 대 새우shrimp.

242

Trilling 대 솔 벨로Bellow[28]가 떠오르잖아.

범죄와 맞서 싸우는 주인공 중에, 주소명이 이름인 비서나 여자 친구가 있는 인물들.

무슨 말인지 모르겠는데.

페리 메이슨이랑 슈퍼맨을 생각해 봐. 그럼 델라 스트리트Street 대 로이스 레인Lane이 나오잖아.

좋네. 아주 좋아. 모래사장을 산책한다고 생각해 봐, 그럼 어느새 조르주 상드Sand 대…… 로나 둔Doone.

그것도 그림으로 그리면 재미있겠다. 모래시계랑 쿠키가 테니스를 치는 장면.[29]

맞아, 하지만 베로니카 레이크 대 딕 다이버는 어때? 가능할지 한번 생각해 봐.

근사하네. 너무 섹시해, 거의 외설스러울 만큼.

네이글이 그의 지도 교수였다. 그는 번역으로 읽는 고전 수업의 담당 교수이기도 했는데, 그 어떤 수업보다 퍼거슨의 정신적 성장에 도움이 되는 수업이었다. 퍼거슨이 장학생으로 선발되는 데 네이글이 적극적으로 힘을 쓴 게 거의 확실해 보였는데, 네이글은 자신이 어떤 역할을 했는지 전혀 말하지 않았지만 퍼거슨은 그

28 지저귀다trill 대 포효하다bellow.
29 조르주 상드의 성은 영어 단어 〈sand(모래)〉와 철자가 같고, 19세기 로맨스 소설의 주인공 로나 둔의 성명은 〈dune(사구)〉를 연상케 하는 한편 쿠키 상표명이기도 하다.

가 자신에게 기대를 걸고 있고, 자신의 발전 과정을 유심히 지켜보고 있다는 걸 감지했다. 그건 그 변화의 시기, 잠재적으로 혼란스러웠던 시기에 내적 안정을 위해서는 꼭 필요한 것이었는데, 바로 네이글의 기대 덕분에 소외된 느낌이 아니라 그곳에 속해 있다는 느낌을 받을 수 있었기 때문이다. 학기의 첫 과제물,『오디세이아』제16권에서 오디세우스와 텔레마코스가 재회하는 장면에 관한 5페이지짜리 과제물을 제출했을 때, 네이글은 맨 뒷장에 나쁘지 않아, 퍼거슨 ── 계속 노력할 것이라고 적어서 돌려줬고, 퍼거슨은 그게 과묵한 교수님이 칭찬하는 방식이라고 받아들였다. 대단히 잘했다는 뜻은 아니었지만, 그래도 잘했다는 뜻이라고.

첫 학기 동안은 격주 수요일 오후마다 네이글과 그의 아내 수전이, 알렉산더가에 있는 그들의 작은 집에 네이글의 지도를 받는 여섯 명의 신입생을 초대해 함께 차를 마셨다. 네이글 부인은 키가 작고 통통한 갈색 머리 여인으로 럿거스에서 고대사를 가르쳤고, 마르고 얼굴이 긴 남편보다 머리 하나가 작았다. 아내가 차를 따르고 네이글이 샌드위치를 나눠 주거나 네이글이 차를 따르고 아내가 샌드위치를 나눠 줬고, 아니면 네이글이 안락의자에 앉아 담배를 피우며 학생들과 이야기를 나누는 동안 네이글 부인은 소파에 앉아 다른 학생들과 이야기를 나눴는데, 부부는 함께 있기에 너무 편안하면서도 서로에게 아주 정중해서, 퍼거슨은 종종 두 사람이 그들의 여덟 살 된 딸 바버라가 듣지 않았으면 하는 말을 나눌 때는 그리스어로 대화하지 않을까 궁금하기도 했다. 퍼거슨은 늘 그런 형식적인 차 모임은 세상에서 가장 바보 같은 사교 행사라고 생각해 왔지만(그 전까지는 그런 모임에 참석해 본 적이 없었다), 실제로 그는 네이글과의 그 90분을 즐기고 있었고 그 시간을 망치지 않으려고 노력했다. 그건 네이글 교수의 또 다른 면모를 볼 수 있는 기회였는데, 주변에서 하는 말에 따르면 네이글 교수는 그저 강의실이나 연구실에서 보여 주는 모습 이상의 사람이었다. 학교에서 그는 정치나 전쟁, 혹은 시사 문제에 관해서는 좀처럼 이야기하지 않았는데, 격주 수요일 오후마다 자신의 집에서 여섯 명의 신입생을 반갑게 맞아 줬고, 그 여섯 명은 우연히도 유대인 학생 두 명, 외국인 학생 두 명, 흑인 학생 두 명이었다. 전체 신입생 8백 명 중 흑인 학생이 열두 명이고(겨우 열두 명이라니!), 유대인 학생은 60~70명, 외국인 학생은 그 절반이나 3분의 1밖에 되지 않았던 걸 감안하면, 퍼거슨이 보기에 네이글은 그렇게 겉도는 학생들을 돌보고, 그들이 험하고 낯선 곳에서 허우적거리지 않도록 말없이 도와주는 일을 자신의 책무로 여기고 있는 게 분명했다. 정치적 신념 때문인지, 아니면 프린스턴에 대한 애정 혹은 그저 단순한 인류애 때문인지는 알 수 없었지만, 로버트 네이글은 경계에 선 학생들이 편안함을 느낄 수 있게 자신이 할 수 있는 일을 하고 있었다.

　네이글과 하워드와 짐, 계획이 뒤틀려 버린 장학생으로서 퍼거슨의 새로운 삶이 시작되고 첫 한 달 동안, 스스로 성인이라 여겨 왔지만 이제는 다시 불안한 어린 시절의 자신으로 돌아간 것 같았던 그를 그 세 사람이 든든하게 지지해 줬다. 하워드는 단순히 에너지가 넘치는 만화의 귀재가 아니라 탄탄한 사색가이자 철학을 전공할 계획을 가진 의식 있는 학생이었는데, 배려심 있고 독립적이며 퍼거슨의 관심을 끌려고 애쓰지 않았기 때문에, 그와 방을 함께 쓰면서도 퍼거슨은 사생활을 침해받는다는 느낌이 전혀 없었다. 바로 그게, 그러니까 크다고 할 수 없는 방에서 누군가와 함께 지내야 한다는 게 퍼거슨에게는 가장 큰 두려움이었는데, 그때까지 그런 경험을 해본 건 두 명의 상담사와 일곱 명의 다른 학생과 함께 오두막에서 지내야 했던 천국 캠프에서뿐이었다. 집에서는 언제나 네 개의 벽으로 둘러싸인 자기만의 성소로 숨어들 수 있었고, 그건 에이미가 옆방에서 문을 쾅쾅 닫고 시끄러운 음악을 틀어 댔던 우드홀크레슨트의 새집에서도 마찬가지였다. 따라서 그는 다른 사람이 불과 2미터쯤 떨어진 데 누워 있거나 책상에 앉아 있는 상황에서도 자신이 책을 읽거나 글을 쓸 수 있을지, 심지어 생각이라는 것 자체를 할 수 있을지가 걱정이었다. 하지만 나중에 밝혀졌듯이, 하워드 역시 똑같은 좁은 공간 문제로 불안해

하고 있었는데, 그 역시 자라는 내내 자신의 방을 따로
갖고 있었기 때문이다. 신입생 환영 주간의 사흘째 되
던 날 둘은 솔직한 대화의 시간을 가졌는데, 혼자 있는
시간이 없고 둘이 같은 공기를 들이마시는 시간이 너
무 많은 데 대한 두려움을 털어놓고, 서로 받아들일 수
있을 만한 행동 수칙을 함께 만들어 냈다. 그들과 아파
트를 함께 쓰는 학생들은 버몬트 출신의 의대 예과 과
정 학생 윌 노이스와, 아이오와 출신의 8백 점 만점 수
학 신동 더들리 크랜첸버거였는데, 퍼거슨과 하워드가
합의한 바에 따르면 공동 공간이 비었을 때는, 그러니
까 노이스와 크랜첸버거가 둘 다 자기들의 침실에 있
거나 건물 밖에 있을 때는, 그들 둘(퍼거슨과 하워드)
중 한 명은 침실에서, 다른 한 명은 공동 공간에서 읽
고-쓰고-생각하고-공부하고-그림을 그리기로 했고,
노이스와 크랜첸버거 중 한 명 혹은 둘 다가 공동 공간
에 있을 때는, 퍼거슨과 하워드는 순서를 정해 한 명은
도서관에 가고 다른 한 명은 침실에 남기로 했다. 둘은
그렇게 하기로 했지만, 학기가 본격적으로 시작되고
2주 정도 지나고 나서는 서로에게 너무 편해져서 그런
예방책들이 더 이상 필요 없어졌다. 그들은 아무 때나
편하게 드나들었고, 같은 시간에 둘 다 침실에 있을 때
도 서로의 생각을 방해하거나 함께 숨 쉬는 분위기를
해치지 않고 말없이 오랫동안 앉아 있을 수 있었다. 생
길 수도 있는 문제들은 실제로 문제가 되기도 하고 그

러지 않기도 하는데, 이번 경우는 아니었다. 10월 첫 주가 되자 브라운 홀 3층의 두 입주자는 테니스 매치를 모두 여든한 개나 더 생각해 냈다.

짐으로 말하자면, 그 역시 새로운 환경에 적응하는 중이었는데, 경쟁이 극심한 물리학과에서 대학원 첫해를 헤쳐 나가고 있었다. 그는 학교 바깥의 아파트에서 역시 룸메이트와의 생활에 적응하느라 검은색 다람쥐들 천국에서의 초반부를 의붓동생만큼이나 정신없이 보내고 있었지만, 그럼에도 둘은 어떻게든 매주 화요일 저녁에는 함께 식사했는데, 짐의 아파트에서 같은 MIT 졸업생이자 뉴델리 출신인 룸메이트 레스터 퍼텔과 스파게티를 먹거나 나소가(街)의 버드라는 작고 붐비는 식당에서 햄버거를 먹었다. 그뿐 아니라 열흘에 한 번씩은 딜런 체육관에서 한 시간 반 동안 일대일 농구를 했는데, 퍼거슨은 키가 조금 더 크고 재능도 더 있는 슈나이더먼에게 늘 졌지만 터무니없을 정도의 차이는 아니어서 매번 최선을 다해 볼 가치는 있었다. 수업이 시작되고 2주쯤 지났을 때 짐이 브라운 홀로 퍼거슨과 하워드를 갑자기 방문한 적이 있는데, 하워드가 그때까지 둘이서 작성한 테니스 매치 목록과 그중 몇몇을 그린 만화를(네트 한쪽에는 빗방울 하나하나를 모아서 표현한 클로드 레인스가 있고 반대편에는 허리까지 끈적끈적한 액체로 된 머디 워터스가 있었다) 보여주자, 짐은 그 놀이를 처음 고안했던 날 아침에 퍼거슨과 하워드가 웃었던 것만큼 크게 웃음을 터뜨렸다. 그렇게 배를 움켜쥔 채 웃음을 주체 못 하는 모습이 뭔가 짐의 좋은 됨됨이를 보여 주는 것 같다고, 퍼거슨은 느꼈다. 마치 〈혼 앤드 하다트 시험〉을 통과한 게 실리아의 좋은 됨됨이를 보여 준 것과 비슷했는데, 각각의 경우에 두 사람의 그런 반응은 그들이 퍼거슨과 같은 기질의 사람이라는, 그가 괴상하게 조합하고 예상 밖의 방식으로 엮어 낸 대상들의 닮은 점과 다른 점을 알아보는 사람이라는 방증이었기 때문이다. 모든 사람들이 혼 앤드 하다트를, 자동판매기 식당의 시적인 기품과 동전을 넣고 꺼내 먹는 식사를 사랑해 마지않는 것도 아니고, 모두가 테니스 매치 만화에 웃음을 터뜨리는 것도 아니라는 게, 안타깝지만 사실이었다. 그건 퍼거슨과 하워드가 그 만화를 노이스와 크랜첸버거에게 보여 줬을 때 이미 확인한 바였다. 그 둘은 멍한 표정으로 두 캐릭터를 쳐다볼 뿐 어느 부분이 재미있는지 이해하지 못했고, 사물의 이름이 또한 사람의 이름이기도 하다는 이중성에서 나오는 익살스러움, 그리고 그 사물과 사람을 함께 보여 줌으로써 만들어지는 예상치 못한 유쾌함도 알아차리지 못했다. 아니었다. 냉정하고 현실적인 동거인들에게는 그 시도가 완전한 실패였지만, 신이 난 짐은 거의 거품을 물고 뒹굴면서 최근 몇년 사이에 가장 크게 웃은 것 같다고 했다. 그리고 다시 한번 퍼거슨은 오래된 주먹질-키스 문제를 생각하고 있었다. 그건 참 까다로운 문제였는데, 무언가는 그저 존재할 뿐 그 자체로는 아무 의미가 없으며, 그 무언가의 운명은 누군가가 그것을 어떻게 대하느냐에 달려 있기 때문이었다. 언제나 하나의 무언가가 있고 여러 명의 누군가가 있는 거라면, 최종적으로 결정을 하는 건, 비록 잘못된 판단을 내린다고 해도, 어쩔 수 없이 그 누군가에게 해당하는 부분이었다. 그건 책이나 80층짜리 건물의 설계같이 큰 문제뿐 아니라, 아무런 악의가 없는 바보 같은 농담 목록처럼 작은 일에도 해당하는 이야기였다.

네이글이 가르치지 않는 수업들은 〈번역으로 읽는 고전〉만큼 끌리지는 않았지만 충분히 좋았고, 새로운 환경에 적응하면서 동시에 그런 수업들, 그러니까 신입생 필수 과목인 작문, 라파르그 교수의 〈프랑스 문학 입문〉, 베이커 교수의 〈1857년에서 1922년 사이 유럽 소설〉, 맥다월 교수의 〈미국사 I〉 등을 듣다 보니 처음 한 달 동안은 불쌍한 멀리건을 생각할 시간이 없었고, 그나마 시간이 날 때면 뉴욕 나들이에 썼다.
　할아버지가 가을과 겨울을 보내기 위해 플로리다로 떠나면서 퍼거슨은 원할 때면 언제든 자유롭게 할아버지 아파트에 드나들 수 있었고, 아파트를 온전히 혼자 쓰는 호사까지 누릴 수 있었다. 웨스트 58번가의 그 집에서는 공짜 전화도 마음껏 쓸 수 있었는데, 할아버지가 입이 근질거릴 때면 언제든 쓰고 요금 걱정은 전혀 하지 말라고 공식적으로 허가해 줬기 때문이다. 물론 퍼거슨이 자제력을 잃어버리고 장거리 전화를 무제한으로 돌려서 할아버지에게 요금 폭탄을 떠안기지는 않을 거라는 가정하에 적당한 수준에서 하라는 이야기였고, 그랬기 때문에 예를 들면 이스라엘에 있는 데이나에게 전화할 수는 없었다(그래도 번호를 알았다면 전화했을지도 모른다). 하지만 지역 내에 있는 다양한 사람들과는 계속 연락을 유지할 수 있었고, 그들은 모두 여자들, 그가 사랑하거나, 사랑했거나, 조만간 사랑하게 될 것 같은 여자들이었다.

의붓누나 에이미는 브랜다이스에서 반전 운동에 뛰어들었다. 학교에서 가장 재미있는 사람들은 모두 거기에 빠져들고 있다고 말했는데, 그중에는 전해에 미시시피에서 열린 자유의 여름 행사에 자원봉사자로 참가했던 선배 마이클 모리스도 있다고 했다. 퍼거슨은 그 선배가 고등학교 시절 그녀가 마음을 줬던 하찮은 인간, 그러니까 거짓말을 하고 약속을 깨버린 러브, 그 표리부동한 인간 러브보다 나은 사람이기를 바랄 뿐이었다. 그건 에이미 쪽의 순진한 실수였던 걸까, 아니면 옛날 집 뒷마당에서 반딧불을 본 날 밤에 훗날 의붓동생이 될 남자의 고백을 거절한 후로, 그녀는 반복해서 엉뚱한 남자에게만 빠져들 운명이었던 걸까? 조심해, 그는 말했다. 이 모리스는 좋은 사람인 것 같기는 하지만, 진

짜 모습을 알기 전에는 너무 서두르지 마. 스스로 연애
조언자의 역할을 떠맡은 퍼거슨은, 자신도 전혀 모르
는 문제에 대해 조언하고 있었다. 그건 묘한 형태의 무
의식적인 복수일 수도 있었는데, 그는 진심으로 에이
미를 아꼈지만 그때 거절에 덴 자리가 여전히 종종 아
팠고, 당시 그녀가 자신에게 얼마나 큰 상처를 줬는지
그녀에게는 절대 말할 수 없었다.

　그의 어머니는 메이플우드의 해먼드 지도 회사에서
새로운 일자리를 얻었다. 1967년에 발행할 예정인 뉴
저지 달력 및 일정표 시리즈에 들어갈 사진을 찍는 장
기 계약직이었는데, 1966년 가을부터 앞으로 1년 동안
뉴저지의 유명 인사, 풍경, 유적지, 그리고 두 개의 뉴
저지 건축물 에디션(각각 공공건물 모음과 개인 주택
모음)을 촬영하는 작업으로, 댄의 고객 중 한 명이 찾
아 준 자리였다. 퍼거슨은 여러 이유로 그게 너무 좋은
소식이라고 생각했는데, 먼저 가계에 여분의 현금이
들어올 수 있었기 때문이지만(가계는 늘 걱정이었다),
그보다도 아버지가 무신경하게 사진관을 닫아 버리게
한 후로 퍼거슨은 늘 어머니가 다시 뭔가 일을 하며 바
쁘게 지내기를 원했기 때문이다. 이제 집에 돌봐야 할
아이도 없는 상황에서 어머니는 일하지 않을 이유가
없었고, 뉴저지 달력과 일정표가 아무리 터무니없이
들리더라도 어머니에겐 분명 만족스러운 일이 될 것이
고, 일상에 생기가 넘치게 될 것이었다.

그는 과거의 먼로 선생님을 이제 에비, 그러니까 그
녀의 친구들끼리 에벌린을 줄여서 부르는 그 이름으로
불렀는데, 그녀는 컬럼비아 고등학교로 돌아가 여러
개의 영어 수업을 맡았고 새로운 교내 문예지 편집자
들의 지도 교사로도 일하고 있었다. 9월 초에 지난 3년
동안 남자 친구였던 『스타레저』의 정치부 기자 에드 사
우스게이트가 갑자기 결별을 통보하고 아내에게 돌아
가 버리면서 에비의 삶에 큰 변화가 생겼는데, 낙담한
그녀는 크게 아파했고, 주말 저녁이면 늦은 시간까지
베시 스미스나 라이트닝 홉킨스의 블루스 음악을 들으
며 스카치를 마셨고, 나뭇잎이 색깔을 바꾸고 떨어지
는 동안 퍼거슨은 그녀의 넓은 마음이 얼마나 아플지
생각했다. 지나간 일을 돌아보는 건 아무 의미가 없다
고 생각했기 때문에, 전화를 걸 때마다 그는 그녀가 침
울함에서 벗어나고 떠나 버린 에드 생각을 떨쳐 버리
게 하려고 최선을 다했다. 그가 할 수 있는 일이라고는,
에드와 관련된 건 죽음과 절망뿐이라고 말장난하고,[30]
옛 제자인 자신이 구하러 갈 테니 걱정하지 말라고 이
야기하며 그녀를 술독에서 빼내는 것밖에 없었다. 자
신이 구해 주러 가는 걸 원치 않는다면 문을 잠그고 동
네를 떠나는 방법밖에 없을 거라고, 그녀가 원하든 원

---

　30 〈Ed-ness〉와 〈deadness〉의 발음이 비슷한 점, 그리고 베토벤이 〈하
일리겐슈타트의 유서〉에서 난청 deafness과 절망 despair에 관해 쓴 점에
착안한 말장난인 듯하다.

하지 않든 갈 거라고 말하면 두 사람은 동시에 웃음을 터뜨렸고, 그제야 구름이 걷히며 그녀는 두 가구용 주택의 절반을 차지한 채 거실에서 홀로 스카치를 마시며 사랑도 없는 밤을 보내는 나날 외에 다른 것들에 관한 이야기를 시작할 수 있었다. 키가 큰 나무들이 그림자를 드리우는 이스트오렌지의 주택가에 있는 그 반쪽짜리 집을 그해 여름에 퍼거슨은 여덟 번인가 열 번 찾아갔는데, 그곳은 그가 온전히 그리고 유일하게 자기 자신이 될 수 있는 몇 안 되는 장소였고, 그러던 어느 날 밤에는 둘 다 술을 너무 많이 마셔서 거의 함께 침대로 가기 직전까지 이르렀지만, 마침 건너편 집 남자아이가 찾아와서는 엄마가 설탕 한 컵만 빌릴 수 있을지 물어보라고 했다고 말하는 바람에 멈췄던 일도 있었다.

그리고 실리아가 있었다. 매주 금요일 저녁이나 토요일 오후에 그 새 친구에게 전화를 했는데, 자신이 그녀와의 우정을 얼마나 진지하게 생각하는지를 알리는 것 외에 다른 목적은 없었고, 그녀 역시 늘 그의 전화를 반가워하는 듯했기 때문에 계속 연락했다. 초기에는 서로 관련 없는 주제들에 관한 이야기를 두서없이 했는데, 그럼에도 대화가 시들해지는 일은 없었다. 퍼거슨은 고등학교의 패거리 친구 문화에서 베트남 전쟁에 이르기까지, 기운이 빠진 채 멍하게 지내는 부모님에 대한 걱정에서부터 오렌지색 다람쥐가 있을까 하는 심각한 고민에 이르기까지, 이런저런 주제를 오가며 말하는 그녀의 진지하고 똑똑한 목소리를 듣는 게 좋았다. 그러다 대화는 이내 그녀의 SAT 준비로 이어졌는데, 그 시험 때문에 당분간 토요일 오후 외출은 불가능하다고 했다. 그러던 중 9월 말에 그녀는 브루스라는 남자아이를 만나기 시작했는데, 뭔가 남자 친구 비슷한 어떤 관계가 될 것 같다고 했다. 퍼거슨은 그녀가 그 이야기를 할 때 충격을 받았고, 그 후에도 하루 이틀 충격은 계속되었지만, 일단 진정한 후에는 그게 어쩌면 최선의 방식일 수도 있겠다고 판단했다. 뉴욕에서 함께 보냈던 오후에 그녀가 너무나 강한 인상을 남겼기 때문에, 그리고 당시 주변에 눈에 띄는 다른 사람도 없었기 때문에 그는 다음에 그녀를 만나면 충동적으로 달려들 것만 같았고, 그러고 나서는 후회할 것 같았다. 그건 앞으로 자신들에게 있을 가능성을 망쳐 버리는 일이 되었을 것이기 때문에, 당장은 그 브루스라는 남학생이 둘 사이에 있는 편이 나았다. 고등학교 시절의 연애가 고등학교를 마친 후까지 이어지는 경우는 좀처럼 없고, 계획대로 다음 해에 그녀가 대학에 진학하면 거의 확실히 그럴 것 같았고, 그러니 그때는 상황이 다시 한번 완전히 달라질 것이었다.

그러는 사이에 워싱턴 스퀘어 주변의 번화가에서는 노아가 새로운 독립생활을 제대로 즐기고 있었다. 노아는 웨스트엔드 애비뉴의 폐소 공포증에 걸릴 듯했던 어머니 아파트에서는 물론, 평화와 전쟁 상태가 규칙적으로 교차했던, 아버지와 신경 쇠약에 걸린 새어머니의 하자 많은 결혼 생활에서도 벗어난 것이었다. 어느 날 퍼거슨에게 자신의 기숙사 방을 보여 주며 노아가 했던 말에 따르면, 그 코딱지만 한 방은 혼자 처박혀 지내기에는 몬태나 야생 구역 다음으로 좋은 곳이라고 했다. 이제 더 이상 갇혀 지내지 않아. 아치, 그가 말했다. 마치 해방된 후에 새로운 땅을 찾아 떠나는 노예가 된 것 같은 기분이야. 퍼거슨은 노아가 마리화나와 담배를 너무 많이 피우는 게(하루에 거의 두 갑 가까이 피웠다) 걱정이긴 했지만, 눈이 맑고 대부분은 상태가 괜찮아 보였으며, 심지어 여자 친구 캐럴이 그를 버리고 자기만의 넓은 하늘을 찾아 오하이오주 옐로스프링스로 떠나 버린 일에도 잘 대처하는 것 같았다.

첫 학기가 시작되고 2주 후에, 노아는 NYU가 필드스턴 고등학교보다 훨씬 여유 있다고, 다섯 개의 요리가 나오는 코스 식사를 하는 정도의 시간이면 하루 치 공부를 다 마칠 수 있다고 했다. 퍼거슨은 노아가 요리 다섯 개짜리 식사를 마지막으로 먹은 게 언제일지 궁금하기는 했지만 무슨 말인지는 이해했고, 대학 수업을 그렇게 느긋하게 들을 수 있는 사촌이 부러웠는데, 자신의 경우에는 거의 신경 쇠약에 걸릴 정도였기 때문이다. 그렇게 새사람이 되어 익숙한 환경으로 돌아온 젊은 마크스는, 웨스트빌리지 잔디밭의 자갈이 깔린 길을 씩씩하게 돌아다니고, 재즈 클럽과 블리커가의 영화관에 다니고, 카페 레조에 앉아 그날의 여섯 번째 에스프레소를 마시며 영화 아이디어를 끄적이고, 로어이스트사이드에서 젊은 시인이나 화가 들과 우정을 쌓고 있었다. 노아가 그런 친구들 중 몇 명을 퍼거슨에게 소개해 주면서 퍼거슨의 세상이 넓어지고 궁극적으로는 삶의 풍경이 완전히 달라졌는데, 그런 초기의 몇몇 만남은 미래에 자신에게 펼쳐질 가능성이 있는 삶을 발견해 가는 과정이기도 했기 때문이다. 그리고, 언제나 그랬듯이, 노아는 그렇게 옳은 방향으로 그를 이끌어 주는, 고마워해야 할 사람이었다. 퍼거슨은 프린스턴의 워크숍 수업에는 반대하는 입장이었지만, 다른 작가나 예술가 들과의 대화에서 얻을 수 있는 게 많다는 사실은 알고 있었다. 노아의 소개로 알게 된 다운타운의 신인들은 대부분 그보다 나이가 서너 살 많았고, 이미 작은 잡지에 글을 싣거나, 쓰러질 것 같은 건물 꼭대기 층 혹은 상점 앞 진열장에서 단체 전시회를 열어 본 사람들이었고, 그 말은 적어도 그런 점에서는 그들이 한참 앞서 있다는 뜻이었기 때문에 퍼거슨은 그들의 말에 귀를 기울였다. 결국에는 그런 사람들 대부분이 그에게 어떤 식으로든 가르침을 줬고, 개인적으로는 끌리지 않는 사람들이라 해도 마찬가지이긴 했지만, 가장 현명한 의견을 보여 준 사람은 또한 그가 가장 좋아하는 사람이기도 했다. 시인인 론 피어슨은 4년 전 오클

라호마주 털사에서 뉴욕으로 와서 올 6월에 컬럼비아를 졸업했는데, 어느 날 저녁 리빙스턴가에 있는 론의 비좁은 싸구려 아파트에서 퍼거슨과 노아는 다른 두세 명의 지인들과 론, 그리고 그의 아내 페그(그는 이미 결혼도 했다!)와 모여 앉아, 다다에서 무정부주의까지, 12음 음악에서 〈낸시와 슬러고〉 포르노 만화까지, 시와 회화의 고전적인 형식부터 예술에서 우연적인 것의 역할에 이르기까지 다양한 이야기를 나누고 있었다. 갑자기 존 케이지의 이름이 튀어나왔고, 퍼거슨은 어렴풋이 알고만 있는 이름이었는데, 뉴저지 습지에서 온 새로운 친구가 케이지의 글을 읽어 본 적이 없다는 걸 알게 된 론은 책장으로 가서 견장정으로 된 『사일런스』를 꺼냈다. 이거 꼭 읽어 봐, 아치, 그가 말했다. 이 책을 안 읽으면, 다른 사람들이 원하는 방식이 아닌 방식으로 생각하는 법은 절대 배울 수 없어.

퍼거슨은 고맙다고 하고 가능한 한 빨리 읽고 돌려주겠다고 했다. 하지만 론은 손사래를 치며 말했다. 그냥 가져. 나한테 두 권 더 있으니까, 그 책은 이제 네 거야.

퍼거슨은 책을 펼치고 1~2분 훑어보다가 96면에서 이런 문장을 발견했다. 〈세상이 가득 차오르고 있다. 무슨 일이든 가능하다.〉

1965년 10월 15일이었고 퍼거슨은 한 달째 프린스턴 대학의 학생이었다. 그가 기억하는 한 자신의 인생

에서 가장 고단하고 피곤한 한 달이었지만 이제 거기
서는 벗어나는 중이었고, 그의 안에서 뭔가가 달라지
고 있었다. 노아와 론, 그리고 다른 사람들과 함께 보내
는 그런 시간들이 연약함과 분노와 그의 안에 갇혀 있
던 것들을 몰아내 줬고, 이제는 그 책을, 존 케이지의
『사일런스』견장정을 갖게 되었다. 모임이 끝나고 모두
들 헤어졌을 때 그는 노아에게 조금 피곤하다고, 위쪽
의 할아버지 아파트로 돌아가고 싶다고 했지만 그건
사실이 아니었다. 그는 조금도 피곤하지 않았고 다만
혼자 있고 싶을 뿐이었다.

　한 권의 책이 그를 철저히 뒤집어 놓고 완전히 다른
사람으로 만들어 준 경우가 두 번 있었다. 그때까지 세
상에 대해 갖고 있던 그의 가정(假定)을 박살 내버리고,
모든 게 갑자기 달라 보이는— 그리고 그가 세상의 제
한된 공간에서 살아가는 한 계속 그렇게 달라진 모습
을 보이게 될— 새로운 지평으로 그를 이끈 책들이었
다. 도스토옙스키의 책은 인간 영혼의 열정과 모순에
관한 책이었고, 소로의 책은 살아가는 법에 관한 지침
서였다. 그리고 이제 퍼거슨은, 론이 생각하는 법에 관한
책이라고 정확하게 표현한 책을 발견했다. 할아버지의
아파트에 앉아 〈음악과 무용에 대한 2페이지의 지면과
122개의 단어〉, 〈무(無)에 관한 강연〉, 〈유(有)에 관한
강연〉, 〈어떤 화자를 위한 45분〉, 〈불확정성〉 같은 글
들을 읽으며, 그는 강렬하고 깨끗한 바람이 머릿속을

관통하면서 거기 쌓여 있던 쓰레기를 모두 날려 버리는 듯한 느낌, 근원적인 질문들을 던지는 사람, 처음부터 다시 시작해서 아무도 가지 않은 길을 걸어가는 사람을 직접 대면하는 듯한 느낌이 들었다. 새벽 3시 30분, 책을 다 읽은 퍼거슨은 방금 읽은 내용들 때문에 혼란스럽고 흥분되어서 잠을 잘 수 없을 것 같았고, 남은 밤은 눈을 감을 수 없을 것 같았다.

　세상이 가득 차오르고 있다. 무슨 일이든 가능하다.

　다음 날은 정오에 노아를 만나서 5번 애비뉴를 따라 행진하며 처음으로 반전 시위에 참가할 예정이었다. 베트남에서의 미군 병력 증강에 반대하는 뜻으로 뉴욕에서 열릴 최초의 대규모 시위였고, 10만 명이나 20만 명까지는 아니더라도 수만 명은 족히 모일 것 같은 행사였다. 발에 아무 감각이 없고 술에 취한 몽유병자처럼 5번 애비뉴를 따라 흐느적거리는 한이 있더라도 반드시 참가할 생각이었지만, 정오까지는 아직 시간이 많이 남아 있었고, 덕분에 지난달 브라운 홀에 입주한 후 처음으로 그는 다시 글쓰기를 할 준비가 되었고, 글쓰기를 하지 못하게 막는 건 역시 아무것도 없었다.

　멀리건은 첫 열두 개의 여정을 통해 영원히 전쟁 상태에 있는 나라, 종교적으로 엄격해서 시민들의 불온한 생각을 처벌하는 나라, 성적인 쾌락을 추구하는 데 전념하는 문화가 있는 나라, 국민들이 음식 외에는 아무것도 생각하지 않는 나라, 여성들이 지배하고 남성들은 하인으로 지내는 나라, 미술과 음악 작품을 만드는 데 헌신하는 나라, 인종 차별주의자들이 지배하는 나치 같은 나라, 피부색을 구분하지 못하는 사람들이 사는 나라, 상인과 사업가 들이 대중을 속이는 일을 의무로 생각하는 나라, 끝나지 않는 체육 대회를 중심으로 조직된 나라, 지진과 화산 폭발이 끊이지 않는 나라, 기후가 나쁜 나라, 사람들이 옷을 전혀 입지 않고 지내는 열대의 나라, 사람들이 모피에 집착하는 추운 나라, 원시적인 나라와 기술적으로 발전한 나라, 과거에 속한 나라와 현재, 혹은 먼 미래에 속한 나라 등을 돌아다녔다. 퍼거슨은 집필에 들어가기 전에 스물네 개 여정의 지도를 대충 그려 놓았지만, 새로운 장을 시작할 때 가장 좋은 방법은 닥치는 대로 쓰는 것, 머릿속에 거품처럼 끓어오르는 건 뭐든 빠른 속도로 적어 내려간 다음, 그렇게 완성된 초고를 다시 들여다보며 천천히 다듬어 가는 것임을 알게 되었다. 보통은 제대로 된 최종 원고가 될 때까지 대여섯 번 그런 작업을 거쳤는데, 그러고 나면 그가 찾던 심각하면서도 우스꽝스러운 분위기, 그런 대담한 서사에 필요한 어떤 그럴듯한 비현실성, 혹은 그의 표현에 따르면 진행형의 헛소리가 만들어지는 것 같았다. 그는 그 작은 책을 하나의 실험이자, 새로운 글쓰기 근육을 마음껏 써보는 연습으로 생각했고, 마지막 장까지 완성한 후에는 원고를 태워 버리거나, 만약 태우지 않는다면 아무도 찾을 수 없는 곳에 묻어 버릴 생각이었다.

그날 밤 할아버지 아파트의 남는 침실, 한때 어머니가 밀드러드 이모와 함께 썼던 그 방에서, 케이지의 책 덕분에 해방감으로 잔뜩 충만해진 그는 앞뒤 가리지 않고 환희에 들떴으며, 한 달간 이어지던 침묵이 드디어 끝났다는 기쁨에 빠진 채, 그때까지 썼던 글 중 가장 괴상한 이야기의 1차 원고와 2차 원고를 단숨에 써 냈다.

드룬족

드룬족은 자기들의 땅에 대한 불평을 늘어놓을 때 가장 행복하다. 산에 사는 사람들은 계곡에 사는 사람들을 부러워하고, 계곡에 사는 사람들은 산으로 이사하기를 갈망한다. 농부들은 곡물 생산량이 불만이고 어부들은 매일 잡는 물고기에 대해 투덜대지만, 어떤 어부나 농부도 자발적으로 나서서 그 실패의 책임을 인정하지는 않는다. 그들은 그저 땅과 바다를 탓하기를 선호하며, 자신들이 좋은 농부와 어부가 아니라는 사실, 이전에 알던 것들이 서서히 유효하지 않게 되어 자신들이 기술적인 면에서는 신참자와 다르지 않다는 사실을 인정하지 않는다.

여정 중에 처음으로 나는, **게으른 사람들**이라 할 만한 종족을 만난 것이다.

여자들은 미래에 대한 희망을 잃어버린 채 더 이상 아이를 낳는 일에 관심을 보이지 않는다. 가장 부유한 사람들은 벌거벗은 채 바위에 누워 따뜻한 햇살 아래서 꾸벅꾸벅 존다. 남자들은 들쭉날쭉한 바위산이나 급격한 경사지를 배회하고 여성들이 자신들에게 관심을 주지 않는다며 불만을 토로하지만, 문제를 해결하기 위해 아무것도 하지 않고, 상황을 변화시키기 위한 명확한 계획도 갖고 있지 않다. 가끔씩 그들은 미약한 공격을 시도하고, 늘어져 있는 여자들에게 돌멩이를 던져 보기도 하지만, 그 돌들은 보통 목표물에 닿지 못한다.

얼마 전부터 새로운 아기는 태어나자마자 익사당한다.

그곳에 도착했을 때 뼈의 공주와 그녀의 수행원들이 나를 맞아 줬다. 공주는 최근의 접전지를 피해 자신의 정원으로 나를 안내했고, 거기서 사과 한 그릇을 대접하며 자기 종족의 열정에 관해 이야기했다. 저들이 미덕의 수호자들에게 맞서 또 어떤 새로운 저항을 준비하던가요? 그녀가 내게 물었다. 무거운 주제였지만, 공주는 혼란스러워하거나 지나치게 불안해하는 것 같지도 않았다. 그녀는 마치 개인적인 농담을 할 때처럼 자주 웃었고, 대화 내내 대나무 부채로 부채질을 했다. 본인 말에 따르면, 어린 시절 중국에서 온 사절에게 선물로 받은 부채라고 했다. 다음 날 아침, 그녀는 여행에 필요한 준비물들을 내게 내줬다.

마을들이 많았는데, 모두 가운데 있는 탑을 중심으로 여덟 개의 원을 그리며 배치되어 있었다. 해변에서는 항상 빙산이 보였다.

그 탑은 섬에서 가장 오래된 건축물이었는데, 사람들의 기억이 생기기 전에 지어졌다고 한다. 더 이상 사람이 살지는 않았지만, 전설에 따르면 한때는 제사를 올리는 곳이었고, 황금시대에는 예언자 보태나가 그곳에서 전하는 신탁이 드룬족을 지배했다.

나는 말을 타고 더 깊은 곳에 있는 마을로 들어가 보기로 했다. 사흘 낮과 사흘 밤이 지나고 플롬 마을에 도착했을 때, 새로운 제사 의식이 사람들의 정신을 오염시켜서 그들을 망가뜨리고 있다는 이야기를 들었다. 내게 그 이야기를 해준 사람(궁전의 필경사)에 따르면, 플롬 주민들 사이에 퍼지고 있는 자기혐오가 너무 커져서, 그들은 소위 **해체의 주연(酒宴)**이라는 의식을 통해 자신의 몸을 상하게 하고, 변형하고, 쓸모없이 만들어 버리는 지경에 이르렀다고 했다.

주연이라는 단어는 적합하지 않았다. **주연**이라 하면 뭔가 황홀함과 무아지경의 쾌락을 암시하지만, 플롬 주민들에게 쾌락 같은 것은 없었다. 그들은 종교적 광기가 느껴지는 극단적인 고요 속에서 그 의식을 치르고 있었다.

하루에 한 번씩, 〈인내〉라고 알려진 의식이 마을의 중앙 광장에서 벌어진다. 참가자들은 머리끝에서 발끝까지 붕대를 감는데, 질식을 방지하기 위해 콧구멍 부분만 뚫어 놓는다. 그런 다음 그 미라 같은 인물의 하인 네 명이 각자 남자 주인 혹은 여자 주인의 팔다리를 잡아당기는데, 최대한 세게 그리고 최대한 오랫동안 잡아당긴다. 고통을 견디는 시험이다. 의식 도중에 팔다리가 하나라도 떨어지면 군중들 사이에서 뜨거운 환호성이 울려 퍼지고, 이제 〈인내〉는 〈초월〉이라고 불리는 단계로 넘어간다. 그렇게 떨어져 나온 팔다리는 유리병에 담긴 채 시청에 보관되고, 성물로 숭배받는다. 팔다리를 잃은 사람은 귀족의 특권을 얻는다.

〈초월〉의 원칙들을 반영한 새로운 법률이 자치 정부에 의해 통과되었다. 공동체에 기여한 사람들은 고통 없이 신체 절단 수술을 받을 수 있는 반면, 죄수들은 강제로 아주 긴 수술을 통해 추가로 신체 부위를 덧붙여야 한다. 초범이라면 일반적으로 배에 손을 하나 붙인다. 하지만 재범의 경우에는 좀 더 굴욕적인 처벌이 준비되어 있다. 한번은 등에 어린 여자아이의 머리를 붙이고 다니는 남자를 본 적도 있다. 손바닥에 어린이의 발을 붙이고 다니는 사람도 있었다. 심지어 다른 사람의 몸을 통째로 붙이고 다니는 사람도 있었다.

일상생활에서 플롬 주민들은 그들의 불안정한 처지와 결부할 수 있는 두려움을 몰아내기 위해 애쓴다. 그들은 쉽게 잊어버리지 못한다 — 불안함이 너무 커서 두려움의 대상이 눈에 보이지 않을 때도 사라지지 않는다. 그래서 그들은 그것을 직면하는 방법을 택했고, 그런 식으로 자기 자신을 알아볼 수 없게 하는 방해물을 극복한다. 그들은 자신들의 유아론(唯我論)을 집착으로 바꿔 버린 데 대해 변명하지 않는다.

그들이 극복하기를 바라는 것은 단순히 자신들의 육체가 아니라, 서로 단절된 것 같은 느낌이다. 누군가는 그것을 이렇게 표현한다. 〈우리는 공통의 기반을 가질 수 없는 것 같습니다. 한 명 한 명에게 자기만의 세계가 있고, 그 세계는 다른 사람의 세계와 좀처럼 겹치지 않습니다. 우리의 몸을 줄임으로써, 우리는 우리들 사이에 놓인 공간을 줄일 수 있기를 희망합니다. 대단히 놀랍게도, 신체를 절단한 사람들이 사지가 멀쩡한 플롬 주민들보다 타인의 삶에 더 적극적으로 관여한다는 사실이 입증되었습니다. 심지어 결혼을 할 수 있게 된 사람들도 있습니다. 만약 우리가 거의 무(無)에 가깝게 우리를 줄일 수 있다면, 어쩌면 우리는 서로를 발견할 수 있을지도 모르겠습니다. 삶은 결국, 아주 어려운 것이지요. 우리들 대부분이 죽는 것은, 단순히 숨 쉬는 법을 잊어버리기 때문입니다.〉

문장과 문장 사이에 방 안을 서성이고, 인스턴트커피를 끓이고, 가방에서 캐멀 담배 한 갑을 새로 꺼낸 시간까지 모두 해서, 퍼거슨이 초고를 완성하기까지는 두 시간이 걸리지 않았다. 글을 마친 그는 연필을 내려놓고 자신이 쓴 글을 차근차근 읽어 봤고, 의자에 앉아 담배를 피우며 잠시 생각을 정리한 후에, 연필을 들고 그 장을 다시 쓰기 시작했다. 9일 동안 여섯 번 수정했고, 최초의 원고에서는 네 문장만 남았다.

추수 감사절 전 수요일, 퍼거슨은 두 달 만에 처음으로 집을 찾았다. 짐과 함께 우드홀크레슨트의 집으로 돌아왔고, 에이미도 보스턴에서 돌아와 마침내 가족이 다시 모여 다섯 명이서 긴 주말을 함께 보낼 예정이었지만, 목요일 오후 해마다 정기적으로 해왔던 칠면조 식사에 참석한 걸 제외하면 퍼거슨은 집에서 보내는 시간이 거의 없었다. 댄과 어머니의 결혼 생활이 깊어져 이제 두 사람은 서로 닮아 가기 시작했다고 그는 생각했는데, 에이미는 삐딱하게 시비를 거는 투로 그들을 대했다. 명절 저녁 식사의 분위기를 돋우기 위해 퍼거슨이 최근에 하워드와 함께 완성한 테니스 매치 만화 열두 점을(아서 도브Dove 대 월터 피전Pidgeon, 존 로크Locke 대 프랜시스 스콧 키Key, 찰스 램Lamb 대 조르주 풀레Poulet, 로버트 버드Byrd 대 존 케이지Cage)[31] 꺼내 보여 줬을 때도 이미 그 이야기를 두 번 이상 들은 짐을 포함해 모두들 웃음을 터뜨렸지만, 에이미는 깊은 한숨을 쉬며 그가 사소하고 어리석은 대학생 놀이에 시간을 낭비하고 있다고 거칠게 비난했다. 에이미는 미국이 불법적이고 비윤리적인 전쟁을 벌인다는 사실을 그는 모르는 거냐고, 전국에서 흑인들이 총에 맞아 죽어 간다는 사실을 모르는 거냐고, 도대체 무슨 권리로 다 아는 척하는 응석받이 프린스턴 학생인 그는 그런 부당함을 외면한 채 바보 같은 기숙사 장난에나 빠져 자신이 받은 교육을 허비하고 있는 거냐고 따졌다.

---

31 순서대로 비둘기 대 비둘기pigeon, 자물쇠lock 대 열쇠, 양 대 닭, 새bird 대 새장.

퍼거슨은 자유의 여름 출신의 영웅 마이클 모리스와 에이미의 연애가 잘 안되고 있는 모양이라고, 어쩌면 연애라고 할 만한 것 자체가 없었던 모양이라고 짐작했지만, 그녀의 연애사를 캐묻는 대신 이렇게 간단히 대답했다. 알았어, 에이미. 네 말이 맞아. 세상은 똥과 고통과 공포의 소굴이야. 하지만 네가 웃는 게 불법인 나라를 만들어야 한다고 주장한다면, 나는 차라리 다른 나라에 가서 살고 싶어.

내 말 안 듣고 있구나, 에이미가 말했다. 당연히 웃음은 필요하지. 웃음이 없다면 우리 모두 1년도 못 가서 죽어 버릴 거야. 내 말은 그냥 네 테니스 매치 만화가 웃기지 않다는 거야. 전혀 웃음이 안 나와.

댄은 딸에게 진정하고 화를 좀 가라앉히라고 했다. 짐은 동생에게 짜증 방지 약을 좀 먹으라고 했다가, 까칠 방지 약을 먹으라고 얼른 덧붙였다. 퍼거슨의 어머니는 에이미에게 무슨 고민이 있는 거냐고 물었고, 에이미는 대답하는 대신 아랫입술을 깨문 채 냅킨만 내려다봤고, 퍼거슨은 그 순간부터 식사가 끝날 때까지 거의 아무 말도 하지 않았다. 호박파이까지 먹고 나서 모두 함께 주방에서 접시와 그릇과 냄비를 설거지했고, 그 후에 댄과 짐은 거실에 가서 텔레비전을 보며 뉴스와 추수 감사절 미식축구 시합의 결과를 확인했고, 에이미와 퍼거슨의 어머니는 식탁에 마주 앉아서, 퍼거슨이 짐작하기로는, 에이미의 머릿속에 펼쳐진 상황(당연히 마이클 모리스 이야기였다)에 관해 진지하고 허심탄회한 이야기를 나누는 것 같았다. 저녁 6시가 조금 지난 시간이었다. 퍼거슨은 안방에 있는 전화기를 쓰기 위해 위층으로 올라갔다. 집 안에 있는 유일한 전화기였고, 거기서는 다른 사람들에게 통화 내용이 들릴 일도 없었다. 지난 주말 에비는 추수 감사절에 옆집에 사는 가장 친한 친구들인 캐플런 가족과 저녁을 먹을 예정이라고 했는데, 혹시 모임이 일찍 끝났을지도 모른다는 생각에 먼저 그녀의 집으로 전화했다. 답이 없었다. 이제 캐플런 씨 집으로 전화를 걸어야 했는데, 그건 조지, 낸시, 혹은 대학에 다니는 두 자녀 밥과 엘런 중 전화를 받는 사람과 먼저 길게 대화해야만 한다는 뜻이었다. 모두들 퍼거슨과도 친구였고, 모두들 평소의 그라면 기쁘게 이야기를 나눌 수 있는 사람들이었지만, 그 특별한 날 밤에 그는 오직 에비와만 이야기를 나누고 싶었다.

고등학교에 다닐 때 자주 들렀던 캐플런 가족의 집은 그의 성장 과정에서 가장 좋았던 기억들 중 일부였다. 조지의 헌책방에서 나온 수천 권의 책들이 넘칠 듯 가득했던 낡은 2층 목조 주택에 자주 데이나와 함께, 종종 마이크 러브와 에이미도 함께 찾아갔고, 그런 저녁이면 그 집에는 열두 명에서 열여섯 명 정도의 사람들이 모였는데, 어른과 10대가 섞여 있고, 백인, 흑인 10대가 섞여 있는 평범하지 않은 모임이었다. 당시 이스트오렌지 지역에는 백인과 흑인이 각각 절반 정도씩 살았고, 캐플런 부부와 에비 먼로는 〈핵폭탄에 반대하고 인종 간 통합을 지지하는〉 좌파이자 다른 곳으로 떠날 돈도 생각도 없는 사람들이었기 때문에, 그리고 거기 모인 사람들은 모두 조지의 이름을 놓고 〈존재하지 않는 사람〉이라고 농담할 수 있을 정도로 재치 있는 사람들이었기 때문에(영화 「북북서로 진로를 돌려라」에서 케리 그랜트가 오인당한 〈조지 캐플런〉에 대한 언급이었다),[32] 퍼거슨은 종종 그 집이야말로 미국 내 온전한 정신의 최후 보루가 아닐까 생각하곤 했다.

전화는 밥이 받았는데, 캐플런 가족 중 가장 말수가 적은, 네 가지를 일을 동시에 생각하는 듯한 사람이었기 때문에 퍼거슨에게는 다행이었다. 대학 생활의 장단점이나 엉망진창이 된 베트남의 좆같은 상황(밥의 표현이었다)에 관해 이야기를 나눈 후, 밥은 얼른 에비를 바꿔 줬다.

무슨 일이니, 아치? 그녀가 물었다.

아무것도 아니에요. 그냥 뵙고 싶어서요.

10분쯤 후에 디저트 먹을 건데, 차 타고 이쪽으로 올래?

선생님만요, 둘이서.

32 영화에서 케리 그랜트가 연기한 주인공은 정부 요원 조지 캐플런으로 오인되어 각종 사건에 휘말리지만, 결과적으로 캐플런은 가공의 인물이었다.

무슨 일 있니?

딱히 그런 건 아니고, 갑자기 바람을 쐬고 싶어서요. 에이미는 엄청나게 흥분해 있고, 남자들은 미식축구 이야기만 하고, 저는 선생님을 갈망하고 있네요.

좋은 표현이네, 갈망하다.

전에는 이 단어를 써본 적이 없는 것 같아요, 평생 한 번도.

낸시는 머리가 아프다고 하고 조지는 감기 기운이 있다고 하네. 그러니까 이 자리가 길어질 것 같지는 않아. 나는 한 시간 후면 집에 가 있을 것 같은데.

괜찮으시겠어요?

당연히 괜찮지. 나도 너 보고 싶어.

좋아요. 한 시간 후에 댁으로 갈게요.

두 사람이 서로에게 호감이 있다는 것, 열여덟 살 퍼거슨과 서른한 살 에비 먼로가 오래전에 수업 시간의 교사와 학생이라는 형식적인 관계를 이미 넘어섰다는 것은 비밀이 아니었다. 이제 그들은 친구였고, 좋은 친구, 어쩌면 가장 좋은 친구였을 수도 있었는데, 하지만 그 우정과 함께 양쪽 모두 육체적인 이끌림도 느꼈다는 건 다른 사람들에게는 비밀이었고, 처음에는 두 당사자도 서로에게 그 점을 밝힐 수 없었다. 그건 자발적으로 생긴 욕망이었지만 두려움 혹은 사회적 금기 때문에 두 사람 중 어느 쪽도 행동에 옮길 준비는 되어 있지 않았는데, 8월 중순의 목요일 밤에는 스카치를 너무 많이 마시는 바람에 그 금기를 깨볼 수 있었다. 꾹꾹 눌러 놓았던 서로에 대한 끌림이 순간적으로 불타오르며 아래층 거실의 소파에서 목을 껴안은 채 거친 애정 행위를 이어 가다가, 한참 뜨겁던 중간에 누군가가 초인종을 누르면서 멈춘 적이 있었던 것이다. 그 일이 기억할 만한 사건이었던 건 그 열기 때문만이 아니라, 비록 관계가 끝나 가던 시점이라고는 해도, 에비에게 에드가 있던 시기였기 때문이다. 이제 에드도 없고, 데이나 로즌블룸도 없고, 실리아 페더먼은 멀리 지평선의 작은 점 이상은 아닌 상황에서, 퍼거슨과 에비는 마지막으로 누군가의 몸을 만져 본 적이 언제였는지 기억도 나지 않을 정도였고, 그랬기 때문에 그 쌀쌀한 추수 감사절 밤에 서로의 몸을 만지고 싶어 하는 상황은 거의 피할 수 없는 것처럼 보였다. 이번에는 술도 전혀 필요없었다. 퍼거슨이 자신도 모르게 갈망이라는 단어를 사용하면서 두 사람은 지난 8월의 목요일 저녁, 시작만 하고 끝을 보지 못했던 그날의 기억을 갑자기 떠올리게 되었고, 퍼거슨이 워링턴플레이스에 자리한 두 가구용 주택의 절반을 차지하고 있는 에비의 집에 도착했을 때, 둘은 2층으로 올라가 천천히 서로의 옷을 벗기고, 마침내 시작한 그 일을 완료할 때까지 길고 행복한 밤을 보냈다.

진지했다. 그건 아침이면 잊힐 한 번의 일탈이 아니라

— 뭔가의 시작, 이어질 여러 걸음을 불러오는 첫걸음이었다. 퍼거슨은 그녀가 자신보다 나이가 많다는 사실은 신경 쓰지 않았고, 다른 사람들이 자신들의 관계를 아는 것도 신경 쓰지 않았고, 그들이 뭐라고 하는 것도 신경 쓰지 않았다. 서른한 살 성인이 열여덟 살 소년과 관계를 이어 가는 게 아무리 부적절해 보이더라도 법적으로는 아무 문제가 없었는데, 퍼거슨이 부모 동의가 필요한 나이를 지났기 때문에 둘은 거리낄 게 없었고, 거기에 대해 누구도 뭐라 할 수 없었다.

단순히 섹스만은 아니었지만 섹스가 큰 부분을 차지하기는 했다. 여전히 젊었던 에비는 말할 것도 없고 섹스에 굶주린 퍼거슨, 여느 젊은이처럼 늘 발기된 상태로, 만족스럽지 않은 상태로 돌아다녔던 그에게는 특히 그랬다. 두 사람은 서로의 품에 안기고 싶은 간절함에 사로잡혔고, 팔다리를 휘감은 채 아무것도 생각나지 않고 육체만 존재하는 무아지경에 휩쓸리는, 일을 마친 후에는 숨을 헐떡일 정도로 현란하고 과시적인 섹스에 빠져들거나, 아니면 최대한 부드럽고 섬세하게 서로의 몸을 만지며, 더 이상 기다릴 수 없을 때까지 기다리며 아주 오랫동안 서서히 서로를 흥분시키는, 달콤함과 과격함이 반복되는 그 풍족한 과정을 즐겼다. 퍼거슨 개인의 성의 역사에서는 그때까지 단 한 명의 침대 파트너, 가슴이 작고 엉덩이가 좁은, 몸이 가벼운 데이나밖에 없었기 때문에 몸집이 더 크고 묵직한 에

273

비는 완전히 새로운 여성성의 형태를 보여 줬는데, 그
여성성은 처음에는 짜릿하면서도 이상하다가 이내 짜
릿하기만 하고 전혀 이상하지 않게 되었고, 그다음엔
다시 온통 이상하기만 했는데, 그건, 섹스에 관해서는
모든 게 이상했기 때문이다. 절대 그것만은 아니었지
만, 그게 가장 먼저 떠오른 점이었다. 몸의 결속. 격하
게 움직이는 몸과 늘어진 몸, 따뜻한 몸과 뜨거운 몸,
엉덩이의 몸, 젖은 몸, 좆과 보지의 몸, 목의 몸과 어깨
의 몸, 손가락의 몸과 손가락으로 만지는 몸, 손과 입술
의 몸, 빨고 있는 몸, 그리고 영원한 얼굴의 몸, 침대에
들어가거나 나오면서 바라보는 서로의 두 얼굴, 아니,
에비의 얼굴은 아름답지 않았다. 그해 그에게 영향을
미쳤던 어떤 기준으로 보더라도, 희미하게나마 예쁘다
고는 할 수 없는 얼굴이었다. 코가 너무 크고 뾰족한 부
분이 너무 많은, 각진 이탈리아 얼굴이었지만, 그를 바
라보는 눈빛은 대단했는데, 곧장 그의 안으로 파고드
는 불타는 갈색 눈, 움찔한다거나 없는 감정을 거짓으
로 보여 주는 일은 절대 없는 눈이었다. 그리고 살짝 구
부러진 앞니 두 개도 매력이었는데, 덕분에 입을 다물
었을 때 윗니가 아랫니를 살짝 덮으면서 미국에서 가
장 섹시한 입이 되었다. 그리고 가장 좋은 건 그녀와 밤
을 함께 보낼 수 있다는 점이었다. 데이나와 함께 밤을
보낸 건 두세 번밖에 없었지만 이제는 매번이었고, 다
음 날 아침에 에비와 함께 잠에서 깬다는 생각에 그는

그때까지 몰랐던, 가장 깊고 행복한 숙면에 빠져들 수 있었다.

그들은 주말에 만났는데, 4월 초 퍼거슨의 할아버지가 플로리다에서 돌아올 때까지 매주 주말이었고, 이미 둘로 나뉘어 있던 퍼거슨의 생활에서 학교와 뉴욕을 오가며 버리는 시간이 더 늘어 갔다. 일주일에 닷새는 한 곳에서 자고 이틀은 다른 곳에서 자는 생활이었다. 월요일 오전에서 금요일 오전까지는 학교 일을 처리하고 수업을 들었는데, 월트 휘트먼 장학생이었던 그는 수업에서 낙제하면 안 되었기 때문에 〈멀리건〉 소설을 쓸 시간은 따로 없었고, 금요일 정오에 뉴욕으로 출발하기 전 프린스턴에서 해야 할 일(읽어야 할 숙제, 과제, 시험공부, 제논과 헤라클레이토스에 관한 하워드와의 논쟁)을 모두 마쳐야 했다. 그런 다음 금요일 저녁 6시에서 7시 사이에 에비가 초인종을 울리면, 그 순간부터 그녀와 뉴욕에서의 이중생활이 시작되었다. 금요일에 그녀가 오기 전까지 〈멀리건〉 소설을 쓰고, 토요일과 일요일 오전에 에비가 학생들 숙제를 고쳐 주고 책을 읽고 다음 주 수업을 준비하는 동안 또 네 시간 정도 〈멀리건〉 소설을 쓰고, 시내에서 함께 점심을 먹고, 토요일 밤에는 그의 친구나 그녀의 친구들과 함께 보내거나, 둘이서 영화, 연극, 연주회를 보러 가거나, 아파트에 머무르며 침대에서 뒹굴었다. 밤이 없는 일요일에는 늦은 아침 식사 후에 침실로 돌아가 이야기를 나누거나 나누지 않으면서 오후 4시나 5시, 혹은 6시까지 보냈고, 마지막으로 옷을 챙겨 입은 다음 에비가 자기 차로 그를 펜실베이니아역까지 데려다줬다. 그게 늘 가장 힘든 부분이었다. 작별 인사를 하고, 일요일 저녁에 기차를 타고 프린스턴으로 돌아가는 일. 몇 번을 다녀도 전혀 익숙해지지 않았다.

그녀는 지난 3년 동안 그가 쓴 이야기를 모두 읽어본 유일한 사람이었다. 그녀는 아티 페더먼 사망 후 그가 스스로에게 내린 자학적인 금지 사항들을 알게 된 유일한 사람이었다. 그녀는 그가 아버지에게 품은 깊은 반감을 이해하는 유일한 사람이었다. 그녀는 그의 속을 휘젓고 있는 황폐함의 본질을, 돈밖에 모르는 미국적인 탐욕에 대한 가차 없는 단죄 혹은 불타오르는 경멸과 전반적으로 너그러운 정신이 모순적으로 뒤섞인 그 상태를, 자신이 좋아하는 사람에 대한 아낌없는 사랑과, 착한 소년다운 올바름과, 자기 마음을 어쩌지 못하는 미숙함을 온전히 이해하는 유일한 사람이었다. 에비는 그 누구보다 그를 잘 알았다. 그녀는 그가 놀랄 만큼 평범해 보이지만 실은 아주 예외적이고 별난 사람이라는 것, 방금 비행접시에서 내린 외계인 같은 존재라는 것을 알고 있었다. 지난 7월의 어느 날 밤(초인종 사건이 벌어지기 전, 자신들이 잠자리를 갖게 될 걸 짐작하기 전이었다), 그녀는 그가 평범한 20세기 지구인처럼 입고 다니는 외계인이라고, 전 우주에서 가장 위험한 간첩이라고 한 적이 있었다. 평범한 모습을 하고 있지만 실은 예외적이고 별난 그는 그녀의 말에 편안함을 느꼈는데, 바로 그게 그가 스스로 생각하는 자신의 모습이었고, 그녀가 그런 점을 알아본 유일한 사람이라는 사실이 만족스러웠다.

하지만 그들은 자신들이 기대했던 것만큼 용감하지는 않았다. 공공연하게, 누가 뭐라든 상관없이 하고 싶은 대로 하겠다는 식의 접근에도 예외는 있었는데, 당사자들을 위해서 — 퍼거슨과 에비를 위해서도 — 둘의 관계를 계속 숨겨야 할 사람들이 있다는 게 분명했기 때문이다. 퍼거슨의 경우 그런 사람이란 그의 어머니였고, 어머니 때문에 댄과 에이미, 짐에게도 숨겨야 했다. 에비의 경우 그런 사람은 브롱크스에 있는 그녀의 어머니와 퀸스에 있는 오빠와 그 아내, 그리고 맨해튼에 있는 언니와 그 남편이었다. 친지들은 모두 아연실색할 거라고 에비는 말했고, 퍼거슨의 어머니는 그 정도로 강한 반응을 보이지는 않겠지만 당연히 놀라거나, 걱정하거나, 혼란스러워할 테고, 어머니에게 상황을 설명하는 수고를 굳이 감수할 필요는 없었는데, 자기 입장을 정당화하면 할수록 어머니는 더 놀라고, 더 걱정하고, 더 혼란스러워할 것이었기 때문이다. 반면 에비의 맨해튼 친구들에게는 아무런 제약 없이 드러낼 수 있었다. 그들은 배우, 재즈 음악가, 기자 들이었고, 모두 둘의 관계를 전혀 신경 쓰지 않을 정도로 세련된 사람들이었다. 퍼거슨이 뉴욕에서 알고 지내는 소수의 사람들도 마찬가지였지만(론 피어슨이 무슨 신경을 쓰겠는가?), 친구이면서 결혼 관계 때문에 그의 사촌이기도 한 노아는 잠재적으로 걸림돌이 될 수 있었다. 노아가 사촌의 연애사에 관해 아버지에게 이야기할 이유는 없어 보였지만, 무심코 그 이야기가 흘러나오고 마침 옆방에서 밀드러드 이모가 그 이야기를 엿들을 가능성은 늘 있었다. 퍼거슨은 그런 가능성은 감수하기로 했는데, 노아와의 우정이 그에게는 너무 중요했기 때문이었고, 자신이 비밀을 지켜 달라고 부탁하면 노아는 비밀을 지켜 줄 거라는 신뢰가 있기 때문이었다. 노아는 과연 그가 부탁하자마자 조금도 망설이지 않고 그러겠다고 했는데, 젊은 마크스는 오른손을 들고 경건하게 입을 닫겠다고 선서한 다음, 나이 든 여인의 마음을 얻은 데 대해 퍼거슨을 축하해 줬다. 처음으로 두 사람을 서로에게 소개해 줬을 때 노아는 악수하며 에비에게 말했다. 마침내 그 유명한 먼로 선생님을 뵙네요. 아치가 오래전부터 선생님 이야기를 많이 했는데, 이제야 이유를 알겠습니다. 어떤 남자들은 이제는 있지도 않은 매릴린에게 여전히 끌리지만, 아치에겐 언제나 에벌린이었거든요. 이런 분에게 끌린 아치를 누가 탓하겠습니까?

아치에게 끌린 나는 누가 탓할 수 있겠어요? 에비가 말했다. 다 아름답게 풀린 것 같은데, 그렇지 않나요?

그로부터 2주 후의 어느 날 밤, 에비는 영혼의 문을 열고 퍼거슨을 안으로 들였다.

또 한 번의 토요일, 뉴욕에서 보내는 또 한 번의 좋은 주말이 한창 진행 중이던 토요일이었고, 둘은 에비의 음악가 친구와 가볍게 저녁을 먹은 후 웨스트 58번가에 있는 아파트로 막 돌아온 참이었다. 평소 토요일 외출 후에 하던 것처럼 바로 침대로 향하는 대신, 에비는 먼저 할 이야기가 있다며 퍼거슨의 손을 잡고 거실로 데려갔다. 그렇게 둘은 소파에 나란히 앉았고, 퍼거슨이 캐멀에 불을 붙여 에비에게 건넸고, 그녀는 한 모금 빨아들인 후 담배를 다시 퍼거슨에게 건네며 말했다.

나한테 무슨 일이 생겼어, 아치, 아주 큰 일이. 원래 월요일에 생리를 했어야 하는데, 없었거든. 대부분은 주기가 정확하지만 가끔 하루나 하루 반 정도 어긋나는 때도 있어서, 화요일에는 하겠지 싶어서 크게 신경 안 쓰고 있었는데, 화요일이 되어도 아무 일이 없는 거야. 예외적인 경우지. 거의 전례가 없던 일이야. 정말 신기한 게, 옛날에는 그런 상황이면 내가 완전 겁을 먹었거든, 임신한 게 아닌가 하고 말이야. 머릿속에서 온갖 우울한 가능성을 그려 보는 거지. 왜냐하면 나는 단 한 번도 임신을 원했던 적이 없었으니까, 적어도 의식적으로는 그렇게 생각해 왔으니까. 그래서 중절도 두 번 했거든, 배서 대학 2학년 때 한 번, 그리고 보비와 결혼하고 1년쯤 됐을 때 한 번. 그런데 그때는, 그러니까

279

여기서 그때라는 건 화요일에 말이야, 나흘 전에, 생리가 이틀이나 늦어지는데도 난생처음으로 걱정이 안 되는 거야. 〈임신이면 어떡하지?〉라고 스스로에게 물어봤거든, 〈그게 중요한가?〉라고도. 그랬더니 〈아니, 중요하지 않아〉라고 내가 대답한 거지. 〈진짜 근사할 것 같다〉라는 생각이 든 거야. 난생처음, 아치 — 평생 단한 번도 그런 생각을 하거나, 스스로에게 그렇게 말해본 적이 없었는데 말이야. 수요일에도 피 소식은 없었고. 나는 그냥 걱정하지 않는 수준이 아니라, 거의 세상 꼭대기에 올라간 기분이더라고.

그래서요? 퍼거슨이 물었다.

그리고 목요일에 다 끝났지. 무슨 홍수처럼 피가 쏟아졌고, 지금까지 배에 칼이라도 맞은 것처럼 피가 나고 있어. 그러니까, 너도 알잖아. 우리 어제 같이 잤으니까.

네, 피 많이 났어요. 평소보다 더 많이. 뭐, 나는 신경 안 썼지만.

나도 신경이 쓰인다는 건 아니야. 하지만 중요한 건 이거야, 아치. 나한테 무슨 일이 벌어졌다는 거, 이제 내가 다른 사람이 되었다는 거 말이야.

확실해요?

응, 완전 확실해. 나 아기 갖고 싶어.

그녀가 무슨 말을 하는지 퍼거슨이 이해하기까지는 시간이 좀 걸렸고, 설명이 필요한 구체적인 사항과 두려운 질문이 산처럼 많았다. 그 아기의 아빠는 누가 될까? 결혼도 하지 않은 그녀가 어떻게 어머니가 되겠다는 걸까? 그리고 만약 결혼하거나 누구와 함께 살지 않을 거라면, 유모나 베이비시터를 쓸 경제적 여유가 없는 그녀가 어떻게 선생님 일을 계속하면서 동시에 어머니 역할까지 할 수 있다는 걸까?

에비는 질문에 대답을 피하면서 대신 자기 내면의 삶에 관해 짧게나마 이야기해 줬다. 특히 그 삶에서 사랑과 섹스가 차지하는 비중을 강조했는데, 소녀 시절 이후 지금까지 사랑에 빠졌던 소년들과 남자들, 자신이 내렸던 좋은 결정들과 나쁜 결정들, 결국에는 아무것도 아니게 되어 버렸던 덧없는 희롱들과 조금 더 길었던 헌신들이 있었고, 그중 최악의 실수는 불가능해 보일 정도로 일렀고 2년 반 동안 유지되었던 보비 먼로와의 결혼이었다. 그 모든 열정과 희망과 실망과 관련해 가장 놀라운 점, 에비의 말에 따르면, 퍼거슨보다 더 그녀를 행복하게 해준 사람은 없다는 사실이었다. 그녀의 소년-남자 아치, 누구도 대신할 수 없는 아치, 난생처음으로 그녀는 믿을 수 있을 것 같은 남자, 너무 심하게, 혹은 너무 많이 사랑하기 때문에 언젠가 버림받을 거라는 두려움 없이 사랑할 수 있는 남자와 함께 지내고 있다고 했다. 아니야, 아치, 그녀가 말했다. 너는 그 누구와도 달라. 너는 나를 두려워하지 않은 최초의 남자야. 그건 정말 놀라운 일이거든, 정말이야. 나는 지금 이 시간을 최대한 충실하게 살려고 해. 왜냐하면 마음 깊은 곳에서는 너나 나 모두 이 관계가 계속되지 않으리라는 걸 알고 있으니까.

계속되지 않는다고요? 퍼거슨이 말했다. 어떻게 그런 말을 할 수 있어요?

계속될 수 없으니까. 계속되지 않을 거니까. 왜냐하면 너는 너무 어리고, 머지않아 우리는 서로에게 어울리지 않게 될 거니까.

그게 요점이라고, 퍼거슨은 깨달았다. 더 이상 둘이 함께 지낼 수 없게 될 때에 대한 예감, 지금 벌어지고 있는 일들이 모두 사라져 버릴 미래, 서로가 서로의 머릿속에서 기억의 유령처럼, 살과 뼈와 심장이 없는 비현실적인 존재가 되어 버릴 어떤 미래. 바로 그게 그녀가 지금 아기에 관해 생각하고, 아기를 갖고 싶어 하는 이유였다 ― 그이기 때문에, 그녀는 그가 아빠가 되기를, 자신의 몸을 그녀의 아기에게 물려주고 영원히 그녀와 함께 살아갈 유령 아빠가 되기를 원했다.

그건 말이 되지만, 다시 생각해 보면 전혀 말이 되지 않았다.

급할 건 없어, 그녀가 말했다. 그녀도 그가 그런 생각을 자주 하는 걸 원하지는 않는다고, 다만 이제 그런 가능성도 있는 거라고, 그냥 그런 생각도 머리 한쪽에 넣어 둔 채 지내던 대로 지내면 된다고 했다. 아니, 책임감을 가지라는 뜻도 아니었고, 원하지 않는다면 출생

증명서에 서명할 필요도 없었다. 그건 그녀의 일이지 그의 일은 아니었고, 아이를 갖기 위해 반드시 결혼하진 않아도 된다는 건 하느님께 감사할 일이라고, 그녀는 말했다. 그런 다음 그녀는 웃음을 터뜨렸다. 방금 뭔가를 결심하고 나서 더 이상 아무것도 두려울 게 없는 사람의 커다란 웃음이었다.

그들은 이전과 똑같이 지냈다. 유일한 차이라면 에비가 피임약을 집에 두고 다녔고, 퍼거슨은 더 이상 콘돔을 사지 않았다는 점이었다.

그는 데이나에게 청혼했을 때 남편이 된다는 생각에 혼란스럽지 않았던 것처럼, 아버지가 된다는 생각에도 혼란스럽지는 않았다. 그를 혼란스럽게 한 건 에비를 잃을지도 모른다는 생각이었다. 그녀가 연인으로서의 둘의 관계에 대해 비관적인 예상을 하고 있다고 밝혔기 때문에, 그로서는 그 예상이 잘못되었다는 걸 증명해 보이고 싶었다. 하지만 만일 시간이 지나 그녀가 옳았다는 게 증명될 수밖에 없다면, 그는 그녀가 보여 준 본보기를 따라, 아직 그들에게 남아 있는 시간을 할 수 있는 한 충실하게 살면서 그 시간을 최대한 활용하려고 노력할 것이었다.

그로서는 생각을 분명히 정리하기가 어려울 수도 있었지만, 퍼거슨은 그런 느낌은 들지 않았다. 그는 눈을 부릅뜨고 있었고, 주위에는 세상이 넘쳐 나고 있었다.

몇 달이 흘렀다.

그는 〈멀리건의 여행〉의 스물네 번째 장을 썼다, 세파벌 간의 내전이 한창 진행 중인 나라를 지나 힘겹게 고국으로 돌아가는 여정이었다. 퍼거슨의 책이 완성되었고, 두 배 줄 간격 타자로 모두 131페이지였다. 그는 처음 계획처럼 그 원고를 태워 버리는 대신, 저금해 둔 돈을 털어서 150달러라는 말도 안 되는 큰돈을 마련한 다음 전문 타이피스트를 고용해 모두 세 부(원본 하나와 복사본 둘)의 원고를 만들었고, 각각 에비와 하워드, 노아에게 선물로 줬다. 다들 작품이 마음에 든다고 했다. 덕분에 퍼거슨은 확신을 얻었지만, 그때쯤엔 이미 멀리건에게는 흥미를 잃고 이미 다음 계획, 〈주홍색 노트〉라는 위험천만한 실험작을 생각하고 있었다.

실리아 페더먼은 바너드와 NYU에 합격했고, 가을 학기부터 바너드에서 생물학을 전공할 계획이었다. 퍼거슨은 흰색 장미 꽃다발을 보내 줬다. 둘은 여전히 전화 통화를 하고 지냈지만, 브루스와 에비가 각자의 삶에 등장한 후로 더 이상 토요일 뉴욕 만남은 없었다.

하워드와 퍼거슨은 대학 졸업 때까지 방을 함께 쓰기로 했다. 다음 해에 둘은 우드로 윌슨 클럽에서 식사를 해결했는데, 그곳은 이팅 클럽이라기보다, 오히려 어떤 이팅 클럽에도 가입하지 않은 학생들을 위한 장소라고 할 수 있었다. 학부생 중 가장 똑똑한 몇몇 아이들이 거기서 식사했다. 아담한 식당에는 네 명이 앉을 수 있는 테이블이 스무 개 정도 있어서 일종의 학생 식당 아닌 학생 식당의 역할을 해줬고, 가장 좋은 건 교수들도 종종 와서 디저트를 먹으며 비공식적인 토론을 벌이곤 한다는 점이었다. 하워드와 퍼거슨은 네이글을 초대해 자신들이 가장 좋아하는 헤라클레이토스의 다음과 같은 잠언에 관해 논의해 보고 싶었다. 희망을 품지 않으면, 희망하지 않았던 상황에 좌절하는 일도 없을 것이다. 그런 가능성 자체가 차단되고, 일어날 수 없기 때문이다.

노아는 여름 방학을 활용해 오랫동안 미뤄 왔던 작업, 즉 「솔 메이츠」를 흑백 단편 영화로 만드는 작업을 할 계획이라고 알려 줬다. 퍼거슨은 그런 청소년기의 허접한 작품에 시간을 낭비하지 말라고 했지만, 노아는 너무 늦었어, 아치볼드, 이미 대본을 써 놨고 16밀리미터 카메라도 무료로 빌려 놨거든, 하고 대답했다.

짐은 프린스턴 대학 물리학과에서의 미래에 회의를 느끼고 있었고, 몇 달 동안 의심과 내적 갈등의 시간을 보낸 후 석사 과정을 마친 후에는 학업을 그만두고 고등학교 과학 선생님이 되기로 잠정적으로 결정했다. 나는 생각했던 것만큼 대단한 인재가 아닌 것 같아, 다른 사람 연구실에서 2급 조수로 지내며 평생을 보내고 싶지는 않아, 하고 그는 말했다. 그뿐만 아니라 그와 여자 친구 낸시는 결혼을 원하고 있었고, 그 말은 짐이 이제 진짜 월급을 받는 진짜 직업을 얻고, 진짜 세상의 어엿한 구성원이 되어야 한다는 의미였다. 퍼거슨과 짐은 코드곶까지의 도보 여행을 연기했고, 대신 4월 부활절 휴일에 프린스턴에서 우드홀크레슨트까지 걸었는데, 지도상의 직선거리로는 56킬로미터쯤이라고 했지만 짐의 만보기에 따르면 64킬로미터가 넘었다. 당연히 그날은 비가 왔고, 집에 도착해 초인종을 울릴 때쯤에는 당연히 둘 다 흠뻑 젖어 있었다.

에이미는 SDS에 가입하고 새 남자 친구를 만났다. 브랜다이스의 동료 신입생이었는데 마침 뉴어크 출신이었고 마침 흑인이었다. 루서 본드. 에이미가 전화로 그 소식을 전해 줬을 때 퍼거슨은 정말 좋은 이름이라고 생각했다. 네 아버지는 괜찮대? 퍼거슨이 물었다. 알고 계신 거야? 당연히 모르시지, 장난해? 에이미가 말했다. 걱정 마, 댄 아저씨는 그런 사람 아니니까. 신경 안 쓸 거야. 퍼거슨이 말했다. 너무 자신하지 마. 에이미가 투덜대듯 말했다. 그러면 나는 언제 그 친구 만나 볼 수 있는 거야? 퍼거슨이 물었다. 언제든 네가 원할 때. 에이미가 말했다. 어디든 네가 원하는 곳에서, 우드홀크레슨트만 아니면 어디든 좋아.

할아버지는 진하게 타고, 허리 살이 5킬로그램쯤 붙고, 눈에 광기를 띤 채 플로리다에서 돌아왔는데, 퍼거슨은 노인이 선샤인 스테이트[33]의 연꽃 먹는 사람들과 무슨 못된 짓을 하고 다녔는지 궁금했다. 그 이야기를 구체적으로 듣고 싶지는 않다는 건 확실했고, 또한 할

33 플로리다주의 별칭.

아버지는 에비와의 연애를 밝히면 안 되는 친지 중 한 명이었기 때문에, 벤지 애들러가 뉴욕의 아파트로 돌아오자마자 그와 에비의 느긋한 뉴욕 생활도 끝나고 말았다. 웨스트 58번가는 이제 이용할 수 없었고, 도심에 그들이 쓸 수 있는 다른 아파트가 없는 상황에서, 유일한 해결책은 뉴욕을 포기하고 이스트오렌지에 있는 에비의 반쪽짜리 집에서 시간을 보내는 것이었다. 그건 적응하기 힘든 생활이었다. 더 이상 연극이나 영화, 혹은 친구들과의 저녁 식사는 없었고, 주말마다 단둘이 아무런 방해 없이 쉴 시간쯤 보낼 뿐이었는데, 그것 말고는 다른 대안이 없었다. 도심에 작은 원룸 아파트를 빌리는 것도 고려했는데, 싸구려 집을 하나 구하면 제멋대로인 할아버지는 물론 그 누구에게도 의존하지 않고 도시 생활을 되찾을 수 있을 것 같았지만, 그렇게 싼 집이라고 해도 그들로서는 감당할 수 없었다.

12월에는 생리가 늦었고, 1월, 2월, 3월, 4월에는 시계처럼 정확하게 피가 나왔다. 에비는 퍼거슨에게 그렇게 자주 신경 쓰지 말라고 이야기했지만, 퍼거슨은 그녀 본인이 훨씬 자주, 하루에도 50~60번씩 그 생각을 할 거라고 짐작했다. 넉 달 동안 임신이 되지 않았고, 어떤 정자도 난자 안으로 들어가지 못했고, 어떤 접합체나 포배, 혹은 수정란도 에비의 몸에 뿌리를 내리지 못했고, 그녀는 조금씩 짜증스러운 모습을 보이기 시작했다. 퍼거슨은 걱정하지 말라고, 그런 일에는 시간이 걸리는 것 아니겠냐고 말했고, 자신의 뜻을 강조하기 위해 어머니가 자신을 가질 때도 2년이나 걸렸다고 이야기했다. 그는 단지 도움을 주려고 했던 것뿐이었지만 그 2년은 에비로서는 감당할 수 없는 시간이었고, 그녀는 그에게 소리쳤다. 제정신이야, 아치? 무슨 정신으로 우리한테 2년이나 있을 거라고 생각하는 거야? 우리한테는 두 달도 없어.

나흘 후, 그녀는 산부인과에 가서 생식 기관을 검사하고, 다른 기관도 정밀 검사를 하기 위해 피까지 뽑았다. 목요일에 검사 결과가 나왔을 때 그녀는 프린스턴에 있는 퍼거슨에게 전화해서 말했다. 나 열여덟 살 소녀처럼 건강하대.

자연스럽게 다음 질문이 떠올랐다. 열아홉 살의 퍼거슨도 열여덟 살 소년처럼 건강한 걸까?

제 문제일 리가 없어요, 그런 건 불가능해요. 그가 말했다.

그럼에도, 에비는 병원에 한번 가보자고 했다 — 혹시 모르니까.

퍼거슨은 겁이 났다. 에비의 몸에 아기를 심으려고 노력하는 건 어쩌면 어리석은 생각인지도 모른다고, 그는 인정했다. 생각 없는 사랑과 잘못 이해한 남자의 자존심에 따른 행동이 장기적으로는 온갖 종류의 끔찍한 결과를 낳을 것 같았지만, 사실 자신과 에비가 어떻

288

게든 아기를 만들 수 있을지 없을지는 당장 그의 걱정거리가 아니었다. 불안한 건 자신의 삶, 자신의 삶과 자신의 미래였다. 어렸을 때부터, 자신은 자라서 성인 남성이 될 것이며 그때까지는 일시적인 존재에 불과하다는 소년으로서의 자의식이 생긴 이후로, 그는 또한 자신이 아버지가 되리라고, 결국 어린 퍼거슨들을 낳고 그들이 다시 자라 성인 남성 혹은 성인 여성이 되리라고 생각하고 있었다. 백일몽 속에서 당연하게 생각했던 자신의 미래 모습은 그랬고, 그게 세상이 돌아가는 방식이었다. 어린 사람이 자라 성인이 되고, 그들이 다시 더 많은 어린 사람을 세상에 낳는 것, 그럴 수 있는 나이가 되면 모두들 그렇게 한다는 것. 심지어 지금도, 염세적인 열아홉 살 철학자이자 오래된 책들을 좋아하는 그였지만, 그런 미래 모습만은 계속 소중하게 품고 있었다.

프린스턴 외곽에 있는 브룰러 선생님의 병원에서 했던 사정은 그의 인생에서 가장 재미없는 사정이었다. 살균 컵에 정액을 쏟아 넣으며, 그 점액질 액체 속에서 장래의 아기들이 몇백만 명쯤 춤추고 있기를 기원했다. 하나의 핀 머리 위에서 술에 취한 선원 몇 명이 춤출 수 있는 걸까? 분열되지 않고 자신을 유지하려면 핀은 몇 개가 필요한 걸까?

　간호사가 다음 주에 다시 오라고 일정을 잡아 줬다.

약속한 날에 다시 갔을 때 브룰러 선생님이 말했다. 한 번 더 해봅시다, 지금 결과가 맞는지 확인해야 할 것 같으니까.

다음 주에 퍼거슨이 세 번째로 병원을 찾았을 때 브룰러 선생님이 말하길, 전체 남성 중 7퍼센트에 해당하는 경우로 아버지가 되는 데 필요한 보통의 정자 수보다 적은 상태라고 했다. 즉, 보통은 정액 1밀리리터당 정자가 1천5백만 개, 그리고 한 번 사정 시에 3천9백만 개 정도가 나오는데, 퍼거슨의 수치는 그보다 상당히 낮다고 했다.

방법이 없을까요? 퍼거슨이 물었다.

네, 아쉽지만 없습니다, 브룰러 선생님이 말했다.

그러니까, 제가 불임이라는 뜻이네요.

아기를 만들 수 없다는 의미에서는, 네, 그렇습니다.

그대로 일어서서 나와야 했지만 퍼거슨은 몸이 무겁게 느껴져 의자에서 일어설 수가 없었다. 그는 고개를 들고, 마치 몸을 움직일 수가 없어서 죄송하다는 듯이 브룰러 선생님에게 미소를 지어 보였다.

걱정 마세요, 의사가 말했다. 다른 면에서는 아주 완벽한 몸 상태입니다.

그의 인생이 막 시작한 참이었다고, 퍼거슨은 스스로에게 말했다. 아직 제대로 시작도 못 해봤는데, 가장 본질적인 부분이 이미 죽어 버린 거라고.

퍼거슨가의 몰락.

아무도, 단 한 명도 그의 뒤를 이을 수 없는 것이다. 지금은 물론 시간이 사라질 때까지 영원히.

　『지상의 삶의 기록』이라는 책에서 각주라는 낮은 자리로 전락하고 말았다. 그는 앞으로 영원히 퍼거슨가의 마지막 인물로 기억될 것이다.

6.1

나중에, 그러니까 1년, 2년, 3년 후에, 퍼거슨이 1966년 가을부터 1968년 6월 초 에이미의 졸업 사이에 있었던 일들을 돌아볼 때면 몇 가지 사건이 주된 기억으로 떠올랐다. 다른 많은 일들이, 대부분이라고는 할 수 없지만, 그저 그림자처럼 희미해진 반면 그 사건들은 시간이 지났음에도 생생히 남았다. 정신이 기억에 색칠을 하면서 몇몇 부분은 진하고 선명하게 빛을 비추고 다른 부분은 어둠 속에 숨겨 버리는 듯했다. 캔버스의 흐릿한 갈색 모퉁이에 형체 없는 형상들이 있고, 그중 몇몇은 아무것도 없는 암흑이었다. 정전이 되어 버린 기숙사 엘리베이터 내부처럼.

예를 들어 둘과 함께 아파트를 썼던 나머지 세 명, 첫해에는 멜러니와 프레드, 스투라는 동료 학생들이었고, 두 번째 해에는 앨리스, 앨릭스, 프레드였는데, 그들은 이야기에서 아무런 역할이 없었다. 그들은 그냥 왔다가 사라졌는데, 각자 책을 읽고 밥을 해 먹고, 각자 방에서 잠을 자고, 아침에 욕실에서 나오다 마주치면 인사했지만, 퍼거슨은 좀처럼 그 친구들에게 신경을 쓰지 않았고, 그날그날 마주치는 얼굴도 구분하기 어려웠다. 혹은 끔찍했던 2년 동안의 과학 필수 과목도 있었는데, 2학년이 된 퍼거슨은 마침내 그 수업, 강의 제목부터 모욕적인 〈시인을 위한 물리학〉 수업에 등록했지만 대부분을 빼먹었고, 주말에 에이미의 바너드 대학 수학과 친구에게 도움을 받아 가며 벼락치기로 실험 보고서를 작성해 제출했다. 그런 건 전혀 중요하지 않았다. 심지어 『스펙테이터』 편집 위원회에 끼지 않기로 한 결정도 그의 이야기에서 그리 큰 비중을 차지하지는 못했다. 단지 시간의 문제, 단지 그 문제였을 뿐 흥미가 떨어져서 그랬던 건 아니다. 프리드먼과 멀하우스, 브랜치를 비롯한 다른 위원들은 일주일에 50~60시간을 잡지 만드는 일에 쏟았는데, 퍼거슨은 그 정도로 매달리고 싶은 마음은 없었다. 편집 위원 중 여자 친구가 있는 사람은 한 명도 없었다 — 사랑을 할 시간이 없었다. 직접 시를 쓰거나 번역하는 친구도 없었다 — 문학을 위한 시간이 없었다. 전공과목 성적이 좋은 친구도 없었다 — 공부할 시간이 없었다. 퍼거슨은 대학을 졸업하면 언론 일을 하겠다고 이미 결정한 상태였지만 당장은 에이미가 필요했고, 시인들이 필요했고, 몽테뉴와 밀턴을 다루는 세미나도 필요했기 때문에 그저 기

294

자 활동을 하며 위원회의 준회원으로 남기로 타협했다. 그 시기에는 기사를 많이 쓰고, 일주일에 한 번 밤에 나가서 작업했는데, 페리스 부스 홀에 있는 사무실에서 다음 날 아침 신문에 실릴 기사들의 제목을 뽑고, 완성된 기사를 들고 4층에 있는 식자공 앤절로를 찾아가 활자 열을 맞추고, 인쇄판에 고정하고, 새벽 2시쯤 택시를 타고 브루클린으로 가서 인쇄업자에게 인쇄판을 넘기는 일이었다. 인쇄업자는 제작을 마친 2만 부의 신문을 다음 날 아침 컬럼비아로 가져다줬다. 퍼거슨은 그 일을 즐겼지만, 그 일이나 위원회에 합류하지 않기로 한 결정이나 장기적으로는 큰 의미가 없었다.

반면 중요한 건, 할아버지와 할머니가 두 분 다 돌아가신 일이었다. 할아버지는 1966년 12월에(심장 마비로), 할머니는 1967년 12월에(뇌졸중으로) 각각 돌아가셨다.

또 중요한 사건으로 6일 전쟁(1967년 6월)이 있었지만, 그건 너무 순식간에 지나가서 그에게 크게 중요하지는 않았다. 반면 그다음 달에 일어난 뉴어크의 인종 폭동은, 중동에서 벌어진 전쟁보다 훨씬 짧았지만 모든 걸 영원히 바꿔 버렸다. 한순간 그의 부모님은 한 줌의 용감한 유대인들이 거대한 적들에 맞서 거둔 승리를 축하했지만, 바로 다음 순간 스프링필드 애비뉴에 있는 샘 브라운스타인의 상점이 습격당해 약탈되자 곧장 살림을 정리하고 사람이 없는 지역으로 떠났는데,

295

단지 뉴어크나 뉴저지를 벗어난 게 아니라 계속 남쪽
으로 내려가 연말에는 플로리다 남부까지 갔다.

캔버스에서 또 눈에 띄는 부분은, 1968년에 벌어진
컬럼비아 대학 사태, 세상을 바꾼 8일이 된 컬럼비아 혁
명이었다.

그 그림에서 빛나는 나머지 부분은 모두 에이미와
관련된 일이었다. 그녀가 있는 부분의 아래와 위는 어
둠이었고 그녀의 뒤도, 양옆도 어둠이었지만, 에이미
만은 환한 빛 속에 있었고 그 빛이 너무 강해 거의 그녀
의 모습이 보이지 않을 정도였다.

1966년 가을. SDS 모임에 열 번 남짓 참석하고, 베트
남에서의 인명 살상에 항의하기 위해 11월에 열린 로
도서관 단식 농성에도 참여하고, 웨스트엔드 바와 헝
가리 빵집과 칼리지 인에서 동료 회원들과 수없이 대
화하며 자신의 주장을 관철하려고 애쓴 후에, 에이미
는 서서히 환멸을 느끼고 있었다. 내 말을 듣지를 않아.
어느 날 저녁 잠자리에 들기 전 나란히 서서 이를 닦다
가 그녀가 말했다. 내가 일어나서 발언하는데, 다들 바
닥만 보는 거야. 아니면 중간에 끼어들어서 발언을 마
칠 수 없게 하거나, 발언을 끝까지 듣고 나서 아무 반응
이 없거나 말이야. 그러다 15분쯤 후에, 다른 남자가 일
어나서 내가 한 것과 똑같은 말을, 단어까지 똑같은 발
언을 하면 환호하거든. 나를 왕따시키는 거라고, 아치.

모두 다?

아니, 다는 아니야. ICV에서 함께 나온 친구들은 괜찮아, 뭐 좀 더 적극적으로 밀어줬으면 하는 마음은 있지만 말이야. 그런데 진보 노동당파는 견딜 수가 없고, 특히 우두머리인 마이크 러브가 제일 심해. 내가 발언할 때마다 말을 끊고 모욕을 주거든. 이런 운동에서 여자들은 남자들 좋으라고 커피나 끓이든지 비 오는 날 전단 뿌리는 일 정도만 하고, 다른 때는 입을 다물어야 한다고 생각하는 놈이야.

마이크 러브라. 몇 번 수업 같이 들은 적 있어. 유감스럽지만 그 친구도 저지 교외 출신이거든. 모든 문제에 대한 답을 안다고 생각하는 자칭 천재 중 한 명이지. 벌목공 같은 체크무늬 셔츠 차림의 확신남. 지루하지.

재미있는 건 걔랑 마크 러드가 같은 고등학교 출신이거든. SDS에서 다시 만났는데 둘이 거의 말을 안 해.

마크는 이상주의자고 마이크는 광신자니까.

마이크 말로는 5년 안에 혁명이 일어날 거래.

그럴 리가.

문제는 모임에서 남자 대 여자 비율이 12 대 1이라는 거야. 우리 숫자가 너무 적어서 무시당하는 거라고.

탈퇴하고 따로 모임을 만들면 어때?

SDS 활동을 그만두라고?

그만둘 필요는 없어. 모임에만 안 나가면 되잖아.

그다음에는?

〈평화와 정의를 위한 바너드 여학생 모임〉의 초대 회장이 되는 거지.

참 대단한 생각이네.

마음에 안 들어?

그러면 주변화되는 거야. 전체 대학 문제, 국가적 문제, 전 세계적 문제 같은 큰 사안들이 있잖아. 스무 명 남짓한 여학생들이 브래지어를 벗고 반전 포스터를 든 채 행진하는 건 아무 효과도 없어.

1백 명쯤 모이면?

1백 명 없어. 우리는 시선을 끌 만큼 머릿수가 충분하지 않아. 좋든 나쁘든 진퇴양난에 빠진 것 같아.

1966년 12월. 퍼거슨의 외할아버지가 심장 마비로 갑자기 돌아가셨을 뿐 아니라(심전도는 몇 년 동안 안정적이었고 혈압도 정상이었다), 돌아가시게 된 상황 자체도 가족들은 부끄럽고 수치스러웠다. 할아버지가 여자 꽁무니를 쫓아다니고, 오랫동안 혼외 연애를 즐겨 왔다는 건 그의 아내나 딸, 사위, 손자까지 모두 익히 알고 있었다. 하지만 일흔세 살의 벤지 애들러가 아파트를 임대해서 나이가 자기의 절반도 되지 않는 여성에게 살림을 차려 주고 정부로 뒀던 것까지는 몰랐다. 디디 브라이언트는 고작 서른네 살이었다. 1962년에 거시, 애들러 앤드 포머랜츠 회사에 비서로 취직했고, 8개월 정도 근무했을 무렵 퍼거슨의 할아버지는 자신이 그녀를 사랑하는 거라고 생각했고, 비용이 얼마가 들든 그녀를 갖고야 말겠다고 생각했다. 다정하고 몸매가 좋은, 네브래스카 출신의 디디 브라이언트는 기꺼이 할아버지 소유가 되겠다고 했고, 그 비용에는 렉싱턴과 파크 사이 이스트 63번가의 침실 하나짜리 아파트 월세뿐 아니라 구두 열여섯 켤레, 드레스 스물일곱 벌, 코트 여섯 벌, 다이아몬드 팔찌 하나, 금팔찌 하나, 진주 목걸이 하나, 귀걸이 여덟 쌍, 그리고 밍크 숄 하나까지 포함되었다. 두 사람의 관계는 3년 정도 지속되었고(디디 브라이언트의 표현에 따르면 〈꽤 행복했다〉라고 했다), 그러던 중 12월의 어느 쌀쌀한 아침, 퍼거슨의 할아버지는 웨스트 57번가의 사무실에 있어야 할 시간에 이스트 63번가의 디디의 거처로 향했고, 그녀와 잠자리를 가졌고, 사정하는 순간 급성 심근 경색으로 쓰러졌다. 다사다난하고, 제멋대로 살고, 누릴 것 다 누렸던 인생의 마지막 사정이었다. 10초 사이에 작은 죽음[34]과 큰 죽음이, 숨 세 번 쉬는 동안 그렇게 왔다 가버렸다.

확실히 어색하고 복잡한 상황이었다. 놀란 디디는 정부의 몸무게에 짓눌린 채 그의 대머리와 관자놀이 부근에 남아 있는, 갈색으로 염색한(아, 노인의 허영이란) 머리칼 몇 가닥만 쳐다보다가, 겨우 시체 아래서 몸을 빼고 기어 나와 구급차를 불렀다. 그녀는 퍼거슨

34 la petite mort. 프랑스어 표현으로, 오르가슴을 가리킨다.

의 할아버지의 시체와 함께 레녹스 힐 병원에 도착했고, 거기서 오후 3시 52분에, 벤저민 애들러는 도착하자마자 사망 판정을 받았다. 안쓰러운 디디는 정신없는 상황에서 퍼거슨의 할머니에게 전화했고, 그런 젊은 여자의 존재는 까맣게 모르던 할머니에게 얼른 병원에 오시라고, 사고가 생겼다고 말했다.

　장례식에는 직계 가족만 참석했다. 거시 집안이나 포머랜츠 집안 사람은 초대하지 않았고, 친구, 사업 관계자, 심지어 캘리포니아에 있는 퍼거슨의 종조부나 종조모도 부르지 않았다(외할머니의 오빠 솔과 그분의 스코틀랜드 출신 아내 마저리였다). 소문이 퍼지는 걸 막아야 했는데, 너무 많은 사람이 모이는 상황은 할머니가 감당할 수 없을 것이었고, 그렇게 해서 퍼거슨과 그의 부모님, 에이미, 펄 종조할머니, 밀드러드 이모와 헨리 이모부(두 사람은 전날 버클리에서 비행기를 타고 도착했다), 그리고 외할머니까지 단 여덟 명만 뉴저지 우드브리지의 묘지로 가서 할아버지의 매장을 지켜봤다. 랍비가 카디시 기도문을 암송하는 걸 듣고, 구덩이 안에 놓인 소나무 관에 마른 흙을 뿌려 준 다음, 웨스트 58번가의 아파트로 돌아와 점심을 먹고, 거실에 잠시 모여 세 그룹으로 갈라졌고, 어두워질 때까지 각자 대화를 나눴다. 에이미는 밀드러드 이모, 헨리 이모부와 함께 소파에 자리 잡았다. 퍼거슨의 아버지와 펄 종조할머니는 소파 맞은편의 안락의자에 앉았고, 퍼거슨은 전면으로 난 창 옆의 벽감 안쪽 작은 테이블에 어머니, 할머니와 자리 잡았다. 처음으로, 할머니가 대부분 이야기했다. 농담을 멈출 줄 모르고 끊임없이 떠들어 대던 남편 옆에서 그렇게 오랫동안 말없이 앉아 있기만 했던 할머니가 마침내 자신만의 말할 권리를 주장하는 것 같았다. 그날 오후 할머니가 들려준 이야기는 퍼거슨을 놀라게 했는데, 표현 자체가 놀라웠을 뿐 아니라 자신이 그동안 할머니를 완전히 잘못 알고 있었음을 깨달았기 때문이다.

우선 놀랐던 건 할머니가 디디 브라이언트에게 악감정이 전혀 없다는 점이었다. 할머니는 그녀를 그 눈물 흘리던 예쁜 여자라고 했고, 아주 용감했다고도 했다. 같은 상황에 처한 다른 사람들처럼 도망가서 몰래 사라져 버리는 대신, 그녀는 다르게 대처했다. 〈부인〉이 나타날 때까지 병원 로비에서 자리를 지켰고, 벤지와의 연애를 이야기할 때나, 자신이 그를 얼마나 좋아했고 이런 일이 생겨서 얼마나 슬프고 또 슬픈지 이야기할 때도 부끄러워하지 않았다. 벤지의 죽음에 대해 할머니는 디디를 원망하는 대신 안쓰러워했고, 그녀를 좋은 사람이라 불렀고, 어느 순간 디디가 감정을 참지 못하고 흐느끼기 시작하자(그게 두 번째 놀라운 점이었다) 이렇게 말했다. 울지 마세요, 자기. 자기가 저 사람 행복하게 해준 거예요, 우리 벤지는 행복을 느껴야 하는 사람이었거든.

그런 반응에는 뭔가 영웅적인 면이 있다고, 퍼거슨

은 느꼈다. 그 순간까지 자신이 할머니에 대해 갖고 있던 생각을 몽땅 뒤집어 버리는, 인간에 대한 깊은 이해가 있었다. 그런 다음 할머니는 몸을 살짝 기울여 그의 어머니를 바라봤고, 그날 처음으로 할머니 눈에 눈물이 고였고, 잠시 후 그 세대 분들은 거의 하지 않는 이야기를 꺼냈다. 할머니는 무덤덤한 어조로 자신이 남편을 망친 거라고, 결혼의 육체적인 부분에 전혀 관심이 없었기 때문에 자신은 나쁜 아내였다고 말했다. 할머니는 섹스가 아프고 즐겁지 않았다고, 그래서 딸들이 태어난 후에는 남편에게 더는 할 수 없을 것 같다고, 남편이 원할 때 가끔씩만 하자고 말했다. 그 사람이 어떻게 했겠니? 할머니는 퍼거슨의 어머니에게 물었다. 당연히 다른 여자를 만났지, 욕망이 아주 강한 남자였으니까. 그런 식으로 남편을 실망시키고, 잠자리와 관련해 엉망이었던 할머니로서는 따질 수 없었다. 그것만 제외한 다른 모든 방식으로 할머니는 할아버지를 사랑했고, 그는 47년 동안 그녀 인생에서 유일한 남자였다. 믿어 줘, 로즈, 그이도 나를 사랑하지 않는다고 느낀 적은 단 한 순간도 없었단다.

1967년 6월. 결국 모두 돈 문제였다. 1월 말에, 퍼거슨의 컬럼비아 학비와 아파트 월세, 식비, 책값, 그리고 용돈까지 지원하기 위해 아버지가 본인의 생명 보험금에서 6개월마다 한 번씩 돈을 인출한다는 말을 어머니에게 들었을 때, 퍼거슨은 지난여름 서점에서 일하며 받았던 최저 임금 몇 푼 외에 돈을 더 보태야 한다는 걸 깨달았다. 뭐든 할 수 있는 일을 해서 돈을 벌고, 부모님에게 신뢰의 뜻을, 혹은 감사의 뜻을 표해야 했다.

에이미는 벌써 여름에 할 일을 정해 놓은 상태였다. 할아버지의 장례식 후 점심 자리에서 에이미는 밀드러드 이모, 헨리 이모부와 길게 이야기했다. 헨리는 역사학자였고, 역사학도 에이미는 그 자리에서 썩 잘 대처했고, 퍼거슨의 이모부가 6월에 시작할 예정인 프로젝트에 관해 말했을 때(미국 노동 운동의 역사에 관한 연구였다) 에이미는 그 자리에서 흥미로운 질문(헨리 이모부의 표현이었다)을 쏟아 냈고, 어느새 그 프로젝트의 자료 조사원 자리를 제안받았다. 당연히 버클리에서 하는 일이었고, 봄 학기가 끝나면 에이미는 떠날 예정이었고, 자연스럽게 퍼거슨도 함께 갈 계획이었다. 겨울과 초봄 내내 둘은 버클리에서 펼쳐질 다음번의 대단한 이국 모험에 관해 이야기했다. 또 한 번의 〈프랑스〉였지만, 이번에는 국내에서 낯선 곳으로 여행을 떠나는 것이었다. 기차, 비행기, 혹은 버스를 타거나, 낡은 임팔라로 직접 운전해 가는 방법, 히치하이킹, 아니면 다른 사람의 차를 몰아 정해진 도시까지 옮겨 주는 일을 하는 방법도 있었다. 그런 것들이 그들 앞에 놓인 선택지였고, 핵심은 어떤 방법이 돈이 가장 적게 드는가 하는 점이었다. 무엇보다도 버클리로 출발하기 전에 거기서 할 일을 정해야만 했는데, 모든 계획이 그가 일자리를 구할 수 있을지에 달려 있었고, 도착한 후에 일자리를 찾아보며 시간을 허비할 여유는 없었다. 밀드러드 이모가 도와주겠다고 약속했다. 이모는 일자리는 넘친다고, 아무 문제도 없을 거라고 했지만, 3월 말에 한 번, 4월 중순에 다시 한번 편지를 써서 물었을 때 이모의 대답이 너무 애매하고 구체적인 이야기가 없어서, 그는 이모가 자기 일을 까먹은 거라고, 아니면 아직 제대로 찾아보지 않았거나 그가 캘리포니아로 출발할 때까지는 찾아볼 생각이 없는 거라고 확신했다. 그런 와중에 뉴욕에서 갑자기 기회가 생겼다. 좋은 기회였고, 물론 실망도 따르겠지만 그 기회를 놓치면 여름 내내 전혀 일자리를 찾지 못할 위험이 있었다. 신기하게도 그건 에이미의 일자리와 거의 똑같았는데, 그런 이유로 상황은 더 나빠졌고, 그는 마치 누군가가 벌인 고약한 장난의 대상이 된 것만 같았다. 봄 학기에 퍼거슨을 지도했던 교수가 학교 설립 시기부터 2백 주년 기념식까지(1754년~1954년) 컬럼비아 대학의 역사를 쓰는 일을 위임받았고, 작업에 착수하기까지 도와줄 자료 조사원을 찾고 있었다. 앤드루 플레밍 교수가 그에게 일을 제안한 이유는, 스무 살짜리 퍼거슨이 수업에서 보여 준 모습과 그의 글쓰기 능력에 — 학교 과제뿐 아니라 신문 기사와 번역 시까지 포함해서 — 좋은 인상을 받았기 때문이었다. 퍼거슨은 그런 너그러운 평가에 기분이 좋아지기도 했지만, 결국 그 일을 하기로 한 주된 이유는 급여 때문이었다. 일주일에 2백 달러였는데(대학 교부금에서 지급될 예정이었다), 그 말은 가을 학기가 시작되기 전에 2천 달러를 모을 수 있다는 뜻이었고, 그런 이유로 그는 캘리포니아에 가지 않기로 했다. 쉰두 살의 퉁퉁한 플레밍 교수가 평생 독신으로 지냈고 젊은 남자에게 특히 관심을 보인다는 사실은 전혀 중요하지 않았다. 퍼거슨은 그 교수가 자신에게 반했다는 생각은 한 번도 하지 않았는데, 그건 자신이 어떻게 할 수 있는 문제도 아니었을뿐더러, 그 일을 받지 않을 이유도 아니었다.

그는 5월 초에 마지막으로 밀드러드 이모에게 편지를 썼다. 마침내 버클리에 일자리가 생겼기를, 그래서 본격적으로 일을 시작하기 전에 플레밍 교수와 악수하며 했던 약속을 취소할 수 있기를 바랐지만, 2주가 지나도록 이모에게서는 아무 소식이 없었고, 결국 그가 거금을 써가며 캘리포니아에 장거리 전화까지 걸었지만 이모는 편지를 받지 못했다고 했다. 퍼거슨은 이모가 거짓말을 하는 게 아닌지 의심했지만 아무 증거도 없이 그런 의심을 소리 내어 말할 수는 없었을뿐더러, 그렇다고 해도 달라질 건 없었다. 밀드러드 이모는 그의 계획을 방해하려던 게 아니라 그저 게을렀을 뿐이다. 그것뿐이다. 이모는 문제를 미뤄 뒀고, 이제 뭔가를 하기에는 너무 늦었고, 한때 하나뿐인 조카 아치를 맹

목적으로 아꼈던 이모는 그를 실망시켰다.

에이미는 슬퍼했고, 퍼거슨은 절망에 빠졌다. 두 달 반 동안 서로 떨어져 지낸다는 게 너무 끔찍해서 차마 말을 꺼낼 수도 없었지만, 그렇다고 둘 중 누가 해결책을 찾을 수 있는 것도 아니었다. 에이미는 그가 어른처럼 행동한 점이 존경스럽다고 했고(그러면서도 조금은 화가 난 걸 느낄 수 있었다), 퍼거슨은 여행을 취소하고 그냥 뉴욕에 있으라고 그녀에게 부탁하고 싶기도 했지만 그런 부탁은 너무 뻔뻔하고 잘못되었다고 생각하고는 그만뒀다. 6월 5일에 6일 전쟁이 발발했고, 그다음 날 에이미는 혼자 버클리로 떠났다. 그녀의 부모님이 비행기표를 사줬고, 퍼거슨은 아침에 그녀의 부모님과 함께 공항까지 배웅을 나갔다. 어색하고 불행한 작별이었다. 눈물을 흘리거나 대단한 소동을 벌이지는 않았고, 아주 길고 무겁게 포옹한 다음 가능하면 자주 서로에게 편지를 쓰기로 약속했다. 웨스트 111번가의 자기 방으로 돌아온 퍼거슨은 침대에 앉아 벽을 쳐다봤다. 옆집 아기의 울음소리가 들렸고, 5층 아래 보도에서 어떤 남자가 씨발이라고 욕하는 소리가 들렸고, 그 순간 그는 자신이 인생 최악의 실수를 저질렀음을 깨달았다. 일자리가 있든 없든 그녀와 함께 가서 닥치는 대로 뭐든 해야 했다. 그렇게 살아야 했고, 그게 자신이 원한 도약하는 삶, 춤추듯 사는 삶이었지만 그는 모험이 아닌 의무를 택했고, 에이미를 향한 사랑이 아닌 부모님에 대한 책임을 택했다. 그렇게 조심스러운 자신이, 흙탕물에 발을 담근 채 터벅터벅 계속 걸어가는 자신의 마음이 싫었다. 돈. 늘 돈이 문제였다. 늘 돈이 부족했다. 태어나서 처음으로, 그는 주체할 수 없을 만큼 부자로 태어났다면 어떤 기분이었을지 궁금했다.

뉴욕에서 보내는 또 한 번의 뜨거운 여름이었다. 미친 사람들과 라디오와 바로 옆 에이미의 방을 재임대한 세입자의 코 고는 소리, 방귀 소리와 함께하는 여름, 매일 정오쯤이면 셔츠와 양말이 모두 젖을 정도로 땀이 났고, 거리를 걸을 때는 주먹을 꽉 쥐고 걸었다. 주변에서는 거의 매시간 강도 사건이 발생했고, 네 명의 여성이 자신들이 사는 건물 엘리베이터에서 강간당했다. 늘 대비하고, 정신을 바짝 차리고 다녀야 했고, 쓰레기통을 지날 때는 숨을 참아야 했다. 수백만 권의 책이 있는, 판테온을 모방한 버틀러 도서관에서 혁명 이전의 컬럼비아, 당시는 킹스 칼리지라고 알려져 있던 학교에 관한 자료와 18세기 중반 뉴욕의 생활 환경(거리에 돼지들이 뛰어다니고 곳곳은 말똥 천지였다)을 조사했다. 뉴욕주 최초의 대학이었고, 전국에서는 다섯 번째였다. 존 제이, 알렉산더 해밀턴, 거버니어 모리스, 로버트 리빙스턴, 최초의 대법원장, 최초의 재무부 장관, 미합중국 헌법의 최종안 작성자, 독립 선언서 초안을 작성한 5인 위원회의 구성원을 조사하고, 건국의 아버지들의 젊은 시절, 소년 시절, 돼지나 말과 함께 거리를 뛰어다니던 시절을 조사했다. 곰팡내 나는 버틀러 도서관에서 대여섯 시간 동안 조사하고 나면 집에 가서 타자기로 노트를 정리했고, 일주일에 두 번 에어컨이 나오는 웨스트엔드에서 플레밍 교수를 만나 자료를 전달했다. 늘 거기서 만났고 교수의 연구실이나 집으로는 가지 않았는데, 친절하고 품위 있고 대단히 지적인 역사학자가 퍼거슨의 몸에 손을 댄 적은 한 번도 없었지만, 눈으로는 늘 퍼거슨을 유심히 살피며 뭔가 자신을 자극하는 신호를, 눈빛이라든가 퍼거슨 쪽에서의 갈망 따위를 찾고 있었기 때문이다. 그 정도면 충분히 견딜 만하다고, 퍼거슨은 느꼈다. 그는 플레밍 교수가 좋았고, 그에게 조금은 미안하다는 생각도 피할 수 없었다.

그사이 에이미는 4천8백 킬로미터쯤 떨어진 히피들의 땅에, 에덴동산에 있었다. 에이미는 〈사랑의 여름〉이 진행되는 동안 버클리의 텔레그래프 애비뉴를 돌아다녔고, 퍼거슨은 그녀의 목소리를 잊지 않기 위해 그녀의 편지를 읽고 또 읽었고, 조사 작업이 너무 지루해질 때 각성제처럼 활용하기 위해 매일 아침 그 편지를 챙겨서 집을 나섰다. 그녀에게 편지를 쓸 때면 최대한 가볍고 경쾌하고 재미있게 쓰려고 했고, 전쟁이나 길거리의 악취, 엘리베이터에서 강간당한 사람이나 마음에 내려앉은 우울함에 관해서는 아무 이야기도 하지 않았다. 너는 인생의 전성기를 보내고 있네, 그해 여름 그녀에게 썼던 마흔두 통의 편지 중 하나에서 그는 적었다.
나는 여기 뉴욕에서 내게 주어진 삶을 보내고 있어.

1967년 7월. 퍼거슨이 보기에, 뉴어크 폭동에서 가장
슬픈 사실은 그 어떤 조치로도 그 일의 발생을 막을 수
없었다는 점이었다. 세상에서 벌어지는 대부분의 큰
사건들, 사람들이 명확히 생각했더라면 일어나지 않았
을 일들(예를 들면 베트남 전쟁 같은)과 달리, 뉴어크
사태는 피할 수가 없었다. 어쩌면 스물여섯 명이 사망
하는 일은 막을 수 있었을지도 모르고, 7백 명이 다치
고, 1천5백 명이 체포되고, 9백 곳의 상점이 파괴되고,
수천만 달러의 재산 피해가 나는 사태까지는 어느 정
도 막을 수 있었을지 모르겠다. 하지만 뉴어크는 오랫
동안 모든 상황이 나빠져만 가던 곳이고, 7월 12일에
시작된 6일간의 폭력 사태는, 오직 폭력으로만 대응할
수 있었던 당시에는 논리적인 결과였다. 존 스미스라
는 흑인 택시 기사가 순찰차를 불법적으로 지나쳤다는
이유로 체포되고, 두 명의 백인 경관에게 곤봉으로 두
들겨 맞은 사건은 사태의 원인이라기보다 결과에 가까
웠다. 스미스가 아니었다면 존스가 비슷한 일을 겪었
을 테고, 존스도 아니었다면 브라운이나 화이트나 그
레이가 당했을 것이다. 이번 사태에서는 어쩌다 스미
스가 걸려들었고, 그를 체포한 경관 존 디시몬과 비토
폰트렐리가 스미스를 4지구대 경찰서로 끌고 갔을 때,

길 건너편의 공공 주택 단지 주민들 사이에는 스미스가 사망했다는 소문이 빠르게 퍼졌다. 소문은 사실이 아닌 것으로 밝혀졌지만, 그보다 중요한 사실은 뉴어크 주민의 절반 이상이 흑인이고 26만 명에 이르는 그 흑인 인구 대부분이 가난했다는 점이다. 뉴어크는 전국에서 불량 주택 비율이 가장 높은 지역이었고, 범죄율과 유아 사망률은 2위였으며, 실업률은 전국 평균보다 두 배나 높았다. 지자체 정부의 구성원은 모두 백인이었고, 경찰 인력의 90퍼센트가 백인이었으며, 대부분의 건설 공사는 마피아가 관리하는 회사가 맡았는데, 회사에서는 자신들을 도와준 공무원들에게 감사의 뜻으로 넉넉히 뇌물을 바쳤고, 백인으로만 구성된 조합에 가입되어 있지 않다는 이유로 흑인 인력은 고용하지 않았다. 시정이 너무나 부패해서 사람들은 시청을 〈도둑놈 소굴〉이라고 불렀다.

과거 한때, 뉴어크는 사람들이 뭔가를 만들어 내는 도시였다. 공장이 있고 블루칼라 노동자들의 일자리가 있는 도시, 손목시계에서 진공청소기, 납 파이프까지, 물병에서 물병 세척용 솔이나 단추까지, 포장된 빵에서 컵케이크, 수십 센티미터짜리 살라미까지 지상의 모든 걸 만들어 내던 곳이었다. 하지만 이제 목재로 지은 집들은 무너지고, 공장들은 문을 닫고, 백인 중산층은 교외로 떠나고 있었다. 퍼거슨의 부모님도 일찌감치 1950년대에 그렇게 했고, 그가 아는 한 다시 돌아온 사람은 두 분밖에 없었다. 하지만 위퀘이크는 실제로는 뉴어크가 아니라 가상의 뉴어크 지역 남서쪽 끄트머리에 붙은 유대인 동네일 뿐이었고, 태초부터 모든 것이 고요하기만 한 곳이었다. 7만 명의 유대인이 모여 사는, 옴스테드가 설계한 1.2제곱킬로미터 이상의 눈부신 공원이 있고, 전국에서 박사를 제일 많이 배출한 고등학교가 있는 동네였다.

12일 저녁, 퍼거슨이 웨스트엔드에서 맥주를 마시고 새벽 1시가 조금 지나 아파트로 돌아왔을 때 전화가 울렸다. 수화기를 들자 아버지의 고함이 들렸다. 도대체 어디 있었던 거냐, 아치? 뉴어크가 불타고 있다고! 창문을 부수고 상점 물건을 털어 가고 있어. 경찰이 총을 쏘는데 네 엄마는 빌어먹을 신문에 쓸 사진을 찍겠다고 스프링필드 애비뉴에 나갔다! 길을 막아 놔서 내가 갈 수가 없어! 집으로 와라, 아치! 네 도움이 필요한데, 올 때 언론인 신분증 꼭 챙겨 오고!

도심으로 나가 포트 오소리티 터미널에서 버스를 타기에는 너무 늦은 시각이어서, 퍼거슨은 브로드웨이에서 택시를 타고 기사에게 최대한 〈밟아 달라〉고 했다. 영화에서 수십 번은 들은 대사였지만 직접 말해 보기는 처음이었다. 택시비를 내고 나니 지갑에 있던 34달러 중 2달러밖에 남지 않았지만, 덕분에 한 시간도 걸리지 않아 밴벨저플레이스의 아파트에 도착할 수 있었다. 고맙게도 그쪽 동네는 조용했다. 센트럴워드에서 시작된 폭동은 서서히 중심가로 퍼졌지만, 사우스워드에는 아직 영향이 없었다. 더 안심되었던 건, 어머니가 막 집에 돌아왔고, 긴장해서 반쯤 정신이 나갔던 아버지도 다시 정신을 차리기 시작했다는 점이었다.

이런 일은 처음 봤구나, 어머니가 말했다. 최루탄, 약탈당한 상점, 경찰이 총을 꺼내 발포하고, 흥분한 사람들이 이리저리 뛰어다니고. 대혼란이야.

샘네 상점도 당했어, 아버지가 말했다. 한 시간 전에 전화가 왔는데 하나도 남은 게 없대. 미쳤어, 야생 동물들, 그게 지금 사람들 모습이야. 우리 동네가 불탄다고 상상해 봐. 지금껏 들은 이야기 중에 제일 바보 같은 이야기라고.

가서 잘래요, 어머니가 말했다. 기운이 하나도 없는데, 내일 오전에 『레저』 사무실에 일찍 가봐야 해서.

이제 그만해요, 여보, 아버지가 말했다.

뭘 그만해요?

현장 사진 그만 찍으라고.

그게 내 일이야. 해야만 한다고요. 벌써 가족 중 한 명이 오늘 밤 사건 때문에 일자리를 잃었는데, 내가 일을 안 할 도리가 없잖아.

그러다 죽어.

안 죽어요. 그리고 거의 다 지나간 것 같아. 내가 떠날 때쯤엔 다들 집으로 돌아갔으니까. 파티 끝났다고요.

그럴 거라고 어머니는 생각했고, 다른 많은 사람들도 그렇게 생각했고, 심지어 휴 애도니지오 시장도 고작 병 몇 개 깨졌을 뿐이라며 혼란 상황을 대수롭지 않게 여겼다. 하지만 바로 다음 날 밤 다시 폭동이 시작되자 어머니는 또 카메라를 들고 거리로 나갔고, 이번에는 퍼거슨도 함께, 경찰에 제지당해 신원 확인을 요청받을 때를 대비해 『몬트클레어 타임스』와 『컬럼비아 스펙테이터』의 기자증을 둘 다 들고 나갔다. 아버지는 샘 브라운스타인과 엉망이 된 스포츠용품점에서 종일 피해 상황을 파악하고, 진열장 창문이 있던 자리를 합판으로 막고, 그나마 남아 있는 물건을 정리했는데, 해가 지고 퍼거슨과 어머니가 스프링필드 애비뉴로 출발할 때까지도 아버지는 샘과 함께 있었다. 아버지는 퍼거슨이 어머니를 보호하기 위해 같이 간 거라고 생각했지만, 퍼거슨은 자신이 그 자리에 있고 싶었기 때문에 나간 것이었다. 어머니는 사진가로 작업할 때 놀랄 만큼 차분하고 엄격했기 때문에 따로 보호받을 필요가 없다고 그는 생각했다. 어머니가 너무도 침착하게 자신의 일에 집중했기 때문에 실제로는 어머니가 자신을 보호해 주는 것만 같았다. 그날 밤 수많은 기자와 사진가 무리가 센트럴워드에 모였다. 뉴어크 지역 신문에서 나온 사람들, 뉴욕의 신문사에서 나온 사람들, 『라이프』, 『타임』, 『뉴스위크』에서 나온 사람들, A. P. 통신, 로이터 통신, 지하 언론, 흑인 언론, 라디오와 텔레비전 뉴스에서 나온 사람들이 한데 모여 스프링필드 애비뉴에서 펼쳐지는 혼란상을 지켜봤다. 지켜보기에 어지러운 광경이었고, 퍼거슨은 자신이 안절부절못하며 종종 겁을 집어먹기까지 하고 있다는 걸 인정할 수밖에 없었다. 하지만 그는 격앙되고 놀라기도 했는데, 전혀 예상치 못했던 폭발적 에너지가 거리 전체를 휘감고 있었기 때문이다. 고조된 감정과 무절제한 행동이 뒤섞이며 분노와 쾌락이 하나 되는, 그때까지 어디서도 접해 보지 못한 감정, 아직 뭐라 이름 붙이기 어려운, 광기라고만은 할 수 없고, 그렇다고 아버지의 표현처럼 어리석기만 한 감정도 아니었다. 흑인 군중은 백인, 특히 유대인 백인이 소유한 상점만 정확하게 습격했고, 흑인이 소유한 상점, 진열장에 〈영혼의 형제들〉이라고 적어 놓은 곳은 전혀 건드리지 않았고, 그럼으로써 그들은 적으로 상정한 백인들에게 뜻을 전하고, 백인들이 나라를 떠날 때가 되었다고 말하고 있었다. 퍼거슨은 그게 좋은 전략이라고 생각하지는 않았지만, 적어도 말은 되는 거였다.

다시 한번 폭동은 서서히 잦아들었고, 다시 한번 모두 집으로 돌아갔다. 이번에야말로 정말 끝나는 것처럼, 이틀 밤 동안 이어진 파괴와 무정부주의적 해방의 난장판이 막을 내리는 것처럼 보였다. 하지만 해산하는 군중 중 그 누구도, 새벽 2시 20분에 애도니지오 시장이 주지사 리처드 휴스에게 전화해 방위군과 뉴저지

주 경찰력을 지원해 달라고 요청할 계획이었다는 건 알 수 없었다. 동틀 무렵 3천 명의 방위군들이 탱크를 타고 시내로 진입했고, 5백 명의 중무장한 경찰들이 센트럴워드 곳곳에 자리 잡았다. 이어진 사흘 동안 베트남 전쟁이 고국의 뉴어크에서 벌어졌다. 무하마드 알리를 〈니거〉라고 부르는 베트콩은 없었는지 모르지만, 이제 뉴어크의 흑인들은 베트콩이 되어 버렸다.

휴스 주지사의 말이다. 〈이번 사태는 백인을 증오한다고 말하면서 실제로는 미국을 증오하는 이들이 일으킨 반란이고 범죄입니다.〉

철조망을 친 검문소. 밤 10시부터 차량 통행이 금지되고, 11시 이후에는 아무도 거리에 나올 수 없었다. 상점 약탈은 멈췄고, 이틀 밤 동안 벌어졌던 광란은 시가전으로 바뀌었다. 소총과 기관총, 그리고 방화가 이어지는 총력전이었다. 소방대의 백인 지휘관이자 여섯 자녀의 아버지였던 서른여덟 살의 마이클 모런이 사다리차 위에서 센트럴 애비뉴의 화재경보기를 점검하던 중 총에 맞아 사망했고, 그 시점부터 방위군과 주 경찰은 흑인 저격수들이 도심의 건물 옥상에서 눈에 띄는 백인들을 모두 쏘고 있다고 가정하고 행동했다. 그 기간에 사망한 스물여섯 명 중 스물네 명이 흑인이었다는 사실 자체가 그런 가정에 대한 반증이었지만 어쨌든 방위군은 1만 3천 발의 실탄을 사용했는데, 예를 들면 리베카 브라운이란 사람이 살던 2층짜리 아파트에 총알을 쏟아부어 그녀를 사망하게 했다. 『스타레저』의 표현에 따르면 그녀는 〈일제 사격의 표적〉이 되었다고 했다. 지미 러틀리지는 스물세 발의 총알을 맞고 사망했고, 스물네 살의 빌리 퍼는 이미 한 차례 약탈당한 편의점에서 차가운 탄산음료를 가지고 나왔다는 이유로 총에 맞아 사망했다. 빌리는 목말라하는 『라이프』지의 사진 기자에게 그 음료를 전해 주려던 참이었다.

그러는 내내 퍼거슨의 어머니는 찍을 수 있는 사진들을 찍었다. 당연히 낮에만 일할 수 있었는데, 그렇게 센트럴워드를 누비며 탱크와 군인, 파괴된 흑인 상점을 촬영했고, 그 돌발 사태와 관련이 있다고 여겨지는 것이라면 닥치는 대로 기록해 수백 장의 사진을 남겼다. 아내의 안전이 너무나 걱정된 나머지 퍼거슨의 아버지도 어디든 함께 가겠다고 했고, 덕분에 사흘 동안 퍼거슨은 낡은 임팔라 뒷좌석에 부모님을 태운 채 도심 곳곳을 돌아다녔고, 통행금지 시간이 가까워지면 현상해야 할 필름들을 『스타레저』 사무실에 맡긴 다음 고요한 밴벨저플레이스의 집으로 돌아왔다. 두려웠던 그 기간에 어머니를 향한 퍼거슨의 존경심은 점점 커져만 갔다. 평생 사진관에서 초상 사진만 찍다가 교외의 가든파티를 촬영하며 보도 사진을 시작한 마흔다섯 살의 여성이 그렇게 현장에 나가 할 수 있는 일을 해내는 모습은, 그가 그때까지 본 중 가장 극적인 인간적 변신이었다. 그게 하나의 위로가 되었지만, 그 시기에 벌어진 나머지 일들은 모두 역겨웠다. 마음이 역겨웠고, 배 속이 역겨웠고, 그가 사는 세상이 역겨웠다. 아버지가 매일 밤 그놈들을 욕하는 것도 싫었다. 아버지는 그 빌어먹을 슈바르체[35]들이 우리 유대인들을 얼마나 미워하는지 이야기했고, 이제 끝이라고, 지금부터 영원히 그 놈들을 똑같이 미워할 거라고, 죽는 날까지 매 순간 그 놈들을 증오할 거라고 선언했다. 그렇게 아버지가 폭언을 쏟아 내는 와중에, 참다못한 퍼거슨은 그만 화를 못 이기고 아버지에게 닥치라고 소리쳤다. 평생 한 번도 해본 적 없는 행동이었다.

군인들은 17일에 철수했고, 마지막 탱크가 도시를 벗어나면서 전쟁도 끝이었다.

나머지도 그걸로 끝이었는데, 적어도 위퀘이크의 유대인들에게는 그랬다. 모두들 그 사태에 대해 퍼거슨의 아버지와 같은 생각이었고, 그로부터 6개월 후에는 거의 모든 유대인 가족들이 동네를 떠났다. 근처 엘리자베스로 이사한 사람들도 있고, 에식스나 모리스 카운티의 교외로 향한 사람들도 있었는데, 그리하여 한때 유대인 지역으로 알려졌던 위퀘이크에서 이제 유대인을 찾아볼 수 없게 되었다. 뉴어크에 사는 흑인들의 부모나 조부모들은 양차 세계 대전 사이 대이주 시기에 남부에서 이동해 온 사람들이었는데, 공교롭게도, 폭동 기간에 어머니가 찍은 사진들이 명성을 얻으면서

35 schvartze. 〈검다〉라는 이디시어에서 온, 흑인을 가리키는 비하 표현.

『마이애미 헤럴드』에서 어머니에게 새 일자리를 제안했고, 퍼거슨의 부모님은 과거 흑인 이웃들의 이동 경로와 반대로 남부에 내려가게 되었다.

부모님이 떠나는 모습을 지켜보는 건 끔찍했다.

1967년 가을. 캘리포니아의 햇빛이든, 별빛이든, 달빛이든 뭔가가 에이미의 머리카락을 밝게 변화시켰고 피부색은 짙게 만들었다. 그녀는 눈썹과 속눈썹이 더 밝은 금색으로 변하고, 볼과 팔다리가 방금 구운 머핀, 혹은 버터를 바른 따뜻한 토스트처럼 황갈색으로 은은하게 빛나는 모습으로 뉴욕에 돌아왔다. 퍼거슨은 그녀를 다 먹어 버리고 싶었다. 두 달 반의 괴로운 금욕 생활을 한 그로서는 그녀를 아무리 탐해도 부족할 것 같았다. 역시 여름 내내 그에게 굶주려 있었던, 본인 표현으로는 재미없는 수녀처럼 지냈던 에이미도 유난히 흥분한 상태였고, 퍼거슨만큼이나 상대에게 자신을 내줄 준비가 되어 있었다. 그리고 퍼거슨은, 자신이 할아버지의 강한 욕망의 전부는 아니더라도 대부분은 물려받았다고 생각하게 된 그는 가진 걸 전부 내줄 참이었고, 또 그렇게 했다. 에이미 역시 자신이 가진 걸 모두 내줬고, 그녀가 웨스트 111번가로 돌아온 후 사흘 내내 둘은 그녀 방의 더블 침대에서만 지내며, 둘을 하나로 이어 줬던 그 알 수 없는 힘에 다시 적응해 갔다.

그럼에도 어떤 것들은 달라졌고, 퍼거슨은 달라진

것들이 전부 마음에 들지는 않았다. 예를 들어 에이미는 캘리포니아와, 적어도 캘리포니아의 베이에어리어와 사랑에 빠졌고, 절대 뉴욕을 떠나지 않겠다던 소녀는 다음 학기에 버클리 로 스쿨에 지원하는 걸 진지하게 고려하고 있었다. 법이 문제가 아니었다. 퍼거슨은 그녀가 변호사가 되는 데는 대찬성이었고, 이전부터 여러 번 의논한 일이기도 했다. 가난한 사람들의 변호사, 활동가 변호사, 그런 직업을 가지면 반전 시위, 혹은 탐욕스럽고 무책임한 건물주에 맞서는 집세 납부 거부 운동 등을 조직하는 사람들보다 훨씬 세상에 도움이 되는 일을 할 수 있을 것이었다. 전쟁은 언젠가는 끝나게 되어 있고(그녀의 바람이었다), 탐욕스러운 건물주라면 난방을 넣어 달라고, 쥐를 잡아 달라고, 납 성분이 든 페인트를 쓰지 말아 달라고 간청하기보다는 그냥 감옥에 넣어 버리는 편이 더 통쾌할 것 같았기 때문이다. 당연히 변호사였지만, 캘리포니아라니, 그녀는 무슨 이야기를 하는 걸까? 그녀는 내년에도 그가 뉴욕에 있을 거라는 사실을 잊어버린 걸까? 여름 동안 떨어져 지낸 걸로 충분히 나빴는데, 1년이라면 그는 미쳐 버릴 것이었다. 그리고 그녀는 무슨 근거로 졸업 후에 그도 캘리포니아로 따라갈 거라고 생각하는 걸까? 컬럼비아나 NYU, 포덤 같은 합리적인 로 스쿨에 진학해 계속 그 아파트에서 함께 지낼 수는 없는 걸까? 왜 상황을 그렇게 씨발 복잡하게 만들려는 걸까?

아치, 아치, 흥분하지 마. 지금은 그저 생각해 보는 것뿐이야.

그걸 고려하는 것 자체가 놀랍다고.

거기가 어떤 곳인지 너는 몰라. 2주 만에 뉴욕 생각은 하나도 안 났고, 그래서 기뻤어. 집에 있는 것 같았다니까.

전에는 안 그랬잖아. 뉴욕이 답이라고 했잖아, 기억나?

그 말을 할 때는 열여섯 살이었고, 버클리나 샌프란시스코에 가본 적도 없었잖아. 지금은 스무 살 성인 여성이고, 생각이 바뀌었어. 뉴욕은 냄새나는 구덩이야.

그 말은 맞지만, 뉴욕이 다 그렇지는 않잖아. 언제든 다른 동네로 이사할 수 있잖아.

북부 캘리포니아는 미국에서 가장 아름다운 곳이야. 프랑스만큼 아름답다고, 아치. 믿지 못하겠다면 안 믿어도 돼. 직접 가서 한번 봐.

지금은 바빠.

크리스마스 휴가가 있잖아. 겨울 방학에 같이 가자.

좋아. 하지만 거기가 세상에서 가장 아름다운 곳이라고 해도, 문제가 해결되는 건 아니야.

무슨 문제?

1년 동안 떨어져 지내는 문제.

극복할 수 있을 거야. 그렇게 힘들지 않을 거라고.

내 인생에서 가장 외롭고 가장 비참한 여름을 이제

막 지났단 말이야. 힘들어, 에이미, 진짜 힘들어. 너무 힘들어서 못 견딜 뻔했어. 1년이면 나는 완전히 망가질 거야.

알았어, 나도 힘들었어. 하지만 나는 그게 우리한테 좋다고도 생각했어. 혼자 있고, 혼자 잠들고, 그렇게 서로를 보고 싶어 하고, 편지 쓰는 거 말이야. 덕분에 더 단단한 연인이 된 것 같아.

하.

나 진짜 너 사랑해, 아치.

그렇다는 거 알아. 하지만 가끔은 네가 나랑 있는 것보다 네 미래를 더 사랑한다는 생각이 들 때도 있어.

1967년 12월. 그 겨울에 그들은 캘리포니아에 가지 못했다. 퍼거슨의 할머니가 돌아가셨는데, 1년 전의 할아버지와 마찬가지로 몸속에서 뭔가가 갑자기 폭발해 돌아가셨고, 둘은 뉴저지주 우드브리지에서 열린 또 한 번의 장례식에 참석하기 위해 여행을 취소해야 했다. 그다음엔 한 주 동안 정신없이 할머니의 유품을 정리하고 아파트를 비우는 작업에 많은 일손이 필요했는데, 퍼거슨의 부모님이 막 플로리다로 떠나려던 참이었기 때문에 기록적으로 빨리 작업을 마쳐야 했고, 모두 힘을 모아 도와야 했다. 퍼거슨은 당연했고, 결과적으로 누구보다 많은 도움을 준 에이미, 낸시 솔로몬과 그의 남편 맥스, 복무를 마치고 몬트클레어로 돌아와 다음 해 봄 훈련을 위해 몸을 만들고 있던 보비 조지, 그리고 할아버지 사망 이후 할머니와 친구가 된 디디 브라이언트까지 왔다. 디디는 할아버지가 돌아가셨을 때만큼이나 많이 울었다(제정신인 사람이라면 인생이란 앞뒤가 맞는 일이라고 주장할 수는 없을 것 같다). 퍼거슨의 어머니는 넋이 나갔고, 퍼거슨이 보기에는 자신이 어릴 때부터 그때까지 어머니가 흘린 눈물을 모두 합친 것보다 더 많은 눈물을 그 일주일 동안 흘린 것 같았기 때문에, 도움이 필요했다. 퍼거슨 역시 압도적인 슬픔에 휩싸였는데, 단순히 할머니를 잃었다는 사실 때문만은 아니었다. 물론 상실 자체도 충분히 슬펐지만, 그는 할머니의 아파트에서 벌어지는 일을 지켜보는 게 싫었다. 방들이 서서히 해체되고, 물건들이 하나씩 신문지로 싸여 골판지 상자에 담겼다. 그가 기억할 수도 없는 까마득한 시절부터 내내 자신의 일부였던 물건들, 어릴 때 손에 들거나 무릎 위에 놓고 놀던 조그만 장난감들, 할머니의 상아색 코끼리와 풀색 유리 하마, 거실 전화기 밑에 있던 노란색 레이스 깔개, 할아버지의 파이프, 퍼거슨이 코를 박고 한참 전에 사라져 버린 시가들의 짙은 향을 맡곤 했던 텅 빈 담배함, 이제 그 모든 것들이 사라졌고, 영원히 사라져 버렸다. 가장 나쁜 건 할머니도 부모님과 플로리다로 떠나 마이애미비치의 새 아파트에서 함께 살 계획이었다는 점이다. 본인은 이사가 기대된다고 말씀하셨지만(너도 한번 와라, 아치. 콜린스가에 있는 울피 식당에 같이 아침 먹으러 가는 거야. 훈제연어랑 양파를 곁들인 스크램블드에그 먹자), 그는 그렇게 오랫동안 지냈던 아파트를 떠난다는 사실이 할머니는 두려웠을 거라고 짐작했다. 어쩌면 그런 상황에 직면하는 걸 견딜 수 없었기 때문에 할머니는 뇌졸중이 닥치기를 기다렸을지도 모른다.

이제 돈은 퍼거슨이 가장 신경 쓰지 않는 문제였다. 하루하루 돈 생각과 걱정이 좀처럼 끊이지 않던 그였지만, 누군가가 죽고 나서 뒤따르는 부동산이나 재산 문제에 관해서는 전혀 모르고 있었다. 할아버지는 거시, 애들러 앤드 포머랜츠 회사에서 오랫동안 일하며 상당한 재산을 모았고, 그 재산의 많은 부분이 디디 브라이언트와 그녀의 전임자들에게 돌아갔지만, 퍼거슨의 할머니도 남편 사망 이후 50만 달러가 넘는 돈을 물려받았고, 할머니 본인이 돌아가시고 나니 그 돈은 그대로 두 딸 밀드러드와 로즈에게, 할머니의 유언에 따라 정확히 반씩 전해졌고, 재산세를 내고 나자 퍼거슨의 이모와 어머니의 재산은 할머니의 뇌졸중 이전보다 각각 20만 달러씩 늘어나 있었다. 20만 달러라니! 너무 터무니없는 금액이라 퍼거슨은 1월 말 어머니가 플로리다에서 전화해 알려 줬을 때 헛웃음을 터뜨렸고, 그 돈의 절반은 그에게 줄 거라는 말을 듣고는 더 크게 웃음을 터뜨렸다.

네 아버지랑 오래 생각했는데 말이야, 어머니가 말

했다. 지금 당장 너도 얼마쯤 돈을 받는 게 공평한 것 같아. 우리가 생각하는 금액은 2만 달러인데, 나머지 8만은 너를 위해 투자해 놓고 말이야. 그러면 네가 나중에 그 돈이 필요해질 시점에는 8만보다 늘어나 있겠지. 이제 너도 다 컸으니까, 아치, 2만이면 대학에서 남은 세 학기 동안 쓰고도, 소위 진짜 세계에 첫발을 디딜 때까지 좀 넉넉히 남을 거야. 6천에서 8천 정도 여유 자금이 있으면 돈이 없어서 어쩔 수 없이 취업하는 게 아니라, 정말로 하고 싶은 일을 찾을 수 있겠지. 게다가 그렇게 하면 우리도 여기 마이애미비치에서 더 편하게 살 수 있어. 아버지가 네 집세랑 용돈을 매달 부쳐 주지 않아도 되고 학비 걱정도 안 해도 되니까, 우리 모두한테 일이 더 간단해지는 거야. 지금부터는 네가 직접 책임지는 거라고.

내가 뭘 했다고 그 돈을 받아요? 퍼거슨이 물었다.

아무것도 안 했지. 하지만 그보다 먼저, 나는 뭘 해서 그 돈을 받았겠니? 아무것도 안 했어. 그냥 그런 거야, 아치. 사람이 죽고 나도 세상은 계속 돌아가는 거고, 뭐든 서로 도울 수 있는 일이 있으면 그렇게 하는 거야, 그렇지 않니?

1968년 1월. 에이미는 일단 뭔가를 마음먹고 나면 물러서는 법이 없는 사람이었기 때문에, 결국 조금도 양보하지 않고 버클리 로 스쿨에 지원서를 냈고, 퍼거슨은 그녀가 결국 합격할 테고, 입학 허가를 받고 나면 혹시 컬럼비아나 하버드에 합격하더라도 곧장 버클리로 갈 거라는 걸 알았기 때문에, 돈 생각을 하며 위안을 얻어 보려고 했다. 이제 캘리포니아에 몇 번 짧게 가서 그녀를 만나 볼 수 있고, 크리스마스나 봄 방학에도 그녀가 뉴욕에 돌아오지 않는다면 자신이 가서 길게 머무를 수도 있을 테니, 어쩌면 그런 식으로 그녀가 없는 1년을 망가지지 않고 보낼 수 있을 것 같기도 했다. 역시 그럴 것 같지는 않다고 생각했지만, 적어도 돈 덕분에 기회가 생기기는 했다. 돈이 없을 때는 아무런 희망이 없었다.

그것만 제외하면, 돈이 생겼다고 해도 그의 외적인 환경은 거의 달라지지 않았다는 점이 흥미로웠다. 원하는 책이나 음반을 살 때 조금 덜 망설이게 되었고, 낡은 옷이나 신발은 이전보다 자주 바꿨고, 선물을 해서 에이미를 놀래 주고 싶을 때면(주로 꽃이었지만 책이나 음반, 귀걸이 같은 것도 있었다) 두 번 생각하지 않고 충동에 따를 수 있었다. 그 밖에는 크게 달라지지 않았다. 그는 계속 수업을 듣고, 『스펙테이터』에 기사를 쓰고, 프랑스 시를 번역하고, 늘 다니던 비싸지 않은 식당들을 — 웨스트엔드, 그린 트리, 초크 풀 오너츠 — 어슬렁거렸다. 하지만 그의 안에서는, 퍼거슨이 홀로 자신의 의식을 대면하는 깊숙한 정신의 방에서는, 한 가지가 크게 달라졌다. 웨스트 110번가와 브로드웨이의 모퉁이에 있는 퍼스트 내셔널 시티 은행의 그의 계좌에는 2만 달러가 버티고 있고, 그게 거기 있다는 사실이, 딱히 그 돈을 쓸 생각이 없었음에도, 하루에 740번씩 돈 걱정을 해야만 하는 고충을 덜어 줬다. 결국 그런 고충 자체가 돈이 충분하지 않다는 사실만큼이나 해로운 것, 사람을 죽도록 괴롭히는 것이었기 때문에, 거기서 벗어났다는 사실은 축복이었다. 그게 돈이 없는 상황에 비해 돈이 있는 상황이 갖는 이점이라고, 그는 판단했다. 돈으로 뭘 살 수 있다는 점이 아니라, 머릿속에 거품처럼 일어나는 끔찍한 생각들을 담은 채 이리저리 배회하지 않아도 된다는 점 말이다.

1968년 초. 퍼거슨은 상황이 일련의 동심원 같다고 생각했다. 바깥 원은 전쟁과 그에 따른 모든 일들이다. 베트남에 있는 미군 병사들, 북베트남과 남베트남(베트콩)의 적군 전투원들, 호찌민, 사이공 정부, 린던 존슨과 그의 내각, 제2차 세계 대전 이후 미국의 외교 정책, 사상자 수, 네이팜탄, 불타는 마을과 마음과 정신, 전쟁 확대, 게릴라 진압, 명예로운 평화 같은 것들. 두 번째 원은 미국이다. 고국의 전선에서 싸우는 2백만 시민들, 언론(신문, 잡지, 라디오, 텔레비전), 전쟁 반대 운동, 전쟁 찬성 운동, 흑인 민권 운동, 반문화 운동(히피와 이피, 마리화나와 LSD, 로큰롤, 지하 언론, 『잽 코믹스』,[36] 메리 프랭크스터 무리,[37] 머더퍼커 무리,[38] 안전모와 〈미국이 싫으면 떠나라〉 무리,[39] 중산층 부모와 자식 간의 소위 세대 차이에 따른 공백, 그리고 훗날 〈침묵의 다수〉라고 불리게 되는 이름 없는 군중. 세 번째 원은 뉴욕으로, 두 번째 원과 거의 똑같지만 좀 더 즉각적이고 생생하다. 그 원은 앞서 언급한 사회적 흐름들이 가득한 실험실 같아서, 퍼거슨은 글이나 사진을 통해서가 아니라 눈으로 직접 그 현상들을 목격하는데, 미국의 다른 어느 도시와도 다른, 어디보다도 빈부 격차가 심한 뉴욕만의 특징이나 느낌이 가미된다. 네 번째 원은 컬럼비아 대학이다. 현재 퍼거슨이 머무는 곳, 그와 그의 친구들을 둘러싼 손에 잡힐 듯 가까운 세계인데, 그 기관을 바깥의 더 큰 세계와 구분해 주던 담장이 사라져 버렸다. 담장이 사라져 이제 안과 밖을 구별할 수 없게 되어 버렸다. 다섯 번째 원은 개인이다. 앞서 말한 네 개의 원 안에 있는 한 명 한 명의 개인들,

36 Zap Comix. 1960년대 반문화 운동의 일환으로 발간된 지하 만화책 시리즈.

37 『뻐꾸기 둥지 위로 날아간 새』로 유명한 히피 작가 켄 키지의 추종자들.

38 1968년 뉴욕에서 결성되었으며 다다이즘, 상황주의, 무정부주의를 표방한 단체.

39 베트남 전쟁 당시 〈안전모〉로 상징되는 건설 노동자 중 다수가 전쟁에 찬성했다. 그중 2백여 명이 추후 1970년 뉴욕에서 〈미국이 싫으면 떠나라Love-It-or-Leave-It〉라는 구호를 외치며 반전 시위대와 충돌한 사건을 〈안전모 폭동〉이라 부른다.

하지만 퍼거슨에게 중요한 개인들이란 그가 사적으로 알고 있는 개인들, 무엇보다도 컬럼비아에서 함께 생활하는 친구들이었다. 그리고 모든 것에 앞서, 당연히, 개인 중의 개인, 다섯 개 원의 중심에 있는 가장 작은 점, 그 자신이 있었다.

다섯 개의 영역, 다섯 개의 분리된 현실, 하지만 하나하나가 서로 이어져 있었고, 그 말은 바깥 원에서 무슨 일이 생기면(전쟁), 미국과 뉴욕, 컬럼비아, 그리고 개인의 사적인 삶이라는 내부 원 속 작은 점 하나에까지 그 영향이 미친다는 의미였다. 예를 들어 전쟁이 점점 심화되던 1967년 봄에는, 전쟁에 반대하고 베트남 주둔 미군의 즉각 철수를 주장하는 시위대 50만 명이 4월 15일에 뉴욕 거리를 행진했다. 그로부터 닷새 후 도심의 컬럼비아 대학 교정에서는, SDS 회원 3백여 명이 존 제이 홀 로비에 탁자를 갖다 놓고 지원병을 모집하던 해병대 모병관들을 찾아가 〈물어볼 게 있다〉고 했다가 운동부원과 NROTC 단원으로 구성된 쉰여 명에게 공격받았다. 주먹이 날아다니고 코뼈가 부러지던 싸움판은 경찰이 출동하고서야 멈췄다. 다음 날 오후, 존 제이 홀과 해밀턴 홀 사이의 밴 앰 잔디밭에서는 컬럼비아 역사상 30년 만에 최대 규모의 시위가 벌어졌는데, SDS 회원 및 지지자 8백여 명은 해병대 교내 모병 활동에 항의했고, 사우스필드 담장 건너편에서 그에 대항하던 친(親)해병대파 운동부원이자 야유꾼 5백여 명은 그들에게 달걀을 던져 댔다. 퍼거슨과 에이미 는 둘 다 그 야단법석의 현장에 있었는데, 그녀는 시위 참가자, 그는 증인 겸 기자였다. 그날 밤 웨스트엔드에 서 퍼거슨이 자신의 동심원 이론을 이야기하자, 에이 미는 미소를 지으며 〈당연하지, 사랑스러운 홈스 탐정 님, 진짜 똑똑하네〉라고 말했다.

핵심은 양쪽 진영의 그 누구도 행복하지 않았다는 점이다. 전쟁에 찬성하는 사람들은 전쟁에서 승리를 거두지 못하는 존슨에게 화가 났고, 반대하는 사람들 은 존슨이 전쟁을 끝내게 하지 못하는 자신들에게 화 가 났다. 그사이 전쟁은 점점 확대되었다. 50만 명 파 병, 55만 명 파병. 전쟁이 커지면 커질수록 동심원 안의 다른 원들을 짓눌렀고, 원들이 압착되며 그것들 사이 의 공간은 아주 적은 공기만 통할 정도로 좁아졌고, 한 가운데 있는 외로운 존재는 점점 더 숨을 쉬기가 힘들 어졌다. 사람은 숨 쉬기가 힘들어지면 공황에 빠지는 데, 공황은 광기에 가까운 무엇, 정신을 잃어버리고 곧 죽을 것만 같은 느낌이다. 1968년 초, 퍼거슨은 모두가 미쳐 버릴 것만 같은 느낌, 모두가 브로드웨이에서 큰 소리로 혼잣말하는 사람들처럼 미쳐 버릴 것 같은 느 낌이 들었고, 조금씩 자신도 다른 사람들과 마찬가지 로 미쳐 가는 것 같았다.

그러다 새해의 첫 몇 달 동안 모든 상황이 급속히 진 전되었다. 1월 13일 구정 대공세로 베트콩 게릴라들이

1백여 곳의 남베트남 도시와 마을을 습격했고, 미국은 절대 전쟁에서 이길 수 없다는 게 밝혀졌다. 미군이 반격하고, 모든 전투에서 적군을 압도하며 미국 측 희생자 2천 명에 비해 훨씬 많은 3만 7천 명의 적군을 죽이고, 수만 명의 베트콩 군인이 부상을 입거나 생포되고, 50만 명의 남베트남 민간인이 집을 잃고 난민이 되어도 마찬가지였다. 미국 대중이 받은 메시지는 북베트남 사람들은 절대 포기하지 않는다는 점, 자기들 나라의 국민 마지막 한 명이 죽을 때까지 계속 싸울 거라는 점이었다. 그 나라를 무너뜨리기 위해 얼마나 많은 미국 병사가 죽어야 할까, 이미 거기 가 있는 50만 명을 1백만 명으로 늘리고, 2백만, 3백만으로 늘린다면, 만약 그렇게 되면, 북베트남의 멸망은 곧 미국의 멸망을 뜻하는 것 아닐까? 두 달 후 존슨은 텔레비전에 나와 가을에 있을 대통령 선거에 출마하지 않겠다고 발표했다. 실패를 받아들이는 말, 전쟁을 지지했던 여론이 사그라지고 자신의 정책이 거부당했음을 인정하는 말이었다. 퍼거슨은, 가난과의 전쟁을 선포하고 시민권 법과 투표권 법을 통과시킨 좋은 존슨을 존경한 반면, 베트남전을 일으킨 나쁜 존슨은 혐오했던 그는, 조금 불편한 마음으로 미국 대통령이 안됐다는 생각을 했다. 그는 적어도 1~2분 동안 린던 존슨의 머릿속에 들어가 왕좌를 버리기로 한 번뇌를 느껴 보려 했는데, 그러다 얼마 후에는 기뻤다. LBJ가 곧 사라질 거라는 생각에 기쁘면서 동시에 안심되었다.

그로부터 닷새 후, 마틴 루서 킹이 멤피스에서 암살당했다. 미국의 무명인이 쏜 또 한 발의 총알, 미국인의 집단 신경계에 날아온 또 한 번의 충격이었고, 수십만 명이 거리로 뛰쳐나와 창문을 부수고 건물에 불을 질렀다.

뉴어크가 128곳으로 늘어났다.

다섯 개의 동심원이 단 하나의 새카만 원반이 되었다.

LP 음반이었다. 그 음반에서는 「더는 못 견디겠어, 자기, 내 마음이 너무 아파서」라는 오래된 블루스곡만 끊임없이 흘러나왔다.

1968년 봄(Ⅰ). 에이미는 이제 좀처럼 함께 있지 않았다. 바너드에서의 마지막 학기였고, 이미 필수 과목을 모두 이수하고 졸업에 필요한 점수도 거의 채웠기 때문에 그해 봄에 학업 부담은 거의 없었고, 그녀는 SDS 에서 정치 활동을 하며 대부분의 시간을 보냈다. 그때까지 퍼거슨의 가장 큰 걱정거리는 버클리 로 스쿨이었지만(4월 초 멤피스에서 킹이 암살당하고 며칠 후 그녀는 입학 허가를 받았다), 이제는 여름이 시작하기도 전에 그녀를 잃어버리는 게 아닌지 두려웠다. 1968년 초 모두 미쳐 가던 기간에 조직 내에서 그녀의 자리는 더 확고해졌고, 동시에 그녀는 급진적 호전성과 반자본주의적 열정에 더 깊이 빠져들었다. 이제 그녀는 둘 사이의 작은 의견 차이에 웃지 않았고, 왜 그가 자신의 지적에 전부 동의하지 않는지 이해하지 못했다.

내 분석을 받아들인다면 당연히 내 결론도 받아들여야지. 어느 날 그녀가 그에게 말했다.

아니, 그렇지 않아, 퍼거슨이 대답했다. 자본주의가 문제라고 해서 SDS가 자본주의를 없애 버려야 하는 건 아니야. 나는 현실 세계에 살려고 노력하는데, 에이미, 너는 절대 일어나지 않을 일들을 꿈꾸고 있잖아.

예를 들어, 이제 존슨이 물러난 상황에서 유진 매카시와 로버트 케네디가 둘 다 민주당 대선 경선에 뛰어들었다. 퍼거슨은 전혀 관심이 생기지 않았고 둘 중 누구도 지지하지 않았지만, 선거 운동은 유심히 지켜봤다 — 특히 케네디 쪽이었는데, 매카시는 가망이 전혀 없는 게 분명했기 때문이다. 뉴욕주 상원 의원[40]에 대해서는 미적지근한 감정뿐이었지만, 믿을 수 없는 험프리보다는 괜찮은 선택이었고, 닉슨, 혹은 그보다 더 문제가 많은 로널드 레이건, 그러니까 에이미가 이주할 캘리포니아의 주지사이자 골드워터보다 훨씬 우경화된 그 인물보다는 그게 누구든 민주당원이 나았다. 퍼거슨은 민주당을 열성적으로 지지하지는 않았지만 그래도 구분을 하는 건 중요하다고, 이 망가진 세상에는 나쁜 것들이 있고 더 나쁜 것들도 있음을 알아보는

40 로버트 케네디는 대선 출마 당시 뉴욕주 상원 의원이었다.

건 중요하다고 생각했다. 그리고 선거에서 투표할 때
는 더 나쁜 쪽보다는 나쁜 쪽을 택하는 게 낫다. 에이미
는 이제 그런 구분을 거부했다. 그녀가 보기에 민주당
원은 모두 똑같은, 〈이제 내다 팔 것도 없는 자유주의
자〉였고 그녀는 그중 누구도 원하지 않았다. 그들은 미
국이 베트남을 비롯해 전 세계에 퍼뜨린 공포에 책임
이 있는 사람들이었기 때문에, 그들은 물론, 그들이 대
변하는 것들 역시 모두 역겹다고 했다. 만약 공화당이
어쩌다 승리한다면, 뭐, 길게 보면 국가를 위해서는 더
나을 수도 있었다. 그러면 미국은 파시스트 경찰국가
가 될 테고, 시간이 흐르면 사람들이 그에 맞서 들고일
어날 것이기 때문이었다. 에이미는 공화당원을 뽑은
사람들이, 공화당이 권력을 잡고 나면 그들을 몰아내
고 싶어질 거라고, 다른 사람들도 자기 같은 반미국적
급진주의자를 억압하는 파시스트 경찰국가에 살기를
원하진 않을 거라고 믿는 것 같았다.

1963년 존 케네디 암살 사건 때 눈물을 흘렸던 여자
아이가 이제 그의 동생 로버트를 자본주의적 억압의
도구로 보고 있었다. 퍼거슨은 그런 평가는 이념적 열
망일 뿐이라고 치부하고 싶었지만, 4월 초가 되자 그
역시 공격받았고, 그러자 정치적인 문제가 갑자기 개
인적인 문제, 너무 개인적이라 그들이 토론하는 이념
이 아니라 그들 자신에 관한 문제가 되어 버렸다. 퍼거
슨은 에이미가 SDS의 다른 회원과 몰래 사귀는 건 아

닌지, 아니면 바너드의 동료인 패치 두건과 함께 레즈비언들의 신비로운 세계를 탐험하는 건 아닌지(최근에 패치 이야기를 부쩍 많이 했다), 아니면 그가 지난여름에 자신과 함께 캘리포니아에 가지 않은 데 여전히 화가 나 있는 건 아닌지 궁금했다. 아니, 그런 일은 불가능하다는 걸 그는 깨달았다. 그런 가능성들이 아주 희미하게라도 가능하지 않은 이유는, 에이미는 성격상 뒤에서 그런 일을 꾸밀 사람이 아니었기 때문이고, 만일 다른 사람이 좋아졌다면 그에게 말했을 것이었기 때문이다. 혹시 지난여름 일 때문에 아직도 그에게 불만이 있다고 해도, 그게 의식적인 불만일 리는 없었다. 이미 몇 달 전에 끝나 버린 지난 일이었고, 이후 몇 달 동안 둘 사이에 수없이 많은 좋은 일들이 있었기 때문이다. 특히 할머니가 돌아가신 후 거의 움직일 수조차 없던 어머니를 대신해 샌디 쿠팩스의 직구만큼이나 빠르고 정확하게 아파트 청소를 지휘하던 에이미의 모습은 눈이 부실 정도였다. 하지만 그 후로 무슨 일인가 생겼는데, 늘 있던 일상적인 이유 때문이 아니었고, 그렇다고 정치에 관한 의견 불일치 같은 어리석은 이유 때문일 가능성도 없었다. 그와 에이미는 늘 의견이 일치하지 않았다. 그래도 그녀와 함께 지내는 생활이 즐거웠던 건, 의견 차이가 아무리 커도 둘은 계속 사랑하는 사이였기 때문이다. 둘의 다툼은 늘 생각에 관한 것이었지 서로에 관한 것이 아니었는데, 이제 에이미는 그의 생각이 자신의 생각에 맞아떨어지지 않는다는 이유로 그를 추궁하기 시작했다. 그가 그녀와 함께 혁명이라는 활화산으로 뛰어들지 않았기 때문에, 그는 퇴행적인 사고를 지닌 반동적 자유주의자이자 비관주의자, 빈정대기만 하는 사람, 〈양심의 가책〉[41] 청년(그가 짐작하기에는 조이스를 너무 좋아하는, 모든 문제를 문학적으로만 판단하는 사람이라는 의미일 것 같았다), 방관자, 딜레탕트, 시대에 뒤떨어진 늙은이, 그저 똥 덩어리가 되어 버렸다.

퍼거슨의 입장에서 보자면 모든 문제는 하나의 본질적인 차이, 그러니까 에이미는 뭔가를 믿을 수 있는 사람이고, 자신은 불가지론자라는 차이에서 비롯된 것이었다.

어느 날 밤 그녀는 친구들과 밤늦게까지 밖에 있었다. 의심할 것 없이 웨스트엔드의 칸막이 자리에서 마이크 러브와 언쟁을 벌이거나, 패치 두건과 SDS 내 여성 회원 수를 늘리기 위한 계획을 짜고 있었을 시각, 퍼거슨은 에이미의 침대로 기어 들어갔다. 지난 2년 동안 자신의 침대보다 더 자주 잠들었던 침대였고 그날은 또 유난히 피곤하기도 해서, 에이미가 돌아왔을 때 그는 이미 잠들어 있었다. 다음 날 아침에 일어났을 때 에

---

41 Agenbite of inwit. 중세 켄트 지역 방언으로 번역된 기독교 책자의 제목에서 유래한 표현으로, 제임스 조이스가 소설 『율리시스』에서 자주 썼다.

이미는 옆에 있지 않았고, 베개가 눌려 있지 않은 상태인 것으로 봐서 그녀가 집에 들어오지 않고 다른 곳에서 잤다는 사실을 알 수 있었다. 그 다른 곳은 옆방에 있는 퍼거슨의 침대로 밝혀졌고, 그가 새 양말과 속옷을 꺼내러 들어가자 나무 바닥이 삐걱거리는 소리에 그녀가 깼다.

여기서 뭐 하는 거야? 퍼거슨이 물었다.

혼자 자고 싶어서, 그녀가 말했다.

어?

변화를 위해 혼자 자는 것도 괜찮을 것 같아.

괜찮았어?

응, 아주 좋았어. 당분간은 계속 그랬으면 좋겠어, 아치. 너는 네 침대에서 나는 내 침대에서. 사람들이 말하는 냉각기이지.

원하면 그렇게 해. 그렇다고 최근 들어 같은 침대에서 잘 때 따뜻하지 않았다는 건 아니야.

고마워, 아치.

별말씀을.

그렇게 소위 냉각기가 시작되었다. 이어진 엿새 동안 퍼거슨과 에이미는 각자의 방에 있는 각자의 침대에서 잤고, 자신들의 관계가 그대로 완전히 끝날지 아니면 잠시 쉬어 가는 것뿐인지는, 둘 다 확신할 수 없었다. 그리고 이레째 되었던 4월 23일 아침, 각자의 침대에서 일어나 각자 아파트를 나섰던 그날, 혁명이 시작되었다.

1968년 봄(Ⅱ). 3월 14일, 퍼거슨과『스펙테이터』동료
들은 로버트 프리드먼을 새 편집장으로 뽑았고, 같은
3월 14일, 에이미와 SDS 동료들은 마크 러드를 새 의
장으로 뽑았는데, 그 순간부터 두 조직 모두 달라졌다.
교내 신문은 언제나처럼 새 소식을 전했지만 편집 방
침은 좀 더 강성이 되어 기탄없는 발언을 쏟아 냈고, 퍼
거슨은 베트남전이나 흑백 갈등, 그리고 전쟁을 연장
하는 데 있어 컬럼비아 대학의 역할을 공개적으로 논
의할 수 있게 되어 기뻤다. 정책이나 신념에 관한 문제
를 두고 꽤 호전적인 논쟁이 펼쳐졌다. SDS의 경우, 조
금 더 충격적인 전략적 변화가 일어났다. 전국 지도부
에서〈항의에서 저항으로〉의 변화를 주문했고, 컬럼비
아 대학에서는 소위〈실천 연합〉행동대가 그보다 호
전적인〈행동 분파〉로 대체되었다. 지난해에는 목표가
교육과 의식 고취,〈물어볼 게 있다〉며 해병대 모병관
을 찾아가는 미온적인 시늉이었다면, 이제 목적은 적
을 자극하고 혼란을 일으키는 것, 가능한 한 갈등을 유
발하는 것이었다.
　러드가 의장이 되고 일주일 후, 뉴욕 징집 사무소의
감독관 폴 B. 액스트 대령이 컬럼비아 대학을 방문해
얼 홀에서 최근 개정된 징집 관련 법안을 설명하기로
되어 있었다. 150명이 모였고, 액스트가 막 발언하려

는 순간(군복을 제대로 갖춰 입은 탄탄한 근육질의 남자였다) 강당 뒤쪽에서 소동이 벌어졌다. 군복 차림의 몇몇 학생들이 군악대풍으로 「양키 두들 댄디」를 부르고 옆에서 다른 학생들이 장난감 무기를 흔들었다. 거의 반사적으로 운동부원들이 시위대를 말리고, 진압하고, 쫓아내기 위해 달려들었고, 모두의 관심이 뒤쪽에서 벌어지는 다툼에 쏠린 사이 앞줄에 있던 누군가가 액스트 대령의 얼굴을 향해 레몬머랭파이를 던졌다. 잘 만든 코미디 영화에서처럼 파이는 명중했다. 청중이 다시 고개를 돌렸을 때, 마법처럼 옆문이 열리고 파이를 던졌던 학생과 공범은 빠져나갔다.

그날 밤, 에이미는 파이 기습 대원이 버클리에서 원정 온 SDS 회원이고 공범은 다름 아닌 마크 러드였다고 알려 줬다. 퍼거슨은 너무 재미있었다. 대령에게는 아주 안된 일이라고 생각했지만, 전쟁이 끼친 크나큰 피해에 비하면 그 정도는 피해도 아니었고 일단 대단히 영리하고 유쾌한 소동이었다. 〈실천 연합〉이라면 그런 돌발 행동은 꿈도 꾸지 못했을 테지만(너무 경솔하다고 여겼을 것이다), 〈행동 분파〉는 정치적 주장을 전하는 수단으로 그런 경쾌함을 활용하는 데 반대하지 않았다. 학교 당국은 당연히 격노했고, 만일 그런 소동을 벌인 인물이 컬럼비아 학생이 아니라면 〈엄벌에 처〉하고, 컬럼비아 학생이라면 정학에 처하겠다고 약속했다. 하지만 일주일 후 학교는 레몬머랭파이보다 훨씬 심각한 문제에 직면하게 되었고, 범인은 끝내 잡히지 않았다.

초반에 SDS는 두 가지 주요 현안에 집중했다. 국방연구원 IDA[42] 문제와 지난가을 그레이슨 커크 총장이 새로 시행한 학내 건물에서의 시위 및 피케팅 금지 학칙이었다. IDA는 대학 소속 과학자들이 정부를 위한 무기 연구를 하는 창구로 활용하고자 1956년에 국방부가 설립한 기관으로, 1967년에 두 명의 SDS 회원이 도서관의 서류 더미에서 컬럼비아 대학의 IDA 회원 지위와 관련한 문서를 발견하기 전까지 해당 기관과 컬럼비아 대학의 관계는 아무도 모르고 있었다. 회원 대학은 모두 열두 곳이었고, 프린스턴 대학과 시카고 대학의 교수 협의회에서 해당 프로그램을 종료하도록 학교에 권고한 상황에서, 컬럼비아 대학의 학생회와 교수진도 본인들 학교에 같은 행동을 하라고 요구하고 있었다. 지난 9년 동안 학교 이사회 구성원으로 활동한 커크 총장은, IDA의 활동이 에이전트 오렌지 같은 고엽제 개발로 이어져 베트남의 정글을 황무지로 만들어버리는 데 쓰이고, 〈융단 폭격〉 같은 피비린내 나는 전략 역시 IDA의 대(對)게릴라 기술 연구에 따른 결과물이라는 사실을 알고도 전혀 반감을 느끼지 않았단 말인가? 다른 말로 하자면 컬럼비아 대학은 전쟁에 참여해 손을 더럽힌(에이미가 종종 쓰는 표현이었다) 셈이

---

42 Institute for Defense Analyses. 이하 IDA.

었고, 그에 대한 이성적인 대응은 그런 짓을 그만두게 하는 것뿐이었다. 그런다고 전쟁이 멈추지는 않겠지만, 컬럼비아 대학을 설득해 그만두게 하는 일은 수많은 크고 작은 패배 끝에 맞이하는 하나의 작은 승리가 될 것이었다. 실내 시위 금지에 관해서는, 학생들은 수정 헌법 제1조, 즉 표현의 자유에 관한 조항을 위반하는 것이라고 주장했고, 그런 까닭에 커크 총장의 명령은 아무 효력이 없었다.

지난 몇 주 동안 SDS는 컬럼비아 대학의 IDA 탈퇴를 촉구하는 청원서를 학내에 돌렸고, 1천5백여 명의 교수와 학생 들이 서명을 마치자(그중에는 퍼거슨과 에이미도 있었다) 3월 27일, 일주일 전에 있었던 파이 투척 사건은 까맣게 잊힌 그 시점에, 두 가지 문제를 하나로 묶어 투쟁에 나서기로 했다. 1백여 명의 학생들이 로마 시대 판테온을 본떠 지은, 흰색 원형 지붕으로 덮인 로 도서관, 학교 본부가 자리한 그 건물에 들어갔고, 실내 피케팅과 시위를 금지한 학교의 명령을 무시한 채 IDA는 사라져야 한다라고 쓰인 현수막을 펼쳐 들었다. 에이미도 그 자리에 시위대와 함께 있었고 퍼거슨은 현장 기자 자격으로 갔는데, 학생들은 30분 정도 구호를 외치며(확성기로 누군가가 선창했다) 1층을 한 바퀴 돈 다음 2층으로 올라가 학교 고위 관계자에게 청원서를 전달했고, 그러자 그는 그 청원서를 커크 총장에게 반드시 넘겨주겠다고 장담했다. 학생들은 건물을 나왔고 이튿날 그중 여섯 명이 징계 처분 대상으로 지목되었다. 러드의 이름이 명단 제일 위에 있었고 SDS 운영 위원회 소속 학생 네 명도 포함되었다. 시위에 참가한 1백여 명 중 여섯 명만 명단에 오른 건, 신원 확인이 가능한 학생들이 그들뿐이었기 때문이라고 어느 학장이 설명했다. 이어진 2주 동안 IDA 시위 사건의 여섯 명은 표준적인 학내 징계 절차에 따른 학장과의 만남을 거부하고(그런 개인적 접촉 이후 대부분은 엉터리 위원회에서 적합한 징계 수위가 결정되었다), 공개 청문회를 통해 자신들의 사건을 다뤄 달라고 주장했다. 학장은 그들이 자신의 사무실에 나타나지 않으면 모두 정학당하게 될 거라고 답했다. 4월 22일, 그들은 결국 학장을 찾아갔지만, IDA 시위에 가담한 일에 관해서는 논의하지 않겠다고 했다. 학장 사무실을 나오자마자 학생들의 징계는 유예되었다.

그러던 중 마틴 루서 킹이 암살당했다. 할렘은 1년 전 뉴어크의 재판(再版)이 되었지만, 린지는 애도니지오가 아니었고 방위군이나 주 경찰이 출동해 시위대에게 총을 쏘는 일도 벌어지지 않았다. 컬럼비아 대학 아래쪽의 할렘이 불타는 동안, 이미 제정신이 아니던 모닝사이드하이츠의 광적인 분위기는 퍼거슨이 느끼기로 열병에 걸려 꿈이라도 꾸는 듯 절정에 달했다. 4월 9일, 대학은 킹을 추모하는 의미로 하루 휴교했다. 예정된 일정은 하나밖에 없었는데 ─ 캠퍼스 중앙에 있는 세인트폴 예배당에서 열린 추모 예배로, 1천1백여 명이 모였다 — 데이비드 트루먼 부총장이 학교 측을 대표해 추도사를 하려는 순간 재킷과 넥타이 차림의 학생 한 명이 앞줄에서 일어나 연단을 향해 나아갔다. 다시 마크 러드였다. 즉시 마이크가 꺼졌다.

원고도 확성기도 없이, 얼마나 많은 사람이 자신의 목소리를 들을 수 있을지도 모르는 상태에서 러드는 청중을 향해 잠긴 목소리로 말했다. 〈트루먼 박사와 커크 총장은 킹 목사에 대한 기억에 심각한 도덕적 도발을 감행하고 있습니다. 대학의 지도자라는 자들이, 지난 몇 년 동안 흑인 및 푸에르토리코 노동자들의 학내 노조 결성에 반대했던 그들이, 어떻게 청소 노동자 조합 결성을 위해 애쓰다 사망한 인물을 추도할 수 있단 말입니까? 할렘 사람들의 땅을 도둑질해 온 그들이 어떻게 인간의 존엄성을 위해 싸워 온 인물을 칭찬할 수 있단 말입니까? 평화로운 항의를 했다는 이유로 학생들에게 징계를 내린 학교 당국이 어떻게 시민의 비폭력 저항을 전파한 인물을 칭찬할 수 있단 말입니까?〉 그는 잠시 쉬었다가 다시 첫 문장을 말했다. 〈트루먼 박사와 커크 총장은 킹 목사에 대한 기억에 심각한 도덕적 도발을 감행하고 있습니다. 그러므로 우리는 이러한 저속한 행위에 항의하는 바입니다.〉 40~50명쯤 되는 동료 시위대와 함께(흑인과 백인, 학생과 일반인이 섞여 있었다) 러드는 예배당을 나갔다. 가운데 줄에 앉아 있던 퍼거슨은, 방금 일어난 일에 소리 없이 갈채를 보냈다. 잘했어, 마크. 속으로 말했다. 그렇게 당당하게 일어나 발언하는 배짱이 아주 멋있어.

마틴 루서 킹의 암살 전에는 하나의 단체(SDS)와 두 개의 현안(IDA와 학칙)이 학내 좌파 정치 활동을 이끌었다. 그러다 두 번째 단체(아프로아메리칸 학생회 SAS)[43]와 세 번째 현안(체육관)이 새로 등장했고, 킹의 추도식이 있고 2주 뒤 아무도 예상치 못했던 큰일이, 그런 일이 일어날 거라고 아무도 상상조차 할 수 없었던 큰일이, 그런 큰일들이 으레 그렇듯, 예상치 못했고 상상조차 할 수 없었던 방식으로 벌어졌다.

컬럼비아 대학 체육관, 〈짐 크로〉[44]라는 이름으로도 알려진 그 건물은 러드가 컬럼비아 대학이 훔쳤다고 주장한 할렘의 땅들 중 하나에 지어질 예정이었다. 이 경우에는 공유지였는데, 바로 위험하고 황폐하며 백인들은 전혀 발길을 들이지 않는 모닝사이드 파크로, 컬럼비아빌에서 시작해 할렘빌에서 끝나는, 자갈과 죽은 나무밖에 없는 가파른 경사지였다. 학교에 새 체육관이 필요하다는 데는 이견이 없었다. 컬럼비아 농구팀이 아이비리그 대회에서 막 우승한 상태였고 NCAA 토너먼트에서도 4위에 올랐지만, 지어진 지 60년도 넘

---

43 Students' Afro-American Society. 이하 SAS.

44 Gym Crow. 인종 차별법인 짐 크로 Jim Crow 법을 연상케 하는 말장난.

은 기존 체육관은 너무 작고 너무 낡아서 더 이상 사용할 수가 없었다. 그런데 학교 당국이 1950년대 후반과 1960년대 초에 뉴욕시와 체결한 계약은 전례가 없는 것이었다. 계약에 따르면 학교는 8천 제곱미터가 넘는 공원 부지를 연간 3천 달러라는 명목상의 비용만으로 빌릴 수 있었고, 컬럼비아 대학은 뉴욕 역사상 최초로 공유지에 사적 용도로 건물을 올리는 기관이 될 것이었다. 할렘 쪽 공원에는 지역 회원 전용 후문을 내서 체육관 내 별도의 체육관으로 이어지게 할 예정이었는데, 그 별도의 체육관은 전체 부지의 12.5퍼센트를 차지하게 될 것이었다. 지역 활동가의 압박이 이어지자 대학은 할렘 측 지분을 15퍼센트로 늘리기로 합의하고 수영장과 탈의실도 추가로 마련해 주기로 했다. 1967년 12월, 지역 내 협의를 위해 뉴욕을 찾은 SNCC의 H. 랩 브라운 의장은 이렇게 말했다. 〈그들이 1층 공사를 완료하면 날려 버리십시오. 밤에 몰래 들어와 3층까지 지으면 태워 버리십시오. 9층까지 짓는다면 그 건물은 여러분 것입니다. 건물을 차지하시고, 뭐 주말에는 그들도 받아 주시든지요.〉 1968년 2월 19일, 대학은 한발 앞서 착공에 들어갔다. 다음 날 스무 명의 시위대가 모닝사이드 파크에 몰려가 공사를 막기 위해 불도저와 덤프트럭을 막아섰다. 여섯 명의 컬럼비아 학생과 여섯 명의 주민이 체포되었고, 일주일 후 체육관 건설에 항의하는 150여 명의 시위대가 몰려들었으며, 열두 명의 컬럼비아 학생이 추가로 체포되었다. 그들 중 SDS 회원은 단 한 명도 없었다. 그때까지 체육관 문제는 SDS의 현안이 아니었지만, 학교 당국에서 건설 계획을 재검토하기를 거부하고 심지어 재검토를 고려하자는 논의 자체를 거부하는 상황에서, 그 문제는 SDS뿐 아니라 교내 흑인 학생들에게도 중요한 현안이 되었다.

SAS 회원은 1백여 명 남짓했는데, 그들은 킹이 암살되기 전까지는 어떤 정치적 활동에도 참여하지 않으면서 대학 내 흑인 학생 수를 늘리고 학장이나 학과장을 만나 흑인 역사와 문화를 다루는 과목을 학부 과정에 포함하도록 하는 일에 집중했다. 당시 다른 미국 내 상위권 대학들과 마찬가지로 컬럼비아에도 흑인 학생은 극소수였고, 퍼거슨의 학부 친구들 중 흑인은 두 명뿐이었고, 친한 친구들은 아니었고, 다른 백인 동료들도 마찬가지로 친하다고 할 흑인 친구가 없었다. 흑인 학생들은 숫자 자체가 적었는데, 그나마 자기들끼리 어울려 다녔기 때문에 이중으로 고립되었고, 소위 전통과 권력이 있는 백인들의 소굴에서 방황하며 불만에 차 있었고, 외부인 취급을 받았다. 심지어 학교의 흑인 경비원들도 흑인 학생들을 불러 세워 학생증을 확인하곤 했는데, 젊은 흑인 남자가 컬럼비아 대학생일 리 없다고, 따라서 학교에 볼일이 없을 거라고 짐작했기 때문이다. 킹의 사망 이후 SAS에서는 급진적인 새 지도

부가 선출되었고, 그중 몇몇은 총명했고, 몇몇은 화나 있었고, 몇몇은 총명하고 화나 있었으며, 모두 러드만큼 대담했는데, 그 말은 즉 다들 수천 명 앞에서도 당당히 일어나 마치 단 한 사람에게 말하듯 쉽게 의견을 펼칠 수 있을 만큼 자기 확신에 가득 차 있었다는 뜻이다. 그들에게 가장 중대한 현안은 컬럼비아 대학과 할렘의 관계였고, 그 말은 IDA나 학칙은 백인 학생들의 문제였던 반면 체육관 일은 그들 자신의 문제였다는 뜻이다.

킹의 영결식이 있고 이틀 후 그레이슨 커크는 버지니아 대학에서 열린 토머스 제퍼슨 탄생 225주년 기념식에서 축사를 했는데(바람 잘 날 없는 시절이었지만 그런 바보 같은 행사도 넘쳐 났다), 모빌 정유사, IBM, 콘 에디슨 같은 대기업 및 금융 기관 인사들과 나란히 앉은 전직 정치학자이자, 드와이트 D. 아이젠하워가 대통령이 되기 위해 대학을 떠난 후 자리를 이어받은 컬럼비아 대학 총장 그레이슨 커크는, 그날 처음으로 베트남 전쟁에 반대 의견을 표명했다. 본인 표현에 따르면 전쟁이 잘못되었거나 명예롭지 않아서가 아니라 그게 고국에 미치는 피해 때문이라고 했다. 이어진 발언은 이내 컬럼비아 대학 교정에까지 전해졌고, 이미 불타기 시작한 그곳에 기름을 들이부었다. 〈우리 젊은이들이, 혼란스러울 정도로 많은 젊은이들이, 그 어떤 이유에서든 모든 형태의 권위에 저항하고 있습니다.

그들은 소란스럽고 어설픈 허무주의에서 안식을 찾으며, 그 허무주의의 유일한 목표는 파괴입니다. 우리 역사상 세대 차이가 이만큼 커지고 또 잠재적으로 위험했던 시기를 저는 알 수 없습니다.〉

4월 22일, IDA 사건 관련 학생 여섯 명의 근신 처분이 결정되던 그날, SDS는 「벽에 맞서며!」라는 네 면짜리 단발성 소식지를 발간했다. 다음 날 정오에 행진이 예정되어 있었고, 그건 로 도서관에서 벌일 또 한 번의 실내 시위로 절정을 맞이하게 될 것이었는데, 열두 명, 스무 명, 혹은 1백 명의 학생이 모여 근신 처분을 받은 여섯 명과 똑같이 학칙을 위반함으로써 그들에게 지지를 표명할 계획이었다. 소식지에는 러드가 쓴 글도 실렸는데, 편지 형식으로 쓰인 850단어 분량의 그 글은 말하자면 그레이슨 커크가 버지니아 대학에서 했던 연설에 대한 답장이었고, 다음의 세 문단으로 끝을 맺었다.

그레이슨, 당신이 이 글을 조금이라도 이해할 수 있을지 의심스럽습니다. 스스로의 환상에 빠져 본인 머릿속의 세상만 보고 있으니까요. 트루먼 부총장은 사회가 기본적으로 건강하다고 했습니다. 당신은 베트남 전쟁이 좋은 의도로 시작된 사고라고 했습니다. 우리 젊은이들은, 당신이 두려워해 마땅한 우리는, 사회가 병들었고, 당신과 당신의 자본주의가 질병이라고 말하겠습니다.

당신은 질서와 권위에 대한 존중을 요청합니다. 우리는 정의와 자유를, 그리고 사회주의를 요청합니다.

이제 할 말은 하나밖에 남지 않았습니다. 당신에게는 허무주의처럼 들리겠지요, 해방 전쟁을 알리는 첫 번째 총탄이니까요. 리로이 존스의 말을 인용하겠습니다. 당신은 분명 대단히 싫어하겠지만요. 〈벽에 맞서, 이 씹새끼야, 들고일어나는 거야.〉

퍼거슨은 깜짝 놀랐다. 킹의 영결식에서 유창한 연설을 했던 러드가 그렇게 엉성한 전략을 구사했다는 게 말이 되지 않았다. 글의 내용에 장점이 없다는 뜻이 아니라 어조가 밉살스러웠고, 만약 SDS가 학생들 사이에서 더 많은 지지를 얻으려 애쓰는 중이라면 그런 식의 행동은 오히려 거부감만 일으킬 뿐이었다. 그 글은 SDS가 다른 이들에게 다가가지 않고 혼잣말하고 있음을 보여 주는 예였다. 퍼거슨은 SDS가 승리하기를 원했는데, 실현 가능한 일과 가능하지 않은 일을 구분하는 것과는 별도로, 대체로는 그 모임을 지지하고 명분을 믿었기 때문이다. 하지만 고귀한 명분을 내세우는 사람들이라면 행동도 고귀해야 했고, 흔해 빠진 모욕과 치기 어린 싸구려 공격보다는 세련되고 절제된 뭔가가 있어야 했다. 가장 애석한 점은 퍼거슨이 마크 러드를 좋아한다는 사실이었다. 둘은 1학년 때부터 친구였고(성장 환경이 거의 똑같은 뉴저지 출신이었다), 지금까지 의장으로서 마크가 보여 준 모습은 인상적이었다. 너무 인상적이었던 나머지 퍼거슨은 마크가 어떤 실수도 저지르지 않을 거라고 맹목적으로 믿었는데, 친애하는 그레이슨과 씹새끼 발언으로 그가 미끄러지는 모습을 보니 기운이 빠졌고, 저항하는 사람들의 반대편에서 길을 잃고 선 어색한 입장이 되어 버렸다. 그는 또한 찬성하는 사람들과도 반대편에 있었기 때문에 그건 참 외로운 자리였다.

놀랍게도 에이미는 그의 생각에 동의하지 않았다. 둘은 여전히 각방을 쓰는 냉각기 상태였고 지난 며칠은 자주 보지도 못했다. 하지만 22일 밤 에이미가 SDS 회의를 마치고 돌아왔을 때는 그녀 또한 기운이 빠져 있었는데, 그녀가 거칠고 유치하다고 인정한 러드의 글 때문이 아니라 페어웨더 홀에서 열린 학기 마지막 회의에 참석자가 50~60명밖에 되지 않았기 때문이었다. 지난 몇 달간 회의에는 2백 명 혹은 그보다 많은 학생이 참석했고, 그녀는 SDS가 기반을 잃고 있는 게 아닌지 두려워하면서 앞으로 재앙이 닥칠 거라고 했다. 연약한 마지막 끈이 끊어져 버렸고 컬럼비아 대학에서 SDS는 영원히 문을 닫게 될 거라고도 했다.

그녀가 틀렸다.

1968년 봄(Ⅲ). 과거 어떤 기록에도 없었다. 한 번도 그 정도까지 생각해 본 적은 없었다. 소용돌이는 점점 더 커졌고 모두 그 안으로 빨려 들었다. 가짜 어른[45]들은

45 Nobodaddy. 원래 〈신〉을 가리키던 고어였으나 윌리엄 블레이크가 그의 시 「To Nobodaddy」에서 〈nobody〉와 〈daddy〉를 합친 단어처럼 사

복통에 걸린 것처럼 웅크리고 있을 뿐이었다. 똥. 성미가 급해 날뛰어 대는 사람들, 사자 몸에 인간 머리를 한 무리. 어떻게 누군가가, 누군가 무엇을, 느닷없이 그에게 묻는다. 왜 당신들의 말과 법은 그렇게 깜깜하고 모호합니까? 중심이든, 만물이든, 어떤 무리든, 당시 저마다 했던 일 외에 다른 일은 할 수 없고, 없고, 없었지만, 어떻게 해도 혼란은 느슨해지지 않았고, 느슨해진 건, 적어도 당분간은 세상이었고, 그렇게 미국 역사상 가장 규모가 크고 가장 길게 이어진 학생 시위가 시작되었다.

　그날 아침에는 1천 명 정도였다. 그중 전쟁에 반대하는 무리였던 3분의 2는 교정 중심에 있는 해시계 주변에 모였다. 반전에 반대하는 3분의 1은 로 도서관 계단에 모였는데, 시위대의 공격으로부터 건물을 지키려는 것 같았지만 여차하면 다 깨부수고 박살 낼 태세였다. 그들은 이미 그렇게 경고했고, 난투극이 벌어질 걸 대비해 필요하다면 싸움을 말릴 젊은 교수들도 나와 있었다. 먼저 연설로 시작했고, 늘 하던 대로 한 명 한 명 차례대로 나섰다. SDS가 주류였지만 SAS도 함께했고, 그건 컬럼비아 최초의 연합 정치 시위였다. 새로 선출된 SAS 의장 시서로 윌슨이 해시계 위로 올라가 청중에게 연설하기 시작했는데, 처음에는 할렘과 체육관 이야기였지만 잠시 후 그는 백인 학생들을 추궁하고 용했다.

350

있었다(퍼거슨은 충격을 받았다). 「그들이 말하는 사람들이 누구인지 알고 싶다면,」 그는 인종 차별주의자들 이야기를 하면서 말했다. 「가서 거울을 보십시오. 당신들은 흑인들에 관해서는 아무것도 모르니까.」

앞줄에 서 있던 에이미가 끼어들어 소리쳤다. 「무슨 근거로 백인들은 당신 편이 아니라고 생각하는 겁니까? 무슨 근거로 이 운동에서 우리 모두 하나라고 생각하지 않는 겁니까? 우리도 당신의 형제자매입니다. 동지, 우리가 당신 옆에 서고, 당신이 우리 옆에 설 때 우리는 정말 훨씬 더 강해질 겁니다.」

좋지 않은 시작이었다. 용기 내 발언한 에이미는 존경할 만했지만, 불안한 출발이었고 혼란이 얼마간 지속되었다. 로 도서관 쪽은 난공불락이었다. 출입구는 전부 잠겼고, 문을 부수거나 경비원에게 싸움을 걸려는 학생은 아무도 없었다. 다시 해시계 쪽, 해시계에는 HORAM EXPECTA VENIET(때를 기다리라, 언젠가는 올 테니)라는 글씨가 화려하게 새겨져 있었다. 때가 온 것일까, 아니면 4월 23일은 또 한 번의 실패한 기회가 되고 말 것인가? 한 무리의 연설이 한 번 더 이어졌지만 모든 상황은 정체되었고 청중의 기세도 증발하고 없었다. 그렇게 집회가 실패로 돌아가는가 싶던 바로 그 순간, 누군가가 외쳤다. 체육관 부지로! 그 말은 마치 얼굴을 한 대 치듯 강력하게 다가왔고, 갑자기 3백 명의 학생이 모닝사이드 파크를 향해 동쪽으로 달렸다.

에이미는 불만이 지닌 파장과 SDS 회원이 아닌 대다수의 학생 사이에 전염병처럼 퍼져 나가던 불행의 분위기를 과소평가하고 있었다. 이길 수 없는 전쟁에서 요란한 소식들이 이어지고, 백악관과 로 도서관의 가짜 어른들은 계속 어두운 이야기를 해대며 애매한 규정만 발표하는 상황에서, 학생들은 신경 쇠약 직전까지 내몰려 갔다. 그리고 퍼거슨은, 공원으로 몰려가는 학생들과 함께 달리면서 그들이 뭔가에 씌었음을, 그들 역시 그가 지난여름 뉴어크 거리에서 목격한 분노와 즐거움이 뒤섞인 어떤 감정에 휩쓸려 정신을 놓아 버렸음을 알 수 있었다. 그리고 그런 군중은 총알이 아니면 통제할 수 없었다. 공원에는 경찰들이 있었지만, 공사 현장 주변에 둘러놓은 약 12미터 높이의 철망을 무너뜨리고 수적으로 불리한 경비원들과 드잡이하는 학생들을 막기에는 역부족했다. 퍼거슨은 그 학생들 틈에서 데이비드 지머와 지머의 친구 마코 포그를 알아봤다. 순한 지머와 더 순한 포그도 담장을 공격하는 학생들 무리에 섞여 있었다. 퍼거슨은 잠시 그들이 부러웠고 자신도 합류해서 함께 행동하고 싶었지만, 그런 감정은 이내 지나가고 그는 다시 현실로 돌아왔다.

거의 전투였지만 꼭 그렇다고도 할 수 없었다. 작은 충돌, 돌발적인 흥분 사태, 서로를 거칠게 밀어내는 상황이었다. 경찰이 학생을 밀어내고, 학생이 경찰을 밀어내고, 학생이 경찰 위로 뛰어오르고, 학생이 경찰을 차고 땅바닥에 밀치는 와중에 컬럼비아 학생 한 명이 (백인이고 SDS 회원이 아니었다) 뛰어나와 심각한 폭력을, 범죄 행위를 저질렀고, 체포에도 저항했다. 더 많은 경찰들이 곤봉을 꺼내 들고 공원 언덕을 내려오자 학생들은 현장을 떠나 다시 학교로 향했다. 그사이 이제 다른 한 무리의 학생들이 — 뒤처져 있던 무리 — 공원으로 향하고 있었다. 전진하는 무리와 물러가는 무리는 모닝사이드 드라이브 가운데서 마주쳤고, 물러가는 쪽에서 공원 일은 마무리되었다고 말하자 두 무리는 함께 학교로 되돌아가 해시계 주변에 다시 집결했다. 그 시점에 학생들의 수는 5백여 명이었는데, 그다음에 어떻게 하면 좋을지는 아무도 몰랐다. 한 시간 반 전에는 계획이 있었지만 그사이 벌어진 사태들이 계획을 압도해 버렸고, 그다음에 어떻게 할지는 즉흥적으로 정해야 했다. 퍼거슨이 보기에 분명한 사실은 하나뿐이었다. 학생들은 여전히 뭔가에 씌어 있었고, 무슨 일이든 할 수 있어 보였다.

몇 분 후, 학생들은 대부분 해밀턴 홀로 향했다. 수백 명이 1층 로비로 쏟아져 들어갔고, 운동부원들이 밀어대고 재수 없는 놈들이 다시 밀치면서 그 작은 공간에서 수많은 몸들이 서로 부딪쳤고, 그 상황에서 더 많은 몸들이 밀고 들어가자 다들 흥분한 상태로 혼란스러워했다. 너무 혼란스러웠던 나머지 학내 반란을 일으킨 학생들이 가장 먼저 한 행동은 엉뚱하고도 자멸적이게 도, 학부 학장을 사무실에 가둬 사실상 인질로 만들어 버린 것이었다(다음 날 헨리 콜먼 학장을 풀어 주면서 실수를 바로잡았다). 그럼에도 건물을 점거한 학생들은 SDS 회원 세 명, SAS 회원 세 명, 대학 시민권 위원회 소속 학생 두 명, 그리고 아무 조직에도 속하지 않은 동조자 한 명으로 임시 운영 위원회를 구성해 시위 목적을 밝히는 요구 사항을 작성할 만큼의 정신은 있었다.

1. 여섯 명의 학생에게 내릴 예정인 학사 조치 및 이미 내려진 근신 조치를 즉시 무효화하고, 본 시위에 참가한 학생들은 징계하지 않는다.

2. 대학 건물 내에서의 시위를 금지한 커크 총장의 조치를 즉시 철회한다.

3. 모닝사이드 파크에서 진행 중인 체육관 건설 공사를 즉각 중단한다.

4. 앞으로 학생들에게 취해질 학사 조치는 학생들과 교수진을 대상으로 한 청문회에서 결정하고, 해당 청문회는 적법한 절차를 거쳐 진행한다.

5. 컬럼비아 대학은 IDA에서 단순히 서류상으로뿐만 아니라 실질적으로 탈퇴한다. 커크 총장과 윌리엄 A. M. 버든 이사는 IDA 이사회와 집행부 내 직위에서 사임한다.

6. 컬럼비아 대학은 훌륭한 대학 사무국을 활용하여, 공원의 체육관 건설 현장에서 벌어진 시위에 참가한 학생들이 받을 혐의를 각하한다.

건물 출입구는 열려 있는 상태였다. 수업이 있는 평일의 이른 오후였고, 나중에 러드가 퍼거슨에게 말한 바에 따르면, SDS 대표단은 시위에 참가하지 않은 학생들이 2층에서 진행되는 강의에 출석하는 것까지 막을 수는 없었다. 대표단은 학생들을 설득해 같은 편으로 만들고 싶었기 때문에 대다수 학생들을 적으로 돌릴지도 모를 행동을 하는 건 말도 안 되었다. 그때까지도 건물이 〈점거된〉 상태는 아니었고, 안에서 연좌시위가 벌어지고 있었을 뿐이다. 그렇게 하루가 지나고 해밀턴 홀의 소식이 알려지자, 학교와 관련 없는 사람들이 수십 명 나타났다. 다른 대학의 SDS 회원, SNCC와 CORE 회원, 이런저런 〈지금 평화〉 조직의 대표자들이었고, 그런 사람들이 지원을 위해 도착하면서 음식이나 담요처럼 건물 안에서 밤샐 학생들이 사용할 생필품도 들어왔다. 지원단 중에는 에이미도 있었지만 퍼거슨은 메모를 하느라 바빠서 그녀와 대화할 시간이 없었다. 대신 손으로 키스를 날려 줬다. 그녀도 미소를 지으며 손을 흔들었다(지난 몇 주 동안 볼 수 없던 미소였다). 그다음 퍼거슨은 기사를 쓰기 위해 페리스 부스 홀의 『스펙테이터』 사무실로 달려갔다.

그날 밤, 짧은 시간 동안 연약하게나마 유지되었던

SDS와 SAS의 동맹이 깨졌다. 흑인 학생들은 여섯 개의 요구 사항이 수용될 때까지는 출입구를 막고 아무도 건물 밖으로 나갈 수 없게 해야 한다고 주장했다. 자신들은 저항할 준비가 되어 있다고, 그들은 말했다. 그리고 총기가 건물 안으로 유입되었다는 말이 돌고 있는데, 그 말은 곧 자신들이 말하는 저항이란 폭력적인 것이 될 수도 있다는 의미라고 덧붙였다. 그때가 새벽 5시였고, 몇 시간 동안 이어진 논의는 교착 상태에 빠졌다. 출입구 개방, 폐쇄와 관련한 논쟁은 해결되지 않았고, SAS는 SDS에게 건물에서 나가 달라고 정중하게 요청하며 자신들끼리 건물을 점거하겠다고 했다. 퍼거슨은 SAS의 입장을 이해했지만 동시에 그런 분열은 우울하고 기운 빠지는 일이기도 했다. 론다 윌리엄스가 했던 거절의 재판(再版)이었다. 뉴어크 사태 이후 자신의 아버지가 보여 준 역겨운 모습의 재판이었다. 그게 결국 세상이 다다른 현실이었다.

아이러니는, 그날 아침 SDS가 쫓겨나지 않았더라면 컬럼비아 대학의 폭동은 해밀턴 홀 바깥으로 퍼지지 않았을 테고, 다음 6주 동안 이어진 이야기는 아주 다른 이야기, 훨씬 작은 이야기가 되었을 테고, 결국 벌어지고 만 사건도 큰일로 인식되지 않았을 거라는 점이었다.

4월 24일 동이 트기 전, 시위장에서 물러난 SDS 회원들은 로 도서관으로 가서 바리케이드를 치고 커크 총장의 사무실을 점거했다. 열여섯 시간 후, 건축학부 학생 1백 명이 에이버리 홀을 장악했다. 그로부터 네 시간 후인 25일 새벽 2시, 2백 명의 대학원생이 페어웨더 홀을 점거했다. 26일 새벽 1시, 로 도서관에서 갈라져 나온 학생들이 수학관을 점령했고, 그로부터 몇 시간 후 학생들과 급진주의자 외부인들로 구성된 2백 명이 다섯 번째 건물을 장악했다. 그날 밤 컬럼비아 대학은 체육관 공사를 중단해 달라는 린지 시장의 요청을 받아들이기로 했다고 발표했다.

학교는 폐쇄되었고, 교내에서는 정치 활동을 제외하고는 어떤 활동도 이뤄지지 않았다. 로 도서관, 에이버리 홀, 페어웨더 홀, 수학관은 더 이상 도서관과 세 개의 강의동이 아니라 네 개의 코뮌이었다. 해밀턴 홀은 〈맬컴 엑스 대학〉이라는 새로운 이름을 얻었다.

가짜 어른들의 아이들은 〈아니다〉라고 말하고 있었고, 여전히 그 누구도 다음에 어떤 일이 이어질지 모르고 있었다.

퍼거슨은 바쁘게 움직였다. 주 5일만 다루던 신문이 주 7일을 다루게 되었고, 써야 할 기사, 가야 할 장소, 만나 봐야 할 사람, 참석해야 할 회의가 많았는데, 잠을 거의 못 자거나 조금만, 하루에 두세 시간만 자면서 전부 해내야 했고, 제대로 된 식사도 없이 롤빵과 살라미 샌드위치, 커피, 커피와 함께하는 담배 수천 대로 버텨야 했다. 하지만 그렇게 바쁜 게 자신에게는 좋은 거라고 그는 깨달았다. 바쁘고 지친 상태가 그를 깨어 있게 하고 동시에 멍하게 해줬는데, 주변에서 일어나는 일을 지켜보면서 신속하고 정확하게 기사를 쓰려면 깨어 있어야 했고, 에이미 생각을 하지 않으려면 멍하게 지내야 했다. 이제 그녀는 그에게는 거의 잃어버린 사람, 가버린 사람이나 다름없었고, 그는 그녀를 되찾기 위해 싸우겠다고, 생각할 수도 없는 일이 일어나지 않도록 뭐든 하겠다고 끊임없이 스스로에게 말했지만, 자신들이 과거에 서로에게 어떤 존재였든 상관없이 이제는 서로에게 그런 존재가 아님을 알고 있었다.

그녀는 로 도서관 무리와 함께 있었는데, 그들은 강경파 중 하나였다. 26일 오후, 수학관으로 달려가던 퍼거슨은 로 도서관 2층 커크 총장 사무실의 창턱에 서 있는 그녀를 발견했다. 오른쪽에는 레스 고츠먼, 더 이상 학부생이 아니라 영문학과 대학원생이 된 그가 서 있었고, 왼쪽에는 힐턴 오벤징어가 서 있었다. 힐턴은 레스의 절친이었고, 퍼거슨의 친구이기도 했으며, 『컬럼비아 리뷰』의 핵심 필진 중 한 명이었다. 거기 레스와 힐턴 사이에 선 에이미는 온몸으로 햇살을 받고 있었고, 햇살이 너무 강해서, 어떻게 해볼 수 없는 그녀의 머리칼이 오후의 햇빛으로 불타오르는 것 같았고, 그런 그녀가 행복해 보인다고, 퍼거슨은 생각했다. 너무 행복해 보여서 울고 싶을 정도였다.

1968년 봄(IV). 그가 지켜본 광경은 혁명의 축소판이라고, 퍼거슨은 판단했다, 인형의 집에서 벌어지는 혁명이라고. SDS의 목표는 컬럼비아 대학에서 결판을 내서 자신들이 주장하는 대학 당국의 본모습(완고하고, 현실과 동떨어졌으며, 인종 차별과 제국주의에 물든 미국이라는 큰 그림의 한 조각이었다)을 정확히 드러내고, 그렇게 학교의 실체를 교내 다른 학생들에게 증명해 보이고, 결국 중간층이 SDS 쪽으로 기울게 하는 것이었다. 그 점이 핵심이었다. 중간층을 없애는 것, 모든 사람을 같은 편이나 다른 편으로, 찬성파나 반대파로 만들고, 그 사이에 애매한 중도파가 끼어들 여지를 없애는 것 말이다. SDS는 그 전략을 급진화라고 했고, 목표를 이루기 위해 학교 측과 똑같이 고집 센 태도로 한 치도 물러서지 않았다. 완고하기는 양쪽 모두 마찬가지였지만, 컬럼비아 학생들은 별다른 힘이 없었기 때문에 SDS의 완고함은 강렬함으로 비쳤던 반면, 학교 당국의 완고함은 그들이 모든 권력을 지녔기 때문에 약점이 되었다. SDS는 커크 총장을 자극해 무력으로 건물을 되찾게 하고 싶었는데, 그건 다른 모든 이들이 피하고 싶은 상황이었지만, 수백 명의 경찰 병력이 교내를 습격하는 장면은 아직도 중간층에 속한 학생들에게 두려움과 역겨움을 불러일으키고, 그 결과 그들이 학생 측 명분으로 기울게 할 것이었다. 멍청한 학교 당국은(그들은 퍼거슨이 짐작한 것보다 훨씬 멍청했는데, 러시아 차르나 프랑스 왕만큼이나 멍청했다) 그렇게 곧장 함정에 빠질 것이었다.

학교 당국은 강경한 태도를 고수했는데, 커크 총장이 컬럼비아를 미국 내 다른 모든 대학의 본보기로 여기고 있었고, 만약 자신이 학생들의 터무니없는 요구에 굴복하면 다른 학교들에서 어떤 일이 벌어질지 알 수 없다고 생각했기 때문이다. 도미노 이론의 축소판, 미국 군인 50만 명을 베트남에 파병한 것과 같은 이론이었다. 하지만 퍼거슨이 뉴욕에 살기 시작한 첫날부터 알게 되었듯이, 도미노란 스패니시할렘 구역의 푸에르토리코인들이 우유 상자나 접이식 탁자에서 하는 놀이일 뿐, 정치나 대학 운영과는 아무 관련이 없는 것이었다.

한편 SDS는 계속 대응책을 마련해 나갔다. 매일 예상치 못한 상황이 벌어졌고, 한 시간 한 시간이 하루처럼 길게 느껴졌고, 해야 할 일을 해나가려면 재즈 연주자에게서나 볼 수 있는 절대적인 집중력과 유연한 정신이 동시에 필요했다. SDS의 의장 마크 러드는 재즈 연주자가 되었고, 건물 점거 기간이 늘어날수록 퍼거슨은 새로운 상황에 대응하는 러드의 솜씨에, 늘 신속하게 움직이면서 생각하고, 새로운 위기 하나하나에 유연하게 대응하기 위해 기꺼이 대화를 나누려는 모습에 깊은 인상을 받았다. 커크 총장은 경직되어 있었지만 러드는 느슨하고 종종 장난스럽기도 했다. 커크가 존 필립 수자[46]의 곡을 연주하는 군악대 지휘관이었다면, 러드는 무대 위에서 찰리 파커와 비밥을 연주하는 듯했고, 퍼거슨은 SDS의 다른 누구도 대변인 역할을 그렇게 잘해 낼 수는 없을 거라고 생각했다. 4월 23일 밤, 퍼거슨은 이미 친애하는 그레이슨과 씹새끼 발언에 대해 마크를 용서하고 있었다. 어쨌거나 그 발언은 짐작했던 것만큼 사람들에게 — 학생들, 그러니까 SDS에 우호적이고 학교 당국에 반대하는 학생들에게 — 상처를 주지도 않았는데, 그러자 퍼거슨은 자신이 그런 일들에 관해서 아는 게 뭔지 의심이 들기도 했다. 러드의 발언은 사람들에게 상처를 주기는커녕 오히려 시위대 구호 중 하나가 되었다. 퍼거슨은 학생 시위대가 벽에 맞서, 씹새끼야! 하고 외치며 행진하는 광경을 보기가 불편했지만, 러드가 자신보다 훨씬 상황 판단을 잘한다는 사실은 분명했고, 그건 러드가 혁명을 이끄는 반면 퍼거슨은 지켜보기만 하며 거기에 관해 글을 쓰는 이유이기도 했다.

학교에는 늘 사람들이 몰려들었고 심지어 한밤중에도 마찬가지였다. 일주일 동안은 스물네 시간 내내 사람들이 모여 있었고, 그다음 달에도 틈틈이 모였다. 퍼거슨이 훗날 그때를, 4월 23일에 시작해 6월 4일 졸업식까지 이어진 그 혼란기를 떠올릴 때마다 가장 먼저 생각나는 건 군중이었다. 학생과 교수 들은 서로 다른

46 미군 행진곡으로 유명한 미국의 작곡가.

완장을 두르고 모였다. 교수들은 흰색(평화를 지키려 애썼다), 급진파는 빨간색, 급진파와 여섯 개의 요구 사항을 지지하는 학생들은 녹색이었다. 운동부원과 우파는 파란색 완장을 둘렀는데, 그들은 스스로를 〈다수 연합〉으로 부르며 반대쪽 시위를 막기 위해 공격적이고 요란한 시위를 벌였다. 어느 날 밤에는 점거자들을 해산시키기 위해 페어웨더 홀을 습격하기도 했고(밀고 당기는 몸싸움이 한바탕 벌어진 후 쫓겨났지만), 로 도 서관 점거 마지막 날에는 건물 안으로의 음식물 반입을 막으려고 인간 장벽을 만들어 버렸는데, 그 바람에 몸싸움이 거칠어지고 주먹다짐까지 벌어져 머리가 깨지는 학생들도 나왔다. 컬럼비아 대학의 규모를 볼 때 (대학원과 학부를 합하면 학생 수만 1만 7천5백 명이었다), 당연히 교수들도, 전적으로 학교 당국을 지지하는 입장에서부터 전적으로 학생들을 지지하는 입장까지 여러 진영으로 갈라졌다. 이런저런 조언이 쏟아지고, 이런저런 위원회가 구성되고, 징계 절차에 대한 새로운 접근이 시도되기도 했는데, 예를 들어 학교 당국과 교수진, 그리고 학생 조직에서 동수로 참여해 종합적인 판결을 내리는 3자 협의체를 만들자는 이야기도 있었고, 학교 당국은 배제하고 교수와 학생만 참여하는 양자 협의체를 만들자는 이야기도 있었다. 그중 가장 열심히 활동한 위원회는 자칭 〈당면 문제 해결을 위한 교수 모임〉으로, 대부분 젊은 교수들로 구성되었고,

며칠 동안 길고 열정적인 회의를 열어 학생들이 원하는 바를 대부분 얻게 하고 경찰을 부르는 일 없이 건물에서 나오게 할 평화로운 해결책을 모색했다. 그 모든 노력들이 실패했다. 위원회에서 좋은 아이디어를 내놓지 못해서가 아니라 학교 당국이 그런 아이디어를 죄다 거부했기 때문인데, 그들은 타협을 거부하고 학칙과 관련한 그 어떤 요구 사항에 대해서도 물러서지 않았던 것이다. 그 결과 교수들은 자신들 역시 학생들만큼이나 무력하다는 것, 컬럼비아 대학은 독재 기관이라는 것, 지금까지 대체로 우호적이었던 학교가 이제 절대 왕정을 닮아 가고, 민주주의와 조금이라도 비슷한 방향으로 개혁하는 데는 전혀 관심이 없다는 것을 알게 되었다. 결국 학생들은 들어왔다 나가는 존재였고 교수들도 들어왔다 나가는 존재였지만, 학교 당국과 운영 위원회 이사들은 영원히 머무는 존재였다.

컬럼비아 대학은 백인 학생들의 경우 필요하다면 주저하지 않고 경찰을 불러 끌어낼 참이었지만, 해밀턴 홀의 흑인 학생들과 관련한 문제는 더 미묘하고, 잠재적으로 더 위험했다. 만일 경찰이 그들을 공격하거나 체포 과정에서 거칠게 다루기라도 하면, 백인이 흑인을 야만적으로 대하는 광경이 할렘의 흑인들을 자극해 그들이 반격을 위해 교내에 몰려들 수도 있었다. 그러면 컬럼비아 대학은 복수심에 불타는 흑인 군중, 대학을 박살 내고 로 도서관을 불태워 버릴 목적으로 달려

드는 그들을 상대로 전쟁을 벌이게 될 것이었다. 마틴 루서 킹 사망 이후 할렘에 퍼져 있던 적대감을 고려하면 그 정도 규모의 폭력과 파괴 행위는 그저 비이성적인 두려움의 대상이 아니라 구체적인 가능성이었다. 다섯 개 건물을 점거하고 있는 학생들을 몰아낸다는 경찰 작전이 25일에서 26일로 넘어가는 밤에 예정되어 있었지만(수학관 점거가 시작된 바로 그 밤이었다), 잠입한 사복 경관들이, 건물 내부의 시위대를 보호하기 위해 흰색 완장을 찬 채 도서관 앞에 모여 있던 교수들의 머리를 야경봉으로 때리는 걸 본 대학 측은, 한발 물러나 작전을 취소했다. 백인을 상대로 그런 행동을 할 수 있는 〈전략적 경비대〉라면, 흑인을 상대로는 무슨 짓이든 할 수 있을 것 같았다. 대학 당국은 해밀턴 홀에 있는 SAS 지도부와 협상을 벌이고, 교수진이 별도의 평화적 해결책을 만들어 내도록 하기 위해, 그렇게 할렘 주민들의 공격으로부터 학교를 지키기 위해 시간이 필요했다.

백인 학생들에 관해서라면, 『스펙테이터』 사무실에서는 시위를 시작할 때 내건 가장 중요한 현안 두 가지에 대해서는 SDS가 거의 승리한 셈이라는 분위기가 지배적이었다. 대학 측에서 거의 확실하게 국방 연구소를 탈퇴할 것 같았고, 체육관이 지어질 일도 절대 없을 것이었다. 건물을 점거한 학생들은 그 시점에 승리를 선포하고 다치지 않은 채 걸어 나올 수도 있었지만,

나머지 네 가지 요구 사항은 여전히 협상 중이었고, SDS는 모든 조건이 충족되지 않으면 움직이지 않겠다고 했다. 가장 논란이 심한 요구 사항은 징계에 관한 것이었는데(본 시위에 참가한 학생들은 징계하지 않는다) 그건 학내 모든 당사자들에게 어려운 문제였고, 심지어 거의 만장일치로 건물을 점거한 학생들 편인『스펙테이터』편집부에게도 예외가 아니었다. SDS의 주장처럼, 불법 행위를 저지른 대학 당국이 IDA 사건 시위자들을 처벌할 권리가 없는 거라면, 바로 그 불법적 기관에 건물 점거 농성에 대해 면책을 요구하는 게 적절한 일일까? 어느 날 오후 멀하우스가 카우보이 같은 말투로 농담하듯 말했다. 이건 정말 지긋지긋한 골칫거리 아니야, 아치? 퍼거슨은 맞장구라도 치듯이 머리를 긁적이며 미소를 지어 보였다. 네 말이 맞아, 그렇지. 그리고 내가 잘못 안 게 아니라면, 바로 그게 저 친구들이 원하는 바야. 그 논리는 말이 안 되지만, 어쨌거나 자신들이 이길 수 없다는 걸 알면서도 주장을 고수하고 결국 학교 당국이 행동에 나서게 하려는 거야.

무슨 행동? 멀하우스가 물었다.

경찰을 부르는 거.

좀 진지해져 봐. 너무 냉소적이잖아.

냉소적인 게 아니라, 그레그, 그게 전략이야.

퍼거슨이 옳았든 아니든 점거 7일째가 끝나 갈 무렵 결국 경찰이 동원되었고, 4월 30일 새벽 2시 30분 —

누군가가 지적했듯이 할렘이 잠든 시각에 ── 습격이 시작되었다. 뉴욕시 전경대 소속의 경찰 병력 1천 명이 헬멧을 쓴 채 교정 곳곳에서 몰려들었고, 으스스한 칠흑의 어둠 속에서 1천 명의 구경꾼들이 그 광경을 지켜봤다. 또 다른 무리의 사람들이 몰려들어 함성을 지르며 경찰을 향해 폭력 반대!라고 외쳤다. 파란색 완장을 찬 무리는 경찰을 응원했고, 흰색과 녹색 완장을 찬 무리는 경찰 특공대가 건물에 들어오지 못하게 막아섰다. 가장 먼저 퍼거슨의 눈에 띈 건 학생들과 경찰들 사이의 적대감, 상대를 향한 양쪽 모두의 분노였는데, 그건 모두가 두려워하던 흑백 갈등과는 아무 관련이 없는 백인과 백인 사이의 계급 갈등, 특권층 학생들과 사다리 마지막 단에 속한 경관들 사이의 반목이었다. 경관들은 컬럼비아 대학 학생들이 부자이고, 버릇없고, 반미국적인 히피 새끼들이라고 생각했고, 그들을 지지하는 교수들도 나을 게 없어서, 가식적인 반전 지식인 급진주의자들, 빨갱이들, 젊은이들의 정신에 독을 퍼뜨리는 불쾌한 존재들이라고 봤다. 경찰은 먼저 해밀턴 홀부터 진압하고 흑인 학생들을 최대한 매끄럽게 이끌어 내려 했는데, 자존심 강하고 조직력이 탄탄했던 맬컴 엑스 대학 학생들은 이미 투표를 통해 저항 없이 조용하게 나오기로 결정했었기 때문에, 그저 경찰이 이끄는 대로 건물들 사이를 지나 바깥에 세워져 있던 호송차에 올랐다. 그들에게는 주먹질하는 일도, 야경봉으로 머리를 때리는 일도 없었기 때문에 컬럼비아 대학은 아무 노력도 하지 않고 할렘의 분노를 피할 수 있었다. 그때쯤 다른 건물들은 단수되었고, 경찰 특공대와 사복 경관들은 에이버리, 로, 페어웨더, 수학관을 차례차례 습격했다. 건물을 점거하고 있던 학생들은 출입구 뒤에 세워 둔 바리케이드를 급히 보강했고, 그와 별개로 각 건물 앞에서 흰색, 녹색 완장을 두른 교수와 학생 들이 자체적으로 방어선을 이루고 있었는데, 가장 심하게 공격당한 건 바로 그들이었다. 곤봉을 휘두르고 주먹질과 발길질을 하며 그들을 헤치고 들어온 경찰은, 자물쇠를 쇠지레로 부수고 바리케이드를 무너뜨린 후 안에 있던 학생들을 체포했다. 아니야, 이건 뉴어크와 달라. 경찰의 진압 작전을 지켜보던 퍼거슨은 계속 스스로에게 말했다. 총탄은 발사되지 않았고, 따라서 사망하는 사람도 없었지만, 뉴어크만큼 상황이 나쁘지 않다고 해서 그 광경이 기괴하지 않다는 뜻은 아니었다. 부학장 알렉산더 플랫이 경찰의 주먹에 가슴팍을 맞았고, 철학 교수 시드니 모건베서, 늘 흰색 운동화와 올이 풀린 스웨터 차림으로 신랄한 존재론적 경구를 읊고 다니던 그는 페어웨더 홀 후문을 지키다 경찰의 야경봉에 머리를 맞았다. 『뉴욕 타임스』의 젊은 기자 로버트 McG. 토머스 주니어는 기자증을 내보이며 에이버리 홀의 계단에 올라섰다가 당장 건물에서 나가라는 말을 들었고, 동시에 주먹에 수갑을 둘러 너

클로 쓴 경관에게 머리를 강타당한 뒤 그대로 계단에서 굴러떨어지고도 곤봉으로 열 대 이상 맞았다. 『라이프』지의 사진 기자 스티브 셔피로는 경관 하나에게 눈을 맞았고 다른 경관은 그의 카메라를 부숴 버렸다. 응급 팀에서 자원봉사를 하던 의사 한 명은 흰색 가운을 입은 채로 바닥에 쓰러져 발길질당한 뒤 호송차로 끌려갔다. 수십 명의 학생들이 덤불에 매복 중이던 사복 경관의 습격을 받아 몽둥이와 각목, 권총 손잡이 등으로 얼굴과 머리를 마구 구타당했고, 머리와 이마, 눈두덩에 피를 흘리며 쓰러질 듯 휘청댔다. 건물 안의 시위대를 모두 끌어내 호송차에 실은 경찰 특공대는, 사우스필드를 오가며 그곳에 남아 있던 수백 명의 학생들을 몰아내기 시작했다. 무방비 상태에서 공격받은 학생들은 그대로 바닥에 쓰러졌고, 경찰은 무사히 빠져나간 학생들을 쫓아 전속력으로 브로드웨이까지 뛰쳐나갔다. 소박한 학교 신문 기자로서 자신의 일을 하고 있던 퍼거슨은, 마치 학생처럼 입은 사복 경관이 휘두른 곤봉에 뒤통수를 맞았다. 4년 반 전 열한 바늘을 꿰맨 그 머리였고, 충격으로 바닥에 쓰러진 그의 왼손을 다른 누군가가 전투화 혹은 구두 뒤꿈치로 밟았다. 이미 엄지 전체와 검지 두 마디가 없는 그 손이었고, 발에 짓밟혔을 때 퍼거슨은 손이 부러진 듯한 느낌이 들었다. 비록 부러지지는 않은 것으로 나중에 밝혀졌지만, 당시에는 너무 아프고, 너무 빨리 부어올랐고, 그 순간부터 그는 경찰을 혐오하게 되었다.

720명이 체포되었다. 거의 150여 명의 부상자가 보고되었고 보고되지 않은 부상도 많았는데, 퍼거슨이 머리와 손에 입은 부상도 그중 하나였다.

그날 『스펙테이터』의 사설란에는 단 한 자도 적히지 않았다. 그저 〈발행인란〉이라는 표시 아래 검은색 테두리를 두른 두 개의 빈 사각형뿐이었다.

1968년 봄(V). 5월 4일, 토요일, 퍼거슨과 에이미는 마침내 자리를 잡고 앉아 대화했다. 퍼거슨이 요청한 자리였고, 그는 자신이 다친 일이나 에이미가 로 도서관에 있던 동료들과 함께 체포되었던 일에 관한 이야기는 아님을 분명히 밝혔다. 그렇다고 4월 30일 밤에 붉은 완장과 녹색 완장, 그리고 중간층 학생들(SDS의 전략이 먹혔다)이 연합해서 선포한, 대학 당국에 맞선 총파업을 놓고 토론하자는 것도 아니었고, 두 사람이 아껴 마지않으며 뜨겁게 기억하고 있는 파리 여행 기간에 시작된 커다란 정치적 사건들에 관한 이야기도 전혀 꺼내지 않을 거라고 했다. 아니야, 하룻밤만이라도 정치는 잊고 우리 이야기를 해보자, 하고 그는 말했고, 에이미는 마지못해 받아들였다. 그녀는 지금 하고 있는 운동 외에 다른 생각은 거의 할 수 없었고, 본인 표현에 따르면 로 도서관에서 겪은 6일간의 공동 생활 이후 그녀를 변화시킨 건, 투쟁의 도취감과 전율 어린 자각이었다.

아파트에서 서로 소리를 지르는 상황을 피하기 위해
퍼거슨은 중립 지대, 주변에 낯선 사람들이 있어 자신
들이 자제력을 잃지 않을 수 있는 공공장소로 가자고
제안했다. 지난 두 달 동안 그린 트리에 간 적이 없던
그들은 그 〈맛집〉을 다시 찾기로 했고, 퍼거슨은 그게
둘이 함께 하는 마지막 식사가 될 거라고 짐작했다. 몰
나르 부부는 자신들이 좋아하는 젊은 연인이 식당에
들어서는 걸 보고 너무 행복해했고, 퍼거슨이 뒤쪽 방,
식당의 다른 공간보다 좁고 바닥이 조금 높으며 테이
블이 몇 개 없는 그 방의 모퉁이 자리를 달라고 했을 때
도 너무나 친절했고, 저녁 식사에 곁들일 보르도 와인
을 무료로 내주기까지 했다. 자신들의 마지막 만찬 자
리에 앉은 퍼거슨은 비참한 기분이 들었다. 에이미는
본능적으로 등을 벽 쪽으로 두고, 그러니까 식당의 다
른 사람들을 볼 수 있는 자리에 앉고, 퍼거슨 역시 본능
적으로, 그 사람들로부터 등을 돌린 채 오직 에이미만,
에이미와 벽만 보이는 자리에 앉았다는 사실이 그는
신경 쓰였다. 그게 바로 자신들의 모습이라고, 그는 생
각했다. 지난 4년 8개월 동안 늘 그런 모습이었다고, 에
이미는 늘 다른 사람들을 바라봤고, 자신은 오직 에이
미만 바라봤다고.

둘은 한 시간 반 정도 앉아 있었다. 어쩌면 한 시간
45분이었을지도 모르지만 정확한 시간은 알 수 없었

다. 평소에는 식욕이 좋던 에이미도 그날은 음식을 가렸고, 퍼거슨은 레드와인 잔만 연거푸 비우며 한 병을 거의 다 혼자 마신 후에 한 병을 더 시켰다. 둘은 이야기하다 침묵에 빠지고, 이야기하다 다시 침묵에 빠지고, 다시 이야기하고, 이야기하고, 이야기하던 중에, 어느새 퍼거슨은 둘의 사이가 끝났다는 이야기를 듣고 있었다. 둘은 많이 자랐고, 이제 각자 다른 방향으로 가고 있고, 그러니 함께 사는 건 그만둬야 한다는 말을 듣고 있었다. 에이미는 누구의 잘못도 아니며 특히 퍼거슨이 잘못한 건 없다고 했다. 몬트클레어의 작은 공원에 놓인 벤치에서 첫 키스를 한 이후로 그는 줄곧 그녀를 아주 많이, 그리고 아주 잘 사랑해 줬다. 하지만 이제 그녀는 연인 관계라는 숨 막히는 제약에서 벗어나고 싶고, 계속 앞으로 나아가기 위해서는 자유로워질 필요가 있고, 딸린 사람이나 그 어떤 속박도 없이 캘리포니아로 가서 계속 운동을 할 거라고 했다. 그게 자신의 인생이었고 거기에 퍼거슨의 자리는 더 이상 없다고, 원대한 영혼과 다정한 마음을 지닌 훌륭한 아치는 이제 자신 없이 살아가야 한다고 그녀는 말했다. 미안하다고, 아주 미안하다고, 미안한 마음을 다 헤아릴 수가 없지만, 이제 그게 현실이고, 그 무엇도, 전 세계의 그 무엇도 상황을 바꿀 순 없다고 했다.

그때쯤 에이미는 울고 있었다. 부드러운 말로 로즈와 스탠리 퍼거슨의 아들을 처형하는 동안 그녀의 볼에는 두 줄기 눈물이 흘러내렸고, 정작 퍼거슨 본인은, 정작 그녀보다 울 이유가 훨씬 많았던 그는 너무 취해서 울 수가 없었다. 과하게 취하지는 않았지만 눈물샘을 건드릴 만한 자극을 전혀 느끼지 못하기에 충분할 만큼은 취했다. 다행이라고, 그는 생각했다. 그녀가 기억할 그의 마지막 모습이, 그녀 앞에서 엉엉 우는 망가진 남자의 모습이 되는 건 원하지 않았고, 그랬기 때문에 마지막 남은 힘을 끌어모아 말했다.

아, 내가 가장 사랑하는 에이미, 거친 머리칼과 반짝이는 눈의 특별한 에이미, 발가벗은 채 1천 번의 눈부신 밤을 함께한 나의 사랑하는 연인, 지난 시간 그 입과 몸으로 나의 입과 몸에 그토록 놀라운 기쁨을 선사해준 빛나는 여자애, 내가 잠자리를 가져 본 유일한 여자애, 함께 잠자리를 갖고 싶었던 유일한 여자애여, 남은 인생 매일 밤 너의 몸을 그리워하겠지. 그뿐 아니라 오직 나만이 알고 있는 너의 몸, 너는 알 수 없고 본 적도 없는, 오직 나의 눈과 손만 알고 있는 그 부분들을 특히나 그리워하겠지. 내가 나의 뒷모습을 볼 수 없듯, 몸을 가진 존재라면 누구나 그렇듯, 너 역시 본 적 없는 너의 뒷모습, 당연히 엉덩이에서 시작하는 그 모습, 탐스럽게 동그랗고 예쁜 엉덩이와, 내가 오랫동안 아껴 온 작은 갈색 점들이 흩어져 있는 다리 뒤쪽과, 무릎 뒤쪽, 다리가 접히는 부분에 새겨진 주름들, 감탄을 금할 수 없던 그 두 개의 주름과, 숨어 있다가 네가 몸을 숙일 때만 드러나던 목덜미의 절반과 등뼈, 그리고 잘록한 허리의 사랑스러운 곡선, 내게 속했던, 오랫동안 내게만 속했던 그 곡선, 그리고 너의 어깨뼈, 사랑하는 에이미, 툭 튀어나온 너의 어깨뼈, 늘 백조의 날개나, 나의 첫사랑이었던 화이트 록 탄산수병의 소녀를 떠올리게 한 그 어깨뼈와…….

제발, 아치, 제발 그만해. 에이미가 말했다.

아직 안 끝났는데.

제발 좀, 아치, 제발 부탁이야. 못 견디겠어.

퍼거슨은 다시 말하려 했지만, 입을 열기도 전에 에이미는 자리에서 일어나 냅킨으로 눈물을 닦은 뒤 식당을 나가 버렸다.

1968년 5월~6월. 다음 날 아침 에이미는 짐을 싸서 웨스트 75번가의 부모님 댁에 맡겼고, 마지막 한 달은 바너드 재학생 자격으로 클레어몬트 애비뉴에 있는 패치 두건의 아파트 거실 소파에서 지냈다.

퍼거슨은 단순히 지친 것 이상이었고, 넋이 나간 것 이상이었다. 그는 다시 1965년 정전 당시의 기숙사 엘리베이터에 갇혔고, 그건 1946년에서 1947년 사이, 아직 어머니 배 속에 있을 때의 어둠과 다르지 않았다. 이제 그는 스물한 살이었지만, 앞으로 어떻게든 살아가려면 완전히 다시 태어나야 했다. 그는 눈부시게 흔들리는 세상의 빛 속에서 또 한 번 길을 찾을 기회를 얻기 위해 어둠에서 끌려 나와 울부짖는 신생아였다.

5월 13일, 1백만 명의 인파가 파리에서 시위를 벌였다. 프랑스 전국에서 폭동이 일어났는데 드골은 도대체 어디에 있는지도 알 수 없었다. 거리를 메운 현수막 중 하나에는 컬럼비아-파리라고 적혀 있었다.

21일, 해밀턴 홀이 두 번째로 점거되었고 138명이 체포되었다. 그날 밤 컬럼비아 대학에서 벌어진 경찰과 학생의 충돌은 규모가 더 컸고, 피가 더 많이 흘렀고, 심지어 7백여 명이 체포되던 밤보다 더 야만적이었다.

5월 22일 자 호를 낸 이후 『스펙테이터』는 휴간했다가 6월 3일에 그 학기의 마지막 호를 냈다. 같은 날, 퍼거슨은 뉴욕을 떠났고 부모님이 있는 플로리다에서 한 달을 지냈다.

그가 남쪽으로 가는 비행기 안에 있는 동안 앤디 워홀이 밸러리 솔라나스라는 사람의 총에 맞아 거의 죽을 뻔한 사건이 벌어졌다. 솔라나스는 『SCUM[47] 선언서』와 「엿 먹어라」라는 희곡을 쓴 적이 있는 인물이었다.

그로부터 이틀 후, 로버트 케네디가 로스앤젤레스에서 시르한 시르한이라는 남자에게 총을 맞고 42세를 일기로 사망했다.

퍼거슨은 매일 해 질 녘에 해변을 걸었고, 대부분의

47 Society for Cutting Up Men(남성 처단 조직).

아침에 아버지와 테니스를 쳤고, 할머니를 기억하며 울피 식당에서 훈제연어와 양파를 곁들인 스크램블드 에그를 먹었고, 에어컨이 나오는 아파트에서 프랑스 시를 번역하며 많은 시간을 보냈다. 6월 16일, 이제 에이미가 어디 있는지도 모르는 상태에서, 그는 번역한 시 한 편을 봉투에 넣어 뉴욕에 있는 그녀의 부모님 집으로 보냈다. 그녀에게 편지를 쓸 수 없었고 쓰지도 않을 생각이었지만, 어쨌든 그 시가, 이제는 그가 직접 그녀에게 해줄 수 없는 말을 대부분 담고 있었다.

빨강 머리 예쁜 여자[48]
— 기욤 아폴리네르

나 이제 모든 사람들 앞에 섰다 지각으로 가득 찬 한 사나이
삶을 알고 있으며 죽음에 대해서도 산 자가 알 만한 것을 알고 있으며
사랑의 고통과 기쁨을 체험했으며
때로는 제 생각들을 강요할 줄 알았으며
몇 개의 언어를 알고 있으며
적잖이 여행을 했고
포병대와 보병대에서 전쟁을 겪었으며

48 기욤 아폴리네르, 「빨강 머리 예쁜 여자」, 『사랑받지 못한 사내의 노래』, 황현산 옮김(서울: 민음사, 2016).

머리에 부상을 입고 클로로포름을 둘러쓰고 수술
을 받았으며
저 몸서리치는 전투에서 가장 훌륭한 친구들을 잃
어버린
나는 낡은 것과 새로운 것 그 두 가지를 한 인간이
알 만큼은 알고 있다
나는 오늘 친구들이여 우리들끼리의 또 우리를 위한
이 전쟁을 두려워함도 없이
전통과 발명의 저 긴 싸움을 판정한다
　저 질서와 모험의 싸움을

질서 그 자체인 입
신의 입을 본떠 그 입이 만들어진 그대들이여
질서의 완성이었던 자들과
우리를 비교할 때 관대하여라
어디서나 모험을 추구하는 우리

우리는 그대들의 적이 아니다
우리는 그대들에게 넓고도 낯선 땅을 주려는 것이다
신비가 꽃피어 꺾고 싶은 자에게 바쳐진 곳
한 번도 보지 못한 색색의 새로운 불꽃
깊이를 잴 수 없는 1천 개의 환각
그것들에 실체를 주어야 하리

우리는 선의를 모든 것이 입을 다물고 있는
거대한 나라를 찾으려 한다
또한 쫓아 버릴 수도 다시 불러올 수도 있는 시간
이 있다
무한한 미래의
경계에서 줄기차게 싸우는 우리를 가여워하라
우리의 실수를 가여워하라 우리의 죄를 가여워하라

바야흐로 격동의 계절 여름이 온다
그리고 내 청춘은 봄과 함께 죽었다
오 태양이여 이제 그녀 불타는 이성의 시간이다
　　그래서 나는 기다린다
그녀가 지닌 고결하고 다정한 형식을
　내 언제까지나 그녀를 따르기 위해 오직 그녀를
사랑하기 위해
　그녀가 다가와 나를 끌어당긴다 자석이 쇠를 당기듯
　　그녀는 사랑스러운 빨강 머리
　　매혹의 얼굴을 지녔지

그녀의 머리칼을 황금이라 하리
사라질 줄 모르는 한 줄기 아름다운 번개
아니 어렴풋한 다홍빛 속에
의젓하게 타오르는 불꽃이라 하리

그러나 나를 웃어 다오 웃어 다오
모든 땅의 사람들 특히 이 땅의 인사들이여
내 감히 말하지 않은 것 너무나 많기에
그대들이 말하지 말라 한 것 너무나 많기에
나를 가엽게 여겨 다오

(A. I. 퍼거슨 옮김)

6.2

6.3

플레밍의 돈을 창밖으로 던져 버리고 39일 후에, 퍼거슨은 자기 책의 최종 원고를 타자기로 완성했다. 그 순간에는 자신에 대해 온갖 좋은 느낌만 들 것 같았지만, 마지막 5페이지를 타자기에 끼우고 복사본까지 완성하는 동안은 잠시 의기양양한 기분이 되었다가 이내 그런 감정도 사라지고 말았다. 책 한 권을 써낼 능력이 있음을 스스로 증명해 보였다는, 자신은 한번 시작한 일은 끝내는 사람이고, 큰 꿈을 꾸지만 절대 결과물을 내놓지 못하는, 의지가 약하고 시늉만 하는 사람이 아님을(이건 꼭 책 한 권 써내는 일에만 해당한다고는 할 수 없는, 인간의 자질이었는데) 증명해 보였다는 좋은 느낌은 영원할 것 같았지만, 한 시간 후 퍼거슨은 쓸쓸한 상념 외에는 어떤 감정도 느낄 수 없었고, 6시 30분에 비비언과 리사와 식전 반주를 마시러 아래층으로 내려갈 때쯤엔 내면이 거의 무감각해져 있었다.

허전하다. 그 말이 정확할 것 같다고, 그는 소파에 앉아 와인을 한 모금 홀짝이며 스스로에게 말했다. 비비언이 자기 책을 마친 후에 느낀 감정을 묘사하며 말한 허전한 공간과 같았다. 가구 없는 방에 홀로 서 있다는 의미에서의 허전함이 아니라 — 속이 텅 비워진 것 같은 느낌의 허전함이었다. 그래, 그거였다. 아기를 낳은 후 여성이 느낄 법한 비워진 느낌. 하지만 이 경우는 사산이었고, 그렇게 태어난 아기는 절대 달라지거나, 자라거나, 걷는 법을 배울 수가 없었다. 책이란 그걸 쓰는 동안 내 안에서만 살아 있을 뿐, 일단 밖으로 나오고 나면 할 일을 다하고 죽어 버리기 때문이다.

이런 느낌은 얼마나 가는 거예요? 그는 그게 단지 일시적 위기인지, 아니면 전면적 우울증의 시작인지 궁금해서 비비언에게 물었지만, 비비언이 대답하기도 전에 기운이 넘치는 리사가 끼어들면서 말했다. 오래 안 가, 아치. 1백 년밖에. 그렇죠, 비브?

빠른 해결책은 하나밖에 없어. 비비언은 1백 년이라는 생각에 미소를 지으며 말했다. 다른 책을 쓰기 시작하면 돼.

다른 책이요? 퍼거슨이 말했다. 지금은 완전히 소진된 것 같아요, 책이라면 이제 읽는 것도 못 할 것 같은데요.

그럼에도 비비언과 리사는 퍼거슨의 출산을 위해 건배해 줬고, 비록 그에게는 죽은 자식일지 모르지만 자

신들에겐 생생하게 살아 있는 아기라고 말해 줬고, 그
뿐 아니라 리사는(그 책을 단 한 페이지도 읽지 않은
상태였다) 퍼거슨이 보모로 써주기만 한다면 당장 법
률 일을 그만둘 수도 있다고 덧붙였다. 그런 게 리사의
유머 감각이었지만 ─ 감이 없는 유머 감각이라고나
할까 ─ 사람 자체가 재미있었기 때문에 그런 농담도
재미있게 들렸고, 퍼거슨은 웃음을 터뜨렸다. 리사가
죽은 아기를 유아차에 태우고 파리 시내를 돌아다니는
장면이 떠올라서 한 번 더 웃었다.

　다음 날 아침 퍼거슨과 비비언은 국가에서 운영하는
PTT[49] 지국인 라스파유 대로의 우체국에 갔다. PTT는
프랑스어로 〈페테테〉라고 읽었는데, 혀끝에서 울리는
세 머리글자가 너무 듣기 좋아서 퍼거슨은 몇 번이고
반복해 말했고, 프랑스 공화국 시민, 혹은 프랑스를 지
나가거나 살고 있는 다른 사람들에게 통신 서비스를
제공하는 그 튼튼한 건물에 들어가 원고의 복사본을
국제 우편으로 런던에 보냈다. 봉투의 수신인은 아이
오 북스의 오브리 헐이 아니라 노마 스타일스라는 여
성이었다. 그녀는 비비언의 영국 쪽 출판사(템스 앤드
허드슨)의 수석 편집자이자, 같은 출판사의 젊은 편집
자 제프리 버넘과 친구 사이였고, 마침 버넘은 헐의 절
친이었다. 그게 비비언이 생각한 원고 전달 방식이었

<hr>

49 Postes, Télégraphes et Téléphones(우편, 전신, 전화). 과거에 프랑
스에서 체신 행정을 담당하던 기관.

다 — 자신의 친구, 곧장 원고를 확인하겠다고 약속한 그 친구가 버넘에게 전하고, 버넘이 다시 헐에게 전하는 식이었다. 불필요하게 복잡한 것 아닐까요? 비비언이 그 아이디어를 알려 줬을 때 퍼거슨이 물었다. 그냥 헐 본인에게 곧장 보내는 게 더 빠르고 간단하지 않을까요?

빠르지, 비비언이 말했다. 더 간단하기도 할 거야. 하지만 그렇게 하면 원고가 채택될 확률은 거의 없어. 저자 투고로 들어온 원고는 보통은 산더미 원고철로 가고 — 둘 다 퍼거슨은 처음 듣는 전문 용어였다 — 제대로 읽어 보지도 않고 거절하는 경우가 대부분이거든. 안돼, 아치, 이 경우에는 길게 돌아가는 방법이 더 나아. 유일한 방법이기도 하고.

다른 말로 하면, 최종적으로 결정할 사람에게 가기 전에 두 사람이 먼저 좋아해야 한다는 거네요. 퍼거슨이 말했다.

아쉽지만 맞아. 다행인 건 그 두 사람이 바보가 아니라는 점이야. 믿어도 되는 사람들이지. 문제는 헐인데. 그래도 그가 읽게 될 확률이 98퍼센트야.

그렇게 두 사람은 1966년 3월 10일, 파리 7구에 있는 〈페테테〉에 줄을 섰고, 자신들의 차례가 왔을 때, 퍼거슨은 접수대 뒤의 키 작은 남자가 엄청나게 빠른 속도로 능숙하게 회색 저울에 소포 무게를 달고, 커다란 갈색 봉투에 우표를 열심히 붙이고, 고무 스탬프로 그

붉은색과 녹색의 직사각형 우표들을 연달아 내리쳐서 마리안의 여러 얼굴을 마구 찍어 대는 모습을 보고 크게 놀랐다. 퍼거슨은 갑자기 영화 「몽키 비즈니스」에서 정신이 나간 하포가 눈에 띄는 모든 대상에, 심지어 동료 직원의 대머리에도 도장을 마구 찍는 요란한 장면을 떠올렸고, 그 순간 프랑스의 모든 것, 심지어 가장 어리석고 가장 말도 안 되는 부분에 대해서까지 물밀듯한 애정이 밀려왔다. 몇 주 만에 처음으로 그는 파리에 산다는 게 얼마나 좋은지, 그 좋은 것 중 얼마나 많은 게 비비언을 알게 되고 그녀와 친구가 됨으로써 찾아온 건지 생각했다.

국제 우편 요금은 아주 비싸서 보험을 들고 배달 완료 확인서를 받는 비용까지 더해 90프랑이 넘었지만 (거의 20달러, 일주일 용돈의 4분의 1이었다), 비비언이 지갑을 열고 돈을 꺼내려 하자 퍼거슨은 그녀의 손목을 잡으며 그만두라고 했다.

이번엔 아니에요, 그가 말했다. 저 안에 든 건 제가 낳은 사산아니까, 제가 내야죠.

하지만 아치, 너무 비싼데…….

제가 낼 거예요, 비브. 〈페테테〉에서는, 제가 내는 거예요.

알았습니다, 퍼거슨 씨, 원하는 대로 하세요. 하지만 이제 네 책은 런던으로 날아갈 참이니까, 책 생각은 그만하겠다고 약속해. 적어도 다시 생각해야 할 이유가 생길 때까지는. 알았지?

　최선을 다하겠지만, 약속은 못 해요.

파리에서의 삶의 두 번째 단계가 시작되었다. 작업할 책도 없고 알리앙스 프랑세즈 수업을 계속 들을 필요도 없는 상황에서, 퍼거슨은 이제 낮 시간에 지난 다섯 달 동안의 엄격한 시간표를 따르지 않아도 되었다. 비비언과 하는 공부 외에 그는 뭐든 원하는 걸 할 수 있었고, 그 말은 무엇보다 평일 오후에도 영화를 보러 가고, 자신에게 중요한 사람들(어머니와 길, 에이미와 짐)에게 더 자주 더 긴 편지를 쓰고, 다시 농구를 할 수 있는 실내와 야외 코트를 찾아보고, 영어 개인 교습을 받을 잠재적인 학생을 모으는 일에 관해 알아볼 시간이 있다는 뜻이었다. 농구는 5월 초까지는 해결되지 않을 것 같았고 개인 교습을 받을 학생도 찾을 수 없었지만, 꾸준히 편지를 보냈고 놀랄 만큼 많은 영화를 봤다. 뉴욕도 영화를 보기에 좋은 도시였지만 파리는 그보다 더 좋았고, 이어진 두 달 동안 그는 서류철에 130편의 영화 평을 추가했는데, 그건 뉴욕에서 채운 것과 거의 같은 분량의 프랑스 형제라고 할 수 있었다.

　그것들이 그해 봄의 초반부에 그가 쓴 것들 — 편지, 미국으로 보내는 봉함엽서와 일반 엽서, 그리고 점점 늘어나던 1~2페이지짜리 영화 줄거리 혹은 감상 평 — 이었다. 책 원고를 마지막으로 점검하는 동안에도 다음에 쓸 에세이나 기사에 관해 줄곧 생각했지만, 이제 와 보니 그런 생각들은 그가 책을 마치도록 몰아붙인 아드레날린에 자극받은 것일 뿐이었고, 책 작업을 마치고 나니 아드레날린은 사라지고 그의 뇌는 폐허가 되어 버렸다. 다시 시작하기 전에 잠시 쉴 필요가 있었기 때문에, 그해 봄의 초반부 내내 그는 산책하러 나갈 때 늘 갖고 다니던 주머니 크기의 노트에 그때그때 떠오르는 생각들을 적고, 자기 방의 책상에 앉아 다양한 주제에 관한 주장과 반론을 구성해 보고, 당시 계획 중이던 글에 예시들을 추가하는 것만으로 만족했다. 그 글이란 영화 속 아이들, 다양한 영화에서 재현된 어린 시절에 관한 글이었는데, 「데이비드 코퍼필드」에서 프레디 바살러뮤가 배질 래스본에게 회초리로 매질당하는 장면부터 「브루클린에서 자라는 나무」에서 페기 앤 가너가 죽은 아버지의 면도용 컵을 가지러 이발소에 들어가는 장면까지, 「4백 번의 구타」에서 장피에르 레오가 머리를 세게 얻어맞는 장면부터 「길의 노래」에서 아푸와 여동생이 갈대밭에 앉아 지나가는 기차를 구경하다가, 이어서 내린 소나기를 피해 나무 그늘 밑에 자리 잡는 장면까지 포함할 생각이었다. 특히 마지막에 언급한 장면은 퍼거슨이 본, 어린이가 나오는 영화 장면 중에서 가장 아름답고 압도적인 이미지, 너무나 황량하고 밀도 있는 이미지여서 그걸 떠올릴 때마다 눈물을 참을 수가 없었다. 하지만 그 에세이를 포함해 다른 모든 에세이도 당분간은 보류해야만 했는데, 자신의 보잘것없는 작은 책에 힘을 너무나 많이 써버린 나머지, 당시 퍼거슨은 20~30초 정도만 생각의 흐름을 따라가 보려 해도 세 번째 생각쯤에 이르면 어느새 맨 처음 떠올랐던 생각은 잊어버렸기 때문이다.

앞으로 책을 읽을 수 있을지 자신이 없다는 본인의 농담에도 불구하고 퍼거슨은 그해 봄에 많은 책을, 인생 어느 때보다 많은 책을 읽었고, 비비언과의 공부가 진행될수록 둘이 함께 하는 공부에 점점 더 적극적으로 임하고 더 깊이 빠져들었는데, 그건 비비언이 선생님 역할에 점점 더 확신을 갖고 편안해했기 때문이다. 그렇게 둘은 셰익스피어 희곡 여섯 편을 섭렵하면서 라신, 몰리에르, 칼데론 데라바르카를 읽었고, 다음으로 몽테뉴의 에세이를 섭렵할 때는 비비언이 그에게 병렬[50]을 설명해 줬고, 함께 산문의 힘과 속도에 관해 토론하고, 비비언이 근대적 정신이라고 부르는 걸 발견했거나, 드러냈거나, 고안한 그 작가의 정신세계를 파고들었다. 다음 3주 동안은 〈슬픈 표정의 기사〉[51]를 알차게 읽었고, 그 기사는 로럴과 하디가 그의 소년 시절에 해준 역할을 열아홉 살의 퍼거슨에게 해줬는데, 즉 상상적 존재에 대한 무제한의 사랑으로 그의 마음을 사로잡았다. 실수투성이이자 환영에 시달리는 그 17세기

50 parataxis. 접속사 없이 구나 절을 늘어놓는 표현법.
51 『돈키호테』를 가리킨다.

초반의 광인은, 퍼거슨이 자신의 책에 쓴 것처럼 절대 포기하지 않았다. 〈오랫동안 여기서 비틀거리고, 저기서 넘어지고, 한 곳에서 쓰러지면 다른 곳에서 일어나며, 그렇게 내 계획의 많은 부분을 끌고 왔다…….〉

길의 목록에 있는 책뿐 아니라 영화나 역사에 관한 책, 영국과 프랑스 문학 선집, 앙드레 바쟁, 로테 아이스너의 에세이와 주장을 읽고, 직접 영화를 만들기 전에 누벨바그 감독들이 발표한 글, 즉 고다르, 트뤼포, 샤브롤이 초기에 쓴 기사를 읽고, 예이젠시테인의 책 두 권을 다시 읽고, 파커 타일러, 매니 파버, 제임스 에이지의 깊은 생각을 읽고, 지크프리트 크라카우어, 루돌프 아른하임, 그리고 벨러 벌라주 같은 권위 있는 평론가들의 연구서와 사상서를 읽었다. 『카이에 뒤 시네마』의 모든 호를 처음부터 끝까지 빠짐없이 읽고, 영국 문화원 도서실에 앉아 『사이트 앤드 사운드』를 읽고, 자신이 구독하는 『필름 컬처』와 『필름 코멘트』가 뉴욕에서 도착하기를 기다렸다. 오전 8시 30분에서 정오까지 읽기를 마치면 오후에는 강 건너 시네마테크로 나들이를 갔다. 리버사이드 학교의 옛날 학생증을 보여주면 영화표는 1프랑밖에 안 했는데, 매표원은 학생증이 유효한지 아닌지 살펴보지도 않았다. 세계 최초, 최대, 최고의 영화 아카이브, 뚱뚱하고 강박에 사로잡혔던, 돈키호테 같았던, 영화인 중의 영화인이라고 할 수 있는 앙리 랑글루아가 설립한 기관이었다. 스웨덴어 자막이 있는 영국 영화나 음악이 없는 무성 영화를 보는 건 대단히 흥미로운 경험이었는데, 그것이, 그러니까 〈음악 없음〉이 랑글루아가 세운 원칙이었고 퍼거슨은 소리 없는 영상, 그리고 관객들의 기침이나 재채기 소리와 가끔 탁탁거리는 영사기 소리를 제외하면 아무 소리도 들리지 않는 영화관 내부에 익숙해지기까지 시간이 걸렸지만, 결국 침묵의 위력을 알게 되었다. 그런 영화들을 보고 있으면 종종 소리가 들릴 때가 있었다. 자동차 문을 거칠게 닫는 소리, 테이블에 유리잔을 내려놓는 소리, 전장에서 폭탄이 터지는 소리 등, 무성 영화의 침묵이 청각적 환영이라는 착각을 불러일으켰고, 그건 인간의 지각에 관해, 사람들이 어떤 경험에 감정적으로 관여할 때 사물들을 어떻게 받아들이는지에 관해 시사하는 바가 있을 거라고, 그는 생각했다. 시네마테크에 가지 않을 때는 라 파고드, 르 샹폴리옹, 혹은 므시외르프랑스나 생미셸 대로 뒤쪽 데제콜가에 있는 영화관을 찾았고, 그의 공부가 깊어지는 데 가장 큰 도움을 준 건 악시옹 라파예트와 악시옹 레퓌블리크, 그리고 악시옹 크리스틴이라는 〈악시옹〉 삼두마차였는데, 그곳들에서는 오직 옛날 할리우드 영화만 상영했다. 이제 미국인들도 거의 기억하지 못하는 지나간 시절 미국의 모습을 보여 주는 흑백의 스튜디오 작품들, 코미디, 범죄물, 대공황 시기의 드라마, 권투 영화, 1930년대와 1940년대, 그리고 1950년대 초기의 전쟁 영화까

지 수천 편의 영화가 있었고, 퍼거슨에게 주어진 가능
성이 너무 커서 미국 영화에 관한 그의 지식은 파리에
온 이후 엄청나게 늘어났다 ─ 프랑스 영화에 대한 그
의 애정이 뉴욕의 탈리아 극장과 현대 미술관에서 처
음 생겨난 것과 똑같았다.

그사이, 플레밍이 그를 쫓아다니고 있었다. 플레밍
은 절박할 정도로 사과하려 했고, 돈과 눈물이 있던 그
날 밤 일을 수습하기 위해 안간힘을 썼는데, 퍼거슨과
이야기하려고 그날 이후 꽤 오랫동안 하루에 최소 한
번은 비비언의 아파트로 전화했지만 셀레스틴이 퍼거
슨의 방문 밑으로 메모지를 넣어 주면 퍼거슨은 곧장
찢어 버리고 전화하지 않았다. 2주 동안 답하지 않자
전화는 멈췄지만 편지와 쪽지 공세가 시작되었다. 제
발, 아치, 내가 네가 생각하는 그런 사람이 아니라는 걸
보여 줄 수 있게 해줘. 제발, 아치, 네 친구가 되게 해줘.
제발 아치, 여기 파리에서 재미있는 학생들을 아주 많
이 만났는데, 너한테 소개해 주고 싶어. 네가 또래 친구
들을 사귈 수 있게 말이야. 일주일에 두세 통씩 3주 연
속으로 편지가 왔지만 모두 답장하지 않았고, 모두 찢
어서 던져 버렸고, 그러자 마침내, 편지도 멈췄다. 퍼거
슨은 그걸로 끝이기를 바랐지만, 어딘가 다른 저녁 식
사 자리에서 플레밍을 마주치거나 우연히 길에서 부딪
힐 가능성은 늘 있었고, 플레밍이 미국으로 돌아가는
8월까지는 그 모든 사태가 공식적으로 끝났다고 할 수

없었다. 아직 몇 달이나 남아 있었다.

성별에 상관없이 그를 고독에서 꺼내 줄 침대 짝이
나 키스 혹은 섹스를 할 상대가 없었기 때문에 밤은 계
속 무서웠지만, 플레밍 같은 남자의 손길을 받는 것보
다는 만져 주는 사람 없이 혼자 있는 편이 낫다고, 스스
로에게 말했다. 플레밍이 그런 사람이 된 게 그의 잘못
은 아니라고 해도 말이다. 그런 생각을 하다 퍼거슨은
불을 끄고, 베개에 머리를 묻고, 어두운 기억 속에 가만
히 누워 있었다.

부지런하고 효율적인 PTT는 미국에서는 세 회사(미국
연방 우정청, 웨스턴 유니언, 마 벨)가 나눠서 하는 일
을 프랑스에서 수행하는 곳이었는데, 우편물을 하루에
두 번씩, 오전에 한 번 오후에 한 번 배달하는 걸 철칙
으로 했다. 퍼거슨의 주소는 비비언의 주소와 같았기
때문에 그에게 오는 편지나 소포는 먼저 아래층 아파
트에 도착했다. 일단 우편물이 도착하면 착한 셀레스
틴이 위층으로 가져와서 편지는 퍼거슨의 방문 밑으로
넣어 주고, 그 좁은 틈으로 넣을 수 없는 물건은 — 예
를 들면 미국 영화 잡지나 길 혹은 에이미가 가끔 보내
주는 책들 — 노크를 하고 그에게 건네줬다. 4월 11일
오전 9시 10분, 퍼거슨이 자신의 방에서 칼데론 데라
바르카의 『인생은 꿈입니다』를 읽고 있을 때, 계단에서
익숙한 셀레스틴의 가벼운 발소리가 들리고, 그녀가

방에 가까이 다가올 때 마루 삐걱거리는 소리가 들리고, 잠시 후 얇은 흰색 봉투가 그의 발끝에서 겨우 몇 센티미터 떨어진 곳에 놓여 있었다. 영국 우표. 회사 봉투 왼쪽 윗부분의 보낸 사람 주소에는 〈아이오 북스〉라고 인쇄되어 있었다. 전적으로 나쁜 소식을 예상하고 있던 퍼거슨은 몸을 숙이고 편지를 집어 든 다음, 6~7분이 지날 때까지 열어 보지 않았다. 중요한 일이 아니라고 이미 스스로에게 말했던 무언가를 왜 그렇게 두려워하는 건지 자문해 보기에 충분히 긴 시간이었다.

그게 자신이 예상한 나쁜 소식이 아니라 사실은 좋은 소식이었음을 이해하기까지 다시 30초 혹은 40초가 걸렸는데, 〈로럴과 하디는 어떻게 내 인생을 구원했나〉에 대해 아이오에서 선인세 4백 파운드를 지급하고 이듬해 3월 혹은 4월에 출간할 열렬한 의향이 있다는 내용이었다. 하지만 오브리 헐의 긍정적인 반응도 자기 책을 진심으로 받아 주려는 누군가가 있다는 확신을 퍼거슨에게 주지는 못했고, 그래서 그는 편지의 의미를 설명해 줄 이야기를 꾸며 냈다. 비비언이 자비 출판을 위해 돈을 준 거라고, 은밀한 곳에서 사악한 거래를 통해 헐을 매수했고, 그 거래에는 앞으로 아이오 북스가 출간할 다른 책들을 위해 수천 파운드짜리 수표를 써준 것도 포함되었을 거라고, 속으로 그녀를 원망했다. 파리에 온 이후로 단 한 번도 비비언에게 화가 난

적이 없었고, 그녀에게 험한 말을 하거나, 솔직하고 친절한 그녀를 의심해 본 적도 없었다. 하지만 이건 친절함이 지나친 경우라고, 그는 생각했다. 이건 친절함이 일종의 모욕이 되어 버린 경우였고, 거기에 더해 아주 심한, 역겨운 속임수였다.

오전 9시 30분, 그는 비비언의 아파트로 내려가 그녀에게 헐의 편지를 불쑥 내밀며 잘못을 인정하라고 다그쳤다. 비비언은 퍼거슨이 그렇게 엉뚱하게 흥분한 모습을 한 번도 보지 못했었다. 젊은이는 제정신이 아니었고, 우회적인 속셈과 불쾌한 속임수에 대해 아주 공격적으로, 편집증 환자처럼 열을 내고 있었다. 나중에 비비언이 해준 이야기에 따르면, 거기 서서 무너지고 있는 그를 바라보면서 자신이 보일 수 있는 반응은 두 가지밖에 떠오르지 않았다고 했다. 뺨을 한 대 때리든가 웃든가. 그녀는 웃는 쪽을 택했다. 웃음은 두 가지 반응 중 더 느린 해결책이었지만, 10분쯤 지나자 그녀는 자신은 책이 채택되는 데 그 어떤 역할도 하지 않았고, 헐에게 단 하나의 파딩이나 수나 다임[52]도 준 적이 없다고 퍼거슨을, 자존심 강하고, 과민하고, 병적으로 자기 의심이 강한 퍼거슨을 간신히 설득할 수 있었다.

너 자신을 믿어, 아치. 그녀가 말했다. 좀 뻐겨도 돼. 그리고 세상에, 다시는 그런 일로 나를 비난하지 마.

퍼거슨은 그러지 않겠다고 약속했다. 자신이 한 짓

52 각각 영국, 프랑스, 미국에서 과거에 쓰였거나 여전히 쓰이는 동전.

이 너무 부끄럽다고 말했다. 변명의 여지가 없는 발작에 제정신이 아니었다고, 도대체 어떤 귀신이 들려서 그런 행동을 했는지 모르겠다는 점이 최악이라고 했다. 미쳤었다고, 바로 그거였다고, 순수한 광기, 만약 그런 일이 또 생기면 그때는 웃지 말고 얼굴을 한 대 갈겨 달라고 했다.

비비언은 사과를 받아들였다. 둘은 화해했다. 폭풍은 지나갔고, 잠시 후 두 사람은 함께 주방으로 가 좋은 소식을 축하하며 미모사칵테일과 캐비아 얹은 비스킷으로 두 번째 아침 식사를 했다. 퍼거슨은 헐의 편지에 담긴 좋은 소식에 조금씩 기분이 좋아지기 시작했지만, 미친 듯 폭발했던 자기 모습은 계속 신경이 쓰였고, 비비언과의 그 소동이 자신이 최종적으로는 무너질지도 모른다는 암시가 아닐까 궁금했다.

태어나서 처음으로, 그는 자신이 조금 무서워지기 시작했다.

15일에 헐의 두 번째 편지가 왔는데, 그는 19일 화요일에 파리를 방문하겠다고 했다. 아이오 대표는 출장이 닥쳐서 연락하는 것에 대해 사과하면서, 혹시 그날 오후에 퍼거슨이 다른 약속이 없으면 꼭 만나 보고 싶다고 했다. 오후 12시 30분 푸케에서 점심을 먹으며 출간 계획을 상의하고, 만약 대화가 점심시간 넘어서까지 이어진다면 샹젤리제에서 모퉁이만 돌아가면 자기 호텔이니 거기서 계속 이어 가는 게 어떻겠냐고 제안했다. 어느 쪽이든 조지 5세 호텔 직원에게 수락이나 거절의 메시지를 남겨 달라는 말과 함께, 모든 일이 잘되길 바란다는 인사로 편지는 끝이 났다. 비비언의 친구 노마 스타일스가 동료인 제프리 버넘에게 들어서 전해 준 바를 바탕으로, 퍼거슨은 오브리 헐에 관해 제한적인 정보만 알고 있었다. 서른 살, 피오나라는 여성과 결혼해 어린 자식이 둘 있다는 것(네 살과 한 살), 옥스퍼드 베일리얼 칼리지를 졸업했다는 것(거기서 버넘을 만났다), 부유한 초콜릿 및 비스킷 제조업자의 아들이라는 것, 검은 양에 가까워서(회색 양?) 튀는 성향이 좀 있고 문화계 모임을 즐기며 문학에 대한 감식안이 있는 진지한 출판업자이지만, 파티를 좋아하고 조금 특이한 사람이라는 것 등이었다.

그런 애매한 묘사 때문에 퍼거슨은 헐을 미국 영화에 자주 등장하는 잘난 체하는 영국 신사로 상상했다. 헐뜯기 좋아하고 오만하며, 불그스레한 얼굴로 모욕적이거나 입 밖에 내면 안 되는 말을 재미 삼아 하지만 전혀 재미있지 않은 그런 남자 말이다. 어쩌면 퍼거슨이 영화를 너무 많이 봤을 수도 있고, 어쩌면 모르는 사람에 대한 막연한 공포 때문에 새로운 일이 닥칠 때마다 최악을 상상하는 습관이 생긴 걸지도 몰랐다. 하지만 실제로는, 오브리 헐은 얼굴이 붉지도 헐뜯기를 좋아하지도 않았고, 퍼거슨이 평생 여행에서 만난 사람 중 가장 다정하고 애정이 넘치는 인물로 밝혀졌다.

아주 작고, 모든 게 축소된 듯한 사람이었다. 키는 약 160센티미터였고 몸 이곳저곳도 거기에 맞게 모두 축소되어 있었는데, 머리도 작고, 얼굴도 작고, 손도 작고, 입도 작고, 팔다리도 작았다. 눈은 파랗고 빛이 났다. 햇빛이 적고 비에 젖은 나라에 사는 사람 특유의 크림처럼 하얀 피부였고, 왕관 같은 곱슬머리는 붉은색과 금발의 중간쯤 되었는데, 퍼거슨은 그런 머리색을 사람들이 진저라고 하는 걸 들어 본 적이 있었다. 19일 오후 푸케의 점심 식사 자리에서 만나 악수를 하고 앉았지만 할 말이 떠오르지 않던 퍼거슨은, 그저 무슨 말이든 해야 한다는 부담감에 이름이 오브리인 사람은 처음 만난다고 아무 생각 없이 헐에게 말했다. 헐은 미소를 지으며 그 이름이 무슨 의미인지 아느냐고 퍼거슨에게 물었다. 아니요, 퍼거슨이 대답했다. 전혀 모릅니다. 꼬마 요정들의 왕입니다. 헐이 말했다. 그 대답이 너무 재미있고 예상 밖이라서 퍼거슨은 허파에서 올라오는 웃음을 억지로 눌러야 했다. 그 웃음이 모욕처럼 느껴질 수도 있을 것 같다고 생각했고, 자기 책을 출간해 주기로 한 남자를 만난 지 2분 만에 모욕하는 모험을 감행할 수는 없었다. 그렇지만 너무 딱 맞았다. 이 작은 남자가 꼬마 요정들의 왕이 되는 건 너무나 완벽하게 어울렸다! 마치 오브리가 태어나기 전날 밤에 신들이 그의 집에 찾아가 그의 부모님에게 아이 이름을 정해

준 것만 같았고, 그렇게 신들과 아기 요정들이 가득한 그림을 상상하다 보니, 그는 앞에 앉은 출판업자의 작고 잘생긴 얼굴을 보며 자신이 무슨 신화적인 존재와 함께 있는 게 아닌가 하는 의문까지 들었다.

그날 전까지 퍼거슨은 출판사가 어떻게 돌아가는지, 책 홍보를 위해 무슨 일을 하는지에 관해 전혀 아는 바가 없었다. 디자인과 제책 외에도, 신문이나 잡지에 가능한 한 많은 서평이 실리도록 하는 게 주된 일일 거라고 짐작은 했다. 서평이 좋으면 그 책은 성공작이었다. 서평이 나쁘면 그 책은 실패작이었다. 하지만 오브리는 서평은 전체 과정의 한 요소일 뿐이라고 했다. 꼬마 요정들의 왕이 다른 요소들을 상세히 이야기해 주는 동안 퍼거슨은 점점 더 흥미가 생겼고, 자기 책이 출간된 후에 벌어질 일들에 점점 더 놀라게 되었다. 런던 방문도 그중 하나였다. 일간지나 주간지와 인터뷰하고, BBC에서 나온 기자와 인터뷰하고, 어쩌면 생방송에 출연할 수도 있었다. 소극장에서 열리는 행사에서 퍼거슨은 관객들에게 자기 책에서 발췌한 부분을 읽어 주고, 호의적인 기자나 동료 작가와 대담을 할 수도 있었다. 그리고 — 아직 확정된 상태는 아니지만 만약 확정된다면 정말 기쁠 것 같았는데 — 영국 국립 영상 자료원이나 다른 영화관에서 〈로럴과 하디〉를 상영하고 퍼거슨이 무대에 올라 영화 소개를 할 수도 있었다.

퍼거슨이 조명을 받는다. 퍼거슨의 사진이 신문에

실린다. 퍼거슨의 목소리가 라디오에서 나온다. 퍼거슨이 숨죽이고 있는 열성적인 팬들 앞에서 무대에 올라 낭독한다.

누군들 그런 상황을 마다하겠는가?

핵심은 자기 책이 아주 죽여주기 때문에, 그 엄청난 걸 모두 받을 자격이 있다는 거예요. 열아홉 살에 책을 써내는 사람은 없으니까. 전례가 없는 일일 뿐만 아니라, 내 예상에는 사람들이 완전 환장을 할 겁니다. 내가 그랬고, 피오나가 그랬고, 우리 직원들이 모두 그랬던 것처럼.

그랬으면 좋겠네요, 퍼거슨은 흥분을 억누르며, 오브리의 말에 넋이 나간 바보 같은 모습을 보이지 않으려고 애쓰면서 대답했다. 하지만 기분은 점점 좋아지기 시작했다. 문들이 열리고 있었다. 하나씩 하나씩, 오브리가 그를 위해 문을 열어 주고 있었고, 하나씩 하나씩, 그가 들어설 새로운 방들이 생겨나고 있었다. 그런 방들에서 발견하게 될 것들에 관한 생각에 머릿속이 행복으로 가득 찼다 — 몇 달 만에 가장 행복한 기분이었다.

과장하고 싶지는 않지만, 하고 오브리가 말했다(아마 과장하고 싶다는 뜻이겠지만). 내일 자기가 죽는다고 해도 〈로럴과 하디는 어떻게 내 인생을 구원했나〉는 영원히 살아남을 거예요.

참 이상한 문장이네요, 퍼거슨이 대답했다. 제가 들

어 본 말 중에 제일 이상한 문장인 것 같아요.

네, 좀 이상하긴 해요. 그렇죠?

먼저 제가 죽고, 그다음에 제가 제 인생을 구하고, 그다음엔 영원히 사는 거네요. 그러니까 죽은 걸로 알려진 상태에서.

진짜 이상하긴 하네. 하지만 진심으로, 진지한 칭찬의 뜻으로 한 말이에요.

둘은 마주 보며 웃었다. 뭔가 숨어 있던 게 표면으로 떠오르기 시작했다. 오브리가 자신에게 접근하려 하는 게 아닐지, 진저 머리의 그 점심 상대가 자신처럼 양쪽 다인 부류이고 전에도 이런 경험을 자주 했던 것 아닌지 의심이 생길 정도로 강렬한 무엇이었다. 그는 오브리의 자지도 그의 나머지 부분들만큼 작을지 궁금했는데, 그러다가, 자신의 자지를 생각하기 시작했고, 그걸 확인할 수 있는 기회가 생길 수 있을지 자문했다.

저기, 아치, 오브리가 말을 이었다. 나는 자기가 대부분의 사람들과 다른, 특별한 사람이라는 결론을 내렸어요. 원고를 읽으면서 감은 잡았는데, 이렇게 직접 얼굴을 맞대고 보니까 확신이 드네. 자기는 어디에도 얽매이지 않는 사람이고, 바로 그 점 때문에 상대를 짜릿하게 만들어 주는 사람이에요. 하지만 역시 바로 그 점 때문에 어떤 자리에 가도 잘 어울리지 못하겠지. 나는 그 점도 좋은 거라고 믿어요. 왜냐하면 계속 그렇게 얽매이지 않고 지낼 수 있다는 거니까, 얽매이지 않는 사람은 대부분의 다른 사람들보다 나은 거예요. 비록 잘 어울리지 못한다고 해도.

퍼거슨은 커다랗고 환한 미소를 지은 채, 오브리가 먼저 시작한 듯 보이는 유혹 놀이에 뛰어들었다. 사실, 어디서든 잘 어울리려고 노력은 해요……. 할 수 있으면 누구하고든.

그 자극적인 대꾸에 오브리는 미소를 지어 보였고, 퍼거슨이 그 상황의 미묘한 의미를 이해한 걸 보고 들뜨기까지 했다. 내 말이 그거예요. 자기는 모든 경험에 열려 있으니까.

맞아요. 아주 많이 열려 있어요. 뭐든 다. 퍼거슨이 대답했다.

〈뭐든 다〉란 이 경우에는 화려하고 기분 좋게 떠들썩한 식당 푸케의 테이블 맞은편에 앉아 있는 사람을 뜻했다. 친화력덩어리인 오브리 헐, 어딘가에서 갑자기 나타나 자신이 가진 힘을 모두 활용해 퍼거슨의 책을 성공작으로 만들고 그의 인생을 바꿔 줄 남자, 매력적이고 사근사근한 오브리 헐, 그 작은 입에 당장 키스해 버리고 싶을 정도로 매혹적이고, 상대를 취하게 하는 남자였다. 그리고, 와인을 한두 잔 더 마신 후부터 오브리는 퍼거슨을 잘생긴 소년, 사랑스러운 친구, 좋은 친구, 근사한 친구 등으로 부르기 시작했는데, 그런 표현들은 별나다기보다는 애교를 부리고 상대를 자극하는 말처럼 들렸고, 그래서 모든 걸 그렇게 터놓고 점

심 식사를 마칠 때쯤에는 더 이상 생각해 볼 의문점이
나 물어볼 것도 없었다.

퍼거슨은 조지 5세 호텔 5층에 있는 객실 침대에 앉
아 오브리가 정장 재킷을 벗고 타이를 푸는 모습을 지
켜봤다. 관심이 가는 사람과 함께 있는 게 너무 오랜만
이어서, 돈에 대해 먼저 이야기하지 않고 누군가가 자
신을 만져 주거나 누군가를 만지기를 원한 게 너무 오
랜만이어서, 꼬마 요정들의 왕이 침대로 다가와 그의
무릎 위로 올라오고 아직 옷을 입고 있던 퍼거슨의 몸
을 안았을 때, 퍼거슨은 몸을 떨었다. 작고 예쁜 입에
키스할 때는 온몸에 전율이 흘렀고, 둘의 혀가 만나고
포옹이 격렬해지자 퍼거슨은 오래전 보스턴으로 사랑
하는 짐을 만나러 갈 때 스스로에게 말했던 표현이 떠
올랐다. 천국으로 가는 문. 그랬다, 지금 그의 느낌이 바
로 그거였다. 점심을 먹는 동안 방문한 많은 방들, 오브
리가 그 앞에 서서 그를 위해 차례차례 열어 준 덕분에
들어가 볼 수 있었던 그 방들 외에 또 하나의 방이 열려
그와 오브리가 함께 걸어 들어가는 중이었다. 지상에
발이 묶인 남자들. 영국 왕의 이름을 딴 파리 거리에 있
는 호텔의 침대. 그 침대에서 지상에 발이 묶인 맨몸으
로 누워 있는 영국인과 미국인. Au-delà. 〈다음 세상〉
이라는 뜻의 프랑스어였다. 바로 그 순간 그곳에서 그
들 안에 다음 세상이 숨 쉬고 있었다.

자지도 상상한 것만큼 작았지만, 오브리의 나머지

부분들과 마찬가지로 축소된 몸의 비율에 딱 맞았고, 작은 입이나 나머지 부분들보다 덜 예쁘지 않았다. 중요한 점은 오브리는 자신이 가진 걸 어떻게 쓰는지 안다는 사실이었다. 서른 살의 그는 침대에서의 몸과 관련해 퍼거슨이 과거에 잠자리를 가졌던 소년들보다 훨씬 경험이 많고, 이상하거나 불쾌한 취향도 없고, 남자와 열정적인 섹스를 나누는 데 죄의식도 없는 붙임성 있는 연인이었기 때문에, 앤디 코언이나 브라이언 미셰브스키보다 더 섬세하면서 더 공격적이었고, 자신감 있으면서 너그러웠고, 자신이 받는 것만큼이나 상대에게 해주는 것도 즐겼다. 그날 오후와 저녁에 오브리와 함께 보낸 시간이 그때까지 퍼거슨이 파리에서 보낸 시간 중 최고로 만족스러웠다. 일주일 전만 해도 퍼거슨은 자신이 파멸을 향해 가고 있다고 두려워했다. 이제 그의 머릿속은 수천 개의 새로운 생각으로 터질 것 같았고, 그의 몸은 안식을 얻었다.

영국 출판업자의 품 안에서 다음 세상에 다녀온 지 열흘 후, 퍼거슨은 어머니를 껴안으며 용서해 달라고 말했다. 어머니와 길이 막 파리에 도착한 참이었다. 4월 24일을 마지막으로 『뉴욕 헤럴드 트리뷴』이 폐간했고, 길은 가을 학기에 맨스 음악 학교의 교수로 새로운 일을 시작하기 전까지 일시적으로 실업자였다. 퍼거슨의 어머니와 새아버지는 결혼 후 6년 반 동안 가지 못했던 신혼여행을 떠나기로 했다. 시작은 파리에서의 일주일이었다. 그다음엔 암스테르담, 피렌체, 로마, 그리고 1945년 전후에 길이 6개월 동안 근무했던 서베를린이었다. 두 분은 네덜란드와 이탈리아의 미술을 구경하고, 그다음엔 길이 어린 시절을 보냈던 곳들을 함께 돌아볼 계획이었다.

퍼거슨은 자신의 책 원고를 모두 세 부 타이핑했다. 한 부는 파리에 있는 그의 방 책꽂이 맨 위 칸에 있고, 한 부는 런던에 있는 오브리의 책상 위에 있고, 세 번째 한 부는 뉴욕 리버사이드 드라이브의 부모님 댁으로 보냈다. 원고가 바다를 건너간 지 2주 만에 길의 답장이 도착했다. 보통은 그랬다. 어머니는 편지 쓰기를 즐기지 않는 사람이었고, 두 분 모두를 염두에 두고 편지를 보내면 열에 아홉은 길 쪽에서만 답장이 왔는데, 종종 마지막에 어머니의 짧은 추신이 덧붙은 경우도 있었고(너무 보고 싶구나, 아치!라든가 1천 번의 키스와 함께 엄마가! 같은), 그렇지 않은 경우도 있었다. 편지의 전반부는 책에 대한 긍정적인 평가가 가득했는데, 이야기의 감정적인 부분과 물리적이고 현상학적인 자료들 사이의 균형감을 훌륭하게 찾아냈다라든지, 퍼거슨이 작가로서 빠른 속도로 성장하며 나아지고 있는 데 깊은 인상을 받았다라든지 하는 내용이었다. 하지만 네 번째 문단부터 편지의 어조가 달라지기 시작했다. 하지만 사랑하는 아치, 길은 그렇게 적었다. 이 책이 네 엄마를 매우 당황하게 했고, 네 엄마가 읽으면서 많이 힘들어했다는 걸 너도 알아야 할 것 같구나. 당연히 그런 과거를 되살려 내는 건 누구에게나 힘든 일이겠지. 네 엄마를 울게 만든 게 네 잘못이라는 뜻은 아니야(나도 조금 울었다). 하지만 유감스럽게도 몇몇 부분에서는 네가 지나치게 솔직했던 게 아닌가 하는 생각이 드는구나. 네 엄마는 네가 가까운 거리에서 서술한 본인의 그런 세세한 모습에 크게 놀란 것 같고 말이다. 굳이 말하자면 46페이지와 47페이지 문단에서 네 엄마가 가장 크게 상처받은 것 같아. 네 엄마와 네가 저지 해변에서 보냈던 침울한 여름, 그러니까 둘이 작은 집 안에 처박혀서 아침부터 늦은 밤까지 텔레비전만 보고 해변에는 발도 들여놓지 않던 그 시기 말이다. 너한테 환기해 주자면 이런 부분이야. 〈어머니는 과거에도 담배를 피우기는 했지만, 이제 쉬지 않고 담배를 피워서 하루에 체스터필드 네다섯 갑을 피워 없앴고, 피우던 담배 끝으로 다음 담배에 불을 붙이는 편이 더 간단하고 효율적이었기 때문에 성냥이나 라이터도 필요 없었다. 내가 기억하기로 어머니는 과거에 술을 거의 마시지 않았지만, 이제 매일 저녁 보드카를 얼음도 없이 예닐곱 잔씩 마셨고, 나를 잠자리에 눕힐 때가 되면 혀가 꼬이고 눈도 반쯤 감긴 상태여서 거의 세상을 볼 수도 없는 지경이었다. 아버지가 돌아가시고 8개월쯤 지났을 때였는데, 그해 여름에 나는 매일 밤 엉망으로 헝클어진 따뜻한 침대에 누우며 다음 날 아침에도 어머니가 살아 있게 해달라고 기도했다.〉 이건 좀 험한 글이구나, 아치. 최종 원고에서는 삭제하거나 적어도 어느 정도 다듬어야 할 것 같다 — 본인 인생의 비참했던 공백기가 공개되어 네 엄마가 고통스러워하면 안 되니까 말이야. 잠깐만 생각해 보면 너도 내가 왜 이런 부탁을 하는지 이해하겠지……. 그리고 마지막 문단이 이어졌다. 좋은 소식이 있는데, 『트리뷴』이 곧 망하고 나도 일자리가 없어질 것 같다. 그렇게 되면 네 엄마랑 내가 유럽으로 갈 거야 —— 아마도 4월 말이 될 것 같구나. 그때 다시 이야기하자.

하지만 퍼거슨은 그때까지 기다리고 싶지 않았다. 4월 말까지 기다리기엔 너무나 혼란스러운 문제였고, 길이 그 문장들만 콕 집어서 앞뒤 다른 글들과 떼어 놓고 언급한 걸 보면, 자신이 너무 가혹했고 새아버지에게 야단을 맞아 마땅한 짓을 했음을 알 수 있었다. 그 단락이 사실이 아닌 건 아니었다. 적어도 책을 쓰는 동안, 나이 든 그가 되돌아본 여덟 살 소년의 관점에서는 그랬다. 그해 여름 어머니는 담배를 너무 많이 피웠고, 보드카를 얼음도 없이 연거푸 마시고 살림은 돌보지 않았다. 그는 어머니를 사로잡은 무기력하고 수동적인 모습에 크게 놀랐고, 모래사장에서 성을 쌓는 그의 옆에 앉아 파도만 바라보는 어머니를 보며, 그 어머니가 자신에게서 말없이 멀어지고 있는 것 같아 두려웠다. 길이 편지에서 언급한 문장들은 퍼거슨의 어머니가 가장 바닥에 있을 때, 슬픔과 혼란의 가장 밑바닥까지 떨어졌을 때의 모습이었는데, 핵심은 그 잃어버린 여름과 그들이 뉴욕으로 돌아온 후에 있었던 일들, 그러니까 어머니가 다시 사진 일로 돌아가 새 삶을 시작하고 로즈 애들러가 된 시기 사이의 대조였다. 그런데 퍼거슨이 그 대조를 너무 강조했던 모양이다. 그는 어른들의 행동에 대해 아이로서 느꼈던 두려움과 몰이해를 가미했는데, 상황 자체는 그가 상상했던 것보다 그리 심각하지 않았던 것이다(어머니가 길에게 했다는 이야기에 따르면, 어머니는 보드카를 마시기는 했지만 벨마에서 지냈던 46일을 통틀어 딱 두 병 마셨을 뿐이라고 했다). 편지를 다 읽은 퍼거슨은 그 자리에서 어머니와 길 앞으로 한 장짜리 사죄의 편지를 써서 두 분을 당황스럽게 한 데 대해 사과하고, 상처가 된 문장들은 책에서 삭제하겠다고 약속했다.

그렇게 그는 4월 29일 오전 퐁 루아얄 호텔 로비에서 어머니를 껴안고, 아직 시차 적응도 못 한 어머니에게 용서해 달라고 간청하고 있었다. 바깥 거리에서 비가 퍼붓고 있었고, 어머니의 어깨에 볼을 댄 퍼거슨의 눈에는 호텔 정면의 창문 너머로 어떤 여성이 들고 있던 우산이 바람에 날아가 버리는 모습이 들어왔다.

아니야, 아치, 어머니가 말했다. 내가 용서할 일은 하나도 없어. 네가 나를 용서해야지.

길은 이미 프런트 앞에 줄을 서서 두 사람의 여권을 보여 주고 숙박부에 서명하고 체크인할 준비를 하고 있었다. 길이 그런 지루한 일을 처리하는 동안 퍼거슨은 로비 구석에 있는 긴 의자로 어머니를 데려갔다. 어머니는 여행 때문에 피곤해 보였고, 그가 예상하고 있던 그런 이야기를 하려면 일단 앉아서 하는 게 나을 것 같았다. 피곤해 보이기는 했지만 열두 시간 혹은 열세 시간 동안 쉬지 않고 여정에 시달린 사람의 피곤함 이상은 아니었고, 괜찮아 보인다고, 그는 생각했다. 여섯 달 반 전에 봤던 마지막 모습과 지금의 어머니 모습은 한 점도 달라지지 않은 것 같았다. 그의 아름다운 어머니. 그의 아름답고, 조금 지친 어머니, 그 어머니의 얼굴을 보는 게 너무 좋았다.

정말 보고 싶었어, 아치, 어머니가 말했다. 이제 어른이니까 어디든 네가 원하는 곳에서 살 권리가 있지만, 그래도 이번이 가장 오래 떨어져 있었던 거잖아. 익숙해질 때까지 시간이 좀 걸리더라.

알아요, 저도 그랬어요. 퍼거슨이 말했다.

그래도 여기서 행복한 거지? 그렇지?

네, 대부분 행복해요. 적어도 행복하다고 생각은 해요. 인생이 완벽하진 않잖아요, 엄마도 아시겠지만. 파리도 마찬가지예요.

그건 마음에 드네. 파리도 마찬가지라. 뉴욕도 마찬가지야, 그런 점에서는.

그런데, 엄마. 왜 좀 전에 그런 말을 하신 거예요? 그러니까 여기 와서 앉기 전에요.

왜냐하면 그게 사실이니까, 그게 이유야. 그렇게 엉망인 상황을 만든 건 내 잘못이니까.

아니에요, 제 글이 잔인하고 공정하지 않았어요.

꼭 그렇지는 않아. 여덟 살 아이였던 너로서는 그렇

지가 않았던 거지. 네가 학교에 다니는 동안은 나도 어떻게 버틸 수 있었는데, 그때는 방학이었잖아. 나도 더는 어떻게 해야 할지 모르겠더구나. 엉망이었어, 아치, 그게 그때 내 모습이었고, 그런 내 옆에 있던 너는 무섭기도 했겠지.

그게 핵심이 아니잖아요.

아니, 네가 틀렸어. 그게 핵심이야. 너도 『유대식 결혼식』 책 기억하지, 그렇지?

당연히 기억하죠. 치사한 사촌 샬럿과 대머리에 근시였던 그 남편, 이름도 기억 안 나는 그 사람이요.

네이선 번바움, 치과 의사였지.

10년 전이잖아요, 그렇지 않아요?

거의 11년이지. 시간이 그렇게 많이 흘렀는데 아직도 나는 그 두 사람과는 말을 안 하거든. 왜 그런지는 너도 알지, 그렇지 않니? (퍼거슨은 고개를 저었다.) 왜냐하면 그 둘은 내가 너한테 할 뻔한 짓을 했으니까.

무슨 말인지 모르겠어요.

나는 그 둘이 좋아하지 않는 사진을 찍은 거잖아. 내 생각엔 아주 좋은 사진들인데 말이야. 세상에서 가장 예쁘게 찍은 사진은 아니었지만 좋은 사진이고 흥미로운 사진이었는데, 두 사람은 내가 그걸 책으로 낼 수 없게 했잖아. 내가 샬럿과 네이선을 기억에서 지워 버린 건 그 부부가 바보라고 생각했기 때문이야.

그게 〈로럴과 하디〉 책이랑 무슨 상관이에요?

모르겠니? 너는 책에서 내 사진을 찍은 거야. 사실 아주 많은 사진들이지. 수십 장을 찍었고 대부분은 아주 예쁘게 찍어 줬어. 몇몇 사진은 너무 예쁘게 나와서 나에 관해 이야기하는 그런 부분을 읽을 때는 낯이 뜨거워지더라. 하지만 그런 예쁘게 나온 사진들과 함께 다른 조명 아래에 있는 나를 찍은 사진도 한두 장 있는 거야. 예쁘지 않은 조명이지. 네 책에서 그런 부분을 읽고는 아프고 화가 나더구나. 너무 아프고 화가 나서 길에게 이야기했는데, 그러지 말았어야 했어. 그래서 저 사람이 너한테 편지를 쓴 거고 네 기분도 상한 거지. 왜냐하면 네가 가장 하기 싫어하는 일이 엄마에게 상처 주는 일이라는 걸 나는 아니까. 네 책은 솔직한 책이야, 아치. 한 문장 한 문장마다 진실만 이야기했는데, 나는 네가 나를 위해서 그 어떤 부분도 고쳐 쓰거나 삭제하지 않았으면 좋겠어. 내 말 듣고 있지, 아치? 단어 하나도 바꾸지 마.

그 주는 빠르게 흘러갔다. 비비언은 부모님이 방문한 기간에 둘만의 수업을 멈췄고, 퍼거슨은 오전에는 몇 시간씩 책 읽기를 계속했지만 오후가 되면 어머니와 길을 만나서 점심을 먹고 저녁에 들어와 잠자리에 들 때까지 함께 지냈다. 그가 뉴욕을 떠나온 후로 많은 게 달라졌지만 본질적으로는 모든 게 그대로였다. 길은 7년 동안 작업했던 베토벤에 관한 책을 마쳤고, 평론을 쓰는 언론 일의 부담감에서 벗어나 맨스에서 음악사를 가르치는 고요한 삶을 택한 데 대해 아무런 아쉬움도 없는 것처럼 보였다. 퍼거슨의 어머니는 여전히 잡지에 실릴 유명인들의 초상 사진을 찍으며 고국의 반전 운동에 관한 새로운 사진집에 들어갈 작품들을 천천히 정리하는 중이었다(어머니는 열렬한 반전 지지파였다). 어머니는 어디든 작은 라이카 카메라와 필름 몇 통을 갖고 다니며 파리 전역에 퍼진 반전 구호들(⟨미국은 베트남에서 철수하라⟩, ⟨양키 고 홈⟩, ⟨씁쓸한 패배⟩, ⟨베트남은 베트남인들에게⟩)이나 파리의 거리 풍경을 찍었고, 필름 두 통은 온전히 퍼거슨과 길만, 둘이 함께든 단독으로든 찍는 데 썼다. 세 사람은 루브르와 죄 드 폼에서 회화를 감상하고, 살 플레옐에서 열린 하이든의 「전시 미사」 연주회를 감상하고(퍼거슨과 어머니는 남다른 연주였다고 했지만 길은 열광하는 두 사람에게 씁쓸한 미소를 지어 보였고, 그건 자신의 기준에는 부합하지 않는 공연이었다는 의미였다), 하루는 저녁 식사 후에 퍼거슨이 두 사람을 설득해 악시옹 라파예트에서 밤 10시에 상영하는 머빈 리로이의 「마음의 행로」를 보러 가기도 했다. 마구간 네 개 정도를 채울 만큼 말똥이 많이 나오는 영화라는 데 세 명 모두 동의했고, 퍼거슨의 어머니는 그래도 그리어 가슨과 로널드 콜먼이 서로 사랑하는 척하는 모습을 보는 건 재미있었다고 했다.

말할 것도 없이 퍼거슨은 아이오 북스에서 온 편지

에 관해서도 이야기했다. 말할 것도 없이 어머니는 「아치」 사진의 네거티브 필름을 표지로 쓸 수 있게 제공하겠다고 했다. 말할 것도 없이 퍼거슨은 두 사람을 6층으로 데려가 자기 방을 보여 줬다. 말할 것도 없이 어머니와 길은 자신들이 본 것에 대한 반응이 달랐다. 어머니는 한숨을 내쉬며 〈이런, 아치, 이게 정말 가능하니?〉라고 했던 반면, 길은 그의 어깨를 치며 〈이런 곳에서도 해내는 사람이라면 진심으로 영원히 존경할 수 있을 것 같네〉라고 했다.

하지만 다른 문제들은, 퍼거슨에게 단순하거나 유쾌하지 않았는데, 그 주 내내 두 분에게 속을 터놓지 못하거나 거짓말해야 하는 상황이 몇 번 있었다. 예를 들어 괜찮은 아가씨는 만났는지 어머니가 물었을 때, 그는 알리앙스 프랑세즈 어학 수업에서 같은 반이었던 매력적인 이탈리아인 조반나와 짧게 연애했다고 둘러댔다. 같은 반에 조반나가 있었던 건 사실이지만, 학원 건물 모퉁이의 카페에서 30분씩 두 번 정도 대화해 본 것 외에 둘 사이에는 아무 일도 없었다. 마그 미술관 직원이자 대단히 지적인 프랑스인 베아트리스와 한두 달 데이트했다고 말했지만, 그녀와도 실은 아무 일이 없었다. 그랬다, 베아트리스가 그 미술관에서 일한 건 사실이었고, 지난 12월 마그 미술관에서 열린 비공개 전시회에서 그녀와 나란히 앉아 두서없이 약간 시시덕거린 것도 사실이지만, 나중에 퍼거슨이 전화를 걸어 데이트를 신청했을 때 그녀는 약혼자가 있다며 거절했다. 약혼자 이야기는 저녁 식사 자리에서는 없었는데 말이다. 아니, 그는 어머니에게 여자 이야기를 할 수는 없었는데, 왜냐하면 여자라면 레 알 거리에서 만났던 과체중이거나 체중 미달이었던 길거리 창녀 다섯 명을 제외하고는 없었고, 그녀들 이야기는 할 수가 없었기 때문이다. 그뿐 아니라 오브리에 관해, 그 꼬마 요정들의 왕이 빳빳한 좆을 그의 엉덩이 깊이 밀어 넣을 때 자신이 얼마나 흥분했었는지 말해서 어머니의 가슴을 찢어 놓을 수도 없었다. 어머니는 그의 그런 면에 관해서는 전혀 모르고 있었다. 그의 삶에는 어머니에게 숨겨야 하는, 철저하게 조심해야 하는 부분이 있었고, 그것 때문에 둘은 아무리 원한다고 해도 다시는 이전처럼 가까운 사이가 될 수 없었다. 과거에도 어머니에게 거짓말을 하지 않은 건 아니지만, 이제 그도 나이가 들었고 상황이 달라졌다. 함께 파리의 거리를 돌아다니면서 행복해하는 어머니를 보며 기뻤고 어머니가 여전히 자신을 완전히 믿어 주는 게 기뻤지만, 그 시간들에는 약간의 슬픔도 묻어 있었다. 자기 삶에서 본질적인 어떤 부분이 이제 곧 녹아서 흘러내리고, 그런 식으로 그의 삶에서 완전히 사라져 버릴 것 같은 느낌이었다.

그 주에 비비언과는 저녁을 세 번 먹었는데, 두 번은 식당에서, 한 번은 위니베르시테가의 아파트에서 다른 손님 없이, 심지어 비비언의 모임에는 늘 참석하는 리사도 없이 넷이서만 먹는 단출한 식사였다. 리사도 오지 않는다는 말을 들었을 때 퍼거슨은 조금 놀랐지만, 잠시 생각해 보니 비비언 역시 스스로를 지키려 하는 것임을 이해할 수 있었고, 그녀와 같은 입장이라면 본인 역시 그렇게 할 것 같다고 생각했다. 그와 마찬가지로 그녀 역시 세상으로부터 숨겨야 할 지저분한 비밀이 있었고, 비록 길이 오래된 친구라고는 해도 비비언이 장피에르와 세워 나갔던 복잡한 결혼 생활이나 장피에르가 죽은 후에 그녀에게 생긴 일들에 관해서는 전혀 모르는 듯했기 때문에, 새로운 여성 침대 짝과 함께 저녁 식사를 하는 구경거리를 굳이 만들어 보일 수는 없었던 것이다. 4년 전 팰로앨토에서 본 밀드러드 이모와 카우걸의 그림자라고, 퍼거슨은 생각했다. 하지만 중요한 차이가 있었다. 당시 그는 열다섯 살에 불과했지만 그 일에 충격을 받지는 않았다. 쉰두 살의 길은 어쩌면 크게 개의치는 않겠지만, 확실히 충격을 받기는 할 것 같았다.

그날 저녁 넷이서 식탁에 둘러앉아 있는 동안, 퍼거슨은 비비언과 어머니가 너무 사이가 좋아 보여서 마음이 편했다. 몇 번만 만나 보고도 두 사람은 빠르게 친구가 되었는데, 길 때문에, 그리고 서로를 존중하는 마음으로 두 사람은 이미 하나로 묶여 있었지만(비비언이 그의 어머니의 남다른 사진들에 관해 몇 번이나 말했던가?) 이제는 또한 퍼거슨 때문에, 어머니의 집을 떠나 비비언의 집에서 지내는 그 아들 때문에라도 더욱 더 이어져 있는 셈이었다. 그가 파리에 온 후로 어머니는 아들을 돌봐 주고, 함께 공부해 주고, 그렇게 많은 것을 주는 비비언이 얼마나 고마운지 모른다고 그에게 수도 없이 말했는데, 그날 저녁 식사 자리에서는 비비언에게 직접 그 이야기를 했다. 어머니는 이런 불량아를 돌봐 줘서 감사하다고 했고, 비비언은 맞는다고, 말썽쟁이 아드님을 종종 감당하기 어려울 때가 있다고 대답했다. 두 사람이 그를 약 올린 건 둘 다 그가 신경 쓰지 않을 것임을 알았기 때문인데, 과연 그는 신경 쓰지 않았을 뿐 아니라 그런 놀림을 즐기기까지 했고, 그렇게 아치에 대한 가벼운 험담이 오가던 중에, 그는 이제 자신에 관해서는 비비언이 어머니보다 더 정확히 파악하고 있다는 걸 알아차렸다. 함께 초고를 검토하고, 서양 문학에서 가장 중요한 1백 개의 작품을 함께 헤치고 나왔을 뿐 아니라, 둘로 분리된 자신의 내면에 관해서도 모든 걸 알고 있던 그녀는 의심할 여지 없이 지금까지 만난 사람 중 가장 믿을 수 있는 사람이었다. 제2의 어머니? 아니, 그건 아니었다. 그렇게 늦은 나이에 어머니가 더 있을 필요는 없었다. 그렇다면 뭘까? 친구 이상이지만 어머니에는 미치지 못하는 존재. 어쩌면 쌍둥이 남매일 수도 있었다. 만약 그가 여자로 태어났다면 되었을 그런 사람.

마지막 날, 그는 부모님을 전송하기 위해 퐁 루아얄

호텔에 들렀다. 그날 아침 도심은 최고 상태였고, 최고로 아름다웠다. 머리 위 하늘은 밝고 파랗고, 공기는 따뜻하고 깨끗하고, 동네 빵집에서 흘러나온 좋은 향이 떠다니고, 거리에는 예쁜 여자와, 경적을 울리는 자동차와, 방귀를 뀌며 달리는 오토바이가 있는, 온통 화려한, 거슈윈의 작품처럼 눈부신 봄날의 파리였다. 이미 수백 개의 감상적인 노래와 컬러 영화에서 다룬 파리였지만, 실제로 그 도시는 화려하고 영감으로 가득했으며, 실제로 지상 최고의 장소였다. 하지만 위니베르시테가의 아파트에서 나와 호텔이 있는 몽탈랑베르가까지 걸어가는 동안 퍼거슨은 하늘과 향기와 여자들을 신경 쓰는 와중에도, 그날 아침 갑자기 무거워진 마음, 그러니까 어머니와 작별해야만 한다는 어리석고 유치한 두려움과 힘겹게 싸우고 있었다. 그는 어머니가 가지 않기를 바랐다. 일주일은 충분히 길었지만, 심지어 그의 일부는 어머니가 가는 편이 나으리라는 걸, 어머니와 함께 있으면 자신이 점점 아기처럼 되어 간다는 걸 알고 있었지만, 또 한 번의 이별이라는 평범한 슬픔이 다시는 어머니를 볼 수 없을 것 같다는 예감으로, 다시 함께할 기회가 생기기 전에 어머니에게 무슨 일인가 생겨 이번 작별이 마지막이 될 것 같다는 예감으로 바뀌었다. 말도 안 되는 생각이라고 스스로에게 말했지만, 연약하고 낭만적인 환상이고, 가장 부끄러운 형태의 미숙한 불안에 불과했지만, 그런 생각이 그의 안에 자리 잡았고 떨쳐 낼 방법을 알 수 없었다.

　호텔에 도착했을 때 어머니는 분주하고 흥분한 상태로 정신이 없어서, 차마 치명적인 질병이나 끔찍한 사고에 관한 어두운 예감 이야기를 꺼낼 겨를이 없었다. 그날 아침 어머니는 북역에서 암스테르담으로, 그러니까 파리를 떠나 다른 도시로 갈 예정이었다. 또 하나의 모험이 기다리고 있었고, 여행 가방과 슈트케이스를 택시 트렁크에 실어야 했고, 마지막으로 길의 위장약을 제대로 챙겼는지 자기 핸드백을 확인해야 했고, 도어맨과 벨보이에게 팁을 건네며 감사의 말과 작별 인사를 해야 했다. 어머니는 아들을 짧지만 씩씩하게 안아 준 다음, 길이 문을 열어 준 택시 뒷좌석에 오르기 직전에 다시 한번 뒤돌아보며 퍼거슨을 향해 환하게 손 키스를 날렸다. 착하게 지내야 해, 아치. 어머니가 말했고, 이른 아침부터 그를 따라다니던 나쁜 감정은 갑자기 사라져 버렸다.

　택시가 모퉁이를 돌아가는 걸 지켜보며, 퍼거슨은 어머니의 요청은 무시하고 책에서 문제의 부분을 삭제하기로 결정했다.

나쁜 감정은 사라졌지만, 열 달 후 벌어진 사건들을 통해 밝혀졌듯이, 퍼거슨의 예감은 틀리지 않았다. 5월 6일에 어머니와 나눴던 작별 포옹은 두 사람의 마지막 접촉이었고, 어머니가 택시 뒷좌석에 오르고 길이 차

문을 달은 후로 퍼거슨은 어머니를 다시 만나지 못했다. 전화로 이야기를 나누기는 했는데, 1967년 3월 그의 스무 번째 생일날 밤에 한 번 통화를 했지만, 그날 전화를 끊은 후로 퍼거슨은 어머니의 목소리도 다시 들을 수 없었다. 그의 예감은 틀리지 않았지만, 그렇다고 정확하게 맞았다고도 할 수 없었다. 어머니에게 닥칠 것 같았던 치명적인 사고나 병이 어머니가 아니라 퍼거슨 본인에게 닥쳤던 것이다. 그의 경우에는 자신의 책 출간을 기념해 이뤄졌던 런던 방문 중에 일어난 교통사고였고, 그 말은, 1966년 5월 6일 어머니에게 작별 인사를 한 후로 그에게는 살아갈 날이 304일 남아 있었다는 뜻이다.

자비롭게도 그는 신들이 그에게 마련해 놓은 잔인한 계획을 인식하지 못하고 있었다. 자비롭게도 그는 자신이 『지상의 삶의 기록』에 그렇게 짧게만 등장할 것임을 모르고 있었고, 그랬기 때문에 자기 앞에 단지 304일이 아니라 수천 일의 내일이 놓여 있는 것처럼 계속 살아갔다.

어머니와 길이 암스테르담으로 떠나고 이틀 후, 퍼거슨은 비비언과 리사와 함께 파티에 가려 했지만 그 자리에 플레밍도 온다는 이야기를 듣고 그만뒀다. 돈과 눈물이 있던 밤으로부터 석 달이 지났고, 그날의 오해에서 플레밍이 했던 역할을 원망하는 마음도 모두 사라졌다. 그를 계속 사로잡고 있던 건 플레밍과의 일에서 스스로에게 허락했던 행동에 관한 기억, 그건 자기 잘못이었다는 확신이었다. 모두 자기 잘못이었고 플레밍은 퍼거슨이 할 수 있다고 한 행동 이외에는 어떤 것도 요구하지 않았기 때문에, 그날 벌어진 일에 어떤 책임도 없었다. 플레밍이 아니라 자신이었고, 자신의 수치였다. 플레밍의 편지들을 찢어 버리고 전화에 답하지 않은 건 스스로의 탐욕과 타락한 마음에 관한 기억 때문이었지만, 그렇게 플레밍을 향한 원망이 모두 사라졌다고 해도 굳이 그를 다시 만나고 싶을 이유는 없었다.

다음 날 아침 식사 때 비비언은 컬럼비아 대학 파리 분관인 리드 홀의 안뜰에서 열린 그 파티에서 만난 사람 이야기를 했다. 스물다섯 혹은 스물여섯인 그 젊은 남자는 비비언에게 강한 인상을 남겼는데, 아마 퍼거슨도 마음에 들 거라고 했다. 남자는 몬트리올 출신 캐나다인으로, 어머니는 퀘벡 출신 백인이고 아버지는 뉴올리언스 출신 흑인이었다. 이름은 알베르 뒤프렌이었고 워싱턴의 하워드 대학을 나왔는데, 대학에서는 농구 선수였고(이 부분이 퍼거슨의 관심을 끌 거라고 비비언은 생각했고, 그건 사실이었다), 아버지가 돌아가신 후에 파리에 와서 지금은 첫 소설을 쓰는 중이었다(이 부분 역시 퍼거슨의 관심을 끌 거라고 비비언은 생각했고, 그것도 사실이었다). 관심이 생긴 퍼거슨은 그에 관한 이야기를 더 해달라고 했다.

무슨 이야기?

무슨 이야기냐 하면, 그 사람은 어떤 사람이에요?

진지해. 지적이야. 열성적이고 — engagé(사회 참여적)하다고 할까. 아쉽지만 유머 감각이 뛰어나지는 않아. 하지만 아주 활동적이지. 사람을 사로잡는 매력이 있어. 세상을 뒤집어엎고 새로 만들고 싶어 하는 불타는 정열이 있는 그런 젊은이야.

저랑은 다르네요, 예를 들자면.

너는 세상을 새로 만들고 싶지는 않잖아, 아치. 세상을 이해하고 그 속에서 길을 찾기를 원하지.

그런데 선생님 생각에는 그 사람과 제가 잘 어울릴 거 같다고요?

동료 글쟁이이고, 동료 농구 선수이고, 동료 북미 출신이고, 동료 외아들이잖아. 그 사람 아버지는 돌아가신 지 2년밖에 안 되었지만, 그가 여섯 살 때 버리고 집을 나가 뉴올리언스로 돌아갔다고 하니까 아버지 없는 아들로서도 동료인 셈이지.

그 아버지는 뭘 하셨대요?

재즈 트럼펫 연주, 그리고 아들 말에 따르면 술을 엄청 마시고, 평생 완전 뼛속까지 개새끼였다고 하던데.

어머니는요?

초등학교 선생님. 우리 어머니처럼.

두 분이 할 말이 많으셨겠네요.

게다가 뒤프렌은 외모가 근사하다는, 정말 남다른

외모라는 이야기도 빼먹을 수 없지.

어떻게 근사해요?

키가 커. 185에서 188센티미터쯤 되고, 마른 근육질인 것 같아. 당연히 옷을 입고 있었기 때문에 정확히 알 순 없었지만 말이야. 여전히 몸 관리를 잘하고 있는 전직 운동선수 같았어. 지금도 기회가 될 때마다 농구는 한다고 그러더라고.

좋네요. 하지만 그게 얼마나 남다른 외모인지는 잘 모르겠어요.

얼굴 때문이야. 그 얼굴이 놀라울 정도거든. 아버지가 흑인일 뿐 아니라 촉토족 원주민 혈통도 좀 있다고 본인이 그러더라고. 그런 혈통이 백인인 어머니 유전자와 섞이면서 이 친구는 피부색이 밝은 흑인, 아시아인이나 유라시아인의 특징도 어느 정도 보이는 사람이 된 거야. 정말 놀라운 피부색이었는데, 은은하게 빛나는 게 꼭 구리를 입힌 것 같았고, 어둡지도 창백하지도 않았고, 골딜록스의 딱 알맞은, 그런 거, 무슨 말인지 알지? 이야기를 나누는 내내 그 사랑스러운 피부를 만져보고 싶었다니까.

미남이에요?

아니, 그 정도는 아니고. 그래도 잘생겼어. 보고 싶게 만드는 얼굴.

그러면, 그러니까…… 내적 성향은요?

확실히는 모르겠어. 보통은 바로 알 수 있는데, 이 알

421

베르는 좀 혼란스러워. 남자를 원하는 남자일 거라고
짐작은 하는데, 다른 남자들한테 추파 던지는 건 원하
지 않는, 남성적인 부류라고 할까.

마초 퀴어.

아마도. 제임스 볼드윈을 몇 번 언급했는데, 무슨 의
미인지는 모르겠네. 미국 작가 중에는 볼드윈을 제일
좋아한다고 하더라고. 그래서 파리에 온 거라고, 지미의
발자취를 따르고 싶어서라고 말이야.

저도 볼드윈 좋아해요, 그가 미국 최고의 작가라는
것도 인정하고. 하지만 볼드윈이 남자들에게 끌렸던
남자라고 해서, 그의 책을 좋아하는 남자들에 관해 뭔
가를 알 수 있는 건 아니니까.

그렇지. 아무튼 내가 네 이야기도 꽤 했는데, 네 책
이야기를 할 때 알베르도 인상적이라고 생각하는 것
같았어. 좀 부러워했던 것 같기도 하네. 열아홉 살이라,
하고 계속 중얼거리더라고. 열아홉 살에 책을 내는 사
람도 있는데, 자기는 20대 중반이 되어서도 절반도 못
쓴 첫 소설을 붙잡고 쩔쩔매고 있다고 말이야.

짧은 책이라고 말씀하셨죠?

그랬지. 아주 짧은 책이라고. 그리고 네가 죽을 만치
농구를 하고 싶어 한다고도 말했어. 믿거나 말거나이
지만, 그 사람이 5구의 데카르트가에 사는데 자기 집
바로 건너편이 야외 농구장이래. 담장이 늘 잠겨 있지
만 간단하게 넘을 수 있고, 거기 들어가서 농구하는 동

안 아무도 뭐라고 하지 않았대.

그 코트 열 번도 넘게 지나다녔는데, 프랑스인들은 자물쇠와 열쇠, 규정에 너무 엄격해서 거기 들어갔다가는 추방될 거라고 생각했어요.

알베르는 너 만나고 싶다고 했어. 관심 있니?

당연히 있죠. 오늘 저녁 같이 먹어요. 선생님 좋아하시는 그 모로코 식당 있잖아요. 콩트레스카르프 광장에 있는 라 카스바, 데카르트가라면 거기 바로 언덕 위잖아요. 그분이 다른 계획이 없으면 쿠스쿠스루아얄 같이 먹죠, 뭐.

그날 저녁 라 카스바에서 비비언, 리사, 그리고 낯선 남자와 식사를 했다. 남자는 15분 늦게 도착했는데, 정확히 비비언이 묘사한 대로, 놀라운 피부색에, 강렬하고 확신에 차 있는 듯한 용모였다. 아니, 소소한 이야기나 요란한 농담에 능한 사람은 아니었지만 웃을 만한 상황에서는 미소를 짓고 심지어 소리 내 웃을 줄도 알았고, 내면에 그 어떤 단단한 면모를 지니고 있는지 모르겠지만 그런 면모도 부드러운 목소리와 호기심 가득한 눈빛 때문에 누그러졌다. 퍼거슨은 그와 마주 보는 자리에 앉았다. 그의 얼굴을 정면에서 볼 수 있었고, 미남까지는 아니라는 비비언의 말이 어쩌면 맞는 것 같았지만, 그럼에도 퍼거슨은 아름다운 얼굴이라고 생각했다. 아니, 됐습니다, 종업원이 그의 잔에 와인을 따라 주려 할 때 알베르는 그렇게 말하고 퍼거슨을 보며 지금은 금주 중이라고 덧붙였다. 그러니까 이전에는 술을 마셨다는 뜻이었고, 분명 과하게 마셨던 게 틀림없었다. 그러니까 아마도 자신의 약점을 인정하는 셈이었는데, 알베르 뒤프렌처럼 엄격하고 자기 절제를 잘하는 사람이 그렇게 말하는 모습을 본 퍼거슨은, 그 말이 그도 결국은 인간임을 보여 주는 신호인 것 같아 반가웠다.

그리고 그 부드러운, 고르게 조율된 듯한 목소리에 퍼거슨은 어린 시절 아버지의 목소리를 들으면서 느꼈던 즐거움을 떠올렸다. 두 언어에 능숙한 알베르는 프랑스어를 할 때는 약간 캐나다 억양이 느껴졌고, 북미 구어 영어를 할 때는 프랑스 억양이 느껴졌는데, 퍼거슨은 그 목소리에서 아버지 때와 똑같다고는 할 수 없지만 비슷한 즐거움을 느꼈다.

종잡을 수 없는 대화는 두 시간 동안 이어졌다. 리사는 퍼거슨이 봤던 그 어느 때보다 잠잠했는데, 평소처럼 1백 번이 아니라 두어 번만 끼어들었고, 마치 낯선 남자가 걸어 놓은 주문에 걸려 자기 장난이 그 남자에게는 제대로 전해지지 않을 것임을 이해하고 있는 듯했다. 반면 알베르는 비비언과 있는 게 편해 보였는데, 물론 비비언은 모든 사람을 편하게 해주지만, 이번에는 비비언에게 알베르의 어머니를 떠올리게 하는 면모가 있었기 때문에 그런 느낌이 더 강해진 것 같았다. 그는 어머니와 아주 가깝게 지냈다고 했는데, 지긋지긋한 술꾼이었던 흑인 애아버지가 죽어 버린 상황에서 흑인 아들을 키우는 백인 어머니와 지내는 건 꽤나 복잡했 겠다고 퍼거슨은 짐작했다. 알베르 역시 무거운 짐을 지고 지냈을 텐데, 그가 대학을 졸업한 후 두 사람은 뉴 욕으로 건너가 1년 반을 할렘에서 지냈고, 그다음 그는 프랑스에 오기로 결심했다. 미국은 거기 사는 흑인들, 특히 그와 같은 흑인들(그러니까 자신과 같은 남자-남 자 사람을 말하는 건지, 아니면 다른 의미가 있는 건지 퍼거슨은 궁금했다)에게는 공동묘지였기 때문이다. 그 런 다음 대화는 파리에 와서 살았던 미국 흑인 작가 혹 은 예술가에 관한 이야기로 이어졌다. 알베르의 표현 에 따르면 발가벗고 신비한 조지핀 베이커, 리처드 라이 트, 체스터 하임스, 카운티 컬런, 그리고 쥘리에트 그레 코의 품에 안긴 마일스 데이비스, 헨리 크라우더의 품 에 안긴 낸시 큐나드, 그리고 알베르의 영웅 지미가 있 었다. 3년 전 워싱턴 행진에서 제임스 볼드윈이 연설 요청을 받지 못했던 건, 그의 말에 따르면, 참으로 무례 한 모욕이었지만 이미 베이어드 러스틴이 연사 목록에 있었던 상황에서 흑인 게이는 한 명이면 충분하다고 사람들 은 생각했을 것이기 때문이었다(증거는 산처럼 가득했다). 그때 퍼거슨이 끼어들어 『조반니의 방』 이야기를 꺼내 며, 자신의 소박하지만 진심 어린 의견을 말하자면 그 책 이 자신이 읽은 것 중 가장 용감하고 가장 우아한 책이라고 말했다(알베르도 동의한다는 듯 고개를 끄덕였다). 그리고 잠시 후, 저녁 식사 자리에서의 대화가 종종 그렇듯 그들은 다른 주제로 넘어갔고, 둘은 이내 농구 이야기를 시작했다. 보스턴 셀틱스와 빌 러셀 이야기가 나왔고, 퍼거슨은 오래전 짐에게 했던 질문, 빌 러셀은 잘한다고 할 수 없는 선수인데 어떻게 최고가 되었냐는 질문을 알베르에게도 똑같이 했고, 알베르는 이렇게 대답했다. 러셀은 잘하는 선수예요, 아치. 원하면 한 게임에서 25점도 올릴 수 있는 선수죠. 하지만 아워백[53]이 그걸 요구하지 않을 뿐이에요. 감독은 그가 팀의 지휘자 역할을 해주기를 바랐던 거고, 우리 모두 알고 있듯이 지휘자가 직접 악기를 연주하지는 않잖아요. 지휘봉을 들고 서서 관현악단을 이끌 뿐인데, 보기에는 간단할지 몰라도 그 일을 하는 지휘자가 없으면 연주자들은 화음을 놓치고 잘못된 음을 연주하는 거니까.

저녁 자리는 초대와 함께 끝났다. 알베르는 다음 날 오후에 퍼거슨이 바쁘지 않다면 오후 4시 30분쯤 자기 집으로 와, 데카르트가 건너편에 있는 〈개인 코트〉에서 일대일 친선 시합을 해보자고 했다. 퍼거슨은 몇 달째 농구를 하지 않았기 때문에 실력이 많이 녹슬었을 거라고, 하지만 기꺼이 해보고 싶다고 대답했다.

그렇게 알베르 뒤프렌이 퍼거슨의 삶으로 들어왔다.

53 보스턴 셀틱스 팀 감독. 1950년에서 1966년까지 팀을 이끌었다.

그렇게 훗날 앨 베어Al Bear 혹은 미스터 베어Mr. Bear로 알려지게 될 남자가, 〈인간 존재의 고통〉에 맞서는 끝나지 않는 〈지루함 전쟁〉에서 퍼거슨의 부대전우로 합류했다. 양쪽 모두였던 오브리 힐, 한쪽만 바라보는 피오나와 만족스러운 결혼 생활을 유지하며 두 자식의 사랑스러운 아빠가 된 그와 달리, 독신이자 역시 한쪽만 바라보는 앨 베어, 속으로는 이 세상의 피오나들보다는 오브리들에게만 강하게 끌렸던 그는 언제든 전투에 나설 수 있는 사람이었고, 마침 퍼거슨과 같은 도시에 살고 있기도 했기 때문에, 그 〈언제든〉이란 적어도 전투가 계속되는 동안은 거의 매일을 의미했다.

둘이 함께 보낸 첫 번째 오후는 예상과 달리 진행되었다. 거칠고 경쟁적인 일대일 시합에서 이제는 예비역이 된 전직 〈돌격대장〉은 민첩한 전직 포인트 가드 출신인 미스터 베어에 맞서 골 밑을 장악했고, 흘러나온 공을 잡으려고 다투고 슛을 막는 과정에서 둘의 몸이 부딪쳤고, 대등한 시합을 세 번 치르는 동안 둘은 매번 반칙을 20~30개나 범했고, 백인인 퍼거슨이 흑인인 뒤프렌보다 점프를 더 잘한다며 웃음을 터뜨렸고, 퍼거슨의 외곽 슛이 형편없이 벗어나는 바람에 그는 세 시합 모두에서 지고 말았지만 둘의 실력은 분명히 막상막하였고, 일단 퍼거슨의 몸이 풀리고 나자 알베르는 그에게 맞서기 위해 죽을힘을 다해 뛰어야 했다.

시합이 끝나고 쇠사슬로 묶어 놓은 담장을 넘을 때

는 둘 다 녹초가 되었고, 거친 숨을 내쉬었고, 소금기 가득하고 끈적거리는 땀에 흠뻑 젖어 있었고, 그런 상 태로 길을 건너 3층에 있는 알베르의 아파트로 걸어 올 라갔다. 방 두 개짜리 집은 단정하고 깔끔했는데, 큰 방 벽에는 4백여 권의 책이 빼곡히 꽂혀 있고 그 사이에 침대와 대형 옷장이 놓여 있었다. 작은 방에는 책상과 레밍턴 타자기가 있고, 알베르가 작업 중인 소설 원고 가 차곡차곡 단정히 쌓여 있었다. 목제 식탁과 네 개의 나무 의자가 놓인 작은 좌식 주방 창으로 햇빛이 비치 고, 흰색 타일을 바른 욕실 창문으로 더 많은 빛이 쏟아 져 들어왔다. 미국식 샤워가 아니라 샤워기를 손에 쥐 고 하는 프랑스식 샤워, 욕조에 서거나 앉아서 퍼거슨 이 전화 샤워기라고 부르는 것으로 직접 몸에 물을 뿌리 는 샤워를 해야 했는데, 퍼거슨이 손님이었기 때문에 알베르는 먼저 씻으라고 양보해 줬고, 그렇게 욕실에 들어간 퍼거슨은 운동화를 벗고 축축하고 냄새나는 양 말과 반바지, 티셔츠를 벗은 후 물을 틀고 깊은 사각형 욕조 안으로 들어갔다. 오른손으로 전화 샤워기를 든 채 쏟아지는 물을 맞으며 흠뻑 젖은 상태에서, 물소리 밖에 들리지 않았고 뜨거운 물줄기를 피해 눈도 감고 있었기 때문에, 그는 알베르의 노크 소리를 듣지도 못 했고, 잠시 후 그가 욕실에 들어오는 것도 보지 못했다.

목덜미에 알베르의 손길이 느껴졌다. 퍼거슨은 팔을 떨어뜨려 샤워기를 놓고, 눈을 떴다.

알베르는 반바지만 제외하고 벗은 상태였다.

이런 것도 괜찮아할 것 같은데, 그는 퍼거슨의 엉덩이까지 손으로 쓸어내리며 말했다.

괜찮은 것 이상이죠, 퍼거슨이 말했다. 이렇게 하지 않았으면 실망에 찬 슬픈 손님이 되어 이 집에서 나갔을 거예요.

알베르는 다른 손으로 퍼거슨의 허리를 잡고 자기 몸을 밀착했다. 너는 놀라운 청년이야, 아치. 그가 말했다. 네가 실망에 차서 이곳을 나가는 건 원하지 않아. 실은, 네가 아예 가지 않으면 우리 둘 다한테 더 좋을 것 같은데, 그렇게 생각하지 않아?

오후가 저녁이 되고, 저녁이 밤이 되고, 밤이 아침이 되고, 아침이 또 한 번의 오후가 되었다. 퍼거슨에게는 바로 원하던 바, 일생에 한 번 있는 대폭발 같은 사랑이었고, 남은 256일 동안 그는 완전히 다른 나라에서, 프랑스도 미국도 그 어디도 아닌, 이름도 없고 경계도 없고 도시나 마을도 없는, 단 두 명만이 사는 새로운 나라에서 지냈다.

미스터 베어가 어울리기 쉬운 사람이었다는 말이 아니고, 섹스와 동지애, 그리고 갈등이 있었던 그 8개월 남짓한 기간 동안 퍼거슨이 험한 시기를 지나지 않았다는 말도 아니다. 그의 새 친구가 지고 있던 짐은 과연 그에게 무거운 부담이 되었고, 세상 밖으로 나갈 때 알베르가 아무리 젊고 총명하고 자기 확신에 가득 찬 사람으로 보였다고 하더라도 그의 영혼은 나이 들고 지쳐 있었고, 나이 들고 지친 영혼은 종종 신랄했고, 종종 화를 냈고, 특히나 그런 신랄함이나 화를 함께 느끼지 못하는 이들에게 유난히 그러했다. 알베르는 대부분의 날들에는 사랑스러웠고, 그 다정함과 따뜻함으로 퍼거슨을 압도해서 침대에 함께 누운 이 따뜻하고 다정한 남자보다 더 좋은 사람은 세상에 없을 것 같다는 생각을 하게 했다. 한편으로 알베르는 자존심 강하고 경쟁적이었으며, 다른 사람들에 대해 가혹한 도덕적 판단을 내리는 경향이 있었는데, 자신이 아직 책을 완성하지 못한 상황에서 젊은 친구의 책이 곧 출간될 거라는 사실은 도움이 되지 않았고, 퍼거슨의 소년 같은 유머 감각이 종종 알베르의 심술궂은 정의감과 어긋나는 상황도 역시 도움이 되지 않았다. 섹스 직후의 행복감에 젖은 상태에서 퍼거슨은 무모한 생각들, 이를테면 온몸의 털을 밀어 버리자든가, 가발과 여자 옷을 사서 여장한 다음 식당이나 파티에 가서 진짜 여자인 것처럼 사람들을 속일 수 있을지 시험해 보자든가 하는 제안 등을 홍수처럼 정신없이 쏟아 내곤 했다. 아르—시, 퍼거슨은 셀레스틴의 발음을 흉내 내기도 했다. 하룻밤만이라도 내가 진짜 여자처럼 행세하면 재미있지 않을까?라고 물으면 알베르는 짜증스럽게 대답했다. 바보 같은 소리 마. 너 남자야. 남자인 것에 자긍심을 좀 갖고 그 말도 안 되는 드래그 퀸 이야기는 잊어버려. 네가 아닌 뭔가로 바뀌어 보고 싶다면, 하루나 이틀 정도 흑인이 되어 본 다음에 무슨 일이 벌어지나 봐. 혹은 침대에서 유난히 만족스러운 일을 치른 후에, 퍼거슨은 둘이 함께 게이 포르노 잡지에 모델로 나가 보면 어떻겠냐고 제안했다. 풀 컬러 잡지에 둘이서 키스하고, 입으로 해주고, 상대 엉덩이에 넣고, 싸는 순간에는 좆을 클로즈업으로 찍은 사진이 실리면 대박 아니겠냐고, 게다가 돈도 엄청 벌 수 있지 않겠냐고 퍼거슨은 말했다.

품위는 어디로 간 거야? 알베르는 이번에도 퍼거슨의 장난을 받아들이지 못하고 그렇게 쏘아붙였다. 그리고 왜 늘 돈 이야기야? 부모님이 보내 주시는 돈이 많지는 않겠지만 그래도 비비언이 정말 잘 챙겨 주고 있잖아. 내가 보기에는 그런데 왜 그깟 몇 프랑 더 얻겠다고 자신을 그렇게 욕보이는 거야?

그냥 그렇다고. 퍼거슨은 진짜 마음을, 지난 두 달 동안 자신을 사로잡고 있던 생각을 말해 버리고 싶은 변덕스러운 환상을 물리친 채 그렇게 말했다. 비비언이 정말 잘 챙겨 주는 거 맞아. 그런데 내가 그냥 빈대가 된 것 같은 기분이 들기 시작했거든. 그게 마음에 들지 않아. 더는 아닌 것 같아서. 비비언에게 그렇게 많이 받기만 하는 건 옳지 않잖아. 그런데 형도 알지만 나는 이 나라에서 일을 할 수가 없는데, 도대체 어떻게 하라고?

퀴어 술집에 가면 언제든 네 엉덩이로 돈 벌 수 있어. 알베르가 말했다. 그러고 나면 진흙탕에서 사는 게 어떤 느낌인지 제대로 맛볼 수 있을 거야.

그 생각은 이미 해봤는데, 퍼거슨은 돈과 눈물이 있던 밤을 떠올리며 대답했다. 관심 없어.

일곱 살이나 어렸기 때문에 퍼거슨은 그 연애에서 아래쪽, 그러니까 큰 형의 지도를 따라야 하는 동생 역할이었고, 그건 자신에게 더 잘 맞는 역할인 것 같다고 생각했다. 알베르의 보호 아래 지내는 것, 책임질 필요도 없고, 모든 일을 해결해야만 한다는 기대도 받지 않는 그런 상태보다 더 좋은 건 없을 듯했다. 그리고 대체로 알베르는 정말 그를 보호해 줬고, 대체로 그를 아주 잘 돌봐 줬다. 알베르는 퍼거슨이 알아 온 사람 중 처음으로, 정신적인 것과 육체적인 것에 대한 그의 이중적이면서도 일체화된 열망을 공유하는 사람이었다. 육체적인 것이란 우선은 섹스, 인간의 모든 활동 중 섹스를 최우선으로 여긴다는 점이었지만, 그뿐 아니라 농구와 야외 활동, 달리기에 대한 열망도 포함했다. 파리 식물원에서의 달리기, 푸시업, 싯업, 스쾃, 그리고 코트나 아파트에서의 팔 벌려 뛰기, 그리고 거칠게 몸을 부대끼는 일대일 농구, 특히 농구는 그 자체로 자극이 되고 성취감이 있기도 했지만 일종의 육감적인 전희의 역할도 해줬는데, 이제 그는 알베르의 몸을 잘 알게 되었기 때문에, 코트에서 움직이는 알베르를 보며 반바지와 티셔츠 안에 숨어 있는 그 알몸을, 깊이 사랑받고 있는 미스터 베어의 눈부신 육체적 자아를 생각하지 않을 수 없었다. 그리고 정신적인 것에는 뇌의 기능이나 지각과 관련한 노력뿐 아니라 책과 영화, 미술 작품에 대한 공부, 글을 쓰려는 욕구, 세상을 이해하고 새로 만들려는 본질적인 노력, 다른 사람들과의 관계 속에서 자신을 생각하려는 의무감과, 단지 자신만을 위해 살고 싶다는 유혹을 거부하는 태도 등이 포함되었다. 그리고 알베르가 책뿐 아니라 영화도 좋아한다는 것, 그러니까 퍼거슨 본인이 이제 책도 좋아하게 되었듯 알베르도 영화를 좋아하게 되었다는 것을 알게 된 후로 두 사람은 거의 매일 저녁 습관처럼 영화를 보러 다녔다. 퍼거슨의 잡식성 취향 덕분에, 그리고 알베르는 퍼거슨이 고른 영화라면 뭐든 기꺼이 함께 보려 했기 때문에 온갖 영화를 다 봤는데, 그중에서도 브레송의 신작 「당나귀 발타자르」는 그 어떤 영화보다 소중했다. 5월 25일에 파리에서 개봉한 영화였는데, 두 사람은 나흘 밤 연속으로 나란히 앉아 그 영화를 관람했고, 두 사람의 가슴과 머리는 성스러운 계시를 받은 듯 격렬하게 소용돌이쳤다. 도스토옙스키의 『백치』를 프랑스 시골 지역의 당나귀 이야기로 각색한 작품이었는데, 마구 짓밟히며 잔인한 대우를 받는 발타자르는 인간의 고통과 성스러운 인내를 상징하는 것처럼 보였다. 퍼거슨과 알베르는 발타자르의 이야기에서 각자가 살아온 이야기를 봤기 때문에 몇 번을 봐도 질리지 않았고, 스크린에 비치는 영화를 보며 자신이 곧 발타자르라고 느껐기 때문에 영화를 본 첫날 이후 세 번이나 더 보러 갔고, 마지막 날 영화가 끝날 무렵이 되자 퍼거슨은 영화의 핵심 장면에 이르러 당나귀 입에서 튀어나오는, 귀를 찌르는 듯한 불협화음의 울음소리를 똑같이 흉내 낼 수 있게 되었다. 희생양-피조물이 다음 숨을 들이마시기 위해 애쓰며 내뱉는, 천식에 걸린 듯한 절규는 끔찍한 소리였고, 보는 이의 가슴을 찢는 소리였다. 그날 이후 퍼거슨은 자신이 우울한 기분에 빠지거나 세상의 부당함을 보고 상처받았음을 알베르에게 알리고 싶을 때마다, 말은 생략한 채 발타자르의 그 무미건조한, 숨을 들이마시며 동시에 내쉬는 거친 소리를 흉내 냈다. 알베르는 그 소리를 세상 저편의 당나귀 울음이라고 불렀는데, 본인은 그 정도로 비슷하게 소리를 낼 수가 없었기 때문에 함께 할 수 없었고, 덕분에 퍼거슨은 고통받는 당나귀 흉내를 낼 때마다 자신들 둘을 위해 그렇게 하는 거라고 생각했다.

대부분은 취향이 비슷하고 책이나 영화, 사람에 대한 반응도 비슷했지만(알베르도 비비언을 무척 좋아했다) 글쓰기에 관해서만은 서로 어색했는데, 두 사람 중 누구도 자기 글을 상대에게 보여 줄 용기가 없었기 때문이다. 퍼거슨은 알베르가 자기 책을 읽어 주기를 원했지만, 억지로 읽게 할 수는 없었고 알베르가 보여 달라고 한 적도 없었기 때문에 그대로 물러나 아무 말도 하지 않았다. 런던에서 오브리가 교정을 마친 원고를 보내 줬다는 소식도 알리지 않았고, 표지에 어머니의 사진을 쓰기로 했다는 이야기나, 로럴과 하디의 영화에서 뽑은 스틸 컷 열 장과 1954년 말과 1955년에 나온 다른 영화들에서 뽑은 스틸 컷 열 장(그중에는 「쇼처럼 즐거운 인생은 없다」의 매릴린 먼로, 「화가와 모델」의 딘 마틴과 제리 루이스, 「피크닉」의 킴 노백과 윌리엄 홀든, 「아가씨와 건달들」의 말런 브랜도와 진 시먼스, 「신의 왼손」의 진 티어니와 험프리 보가트 등이 있었다)을 본문에 넣기로 했다는 이야기도 하지 않았다. 그뿐 아니라 각각 7월 초와 7월 말, 9월 초에 나온 1차 교정쇄와 2차 교정쇄, 그리고 가제본에 관해서도 한 마디도 하지 않았고, 뉴욕 랜덤 하우스의 폴 샌들러(퍼거슨의 전 이모부인 그 폴)가 영국에서 책이 나오고 한 달 후에 미국판도 출간하기로 했다고, 오브리가 편지로 알려 준 사실에 관해서도 말하지 않았다.

퍼거슨이 작업 중인 소설의 앞부분 절반을(2백 페이지가 조금 넘는 것 같다) 보여 달라고 했을 때, 알베르는 너무 조잡해서 안 된다고, 완성될 때까지는 아무에게도 보여 주지 않을 거라고 했다. 퍼거슨은 이해한다고 말했고, 그건 사실이었다. 본인 역시 책이 완성될 때까지는 아무에게도 보여 주지 않았지만, 적어도 제목 정도는 알려 줄 수 있는 것 아니냐고 했다. 알베르는 고개를 저으며 아직 제목이 없다고, 후보는 세 개 있지만 뭐가 좋을지 결정하지 못했다고 대답했는데, 그건 솔직한 대답일 수도 있고 정중하게 피해 가려는 것일 수도 있었다. 퍼거슨이 맨 처음 알베르의 서재에 들어갔을 때는 원고가 책상의 레밍턴 타자기 옆에 얌전히 놓여 있었지만 그날 이후로 사라졌고, 말할 것도 없이 커다란 나무 책상의 서랍 어딘가에 들어 있을 것이었다. 둘이 함께 보낸 몇 달 동안 알베르가 동네 어딘가에 일을 보러 나가고 아파트에 퍼거슨 혼자 남아 있을 때가 몇 번 있었는데, 그 말은 서재에 들어가 서랍에 숨겨 둔 원고를 찾아볼 수도 있었다는 의미였다. 하지만 퍼거슨은 그런 일을 저지르는 종류의 사람, 다른 이들의 신뢰를 배신하고 약속을 깨버리는 사람, 보는 사람이 없을 때면 정정당당하지 못한 일을 하는 사람은 되고 싶지 않았기 때문에 한 번도 시도하지 않았다. 알베르의 원고를 몰래 보는 일은 그 원고를 훔치거나 태워 버리는 것만큼이나 나쁜 일, 절대 용서받을 수 없는, 역겨운 배반 행위였다.

알베르는 자신의 책은 비밀로 했지만 다른 면에서는 놀랄 만큼 숨기는 게 없었고, 종종 제 이야기를 하지 못해 안달이었기 때문에 함께 지낸 지 몇 주 만에 퍼거슨은 그의 과거에 관해 많은 걸 알게 되었다. 여섯 살에 아버지에게 버림받았다는 건 리드 홀에서 비비언을 만났을 때 이야기한 그대로였다. 하지만 그 후로 17년 동안이나 아무 소식이 없던 아버지가 유언장에서 그를 기억하고는 6만 달러의 유산을 남겨 줬고, 그 정도면

5년 동안 아무것도 하지 않고 파리에서 소설만 쓰며 살기에 충분한 돈이었다. 알베르는 어머니와 매우 가까웠는데, 어머니는 흑인과 결혼했다는 이유로 엄격한 로마 가톨릭 집안에서 쫓겨났고, 그 흑인이 떠난 후 집안에서는 모든 걸 잊고 어머니를 용서하려 했지만, 이번에는 강인하고 혈기 넘쳤던 어머니 쪽에서 모든 걸 잊고 용서할 생각이 없었기 때문에 계속 그렇게 관계를 끊고 지냈다. 몬트리올은 흑인이나 혼혈 인구가 없지 않은 도시였고, 그곳에서 알베르는 화려하게 피어났다. 운동을 제일 잘하는 아이, 공부도 제일 잘하는 아이였지만, 청소년기 중반쯤에 자신이 다른 남자아이들과 다르다는 사실, 흑인이든 백인이든 혼혈이든 상관없이 다르다는 사실을 서서히 알아 가면서부터는 어머니가 그 사실을 알게 될까 두려웠는데, 어머니는 큰 충격을 받으실 게 분명했기 때문이다. 그래서 그는 열일곱에 몬트리올을 떠나 인구 대부분이 흑인인 워싱턴에 있는, 흑인만 다니는 하워드 대학에 진학했다. 학교 자체는 근사했지만 사는 동네는 썩어 빠질 지경이었고, 그 아랫동네에서 지낸 첫 1년 동안 그는 서서히 망가져 갔다. 처음엔 술, 그리고 코카인, 그다음에는 헤로인, 무감각한 혼란과 확신에 찬 분노 속으로 추락했고, 그건 너무나 치명적인 조합이었기 때문에 그는 절뚝거리며 몬트리올의 어머니 품으로 돌아갔다. 게이 아들보다는 마약 중독자 아들이 나을 거라고 그는 생각했고,

어머니는 그런 그를 여름 동안 로렌시아산맥에 데려가서 헛간에 가두고 소위 〈마일스 데이비스 치료〉를 받게 했다. 그 엽기적인 해독 프로그램을 겪는 나흘 동안 토하고, 똥 싸고, 비명을 지르고, 부들부들 떨며 금단 현상에 시달렸고, 아무것도 아닌 초라한 자신의 모습과 그를 지켜 주지 않는 하찮은 신의 모습을 노골적으로 맞닥뜨린 후에 어머니는 그를 헛간에서 꺼내 줬고, 다음 두 달에 걸쳐 그가 다시 음식을 먹고, 다시 생각하고, 자조(自嘲)를 그만두는 동안 아무 말 없이 옆에 있어 줬다. 가을 학기에 하워드에 돌아간 그는 와인이나 맥주, 위스키는 한 방울도 마시지 않았고, 마리화나를 피우거나 코카인을 들이켜지도 않았으며, 이후 8년 동안 그렇게 지내 왔음에도 여전히 뼛속 깊은 곳에서는 어느 순간 자신이 약물 과용으로 사망할지 모른다는 두려움을 느끼고 있었다. 함께 지내기 시작한 지 사흘째 되던 날 그 이야기를 들은 퍼거슨은 알베르 앞에서는 술을 마시지 않겠다고 결심했다. 섹스만큼이나 와인을 즐기며 술을 좋아했던 그가 미스터 베어와는 술을 마실 수 없는 거였다. 그건 재미없었지만, 아주 재미없는 상황이었지만, 그래야만 했다.

그 사흘째에서 열흘이 더 지났을 때, 퍼거슨은 다시 글을 쓰기 시작했다. 원래 계획은 조심스럽게 과거로 돌아가 고등학교 때 쓴 기사 중 몇몇을 살펴며 건질 글이

438

있는지 살펴보는 것이었지만, 존 포드 작품 중 서부 영화가 아닌 것들에 관해 쓴 기사를 면밀히 검토해 본 결과, 자신의 에세이 중 가장 잘 쓴 줄 알았던 그 글마저도 너무 조잡하고 부족한 점이 많아 다시 생각해 볼 여지도 없었다. 그 시절 이후로 자신이 이만큼이나 발전했는데, 그의 안에 더 밀고 나가고 싶은 것들이 가득한 마당에 왜 굳이 과거로 돌아간단 말인가? 좋은 사례를 충분히 쌓아 왔기 때문에 이제 영화에서 재현된 어린 시절에 관한 글을 시작할 수 있을 것 같았고, 늘 진화해 오던 〈고물상과 천재들〉은 이제 〈예술 영화와 상업 영화〉라는 좀 더 직접적인 제목으로 바뀌었고, 덕분에 종종 흐릿했던 예술과 오락 사이의 경계를 명확하게 파고들어 갈 수 있게 되었다. 하지만 두 글 중 어느 것을 먼저 쓸지 고민하던 와중에 뭔가 새로운 기획이 떠올랐고, 그게 나머지 두 계획을 압도할 만큼 컸기 때문에 퍼거슨은 곧장 그 아이디어를 깊이 파보기로 했다.

길이 암스테르담에서 편지와 책, 홍보 책자, 그리고 프린젠그라히트 263번지 안네 프랑크 기념관의 엽서를 보내 줬다. 길과 퍼거슨의 어머니는 암스테르담 여정의 마지막 날에 그 기념관을 방문했다고 했다. 길의 편지에 따르면 그곳은 이제 박물관으로 쓰이고, 관람객들은 계단을 따라 은신처로 올라가 어린 안네 프랑크가 일기를 썼던 바로 그 방에 들어가 볼 수도 있다고 했다. 길은 퍼거슨이 리버사이드 학교의 8학년 영어 시간에 그 책을 읽고 완전히 마음에 들어 했던 일을 기억하고 있었다. 그 책에 푹 빠져서 안네 프랑크에게 〈엄청 반했다〉고, 〈그녀와 미칠 듯이 사랑에 빠졌다〉고 할 정도였잖아. 함께 보내는 자료들에 네가 관심이 있을 것 같구나. 이 불쌍한 소녀에 대한 사람들의 맹목적인 관심에는 어딘가 부적절한 면이 있다는 것도 안다. 길의 편지는 이어졌다. 책이 베스트셀러가 된 다음 연극과 영화까지 나오면서 미국이나 다른 지역의 비유대인들에게 안네 프랑크는 홀로코스트의 천박한 상징이 되어 버렸지만, 그게 안네 프랑크 본인의 잘못은 아니겠지. 안네 프랑크는 죽었고, 그 아이가 썼던 책은 훌륭한 작품이니까 말이다. 천재적 재능을 지닌 작가의 싹이 보이는 작품이었고, 네 엄마와 나는 그녀의 집을 방문하고 깊은 감명을 받았구나. 네가 영화에서 재현된 어린 시절에 관한 글을 써보고 싶다는 말을 들었기 때문에, 안네 프랑크가 은신처의 벽에 붙여 놓았던 사진들을 보는 순간 네 생각을 하지 않을 수 없었지. 신문이나 잡지에서 오려 낸 할리우드 스타들의 사진 ── 진저 로저스, 그레타 가르보, 레이 밀랜드, 레인 자매 등 ── 이었는데, 그래서 그녀가 쓴 글 중 일기와 관련이 없는 것들을 묶은 책 『숨은 집에서 쓴 이야기』를 보낸다. 「영화 스타가 되는 꿈」이라는 글을 한번 보렴. 앤 프랭클린이라는 열일곱 살의 유럽 소녀가(안네 프랑크는 열일곱 살까지 살지를 못했지) 소원을 이뤄 가는 이야기인데, 이 소녀가 할리우드의 프리실라 레인에게 편지를 쓰고 결국 초대를 받아 레인의 가족과 함께 여름을 보내는 이야기야. 대양을 건너며 장거리 비행을 하고, 미 대륙을 횡단해 캘리포니아에 도착한 다음, 프리실라가 앤을 워너 브러더스 촬영장에 데려가고, 거기서 앤은 사진을 찍고 테스트를 거친 후에 마침내 테니스복 모델일자리를 얻는 거지. 대단한 환상 아니니! 이것도 기억해야 해, 아치. 안네 프랑크가 일기장에 붙여 놓은 사진 밑에는 이런 말이 적혀 있단다. 〈이 사진은 내가 늘 보고 싶은 나의 모습이다. 이 사진을 보고 있으면 할리우드에 갈 수 있을 것만 같다.〉 수백만 명의 학살과 문명의 종말이 있었는데, 수용소에서 죽을 운명인 어린 네덜란드 소녀는 할리우드를 꿈꾸고 있었던 거지. 너도 관심이 생길 것 같구나.

그게 퍼거슨의 다음 계획, 최종 분량을 알 수 없는 글 〈할리우드에 간 안네 프랑크〉였다. 그는 영화 속 아이들에 관해서뿐 아니라, 영화가 아이들에게 미치는 영향에 관해서도 쓸 계획이었다. 특히 할리우드 영화가 미친 영향을, 미국의 아이들뿐 아니라 전 세계 아이들에게 미친 영향을 다룰 예정이었는데, 어디선가 사티아지트 레이가 어린 시절 인도에 살 때 캘리포니아의 청소년 스타 디애나 더빈에게 팬레터를 썼다는 이야기를 읽은 적이 있었기 때문이다. 그리고 레이와 안네 프랑크를 중요한 예시로 활용하면, 영화에 관해 생각한 이후 줄곧 머릿속을 맴돌던 예술과 오락의 구분이라는 주제도 깊게 파볼 수 있을 것 같았다. 매혹과 자유라는 평행 세계로 들어가는 유혹, 현실보다 크고 현실보다 나은 다른 이들의 이야기에 스스로를 맞추고 싶은 욕망, 자신의 몸을 벗어나 공중으로 떠오르고, 그렇게 지상을 벗어나는 일. 그건 보잘것없는 주제가 아니었고, 안네 프랑크의 사례로 알 수 있듯이 삶과 죽음의 문제였다. 상업 영화와 예술 영화. 그가 한때 사랑했던 안네, 여전히 사랑하는 안네, 은신처에 갇힌 채 할리우드를 갈망하다가 열다섯 살에 사망한, 열다섯 살에 베르겐벨젠 수용소에서 처형당한 소녀. 그 후 할리우드는 그녀의 마지막 시간을 영화로 만들었고, 그녀는 스타가 되었다.

이 자료들이 저한테 얼마나 소중한지 모르실 거예요, 퍼거슨은 새아버지에게 감사하다며 답장을 썼다. 이것들 덕분에 제 생각을 분명히 정리하고 다음 책에서 쓰고 싶었던 것들을 쓸 수 있는 새로운 길을 찾았습니다. 아저씨 덕분에 글의 주제가 훨씬 묵직해졌고, 저로서는 그 주제를 온전히 다룰 수 있는 능력이 제게 있기를 바랄 뿐이에요. 테니스복. 철조망이 둘려 있고 기관총의 감시를 받는 마을. 그레타 가르보의 첫 번째 웃음. 진흙의 도시에 장티푸스가 창궐하는 동안 캘리포니아에서 뛰노는 사람들. 모두를 위한 칵테일파티. 석회암 구덩이에 들어갈 시간, 굶주린 채 죽어 가는 아이들. 이제 우리는 어떻게 서로를 사랑할 수 있을까요? 이제 어떻게 우리의 이기적인 생각을 계속 이어 갈 수 있을까요? 아저씨도 그 자리에 계셨죠. 아저씨는 직접 목격하고 그 냄새를 맡았지만, 그럼에도 음악에 아저씨 인생을 맡겼어요. 제가 아저씨를 얼마나 존경하고 사랑하는지 도저히 말로 다 전할 수가 없습니다.

알베르와 함께 지낸다는 건 대부분의 낮 시간 동안은 그와 지내지 않는다는 의미였다. 데카르트가의 알베르는 그의 소설에 문장들을 더하고 퍼거슨은 하녀 방에서 길의 목록에 있는 책들을 읽고 에세이를 쓰다가, 오후 5시쯤에 퍼거슨이 알베르의 집으로 건너갔고, 거기서 두 사람은 농구 시합을 하는 날도 하지 않는 날도 있었다. 농구를 했느냐 하지 않았느냐에 따라 이후 무프타르가의 소란스러운 시장에 가서 저녁거리를 사거나, 혹은 저녁거리를 사는 대신 더 늦게 식당에 가서 저녁을 먹었고, 퍼거슨은 식당에서 밥을 사 먹을 돈이 없었기 때문에 알베르가 수표책으로 계산했고(그는 돈 문제에 관해서는 한없이 너그러워서, 신경 쓰지 말고 마음껏 먹으라고 늘 퍼거슨에게 말했다), 그런 다음엔 영화를 보러 가거나 가지 않았고(보통은 보러 갔다), 그다음엔 농구장 건너편의 아파트 3층으로 돌아와 함께 침대로 들어갔다. 알베르가 비비언의 아파트에서 함께 저녁 식사를 하고 6층에 있는 퍼거슨의 작은 방에서 자고 가는 날은 예외였다.

퍼거슨은 그런 생활이 영원히 이어질 줄 알았다. 영원히는 아니더라도 아주 오랫동안, 몇 달 혹은 몇 년은 이어질 줄 알았지만, 그 매혹적인 일상이 256일 동안 이어지던 중에, 지난 5월 어머니와 헤어지던 아침에 퍼거슨을 사로잡았던 불길한 사고에 대한 예감이, 예상치도 못했던 알베르의 어머니에게 실현되고 말았다.

1월 21일 오전 7시, 두 사람이 아직 데카르트가 알베르의 침대에서 잠들어 있던 그 시간에 전보가 한 통 도착했고, 건물 경비원이 큰 소리로 문을 두드리며 Monsieur Dufresne, un télégramme urgent pour vous(뒤프렌 씨, 급한 전보가 왔습니다)라고 말했다. 두 사람은 황급히 침대에서 나와 옷을 걸쳤고 알베르는 전보를 읽었다. 파란색 전보용지에 검은색 글씨로 그의 어머니가 몬트리올에 있는 아파트 계단에서 발을 헛디뎌 떨어져서 60세를 일기로 사망했다는 소식이 적혀 있었다. 알베르는 아무 말이 없었다. 그는 전보를 퍼거슨에게 보여 줄 뿐 계속 말이 없었다. 퍼거슨이 〈즉시 귀가 바람〉이라는 말로 끝나는 그 전보를 다 읽고 나서야 알베르는 큰 소리로 울음을 터뜨렸다.

같은 날 오후 알베르는 캐나다로 떠났고, 거기 머무는 동안 챙겨야 할 복잡한 가족 문제나 재정 문제가 많았기 때문에, 또한 어머니의 장례식이 끝난 후에는 아버지의 삶에 관해 더 알아보기 위해 뉴올리언스에 가보기로 했기 때문에, 퍼거슨에게 보낸 편지에 적었듯이 그는 지구 반대편에 두 달 정도 있을 예정이었고, 알베르가 파리를 떠난 후 퍼거슨의 인생에는 43일밖에 남아 있지 않았기 때문에, 두 사람은 다시는 만날 수 없었다.

퍼거슨은 차분했다. 알베르가 언젠가는 돌아오리란 걸 알았기 때문에 그동안 자기 일에 집중하고, 알베르가 없는 틈을 타 저녁 식사를 하며 와인을 마시는 옛 습관을 다시 즐기기도 했다. 한 잔 한 잔 마시며 필요하면 취할 만큼 마실 때도 있었는데, 비록 차분하게 지내고 있다고 해도 한편으로는 알베르가 걱정되기도 했다. 전보를 받았을 때 너무 큰 충격을 받은 알베르는 공항에서 작별 포옹을 할 때까지도 반쯤은 넋이 나간 것 같았는데, 만약 그런 혼란을 다잡지 못하고 다시 약물에 빠져 버리면 어떻게 되는 걸까? 차분하게 지내자, 그는 자신에게 다짐했다. 와인 한 잔 더 마시고, 차분하게 진도를 나가자. 안네 프랑크 에세이는 이제 1백 페이지를 넘겼고 거의 책 한 권 분량이 될 수 있을 것 같았는데, 완성하려면 적어도 1년은 더 걸릴 것 같았다. 그런 와중에 1월이 지나가고 2월이 되었고, 『로럴과 하디』출간까지 한 달밖에 남지 않은 상황에서, 그는 더 이상 일에만 집중할 수가 없었다.

오브리는 4월에 짧게 다녀간 후에 다시 파리를 찾지는 않았지만, 그와 퍼거슨은 지난 열 달 동안 스무 통이 넘는 편지를 주고받았다. 책과 관련한 크고 작은 세부 사항들을 논의하는 한편, 조지 5세 호텔 5층 객실에서 함께 보낸 몇 시간에 관한 장난스럽고 애정이 담긴 말들도 주고받았는데, 퍼거슨은 자신이 파리의 누군가에게 어느 정도 묶인 몸이 되었다고 적었음에도, 꼬마 요정들의 왕은 전혀 굴하지 않고 저자인 퍼거슨이 런던에 오면 같은 시간을 또 한 번, 혹은 여러 번 보낼 준비가 되어 있었다. 현재 퍼거슨이 떠돌고 있는 여자 없는 세상에서는 일이 그렇게 돌아가는 모양이었다. 언젠가 알베르가 설명해 줬듯, 남녀 사이에서는 거의 강제적이라고 할 수 있는 정조에 관한 규범은 남자 대 남자의 관계에는 적용되지 않았고, 법률을 준수하는 기혼자 시민에 비해 법의 보호를 받지 않는 성 소수자들이 지닌 이점이라면, 1번 연인의 감정을 상하게 하지 않는 이상 원할 때면 언제든 누구와도 잠자리를 가질 수 있다는 점이었다. 하지만 그건 정확히 어떤 의미일까? 다른 사람과 잠자리를 가졌다는 걸 1번 연인에게 말하지 않는 거라고 퍼거슨은 짐작했고, 만약 알베르가 북미 유람 중에 누군가와 혹은 누군가들과 잠자리를 가진다고 해도 퍼거슨은 그 일에 관해 알고 싶지 않았고, 마찬가지로 만약 자신이 런던에서 오브리와 잠자리를 가진다고 해도 알베르에게는 아무 말도 하지 않을 것이었다. 아니, 만약이 아니라 언제의 문제라고 그는 생각했다. 영국에 머무르는 낮과 밤 중 언제, 어디서, 몇 번이나 할 것인지가 문제였다. 비록 그는 알베르를 사랑했지만, 오브리 역시 거부할 수 없었다.

책은 3월 6일 월요일에 나올 예정이었다. 퍼거슨은 3일 파리에서 스무 번째 생일 파티를 한 후, 4일 밤 북역에서 선박 연락 열차를 타고 5일 아침 빅토리아역에 도착할 계획이었다. 마지막 편지에서 오브리가 약속했던 것처럼 인터뷰와 행사 들이 확정되었고, 거기에는 영국 국립 영상 자료원에서의 〈로럴과 하디〉 특별 상영회도 포함되어 있었다. 단편들이 상영될 예정이었는데, 20분짜리 「대사업」, 21분짜리 「두 선원」, 26분짜리 「만취」, 그리고 세기의 걸작인 30분짜리 「뮤직 박스」를 차례대로 상영하는 행사였다. 자료원의 최종 결정을 전해 들은 퍼거슨은 네 영화에 관해 각각 1페이지짜리 소개 글을 쓰느라 주말을 통째로 보냈는데, 그 글들 없이 무대에 올랐다가 관객 앞에서 그대로 얼어 버리면 어쩌나 하는 생각에 몸서리가 쳐졌기 때문이다. 자신의 그 짧은 글이 정보를 담고 있으면서도 동시에 매력적이고 재치 있는 것이 되기를 원했기 때문에, 몇 시간 동안 쓰고 또 고쳐 써도 결과는 만족스럽지 않았다. 하지만 그날 밤 행사 자체는 너무 재미있을 것 같았고 — 그런 일을 성사해 준 오브리는 정말 사려 깊고 너그러웠다 — 스물네 시간 만에 소개 글을 마치자마자 2월 15일 수요일 오후에 우편으로 견본 두 부가 도착했다. 퍼거슨이 경험한 세상에서 처음으로 과거와 미래와 현재가 하나가 되었다. 그는 책을 썼고, 그 책을 기다려 왔고, 이제 그 책이 자신의 손안에 있었다.

견본 중 한 권을 비비언에게 줬고, 비비언이 서명을 해달라고 하자 퍼거슨은 웃으며 말했다. 아시다시피 한 번도 해본 적이 없는데, 어디에 무슨 말을 써야 하는 거예요?

전통적으로 표제지에 하지, 비비언이 말했다. 무슨

말이든 써도 돼. 아무 생각이 안 나면 그냥 서명만 해도 되고.

아니, 그건 아닌 거 같아요. 무슨 말이든 해야 하는데. 1분만 주세요, 괜찮죠?

두 사람은 거실에 있었다. 비비언은 무릎 위에 책을 놓은 채 소파에 앉아 있고, 퍼거슨은 그 옆에 앉는 대신 그녀 앞에서 서성거리다가, 두 번을 그렇게 왔다 갔다 한 후에는 아예 소파에서 멀어져 방 끝까지 갔다가 오른쪽으로 돌아 벽을 따라 걷고, 다른 벽을 만나면 다시 오른쪽으로 돌아 계속 걷고, 그렇게 크게 방을 한 바퀴 돈 다음 다시 소파가 있는 쪽으로 다가와서는, 마침내 비비언 옆에 앉았다.

좋아요, 그가 말했다. 준비됐어요. 책 이리 주세요. 서명해 드릴게요.

비비언이 말했다. 너는 내가 아는 사람 중에 제일 이상하고 제일 웃기는 사람이야, 아치.

네, 그게 저예요. 진정한 웃음꾼. 보라색 광대복 차림의 하하 씨. 책 이리 주세요.

비비언이 책을 건넸다.

퍼거슨은 표제지를 펼치고 주머니에서 펜을 꺼냈다. 하지만 막 서명을 하려다가 멈추고 비비언을 돌아보며 말했다. 꽤 짧은데, 신경 안 쓰셨으면 좋겠어요.

그래, 아치, 신경 안 써. 전혀.

퍼거슨은 적었다. 사랑하는 친구이자 은인인 비비언에게

─아치.

　지구가 열여섯 번 더 자전하고, 3월 3일 저녁 그들은
아파트에서 조촐한 저녁 식사를 하며 그의 스무 번째
생일을 축하했다. 비비언은 가능한 한 많은 사람들을
초대하자고 했지만, 퍼거슨은 고맙지만 다른 사람은
필요 없다고, 가족 행사로 했으면 좋겠다고 했고, 그건
리사와 파리에 없는 알베르만 부르자는 이야기였다.
알베르는 아버지 쪽 가족을 찾아 미국 남부를 떠돌고
있었고, 퍼거슨은 웃기는 생각이라는 걸 알면서도 비
비언에게 알베르의 자리도 준비해 달라고 부탁했는데,
유월절 축일에 예언자 엘리야의 자리를 마련하는 것과
같은 이치였다. 비비언은 그 제안이 웃긴다고 생각하
지 않았기 때문에 셀레스틴에게 4인 저녁을 준비해 달
라고 했고, 잠시 후 퍼거슨의 어머니와 새아버지도 포
함해 6인으로 늘리기로 했다.

　그에겐 살아 있을 날이 이틀밖에 남지 않았고, 부모
님과 하는 마지막 통화였다. 통화는 사전에 하기로 했
고, 3일 밤 비비언과 리사와 함께 식탁에 앉기 한 시간
전에 어머니와 길이 뉴욕에서 전화해 생일 축하하고,
런던 여정에서도 행운이 있기를 바란다고 했다. 퍼거
슨은 길에게 『우리 공통의 친구』를 가져갈 거라며(길
이 적어 준 목록의 아흔한 번째 책이었다), 도버 해협
을 왕복하는 긴 시간 동안(편도 열한 시간이었다) 그
책이 길동무가 되어 주겠지만, 런던에서는 일정이 너

무 빡빡해서 책을 읽을 시간이 있을지 모르겠다고 했다. 어쨌든, 그 책을 마치면 이제 남은 책은 아홉 권뿐이고, 비비언과 자신은 5월 말까지는 모든 책을 마칠 수 있을 것 같다고도 했다. 이 영국 작가의 터질 듯한 머릿속을 살피는 건 너무나 즐거웠고, 그와 비비언 교수님은 1백 권을 다 마치면 아직 읽지 않은 디킨스의 작품을 전부 읽어 보고 싶다고 했다.

  이어서 어머니가 전화를 받아 날씨 이야기를 시작했다. 영국은 습한 나라라고, 어디를 가든 우산 챙기고 레인코트 입고, 필요하면 신발과 발을 보호하기 위해 장화도 하나 마련해야 할 수도 있다고 어머니는 말했다. 다른 날이었다면 퍼거슨은 짜증을 냈을 것이다. 어머니는 그가 마치 일곱 살 꼬마인 것처럼 말했고, 평소였다면 투덜대며 그만하라고 하거나 못된 말로 까불며 웃어넘겼을 테지만, 그 특별한 날에는 전혀 짜증이 나지 않고 즐거웠다. 어머니 안에 여전히 남아 있는 끝없는 모성이 따뜻하고 즐거웠다. 당연하죠, 엄마, 그가 말했다. 우산 없이는 아무 데도 안 갈게요. 약속해요.

실제로는, 퍼거슨은 5일 아침 런던에 도착했을 때 기차에 우산을 놓고 내렸다. 그럴 생각은 없었지만 소지품을 챙기고 승강장으로 내려가 오브리를 찾는 정신없는 과정에서 우산에 관해서는 잊어버렸다. 그리고 사실이었다. 그날 아침 런던에는 비가 내리고 있었고, 정확히 어머니가 이야기했던 대로였다. 과연 런던은 습한 나라였고, 그 도시에 대한 퍼거슨의 첫인상은 냄새였다. 객실 공기가 아닌 역의 공기를 처음 들이켰을 때 그의 몸을 습격한 새로운 냄새는 파리나 뉴욕의 냄새와는 완전히 달랐고, 그 코를 찌를 듯한 공기에는 습기를 먹은 모직 재킷과 석탄 탄내, 축축한 석재 벽과, 단맛이 지나친 버지니아산 담뱃잎으로 만들어서, 투박한 골루아즈나 구운 향이 나는 러키나 캐멀과는 다른 플레이어 담배 향이 뒤섞여 있었다.[54] 다른 세상. 모든 게 완전히 달랐고, 아직 3월 초라 봄이라고는 할 수 없었기 때문에, 새로운 기운이 쌀쌀하게 뼛속까지 파고들었다.

이어서 미소를 띤 오브리가 그 작은 팔로 퍼거슨을 안으며 아름다운 청년이 마침내 도착했다고, 자신들 둘에게 정말 멋진 한 주가 될 것 같다고 선언하듯 말했다. 역 앞의 택시 승강장에서 오브리의 검은색 우산 아래 붙어 서서 차례를 기다리는 동안 둘은 먼저 다시 만나서 너무 반갑다는 말을 나눴지만, 잠시 후 출판업자 오브리가 저자 퍼거슨에게 지난 며칠 사이에 책에 대한 서평이 나오기 시작했고, 하나만 제외하면 모두 호평이라고 알려 줬다. 『뉴 스테이츠먼』에 실린 서평은 탁월했고, 『업저버』 서평도 열광적이었으며, 『펀치』에 실린 말도 안 되게 저열한 기사를 제외하면 다른 서평도 모두 좋은 이야기들이었다. 그런 의견들이 오브리

54 골루아즈는 프랑스, 러키와 캐멀은 미국, 플레이어는 영국 담배이다.

에게 얼마나 중요한지 알고 있던 퍼거슨은 잘됐다고 대답했지만, 정작 본인은 이상하게도 거리감이 느껴졌고, 마치 다른 사람의 책에 대한 서평인 것만 같았다. 그와 같은 이름을 가진 사람, 하지만 처음으로 런던 택시에 오르고 있는 자신은 아니었다. 그동안 수없이 많은 영화에서 본, 이야기 속의 코끼리처럼 생긴 검은색 택시는 실제로는 상상했던 것보다 컸고, 미국이나 프랑스와는 다른 또 하나의 영국적인 대상이었다. 널찍한 택시 뒷좌석에 앉아 오브리가 잡지 편집자나 서평가, 퍼거슨 본인은 전혀 모르는, 18세기 연극에 등장하는 단역 배우만큼이나 비현실적인 그 사람들의 이름을 말하는 걸 듣는 상황이 너무 즐거웠다. 하지만 막상 택시가 호텔을 향해 출발하고 나자 더 이상은 즐겁지 않고 오히려 혼란스럽고 조금 두렵기까지 했다. 운전대가 반대쪽에 있고, 기사도 도로의 반대쪽을 달리고 있었다! 영국에서는 그렇다는 건 잘 알고 있었지만 직접 경험해 본 적은 없었고, 평생 동안 이어 온 습관과 몸에 밴 반사 신경 때문에 기사가 방향을 틀거나 반대편 방향에서 다른 차들이 달려올 때마다 몸을 움찔했고, 충돌할까 봐 몇 번이고 눈을 감았다.

조지가(W1 구역)의 더런츠 호텔에 안전하게 도착했다. 월리스 컬렉션과 세인트제임스 로마 가톨릭교회에서 멀지 않은 곳이었다. 호텔 이름이 까치밥나무 열매currants랑 발음이 비슷하다고, 오브리가 말해 줬다.

퍼거슨을 위해 일부러 고른 호텔이었는데, 고상하고 전형적인 영국식 호텔, 최신 유행의 런던이 아니라 오브리 본인의 표현에 따르면 묵직한 런던을 볼 수 있는 곳이었기 때문이다. 1층에는 목재로 내부 장식을 한 바가 있는데, 아주 구식이고 신비한 곳이라서 20년 전에 사망한 C. 오브리 스미스[55]도 단골이었다고 했다.

게다가, 꼬마 요정들의 왕이 말을 이었다. 여기 침대가 그렇게 편할 수가 없어.

선생님이나, 선생님 그 지저분한 생각이나, 퍼거슨이 말했다. 그러니 당연히 우리가 죽이 잘 맞겠죠.

같은 종이라고 할 수 있지, 젊은 양키 친구. 바지 안에 멋쟁이도 있고, 근사한 곳으로 타고 갈 조랑말도 두 마리 있으니까.

오브리는 퍼거슨이 체크인하는 걸 도와주고 나서, 갑자기 서둘러 집으로 가봐야 한다고 했다. 일요일이어서 보모가 없기 때문에 티타임까지 아내와 아이들과 함께 있어 줘야 한다고, 그다음에 호텔에 돌아와 조랑말 시간을 보내고 저녁을 먹으러 가자고 했다.

아내가 너를 만나고 싶어서 안달이지만, 내일까지는 기다려야겠지. 아쉽게도. 그가 말했다.

저는 오후에 선생님이 다시 올 때까지 안달이 날 것 같네요. 그나저나 티타임이 몇 시예요?

우리 집에서는 오후 4시에서 6시 사이에 아무 때나

55 크리켓 선수 출신의 영국 배우.

해. 그때까지 쉬고 있어. 해협 통과하는 게 아주 힘들어서, 아마 완전히 튀겨진 기분일 텐데 — 적어도 볶아지기는 했을 거 아냐.

믿지 못하시겠지만, 기차에서 잠이 들어서 괜찮아요. 보시다시피 멀쩡해요. 아주 날것처럼 싱싱하게 준비되어 있습니다.

짐을 푼 퍼거슨은 1층으로 내려가 아침을 먹으러 식당에 들어갔다. 오전 10시였지만 식당은 아직 운영 중이었고, 그는 첫 번째 영국 요리를 맛볼 수 있었다. 달걀프라이(기름이 많았지만 맛있었다), 조금 덜 익힌 저민 베이컨(좀 역겨워 보였지만 맛있었다), 돼지고기 소시지 두 개, 완전히 익힌 토마토, 데번져 버터를 바른 가정식 흰 빵 두 개였는데, 버터는 그때까지 맛본 어떤 버터보다 맛있었다. 커피는 마실 수 없는 수준이어서 차로 바꿨는데, 당연히 기독교권 세계에서 가장 진한 차여서 입에 넣기 전에 뜨거운 물로 희석해야 했다. 그런 후에 종업원에게 고맙다는 인사를 하고 자리에서 일어나, 남자 화장실에 가서 부글대는 배 속을 정리하느라 행복하지 않은 긴 시간을 보냈다.

산책을 하고 싶었지만 좀 전까지 가늘게 내리던 빗줄기는 어느새 폭우로 변해 있었고, 올라가서 객실에 처박혀 있기보다는 그 유명하다는 목재로 내부를 장식한 바에 가서 C. 오브리 스미스의 유령을 찾아보기로 했다.

그 시간의 바는 텅 비어 있었지만, 날씨가 갤 때까지 거기 앉아서 기다려도 되냐고(오후에 해가 나올 거라는 예보가 있었다) 물었을 때 아무도 신경 쓰지 않는 것 같았다. 그 질문을 던졌을 때 짐꾼이 아주 친절했기 때문에, 퍼거슨은 영국인들이 마음에 든다고, 품위 있고 너그러운 사람들이라고 생각했다. 프랑스인들처럼 뻣뻣하지 않고, 미국인들처럼 신경질적이지 않고, 선하고 차분한 사람들, 동료 인간들의 사소한 약점은 그대로 받아들이고, 억양이 자신들과 다르다고 시비를 걸거나 비난하지도 않는 사람들이었다.

그렇게 퍼거슨은 목재 장식을 한 텅 빈 바에 앉아 잠시 영국인들에 관해, 특히 C. 오브리 스미스에 관해 생각했다. 근사하지만 중요하지 않은 사실이었는데, 모든 영국 신사 중 가장 영국적이었던 스미스, 수많은 할리우드 영화를 통해 미국 관객들에게 영국의 상징처럼 여겨졌던 그 사람 역시 또 한 무리의 꼬마 요정들, 그의 경우에는 영화 나라 꼬마 요정들의 왕이었다. 퍼거슨이 재킷 주머니에 넣고 다니는 노트를 꺼내 캘리포니아에서 일했던, 이제는 미국 영화라고 불리는 새로운 세계를 창조하는 데 도움을 준 영국 배우들의 이름을 적어 보려 하자, 그날 아침까지는 짐작도 못 했을 만큼 그 수가 많았다. 너무 많은 이름들이 떠올랐고, 그 이름들이 크레디트에 들어간 영화들도 너무 많이 떠올라서 우선 머리에 떠오른 이름들을 받아 적었고, 아니, 하나

하나 생각날 때마다 깃털 뽑듯 하나씩 머릿속에서 꺼
내 적었다. 먼저 자신이 본 영화 중 그런 배우가 등장한
작품들을 적었는데, 그 수가 너무 많아 놀랐다. 눈덩이
처럼 영화들이 늘어나고, 점점 늘어나고, 또 점점 늘어
나 결국 숫자가 깜짝 놀랄 만큼 커졌다. 그가 잊어 먹은
작품들도 틀림없이 많을 것이었다.

　　그의 목록에서 맨 위에 있는 이름은 당연히 스탠, 올
리의 단짝인 그 스탠이었다. 1890년 얼버스턴에서 태
어날 때 이름은 아서 스탠리 제퍼슨이었고, 1910년 프
레드 카노사(社)에 채플린 대역으로 채용되면서 미국
으로 건너갔다. 스탠 로럴이 등장한 영화는 여든 편이
넘었고, 채플린은 쉰 편, 오브리 스미스도 적어도 스무
편 이상이었다(「크리스티나 여왕」, 「진홍의 여제」, 「어
느 벵골 기병의 삶」, 「중국해」, 「소공자」, 「젠다성의 포
로」를 포함해서). 그 외 로널드 콜먼, 배질 래스본, 프
레디 바살러뮤, 그리어 가슨, 케리 그랜트, 제임스 메이
슨, 보리스 칼로프, 레이 밀랜드, 데이비드 나이번, 로
런스 올리비에, 랠프 리처드슨, 비비언 리, 데버라 커,
에드먼드 궨, 조지 샌더스, 로런스 하비, 마이클 레드그
레이브, 버네사 레드그레이브, 린 레드그레이브, 로버
트 도냇, 리오 G. 캐럴, 롤런드 영, 나이절 브루스, 글래
디스 쿠퍼, 클로드 레인스, 도널드 크리스프, 로버트 몰
리, 에드나 메이 올리버, 앨버트 피니, 줄리 크리스티,
앨런 베이츠, 로버트 쇼, 톰 코트니, 피터 셀러스, 허버

트 마셜, 로디 맥다월, 엘사 랜체스터, 찰스 로턴, 윌프리드 하이드화이트, 앨런 모브레이, 에릭 블로어, 헨리 스티븐슨, 피터 유스티노프, 헨리 트래버스, 핀레이 커리, 헨리 대니얼, 웬디 힐러, 앤절라 랜즈버리, 라이어널 애트윌, 피터 핀치, 리처드 버튼, 테런스 스탬프, 렉스 해리슨, 줄리 앤드루스, 조지 알리스, 레슬리 하워드, 트레버 하워드, 세드릭 하드위크, 존 길구드, 존 밀스, 헤일리 밀스, 앨릭 기니스, 레지널드 오언, 스튜어트 그레인저, 진 시먼스, 마이클 케인, 숀 코너리, 그리고 엘리자베스 테일러가 등장하는 영화가 수백 편이었다.

비는 오후 2시에 그쳤지만 해는 나오지 않았다. 대신, 흐린 하늘이 더 많은 구름으로 가득 찼는데, 너무 짙고 커다란 구름이어서 천천히 가라앉기 시작했고, 일반적으로 구름이 있는 높이에서 천천히 내려와 거의 땅에 닿을 것 같았다. 마침내 퍼거슨이 짧게 주변 지역을 살펴보기 위해 호텔을 나섰을 때 거리는 온통 안개 속 미로였다. 여전히 낮이어야 할 시간에 아무것도 분간할 수 없는 그런 상황은 한 번도 겪어 보지 못했기 때문에, 영국인들은 어떻게 이렇게 축축하고 김이 가득 낀 곳에서 각자 일을 할 수 있는 건지 의아했지만, 다시 한번, 영국인들은 아마 구름과도 친하게 지내는 모양이라고 생각했다. 그가 디킨스에게서 배운 게 있다면 런던 하늘의 구름은 자주 사람들 사이로 내려온다는 점이었고, 그날은 구름이 아예 칫솔까지 챙겨 와서 거리에서 밤을 보낼 작정인 것 같았다.

오후 3시가 조금 지난 시간이었다. 퍼거슨은 오브리가 돌아올 걸 대비해 호텔 쪽으로 발걸음을 돌렸다. 오브리는 빠르면 4시에, 늦으면 6시에 올 수 있었지만 그는 오브리가 늦지 않게, 가능한 한 빨리 가족들에게서 벗어나기를 희망하며 4시까지 준비를 마치고 싶었다. 먼저 목욕이나 샤워를 하고, 지난주 파리에서 비비언이 생일 선물로 사준 옷을 입을 계획이었다. 새 바지와 새 셔츠, 새 재킷을 입으니 완전 멋지다라고 비비언은 말했고, 그는 새 옷을 입고 오브리에게 완전 멋지게 보이고 싶었다. 그런 다음엔 옷을 벗고 함께 침대로 들어가 조지 5세 호텔에서 했던 일을 한 번 더 할 것이었다. 아니, 죄책감은 느끼지 않겠다고, 그는 스스로에게 말했다. 기꺼이 즐길 것이고, 알베르에 관해서라면 미스터 베어 역시 할 수만 있다면 다른 누군가와 똑같이 할 거라고 상상하며 스스로를 설득했다. 오브리와 알베르에 관해, 두 사람의 차이에 관해 생각하며 호텔을 향해 걸었다. 밝은 피부와 어두운 피부, 큰 덩치와 작은 덩치라는 신체적 차이 외에, 정신적 차이, 문화적 차이, 그리고 삶을 보는 관점의 차이, 알베르가 가진 마음의 근엄한 깊이와 대조되는 오브리의 변덕스러운 활기에 관해 생각하다가, 갑자기 다음 날 오전 10시에『텔레그래프』에서 나온 기자와 하기로 되어 있던 인터뷰에 관한 생각으로 옮아갔다. 그의 인생 최초의 인터뷰였고, 전혀 걱정할 것 없다고, 그냥 편안하게 있는 대로 네 모습을 보여주면 돼라고 오브리는 말했지만 퍼거슨으로서는 조금 걱정이 되는 건 어쩔 수 없었는데, 도대체 있는 대로 모습이란 어떤 모습일까 궁금하기도 했다. 그의 안에 여러 자아가, 심지어 많은 자아가 있었다. 강인한 자아와 연약한 자아, 생각이 깊은 자아와 충동적인 자아, 너그러운 자아와 이기적인 자아 등, 자아가 너무 많아서 그는 그 모든 자아를 합친 것만큼 큰 사람이거나, 그중 어떤 것도 아닌 작은 사람일 수도 있었다. 만약 그에게 그게 사실이라면 다른 모든 사람들에게도 사실일 테고, 그건 곧 사람들 한 명 한 명은 모든 사람들이면서 동시에 아무도 아니라는 이야기였다. 그런 생각들이 머릿속에서 떠도는 중에 그는 매럴러번하이가와 블랜드퍼드가가 만나는 교차로에 이르렀고, 조지가에 있는 호텔 모퉁이를 지나 매럴러번하이가가 세이어가로 바뀌는 지점에서, 무겁게 내린 안개가 그를 감싸고 있었지만 그는 신호등의 빨간불이 흐릿하게 깜빡이는 걸 알아볼 수 있었다. 빨간불이 깜빡이는 건 멈추라는 신호와 같다고 생각한 퍼거슨은, 걸음을 멈추고 자동차가 지나가기를 기다렸는데, 머릿속으로는 모두인 사람과 아무도 아닌 사람에 관한 몽상에 빠져 있었기 때문에 왼쪽으로 고개를 돌렸다. 그러니까, 런던 도심에서는 왼쪽이 아니라 오른쪽을 살펴야 한다는 사실을 잊

459

어버린 채, 평생 길을 건널 때면 늘 그랬던 것처럼, 차가 오는지 확인하려 반사적으로, 거의 자동으로 왼쪽을 살폈고, 그랬기 때문에 밤색 영국 포드 한 대가 모퉁이를 돌아 블랜드퍼드가에 접어드는 걸 보지 못했고, 그렇게 퍼거슨은 자신이 보지 못한 차가 다가오는 걸 알지도 못한 채 길을 건너려고 연석에서 도로를 향해 한 걸음 내디뎠다. 차가 퍼거슨의 몸을 쳤고, 너무나 강하게 쳐서 그의 몸은 마치 우주로 발사되는 인간 미사일처럼 허공으로 치솟았고, 궤도의 정점에 올라갔다가 떨어지기 시작했다. 연석 모서리에 머리 아래쪽이 부딪히면서 두개골이 골절되고, 그 순간 이후로 그 두개골 속에 있던 미래에 관한 생각, 단어, 그리고 감각 들이 지워지기 시작했다.

자신들의 산에서 그 광경을 내려다보던 신들은 그저 어깨를 으쓱할 뿐이었다.

6.4

약삭빠르고 무책임한 노아 마크스, 아버지와 새어머니를 제외하고는 아무에게도 〈멀리건의 여행〉 원고를 보여 주지 않겠다고 약속했던 노아는, 자기 말을 어기고 그 글을 스물네 살의 빌리 베스트에게 보여 줬다. 산문 작가이자 컬럼비아 중퇴생인 그는 이스트 89번가의 1번 애비뉴와 2번 애비뉴 사이, 라인랜더 디스트릭트라고 알려진, 요크빌의 노동자 구역에 있는 4층짜리 엘리베이터 없는 건물에서 관리인으로 일하며 생계를 유지하고 있었다. 2년 전 빌리는 등사본 서적을 만드는 기즈모 프레스라는 출판사를 설립했는데, 비상업적이고 반상업적인 그 출판사에서는 지금까지 열두 권쯤되는 책을 출간했고, 그중에는 앤 웩슬러와 루이스 타카우스키, 그리고 털사 출신의 론 피어슨, 지난 10월 〈멀리건의 여행〉의 저자에게 존 케이지의 『사일런스』를 줬던 그 피어슨의 시집도 있었다. 값싼 오프셋 출력이 등장하기 전이었던 그 시기에 등사 인쇄물은 뉴욕의 젊고 돈 없는 작가들이 책이나 잡지를 출간할 수 있는 유일한 형식이었고, 잊힌 존재, 영원히 주목받지 못하는 일방통행로에서 벗어나 기즈모 프레스 같은 곳에서 등사본으로 책을 출간한다는 건 대단히 명예로운 징표로 여겨졌다. 그런 출판물은 보통 2백 부 내외로 제작되었다. 마분지 표지의 제목과 그림은 시내에 있는 빌리의 화가 친구들이 흑백으로 그려 줬고(대부분은 서지 그리먼이나 보 제이너드 같은 사람들이 맡았는데, 유연하고 창의적인 화가였던 그들의 표지 그림은 1960년대 중반 시각 디자인의 느낌, 대담하면서 장식적이지 않은, 진지함을 배제하려고 노력하는 그 느낌을 정착시키는 데 도움을 줬다), 가로 약 21.5센티미터, 세로 약 28센티미터의 인쇄용지에 출력한 그런 책들은 뭔가 조잡하고 즉흥적인 느낌이 났지만, 내용에는 아무 문제가 없었고 오프셋이나 레터프레스로 찍어 낸 책들과 마찬가지로 읽을 만했다. 원고가 산문인 경우에는 빌리의 아내 조애나가 커다란 사무용 레밍턴 타자기로 줄 간격도 없고 문단 오른쪽 열 맞춤도 하지 않은 등사 원지를 제작했고, 그 원지를 바탕으로 빌리의 작업실에 있는 등사기로 책의 오른쪽 면과 왼쪽 면을 모두 찍어 낸 다음, 친구와 자원봉사자들이 원고를 정리하고, 등매기 방식으로(스테이플러로) 제본했다. 그렇게 제작된 책들은 대부분 무료로 나눠 줬는데, 즉,

동료 작가나 예술가에게 부치거나 직접 전해 준 다음, 남은 쉰여 부는 새로운 미국을 보여 줄 다음 세대에 대한 믿음이 있는 소수의 맨해튼 서점들에 배포했고, 고섬 북 마트나 에이스 스트리트 북숍에 들어가서 본인의 등사본 책이 신작 시집이나 소설 사이에 놓인 모습을 본 젊은이는 자신이 작가로 존재하기 시작했음을 이해했다.

퍼거슨은 자기 모르게, 허락도 받지 않고 그 글을 다른 사람에게 보여 준 데 대해 사촌에게 화를 내야 했지만 그러지 않았다. 노아는 5월 중순, 퍼거슨이 원고를 완성한 지 한 달 후이자 브룰러 선생님의 병원에 세 번째로 다녀온 지 일주일 후에, 로어이스트사이드의 모임에서 우연히 빌리 베스트를 만났다. 노아는 빌리에게 사촌의 작품에 관한 이야기를 꺼냈고, 빌리는 관심을 보이며 원고를 보고 싶어 했고, 5월 마지막 주에 노아는 퍼거슨과의 전화 통화에서 그 사실을 털어놓았다. 미안, 미안, 하고 그는 말했다. 원고를 그렇게 아무렇게나 보여 주면 안 되는 거였지만, 〈멀리건의 여행〉에 완전히 넘어간 빌리가 이제 그 책의 출간을 원하고 있는 마당에, 퍼거슨이 그런 제안을 거부할 만큼 바보는 아니지 않냐고 노아는 말했다. 아니라고, 퍼거슨은 말했다. 완전 찬성이라고, 그리고 도와줘서 고맙다고 했다. 그런 다음 둘은 30분 정도 대화를 이어 갔고, 전화를 끊은 후에 퍼거슨은 자신이 그 책을 불태워 버린 다음 잊어버리기를 원했다고 해서 달라지는 건 없음을 이해했다. 이제 자신의 인생이 끝나 버렸기 때문에 그는 그 책을 원했고, 그 책을 출간하는 일은 어쩌면 여전히 미래가 있다고 자신을 설득하는 방법일 수 있겠다고 생각했다. 비록 퍼거슨 자신은 그 미래의 일부가 될 수 없고 해도 말이다. 그리고 그 책을 살해당한 남자의 이름, 1923년에 시카고의 가죽 제품 창고에서 두 발의 총알을 맞고 사망한 할아버지, 록펠러가 되려 했지만 결국 퍼거슨이 되고 말았던 남자, 아들의 삶에서 영원히 사라져 버린 남자의 아버지이자, 절대 아버지가 될 수 없는 손자를 둔 그 할아버지의 이름으로 출간하는 건 참 적절해 보였다.

빌리 베스트는 좋은 친구이자, 퍼거슨의 초기작들을 출간하는 헌신적인 출판업자가 되었지만, 역시 최고의 동지라면 노아 마크스였다. 노아가 없었더라면 자신이 어떤 사람이 되었을지를 생각할 때마다 그는 머릿속이 암담해지며 아무 대답도 할 수가 없었다.

손이 빠른 조애나는 두 배 줄 간격 타자로 총 131페이지였던 원고를 줄 간격 없는 59페이지짜리 원고로 줄였는데, 멀리건의 스물네 개 여행이 각각 시작될 때마다 뒀던 여백을 지워 버리고 이전의 여행이 끝난 후에 새로운 여행이 같은 페이지에서 바로 시작되게 하면서, 1년여 동안 작업했던 원고를 서른 장의 종이에 ─ 어렵지 않게 스테이플러로 제본할 만한 분량이었다

— 담아냈다. 표지 작업은 보 제이너드나 서지 그리먼 대신 하워드 스몰이 해줘도 되겠냐고 퍼거슨이 빌리에게 직접 부탁했고, 하워드가 대단히 훌륭한 드로잉을 그려 줬기 때문에(여행지에서 구해 온 기념품과 장신구가 가득한 방 안의 책상 앞에 앉아 여행기를 쓰는 멀리건의 모습이었다), 그는 기즈모 가족의 일원이 되어 1970년 출판사를 접을 때까지 계속해서 표지와 삽화를 그리게 되었다. 서른 장에 59면, 그러니까 마지막 한 면은 백지였다는 뜻이다. 빌리는 그 여백에 작가 이력을 직접 적어 보겠냐고 퍼거슨에게 제안했고, 퍼거슨은 일주일쯤 고민한 후에 다음의 두 문장을 전달했다.

열아홉 살의 아이작 퍼거슨이 뉴욕 거리를 배회하는 모습을 종종 볼 수 있다. 그는 다른 곳에 살고 있다.

이제 에비는 없었다. 프린스턴의 브룰러 선생님 병원에 마지막으로 다녀온 후에는 이스트오렌지의 반쪽짜리 집을 찾는 일도 없었다. 퍼거슨은 더 이상 그녀를 마주할 수 없었다. 자신이 그녀를 실망시켰고 그녀의 희망을 망쳐 버렸기 때문에, 그로서는 그녀의 눈을 똑바로 바라보며 자신은 그녀가 기대했던 상상 속의 아기, 언젠가 미래에 그들이 헤어질 수밖에 없는 상황이 되었을 때도 둘을 하나로 이어 줄 그 아기의 유령 아빠가 될 수 없다는 말을 전할 용기가 없었다. 너무 복잡하게 뒤엉킨 문제였다. 두 사람 모두 스스로를 심하게 속이고 있었지만 의사의 말이 그 망상 같은 소망에 종지부를 찍어 줬고, 퍼거슨은 여느 겁쟁이처럼 전화로 그 소식을 전했다. 그녀와 마주 앉아 직접 말하고, 어쩌면 그게 세상 최악의 비극은 아닐지 모른다고, 그런 상황에서도 둘이 함께 계속 헤쳐 나갈 수 있을 거라고 결론을 도출해 낸다는 건 엄두도 내지 못했다. 에비는 그런 그의 무심함에 충격을 받았다. 너무 안 좋네, 그녀가 말했다. 네가 너무 안쓰러워, 아치, 하지만 그게 우리 관계랑 무슨 상관이야?

전부 다 상관 있어요, 그가 말했다.

아니, 그건 네가 틀렸어, 그녀가 대답했다. 달라질 건 하나도 없어. 내가 임신 이야기를 괜히 꺼낸 것 같구나. 하지만 젠장, 아치, 나는 내 모든 걸 너한테 줬는데, 적어도 직접 만나서 작별 인사를 하는 예의는 보여야 하는 거 아니니?

그럴 수 없어요, 퍼거슨이 말했다. 선생님을 만나면, 제가 무너져서 울어 버릴 것 같아요. 그리고 우는 모습은 보이고 싶지 않아요.

그게 그렇게 끔찍해?

저한테는 그럴 것 같아요. 그 어떤 상황보다 나빠요.

유치하게 굴지 마, 아치. 성인답게 행동하려고 노력해야지.

노력하고 있어요.

부족해.

더 노력할게요, 약속해요. 중요한 건 선생님에 대한 사랑은 멈출 수 없다는 거예요.

이미 멈췄잖아. 우리 관계가 싫증 난 거야, 내 얼굴도 안 보려고 하잖아.

그건 사실이 아니에요.

거짓말 마, 제발. 계속 거짓말할 거면, 아치, 제발, 진심으로 하는 말인데, 그냥 꺼져.

5월 25일 수요일, 에비와의 지옥 같았던 대화가 있고 2주 후, 노아가 전화해서 빌리가 〈멀리건의 여행〉을 출간하고 싶어 한다고 알려 줬다. 퍼거슨과 빌리는 25일에 이야기를 나눴고 28일 토요일에 만나기로 했는데, 덕분에 퍼거슨은 그 주 주말에 계획대로 프린스턴에 남아 하워드와 기말시험을 준비하는 대신 평소처럼 금요일에 뉴욕으로 나갔다. 할아버지에게 그 주 주말에는 나가지 않을 거라고 이야기해 놨었고, 다시 나가게 되었다는 말은 하지 않았기 때문에 할아버지를 놀라게 한 셈이 되었지만, 할아버지가 놀란 것보다 퍼거슨 본인이 1백 배는 더 놀란 것 같았다.

그가 아는 한 할아버지 외에 아파트의 열쇠를 갖고 있는 사람은 자신밖에 없었다. 이제 그와 에비의 관계가 끝났기 때문에 퍼거슨은 두 번의 주말을 혼자 할아버지 집의 손님용 침실에서 보냈는데, 두 번 모두 조용한 아파트의 문을 열고 들어가면 할아버지 혼자 거실 소파에 앉아 『포스트』의 스포츠면을 읽고 있었다. 하지만 이번에 열쇠로 문을 열고 들어갔을 때는 거실에서 사람들의 목소리가 들렸다. 두 명 혹은 세 명, 몇 명인지 확실치는 않았지만 거기에 할아버지의 목소리는 없었고, 가장 먼저 들린 건 어떤 남자의 목소리였다. 좋아, 앨, 이제 좆을 여자한테 넣는 거야. 이어서 다른 남자의 목소리가 들렸다. 바로 그때, 조지아, 에드의 단단해진 자지를 쥐고 입에 넣는 거 잊지 마.

현관에서 거실 입구까지는 좁은 복도였고, 퍼거슨은 뒤꿈치를 들고 살금살금 걸어서 오른쪽에 있는 손님용 침실과 역시 오른쪽에 있는 간이 주방을 지나 복도 벽이 끝나는 거실 모퉁이에 이르렀다. 거기서 그는 할아버지가 16밀리미터 카메라를 든 남자 옆에 앉아 있는 걸 보았다. 각각 1천 와트는 될 것 같은 조명 스탠드 세 개가 환하게 빛나고 있었고, 다른 남자 한 명이 클립보드를 든 채 방 한가운데 서 있고, 세 명의 벌거벗은 사람들, 여자 한 명과 남자 두 명이 소파 위에 있었다. 눈이 풀리고 머리는 금발로 염색했으며 가슴이 크고 아랫배가 축 처진 30대 여자가 있었고, 거의 구분하기 어려운 두 남자(쌍둥이였을 수도 있다), 덩치가 크고 온몸이 털투성이인 야수 같은 두 남자가 잔뜩 발기한 좆과 투실투실한 엉덩이를 드러낸 채 감독과 촬영 감독의 지시에 따라 움직이고 있었다.

퍼거슨의 할아버지는 미소를 짓고 있었다. 그 추악

한 장면에서 가장 불편한 게 바로 그 점 — 한 여성과 두 남성이 소파에서 서로 물고 빠는 모습을 지켜보는 할아버지의 얼굴에 떠오른 미소였다.

그를 가장 먼저 발견한 사람은 감독이었다. 청바지와 회색 스웨터 차림의 20대의 애송이였는데, 소리는 녹음하지 않았기 때문에 연기 도중에도 계속 지시를 내렸다. 나중에, 싸구려 중의 싸구려인 그 영화의 후반 작업에서 연기자들이 신음이나 낑낑대는 소리를 추가할 게 틀림없었다. 거실 입구 복도에 서 있는 퍼거슨을 발견한 젊은 감독이 말했다. 대체 누구세요?

아니, 퍼거슨이 말했다. 당신은 대체 누구세요, 뭐 하고 있는 거예요?

아치! 할아버지가 소리쳤다. 얼굴에서 미소가 사라지고 두려움이 떠올랐다. 이번 주말에는 안 올 거라고 했잖아!

어, 계획이 바뀌었어요, 퍼거슨이 말했다. 이제 이 사람들이 아파트에서 꺼져 주셔야 할 것 같은데요.

진정해요, 친구, 감독이 말했다. 애들러 씨는 우리 제작자이십니다. 이분이 우리를 이리로 부른 거고, 영화 촬영을 마칠 때까지는 떠날 수 없습니다.

유감이네요, 퍼거슨은 소파에 누운 벌거벗은 사람들을 향해 다가가며 말했다. 하지만 오늘 재미는 여기까지입니다. 옷 입고 나가세요.

퍼거슨이 여인의 손을 잡아 일으킨 다음 내보내려고

다가가자, 감독이 달려와 뒤에서 두 팔로 퍼거슨의 상체를 감싸 안으며 두 팔을 쓸 수 없게 만들었다. 벌거벗은 쌍둥이 중 한 명이 소파에서 튀어나와 오른손 주먹을 퍼거슨의 배에 꽂았다. 이미 싸울 준비가 되어 있던 퍼거슨은 그렇게 아픈 한 방을 맞고 나서는 분노로 타올랐고, 자신을 붙잡고 있던 덩치 작은 감독의 손아귀에서 벗어나 그대로 그를 바닥에 내리꽂아 버렸다. 여자가 말했다. 이런, 정신 나간 새끼들. 당장 그만두고 하던 일이나 마치라고!

진짜 주먹다짐으로 번지기 전에 퍼거슨의 할아버지가 끼어들어서 감독에게 말했다. 너무 안타깝지만, 애덤, 오늘은 그만해야 할 것 같네. 이 청년은 내 손자인데, 이야기를 좀 해야 할 것 같습니다. 내일 전화로 다음 일정 맞춰 봅시다.

10분 후 감독과 촬영 감독, 그리고 세 명의 배우는 떠났다. 퍼거슨과 할아버지는 이제 식탁을 사이에 두고 주방에 마주 앉아 있었다. 문이 닫히는 소리가 들리자마자 퍼거슨이 말했다. 바보 같은 노인네. 할아버지가 너무 역겨워요. 다시는 보고 싶지 않아요.

할아버지는 손수건으로 눈가를 닦으면서 식탁만 내려다봤다. 여자들은 모르게 해줘라, 두 딸 이야기였다. 알고 나면 걔들은 자살해 버릴 거야.

할아버지가 죽는 거겠죠. 손자가 말했다.

한 마디도 하지 말아 줘, 아치. 약속해 다오.

퍼거슨은, 어머니나 밀드러드 이모에게 자신이 그날 목격한 광경을 이야기할 생각이 전혀 없었지만, 자신은 그 누구에게도 이야기하지 않을 것임을 알았지만, 할아버지에게는 아무 약속도 해주지 않았다.

내가 너무 외로워서 말이야, 할아버지가 말했다. 그냥 재미있는 일이 필요해서 그랬던 거야.

대단한 재미네요. 삼류 포르노 영화에 돈을 버리다니. 대체 할아버지는 어디가 잘못된 거예요?

해로운 게 아니야. 다치는 사람도 없고. 다들 좋은 시간을 보내는 건데, 그게 뭐가 잘못되었다는 거냐?

정말 그렇게 생각하신다면, 할아버지는 구제 불능이에요.

너무 무정하구나, 아치. 어떻게 그렇게 나한테 그렇게 무정할 수 있니?

무정한 거 아니에요. 그냥 충격받은 것뿐이에요. 그리고 속이 안 좋기도 하고요.

엄마랑 이모는 짐작도 못 할 거야. 말하지 않겠다고 약속만 해주면 원하는 거 뭐든 해주마.

그만하세요, 됐어요. 영화 접고 절대 다시 하지 마세요.

저기, 아치, 내가 너한테 돈을 좀 주면 어떻겠냐? 그러면 좀 도움이 될까? 이제 나랑 여기서 같이 지내는 건 싫을 테니까. 돈이 있으면 뉴욕에서 다른 아파트를 구할 수 있잖아. 그건 마음에 들지 않니? 그렇지?

뇌물 먹이려는 거예요?

뭐라고 하든 상관없다. 내가 너한테 5천, 6천…… 아니, 아예…… 1만 달러를 줄게……. 그러면 너한테 큰 도움이 될 거야, 그렇지 않겠니? 어디다 아파트를 빌려서 여름 내내 네가 이야기했던 그 일을 할 게 아니라 글을 쓰면 되잖아. 다시 생각해 봐, 어떠냐?

잡동사니 처분해 주는 일이요.

잡동사니 처분. 그 무슨 시간과 정력 낭비냐.

하지만 할아버지 돈은 원하지 않아요.

당연히 원할 거야. 누구나 돈을 원하지. 누구나 돈이 필요한 거야. 그냥 선물이라고 생각해라.

뇌물이겠죠.

아니, 선물이야.

퍼거슨은 돈을 받았다. 사실의 관점에서 보면 그건 뇌물이 아니라 선물이었기 때문에, 처음부터 어머니나 밀드러드 이모에게는 절대 말하지 않을 생각이었기 때문에 떳떳한 마음으로 할아버지의 돈을 받았다. 그리고 만약 할아버지가 아주 풍족해서 1만 달러짜리 수표를 써줄 수 있는 거라면, 또 한 편의 황량한 섹스 영화에 그 돈을 대는 것보다는 손자에게 주는 편이 맞는 것 같기도 했다. 하지만 그런 엽기적인 장면을 맞닥뜨린 건 큰 충격이었고, 할아버지가 나이가 들면서 그렇게 괴상하고 변태적으로 되어 버린 것도 놀라웠다. 홀아

비가 되고 아무런 제약도 없어져 버린 상황에서 머릿
속에 떠오른 방탕한 생각에 마음껏 빠져들고 있는 거
라면, 앞으로 어떤 더 큰 민망한 일을 겪게 될지 알 수
없었다. 퍼거슨은 여전히 할아버지를 사랑했지만 할아
버지에 대한 존경심은 모두 잃어버렸고 어쩌면 이제는
경멸하고 있는 걸지도 몰랐다. 다시는 할아버지의 아
파트에 가지 않을 만큼 경멸했지만, 아버지에 대한 경
멸에 비하면 그 크기는 절반에도 미치지 못했다. 그의
인생에서 완전히 사라져 버린 아버지가 그렇게 된 이
유는 대부분 돈 때문이었는데, 이제 그는 할아버지가
준 돈은 기꺼이 받아들이고 감사의 뜻으로 악수까지
나눈 셈이었다. 또 하나의 복잡한 문제였고, 또 하나의
부담스러운 갈림길이었다. 「오른쪽, 왼쪽, 혹은 정면으
로?」에서 래즐로 플루트가 마주친 것 같은 갈림길, 어
느 쪽을 선택하든 결국은 잘못될 것 같은 그런 갈림길
이었다.

그럼에도 1만 달러면 1966년 당시에는 엄청난, 상상
을 넘어선 돈뭉치였다. 낡아 빠진 뉴욕 인근의 작은 아
파트 임대료가 한 달에 1백 달러가 되지 않았고, 가끔
50달러나 60달러짜리 싼 집들도 있었기 때문에, 퍼거
슨은 여름 아르바이트를 구하지 않고도 프린스턴을 탈
출해 넉넉한 여름을 보낼 수 있었다. 1학년과 2학년 사
이의 시간을 잡동사니를 운반하며 보내는 일 자체가
두려운 건 아니었다. 이미 고등학교 시절부터 아니 프

레이저와 리처드 브링커스태프와 함께 여름을 보내면서, 그는 몸을 쓰는 일이 엄청나게 만족스러운 느낌을 주며, 그 과정에서 인생에 관한 귀중한 가르침을 얻기도 한다는 걸 알고 있었다. 하지만 그런 일을 할 기회는 앞으로도 많을 것 같았고, 대학에 다니는 동안 무거운 짐을 드는 일을 하지 않아도 된다는 건 예상치 못했던 운 좋은 휴식이었다. 그 모든 게 그가 갑자기 들이닥쳐서 할아버지가 팬티를 내려 버린 모습을 딱 발견했기 때문이었다. 역겨운 발견인 건 사실이었지만, 동시에 웃지 않을 수 없는 상황이기도 했다. 그리고 폐에 마지막 공기가 남아 있을 때까지 입을 다물고 있을 생각이었던 그는, 대가로 돈다발 위에서 빈둥빈둥 지내게 되었다. 그런 상황에 웃음이 나지 않는다면 이상한 사람, 정신 상태가 온전치 않은 사람이라고 해야 할 것이었다.

퍼거슨은 빌리지에서 노아와 피자와 맥주로 저녁을 먹은 뒤 사촌의 NYU 기숙사 바닥에서 밤을 보냈고, 다음 날은 시내로 가서 빌리 베스트를 만났고, 더 놀라운 일들이 계속해서 일어났다. 빌리는 아주 푸근하고 온화했는데, 퍼거슨의 책에 대한 칭찬을 과장되게 늘어놓았다. 그는 그 글이 오래간만에 읽어 본 제일 괴상한 졸라 헛소리라고 했는데, 젊은 작가는 그런 사람, 지금까지 만났던 그 누구와도 다른 사람을 만날 수 있게 해준 사촌에게 다시 한번 속으로 감사의 뜻을 전했다. 빌리는 노동자 계급 망나니이면서 동시에 섬세한 전위 작가였는데, 자신이 태어나 자란 동네에 계속 살고 있었고, 아버지에게 물려받은 건물 관리인 자리를 계속 지키며 마치 할리우드 서부 영화의 보안관처럼 이웃들을 돌보는, 그렇게 동네를 꿰고 있는 토박이면서, 한편으로는 프렌치 인디언 전쟁 시대를 배경으로 한 복잡하고 몽환적인 소설 〈부서진 머리들〉(퍼거슨은 그 제목에 감탄해 마지않았다)을 쓰는 중인 저자이기도 했다. 그 출판업자의 테너 목소리처럼 음악적인 뉴욕 아일랜드 이민자 억양을 들으며, 퍼거슨은 마치 이스트 89번가의 건물 벽돌들이 단어 하나하나에 맞춰 울리는 듯한 느낌을 받았다. 그뿐만 아니라 그의 임신한 아내 조애나도 똑같이 현실적이고 다정한 목소리로 말했는데, 낮에는 법률 회사의 비서로 일하고 밤에는 기즈모 프레스의 타이피스트이자 등사 원지 제작자로 일했다. 그녀가 배 속의 아기가 자라는 동안 퍼거슨의 책에, 그의 자식이나 다름없는 그 책에 생명을 불어넣어 줄 담당자였다. 비록 한 권의 책에 불과했고, 퍼거슨이 진짜 아기를 만드는 일은 앞으로도 절대 없을 테지만 말이다. 그들의 우정이 시작된 그 토요일 저녁에 조애나와 빌리는 퍼거슨에게 저녁을 먹고 가라고 했고, 그 자리에서 그는 조만간 할아버지의 수표가 입금되자마자 아파트를 하나 구할 거라는 이야기를 꺼냈다. 빌리와 조애나는 그 작은 동네에서 벌어지는 일은 모두 알고 있었기 때문에, 함께 식사하고 며칠 후에 같은 블록에서 여섯 집 떨어진 곳에 방 하나짜리 스튜디오가 나왔다는 정보를 알려 줬고, 그렇게 퍼거슨은 이스트 89번가의 3층에 있는 방을 월세 77달러 50센트에 구하게 되었다.

프린스턴에서의 첫해가 끝나 가고 있었다. 하워드는 남부 버몬트에 있는 이모와 이모부의 낙농장에서 일하기 위해 떠났고, 퍼거슨도 그 목가적인 모험에 동참하자는 제안을 받기는 했지만, 에비 먼로의 반쯤 망가진 전 연인이자 곧 출간될 『멀리건의 여행』의 저자로 반쯤 되살아난 그는, 잡동사니 처분 일을 하지 않는 대신 여름 동안 다음 작품인 〈주홍색 노트〉를 쓰는 데 집중하기로 이미 계획을 세워 둔 상태였다. 에이미 역시 그 석달 동안 시내에 있을 예정이었고(업계 잡지인 『너시스 다이제스트』에서 보조 편집자로 일하기로 했다), 『빌리지 보이스』의 일정 소개 부서에서 누군가의 빈자리를 대신하기로 한 그녀의 남자 친구 루서 본드도 마찬가지였다. 반면 실리아 페더먼은 멀리서 지낼 예정이었는데, 고등학교를 조기 졸업한 기념으로 부모님이 주신 선물을 마음껏 즐기며 두 달 동안 스무 살의 사촌에밀리와 함께 유럽 여행을 갈 계획이었다. 짐작했던 대로 남자 친구 브루스, 즉 〈인간 완충 지대〉 역할을 해주던 그 친구는 이미 과거의 일이 되었다. 실리아는 퍼거슨에게 정확히 스물네 통의 편지를 쓰겠다고 약속했는데, 그 편지들은 〈페더먼의 여행〉이라는 이름표를 붙인 상자에 보관해 달라고 했다.

노아 역시 뉴욕을 떠나게 되었는데, 예상치 못하게 마지막 순간에, 매사추세츠 북부로 가서 윌리엄스타운 연극 축제에 참가하게 되었다. 당시 쫓아다니던 여학생이 신청하는 바람에 자기도 즉흥적으로 신청한 거였는데, 그녀는 단 한 번의 면담도 없이 거절당했지만 노아는 그렇지 않았고, 이제 그가 여름 동안 두 편의 연극(「모두가 나의 아들」과 「고도를 기다리며」)에 출연하게 되면서 「솔 메이츠」의 영화 각색 작업은 다시 미뤄야 했다. 퍼거슨은 안심했다. 거기에 더해, 그는 노아가 그렇게 되어서 행복했다. 연기하는 모습을 볼 때마다, 그러니까 지난 몇 년 동안 일고여덟 번 정도 볼 때마다 그는 무대에 있는 배우들 중 최고였고, 본인이 아무리 영화감독이 되고 싶어 한다고 해도 퍼거슨은 노아가 최고의 배우가 될 자질을 갖췄다고 확신했다. 이미 훌륭하게 해내고 있는 희극에서뿐 아니라 정극에서도 그럴 것 같았지만, 비극은, 적어도 남자들이 자기 눈알을 파내고, 어머니들이 자식들을 삶아 버리고, 피투성이 시체들이 널브러진 가운데 포틴브라스가 등장하며 서서히 막을 내리는 그런 무거운 비극은 아니었다. 퍼거슨은 또한 노아가 스탠드업 코미디를 하면 사람들이 바지에 오줌을 싸게 만들어 버릴 것 같다고 생각했지만, 그 이야기를 할 때마다 노아는 인상을 찌푸리며 나랑 안 맞아라고 말했다. 하지만 그건 노아가 잘못 생각하고 있는 거라고, 그렇게 거부하는 건 완전 잘못된 거라고 퍼거슨은 느꼈고, 심지어 어느 날 저녁에는 노아를 위해 스탠드업 코미디에서 활용할 수 있는 농담을 써보려고 시도하기도 했다. 하지만 농담을 쓰는 건 어려웠고, 거의 불가능에 가까울 정도였다. 그해 초 하워드와 테니스 매치를 떠올렸을 때를 제외하면 퍼거슨은 그쪽으로는 재능이 전혀 없는 것 같았다. 이야기 안에서 엉뚱한 문장을 쓰는 것과는 다른 일이었고, 잊을 수 없는, 촌철살인의 한 방을 써내는 뇌는 퍼거슨의 두개골 안에 있는 것과는 종류가 다른 뇌였다.

에이미는 5월부터 루서 본드와 사귀고 있었다. 이제 6월이었지만, 퍼거슨과의 최근 통화에 따르면, 그의 공격적이고 호전적인 의붓누나는 아직도 자기 인생에 새로 등장한 남자에 관해 아버지나 새어머니에게 이야기할 용기를 내지 못하고 있었다. 그 점은 퍼거슨을 실망시켰는데, 그는 비록 종종 에이미의 목을 졸라 버리고 싶을 때도 있었지만 그녀의 용기는 늘 존경해 왔기 때문이다. 그가 짐작하기에 그녀가 망설이는 유일한 이유는, 그녀의 남자 친구가 흑인일 뿐 아니라 호전적인 흑인이라는 사실밖에 없었다. 에이미보다 훨씬 좌파쪽으로 치우친 블랙 파워 계열의 흑인, 검은색 가죽 재킷에 잔뜩 부풀린 아프로 머리 위로 검은색 베레모를 쓰고 다니는 그 덩치 크고 위협적인 흑인은, 각자의 방식대로 살기를 주장하는 그녀의 다정한 아버지마저도 한 달 동안 공황에 빠지게 할 부류의 인물일 것이었다.

그 커플이 보스턴에서 내려와 여름 동안 재임대한 모닝사이드하이츠의 아파트로 들어갔다. 같은 날 저녁, 두 사람은 웨스트엔드 바에서 퍼거슨을 만나 술을 마셨는데, 루서 본드와 악수하는 순간 퍼거슨의 머릿속에 있던 만화 같은 상상은 1천 개의 의미 없는 조각으로 부서져 버렸다. 루서 본드가 흑인인 것도 맞고, 신체적으로 강한 사람답게 힘을 줘서 악수한 것도 맞고, 눈빛에 고집스러운 단호함이 있는 것도 맞았다. 하지만 그 눈이 퍼거슨의 눈과 마주쳤을 때, 퍼거슨은 그게 적이 아니라 잠재적인 친구를 바라보는 눈빛임을, 진심으로 좋아하고 싶은 사람을 바라보는 눈빛임을 알수 있었다. 만약 루서가 호전적이지 않고, 증오에 가득찬 만화 주인공 같은 인물이 아니라면, 에이미는 뭐가잘못된 거고, 도대체 왜 아버지에게 루서 이야기를 하지 않는 걸까?

그 문제에 관해서는 따로 이야기해 봐야 할 것 같았고, 우선은 본드 씨 본인에게 집중해 그가 어떤 사람인지 파악해야 했다. 덩치가 큰 사람은 아니었다. 그건 분명했는데, 175센티미터 정도의 평균 키는 에이미와 비슷한 것 같았고, 만약 머리 모양이 개인의 정치 성향을 암시하는 거라면, 살짝 부풀린 루서의 아프로 머리는 그가 좌파 쪽으로 기울었지만 극좌는 아님을 보여 줬다. 그 머리는 〈검은 것이 아름답다〉라고 주장하는 사람들의 크게 부풀린 아프로 머리와 대조적이었고, 얼굴에 관해서 말하자면, 놀랄 만큼 잘생겼다. 퍼거슨은 그 정도로 잘생긴 건 거의 귀여운 거라고, 만약 그런 형용사를 남자에게도 적용할 수 있다면 말이지만, 생각했고, 그 얼굴을 가만히 들여다보는 동안 에이미가 왜 루서에게 끌렸는지, 그리고 6주 동안 대화와 정기적인 섹스를 나눈 후에도 왜 여전히 끌리는지 이해할 수 있었다. 하지만 그런 피상적인 문제들, 키가 얼마나 큰지 작은지, 머리 길이가 어떤지, 귀여운지 등은 잠시 제쳐 두고, 루서와 관련해 퍼거슨이 발견한 사실들 중 가장 중요한 건 예리한 유머 감각을 지녔다는 점이었다. 퍼거슨 본인이 그런 재치 있는 말을 하는 재주가 없었기 때문에 그런 감각을 가진 사람들을 유난히 좋아했고, 노아 마크스나 하워드 스몰, 리처드 브링커스태프 같은 사람들에게 끌린 것도 바로 그런 이유 때문이었다. 모두들 퍼거슨보다 말을 훨씬 잘하는 사람들이었는데, 루서가 브랜다이스 기숙사의 자기 룸메이트 이름이 티머시 소여, 즉 팀 소여라고 했을 때 퍼거슨은 웃음을 터뜨렸다. 그는 루서에게 팀이 톰과 닮은 점이 있냐고 물었고, 루서는 그렇지는 않다고, 〈머크 트웽〉의 책에 나오는 다른 인물 〈힉 펀〉[56]과 더 닮았다고 대답했다.

56 머크 트웽Murk Twang과 힉 펀Hick Funn은 작가 마크 트웨인과 그의 소설 속 인물 허클베리 핀(헉 핀)을 빗댄 말장난으로, 직역하면 각각

그건 재미있었다. 머크 트웽과 힉 편은 정말 재미있었는데, 하워드가 영감에 가득 찬 상태에서 뱉어 내는, 서로 다른 두 가지가 함께 존재하는 농담과 같은 종류였다. 에이미도 웃음을 터뜨린 덕분에 상황은 더 즐거워졌다. 확실히 훨씬 더 즐거워졌는데, 웃음소리를 들어 봤을 때 그녀가 그런 농담을 전혀 예상하지 못했다는 걸 알 수 있었고, 그건 그녀가 전에는 루서가 그런 말을 하는 걸 들어 본 적이 없었다는 의미였을 테니까, 루서는 마크 트웨인과 헉 핀을 뒤튼 그 농담을 지난달이나 지난해에는 하지 않았다는 의미였고, 친구들을 만날 때마다 하던 농담이 아니라는 의미였다. 아니, 그는 그 자리에서, 웨스트엔드 바에서 그 농담을 떠올린 거였고, 퍼거슨은 그런 근사한 말장난을 생각해 낼 수 있을 만큼 재빠르고 영리한 머리에 감탄했다. 정말 짜릿한 말장난이라고 큰 소리로 말해 주고 싶었지만, 대신 그는 거의 숨을 못 쉬고 있는 의붓누나와 함께 웃으며 본드 씨에게 새로 맥주 한 잔 사도 되겠냐고 물었다.

퍼거슨은 이미 루서의 성장 배경과 뉴어크 센트럴워드 출신으로 뉴잉글랜드의 브랜다이스 대학에 입학하기까지의 독특한 여정에 관해서는 들어서 알고 있었다. 에이미가 전화로 해준 이야기에 따르면 루서는 지역 내 최고의 사립 학교인 뉴어크 아카데미에 7년을 다녔는데, 학비는 택시 기사인 아버지나 가정부인 어머

〈음침한 콧소리〉와 〈시골뜨기 재미〉라는 뜻이다.

니가 아니라 어머니의 고용주였던 시드와 에드나 왝스먼 부부가 대줬다. 사우스오렌지의 부유한 부부였던 그들의 하나뿐인 아들은 벌지 전투에서 전사했고, 슬픔에 잠긴 그 남다른 부부는 루서가 어렸을 때부터 그에게 빠져들었다. 이제 루서가 장학금을 받고 브랜다이스에 진학하자 부부는 그의 동생 셉티머스(세피)에게 똑같이 해주고 있었다. 진짜 장난 아니지 않아? 전화에서 에이미가 말했다. 부자 유대인 가족과 고생하는 흑인 가족이 이 분열된 미국에서 영원히 하나가 되어 지낸다는 게?

퍼거슨은 그래서 웨스트엔드의 그 술자리에서 에이미의 남자 친구가 뉴어크 아카데미에 다녔다는 말을 들었다고 이야기를 꺼냈고, 잠시 후 대화는 뉴어크 자체에 대한 것으로 흘러갔다가, 이어서 뉴어크와 농구라는 주제로 흘러갔다. 루서와 퍼거슨 둘 다 고등학교 때 농구 선수였는데, 뉴어크와 농구라는 단어가 뜻밖에도 같은 문장 안에 등장하자 퍼거슨은 열네 살 때 뉴어크 체육관에서 했던 시합, 연장전을 세 번이나 했던 그 시합 이야기를 꺼냈고, 연장전 세 번이라는 말을 들은 루서는 몸을 앞으로 숙이고 할 말을 잊은 채 목 안에서 뭔가 알아들을 수 없는 소리만 내다가, 잠시 후 나 거기 있었어, 하고 말했다.

그러면 무슨 일이 있었는지 기억하겠네, 퍼거슨이 말했다.

절대 못 잊지.

너도 그 시합에서 뛰었던 거야?

아니, 벤치에 앉아서 얼른 너희 팀 시합이 끝나고 우리 시합이 시작되기만 기다리고 있었어.

그럼 하프 코트 슛 봤지?

역사상 최장 거리 슛이었지. 끝나는 순간에.

다음에 벌어진 일도?

그럼, 그것도 기억나. 마치 어제 일처럼 생생하게.

애들이 관중석에서 쏟아져 나와서 나를 두들겨 팼거든. 체육관에서 달려 나오는 동안 계속 맞아서 몇 시간이나 아팠다니까.

어쩌면 나였을지도 몰라.

너라고?

누군가를 때렸던 것 같은데, 정확히 누구였는지는 몰라. 백인들은 다 똑같아 보이니까, 그렇지 않아?

우리 팀에서 맞은 사람은 나밖에 없으니까. 아마 나였을 거야. 그리고 그게 나였다면, 때린 건 네가 틀림없겠네.

에이미가 말했다. 한때 안정적이었던 지구가 궤도를 벗어나면서 일곱 개의 대양에서 파도가 밀려들고, 화산이 폭발하여 도시들을 뒤덮어 버렸다. 그냥 내 상상일 뿐인 건가?

퍼거슨은 에이미에게 미소를 지어 보이고는 다시 루서를 돌아보며 물었다. 왜 그랬던 거야?

모르겠어. 그때도 몰랐는데, 지금도 여전히 설명은 못 하겠네.

되게 충격이었거든, 퍼거슨이 말했다. 주먹질 자체가 아니라, 그 주먹이 날아온 이유 말이야. 그 체육관의 광기, 증오.

서서히 쌓여 온 거야. 하지만 세 번째 동점이 되면서부터는 분위기가 추해지기 시작했지. 그러다 그 장거리 슛이 나왔고, 모두들 정신을 놓아 버린 거야.

그날 아침까지는 나도 평범한 미국의 얼간이 남자아이였거든. 진보와 더 나은 내일을 위한 모색을 믿는 그런 사람 말이야. 소아마비는 이미 치료법을 찾았으니 다음은 인종 차별주의 차례가 될 거였지. 민권 운동은 미국을 피부색에 신경 쓰지 않는 나라로 만들어 줄 마법의 약이었고. 그런데 그 주먹 이후로, 네 주먹 이후로, 나는 세상 이치를 훨씬 잘 알게 된 것 같아. 지금은 아주 잘 알지, 미래를 생각할 때마다 속이 메슥거리니까. 네가 내 인생을 바꾼 거야, 루서.

가치로 말하자면, 루서가 말했다. 그 주먹은 나도 바꿨어. 그날 오전 군중의 감정이 내 안으로 밀려들어 그 군중의 분노가 나의 분노가 되었으니까. 나는 더 이상 스스로 생각하지 않고, 군중이 나 대신 생각하게 내버려 뒀던 거야. 그래서 그 군중이 통제력을 잃자 나도 통제력을 잃어버린 거고, 코트에 내려가서 그런 바보 같은 짓을 한 거지. 다시는 그러지 않겠다고 다짐했어.

〈지금부터는 내가 직접 결정하자〉라고. 세상에. 나를 학교에 보내 준 사람들이 백인들이었는데, 그렇잖아, 내가 백인들한테 무슨 감정이 있다고 그랬을까?

잠깐만, 에이미가 끼어들었다. 지금까지는 네가 운이 좋았던 거야.

나도 알아, 루서가 대답했다. A안. 열심히 해서 서굿 마셜 같은 법관이 되고, 열심히 해서 뉴어크 최초의 흑인 시장이 되고, 열심히 해서 뉴저지 최초의 흑인 상원 의원이 된다. 하지만 일이 잘 풀리지 않을 경우를 대비한 B안도 있어. 기관총을 사서 맬컴의 말을 따른다. 필요하다면 무슨 수단을 써서라도. 너무 늦은 건 없으니까, 그렇지?

그러지 않기를 바라야지, 퍼거슨은 술잔을 들고 동의한다는 듯 고개를 끄덕이며 말했다.

루서는 웃음을 터뜨렸다. 네 의붓동생 마음에 드는데, 그가 에이미에게 말했다. 내 장난기를 자극하고, 한 방 먹일 줄도 아네. 그날 이 친구 어깨가 꽤 아팠을 테지만, 내 손은 어떻게 되었을까? 손가락뼈가 부러졌던 것 같아.

〈주홍색 노트〉는 어려운 작업이 될 것 같았다. 퍼거슨이 시도했던 작업들 중에 단연 가장 도전적인 글이었고, 그는 자신이 해낼 수 있을지 깊이 의심스러웠다. 책에 관한 책, 독자가 읽으면서 동시에 써나가는 책, 마치

3차원의 물리적 공간에 들어가는 듯한 기분이 드는 책, 세상에 관한 책이면서 한편으로는 정신에 관한 책, 수수께끼이자, 아름다움과 위험으로 가득한 위태로운 풍경이며, 이야기가 진행되면서 서서히 가상의 저자 F.가 자신의 가장 어두운 면모를 마주하게 되는 책. 꿈 같은 책이었다. F.의 면전에 펼쳐지는 즉각적인 현실에 관한 책, 절대 쓰일 수 없는, 분명 아무 관련이 없는 무작위의 파편들만 혼란스럽게 펼쳐지는, 무의미한 것들만 잔뜩 모여 있는 불가능한 책이 될 것이었다. 왜 그런 시도를 하는 걸까? 왜 다른 작가들처럼 그저 또 하나의 이야기를 만들어서 들려주지 않는 걸까? 왜냐하면 퍼거슨은 이제 그저 이야기를 들려주는 일에는 흥미가 없었기 때문이다. 왜냐하면 퍼거슨은 알려지지 않은 무언가에 맞서 자신을 시험해 보고, 자신이 그 투쟁에서 살아남을 수 있을지 확인하고 싶었기 때문이다.

1항. 주홍색 노트에는, 주홍색 노트를 사기 전까지 나의 인생에서 말해지지 않은 단어들을 모두 담을 것이다.

2항. 주홍색 노트는 상상의 노트가 아니다. 그것은 실제 노트, 내가 손에 쥔 펜이나 입고 있는 셔츠만큼이나 실제의 물건이며, 내 책상 위에 놓여 있는 물건이다. 나는 사흘 전 뉴욕의 렉싱턴 애비뉴에 있는 문구점에서 이 노트를 샀다. 상점에서는 다른 노트들도 많이 팔고 있었지만 ― 파란색 노트, 녹색 노트, 노란색 노트, 갈색 노트 ― 이 붉은색 노트를 보는 순간, 노트가 나를 부르고, 내 이름을 부르는 것을 들었다. 붉은색이 아주 짙어서 실제로는 **주홍색**, 마치 헤스터 프린[57]의 겉옷에 새겨진 A 자만큼이나 불타오르는 색이었다. 그 주홍색 노트의 속지는 당연히 흰색이고, 양이 아주 많아서, 긴 여름날의 동틀 녘부터 해 질 녘까지 세도 다 세지 못할 정도다.

4항. 주홍색 노트를 펼치면, 내 머릿속을 볼 수 있는 창이 있다. 창 너머에는 도시가 있다. 강아지를 산책시키는 할머니가 보이고, 아파트 옆집의 라디오에서 흘러나오는 야구 시합 중계 소리가 들린다. 2 볼 2 스트라이크, 2 아웃. **던집니다.**

7항. 주홍색 노트의 내용을 살피다 보면, 종종 내가 잊어버린 줄 알았던 것들을 마주친다. 지금은 없는 옛 친구의 전화번호가 기억난다. 나의 초등학교 졸업식 때 어머니가 입었던 원피스가 기억난다. 마그나 카르타의 서명일이 기억난다. 심지어 내가 처음 샀던 주홍색 노트도 기억난다. 뉴저지 메이플우드에서, 몇 년 전의 일이다.

9항. 주홍색 노트에는 홍관조와 붉은깃찌르레기, 개똥지빠귀가 있다. 보스턴 레드 삭스와 신시내티 레드 스타킹스가 있다. 장미와 튤립, 양귀비가 있다. 시팅 불의 사진이 있다. 붉은 머리 에이리크의 수염이 있다. 좌파가 장악한 지역들이 있고, 끓

---

57 너새니얼 호손 소설 『주홍 글자』의 주인공.

인 비트가 있고, 익히지 않은 스테이크 덩어리가 있다. 불이 있다. 피가 있다. 『적과 흑』, 적색 공포, 그리고 『붉은 죽음의 가면극』이 있다. 이건 목록의 일부일 뿐이다.

12항. 주홍색 노트를 가진 이가 읽기만 해야 하는 날들이 있다. 그 외의 날들에는, 그 안에 뭔가를 적어야 한다. 그런 구분은 문제가 될 수 있고, 작업을 하기 위해 아침에 책상에 앉으면 무슨 활동을 해야 할지 확신할 수 없는 날들이 있다. 그 순간 어느 페이지를 보고 있느냐에 달린 문제이지만, 모든 페이지에 번호가 매겨져 있지 않기 때문에 미리 알기는 어렵다. 바로 그런 이유로 나는 빈 페이지를 놓고 오랫동안 소득 없는 시간을 보낸다. 거기서 어떤 이미지를 보게 되리라고 예상하지만, 그런 노력에도 아무것도 구체적으로 떠오르지 않으면 종종 발작에 사로잡힌다. 한번은 너무나 기운 빠지는 일 때문에 거의 정신을 잃을 뻔했다. 역시 주홍색 노트를 갖고 있는 친구 W.에게 전화해 내가 얼마나 절박한 상황인지 하소연했다. 〈그게 주홍색 노트를 지닌 사람들이 감수해야 하는 위험이야〉, 친구가 말했다. 「그 절망감이 사라질 때까지 기다리든가, 아니면 주홍색 노트를 태워 버리고 그걸 갖고 있었다는 사실 자체를 잊어버리든가 해야 해.」 W.의 말에 일리가 있는지도 모르겠지만, 나는 절대 그렇게 할 수 없다. 큰 고통이 따른다 할지라도, 길을 잃었다고 종종 느끼게 된다 할지라도 나는 나의 주홍색 노트 없이는 절대 살아갈 수 없다.

14항. 낮 동안 주홍색 노트의 오른쪽 페이지에는 마음을 진정시켜 주는 어슴푸레한 빛이 자주 비친다. 늦은 여름 해 질 녘에 밀밭이나 보리밭을 비추는 빛과 비슷하지만 그보다는 조금 더 환하고, 조금 더 영묘한, 조금 더 눈에 편안한 빛이다. 반면 왼쪽 페이지에 비치는 빛은 추운 겨울 오후를 떠올리게 한다.

17항. 지난주에 주홍색 노트 속으로 들어가는 것이 가능하다는, 혹은 그 노트가 상상 속의 공간, 너무나 생생하고 손에 잡힐 듯해서 현실처럼 보이는 공간으로 들어가는 도구가 될 수 있다는 놀라운 발견을 했다. 노트는 그저 단어들을 읽고 적기 위한 종이가 아니라, 그렇다면, 하나의 독자적 장소, 우주에 열린 아주 작은 틈새이고, 누군가가 주홍색 노트를 얼굴에 대고 눈을 감은 채 냄새를 들이켜면 그 틈새를 통과할 수 있다. 내 친구 W.는 그런 식으로 즉흥적으로 떠나는 여정이 얼마나 위험한지 경고했지만, 일단 그런 발견을 한 이상 가끔씩 다른 우주들로 스며들고 싶은 유혹에 저항하기는 어려웠다. 나는 가벼운 점심을 준비하고, 몇몇 물건을 여행 가방에 챙겨 넣은 다음(스웨터, 접는 우산, 나침반), W.에게 전화해 여행을 떠날 것이라고 알린다. 아쉽게도 W.는 계속 나를 걱정하지만, W.는 나보다 나이가 훨씬 많기 때문에(그는 지난 생일에 일흔 살이 되었다), 이제 모험심을 잃어버린 것인지도 모른다. 행운을 비네, 이 바보 같은 친구. 그가 말했고, 나는 수화기에 대고 웃음을 터뜨린 후에 전화를 끊는다. 지금까지 두세 시간 이상 다른 우주에 머무른 적은 없다.

20항. 주홍색 노트에는, 이렇게 말할 수 있어 행복한데, 나에게 잘못했던 사람들 한 명 한 명에 대한 맹렬한 저주가 있다.

23항. 주홍색 노트에 있는 것들이 모두 보이는 것과 똑같지는 않다. 예를 들어 그 안에 있는 뉴욕은 내가 깨어 있는 시간에 마주하는 뉴욕과 늘 일치하지는 않는다. 이스트 89번가를 따라 내려가다 2번 애비뉴를 예상하며 모퉁이를 돌았는데, 정작 콜럼버스 서클 근처의 센트럴 파크 남쪽 출입구가 나타난 적도 있다. 아마 그 거리들이 도시 안의 어떤 구역보다도 내게 친밀하기 때문일 것이다. 여름이 시작되면서 이스트 89번가에 있는 아파트에 막 자리를 잡은 참이었고, 태어나서 지금까지 조부모님의 집을 찾을 때마다 센트럴 파크에 수백 번은 드나들었는데, 두 분의 아파트 건물이 있는 웨스트 58번가가 센트럴 파크 남쪽 출입구 근처인 것이다. 이러한 지리적 연접은 주홍색 노트가 그것을 지닌 개인 한 명 한 명의 대단히 개인적인 도구임을, 어떤 두 개의 주홍색 노트들도, 비록 표지가 비슷해 보인다고 해도, 비슷하지 않음을 암시한다. 기억들은 연속적이지 않다. 그것들은 이 공간 저 공간을 넘어 다니고, 사이의 시간들을 생략한 채 크게 움직이는데, 그건 새아버지가 말한 **콴툼 효과** 때문이다. 주홍색 노트에서 볼 수 있는 여러 개의 이야기들, 때론 서로 충돌하는 그 이야기들은 연속적인 서사를 만들어 내지 않는다. 오히려 그것들은 마치 꿈처럼 펼쳐지는 경향이 있다 ── 즉 언제나 확실하게 드러나는 논리를 따르지는 않는다.

25항. 주홍색 노트의 모든 페이지에는 책상을 비롯해 내가 지금 앉아 있는 방의 모든 것이 등장한다. 도심을 산책하는 동안 주홍색 노트를 들고 다니고 싶은 유혹을 느낄 때가 있지만, 아직 그걸 책상에서 치울 용기를 내지는 못했다. 반면 주홍색 노트 속으로 여정을 떠날 때는, 늘 주홍색 노트를 갖고 다니는 것 같다.

그렇게 호수를 건너는 퍼거슨의 두 번째 수영이 시작되었다. 고독하게 단어와 씨름하고, 하루에 일곱 시간에서 열 시간을 책상 앞에서 보내며 건너는 그만의 월든 호수. 아주 오랫동안 지저분한 물장구를 쳐야만 하고, 자주 물속에 잠기고, 더 자주 팔다리에 힘이 빠지겠지만, 퍼거슨은 안전 요원이 없는 곳에서도 깊고 위험한 물속으로 뛰어드는 재주를 타고났고, 또한 지금까지 그보다 앞서 그런 책을 쓴 사람, 심지어 그런 책을 꿈꿨던 사람도 없었기 때문에, 퍼거슨은 직접 해보면서 그런 글을 쓰는 방법을 스스로 익혀 나가는 수밖에 없었다. 지금까지 그가 써 온 모든 글이 그랬듯이 지키는 글보다 버리는 글이 더 많았고, 그는 1966년 6월 초에서 9월 중순까지 썼던 365개 항목을 조금씩 줄여 가며 174개로 만들었다. 최종 원고는 두 배 줄 간격 타자로 111페이지를 가득 채웠는데, 첫 번째 책보다는 조금 짧은 그의 두 번째 중편소설이었다. 기즈모의 줄 간격 없는 등사판 기준으로 압축하고 나니 원고는 54페이지였고, 그렇게 짝수로 떨어져 준 덕분에 퍼거슨은 본인의 소개 글을 한 번 더 쓰는 수고를 덜 수 있었다.

그는 입막음용 돈으로 구한 작은 아파트에서의 생활을 즐겼고, 그곳에서 보낸 첫 여름이었던 1966년 여름 내내, 조애나가 『멀리건의 여행』의 타자 작업을 하고 퍼거슨 본인은 〈주홍색 노트〉를 놓고 진땀을 빼던 그 기간 내내, 그는 1만 달러의 돈에 관해 생각했고, 손자에게 준 〈선물〉에 관해 할아버지가 엄마에게 얼마나 영악하고 은밀하게 설명했는지 생각했다. 바로 다음 날, 그러니까 퍼거슨이 빌리와 조애나 베스트를 처음 만났던 바로 그날, 집으로 전화한 할아버지는 자신이 록펠러 재단이랑 비슷한 사업, 즉 〈예술 진흥을 위한 애들러 재단〉을 비공식적으로 출범시키기로 했고, 손자의 작가로서의 발전을 위해 1만 달러의 상금을 수여하기로 했다고 전했다. 거대한 똥 덩어리 같은 이야기라고, 퍼거슨은 생각했다. 하지만 창피함에 눈물을 흘릴 뻔했던 남자, 자신의 잘못을 덮기 위해 즉석에서 1만 달러짜리 수표를 써준 남자가 바로 다음 날 자신이 한 일을 그렇게 떠벌릴 수 있다는 사실이 흥미롭기도 했다. 제정신이 아닌 어리석은 남자였지만, 그다음 주 월요일 프린스턴에서 어머니와 통화할 때, 그는 할아버지의 말을 전하는 어머니의 이야기를 들으며, 그 말에 담긴 믿을 수 없을 정도의 가식과 비할 데 없이 너그러운 본인에 대한 과장된 자랑에 웃음을 참아야만 했다. 어머니가 말했다. 생각해 봐, 아치. 처음에는 월트 휘트먼 장학금을 받더니 이제 할아버지가 선물도 주시잖아. 알아요, 알아, 제가 지상에서 가장 운이 좋은 사람입니다. 퍼거슨은 루 게릭이 훗날 자신의 이름을 빌리게 될 그 병으로 사망하기 전에 양키 스타디움에서 했던 말을 의식적으로 흉내 내며 말했다. 예쁘게 정리되었네, 퍼거슨의 어머니가 말했다. 그랬다. 예쁘게 정리되었고, 지나치게 가까이에서 들여다보지만 않는다면 세상은 아주 거대하고 아름다웠다.

바닥에 매트리스 하나, 거리에서 발견해 빌리의 도움으로 가져온 책상과 의자 하나, 지역 내 자선 가게에서 푼돈을 주고 구입한 냄비와 팬, 어머니와 댄이 집들이 선물로 준 이불과 수건, 침구, 그리고 매번 타자기를 프린스턴에서 뉴욕으로 가져왔다가 금요일과 일요일에 다시 프린스턴으로 가져가는 번거로움을 피하기 위해 앰스터댐 애비뉴의 타자기 상점에서 구입한 중고 타자기 한 대가 있었다. 1960년쯤에 서독에서 제조한 올림피아 타자기는 지금까지 그가 의지하고 사랑해 마지않았던 스미스코로나보다 훨씬 정교하고 타자도 빨랐다. 베스트 부부와 자주 저녁 식사를 하고, 에이미와 루서와 자주 저녁 식사를 하고, 론 피어슨과 그의 아내 페그와 가끔씩 어울리고, 이스트 86번가의 아이디얼런치

카운터에서, 입구 위에 〈1932년부터 독일식 식사를 제
공하고 있습니다〉라는 안내 문구가 붙어 있는(그다음
해에 독일에서 벌어진 상황과는 아무 관련이 없다는
의미심장한 문구였다) 그 식당에서 가끔씩 혼자 이른
저녁을 먹었다. 퍼거슨은 그 기름지고 포만감을 주는
음식들, 쾨니히스베르거클로프제나 비너슈니첼 같은
음식들을 대단히 즐겼고, 카운터 뒤에 있는 덩치 큰 근
육질의 여종업원이 주방을 향해 억센 억양으로 슈니첼
하나요!라고 외치는 소리를 듣는 게 좋았다. 그 소리를
들을 때마다 댄과 길의 돌아가신 아버지, 집안에 있었
던 또 한 명의 미친 할아버지, 짐과 에이미의 심술궂고
괴팍했던 오파[58]를 떠올리지 않을 수 없었다. 지상에서
가장 운이 좋았던 그는 또한 그해 여름 메리 도너휴를
만나는 행운까지 얻었다. 조애나의 동생이었던 스물한
살의 메리는 여름 동안 베스트 부부의 집에 머무르며
사무실에서 일하고 있었고, 그 일이 끝나면 다시 앤아
버로 돌아갈 계획이었다. 통통하고 쾌활하며 섹스에
미쳐 있던 메리는 퍼거슨에게 호감을 품게 되었고, 종
종 밤에 그의 아파트를 찾아와 함께 잠자리에 들었는
데, 덕분에 그는 여전히 남아 있던 에비에 대한 갈망을
잠재우고, 제대로 된 작별 인사도 없이 그녀를 쳐낸 사
악한 행동에 관한 생각에서도 벗어날 수 있었다. 메리
의 부드럽고 넉넉한 살덩이는 그 속에 파묻혀 자신이

58 Opa. 〈할배〉라는 뜻의 독일어 단어.

누구인지를 잊어버리고, 그렇게 자기 자신이라는 짐을 벗어 버리기에 좋은 장소였으며, 그녀와의 섹스는 단순하고 순간적이어서 좋았다. 구속도, 환상도 없는 섹스, 그 순간을 넘어서는 그 어떤 것에 대한 희망도 없는 섹스.

처음에 퍼거슨은 자신이 끼어들어서 에이미-루서 문제를 해결해 줄 생각이었는데, 마치 노아가 몰래 자신의 원고를 돌렸던 것처럼, 어머니에게 전화해서 두 사람의 관계를 이야기한 다음 댄이 어떤 반응을 보일지 알아보려고 했다. 하지만 그런 접근 방식을 한 번 더 생각해 본 다음에는 그렇게 의붓누나를 속일 권리가 자신에게는 없다는 결론에 이르렀고, 6월 중순의 어느 날 저녁 퍼거슨과 본드, 슈나이더먼이 웨스트엔드에서 만나 담배를 피우고 맥주를 마시는 자리에서, 로즈의 아들은 로즈의 의붓딸에게 자신이 그녀를 대신해 어머니에게 이야기하고, 이 말도 안 되는 상황을 정리해도 되겠냐고 물었다. 에이미가 뭐라고 대답하기 전에 루서가 몸을 앞으로 숙이며 감사, 아치, 하고 말했고, 잠시 후 에이미도 거의 비슷한 말을 했다. 고마워, 아치.

퍼거슨은 다음 날 오전에 어머니에게 전화했고, 전화한 이유를 들은 어머니는 웃음을 터뜨렸다.

우리도 이미 알고 있어, 어머니가 말했다.

안다고요? 어떻게 알아요?

왝스먼 부부에게 들었지. 짐한테도 들었고.

짐이요?

그래, 짐.

그래서 짐은 어떻대요?

걔는 신경 안 써. 아니면 루서를 너무 좋아하기 때문에 신경을 쓰는 건지도 모르겠구나.

댄 아저씨는요?

처음엔 좀 놀란 것 같더라, 굳이 말하자면 말이야. 그런데 그런 시기는 지난 것 같아. 그러니까, 에이미와 루서가 결혼까지 생각하고 있는 건 아니지, 그렇지?

모르겠어요.

결혼은 험할 거야. 두 사람 모두에게, 험해. 그런 결심을 하면 둘 앞에 정말 험한 길이 펼쳐질 거고, 그뿐만 아니라 루서의 부모님에게도 험한 일이 될 거야. 그분들은 애초에 이 소소한 연애가 반갑지 않았겠지만.

본드 부부와도 이야기해 보신 거예요?

아니, 하지만 에드나 왝스먼 씨는 본드 부부가 아들 걱정을 하고 있다고 하더구나. 아들이 백인들과 너무 많이 어울려 다닌다고, 자신이 흑인이라는 감각을 잃어버린 것 같다고 말이야. 뉴어크 아카데미에 이어서 이제 브랜다이스에 다니고, 늘 모든 사람들의 호감을, 백인들의 호감을 받고 있잖아. 너무 다정하고 너무 호의적이라고, 그분들 표현에 따르면 아들이 전투력이 너무 떨어져 있다고 했다더구나. 하지만 동시에, 아들이 너무 자랑스럽고, 자신들에게 도움을 준 왝스먼 부부에게 너무 감사한 것도 사실이고 말이야. 복잡한 세상이지, 그렇지 않니, 아치?

엄마는 이 모든 상황이 어떤 것 같아요?

나는 여전히 열려 있어. 루서를 직접 만나보기 전에는 어떤지 알 수가 없지. 나한테 전화하라고 에이미에게 전해, 알았지?

그럴게요. 그리고 걱정 마세요. 루서는 좋은 친구니까. 그리고 에드나 왝스먼 씨 통해서 본드 부부에게도 걱정하지 말라고 전해 달라고 하세요. 아들 전투력 충분하다고. 아주 큰 전투력이 아닐 뿐이에요. 딱 알맞은 정도라고, 그 친구에게 딱 맞는 정도라고 할 수 있어요.

한 달 하고도 일주일 후, 퍼거슨과 메리 도너휴, 에이미, 그리고 루서는 낡은 폰티액을 타고 하워드 스몰이 여름을 보내고 있는 남부 버몬트를 향해 북쪽으로 달리고 있었다. 같은 금요일, 퍼거슨의 어머니와 에이미의 아버지는 퍼거슨의 이모, 이모부와 함께 다른 차를 타고 매사추세츠 윌리엄스타운으로 향하고 있었다. 거기서 다음 날 저녁에 다섯 명의 대학생과 합류한 후 모두 함께 노아가 러키 역으로 출연한 「고도를 기다리며」 공연을 관람할 계획이었다. 돼지, 소, 닭, 헛간의 거름 냄새, 녹색 언덕을 타고 내려와 골짜기를 휘감는 바람이 있었고, 어깨가 떡 벌어진 하워드는 뉴페인 외곽 2십4만여 제곱미터의 땅에 펼쳐진 이모와 이모부의 농장을 구경하는 네 명의 뉴욕 친구들 옆에서 성큼성큼

걷고 있었다. 퍼거슨은 대학 친구를 다시 만나서 너무 행복했고, 하워드의 이모와 이모부가 남녀가 뒤섞여 자는 데 대해 까다롭게 신경 쓰지 않는 것도 좋았다(하워드가 단호한 태도로 그렇게 해야 한다고 주장했을 것이다). 이제 에이미와 아버지 사이에서 루서 문제도 해결된 상태였기 때문에, 그 주말엔 모두가 느긋했고, 뉴욕의 뜨거운 시멘트와 뜨거운 김에서 벗어나 밤색 종마를 타고 평원을 달리는 에이미의 모습은 너무나 인상적이어서, 퍼거슨은 이어진 몇 해 동안 그 기억을 소중하게 간직하게 된다. 하지만 가장 잊을 수 없었던 일은 역시 토요일 저녁 농장에서 겨우 80킬로미터쯤 떨어진 윌리엄스타운에서 펼쳐진 공연이었다. 고등학교 때 그 희곡을 읽었지만 무대에서 펼쳐지는 공연은 본 적이 없던 퍼거슨, 공연 관람을 위해 그 주 초에 희곡을 한 번 더 읽은 상태였는데, 그날 밤 극장에서 본 건 그 무엇으로도 미리 대비할 수 없었을 광경이었다. 백발의 긴 가발을 중산모 아래로 늘어뜨리고 목에는 밧줄을 두른 노아, 학대당하는 노예이자 무거운 짐을 진 인물, 백치, 쓰러지고 비틀거리고 넘어지는 벙어리 광대 역을 맡은 그는 놀랄 만큼 섬세한 발걸음을 보여 줬는데, 휘청거리고, 무기력하고, 갑자기 앞뒤로 휙휙 쏠리는가 하면, 선 채로 졸고, 느닷없이 에스트라공의 다리에 발길질을 날리고, 느닷없이 눈물을 흘리고, 춤을 추라는 명령을 들었을 때는 뒤틀리고 안쓰러운 춤을 추고, 채찍을 입에 물고, 가방을 들었다 내려놓기를 반복하고, 포조의 등받이 없는 의자를 접었다 폈다 했다. 노아가 그런 동작들을 해내는 거라고는 전혀 믿기지 않았는데, 그러던 중 1막의 그 유명한 대사, 푸앵송과 와트만 대사, 카카카카 대사, 학구적인 단어들이 쉬지 않고 쏟아지는 그 대사들을 노아는 마치 무아지경에 빠져 날아다니듯 읊었고, 절대 불가능해 보이는 호흡 조절과 복잡한 말의 리듬을 보여 줬다. 이런 세상에, 사촌의 입에서 쏟아지는 말들을 들으며 이런 씨발, 세상에, 하고 퍼거슨은 생각했고, 잠시 후 무대에 있던 나머지 세 명의 인물이 노아를 두들겨 패고 모자를 밟아 버렸고, 포조가 다시 채찍을 휘둘렀고, 다시 한번 일어나! 돼지야!라고 외쳤고, 그대로, 쓰러진 러키를 무대 한쪽에 버려둔 채 무대 밖으로 사라져 버렸다.

배우들의 무대 인사와 환호 후에, 퍼거슨은 노아의 갈비뼈가 거의 부서질 정도로 세게 안아 줬다. 다시 숨을 고른 노아가 말했다. 네가 좋아해 줘서 기뻐, 아치, 하지만 다른 공연이었다면 더 잘했을 거야. 너랑 아버지, 새엄마, 에이미, 거기에 너희 어머니까지 객석에 앉아 있으니까, 무슨 말인지 알지, 부담감. 엄청난 부담감이었어.

뉴욕 4인조는 일요일 밤에 차를 타고 돌아왔고, 다음 날인 7월 25일 아침, 시인 프랭크 오하라가 파이어섬의 해안에서 모래 언덕용 차량에 치여 마흔 살의 나이로 사망했다. 뉴욕의 작가와 화가, 음악가 사이에 사고 소식이 퍼지면서 온 도시에 커다란 애도의 물결이 일었고, 오하라를 추종하던 시내의 젊은 시인들은 상실감에 눈물을 터뜨렸다. 론 피어슨이 울었다. 앤 웩슬러가 울었다. 루이스 타카우스키가 울었다. 그리고 도시 위쪽에서, 빌리 베스트는 석고판을 그대로 뚫어 버릴 정도로 벽에 주먹질을 했다. 퍼거슨은 오하라를 직접 만나 본 적은 없었지만 그의 작품은 알았고, 그 활기와 자유로움을 존경하고 있었다. 비록 상실감을 느끼거나 벽에 주먹질을 하지는 않았지만, 그 역시 사고 다음 날에 갖고 있던 오하라의 책 두 권, 『점심 시집』과 『응급 상황에서의 명상』을 다시 읽어 봤다.

나는 가장 어렵지 않은 사람이지, 오하라는 1954년에 적었다. 내가 원하는 건 경계 없는 사랑뿐.

자신이 말했던 대로, 실리아는 해외여행을 하는 두 달 동안 정확히 스물네 통의 편지를 보냈다. 좋은 편지라고, 그는 느꼈다. 잘 쓴 편지, 더블린, 코크, 런던, 파리, 니스, 피렌체, 로마에서 본 것들에 관한 언급이 많았다. 그녀의 오빠 아티와 다르지 않게, 실리아는 사물을 관찰하는 방법을 알았고, 아일랜드의 시골 풍경에 관한 다음의 문장들에서 잘 알 수 있듯이 대부분의 사람들보다 인내심과 호기심이 더 많았는데, 그런 글의 분위기는 이어지는 모든 편지에서도 유지되었다. 회색 바위가 점점이 놓여 있고 검은색 떼까마귀들이 머리 위를 날아다니는데, 모든 대상들의 핵심에 고요함이 있어서, 심장이 뛰거나 바람이 불기 시작해도 달라지지 않아. 미래의 생물학자로서는 나쁘지 않은 것 같다고 퍼거슨은 생각했다. 그 편지들에서는 우정이 느껴졌지만 친밀하거나 둘 사이의 관계를 드러내 주는 점은 전혀 없었고, 8월 23일 실리아가 뉴욕에 돌아오던 날, 그러니까 메리 도너휴가 그에게 작별 키스를 하고 앤아버로 돌아간 다음 날, 퍼거슨은 자신과 실리아의 관계가 어디쯤 와 있는지 전혀 알 수 없었다. 그는 가능한 한 빨리 알아보고 싶었는데, 이제 실리아도 열일곱 살 반이었기 때문에 신체적 접촉에 대한 금지는 풀린 상황이었다. 결국 사랑은 접촉의 놀이였고, 퍼거슨은 현재 사랑을 찾고 있었고, 「사랑은 비를 타고」에 나오는 오래된 노래를 인용하자면 사랑할 준비가 되어 있었으며, 이전의 이유들뿐 아니라 현재의 이유들 때문에라도, 실리아 페더먼의 품 안에서 그 사랑을 찾기를 희망하고 있었다. 그녀가 그에게 허락만 해준다면 말이다.

27일에 그의 아파트를 찾은 그녀는 그 황폐함에 할 말을 잃어버렸다. 책상은 그렇다 치고, 매트리스도 그렇다 치지만, 어떻게 옷들을 벽장 안의 종이 상자에 그냥 담아 두고, 빨랫감을 따로 가방이나 바구니에 담지 않고, 양말과 속옷을 욕실 바닥에 그냥 둘 수 있단 말인가? 그리고 왜 책장을 구하지 않고 책들을 벽에 기대어 그냥 쌓아 뒀단 말인가? 왜 벽에 그림 한 점 없고, 왜 구석에 작은 식탁을 놓을 자리가 있는데도 책상에서 식사를 한단 말인가? 가재도구를 최소화하려 했기 때문이라고, 퍼거슨은 말했고, 자신은 크게 신경 쓰지 않는다고 했다. 알았어, 알았다고, 실리아는 말했다. 그녀는 교외 출신의 중년 부인 같았고, 그는 맨해튼이라는 정글에서 보헤미안 반항아처럼 아무렇게나 지내고 있었다. 그녀는 잘 알겠다고, 자기가 신경을 쓸 일도 아니지만 조금만 더 깔끔하게 지내면 퍼거슨 본인에게도 좋지 않겠냐고 했다.

두 사람은 쏟아지는 햇빛을 맞으며 방 한가운데에 서 있었다. 창으로 들어온 햇빛이 실리아의 얼굴을 비췄고, 환하게 빛나는 열일곱 살 소녀의 얼굴이 너무 아름다워서 퍼거슨은 그녀의 모습에 넋을 잃은 채 아무 말 없이 놀라고만 있었고, 어쩔 줄 모르고 조금 떨기까지 했다. 그가 그녀를 바라보고만 있자, 다른 어떤 것으로도 시선을 돌릴 수 없었기 때문에 계속 바라보고만 있자, 실리아가 미소를 지으며 말했다. 왜 그래? 왜 그렇게 쳐다보는 거야?

미안, 그가 말했다. 나도 어쩔 수 없었어. 네가 너무 아름다워서 그래, 실리아, 놀랄 만큼 아름다워서, 이게 현실인지 의심이 들 정도였어.

실리아가 웃음을 터뜨렸다. 바보 같은 소리 하지 마, 그녀가 말했다. 나 안 예뻐. 그냥 평범하고 시시한 애일 뿐이야.

누가 너한테 그런 쓰레기 같은 생각을 심어 준 거야? 너 신이야, 지상의, 아니 천상의 모든 도시를 지배하는 왕이야.

뭐, 그렇게 생각한다니 좋네. 하지만 가서 시력 검사 해 보고 안경을 마련하도록 해.

하늘에서 해가 살짝 움직였는지, 구름이 해를 가렸 는지, 아니면 퍼거슨이 북받치는 감정을 쏟아 낸 후에 쑥스러워지기 시작했는지 모르겠지만, 실리아가 그 말 을 하고 4초쯤 후에는, 그녀의 외모 이야기는 더 이상 나오지 않았고, 다시 퍼거슨의 집에 식탁이 없고, 책장 이 없고, 옷장이 없다는 이야기로 돌아갔다. 정말 그런 것들이 그렇게 신경 쓰인다면 빌리의 손수레를 빌려서 거리에 나와 있는 가구들을 구하러 다니면 된다고 그 는 말했다. 맨해튼에서 아파트를 꾸밀 때는 그게 검증 된 방법이었는데, 어퍼이스트사이드의 부자들이 매일 좋은 물건을 내다 버리기 때문에 남쪽이나 서쪽으로 몇 블록만 걸어가다 보면 보도에서 그녀의 마음에 드 는 물건을 찾을 수 있을 거라고 했다.

오빠만 괜찮으면 나는 준비되었어, 실리아가 말 했다.

퍼거슨도 준비가 되었지만, 집을 나서기 전에 그녀 에게 보여 주고 싶은 게 두어 가지 있었다. 먼저 그는 실리아를 책상 앞으로 데려가 〈페더먼의 여행〉이라고

적힌 작은 나무 상자를 보여 줬고, 그녀가 그 상자의 의
미와 거기 담긴 자신들의 우정에 대한 의리를 받아들
일 때까지 기다렸다가, 책상의 오른쪽 맨 아래 서랍을
열고 기즈모 프레스에서 출간한 『멀리건의 여행』을 한
부 꺼내 줬다.

오빠 책이잖아! 실리아가 말했다. 출판되었네!

그녀는 하워드가 그린 표지를 살펴보고, 멀리건의
그림을 살짝 쓰다듬고, 등사 인쇄로 제작된 속지를 넘
겨 본 다음, 책을 바닥에 내려놓았다.

왜 그러는 거야? 퍼거슨이 물었다.

키스하고 싶으니까.

잠시 후, 그녀는 그를 안으며 자신의 입술을 그의 입
술에 갖다 댔고, 어느새 그도 그녀를 안고 있었고, 두
사람의 혀가 상대의 입 속에 들어가 있었다.

두 사람의 첫 키스였다.

그리고 그건 현실의 키스였고, 그 점이 퍼거슨은 너
무나 기뻤는데, 그 키스가 앞으로 있을 더 많은 키스들
을 약속해 줬을 뿐 아니라, 실리아가 실제로 현실이라
는 걸 증명해 줬기 때문이다.

아버지와는 1년이 넘게 연락이 없었다. 퍼거슨은 이제
아버지 생각은 거의 하지 않았지만, 생각할 때마다 과
거에 아버지에게 느꼈던 분노가 덤덤한 무관심으로,
어쩌면 아무것도 아닌, 그저 머릿속의 어떤 공백으로

변해 버렸음을 알아차렸다. 그에겐 아버지가 없었다. 한때 그의 어머니와 결혼했던 그 남자는 다른 세상의 그림자 속으로 사라져 버렸고, 그 세상은 아들이 사는 세상과는 더 이상 교차하지 않았다. 아직 그 남자가 확실히 죽은 건 아니었지만, 오래전에 사라져 버렸고 미래에도 절대 다시 나타나지 않을 것이었다.

하지만 2학년 생활을 시작하기 위해 프린스턴으로 떠나기 사흘 전, 퍼거슨이 우드홀크레슨트의 집 거실에서 새아버지와 짐, 그리고 짐의 약혼자 낸시와 함께 메츠의 야구 시합 중계를 보던 중에, 이닝과 이닝 사이 중간 광고 때 갑자기 수익의 선지자가 텔레비전 화면에서 튀어나왔다. 희끗희끗한 구레나룻을 두껍게 기른 아버지는 말쑥하고 세련된 정장 차림으로(흑백텔레비전이라 색깔을 알 수는 없었다) 플로럼 파크에 퍼거슨 할인점이 새로 개장했다는 소식을 전하면서, 낮은 가격, 정말 낮은, 여러분이 감당할 수 있는 낮은 가격을 여러 번 강조했고, 직접 방문해서 RCA 컬러텔레비전을 구경하고, 다음 주 개장에 맞춰 선보일 말도 안 되는 할인 가격을 확인해 보라고 했다. 대단히 유창하고, 대단히 자신감에 차 있다고 퍼거슨은 생각했다. 퍼거슨 할인점에서 쇼핑하면 괴롭고 단조로운 시청자들의 삶이 훨씬 풍성해질 거라는 확신을 줬고, 과거 어머니의 표현에 따르면 제대로 말하는 법을 배우지 못한 사람이었던 아버지는 이제 너무나 유창하게 말하고 있었는데, 카메라 앞에서도 아주 느긋하고 편안해 보였고, 자신의 그런 모습을 아주 즐기고 있었고, 그 순간에 아주 충실했다. 아버지가 미소를 지으며 팔을 들어 보이지 않는 청중들에게 어서 와서 한몫 챙기세요라고 손짓하는 동안, 배경에서는 가격이 이보다 더 쌀 수는 없고 / 기분이 이보다 더 좋을 수는 없습니다 / 퍼거슨 할인점, 퍼거슨 할인점, 퍼거슨 할인점! 이라는 구호가 반주 없는 소프라노와 테너 음성으로 울려 퍼졌다.

광고가 끝난 후 퍼거슨의 머리에는 두 가지 생각이 떠올랐다. 한 가지 생각이 순식간에 스쳤고, 거의 동시에 다른 생각도 이어졌다.

1) 이제 텔레비전 야구 중계도 그만 봐야겠다는 생각, 그리고 2) 아버지가 여전히 자신의 삶 언저리에 맴돌고 있다는 생각. 완전히 지워지지 않은 채, 두 사람 사이의 거리에도 불구하고 여전히 그 자리에 있다는 생각, 그리고 책을 완전히 덮어 버리기 전에 아직 둘 사이에 쓰여야 할 이야기가 남아 있다는 생각이었다.

고대 그리스어 단기 특강을 수강해 한 학년 만에 그 언어를 익힐 게 아니라면, 네이글 교수의 수업은 더 이상 들을 수 없었다. 하지만 네이글은 여전히 그의 지도 교수였고, 아버지와 관련한 그 모든 문제 때문에, 혹은 아버지와 아무 관련이 없는 이유 때문인지도 모르지만, 그는 계속 네이글의 인정과 격려를 바라고 있었다. 수업에서 최고 성적을 받고, 월트 휘트먼 장학생에 어울리는 건강한 성품을 보임으로써 노교수에게 인상적인 모습을 남기고 싶었으며, 무엇보다도 자신이 쓰고 있는 소설에 대해 그의 지원을 받고 싶었다. 그러한 지원은「그레거 플램의 삶에 있었던 열한 번의 순간」을 읽은 후 네이글이 봤던 어떤 가능성이 실현되고 있다는 신호일 것이었다. 가을 학기의 첫 번째 일대일 면담에서 퍼거슨은 네이글에게 기즈모 프레스에서 출간한 『멀리건의 여행』을 보여 줬는데, 너무 성급하게 책을 출간한 건 아닌지 자신이 없고 두려웠으며, 네이글이 그 등사 출판물을 보고 아직 책을 낼 준비가 안 된 젊은 작가가 너무 야심에 차서 벌인 행동으로 여기지 않을지 걱정이 되었고, 책을 읽어 본 네이글이 끔찍한 작품이라고 할까 봐, 존경하는 사람들의 키스를 바라는 자신이 또 한 번 주먹질을 당할까 봐 걱정이 되었다. 하지만 네이글은 그 첫 번째 오후 면담에서 축하의 말과 함께 친구처럼 고개를 끄덕이며 책을 받았고, 당연히 내용은 전혀 모르는 상태였지만, 적어도 미숙한 작품을 서둘러 출간했다고, 그렇게 잘못된 마음으로 자만심을 표하고 나면 나중에 반드시 후회하고 부끄러워질 거라고 퍼거슨을 비난하지는 않았다. 네이글은 책을 손에 들고 표지의 흑백 일러스트를 살펴보고는, 그림이 대단히 훌륭하다고 했다. H. S.가 누구지? 표지 오른쪽 모퉁이의 약어로 된 서명을 가리키며 물었고, 퍼거슨이 프린스턴의 룸메이트 하워드 스몰이라고 대답하자, 네이글의 무덤덤한 얼굴에 어울리지 않는 미소가 떠올랐다. 열심히 공부하는 하워드 스몰, 그가 말했다. 아주 좋은 학생이지. 하지만 그림도 이렇게 잘 그리는 줄은 몰랐네. 자네 둘은 대단한 단짝인 거네, 그렇지?

사흘 후 해당 학기에 퍼거슨이 들을 수업을 정하기 위해 교수 연구실에서 가진 다음 면담 자리에서, 네이글은 『멀리건의 여행』에 대한 자신의 평가로 이야기를 시작했다. 빌리, 론, 노아가 모두 따뜻하게 그 책을 품어 줬다는 건 중요하지 않았고, 에이미, 루서, 실리아가 뜨거운 키스 같은 반응을 보여 줬다는 것도(실리아의 경우에는 실제로 키스를 해줬다) 마찬가지였다. 또한 돈 이모부나 밀드러드 이모가 일부러 전화해서 한 시간 가까이 화려한 찬사를 늘어놓았다는 것도 잊어버리고, 댄과 어머니, 그리고 떠나 버린 에비 먼로와 역시 떠나 버린 메리 도너휴가 모두 작품이 아주 마음에 든다고 했다는 사실도 모두 잊어버리기로 했다. 네이글의 의견이 가장 중요했는데, 왜냐하면 그가 유일하게 객관적인 관찰자였고, 우정이나 사랑, 가족 관계로 퍼거슨과 엮인 사람이 아니었기 때문이다. 그의 입에서 부정적인 단어가 하나라도 나온다면, 그동안 쌓여 온 다른 사람들의 긍정적인 평가들을 갉아먹거나 아예 무너뜨려 버릴 것이었다.

나쁘지 않아, 그는 말했다. 마음에 들지만 판단을 보

류하고 싶을 때 주로 사용하는 표현이었다. 이전 작품에 비해 나아졌어, 그가 말을 이었다. 긴장감이 있고, 문장에서 세련되고 정교한 음악성도 있고, 읽다 보면 빠져들기도 해. 물론 극명하고 맹렬한 광기, 신경 쇠약 직전에 내몰린 창의성이라고도 할 수 있지만, 그 모든 걸 감안하더라도 재미있게 의도한 부분은 재미있고, 극적으로 의도한 부분은 극적이야. 그리고 자네도 이제 보르헤스를 읽었을 테니까, 허구와 사변적 산문 사이의 경계를 오가는 법을 조금은 배웠겠지. 아쉽게도 몇몇 부분에서 어리석고 미숙한 생각들이 보이기는 하지만, 그게 자네니까, 퍼거슨, 이제 2학년이잖아. 그러니까 책의 약점에 관해서는 너무 깊이 생각하지 말자고. 최소한 자네가 나아지고 있다는 건 증명해 보인 셈이고, 그건 시간이 지날수록 더 나아질 거라는 뜻이겠지.

감사합니다, 퍼거슨이 말했다. 무슨 말씀을 드려야 할지 모르겠네요.

그렇게 입 다물어 버리지는 말고, 퍼거슨. 이번 학기 수업 계획 이야기를 해야 하니까 말이야. 그래서 자네한테 묻고 싶은 게 있는데. 글쓰기 워크숍 수업에 대한 생각은 아직 안 바뀐 거지?

네, 딱히.

좋은 프로그램이야, 알고 있겠지만. 그 어디랑 비교해도 최고 수준인데.

교수님 말씀은 잘 알겠습니다. 다만 저는 제힘으로 해낼 때 더 행복한 것 같아요.

망설이는 건 이해하지만, 동시에 나는 그 수업이 자네한테 도움이 될 거라고 생각하거든. 그리고 프린스턴 문제도 있는데, 프린스턴 공동체의 일원이 되는 거 말이야. 예를 들어서, 왜 자네 작품을 『나소 리터러리 리뷰』[59]에는 보내지 않는 거지?

모르겠습니다. 한 번도 생각해 보지 않아서.

프린스턴 대학에 무슨 불만이라도 있는 건가?

아뇨, 전혀요. 이곳에서 지내는 게 아주 마음에 듭니다.

후회하거나 그런 건 아닌 거지?

전혀요. 축복받은 기분인걸요.

퍼거슨이 네이글과 대화를 이어 가며 가을 학기에 들을 수업 계획을 마련해 가는 동안, 하워드는 둘의 기숙사 방에서 「주홍색 노트」를 읽고 있었다. 일주일 전 퍼거슨이 하워드에게 원고를 건네며 퍼거슨 본인이 〈도착 전 사망〉[60]이라고 선언한 작품, 똥밖에 없는 내 머리에서 나온 또 하나의 시체라고 말한 작품이었다. 하워드는 그때쯤에는 하워드의 고통과 자기 의심에 익숙해져 있었기 때문에 그런 표현에는 신경도 쓰지 않았고, 자기

59 프린스턴 대학의 학내 문학 잡지.
60 DOA(Dead on Arrival). 병원 도착 당시 이미 사망한 상태인 환자를 일컫는 용어.

만의 독립적인 결론을 내릴 수 있는 스스로의 지성에 대한 확신도 있었다. 퍼거슨이 네이글과의 면담을 마치고 방에 돌아왔을 때쯤에 하워드는 이미 원고를 모두 읽은 상태였다.

아치, 너 비트겐슈타인은 읽어 봤지? 하워드가 말했다.

아니, 아직. 아직 안 읽은 책 목록에 있는 수많은 책들 중 하나야.

좋아. 아니면, 어디 한번 봅시다, mein Herr(우리 선생님)가.

하워드는 표지에 비트겐슈타인의 이름이 적힌 파란색 책을 집어 들고는, 자신이 찾던 페이지를 찾아서 큰 소리로 퍼거슨에게 읽어 줬다. 그리고 이것은 또한 〈책 한 면 한 면에 살고 있는 것들〉에 대해서도 시사하는 바가 있다고 할 수 있다.

완전 맞아, 완전 맞아, 퍼거슨은 그렇게 말하고는 차렷 자세를 하고 군대식으로 경례하며 덧붙였다. 감사합니다, 루트비히!

내가 무슨 이야기 할지 알겠지, 그렇지?

모르겠는데.

「주홍색 노트」 말이야, 10분 전에 다 읽었거든.

〈이번 여름에 한 일〉, 어릴 때 그런 숙제 있었던 거 기억나지? 그게 내가 이번 여름에 한 일이야. 그 괴물 같은 책의 한 면 한 면에 사는 일…… 그 유산시킨 책

말이야.

내가 『멀리건의 여행』 진짜 좋아했다는 건 알지, 그렇지? 이번 작품은 더 깊고, 더 좋고, 더 독창적이야. 획기적인 작품. 이번 작품도 내가 표지를 할 수 있게 해달라고 부탁하고 싶을 정도로.

어째서 빌리가 이 작품을 출간하고 싶어 할 거라고 생각하는 거야?

바보 같은 소리 하지 마. 당연히 출간하려고 하겠지. 빌리는 너를 발굴한 사람이고, 너를 천재라고 생각하고 있으니까. 자신의 밝은 눈에 띈 아기 천재, 네가 어디로 가든 그 사람도 함께 가려고 할 거야.

네가 이야기를 꺼내서 말인데, 퍼거슨이 이제 미소를 지으며 말했다. 방금 네이글 교수님과 『멀리건』에 관한 내밀한 이야기를 하고 왔는데, 좋은 소식과 안 좋은 소식이 있어. 미숙하지만 재미있다. 당장 구속복을 입혀야 할 미친 사람이 쓴 글이다. 한발 나아갔지만, 아직 갈 길이 멀다. 나도 같은 생각이야.

네이글 교수 말은 듣지 마, 아치. 훌륭한 교수님이지. 그리스어에 관해서는 말이야. 우리 둘 다 그분을 좋아하지만, 네 작품을 평가하기에 적당한 분은 아니야. 그분은 저 뒤에 머물러 있는데, 너는 앞으로 일어날 현상이잖아. 당장 내일은 아니지만, 모레쯤에는 확실히 그렇게 될 거야.

그렇게 검은 다람쥐의 천국에서의 퍼거슨의 두 번째

해는 룸메이트인 하워드 스몰의 격려와 함께 시작되었
다. 하워드는 이제 노아나 짐만큼이나 그에게 중요한
친구였고, 그를 살아 있게 하는 데 없어서는 안 되는 존
재였다. 그의 작품에 대한 하워드의 칭찬이 얼마나 과
장되었는지는 모르겠지만, 빌리가 퍼거슨의 새 책을
출간하고 싶어 할 거라는 말은 옳았다. 이제 임신 7개
월 하고도 반이나 된 조애나는 출산일이 너무 임박해
서 등사본 작업을 할 수 없었기 때문에 빌리가 직접 나
섰고, 11월 9일, 몰리 베스트가 세상에 나오기 일주일
전에 퍼거슨의 작은 책이 인쇄에 들어갔다.

　첫해보다는 더 나은 해였다. 불안함이나 내적인 비
틀거림이 훨씬 적었고, 운명에 이끌려 오게 된 지금 이
장소에 대한 소속감이 더 단단해졌다. 앵글로색슨 시
인들의 작품과 초서와 토머스 와이엇 경의 멋들어진
두운체 운문들을(……그녀가 앞서 달아나면 / 헐떡이
며 나는 뒤를 따르고……) 접한 해였고, 하워드와 우드
로 윌슨 클럽에서 나온 다른 친구들과 함께 공대 건물
중정에서 네이팜탄 제조사인 다우 케미컬에 대한 항의
시위에 참석한 해였고, 좀 더 넉넉하게 꾸민 뉴욕의 주
말 아파트 생활에 정착하고, 빌리, 조애나, 론, 보 제이
너드와 우정을 쌓아 간 해였고, 노아의 첫 영화, 「맨해
튼 컨피덴셜」이라는 제목의 7분짜리 단편 영화에 싸구
려 술집 구석 자리에서 프랑스어로 된 스피노자의 책
을 읽는 손님으로 출연한 해였고, 『무생물의 영혼』을

쓴 해였다. 그의 아파트에 있는 열세 개의 사물에 대한 명상을 기록한 그 작품은 5월 말에 완성했다. 할아버지가 이상하고도 불명예스러운 방식으로, 가족 중 누구도 입에 올리기를 원하지 않는 방식으로 갑자기 사망한 해이기도 했다. 일주일 동안 라스베이거스에서 도박에 빠져 있던 할아버지는 룰렛에서 9만 달러를 잃은 후에 객실에서 스무 살짜리 매춘부 두 명과 섹스하던 중(혹은 섹스해 보려고 애쓰던 중에) 심장 마비로 사망했다. 아내 사망 후에 17개월 동안 벤지 애들러는 35만 달러 이상을 탕진했고, 자신이 1936년에 가입했던 〈일하는 사람들의 모임〉[61]이 운영하는 유대인 장례 업체의 지원을 받아 무덤에 들어갈 수 있었다. 가입 당시는 할아버지도 잭 런던의 소설을 읽고, 스스로 사회주의자라고 생각하던 시절이었다.

그리고 실리아가 있었다. 처음과 끝에 모두 실리아가 있었는데, 그해는 퍼거슨이 사랑에 빠졌던 해였고, 그 일과 관련해 가장 혼란스러운 건 어머니를 제외하고는 누구도 그가 실리아에게서 발견한 모습을 보지 못했다는 점이었다. 로즈는 그녀가 훌륭한 여자아이라고 했지만, 나머지 사람들은 의아해했다. 노아는 그녀를 웨스트체스터의 볼품없는 작대기, 유령 같았던 그녀 오빠의 여성 버전이지만 피부색이 더 짙고 얼굴은 더 매력적

61 Workmen's Circle. 미국의 비영리 유대인 친목 단체.

인 사람, 연구원 복장으로 평생 쥐나 연구할 바너드 괴짜라고 했다. 짐은 그녀가 보기 좋다고는 했지만 퍼거슨에게는 너무 어리다고, 아직 다 자라지도 않은 아이라고 했다. 하워드는 그녀의 지성은 존중했지만 퍼거슨에게는 너무 관습적인 사람이 아닐지, 좋게 좋게 자란 부르주아라 다른 사람들이 신경 쓰는 것들에 전혀 신경 쓰지 않는 퍼거슨을 이해할 수 있을지 의심스럽다고 했다. 에이미는 〈왜?〉라는 한마디로 그녀를 평가했다. 루서는 아직 발전 중인 친구라고 했고, 빌리는 〈아치, 무슨 짓을 하고 있는 거야?〉라고 했다.

그는 자신이 무슨 짓을 하고 있는지 알고 있었을까? 스스로는 그렇다고 생각했다. 혼 앤드 하다트에서 실리아가 노인에게 1달러를 건넸을 때 그렇다고 생각했다. 그랜드 센트럴에서 자동판매기 식당으로 걸어가며 가짜 오빠 노릇은 이제 그만두라고 주장했을 때 그렇다고 생각했다. 그리고 자신의 책을 바닥에 내려놓고 그에게 키스하고 싶다고 말했을 때 그렇다고 생각했다.

그 첫 키스 이후에 이어진 몇 달 동안 키스를 얼마나 했을까? 수백 번이었다. 수천 번이었다. 그리고 10월 22일 밤, 예상치 않게 퍼거슨의 방에서 매트리스에 누워 처음으로 섹스를 할 때 실리아는 이미 동정이 아니었다. 고등학교 마지막 해 봄에 앞서 이야기한 브루스가 있었고, 사촌 에밀리와 유럽 여행 중에 만난 미국인 여행자 두 명, 코크에서 만난 오하이오 출신 남자와 파리에서 만난 캘리포니아 출신 남자가 있었다. 퍼거슨은 자신이 처음이 아니라는 사실에 실망하기보다는 오히려 기운이 났는데, 그녀가 모험심 있고 개방적이며 위험을 감수할 만큼 육체적인 욕망도 있다는 사실이 반가웠다.

그는 그녀의 몸을 사랑했다. 그녀의 발가벗은 몸이 너무 아름다워서 처음으로 옷을 벗고 옆에 누웠을 때는 거의 말이 나오지 않을 정도였다. 그녀의 살결은 불가능해 보일 정도로 부드럽고 따뜻했다. 날씬한 팔다리, 동그랗게 손에 잡히는 엉덩이의 양쪽 볼기, 작고 뾰족한 가슴과 짙은 색 젖꼭지까지, 그렇게 아름다운 사람은 한 번도 본 적이 없었다. 그녀와 함께 있을 때, 그가 사랑했던 그 누구보다 사랑하고 있는 현재 그 사람의 몸을 쓰다듬을 때 그가 얼마나 행복한지, 다른 사람들은 이해할 수 없었다. 그걸 이해하지 못한다면 다른 사람들에게는 안된 일이었지만, 퍼거슨은 굳이 주변의 음유 시인 친구들에게 그들의 바이올린을 꺼내 감상적인 음악을 들려 달라고 부탁하지 않았다. 바이올린은 하나면 충분했고, 그 바이올린에서 나오는 음악을 들을 수 있는 한, 계속 홀로 그 음악에만 귀를 기울일 생각이었다.

다른 사람들, 혹은 다른 사람들의 생각보다 더 중요한 건 이제 둘이 되었다는 단순한 사실이었고, 그 둘이 다음 단계로 접어든 이상 정확히 무슨 일이 벌어지고 있는지를 파악하는 게 시급했다. 실리아를 향해 싹트던 사랑은 여전히 아티의 죽음과 관련이 있었을까? 그는 자문해 봤다. 아니면 마침내 그녀의 오빠가 둘의 관계에서 떨어져 나간 걸까? 결국 시작은 그랬다. 뉴로셸에서의 저녁 식사가 있던 시절, 세상은 두 쪽이 났고, 신들의 계산법에 따라 그 갈라진 세상을 다시 하나로 붙일 수 있는 공식이 그에게 주어졌다. 죽은 친구의 동생과 사랑에 빠지면, 그때부터 지구가 다시 태양 주위를 돌게 되리라는 것. 과열된 사춘기 소년의 정신, 화에 차 있고 슬픔에 빠져 있던 정신에서 나온 미친 계산법이었지만, 그런 계산이 아무리 비이성적이었다고 하더라도 그는 자신이 결국 그녀에게 빠져들기를 희망했고, 만약 그렇게 되면 그녀 역시 자신에게 빠져들기를 희망했다. 그리고 그 두 가지 일이 모두 벌어져 버린 지금, 그는 아티가 더 이상 개입하는 상황을 원치 않았는데, 그동안의 일은 대부분 자신들 둘 사이에서만 벌어진 것이었기 때문이다. 뉴욕에서 인정 많은 그녀가 지갑에서 1달러를 꺼내 망가진 노인에게 줬던 그날부터 시작해서 1년 후 바로 그 여자아이가 그의 아파트에서 아름다움으로 그를 압도하고, 그녀가 외국에서 보내온 스물네 통의 편지는 나무 상자에 따로 보관되어 있고, 흥분한 그녀가 그의 책을 바닥에 내려놓고 키스하고 싶어 한 그 일까지, 그 모든 일들 중 무엇도 아티와는 관련이 없었지만, 그럼에도 그와 실리아가 사랑에 빠진 상황에서, 퍼거슨은 자신과 함께 있는 사람이 다른 누구도 아닌 그녀라는 사실이 좋고 바람직하게 느껴진다는 걸 인정해야 했다. 좋고 바람직하다라는 표현에 소름이 돋기도 했는데, 이제 실리아를 사랑하는 입장에서 보니 최초에 그녀를 향한 자신의 욕망이 얼마나 병적이었는지 이해할 수 있었기 때문이다. 살아 숨 쉬는 사람을 바라보며 그 사람을 세상의 부당함을 바로잡으려는 자신의 노력에 대한 상징으로 바꿔 버리다니, 세상에, 그는 도대체 무슨 생각을 했던 걸까? 이제 아티가 완전히 빠지고 나면 앞으로는 더 나아질 것 같았다. 유령은 없다고, 퍼거슨은 스스로에게 말했다. 죽은 소년이 자신과 실리아를 이어 줬지만 이제 그 소년은 자기 임무를 마쳤고, 사라질 때였다.

그런 일들에 관해 그녀에게는 한 마디도 하지 않았고, 1966년에서 1967년으로 넘어갈 무렵이 되자 두 사람은 그녀의 오빠 이야기는 거의 하지 않았다. 둘 다 작심한 듯 그 이야기는 피했고, 자신들 둘의 일에만 신경 쓰며 보이지 않는 세 번째 인물이 둘 사이에 나타나거나 그들 위에 떠다니는 상황을 허락하지 않았다. 그렇게 몇 달이 흘러 둘의 관계가 더 단단해지고, 퍼거슨의 친구들이 서서히 그녀를 풍경 속의 당연한 사람으로 받아들이기 시작하면서, 그는 마법이 깨지기 전에 마지막으로 해야 할 일이 하나 있다는 걸 깨달았다. 때는 봄이었고, 각각 3월 3일과 6일이었던 둘의 생일을 함께 축하하고 나니 이제 두 사람은 각각 스무 살, 열여덟 살이었다. 5월 중순의 어느 토요일 오후, 〈무생물의 영혼〉의 마지막 문단을 쓰고 일주일 후, 퍼거슨은 도심을 가로질러 모닝사이드하이츠로 향했다. 실리아는 브룩스 홀에 있는 기숙사에 틀어박힌 채 두 개의 기말 보고서를 쓰고 있었는데, 그 말은 그 주 주말은 평소와 다를 테고, 산책과 대화, 퍼거슨 침대에서 서로의 몸을 탐색하는 일도 없을 거라는 뜻이었다. 하지만 그는 아침 10시에 실리아에게 전화해서 그날 늦게 30~40분 정도 그녀를 〈빌릴 수〉 있겠냐고 물었다. 아니 그걸 하려는 건 아니라고, 그걸 아주 바라고 있기는 하지만 그런 건 아니고, 그녀가 그를 위해 무슨 일을 하나 해주면 좋겠다고, 아주 간단하고 쉽지만 동시에 앞으로 두 사람의 행복을 위해 대단히 중요한 일이라고 했다. 그녀가 무슨 일이냐고 물었을 때 그는 나중에 이야기해 주겠다고 했다.

뭘 그렇게 숨기는 거야?

왜냐하면, 그가 말했다. 그냥 왜냐하면, 그게 이유니까.

도심을 통과하는 버스를 타고 센트럴 파크를 따라 이동하는 동안, 그는 내내 오른손을 봄 재킷의 주머니에 넣고 있었고, 손가락으로는 분홍색 고무공을 만지작거리고 있었다. 그날 아침 1번 애비뉴의 사탕과 담배를 파는 가게에서 산, 스폴딩사(社)에서 제조한 평범한 분홍색 고무공, 흔히는 스폴딘이라고 알려진 공이었다. 그게 5월 중순의 그 화창한 오후에 퍼거슨이 수행할 임무였다. 실리아와 리버사이드 파크에 가서 캐치볼을 하는 것, 6년 전 깊은 비통함에 빠져 말없이 했던 맹세를 포기하고, 마침내 자신의 강박을 떨쳐 버리는 것.

실리아는 그가 대단히 중요한 일이라고 했던 게 뭔지 듣고는 미소를 지었고, 그가 농담을 한다고, 뭔가 그녀에게 알리지 않고 숨기는 게 더 있다고 생각하는 듯한 표정을 보였다. 하지만 기숙사 방에서 나온 건 기분이 좋다고, 그녀는 말했고, 시간을 보내는 데는 공원에서 캐치볼하는 것만큼 좋은 게 없다고도 했다. 실리아는 운동 신경이 좋은 사람이었기 때문에 이중으로 적임자라고 할 수 있었는데, 탁월한 수영 선수였고, 수준급 테니스 선수였으며, 농구에서도 나쁘지 않은 슈터였고, 테니스 코트에서 그녀를 몇 번 본 퍼거슨은 그녀가 보통 여자아이들처럼 팔꿈치를 굽힌 채 공을 던지는 게 아니라 남자아이들처럼 팔을 어깨에서부터 쭉 뻗어서 던진다는 걸 알게 되었다. 그는 그녀의 얼굴에 입을 맞추며 같이 와줘서 고맙다고 말했다. 정말로 말해 주고 싶었지만, 그는 자신들이 캐치볼을 하는 이유를 말해 줄 수는 없었다.

공원으로 향하는 동안 이상하게도 퍼거슨의 몸에서 땀이 줄줄 흐르기 시작했고, 속이 울렁거리고, 숨을 깊이 들이마시기가 점점 힘들어졌다. 어지러웠다. 너무

어지러워서 웨스트 116번가의 급경사를 내려가 리버
사이드 드라이브로 접어들 때쯤엔 넘어지지 않게 실리
아의 팔을 잡아야 했다. 어지럽고 무서웠다. 어린 시절
스스로에게 했던 약속이었고, 그건 그때 이후로 그의
삶에서 맹렬히 불타오르는 어떤 힘이 되어 줬다. 의지
와 내적인 강인함에 대한 시험이자 성스러운 목적을
위한 희생이었으며, 산 자와 죽은 자를 가르는 경계를
넘어선 연대, 이 세상에서 아름다운 무언가를 거부함
으로써 죽은 이에게 경의를 표하는 행동이었는데, 이
제 와서 그 약속을 깬다는 게 그에게 쉽지는 않았다. 힘
이 들었고, 그가 생각했던 것보다 더 힘이 들었지만, 해
야만 하는 일, 바로 지금 해야만 하는 일이었다. 그의
희생은 고귀했지만 또한 미친 짓이기도 했고, 그는 이
제 더 이상은 미친 짓을 하고 싶지 않았다.

두 사람은 리버사이드 드라이브를 건넜고, 일단 공
원의 잔디밭에 발을 들인 다음 퍼거슨이 주머니에서
공을 꺼냈다.

뒤로 조금만 가봐, 실리아. 그가 말했다. 실리아가 미
소를 지으며 몇 걸음 물러나 둘 사이의 거리가 4미터
남짓 되었을 때, 그가 팔을 들어 그녀에게 공을 던졌다.

여름은 그의 주변 사람 모두에게 엄청난 것들을 약속
해 줬다. 혹은 여름이 시작될 때는 그렇게 보였다. 시간
순서에 따르면 6월의 높은 기대가 먼저 있었으므로, 지

금 7월과 8월의 재앙은 언급할 이유가 없다. 퍼거슨과 친구들에게 그 여름은 모두 같은 방향으로 향하던 시기, 모두들 지금껏 들어 보지 못한 무언가를, 그들 중 누구도 가능할 거라 생각하지 않았던 특별한 무언가를 막 시작하려던 시기였다. 멀리 캘리포니아에서는 1967년 여름을 〈사랑의 여름〉으로 선언했다. 고향인 동부 해안 지역에서, 그건 〈고양된 여름〉이었다.

노아는 연기를 위해 다시 한번 윌리엄스타운으로 갔고(체호프, 핀터), 두 번째 단편 영화의 대본을 열심히 작업 중이었다. 첫 번째 작품보다 더 소규모인 작품으로, 〈발을 간지럽히다〉라는 가제의 16밀리미터 유성 영화였다. 그뿐만 아니라 그는 곱슬한 머리에 가슴이 큰 비키 트리메인이라는 새로운 여자 친구를 만났다. NYU 1969년도 졸업반 동기생으로, 에밀리 디킨슨의 시를 1백 편 이상 외우고 있는 여학생이었는데, 다른 사람들이 담배를 피우는 것만큼이나 강박적으로 마리화나를 피웠고, 여성 최초로 워싱턴 스퀘어에서 엠파이어 스테이트 빌딩까지 스물여섯 개 블록을 물구나무서기로 횡단하겠다는 야망을 품고 있었다. 적어도 본인은 그렇게 말했다. 또한 그녀는 자신이 지난 4년 동안 린던 존슨에게 반복해서 강간당했고, 매릴린 먼로가 아서 밀러가 아니라 헨리 밀러와 결혼했더라면 자살하지 않았을 거라고도 했다. 비키는 유머 감각이 풍부하고 삶의 부조리에 대한 감각이 예민한 젊은이였고, 그런 그녀의 모습에 너무 놀란 노아는 그녀가 가까이 다가올 때마다 다리가 후들후들 떨린다고 했다.

에이미와 루서는 다시 뉴욕에 내려오지는 않았다. 둘은 서머빌에 아파트를 구했고, 루서가 하버드에서 보충 과목을 듣는 사이 에이미는 두 달 반 동안 케임브리지에 있는 네코 사탕 공장의 생산 라인에서 일하기로 했다. 퍼거슨은 어린 시절에 먹었던 네코 웨이퍼, 특히 천국 캠프에서 날씨가 좋지 않을 때 했던 사탕 싸움을 기억하고 있었다. 비가 지붕을 때리는 동안 모든 아이들이 그 딱딱한 원반형 사탕을 서로 던져 대며 놀았는데, 로젠버그가 사탕에 눈 바로 밑을 맞은 후로 웨이퍼 전쟁놀이는 금지되었다. 흥미로운 선택이지만, 퍼거슨은 전화로 에이미에게 말했다. 왜 하필 공장 일이냐고, 그게 다 무슨 이유 때문이냐고 물었다. 정치, 그녀가 말했다. SDS 회원들은 여름 동안 공장에 일자리를 구하고, 그때까지 전쟁에 찬성하는 쪽이던 노동자들 사이에 반전 운동을 확산시키라는 요청을 받았다고 했다. 퍼거슨은 그런 게 효과가 있을 거라고 생각하냐고 물었다. 자기는 모르겠다고, 에이미는 말했다. 하지만 내부 선동이 성공하지 못한다 하더라도 그녀에게는 좋은 경험이 될 거고, 미국의 노동 조건과 그런 노동을 하는 사람들에 관해 뭔가를 배울 기회가 될 거라고 했다. 그녀는 그 주제와 관련해 1백 권의 책을 읽었지만 네코 공장에서 여름을 보내면 훨씬 많은 걸 배울 수밖에 없을 거라고 했다. 완전한 동화. 실제적이고 현실적인 지식들. 소매를 걷어붙이고 직접 뛰어드는 일. 알았지?

알았어, 퍼거슨이 말했다. 하지만 하나만 약속해 줘.

뭐?

네코 웨이퍼를 너무 많이 먹지는 마.

어? 그건 왜?

이에 안 좋으니까. 그리고 루서한테 웨이퍼 던지지도 마. 제대로 겨냥만 하면 치명적인 무기로 바뀌니까 말이야. 루서의 건강은 나한테도 중요하거든, 올여름에 그 친구랑 같이 야구 할 거니까.

좋아, 아치. 안 먹을게, 그리고 던지지도 않을게. 그냥 만들기만 할게.

짐은 프린스턴에서 물리학 석사 과정을 마치고 6월 초에 낸시 해머스타인과 결혼할 예정이었다. 두 사람은 이미 사우스오렌지에 침실 두 개짜리 아파트를 빌려 놓은 상태였는데, 사우스오렌지 애비뉴와 리지우드가가 만나는 모퉁이에 있는 그 3층 건물은 대부분 단독주택밖에 없는 동네에서는 귀한 아파트였고, 두 사람은 버크셔로 캠핑 신혼여행을 다녀온 직후 그곳으로 들어갈 계획이었다. 짐은 웨스트오렌지 고등학교의 물리 교사 자리를 제안받았고 낸시는 몬트클레어 고등학교에서 역사를 가르칠 예정이었는데, 사우스오렌지를 거처로 결정한 이유는 거기 짐의 친구들이 많기도 하고, 머지않아 아이들이 태어날 상황에서는 아이들의 조부모와 같은 동네에 사는 게 맞을 것 같았기 때문이다. 그는 삼촌, 에이미는 고모가 되고, 그의 어머니와 그녀의 아버지는 무릎에 앉은 손주들의 재롱을 보게 될 것이었다.

하워드는 다시 버몬트의 농장으로 돌아갈 계획이었는데, 이전처럼 소젖을 짜고 철조망 담장을 수선하기 위해서가 아니라 4학기 동안 배운 그리스어 실력을 발휘해 데모크리토스와 헤라클레이토스, 그러니까 소크라테스 이전의 두 철학자이자 흔히 웃음의 철학자와 눈물의 철학자로 불리는 그들의 조각 글들과 기록으로 남은 말들을 영어로 번역하기 위해서였다. 하워드는 존 던의 글에서 이제 우리 현명한 자들 가운데, 아닌 게 아니라 눈물 흘리는 헤라클레이토스를 보며 웃는 사람은 많이 보았지만, 웃는 데모크리토스를 보며 눈물 흘리는 사람은 보지 못했다라는 재미있는 문장을 하나 발견하고는, 그걸 자신의 번역 작업에 대한 제사로 활용할 생각이었다. 하지만 자신만의 D.(행동은 대담함에서 시작하고, 결과는 운이 결정한다)와 H.(올라가는 길과 내려가는 길은 하나이며 같다)를 붙잡고 씨름하는 와중에 T. M. 프로젝트, 즉 지난 2년 동안 퍼거슨과 함께 생각해 낸 최고의 테니스 매치 Tennis Match 예순 개를 그림으로 그리는 작업도 진행하고 있었다. 하워드는 우연하게도 단어와 이미지 양쪽이 모두 익숙한 사람이었고 두 영역에 동시에 걸쳐 있을 때 가장 행복해했는데, 번역과 그림이라는 두 작업 외에 그해 여름 그의 주요 목표는 모나 벨트리와 가능한 한 많은 시간을 함께 보내는 것이었다. 브래틀버러의 어린 시절 친구였던 그녀는 최근 몇 달 사이에 여자 친구이자 애인, 지적 동반자의 지위로 올라섰고, 어쩌면 장래의 아내가 될 수도 있었다. 기말고사 마지막 날 프린스턴에서 서로 작별 인사를 하기 전에 하워드는 퍼거슨에게서 그해 여름 두 번, 어쩌면 세 번까지 버몬트를 길게 방문해 줄 걸 약속받았다.

빌리는 자신의 4백 페이지짜리 장편 소설을 완성한 후에 8월 중순까지 『무생물의 영혼』을 출간할 계획이었다. 론과 페그 피어슨은 자신들의 첫아이를 기다리고 있었고, 론과 앤, 그리고 루이스는 앤의 어머니의 첫 남편의 돈 많은 전처를 후원자로 구한 덕분에 1년 넘게 이야기해 오던 아이디어, 즉 투멀트 북스라는 새로운 출판사를 출범시킨다는 계획을 실행에 옮길 수 있게 되었다. 1년에 예닐곱 권의 책을 내는 작은 출판사, 표준 규격 하드커버에 사철 제본을 하고, 뉴욕의 다른 출판사들과 같은 인쇄기를 이용해 전통적인 활판술로 책을 찍어 내는 출판사였다. 등사본이 완전히 끝난 건 전혀 아니었지만, 로어맨해튼의 무일푼 작가들이 어디에 돈이 있는지를 알아 가면서 대안들도 서서히 가능해지고 있었다.

실리아에 관해 말하자면, 그녀 역시 노아, 에이미, 루서와 함께 매사추세츠에서 여름을 보낼 예정이었다. 말 그대로 그들과 함께 지내는 건 아니었고, 코드곶 서쪽 끄트머리의 우즈홀이라는 마을에 있는 해양 생물학 연구소에서 인턴으로 일하기로 했다. 지난가을 노아가 예언했던 쥐가 아니라 연체동물과 플랑크톤 연구였는데, 기술적으로 그녀는 그런 일을 하기에 너무 어렸지만, 바너드에서 그녀를 가르치는 생물학 교수 알렉산더 메스트로빅이 그녀의 지성과 세포 활동의 작고 미묘한 차이에 대한 선천적인 감각을 높이 사서, 자신이 참여할 유전 관련 연구를 위해 매사추세츠에 함께 가자고 독촉했다. 교수나 우수한 대학원생 들이 일하는 모습을 지켜볼 기회를 통해 고된 연구실 활동에 적응하고, 결과적으로 과학계에서 그녀가 미래를 대비하는 데도 도움이 되기를 바라는 마음에서였다. 실리아는 가기를 망설이고 있었다. 그녀는 시내에 일자리를 구해 여름 동안 퍼거슨과 함께 살고 싶어 했는데, 그건 정확히 그도 원하는 바였지만, 그는 아니라고, 메스트로빅 교수의 제안을 거절하면 안 된다고 했다. 그의 초대는 대단히 영예로운 것이기 때문에 받아들이지 않으면 남은 인생 내내 후회할 거라고, 그리고 걱정 말라고, 자신에게는 차가 있기 때문에 다가올 두어 달 동안 버몬트와 매사추세츠에서 함께 많은 시간을 보낼 수 있을 거라고 했다. 뉴페인과 윌리엄스타운, 서머빌에서 하워드, 노아, 에이미, 루서를 만나고, 우즈홀이 자신의 짧은 북부 여행에서 최종 목적지가 될 거라고, 그녀만 괜찮다면 가능한 한 자주 찾아가겠다고, 그러니 어리석은 생각 말고 제안을 받아들여야 한다고, 그는 말했다. 그래서 그녀는 제안을 받아들였고, 6일 전쟁이 한창 진행 중이던 어느 날 아침에 퍼거슨에게 작별 키스를 하고 떠났다.

당연히 그는 외로울 테지만, 견딜 수 없는 외로움은 아닐 것 같았다. 한 달에 두 번씩 그녀를 만날 것이었기 때문이고, 하워드의 농장을 길게 방문할 것이었기 때문이고, 그리고 이제 그의 최신작 소품은 지나간 일이 되고 다시 빈 서판이 놓여 있었기 때문이다. 가재도구들에 대한 특별한 명상을 창작하는 일에 8개월 이상이 걸렸다. 거리에서 그가 집어 오기 전까지 그 물건들이 지나온 삶을 상상하고, 토스터가 토스터로서 기능하지 않아도 여전히 토스터라고 부를 수 있는지, 아니면 다른 이름으로 불러 줘야 하는지, 그렇게 망가진 토스터에 관한 여담을 상상하고, 등이나 거울, 깔개, 재떨이 등에 관해 곰곰이 생각하며, 자신의 아파트에 오기 전에 그 물건들을 갖고 있었거나 사용했던 상상 속 사람들의 이야기를 떠올렸다. 무의미하다고는 할 수 없지만 꽤 벅찬 작업이었고, 이제 빌리에게는 2백 부 제작해서 친구들에게 나눠 줄 또 한 권의 작은 책이 생겼다. 훗날 돌아보면, 기즈모 시기의 마지막 작품으로 기억될 책이었다. 장점이 명확지 않은 세 개의 소품, 당연히 결함이 있고 자라다 만 것 같은 작품들이었지만, 그렇다고 흐리멍덩하거나 뻔한 글은 아니었고 가끔은 눈부시게 빛나는 부분도 있었다. 그러니까 가끔씩 자평했던 것처럼 명백한 실패작들은 아니었고, 빌리와 다른 사람들이 그의 작업을 응원해 줬기 때문에 어쩌면 그 글들이 그를 미래가 있는 누군가로, 미래가 가능한 잠재력 있는 누군가로 자리 잡게 해줬을 수도 있고, 어찌되었든 그 세 편의 광적인 습작들을 쓰는 데 2년이 넘는 시간을 바치고 나서, 퍼거슨은 자신의 수습 기간의 첫 단계는 끝이 났음을 알 수 있었다. 이제 다른 무언가로 옮겨 갈 필요가 있었다. 무엇보다도 속도를 좀 늦추고 다시 이야기들을 할 필요가 있다고, 자신의 생각과는 다른 생각들이 펼쳐지고 있는 세계로 되돌아올 필요가 있다고, 그는 스스로에게 말했다.

여름 방학의 첫 3주 동안은 아무것도 쓰지 못했다. 6월 10일에 브루클린에서 짐과 낸시의 결혼식이 열렸고, 16일부터 18일까지 우즈홀에서 실리아와 눈부신 날들을 보내기도 했지만, 대부분은 도심을 배회하며 시간을 죽였고, 아직 답장하지 않은 데이나 로즌블룸의 편지를 주머니에 넣은 채 눈앞의 사물에만 집중하려고 노력했다. 뉴욕이 부서지고 있었다. 건물, 보도, 벤치, 빗물 배수관, 가로등, 도로 표지판까지 모두 갈라지거나, 깨지거나, 조각났고, 수십만 명의 젊은이들이 베트남에서 싸우고 있었다. 퍼거슨 세대 청년들이 배를 타고 가서는 아무도 완전히 혹은 제대로 정당화할 수 없던 이유로 죽어 갔고, 책임지는 자리에 있는 나이 든 사람들은 진실에서 손을 뗐고, 당시 미국의 정치적 담론에서는 거짓말이 당연한 것으로 받아들여졌고, 맨해튼을 따라 늘어선, 바퀴벌레가 들끓는 구제 불능의 커피숍들에는 모두 창문에 〈지상 최고의 커피〉라는 네온사인이 붙어 있었다.

데이나는 결혼했고, 임신 6개월 상태였고, 편지에 따르면 행복하고 충만하다고 했다. 퍼거슨은 그녀에게 잘된 일이라고 생각했다. 이제 그도 알게 된 자신의 어떤 특징을 감안할 때, 아버지가 될 수 없는 남자와 결혼하지 않은 건 데이나가 잘한 일이었다. 그는 답장을 써서 축하를 전하고 싶었지만, 편지의 다른 부분이 혼란스러웠기 때문에 어떻게 답장을 보내면 좋을지 아직 생각하는 중이었다. 전쟁에 관해 이야기하는 문장에서 느껴졌던 희열, 군사적 정복에 대한 자만과 확신, 수없이 많은 적을 물리치는 히브리 전사라는 종족주의. 서안 지구와 시나이반도, 동예루살렘까지 모두 이제 이스라엘이 장악하고 있었는데, 그랬다, 그건 위대하고 놀라운 승리였고, 당연히 그들은 스스로를 자랑스러워할 만했지만, 이스라엘이 그 지역을 계속 점령하는 건 전혀 좋은 일이 아닐 것 같은 느낌이 들었다. 그러면 앞으로 더 많은 문제들이 이어질 테지만, 데이나는 그런 면은 보지 못하는 듯했다. 어쩌면 이스라엘 국민 누구도 그 상황을 외부의 시선으로 보지 못하는 듯했는데, 너무 오랫동안 두려움에 갇혀 지냈던 그들은 이제 새로 얻은 힘에 취해 춤추고 있는 것 같았다. 퍼거슨은 자신의 견해를, 그가 아는 그 모든 것에도 불구하고 잘못되었을 수 있는 그 견해를 밝힘으로써 데이나를 자극하고 싶지 않았고, 그래서 얼른 쓰고 싶은 답장을 계속 미루고 있었다.

우즈홀에서 돌아오고 엿새 후 그는 다시 한번 시내를 돌아다녔는데, 냉장고와 머리 없는 인형, 망가진 의자 등이 버려진 공터를 지나칠 때 문구 하나가 저절로 떠올랐다. 난데없이 떠오른 폐허들의 수도라는 말이 걸음을 옮기는 내내 머릿속에서 반복되었는데, 생각하면 할수록 그게 다음 작품의 제목이 될 거라는 확신이 들었다. 이번에는 장편소설, 그가 처음 시도하는 장편소설이자 자신이 살고 있는 이 망가진 나라에 관한 묵직하고 가차 없는 책, 더 낮은 바닥으로 내려가는, 이전에 썼던 어떤 글보다 암울한 책이 될 것 같았다. 그날 오후 보도를 걸으며 그의 안에서 이야기가 구체적인 형태를 갖추기 시작했다. 헨리 노이스Noyes라는 의사가 주인공인 이야기, 그 이름은 신입생 때 브라운 홀 기숙사를 함께 썼던 의대 예과생 윌리엄 노이스에게 빌려온 것이었는데, 발음이 소음noise과 비슷할 뿐 아니라 두 번째 알파벳과 세 번째 알파벳 사이를 나누면 노no와 예스yes가 되는 그 이름은 피할 수 없는 선택, 이야기를 하기 위해 반드시 필요한 선택이었다. 〈폐허들의 수도〉. 246면짜리 장편소설을 완성하기까지 퍼거슨은 2년 이상의 시간이 걸릴 것이었지만, 버몬트에 있는 하워드의 농장으로 출발하기 전날이었던 1967년 6월 30일, 그는 자리를 잡고 앉아 자신의 첫 번째 진짜 책이 될 작품의 첫 번째 문단의 첫 번째 버전을 썼다.

그는 35년 전 처음 발생해 도시 R.을 발칵 뒤집어 놓았던 설명할 수 없는 자살 행렬을 떠올렸다. 1931년 겨울과 봄 사이, 그 끔찍했던 몇 달 동안 스물네 명에 가까운 열다섯 살에서 스무 살 사이의 젊은이들이 스스로 목숨을 끊었다. 당시에는 그도 어려서 열네 살의 고등학교 신입생이었는데, 빌리 놀런이 죽었다는 소식을 들은 일을 잊을 수 없었고, 아름다운 앨리스 모건이 자신의 집 다락방에서 목맸다는 소식을 들었을 때 눈물을 펑펑 쏟은 일을 잊을 수 없었다. 35년 전에 그들은 대부분 목매 자살했고, 유서나 그 어떤 설명도 남기지 않았는데, 지금 다시 그런 상황이 벌어지고 있었다. 3월에만 네 건의 죽음이 있었는데, 이제 젊은이들은 문을 닫은 차고 안에서 자동차를 공회전시킨 다음 가스를 마시는 질식사를 택했다. 그는 더 많은 죽음이 있을 것임을, 이 전염병이 끝날 때까지 더 많은 젊은이들이 사라질 것임을 알고 있었고, 이제 의사가 되었기 때문에 그러한 재앙을 개인적인 일로 받아들이고 있었다. 일반의 헨리 J. 노이스, 최근에 죽은 어린 친구들 네 명 중 세 명, 에디 브릭먼과 린다 라이언, 루스 마리아노는 그의 환자였고, 그들이 세상에 나올 때 그가 두 손으로 받았던 아이들이었다.

7월 1일 토요일 오후 5시에서 6시 사이에 모두들 하워드의 농장에 모이기로 했다. 실리아는 5월에 부모님이 사준 중고 셰비 임팔라를 타고 우즈홀에서 오기로 했고, 슈나이더먼과 본드는 대학 첫해에 집을 떠날 때 왝스먼 부부가 선물로 준 1961년형 스카이라크를 타고 서머빌에서 오기로 했으며, 퍼거슨은 이른 아침에 우드홀크레슨트의 옛날 집에 가서 폰티액을 타고 오기로 했다. 토요일 밤을 농장에서 보내고 다음 날 아침까지 거기서 먹은 후, 윌리엄스타운으로 가서 노아가 콘스탄틴 역을 맡아 무대를 누빌 예정인 「갈매기」의 일요일 낮 공연을 관람할 예정이었다. 그다음 실리아는 우즈홀로 돌아가고, 에이미와 루서는 서머빌로 돌아가고, 퍼거슨과 하워드, 그리고 모나 벨트리는 농장으로 돌아올 계획이었다. 퍼거슨은 본인이 원한다면 얼마든지 오래 농장에 머무를 수 있었다. 그는 2주 정도 눌러앉아 있을 생각이었지만 아무것도 확정된 건 없었고, 어쩌면 7월 내내 거기 자리를 잡은 채 주말마다 우즈홀에 다녀올 수도 있었다.

　모두 약속한 시각에 버몬트에 도착했고, 그날 저녁에는 하워드의 이모와 이모부도 벌링턴의 친구 집에 가고 없었기 때문에, 또한 아무도 요리할 기분은 아니었기 때문에 세 쌍의 연인들은 톰스 바 앤드 그릴이라는 식당에 가서 외식을 하기로 했다. 브래틀버러 중심가에서 1킬로미터 정도 떨어진 곳에 있는 30번 도로변의 허름한 술집이었다. 그들 여섯 명은 농장에서 맥주를 두어 잔 마신 후 하워드의 스테이션왜건에 빽빽이 올라탔는데, 버몬트주의 음주 가능 연령이 스물한 살이어서 모두들 톰스에서는 술을 마실 수 없었기 때문에 주방에서 미리 소소한 술판을 벌인 것이었고, 한 잔으로는 충분하지 않았기 때문에 거의 9시가 되어서야 겨우 출발할 수 있었다. 토요일 밤 9시의 톰스는 보통 대혼란에 가까운 장소로, 주크박스에서 시끄러운 컨트리 음악이 흘러나오고 바에 앉은 술꾼들은 쉬지 않고 몇 잔이나 술을 들이켜는 곳이었다.

거친 노동자와 농부 무리, 당연히 압도적으로 우파적이고 전쟁에 찬성하는 무리였고, 퍼거슨은 좌파 대학생 친구들과 함께 술집에 들어서는 즉시 자신들이 잘못 왔다는 걸 알아차렸다. 바에 앉아 있는 사람들에게서는 어떤 기운이, 뭔가 문제를 불러일으키고 싶어 하는 듯한 기운이 느껴졌는데, 안타깝게도 뒤쪽 공간에 있는 테이블에 빈자리가 없어서 그와 친구들은 바에서 정면으로 보이는 자리에 앉아야만 했다. 친절한 종업원이 나타나 주문을 받는 동안(안녕, 애들아. 뭐로 할까나?) 그는 그 불편한 기운의 원인이 무엇일까 혼자서 계속 생각했다. 자신들을 향한 그 불편한 시선이 자신의 긴 머리와 하워드의 더 긴 머리 때문인지, 아니면 루서의 약간 부풀린 아프로 머리 때문인지, 아니면 아무리 둘러봐도 거기에 흑인은 루서 한 명밖에 없다는 사실 자체 때문인지, 아니면 우아하고 예쁜 상류층 여학생 세 명 때문인지 궁금했다. 에이미는 그 여름에 공장에서 일하고 있었고, 모나의 부모님은 그날 밤 다른 테이블 중 하나에 앉아 있는 사람들일 수도 있었는데 말이다. 그리고 그때, 바에 앉은 사람들을 좀 더 유심히 살펴본 결과, 그 시선은 대부분 끝에 앉은 두 남자, 3면으로 된 바의 오른쪽 면에 앉은 두 남자가 보내는 것임을 깨달았다. 그 자리에서는 아무런 장애물 없이 자신들의 자리가 보였는데, 20대 후반 혹은 30대 초반으로 보이는 두 남자는 퍼거슨이 보기에는 벌목꾼일 수도 있고, 자동차 수리공일 수도 있고, 철학 교수일 수도 있을 듯했지만, 그런 건 그들이 기분 나쁜 표정을 짓고 있었다는 명백한 사실에 비하면 전혀 중요하지 않았다. 바로 그때 에이미가 지난 1년 동안 수백 번은 해왔을 법한 행동을 했는데, 바로 루서를 끌어안으며 볼에 입을 맞춘 것이다. 순간 퍼거슨은 철학자들을 화나게 한 게 무엇인지 알아차렸는데, 그건 온통 백인밖에 없는 자신들의 공간에 흑인 한 명이 들어왔다는 사실이 아니라, 젊은 백인 여성이 공공장소에서 젊은 흑인 남성의 몸에 손을 댔다는 사실이었고, 그의 몸을 껴안고 키스했다는 사실이었다. 그리고 그날 밤 두 남자가 이미 다른 자극들, 그러니까 머리를 길게 기른 대학생 남자아이들, 다리가 길고 이가 예쁜 싱싱한 얼굴의 대학생 여자아이들, 국기를 불태우고 징집영장을 불태우는 그 반전 애송이들을 마주한 상황이었음을 고려할 때, 거기에 더해 술집에 앉아 있던 몇 시간 동안 이미 마신 맥주, 각각 여섯 잔 이상, 어쩌면 열 잔 정도 들이켰을 맥주를 고려할 때, 두 철학자 중 덩치가 큰 쪽이 바의 등받이 없는 의자에서 일어나 그들이 앉은 테이블로 다가와서 퍼거슨의 의붓누나에게 시비를 건 일은 이상하다고 할 수 없었고, 전혀 놀랍지도 않았다.

그만둬, 아가씨. 그런 짓은 여기서는 용납 안 돼.

에이미가 정신을 차리고 반응하기도 전에 루서가 말했다. 신경 끄세요, 아저씨. 꺼져요.

너한테 이야기하는 거 아니야, 찰리, 철학자는 그렇게 대답했다. 이 여자한테 말하는 거라고.

자기 말을 강조하려는 듯 그는 손가락으로 에이미를 가리켰다.

찰리! 루서가 과장되게 웃으며 큰 소리로 말했다. 좋은 말이네. 당신이 찰리예요, 아저씨, 내가 아니라. 찰리씨[62] 본인이시구먼.

옆에 선 철학자와 가장 가까이 앉아 있던 퍼거슨은 단호하게 일어나 남자에게 지리학 강의를 늘어놓았다.

뭘 헷갈리신 것 같은데, 여기는 미시시피가 아니라 버몬트거든요.

62 백인 인종 차별주의자를 가리키는 경멸적 표현.

여기는 미국이야, 철학자가 이제 퍼거슨을 돌아보며 대꾸했다. 자유의 땅이자 용감한 자들의 고향!

당신들한테만 자유고, 이 친구들한테는 아니라는 거죠? 퍼거슨이 따졌다.

그럼, 찰리, 철학자가 말했다. 이 친구들이 공공장소에서 저런 짓을 하는 건 아니지.

어떤 짓? 퍼거슨이 말했다. 비아냥거리는 투로 말해서 마치 어떤 짓이라는 말이 좆 까처럼 들렸다.

이런 짓, 이 새끼야. 철학자가 말했다.

이어서 남자가 퍼거슨의 얼굴에 주먹을 날렸고 싸움이 시작되었다.

모두 너무 바보 같았다. 싸움을 못 해서 몸이 근질근질한 인종 차별주의자와 술집에서 시비가 붙은 것뿐이었지만, 일단 선제 주먹을 맞고 나니 퍼거슨으로서는 반격하는 수밖에 없었다. 다행히 철학자의 친구가 뛰어와 싸움에 동참하는 일은 없었고, 하워드와 루서도 뜯어말리려고 했지만, 충분히 빨리 말리지는 못해서 결국 술집 주인 톰이 경찰을 불렀고, 난생처음으로 퍼거슨은 체포되었고, 수갑을 찼고, 파출소에 가서 경위서를 쓰고, 지문을 찍고, 세 각도에서 사진을 찍었다. 야간 법정의 판사는 보석금 1천 달러(현금으로 내면 1백 달러였다)를 선고했고, 퍼거슨은 하워드, 실리아, 루서, 에이미의 도움으로 보석금을 공탁했다.

양쪽 눈 위가 찢어지고, 오른쪽 눈썹 가장자리가 완전히 사라져 버리고, 턱이 쑤시고, 볼에 피가 뚝뚝 떨어졌지만, 부러진 곳은 없었다. 반면 그를 공격했던 남자, 서른두 살의 배관공 쳇 존슨은 싸움이 끝났을 때 코가 부러져서 브래틀버러 메모리얼 병원에서 하룻밤을 보내야 했다. 월요일 오전에 열린 인정 절차에서 그와 퍼거슨은 모두 폭행과 풍기 문란, 그리고 사유 재산 파손(뒤엉키는 와중에 의자 하나와 잔 몇 개가 깨졌다)으로 기소되었고, 재판일은 7월 25일 화요일로 정해졌다.

월요일의 인정 절차를 앞두고 우울했던 일요일에는 노아의 연극을 잊은 채 모두들 농장 거실에 둘러앉아 전날 있었던 일에 관해 이야기했다. 하워드는 자신을 탓했다. 자신이 친구들을 톰스에 끌고 가면 안 되는 거였다고 그는 말했고, 모나는 자기도 책임이 있다며 거들었다. 무식한 백인 노동자들이 들끓는 그런 미친 곳에 데려가지 말았어야 했어. 실리아는 퍼거슨의 믿을 수 없는 용기에 관해 길게 이야기했지만, 또한 싸움이 시작되었을 때는 얼마나 무서웠는지, 그리고 그 첫 주먹에서 얼마나 끔찍한 폭력성이 느껴졌는지에 관해서도 이야기했다. 에이미는 잠시 고성을 질렀는데, 그 추하고 편협한 거지새끼에게 맞서지 못한 자신에게 저주를 퍼부었고, 그가 손가락을 뻗어 자신을 가리켰을 때 거의 공황에 빠졌던 데 대해 화를 냈고, 그런 다음, 오랫동안 퍼거슨이 봐온 에이미답지 않게, 손으로 얼굴을 가린 채 울음을 터뜨렸다. 루서가 그들 중 가장 많이 화나고, 가장 비통해하고, 그 충돌에 가장 격노한 사람이었다. 그는 직접 나서서 자신의 흑인 주먹을 그 개새끼의 입에 한 방 먹이지 못하고 아치가 싸움에 휘말리게 한 데 대해 스스로를 가혹할 정도로 책망했다. 하워드의 이모와 이모부는 이미 다음 단계를 생각하며 퍼거슨의 사건을 담당할 좋은 변호사를 찾아봐야 한다고 했다. 오후가 무르익었을 때, 용감한 에이미는 정신을 차리고 우드홀크레슨트의 집으로 전화해 아버지에게 아치가 휘말린 엉망진창에 관해 전했다. 그녀가 수화기를 퍼거슨에게 넘겼고, 반대편에서도 혼란스러워하고 불안해하는 어머니가 전화를 바꿔 받자, 그는 걱정하지 말라고, 상황은 정리되었고 두 분이 차를 몰고 버몬트에 오실 필요는 없다고 말했다. 하지만 그렇게 말하면서도 그는 과연 얼마나 확신할 수 있을지, 도대체 자신에게 무슨 일이 일어나고 있는 건지 자문했다.

며칠이 지나고 일을 잘한다는 브래틀버러의 젊은 변호사 데니스 맥브라이드가 그를 변호하기로 했다. 퍼거슨은 재판이 끝날 때까지 버몬트주를 떠날 수 없었기 때문에, 실리아가 매주 주말에 농장에 오기로 했다. 법원이 그에게 징역 1개월 혹은 3개월, 혹은 가혹하게 1년을 내릴 것 같지는 않았다. 그런 일을 막기 위해 모든 돈을 쏟아부어야 했는데, 돌아가신 할아버지가 지난해에 줬던 돈, 이미 1만 달러에서 줄어들고 있던 그 돈에서 더 꺼내 써야 했지만, 적어도 그에게는 돈이 있었고 어머니와 댄의 도움을 받을 필요는 없었다. 그러던 중 7월 12일에는 어머니와의 전화 통화로 뉴어크의 소식을 들었는데, 어머니가 무슨 말을 하는 건지 상상하기 어려웠다. 그가 작고 개인적인 곤경에 빠져 있는 사이 뉴어크 거리에서는 공적인 영역에서 거대한 악몽이 퍼져 나갔고, 그가 태어나 맨 처음의 시기를 보냈던 도시가 불타고 있었다.

인종 전쟁. 신문이 모든 사람들에게 전하고 있던 것처럼 인종 폭동이 아니라, 인종들 사이의 전쟁이었다. 대혼란과 피바다가 펼쳐진 그 기간에 방위군과 뉴저지주 경찰의 발포로 스물여섯 명이 사망했는데, 그중 스물네 명이 특정 인종이었고 두 명만 다른 인종이었다. 수천 명까지는 아니라고 해도, 두들겨 맞고 부상을 당한 수백 명은 말할 것도 없었다. 그중에는 시인이자 극작가였던 리로이 존스도 있었는데, 뉴어크 주민이자고 프랭크 오하라의 절친이기도 했던 그는 폐허가 된 센트럴워드를 살펴보기 위해 나섰다가 강제로 자신의 차에서 끌어내려졌고, 관할 경찰서에 감금되었고, 백인 경찰에게 너무 심하게 두들겨 맞아 그대로 죽는 줄만 알았다. 폭행을 가한 경관은 고등학교 시절 그의 친구였다.

에이미에 따르면 본드 가족은 아무도 다치지 않았다고 했다. 루서는 서머빌에서 그 전쟁을 괴롭게 지켜봤고, 열여섯 살의 세피는 왁스먼 부부와 유럽 여행 중이 었으며, 본드 씨 부부는 어찌어찌해서 총알과 곤봉과 주먹을 피할 수 있었다. 비통함과 공포와 역겨움의 통곡이 1천 번쯤 들리던 와중에 유일하게 반가운 소식이 었다. 퍼거슨의 고향이 폐허들의 수도가 되었지만, 본 드 가족 네 명은 모두 살아남았다.

그 모든 일들을 겪으며 그는 법원에서 자기 목숨을 지켜 낼 준비도 해야 했다. 뉴어크 전쟁이 끝난 날은 그의 재판을 8일 앞둔 시점이었다. 데이나의 이스라엘에서 벌어진 6일 전쟁과 함께, 또 하나의 6일 전쟁이었는데, 전투원들이 그 사실을 이해하고 말고와 상관없이 두 전쟁에서는 싸움을 벌인 양쪽 모두가 패자였다. 퍼거슨은 매일 브래틀버러에 가서 변호사와 상의하며 재판 준비를 했는데, 자신이 모든 걸 잃어버리는 건 아닌지 의심이 들었고, 의심과 걱정이 너무 커서 속이 울렁거릴 정도였다. 창자와 내장이 망가지고, 머지않아 그대로 폭발해서 브래틀버러의 거리를 더럽힐 것만 같았는데, 그런 다음에는 어느 굶주린 개가 그 잔해를 깨끗이 먹어 치우고는, 그와 같은 축복을 내려 준 전능한 개의 신에게 감사를 표할 것만 같았다.

맥브라이드는 꾸준하고 침착했으며 조심스럽게 낙관적이었는데, 그의 고객이 그날 밤 사건에서 먼저 시비를 건 쪽이 아니라는 것, 그리고 그의 이야기를 뒷받침해 줄 다섯 명의 증인이 있다는 것을 알고 있었기 때문이다. 모두 주요 대학에 다니는 신뢰할 만한 증인들이었고, 그들의 증언은 쳇 존슨의 술에 취한 친구 로버트 앨런 가드너의 거짓 증언보다는 더 무게 있게 받아들여질 것이었다.

퍼거슨은 재판을 주재할 판사가 1936년 프린스턴 졸업생이라는 정보를 들었는데, 그 말은 윌리엄 T. 버독 판사가 퍼거슨이 받는 장학금의 기부자인 고든 디윗의 동료 학생, 어쩌면 친구였을지도 모른다는 뜻이었다. 그게 좋은 일인지 나쁜 일인지 아는 건 불가능했다. 7월 안에는 사건 판결이 확정되리라는 걸 고려하면, 또한 모든 결정이 전적으로 버독 판사의 손에 달려 있다는 걸 고려하면, 퍼거슨으로서는 좋은 일이기를 바랄 뿐이었다.

재판을 사흘 앞둔 22일 밤, 루서가 농장에 전화해서 아치를 바꿔 달라고 했다. 하워드의 이모가 건네는 수화기를 받으며 새로운 두려움의 물결이 그의 내부에서 일어났다. 왜 지금? 그는 자문했다. 루서는 화요일 재판에 올 수 없다는 이야기를 전하려 전화한 걸까?

그런 거 아니야, 루서가 말했다. 당연히 증언해야지. 내가 스타 증인이잖아, 그렇지?

퍼거슨은 수화기에 대고 안도의 한숨을 내쉬었다. 너한테만 의지하고 있어. 그가 말했다.

수화기 반대편에서 루서는 잠시 말을 멈췄다. 그 잠시가 길어졌고, 퍼거슨이 짐작했던 것보다 훨씬 길게 이어졌다. 전화선 사이로 정적만이 울리고 있었고, 루서의 침묵은 그저 침묵이 아니라 그의 머릿속에서 휘몰아치는 생각들의 외침이었다. 마침내 그가 입을 열었다. A안과 B안이 있었다는 거 기억나지?

응, 기억나. A안: 함께 간다. B안: 함께 가지 않는다.

맞아, 간단히 말하면 그렇지. 그런데 이제 C안이 떠올랐어.

대안이 있다는 거야?

안타깝지만 그런 것 같아. 작별하고 행운을 빌어 주는 대안.

무슨 뜻이야?

지금 뉴어크에 있는 부모님 아파트에서 전화 거는 거야. 요즘 뉴어크가 어떤지 알고 있지?

사진 봤어. 블록 전체가 박살 났던데. 불타고 털린 건물들. 세상의 한 조각이 끝나 버린 것 같더라.

그 사람들이 우리를 죽이려고 해, 아치. 우리를 몰아내기를 원하는 게 아니라, 우리가 죽기를 바라고 있다고.

다 그런 건 아니야, 루서. 최악의 인간들만 그런 거야.

권력을 가진 사람들이지. 시장과 주지사와 장군들. 그들이 우리를 쓸어버리려고 해.

그게 C안이랑 무슨 상관이야?

지금까지는 함께하고 싶었는데, 지난주에 있었던 일을 겪고 나니까 더는 못할 것 같아. 그래서 B안을 봤더니 숨이 막히는 거야. 블랙 팬서당이 이제 힘을 얻고 있는데, 그들이 하고 있는 일은 만일 A안이 실패했을 때 정확히 내가 하고 싶은 일이거든. 총을 구입해서 스스로를 지키는 일, 행동을 취하는 일. 지금은 그들이 강해 보이지만, 그렇지 않아. 백인들의 미국이 그들이 하고 있는 일을 용납하지 않을 테고, 한 명 한 명 솎아 내서 죽일 거야. 그건 정말 어리석은 죽음이라고 아치, 아무 의미도 없는. 그러니까 B안은 잊어버려.

그럼 C안은?

나는 빠질 거야. 옛날 카우보이 영화에 나오는 표현대로라면, 전업하는 거지. 화요일에 차를 타고 버몬트로 가서 네 재판에 참석하고, 재판이 끝난 후에는 남쪽의 매사추세츠가 아니라 북쪽의 캐나다로 갈 거야.

캐나다라니. 왜 캐나다야?

첫째, 거기는 미국이 아니니까. 둘째, 몬트리올에 친척들이 많으니까. 셋째, 맥길에서 대학을 마칠 수 있으니까. 너도 알다시피 고등학교 졸업 후에 입학 허가를 받았었는데, 분명 지금도 받아 줄 거야.

당연히 그러겠지. 하지만 편입하려면 시간이 걸릴 테고, 지금 휴학해 버리면 징집당할 거야.

그럴지도 모르지, 하지만 내가 절대 돌아오지 않으면 그런 건 아무 상관 없어.

절대?

절대.

그럼 에이미는 어쩌고?

같이 가자고 했는데, 에이미가 거절했어.

이유는 너도 알지? 너랑은 아무 상관 없는 이유야.

상관없겠지. 하지만 에이미가 여기 남는다고 해서, 캐나다에 와서 나를 만날 수 없다는 의미는 아니야. 따지고 보면 세상이 끝나는 건 아니라고.

아니겠지. 그래도 너랑 에이미는 끝일 거야.

그렇게 나쁜 일만은 아닐지도 몰라. 길게 보면 우리 관계가 계속 유지될 건 아니었으니까. 짧게 보면, 우리는 뭔가를 증명해 보이려고 노력했던 것 같아. 우리 둘에게가 아니라 다른 모든 사람들에게 말이야. 그런데 어느 날 밤 머저리 하나가 우리 테이블로 다가와 협박한 거야. 우리는 우리가 하려는 말을 분명히 전했지만, 자신을 노려보는 일에 본인들의 삶을 바치는 사람들을 자신 역시 노려볼 수밖에 없게 만드는 세상에 살고 싶은 사람이 누가 있을까? 삶이란 그 정도로 힘든 거고, 나는 지쳐 버렸어, 아치. 쥐고 있던 밧줄의 끝자락에 닿은 것 같아.

다음에 일어난 일은 두 부분으로 나뉘는데, 첫 번째 부분은 좋았고, 두 번째 부분은 조금 덜 좋았다. 첫 번째 부분은 재판이었는데, 어느 정도는 맥브라이드가 예상했던 대로 흘러갔다. 재판 내내 퍼거슨이 무섭지 않았던 것도 아니었고, 법원에 있던 두 시간 반 동안 그의 속은 다시 한번 뒤집힐 것만 같았지만, 어머니와 새아버지와 노아, 밀드러드 이모, 돈 이모부까지 함께 있다는 사실이 도움이 되었고, 친구들이 그렇게 정확하고 또박또박하게 증언해 준 일도 도움이 되었다. 제일 먼저 하워드가, 그리고 모나, 실리아, 루서, 그리고 마지막으로 에이미가 나와서 첫 주먹이 날아오기 전에 존슨이 했던 적의에 가득 찬 말과 행동이 얼마나 무서웠는지 이야기했다. 또한 직접 증언대에 선 존슨이 7월 1일 밤에 술을 너무 마셔서 자신이 무슨 짓을 했고 무슨 짓을 안 했는지 기억나지 않는다고 공개적으로 이야기한 점도 도움이 되었다. 하지만 퍼거슨은 자신이 증언대에 섰을 때 맥브라이드가 대학에 관해 너무 많이 이야기하게 한 점은 기술적인 실수였던 것 같다고 느꼈다. 직업이 뭔지 묻는 데서 그치지 않고(학생), 어느 학교에 다니는지(프린스턴), 입학 조건이 어땠는지(월트 휘트먼 장학생), 학점이 어떻게 되는지까지(3.7) 물었던 것이다. 그런 대답들이 버독 판사에게 눈에 띌 만한 인상을 남겼을지도 모르지만, 재판의 현안과는 관련이 없는 정보로 불필요한 부담감을 줬을 수도 있을 것 같았다. 최종적으로, 버독은 존슨에게는 싸움을 일으킨 데 대해 유죄로 판결하며 1천 달러라는 무거운 벌금형을 내렸지만, 퍼거슨에게는, 초범임을 감안하여 폭행에 대해서는 무죄로 판결하고 대신 톰스 바 앤드 그릴의 소유주인 토머스 그리즈월드에게 끼친 재산상의 피해를 보상하라며, 그가 의자와 술잔을 새로 살 수 있게 50달러의 배상금을 지급하라고 선고했다. 최상의 결과였고, 퍼거슨이 내내 지고 있던 무거운 부담감을 단번에, 그리고 영원히 덜어 주는 판결이었다. 친구와 가족들이 그를 둘러싸고 재판에서 이긴 걸 축하해 줬고, 퍼거슨은 맥브라이드에게 일을 잘 처리해 줘서 고맙다고 인사했다. 결국 그는 자신이 하는 일을 정확히 알고 있었던 셈이다. 프린스턴 동창들의 우애. 신화 같은 이야기가 사실이라면, 프린스턴 출신들은 세대에 상관없이 모두 하나로 묶여 있다고 하는데, 그건 살아 있든 죽었든 상관이 없다고 했다. 이제 확실히 밝혀졌듯이 퍼거슨도 과연 한 명의 프린스턴 출신이 된 거라면, 그 누구도 〈호랑이〉가 그를 곤경에서 구해 준 게 아니라고 할 수는 없었다.

법원 건물을 나온 그들 열한 명이 각자 주차장에서 자기 차를 향해 걸어가는 동안, 루서가 뒤에서 다가와 퍼거슨의 어깨를 잡고는 말했다. 잘 지내, 아치. 나는 간다.

퍼거슨이 대답을 하기도 전에 루서는 급히 돌아서서 반대쪽에 있는 자신의 녹색 뷰익을 향해 빠른 걸음으로 걸어갔다. 루서의 차는 주차장 정면 출구 근처에 세워져 있었다. 퍼거슨은 그게 네 방식이구나, 하고 속으로 말했다. 눈물도 보이지 않고, 거창한 몸짓도 없고, 다정한 작별 포옹도 없이, 그냥 차에 올라타고 사라지

는 것, 다음 조국에서의 더 나은 삶을 희망하면서. 존경
할 만했다. 하지만 다시 생각해 보니, 이제 자기 안에
존재하지도 않는 나라에 어떻게 작별 인사를 한단 말
인가? 그건 죽은 사람과 악수하려는 것과 비슷했다.

자신에게 주먹을 날렸던 열네 살 소년이 어른이 되
어 자동차에 올라타는 모습을 퍼거슨이 지켜보는 동
안, 갑자기 에이미가 등장했다. 시동을 켜고, 마지막 순
간, 루서가 스카일라크를 출발시키려고 할 때, 그녀가
조수석 문을 홱 열고 차에 올랐다.

둘은 함께 차를 타고 갔다.

에이미가 캐나다에서 그와 함께 머무를 생각이라는
뜻은 아니었다. 그건 그냥 놓아 버리는 일이 어려웠다
는, 당시엔 너무 어려웠다는 뜻일 뿐이었다.

다음에 일어난 두 번째 부분은 모두 고든 디윗과 프린
스턴 동창생의 우애라는 신화와 관련된 일이었다.

월트 휘트먼 장학생 점심 모임은 해마다 가을 학기
의 첫 주에 열렸고 퍼거슨은 지금까지 두 번 참석했는
데, 신입생 때 한 번, 2학년 때 한 번이었다. 행사는 첫
해에 그가 최초의 장학생 넷 중 한 명으로서 일어나 답
례 인사를 하고, 두 번째 해에 장학생이 여덟 명으로 늘
어나자 한 번 더 답례 인사를 하고, 교수 식당에서 세
가지 요리로 된 닭고기 코스로 점심을 먹고, 로버트 F.
고힌 총장과 다른 대학 관계자들의 짧은 인사말을 들

으며 끝났는데, 대부분 미국 젊은이들의 남자다움과
조국의 미래에 관한 희망차고 이상적인 인사말, 정확
히 그런 자리에서 들을 법한 말들이었다. 하지만 퍼거
슨은 디윗이 첫해 모임에서 한 몇몇 말들, 적어도 그가
그런 말들을 할 때 보여 준 어색하지만 진지한 태도는
인상적이라고 느꼈다. 디윗은 아무리 초라한 배경을 가졌
다고 해도 모든 소년들은 기회를 얻을 자격이 있다고 믿는다
고 했고, 또한 가난한 집안 출신의 공립 고등학교 학생
시절 프린스턴에 왔을 때 처음에는 자신이 있을 곳이 아닌
것 같은 느낌을 받았다고도 했는데, 그 말은 당시 학교
에 온 지 사흘밖에 되지 않아서 자신이 있을 곳이 아닌
곳에 있는 것 같았던 퍼거슨에게 큰 울림을 줬다. 다음
해에도 디윗은 거의 똑같은 연설을 했지만, 한 가지 근
본적인 이야기를 덧붙였다. 그는 베트남 전쟁을 언급
하며 공산주의의 물결을 막아 내기 위해 모든 미국인이 단
결할 의무가 있다고 강조했고, 전쟁에 반대하는 젊은
이들과 제정신이 아닌 반미국적 좌파들을 맹비난했다. 디
윗은 매파(派)를 지지했는데, 월가의 1급 사수로 미국
자본주의라는 참호에 복무하며 백만장자가 된 사람에
게 뭘 바라겠는가? 그뿐만 아니라, 그는 존 포스터 덜
레스와 그의 동생 앨런, 즉 아이젠하워 정부에서 국무
장관과 CIA 국장으로 일하며 냉전을 만들어 낸 그 두
사람을 배출한 학교 출신이었다. 그 두 사람이 1950년
대에 벌여 놓은 일들이 없었다면 1960년대 들어 미국

이 북베트남에 맞서 싸우는 일도 없었을 것이다.

그 모든 것에도 그는 기꺼이 디윗의 돈을 받았고, 정치적 견해의 차이가 있었음에도 디윗이라는 사람 자체는 좋아하는 편이었다. 작고 아담한 체구, 두꺼운 눈썹, 맑은 갈색 눈, 그리고 사각 턱, 처음 만났을 때 그는 퍼거슨의 손을 기운차게 잡으며 대학 모험을 시작하는 그에게 세상의 모든 운이 따르기를 기원한다고 말했다. 그리고 두 번째 만남 때, 퍼거슨이 거의 기록적인 첫해 성적을 냈던 그때, 디윗은 그를 이름으로 불렀다. 좋은 성적 계속 유지하도록 해, 아치, 그가 말했다. 자네가 아주 자랑스러워. 퍼거슨은 이제 디윗의 아이들 중 한 명이었고, 디윗은 자신이 후원하는 학생들에게 아주 관심을 기울이며 그들의 학업 상태를 면밀히 지켜보고 있었다.

재판 다음 날 아침, 퍼거슨은 버몬트에서 친구들과 헤어져 뉴욕으로 돌아왔다. 지난 3주 동안 기력을 빼앗긴 탓에 녹초가 되었고, 생각거리도 많이 남았다. 술집에서의 폭력적인 장면, 뉴어크의 폭력, 손목을 압박하던 수갑의 강렬한 촉감, 재판 내내 느꼈던 복통, 몬트리올에서 자신을 위한 새로운 삶을 시작하겠다는, 갑작스럽지만 충동적이지는 않았던 루서의 결정, 그리고 에이미, 차를 향해 미친 듯이 돌진하던, 다치고 불쌍해진 에이미까지. 그리고 자신의 책도 생각해야 했다. 쓸 수 있기를 희망하는 그 책도 생각해야 했고, 조금씩 그는 다시 안정되며 자기 방과 책상에서, 그리고 밤에 실리아와 나누는 긴 전화 통화에서 편안함을 느끼게 되었다. 8월 11일, 어머니가 전화해 그날 오후 월트 휘트먼 장학 프로그램에서 보낸 편지가 우편함에 있었다고 했다. 어머니는 편지를 읽어 줄지, 아니면 이스트 89번가로 보내 줄지 물었다. 중요한 편지가 아닐 거라고, 다가올 9월 점심 식사의 날짜와 시간을 알리는 프로그램 담당자인 토마시니 부인의 편지일 거라고 짐작한 그는, 시간 낭비하지 말고 다음에 우체국에 들를 때 부쳐 달라고 했다. 일주일이 온전히 지난 후에야 편지는 뉴욕에 도착했지만, 편지가 도착한 8월 18일 금요일에 퍼거슨은 트레일웨이스 버스를 타고 우즈홀로 출발했고(폰티액은 소소한 수리를 위해 정비소에 들어가 있었다), 결과적으로 그다음 주 월요일인 21일, 실리아를 만나고 돌아온 후에야 그는 봉투를 뜯고 그해 여름의 두 번째 주먹을 맞았다.

토마시니 부인이 아니라 고든 디윗, 월트 휘트먼 장학 프로그램의 설립자가 보낸 한 장짜리 편지였다. 편지에서 그는 최근에 신경이 쓰이는(디윗이 신경이 쓰이는) 사실을 접하게 되었는데, 프린스턴 시절 친구였던 버몬트주 브래틀버러의 윌리엄 T. 버독 판사가 술집에서 벌어진 싸움에 관해 이야기하며, 그가(퍼거슨이) 어떤 남자의 코를 부러뜨린 사실을 알려 줬다고 했다. 비록 법적으로는 정당방위였다는 판정을 받았지만, 도덕적으로는 가장 비난받을 만한 행동을 했다고 할 수 있는데, 애초에 그런 불미스러운 곳에 간 건 변명의 여지가 없는 일이었고, 그런 곳에 갔다는 사실 자체가 옳고 그름을 구분하는 그의 능력을 심히 의심하게 했다. 퍼거슨도 잘 알고 있듯이, 월트 휘트먼 장학금을 받는 학생들은 모두 품행 선서에 서약했고, 거기에 따르면 어떤 상황에서도 신사다운 행동을 하고, 선행과 시민 의식을 실천하는 본보기가 되어야 했다. 그리고 퍼거슨은 서약을 어겼기 때문에, 슬프지만(디윗의 슬픔이었다) 그의 장학금이 무효가 되었음을 알리는 일이 자신의 의무이기도 하다고, 디윗은 적었다. 퍼거슨이 원한다면 계속 평판이 좋은 프린스턴 학생으로 남을 수는 있겠지만, 학비와 기숙사비는 더 이상 장학금으로 지급할 수 없다고 했다. 진심으로 아쉽지만…….

퍼거슨은 수화기를 들고 디윗의 월가 사무실에 전화를 걸었다. 죄송합니다, 디윗 씨는 아시아 출장 중이고 9월 10일까지는 돌아오시지 않습니다, 하고 비서가 말했다.

네이글에게 전화하는 것도 소용없었다. 네이글과 그의 아내는 그리스에 있었다.

학비를 직접 마련하는 게 가능할까? 아니, 불가능했다. 그는 맥브라이드의 수수료로 5천 달러짜리 수표를 써줬고, 이제 잔고는 고작 2천 달러를 조금 넘는 수준이었다. 충분하지 않았다.

어머니와 댄에게 내달라고 하는 건? 아니, 그럴 용기는 없었다. 어머니의 달력 및 일정표 촬영 일은 이제 끝났고, 지난 6년 동안 댄과 〈아기 곰 토미〉를 공동 작업했던 작가 필 코스탠자가 심장 마비로 쓰러져 아마 다시는 함께 일할 수 없을 것 같았다. 그런 부탁을 하기에 적절한 때가 아니었다.

자신의 돈 2천 달러를 모두 쓴 다음 차액을 두 분에게 부탁한다면? 어쩌면 가능할 것 같았다. 하지만 2천 달러가 없는 다음 해에는?

2천 달러를 써버리는 건 또한 아파트를 포기한다는 뜻이기도 했다. 음울한 생각이었다. 더 이상 뉴욕이 없다는 건.

거기에, 만약 프린스턴에 돌아가지 않으면 학생 징집 연기 자격이 없어진다. 그 말은 곧 영장이 나온다는 뜻이었고, 징집 명령이 떨어지면 그는 군 복무를 거부할 생각이었기 때문에, 영장은 곧 감옥이었다.

다른 대학은? 좀 덜 비싼 대학은? 하지만 어느 대학에, 그리고 그렇게 짧은 기간에 어떻게 편입할 수 있단 말인가?

그는 어떻게 해야 할지 몰랐다.

한 가지는 확실했다. 그들이 더 이상 그를 원하지 않았다. 그들은 그가 쓸모없다고 판단하고 쫓아냈다.

7.1

플로리다에서 돌아온 후, 그는 짐을 싸서 남쪽으로 네 블록을 이동해 브로드웨이와 앰스터댐 애비뉴 사이에 있는 웨스트 107번가의 아파트로 이사했다. 방 두 개에 주방까지 있는 아파트를 월 130달러라는, 꽤 사치스럽지만 감당할 만한 금액으로 빌렸다(은행에 돈이 있다는 건 장점이었다). 룸메이트 없이 지내는 편을 선호했고, 웨스트 111번가의 익숙했던 실내에서 벗어나 기쁘기도 했지만(필요한 조치였다), 혼자 잠드는 건 어려운 일이었다. 위쪽 베개는 너무 딱딱하거나 너무 푹신했고, 아래쪽 베개는 너무 평평하거나 너무 울퉁불퉁했으며, 매일 밤 시트는 그의 팔에 긁히거나 다리 주변에서 제멋대로 구겨졌다. 평온한 숨소리로 그를 진정시키고 잠이 오게 해주던 에이미가 이제 없는 상황에서 근육은 긴장을 놓지 못했고, 호흡은 빨랐고, 머릿속에서는 마치 카드 한 벌에 든 카드의 수처럼 1분에

쉰두 가지 생각이 정신없이 떠올랐다. 새벽 2시 30분에 얼마나 많은 담배를 피웠을까? 불안한 마음을 진정시키고 눈을 감기 위해 얼마나 많은 와인을 마셨을까? 거의 매일 아침 목이 아팠다. 오후에는 배가 아팠다. 저녁에는 숨이 찼다. 그리고 아침이든 점심이든 밤이든 심장이 너무 빨리 뛰었다.

이제 더는 에이미가 문제가 아니었다. 그는 자신들이 헤어졌다는 사실을, 영원히 갈라설 수밖에 없다는 사실을 받아들이느라 온 여름을 보냈고, 이제 그녀는 물론 스스로를 탓하지도 않았다. 둘은 거의 1년 동안 다른 방향으로 가고 있었고, 머지않아 둘을 이어 주던 가는 줄은 끊어질 수밖에 없었다. 그 줄은 실제로 끊어졌고, 그 충격이 너무 크고 강력해 그녀는 나라 반대편 캘리포니아까지 날아가 버렸다. 멀리 있는 캘리포니아는 재앙이었고, 5월이 되자 그녀에게서든 그녀에 관해서든 단 한 마디도 없었다 ─ 그건 뻥 뚫린 하늘만큼이나 커다란 영(零)이었다.

의지가 강할 때는 결국 잘된 거라고, 이제 에이미는 자신이 함께 살 수 있는, 함께 살고 싶은 그런 사람이 아니라고, 그러니 아쉬울 것도 없다고 스스로에게 말할 수 있었다. 의지가 약할 때는 그녀가 그리웠는데, 교통사고로 사라진 손가락 두 개를 그리워할 때처럼 그녀가 그리웠고, 그녀가 가버리자 마치 몸의 일부를 누군가가 떼어 가버린 것만 같았다. 의지가 강하지도 약하지도 않을 때는, 누군가 다른 사람이 침대의 나머지 반쪽을 차지하고 불면증을 해결해 주기를 기도했다.

새 자취 집, 새로운 사랑에 대한 꿈, 가을, 겨울, 그리고 봄을 지나 여름까지 끈질기게 이어진 번역 작업, 오래된 연인을 잃어버린 일, 그리고/혹은 현재 그의 정신 상태 때문에 결국 그는 배 속에 단검이 스물일곱 개나 든 것 같은 통증을 안고 세인트루크 병원 응급실에 실려 갔다(짐작처럼 충수염은 아니고 그냥 위염이었다). 베트남에서 계속되는 대혼란과, 1968년 하반기와 1969년 상반기에 걸쳐 벌어진 수없이 많은 충격적인 일들 — 그 모든 게 퍼거슨 개인사의 일부였다 — 이 있었지만, 이제 그의 관심은 온통 〈가짜 어른〉이라는 상징적 존재와의 싸움에 집중되었다. 윌리엄 블레이크가 만들어 낸 그 인물은 퍼거슨의 머릿속에서, 세계를 운영하는 자리에 있는 비이성적인 사람들을 대표하는 존재를 뜻했다. 9월 중순, 마지막 학기를 마치기 위해 컬럼비아에 돌아온 그는 만사에 환멸을 느끼고 비관적이었는데, 그중에서도 미국 언론의 조작 보도와 관련해 알게 된 사실들에 회의가 들었고, 대학 졸업 후 그 무리에 합류해야 하는 건지, 직업 언론인이 되겠다는 고등학교 시절의 결정이 지난봄 컬럼비아 사태를 겪으며 부정부패를 목격하고 난 지금도 여전히 유효한 건지 다시 생각해 보게 되었다. 『뉴욕 타임스』는 거짓말을 했다. 소위 〈기록하는 신문〉이라 불리며 윤리적이고 편파성 없는 보도의 보루로 여겨지던 그 신문이 4월 13일의 경찰 투입에 관해 거짓 기사를, 사건이 벌어지기도 전에 미리 써놓은 기사를 실었다. 『타임스』의 편집 부국장 A. M. 로즌솔은, 경찰 특공대가 주변에 나타나기 몇 시간 전에 이미 컬럼비아 대학의 누군가로부터 충돌이 임박했다는 정보를 들었고, 경찰 병력 1천 명이 동원될 거라는 사실을 아는 상태에서 그 1천 명이 학생 시위대가 점거한 건물을 깨끗이 비우고 7백여 명의 시위자를 불법 점거 혐의로 체포했다는 기사를 13일 아침 신문 1면에 당당히 실었다(미리 써놓은 다음 마지막 순간에 숫자만 채워 넣은 기사였다). 하지만 실제로 무슨 일이 벌어졌는지에 관해서는 한 마디도 없었다. 유혈 사태와 폭력에 관해서는 한 마디도 없었고, 몽둥이찜질을 당한 학생과 교수 들에 관해서는 한 마디도 없었고, 에이버리 홀에서 경찰이 수갑과 야경봉으로 『타임스』 기자를 두들겨 팬 일에 관해서는 한 마디도 없었다. 다음 날 아침 신문 1면에서도 충돌 중에 벌어진 경찰의 폭력에 관한 언급은 없었고, 35면에 실린 〈린지, 경찰에 보고서 요청〉이라는 제목의 기사에서 경찰의 야만성을 넌지시 암시할 뿐이었다. 해당 기사의 세 번째 단락에는 이렇게 적혀 있었다. 〈그런 상황에서 경찰의 폭력이란 명확히 정의 내리기 어렵고, 수십 명의 컬럼비아 대학 학생들도 그와 같이 말했다. 반전 혹은 민권 운동에 나선 전문 시위꾼들에게, 어제 새벽 컬럼비아 대학 교정에서 경찰이 보여 준 행동은 상대적으로 점잖은 편이었다.〉『타임스』 기자 로버트 McG. 토머스 주니어가 당한 가학적인 폭력에 관한 언급은 열한 번째 단락에 가서야 등장했다.

수십 명의 학생들. 어느 학생들을 말하는지 퍼거슨은 알고 싶었다. 그 학생들 이름은? 시위 초반부에 경찰이 거칠게 다뤘다는 반전 및 민권 운동 전문 시위꾼들은 누구였을까?『컬럼비아 데일리 스펙테이터』에서 일하는 학부생 기자조차도, 해당 발언을 한 인물의 이름을 밝히는 직접 인용 없이는 그런 기사를 쓰지 않는다. 적어도 그런 발언을 한 학생이 있다면 말이다. 그런 것도 기사일까, 하고 퍼거슨은 스스로에게 물었다. 아니면 그저 기사를 가장한 편집부의 주장에 불과한 걸까? 그리고 제발 알고 싶었다. 〈점잖은〉이라는 단어의 의미는 뭐였을까?

5월 1일의 1면 기사 역시 로즌솔 본인이 쓴 것이었다. 슬픔과 인상, 분노에 찬 불신이 뒤죽박죽으로 뒤섞인, 어딘가 아귀가 맞지 않는 글이었다. 〈새벽 4시 30분이었다〉라고 첫 문단은 시작했다. 〈대학 총장은 사무실 벽에 기대어 서 있었다. 그의 사무실이었다. 그는 손으로 얼굴을 감싸며 말했다.「세상에, 어떻게 인간이 이런 짓을 할 수 있단 말입니까?」(……) 그는 방 안을 서성였다. 가구는 거의 사라지고 없었다. 책상과 의자는 박살이 났고, 점거 학생들에 의해 조각조각 해체된

채 옆방에 아무렇게나 버려져 있었다…….〉

같은 날 『타임스』 36면에는 점거 학생들이 수학관의 여러 강의실과 사무실에 끼친 피해를 전하는 기사가 실렸다. 깨진 창문, 헝클어진 도서관 색인 카드 함, 부서진 책상과 의자, 카펫에 남은 담배 자국, 뒤집힌 캐비닛, 부서진 문짝. 〈지난 목요일 밤 학생들에게 건물이 점거된 이후 처음으로 그곳을 찾은 사서는 넋이 나간 듯했다. 《완전히 돼지 새끼들이네요》라고 그녀는 말했다.〉

하지만 그 돼지 새끼들은 건물을 점거한 학생들이 아니라 충돌 후 건물을 치고 들어온 경찰들이었다. 책상과 의자를 부순 것도 그들이고, 벽에 검은색 잉크를 뿌린 것도 그들이고, 쌀이나 설탕이 든 2킬로그램 혹은 4.5킬로그램짜리 봉지를 뜯어 사무실과 강의실에 뿌린 것도 그들이고, 바닥과 책상, 캐비닛에 토마토페이스트를 뿌리고 곤봉과 야경봉으로 창문을 깬 것도 그들이었다. 그들의 목표가 대중이 학생들을 불신하게 만드는 것이었다면 그 전략은 통했다. 경찰의 두 번째 습격 후 몇 시간 만에 피해 상황을 전하는 사진들이 전국에 퍼졌고(잉크를 벽에 흩뿌린 사진이 특히 유명해졌다), 젊은 반항아들은 한 무리의 교양 없는 불량배와 건달, 미국에서 가장 성스러운 기관을 파괴할 목적밖에 없는 야만인 무리가 되어 버렸다.

퍼거슨은 『스펙테이터』에서 점거 학생들의 기물 파

손 혐의와 관련한 기사를 담당했기 때문에 진짜 이야기를 알고 있었다. 그와 동료 기자들이 밝혀낸 바에 따르면 — 교수들의 진술서에 적혀 있었다 — 4월 30일 오전 7시, 한 무리의 교수가 텅 빈 수학관 내부를 확인할 때까지만 해도 벽에 잉크 자국은 없었다. 교수들이 떠난 후에 건물에 들어갈 수 있었던 건 경찰과 언론사 사진 기자뿐이었고, 그날 점심께 다시 건물을 방문했을 때 교수들은 잉크로 더러워진 벽을 발견했다. 책상과 의자, 캐비닛, 창문, 그리고 음식 찌꺼기도 마찬가지였다. 오전 7시까지만 해도 괜찮았던 건물 내부가 정오쯤에는 엉망으로 망가져 있었다.

『뉴욕 타임스』의 발행인인 아서 옥스 설즈버거가 컬럼비아 대학 이사라는 사실도 도움이 되지 않았다. CBS 방송국의 윌리엄 S. 페일리 사장이나 맨해튼 지방 검사 프랭크 호건 역시 이사회에서 한자리씩 차지하고 있다는 사실도 마찬가지였다. 친구들과 달리 퍼거슨은 〈가짜 어른〉의 심복들이 일을 꾸몄다는 음모론에 빠져들지는 않았다. 하지만 미국에서 가장 영향력 있는 신문이 컬럼비아 대학 사건에 관한 기사를 의도적으로 왜곡하고, 역시 가장 영향력 있는 텔레비전 방송국이 컬럼비아 대학 총장 그레이슨 커크를 「페이스 더 네이션」에 출연시키면서, 학생 대표를 불러 사건의 이면에 관해 물어보지는 않았다는 사실은 이해할 수 없었다. 법률 집행에 관해서라면, 모닝사이드하이츠에 있는 퍼거슨과 동료들은 충돌 당시나 그 이후에 경찰이 무슨 짓을 했는지 익히 알고 있었지만, 그 밖의 사람들은 끔찍할 정도로 아무 관심이 없었다.

사건 종결.

퍼거슨은 그해 9월, 무너지고 혼란스러운 마음으로 컬럼비아 교정에 돌아왔다. 8월의 분노가 그의 안에서 계속 이어지면서 결심들이 모두 소진되고 텅 비어 버린 상태였다. 소련 탱크가 체코슬로바키아 국경을 넘어 프라하의 봄을 뭉개 버렸고, 시카고에서 열린 민주당 전당 대회에서 데일리가 리비코프를 향해 좆같이 지저분한 유대인이라고 욕했고, 2만 3천 명의 지역, 주, 연방 경찰이 그랜트 공원에 모인 젊은 시위대와 언론인을 마구 폭행했다. 시위대는 한목소리로 온 세계가 지켜보고 있다!라고 외쳤다. 그런 와중에 퍼거슨은 뉴욕에서 대학 마지막 학년을 시작했다. 오션 힐브라운즈빌의 교육 위원회가 지역 사회를 장악하는 데 맞서 공립 학교 교사들이 어수선한 시위를 벌였고, 흑인과 백인 사이에 또 한 번의 충돌이 가장 추하고 가장 자멸적인 형태로, 즉 흑인이 유대인에 맞서고 유대인이 흑인에 맞서는 형태로 벌어졌다. 세계가 멕시코시티에서 열릴 올림픽에 시선을 뺏긴 사이 한층 유해한 분위기가 공기 중에 감돌았고, 멕시코시티 경찰은 시위에 나선 학생과 노동자 3만여 명과 전투를 벌였고, 그중 스물세 명이 사망하고 수천 명이 체포되었다. 그리고 11월 초, 스물한 살의 퍼거슨은 태어나서 처음으로 투표를 했고 미국은 리처드 닉슨을 새로운 대통령으로 선출했다.

대학 마지막 해의 첫 6개월 동안 그는 마치 낯선 사람의 몸 안에 갇힌 느낌이었고, 거울에 비친 모습을 봐도 자신을 알아볼 수가 없었고, 그건 머릿속 생각에 대해서도 마찬가지였다. 자신이 하는 생각도 대부분 낯선 사람의 생각 같았다. 자신의 과거 모습과는 아무 관련이 없는 냉소적인 생각, 까칠한 생각, 역겨운 생각 들이었다. 시간이 지나면 북부에서 누군가가 나타나 그의 씁쓸한 마음을 치유해 줄 것도 같았지만, 그런 일은 봄의 첫날까지도 일어나지 않았고 가을과 겨울은 퍼거슨에게 가혹했다. 너무나 가혹해서 결국 몸이 망가져 응급실 신세를 지고 말았다.

언론인이 될 생각이 없어진 이상 계속 『스펙테이터』 기자로 활동하는 건 의미가 없었다. 몇 년 만에 처음으로 그는 유리 수도원에서 나와 세상과 어깨를 부딪치며 지낼 수 있었는데, 이제 다른 이들의 행동을 기록하는 사람이 아니라, 비록 문제가 많고 혼란스러운 인생이었지만, 자기 삶의 주인공이 되었다. 더 이상 기사는 쓰지 않았지만 극적인 단절 같은 건 없었다. 그는 함께 일했던 동료들을 좋아했기 때문에(그가 당시 미국 언론인 중에 존경하는 사람이 있었다면, 바로 프리드먼을 위시한 『스펙테이터』의 동료들뿐이었다), 신문사와 완전히 연을 끊는 대신 편집 위원회 준위원 자격을 유지하며 종종 책이나 영화에 대한 감상 평을 실었고, 그렇게 한 달에 한 번 정도 긴 원고를 써서 넘겼다. 사후 발표된 크리스토퍼 스마트의 시나 고다르의 최신 영화 「주말」에 관한 글이었는데, 특히 고다르의 영화를 두고 퍼거슨은 브르통과 그 추종자들의 사적 초현실주의와 대비되는 공적 초현실주의를 보여 주는 최초의 작품이라고 평했다. 금요일 오후에서 일요일 밤까지의 2.5일, 통상 주말이라고 불리는 그 시간은 프랑스나 미국 같은 산업 사회, 혹은 후기 산업 사회에서 일주일의 3분의 1을 차지했고, 그건 매일 일고여덟 시간씩 잔다고 가정했을 때 개인이 일생에서 잠을 자는 시간과 같은 비율이었다. 즉 개인이 꿈을 꾸는 시간이, 그들이 사는 사회가 꿈을 꾸는 시간과 나란히 가고 있었는데, 무정부주의적이고, 자동차 사고와 야만적인 섹스가 등장하고, 피가 튀기는 고다르의 그 영화는 대중의 악몽과 다름없었다. 바로 그 점이 지금의 퍼거슨에게는 깊은 울림을 줬다.

힐턴 오벤징어와 댄 퀸이 『컬럼비아 리뷰』의 새로운 편집장이 되었다. 데이비드 지머와 짐 프리먼이 부편집장이었고, 퍼거슨은 특별 호 문예면 편집 위원회의 위원 아홉 명 중 하나가 되었다. 과거에는 보통 1년에 두 번 특별 호를 냈지만, 가칭 〈컬럼비아 리뷰 출판사〉를 출범시키기 위해 기금이 마련되었고, 덕분에 특별

호 외에 네 권의 단행본까지 출판할 수 있었다. 9월 중순, 페리스 부스 홀에서 열세 명의 편집 위원이 처음 모였을 때 첫 세 권을 무엇으로 할지에 관해서는 이견이 거의 없었다. 지머의 시집과 퀸의 시집, 그리고 5년 전 중퇴했지만 여전히 『리뷰』 회원들과 접촉하는 전 컬럼비아 재학생 빌리 베스트의 단편 선집이었다. 네 번째 책이 문제였다. 짐과 힐턴은 64페이지를 채울 만한 작품이 없다고, 심지어 48페이지도 못 채울 거라고 꽁무니를 뺐다. 쉬는 시간에 힐턴은 450그램쯤 되는 간 고기의 포장을 풀고 한 줌 움켜쥔 다음, 의자에서 일어나 엄청난 힘으로 벽을 향해 던지며 고기!라고 외쳤다. 벽에 부딪힌 고기는 몇 초간 붙어 있다가 천천히 바닥으로 흘러내렸다. 그런 게 힐턴의 씩씩한 다다 정신이었고, 그런 게 그해의 분위기였다. 학교에서 가장 똑똑한 축에 속하는 학생들은, 가장 중요한 질문에는 지난봄처럼 벽에 정면으로 맞서는 전략이 아니라, 벽에서 한발 비켜서서 내뱉는 불합리한 이야기를 통해서만 답할 수 있다는 걸 이해하고 있었다. 그러한 논리의 핵심을 보여 준 힐턴의 행동에 모두 환호를 보낸 후, 짐 프리먼이 퍼거슨을 돌아보며 말했다. 네 번역 작품들은 어때, 아치? 책 한 권으로 낼 만큼 양이 충분할까?

그렇진 않아, 퍼거슨이 말했다. 그래도 여름 내내 꽤 했는데, 봄까지만 기다려 줄 수 있어?

무기명 투표 결과, 퍼거슨의 20세기 프랑스 시 선집

이 네 번째 책이자 그해의 마지막 책으로 결정되었다. 원작에 대한 권리를 구매하지 않은 채 번역 작품을 내는 건 불법이라고 퍼거슨이 말했지만 아무도 신경 쓰지 않았다. 퀸은 그 책은 5백 부로 한정될 거고 대부분 무료로 나눠 줄 거라며, 만약 프랑스 출판업자가 뉴욕에 왔다가 고섬 북 마트에서 우연히 그 책을 발견한다고 해도 그가 할 수 있는 일은 별로 없을 거라고 했다. 그때쯤엔 그들 모두 학교에 없을 테고, 미 전역뿐 아니라 당연히 다른 나라로도 흩어져 있을 텐데, 고작 몇백 달러를 받자고 그들을 추적할 리는 없었다.

나는 댄이랑 같은 생각이야, 돈은 엿 먹으라고 해. 지머가 말했다.

몇 달까지는 아니더라도, 거의 몇 주 만에 처음으로 퍼거슨은 웃음을 터뜨렸다.

그런 후 결정을 공식화하기 위해 다시 투표했고, 『컬럼비아 리뷰』편집 위원 열세 명은 차례대로 지머의 말을 반복했다. 돈은 엿 먹으라고 해.

짐과 힐턴은 원고 마감일을 4월 1일로 정했다. 그러면 6월 졸업식 전에 책을 만들 시간이 충분했다. 한 달 한 달 지날수록 퍼거슨은 만일 짐 프리먼이 그날 자신에게 질문하지 않았다면 무슨 일이 벌어졌을지 궁금했다. 시간이 지날수록 그 마감 시한이 자신의 목숨을 구하고 있다는 사실이 분명해졌다.

그 시들은 그의 도피처였고, 스스로에게서 소외되지

않고, 〈과거에 있었던 모든 일〉과 갈등하지 않아도 되는 작은 섬이었다. 그는 회의에서 이야기했던 것보다 훨씬 많이, 지금도 1백 페이지는 충분히 넘고 잘하면 120페이지도 될 분량의 번역을 해놓았고, 자신만의 아폴리네르와 데스노스, 상드라르, 엘뤼아르, 르베르디, 차라를 비롯한 많은 시인의 작품을 차곡차곡 쌓아 가고 있었는데, 출판사에서 감당할 수 있는 50~60페이지로 선집을 구성할 때까지 상당한 양의 후보를 만들어 놓고 싶다는 마음이었다. 그 책에는 상실의 절망감을 표현한 「빨강 머리 예쁜 여자」부터 유쾌한 운율을 지닌 차라의 「근사치 인간」까지, 상드라르의 「뉴욕의 부활절」에서 폴 엘뤼아르의 우아한 서정성까지 다양한 목소리가 담길 예정이었다.

우리는 바다에 도달했는가 시계를
주머니에 넣은 채, 바다의 소음과 함께
바다에서, 아니면 우리는
더 순수하고 고요한 물의 전달자인가?

칼을 가는 우리의 손에 닿는 물.
전사들은 파도에서 자신들의 무기를 발견하고
무기들이 허공을 가르는 소리는
한밤에 배들을 난파시키는 바위 소리 같지.

그것은 폭풍우와 벼락. 왜 홍수의
침묵이 아닌가, 우리는 우리 안에
가장 위대한 침묵을 꿈꾸고 험한 바다의
바람처럼 숨을 쉬지, 모든 수평선을

기듯이 천천히 넘어오는 바람처럼.[63]

　그렇게 퍼거슨은 학업 외에도 번역과 평론 작업을
덤으로 했는데, 그 작업들은 어렵다가 즐겁다가 했고
종종 둘 다였다. 즐거움은 제대로 해내려고 힘들게 노
력하는 데서 오는 것이었다. 제대로 못 하고 있다는 좌
절감도 필요 이상으로 자주 느꼈는데, 스무 번 넘게 시
도했지만 그럴듯한 영어로 번역되지 않는 시나, 서로
다른 여성 가수들(재닛 베이커, 빌리 홀리데이, 어리사
프랭클린)의 노래를 들을 때의 감정 차이에 관한 기사
같은 것들을 작업할 때 그랬다. 그는 결국 음악에 관해
글을 쓴다는 건 불가능하다고, 적어도 자신에게는 불
가능하다고 결론지었지만, 끔찍한 수준까지는 아니어
서 신문에 실을 만한 수준의 글을 어떻게든 만들어 내
기는 했다. 번역 시 역시 차곡차곡 쌓여 갔다. 그 와중
에 수업도 들었는데, 대부분 영문학과 프랑스 문학에
관련한 세미나였다. 과학 한 과목을 제외하고는 학점
도 모두 이수했는데, 2년간 과학 필수 과목을 듣는 건

---

63 폴 엘뤼아르, 「농인과 맹인 Le Sourd et l'aveugle」.

그가 보기에 시간과 노력을 낭비하는 끔찍한 짓에 불과했다. 하지만 자신같이 멍청한 머리를 위해 특별히 마련된 강의도 있었는데, 〈천문학 입문〉 같은 건 담당 교수가 과학 수업을 듣는 비(非)이과 학생들을 절대로 낙제시키지 않았다. 수업을 하나도 듣지 않더라도 학기 말에 객관식 시험만 치면 되었고, 그 시험이라는 건 답을 전부 찍고 10점 미만의 점수를 받더라도 낙제를 피할 수 있었다. 그래서 퍼거슨은 천상의 수학을 가르치는 그 바보 같은 수업에 등록하긴 했지만, 그때는 이미 낯선 사람의 몸을 빌려 살며 자신이 누구인지도 모르는 상태였기 때문에, 또 컬럼비아 대학 당국과 그 대학에서 본인의 의지에 반해 강제로 듣게 한 수업에 대해서라면 경멸감밖에 없었기 때문에, 그는 학기 초 교내 서점에 가서 천문학 교재를 훔치기로 했다. 평생 그 무엇도 훔쳐 본 적 없는 그가, 1학년 여름 방학에 북 월드에서 아르바이트하며 책을 훔치려는 학생을 예닐곱 명이나 발견하고 쫓아냈던 그가 정작 책 도둑이 된 것이다. 4.5킬로그램은 족히 될 듯한 하드커버를 재킷 안에 숨긴 채 차분하게 출구를 나와 인디언 서머의 화창한 햇살 속으로 들어서던 그는 한 번도 해본 적 없는 짓을 하고 있었고, 마치 더는 자기 자신이 아닌 것처럼 행동하고 있었지만, 다시 생각해 보면 아마 이제 그런 사람이 되어 버렸다고 말해야 하는 건지도 몰랐다. 그는 책을 훔친 데 대해 일말의 죄책감도 느끼지 않았고, 사실 그 어떤 것에 대해서든 아무 감정도 느낄 수 없었다.

웨스트엔드에서 많은 밤을 보냈고, 지머, 포그와 함께 많은 밤에 떡이 되게 취했다. 퍼거슨은 함께할 사람과, 그 사람과의 수다를 애타게 원했다. 혼자 술집을 찾는 밤이라고 해도 자신처럼 외로운 사람과 우연히 마주칠 기회는 희박했다. 〈기회〉보다는 〈희박〉이 더 강조되는 건, 그런 문제와 관련해 그는 경험이 끔찍할 정도로 없었기 때문이다. 청소년기와 초기 성년기의 5년을 단 한 명의 여자 친구, 이제는 영원히 떠나 버린 에이미 슈나이더먼, 그를 사랑했다가 더는 사랑하지 않고, 결국은 차버린 그 여자 친구와만 보냈기 때문에 이제 바닥에서부터 다시 시작해야 했는데, 연애 정복이라는 분야에서는 초심자였기 때문에 누군가에게 다가가 대화를 시작하는 일에 관해서는 거의 아는 게 없었다. 하지만 술에 취한 퍼거슨은 맨정신인 퍼거슨보다 좀 더 매력적이었고, 덕분에 컬럼비아에 돌아오고 처음 석 달 동안 세 번의 연애 사건이 있었다. 술을 마시고 수줍음을 극복할 수는 있었지만, 정신을 놓아 버릴 만큼 막 나가지는 않았고, 결국 누군가와 잠자리까지 갈 수는 있었다. 한 번은 한 시간, 또 한 번은 몇 시간, 마지막 한 번은 온밤이었다. 모두 그보다 나이가 많았고, 세 번 중 두 번은 상대 쪽이 아니라 그가 먼저 접근했다.

첫 번째 사건은 재앙이었다. 그는 프랑스 소설에 관

한 대학원 세미나 수업에 등록했고, 두 명의 남자 대학
원생과 여섯 명의 여자 대학원생 사이에서 유일한 학
부생이었다. 9월 셋째 주에 그 여자 대학원생들 중 한
명이 웨스트엔드에 나타났고, 그는 그녀에게 다가가
아는 척을 했다. 앨리스 닷슨은 스물넷 혹은 스물다섯
이었고, 매력적이지 않다거나 연애를 꺼리는 사람이라
고 할 수는 없었지만, 통통하고 미숙하며 가벼운 섹스
에는 익숙하지 않은 것 같았다. 어쩌면 그보다 그녀 쪽
에서 더 쑥스러워하는 것 같았는데, 그날 밤 그녀의 품
에 안겼을 때 그는 에이미의 몸과는 너무 다르게 보이
고 다르게 느껴지는 그 낯선 몸에 깜짝 놀랐다. 그런 혼
란스러움에 더해, 그녀가 열정적이고 기운 넘치는 에
이미에 비해 침대에서 지나치게 수동적이라는 점도 문
제였다. 그래서 막상 성교를 시도해 보려 할 때도 그는
눈앞의 상황에 집중하지 못했고, 비록 앨리스는 자기
만의 방식으로, 소소하고 조금은 몽상적인 방식으로
즐기는 것 같았지만, 그는 시작한 일을 끝까지 즐길 수
없었다. 에이미와 있을 때는 한 번도 겪어 보지 못한 상
황이었고, 그가 기대한 즐거운 몸부림은 무력감과 수
치스러움만 남은 비참한 시간이 되고 말았다. 남자로
서의 자존심에 상처를 받은 그 사건을 잊는 것조차 허
락되지 않았다. 매주 월요일과 목요일에 두 시간씩 수
업이 있었기 때문에, 그해 남은 기간 내내 일주일에 두
번씩 다른 학생들 사이에서 그를 무시하려 애쓰며 앉

아 있는 앨리스 닷슨을 마주해야 했던 것이다.

두 번째 사건은 상처를 남기지는 않았지만 그에게 소중한 가르침을 줬다. 어느 날 서른한 살의 비서, 유쾌하지만 특별히 눈에 띄지 않는 여성이 웨스트엔드에 나타났는데, 분명 남학생을 물색하러 온 것 같았다. 이름은 조이(성은 알려 주지 않았다)라고 했고, 홀로 있는 퍼거슨을 발견한 그녀는 옆자리에 앉아 맨해튼을 주문하고는 당시 카디널스와 타이거스가 맞붙었던 월드 시리즈 이야기를 꺼냈다(미주리주 조플린에서 자랐다는 그녀는 세인트루이스 카디널스를 응원했다). 술을 서너 모금 마신 후 그녀는 퍼거슨의 허벅지에 손을 올리며 살짝 운을 띄웠고, 그런 종류의 도발에 민감했던 그는 그녀의 목덜미에 입을 맞추는 것으로 응답했다. 조이가 남은 맨해튼을 마시고 퍼거슨이 맥주를 비운 다음, 둘은 택시를 타고 웨스트 84번가에 있는 그녀의 집으로 향했고, 대여섯 마디를 나눈 후 곧장 뒷좌석에서 서로를 더듬으며 키스를 퍼부었다. 그 모든 일이 조금은 인간미가 없다고 생각했지만, 그녀의 나긋나긋한 몸동작은 퍼거슨을 흥분시켰고, 일단 그녀의 아파트에 도착하고 나자 앨리스 닷슨과 있을 때 잔인한 실망을 안겨 준 그의 몸의 특정 부위도 이름 없는 조이 씨와의 섹스에서는 끝날 때까지 전혀 문제를 일으키지 않았다. 처음 해보는 하룻밤 섹스였다. 거의 온밤을 보냈다고도 할 수 있는데, 한 번 한 다음 곧장 이어서 한 번 더 했고, 두 번째 섹스를 끝내고 새벽 2시쯤 되었을 때 조이는 퍼거슨에게 그만 돌아가는 게 좋겠다고, 남은 밤을 함께 보내지 않는 편이 아침에 일어났을 때 기분이 더 좋을 거라고 확신에 차서 말했다. 그는 어떻게 받아들이면 좋을지 알 수 없었다. 하는 동안은 좋았다고 스스로에게 말했지만, 감정이 없는 섹스는 결정적인 한계가 있었고, 바람 부는 가을밤에 자신의 아파트까지 걸어 돌아오면서 그건 별로 가치가 없는 일임을 깨달았다.

세 번째 사건은 기억할 만한 일, 그토록 길고 공허했던 몇 달 사이에 있었던 단 하나의 좋은 일이었다. 웨스트엔드가 본래는 주로 학생들이 모이는 장소지만, 단골들 중에는 학교를 그만둔 사람이나 학교에 다닌 적이 없는 사람도 있었는데, 주로 괴짜 몽상가나 주정뱅이로, 칸막이 있는 자리에 홀로 앉아 상상 속의 정부를 전복할 계획을 짜거나, 다시 금주 모임에 나가기 전에 마지막으로 한잔하거나, 딜런 토머스가 바에 앉아 시를 낭송하던 옛 시절을 떠올리곤 했다. 그런 단골들 중에 젊은 여성이 한 명 있었다. 신입생 첫 학기부터 퍼거슨이 계속 마주쳤던, 텍사스주 러벅 출신의 늘씬하고 다리가 긴 미인 노라 코백스, 늘 말을 걸어 보고 싶었지만 에이미 때문에 그럴 수 없었던 사람이었다. 1961년 바너드에 입학하면서 북부로 온 흔하지 않은 경우였는데, 첫 학기 중간에 학교를 그만둔 후로 계속 그 동네에서 지내는, 입이 험하고 외설스러우며 아무에게나 〈좆까〉라고 말하는 노라, 이런저런 직업을 거쳐 낯선 사람들 앞에서 옷 벗는 일을 하게 된 그녀는, 미국 산업의 최전선으로 날아가 유전이나 조선소, 제재소에서 여자 없이 지내는 남자들의 삶을 풍성하게 해주는 스트립쇼 예술가였고, 두어 달씩 뉴욕을 떠나 알래스카 혹은 텍사스 쪽 걸프 해안을 돌아다니는, 출연료가 비싼 공연가이기도 했다. 하지만 그녀는 언제나 뉴욕 웨스트엔드의 자기 자리로 돌아왔고, 누구든 옆자리에 앉는 사람과 이야기를 나누며 공연 여정에서 겪은 모험담을 전하거나, 온 우주를 망치고 있는 멍청한 가짜 어른들에 관해 노골적인 험담을 늘어놓았다. 퍼거슨은 그녀를 잘 알지는 못했지만, 몇 년 사이 둘은 대여섯 번인가 긴 대화를 나눴고, 퍼거슨이 아주 중요한 문제와 관련해 그녀를 도와준 적도 한 번 있었기 때문에, 비록 친한 친구라고는 할 수는 없겠지만 둘 사이에는 특별한 연대감이 있었다. 신입생 시절, 그는 에이미 없이 혼자 웨스트엔드에 갔다가 칸막이 자리에서 노라와 단둘이 네 시간 동안 이야기를 나눈 적이 있었다. 그녀는 첫 번째 스트립쇼 투어를 앞두고 있다며, 무대에서 쓸 가명이 필요하다고 했다. 노라 루앤 코백스라는 이름으로 자신을 홍보해서는 절대 안 된다는 건 확실했다. 갑자기 영감이 떠오른 퍼거슨이 스타 볼트라는 이름을 말했다. 이런 씨발, 노라가 대답했다. 이런 씨발 졸라, 아치. 너

574

천재구나. 어쩌면 그 순간만큼은 그가 천재였을지도 모른다. 스타 볼트는 육감적이면서, 자유롭고, 성적인 에너지로 가득한 이름, 최정상급 스트리퍼에게 필요한 자질을 모두 담고 있는 이름이었기 때문이다. 그 후로 노라를 마주칠 때마다 그녀는 자신을 자칭 음지의 여왕으로 만들어 준 데 대해 그에게 감사의 뜻을 전하곤 했다.

퍼거슨은 노라에게 끌렸기 때문에 그녀를 좋아했고, 좋아했기 때문에 끌렸다. 하지만 노라의 상태가 엉망이라는 것, 술을 너무 많이 마시고 약을 너무 많이 한다는 것, 미덕의 수호자들이 타락한 여성, 혹은 걸레라고 부르는 상태가 되어 버렸다는 것 역시 알고 있었다. 파멸과 폐허에 이르는 지름길에 들어서 버린 젊은이, 자신의 장점을 너무 과장하고, 신이 내려 준 근사한 몸을 연약한 남자나 불안한 죄인의 도덕성을 시험하는 용도로만 쓰는 사람, 마음 가는 대로 아무하고나 잠자리를 갖고, 자기 보지와 클리토리스에 관해, 단단한 자지를 자신의 엉덩이에 받아들이는 것에 관해 대놓고 말하는 사람이었다. 하지만 동시에 퍼거슨은 그녀가 웨스트엔드의 단골들 중 가장 지적인 축에 속한다는 것, 따뜻한 마음과 친절한 본성을 지닌 사람이라는 것도 알게 되었고, 아마도 서른 살이나 서른다섯 살을 넘기지 못하고 죽을 것 같았지만, 그럼에도 그녀에게 애정을 품고 있었다.

몇 달 동안 그녀를 볼 수 없었다. 어쩌면 반년쯤이었을지도 모른다. 그러던 11월 초의 어느 날, 닉슨이 험프리에게 승리를 거두고 며칠 후에 그녀가 나타났다. 그해 가을 그러잖아도 우울했던 퍼거슨은 대선 결과 때문에 더욱 침울해져 있었고, 바의 옆자리에 앉은 노라는 크게 한 번 웃은 후에 그의 볼에 키스를 해줬다.

둘은 한 시간 정도 이런저런 중요한 일들에 관해 대화를 나눴다. 노라의 전 남자 친구가 마약을 팔다 체포된 일, 퍼거슨의 삶에서 에이미가 영원히 떠나 버린 일, 노라가 다음 날 아침 애리조나로 떠나기로 했다는 실망스러운 발표(퍼거슨의 입장에서는 그랬다), 놈에서 가슴을 〈쥐흔드는〉 중에도(퍼거슨이 절대 잊을 수 없는 표현이었다) 『스펙테이터』를 통해 지난봄 컬럼비아 대학에서 벌어진 일에 계속 가슴을 대고 있었다는(노라의 장난스러운 표현이었다) 신기한 사실 등을 이야기했다. 그녀의 친구 몰리와 잭이 『스펙테이터』를 꾸준히 그녀에게 보내 줬고, 덕분에 그녀는 건물 점거나 경찰의 습격, 파업 등 모든 사태에 관해 퍼거슨이 작성한 기사를 읽어 봤다고 했다.

비록 알래스카까지 소식이 전해지는 데 시간이 걸리기는 했지만 그의 기사는 완전 좋았다고, 그녀는 말했다. 졸라 대단했어, 아치. 그는 칭찬해 줘서 고맙다고 인사한 다음, 하지만 이제 기사 쓰는 일은 그만뒀다고 말했다. 어쩌면 영원히 안 할 수도 있고, 어쩌면 당분간만 그만둔 걸 수도 있다고, 아직 확신은 없다고, 그는 말했다. 하지만 한 가지 확실한 점은 이제 무슨 생각을 하며 지내야 할지 모르겠다는 것, 머릿속이 완전히 말라 버렸고 온갖 똥만(샐 마티노 코치님께 감사) 가득하다는 것이라고 했다.

노라는 그가 그렇게 처져 있는 모습은 처음 본다고 했다.

그냥 처져 있는 것보다 훨씬 처져 있어요, 퍼거슨이 말했다. 지금 지하 93층인데, 엘리베이터는 계속 내려가는 중이네요.

한 가지 해결책밖에 없어. 노라가 말했다.

해결책이요? 말해 줘요, 제발, 당장.

목욕.

목욕?

따뜻한 물에서 하는 기분 좋은 목욕, 우리 둘이 함께 말이야.

그가 받아 본 제안 중 가장 너그러운 제안이었고, 가장 기쁜 마음으로 받아들인 제안이었다. 25분 후, 노라는 클레어몬트 애비뉴에 있는 자신의 아파트 욕조에 물을 채웠고, 퍼거슨은 과연 신께서 그녀에게 훌륭한 몸을 주신 것 같다고 말했다. 그보다 중요한 점은, 신께서 그녀에게 유머 감각도 주신 거라고, 비록 그녀는 내일 아침 애리조나로 떠날 테지만 퍼거슨은 당장 그녀와 결혼하고 싶다고 말했다. 당장은 고사하고 앞으로도 그녀와 결혼할 수는 없겠지만, 앞으로 열한 시간 동안은 매시간 매분을 그녀와 함께하고 싶다고, 그녀가 비행기에 오르는 순간, 그 마지막 1초까지 그녀와 있고 싶다고, 지금 이렇게 자신을 친절히 대해 주니 하는 말이지만, 지금 이 순간 그녀를 너무나 사랑한다고, 비록 앞으로 다시 만나지 못한다고 해도 남은 평생 그녀를 사랑하겠다고 말했다.

그만해, 아치, 노라가 말했다. 저쪽 구석에 옷 벗어 놓고 들어와. 욕조에 물이 다 찼잖아. 물이 식는 건 싫지? 그렇지 않아?

11월. 12월. 1월. 2월.

그는 여전히 학교에 다니고 있었지만 이미 학교를 마친 셈이었고, 학위를 받은 후에 뭘 해야 할지 생각하며 절뚝절뚝 끝을 향해 걸어가고 있었다. 무엇보다도, 가짜 어른들이 그의 항문을 들여다보고, 불알을 검사하고, 강제 기침을 시키게 내버려 두는 일, 또한 그가 조국을 위해 목숨을 바칠 정도의 지적 능력이 있음을 입증하는 시험을 치는 일이 남아 있었다. 징집 위원회에서 6월이나 7월에 신체검사를 받으러 오라고 소환장을 보낼 테지만, 손가락 두 개가 없는 그로서는 걱정할 일이 없었고, 전쟁에 찬성하지만 한편으로는 그 전쟁을 끝내려는 은밀한 계획을 갖고 있는 퀘이커교도가 권력을 잡고 병력 감축을 이야기하는 상황에서, 퍼거슨은 엄지가 하나뿐인 사람까지 채워 넣을 만큼 군대가 절박하지는 않을 거라고 생각했다. 아니, 문제는 군대가 아니었다. 문제는 군대에서 징집 면제 판정을 받은 후에 뭘 할 건지였고, 이미 하지 않기로 결심한 열 개 남짓한 일들 중에는 대학원 진학도 포함되어 있었다. 크리스마스 휴가 기간에 플로리다에서 부모님과 3~4분 정도 고민해 보기는 했지만, 그 단어를 소리 내어 말하는 순간 대학에서 인생의 단 하루라도 더 보내는 게 얼마나 역겨울지 확인할 수 있었고, 이제 2월이 지나고 3월에 접어드는 시점이라 대학원 원서 접수 기간이 이미 끝나 버리기도 했다. 교사도 또 하나의 선택 가능한 길이었다. 당시에는 대학을 갓 졸업한 젊은이들을 가난한 지역, 맨해튼 남쪽과 북쪽의 흑인이나 라틴 아메리카인 거주 지역이나 금방 쓰러질 듯한 외곽 선거구의 교사로 활용하는 분위기가 있었고, 2년 정도 그런 일을 해보는 건 적어도 명예로운 활동은 되겠다고 그는 생각했다. 붕괴되고 있는 스페인어 사용 구역에서 아이들을 열심히 가르치다 보면, 분명 그 과정에서 그가 아이들에게 가르쳐 주는 것만큼이나 그들에게서 배우는 것도 있을 테고, 백인 남자 선생님은 상황을 악화하기보다는 개선하는 데 조금이나마 힘을 보탤 수 있을 것이었다. 하지만 그는 곧 현실로 돌아와, 방 안에 낯선 사람이 대여섯 명만 넘어도 앞에 서서 말하기 힘들어하는 자신의 무능력을 떠올렸다. 자의식 때문에 얼어붙어서 사람들 앞에서 일어나 말하는 것 자체가 고문이 될 텐데, 열 살짜리 아이들이 서른 명에서 서른 다섯 명 모인 교실에서 한 마디도 하지 않은 채 어떻게 수업을 진행한단 말인가? 감당할 수 없는 일이었다. 비록 원한다고 해도, 그에게는 불가능한 일이었다.

이미 언론 쪽은 마음을 접은 그였지만, 2월 둘째 주인가 셋째 주에는 너무 성급하게 결론을 내린 게 아닌지 의문이 들기도 했다. 기성 거대 언론은 더 이상 고려의 대상이 아니라고 해도, 생각해 볼 만한 다른 언론이 있었다. 반(反)기성 언론, 대안 언론 혹은 지하 언론이라고도 알려진 그런 곳들이 지난 한 해 동안 더 강하게 성장해 왔다. 『이스트 빌리지 어더』, 〈해방 뉴스 서비스〉, 『랫』 같은 언론들이 왕성하게 활동 중이었고, 뉴욕을 제외한 다른 도시들에서 발간되는 열 개 남짓한 독립 주간지들도 있었다. 그런 신문들은 대단히 거칠고 비관습적이어서, 그에 비하면 『빌리지 보이스』도 낡은 『헤럴드 트리뷴』만큼이나 고리타분해 보였다. 그런 신문사들 중 한 곳에서 일하는 거라면 뭔가 할 말이 있을 것 같기도 했다. 적어도 그런 신문들은 퍼거슨이 반대하는 것들에 반대하고 그가 지지하는 것들을 지지했지만, 고려해야 할 단점도 적지 않았다. 급여가 적기도 했고(그는 할머니가 남겨 준 유산에 너무 의존하지 않고 자기 일을 하며 생활을 유지하고 싶었다), 무엇보다도 가장 큰 문제는 좌파를 위해서만 글을 써야 한다는 점이었고(그의 희망은 언제나 사람들의 생각을 바꾸는 것이었지, 그들이 이미 생각하고 있는 것을 그저 확인해 주는 것이 아니었다), 그렇게 되면 그는 가능한 세상 중 최선의 것을 살고 있다는 팡글로스식의 낙천적인 입장이 되기는 어려울 것이었다. 하지만 최선의 것과 가능한 것이 좀처럼 같은 문장 안에 함께 등장하지 않는 세상에서는, 가능한 직업, 용납할 수 있고 더럽혀진 느낌은 들지 않을 그런 직업을 갖는 편이, 직업을 아예 갖지 않는 것보다는 확실히 나을 것이었다.

『위클리 블래스트』, 불평분자와 타락한 파우스트 같은 인간들을 위한 미국식 경전이자, 선택된 소수를 위한 기록을 추구하는 신문의 대표 기자, A. I. 퍼거슨.

어찌 되었든, 그건 좀 더 면밀히 고민해야 할 문제였다.

퍼거슨은 이어진 15일에서 20일 동안 계속 그 문제를 고민했고, 그러던 중 배 속에 단검이 든 것 같은 그날이 찾아왔다. 1969년 3월 10일, 스물두 번째 생일이 지나고 일주일 뒤, 그리고 웨스트 108번가에 있는 짐 프리먼의 아파트에 가서 『빨강 머리 예쁜 여자 외 프랑스 시선』의 최종 원고를 넘긴 지 나흘이 지났던 그날, 자정을 막 넘긴 시각이었다. 원고는 양이 너무 많아서 그는 짐에게 원하는 대로 적당히 줄여 달라고 했다. 그렇게 밤 10시쯤, 머릿속으로 노라 코백스에게 보낼 긴 편지를 쓰며 집으로 돌아온 그는 갑자기 아랫배가 찌르는 듯이 아팠다. 최근 몇 달 사이에 자주 겪는 통증이었는데, 대부분의 경우처럼 10초 혹은 12초쯤 후에 가라앉는 대신 이번에는 더 강한 발작이 바로 이어졌다. 너무 아파서 더 이상 발작이 아니라 진짜 고통이라고 할 만했고, 그 두 번째 발작이 있고 나서는 곧장 집중 공격이 시작되었다. 창자 속에 든 단검들, 스물일곱 개의 날 끝이 계속 찔러 대는 통에 그는 거의 두 시간 동안 침대에서 몸부림쳤고, 고통이 계속될수록 막창자나 다른 장기가 그의 몸 안에서 뒤집어지는 것만 같았다. 너무 겁이 난 그는 의지력으로 자리에서 일어나 코트를 걸치고는, 일곱 블록 반 떨어진 세인트루크 병원 응급실로 비틀비틀 걸어갔다. 배를 움켜쥐고 거친 숨을 내쉬며 휘청휘청 밤거리를 걸었고, 쓰러질 것 같은 위기가 오면 자주 가로등을 붙잡고 버티며 계속 움직였지만, 앰스터댐 애비뉴를 이동하는 내내 그에게 신경을 쓰는 사람은 한 명도 없었다. 다가와 도움이 필요하냐고 묻는 사람도 없었고, 뉴욕에 있는 8백만 명 중 그가 살았는지 죽었는지 조금이라도 관심을 보이는 사람은 한 명도 없었다. 응급실에서 한 시간 반을 기다린 후에 진료실로 들어갔더니 젊은 의사가 15분 동안 이것저것 물으며 그의 배를 진찰했고, 다시 대기실에 가서 기다리라는 말을 듣고 두 시간을 더 앉아 있었고, 막창자가 그날 밤에는 터지지 않을 것임이 분명해지자, 의사는 다시 그를 불러 처방전을 써주며 자극적인 식사를 피하고, 위스키같이 진한 술도 삼가고, 자몽도 먹지 말고, 2~3주 동안은 부드러운 음식 위주로 먹으라고 했다. 의사는 그사이에 통증이 재발하면 다른 사람과 함께 병원에 오는 편이 나을 거라고 했고, 퍼거슨은 건전하고 도움이 되는 그 지침에 고개를 끄덕이며 속으로 생각했다. 다음번에 내가 죽을 것처럼 아플 때, 어떤 사람이, 도대체 누가 내 옆에 있을까?

그는 나흘간 침대에서 누워 지내며 묽은 차와 크래커, 마른 빵 조각만 먹었다. 일주일 후 외출을 해도 될 만큼 회복했을 무렵, 칼 맥매너스라는 사람이 『스펙테이터』를 떠나는 졸업생 회원들과의 대담을 위해 뉴욕주 북부에서 방문할 예정이라고 했다. 프리드먼, 브랜치, 멀하우스 등으로 구성된 편집 위원회는 이미 전해 3월부터 그해 3월까지 1년간의 임기를 마치고 새 위원회에 신문을 넘긴 상태였고, 가끔씩 기고가 형태로 평론을 썼던 퍼거슨도 『스펙테이터』에 실을 마지막 기사를 다 써놓은 상태였다. 3월 7일, 배 속에서 단검이 찔러 대기 사흘 전에 출간된 조지 오펜의 마지막 시 선집 『다수로 존재하기』에 관한 엄숙하고, 존경심을 담은 평론이었다. 재미있는 점은 졸업생 중 그만이 아직도 언론 쪽 일을 계속해야 할지 저울질하고 있다는 사실이었다. 과로로 머리가 터질 것 같았던 프리드먼은 퍼거슨이 두려워했던 공립 학교 교사 일을 하며 잠시 동면에 들어

갈 계획이었고, 브랜치는 하버드 의대에 가기로 했고, 멀하우스는 컬럼비아에 남아 역사학과 대학원에 진학하기로 했다. 하지만 다들 대담에는 참석하기로 했는데, 맥매너스가 지난봄 프리드먼에게 편지를 써서 〈문제의 시기〉 동안 『스펙테이터』 기자들이 보여 준 활동을 칭찬해 줬고, 맥매너스의 칭찬은 그들에게 꽤 의미 있는 것이었기 때문이다. 현 『로체스터 타임스 유니언』의 책임 편집자인 그는 1934년에 『스펙테이터』 편집장을 역임했고, 이후 30여 년간 활동하며 스페인 내전을 취재하기 위해 스페인으로 떠났고, 아시아로 가서 제2차 세계 대전의 태평양 전선을 취재했고, 고국에 돌아온 뒤에는 1940년대 후반에 〈빨갱이 공포〉를, 1950년대와 1960년대 초반에는 민권 운동을 취재했다. 이후 『워싱턴 포스트』에서 오랫동안 편집을 담당했고, 이제는 1년 반째 『타임스 유니언』의 대표를 맡고 있었다. 그가 1930년대에 컬럼비아 대학을 졸업하고 처음 취직했던 곳이었다. 전설이라고 할 수는 없었지만(그는 책을 쓴 적도 없고 라디오나 텔레비전에 출연하지도 않았다) 꽤 알려진 인물이었고, 5월 초에 편지 한 통으로 지쳐 있던 『스펙테이터』 구성원들의 사기를 북돋아 줄 만큼의 명성은 충분한 사람이었다.

브루클린 억양을 쓰는, 넓적하고 귀가 툭 튀어나온 아일랜드인 얼굴에, 전직 미식축구 수비수나 항만 노동자 같은 몸집을 한 남자였다. 파란 눈빛은 기민했고,

회색이 섞인 붉은 머리를 길게 길렀는데, 그건 시대의 흐름을 놓치지 않으려는 성향을 암시하는 걸 수도 있고 그저 이발소에 갈 때를 놓쳐 버린 걸 수도 있었다. 격식이 없었다. 대부분의 다른 남자들과 달리 스스로의 모습에 편안해했고, 멀하우스가 다 같이 1층의 라이언스 덴으로 이동하자고 제안하자 듣기 좋은 웃음을 터뜨렸다. 라이언스 덴은 학생들을 대상으로 하는 간이식당으로, 뉴욕의 익숙한 홍보 문구를 빗댄 멀하우스의 표현에 따르면 지상 최악의 커피를 파는 곳이었다.

갈색 포마이카 테이블에 일곱 명이 둘러앉았다. 20대 초반의 학생 여섯 명과 로체스터에서 온 쉰여섯 살의 장년 남자였고, 장년 남자는 자신이 컬럼비아에 돌아온 건 직원을 구하기 위해서라고 단도직입적으로 말했다. 자신이 운영하는 신문사에 몇 자리가 빌 것 같은데, 본인 표현에 따르면 새로운 피, 자신을 위해 엉덩이에 불이 나게 일할 수 있는 굶주린 어린 친구들, 나쁘지 않은 신문을 좋은 신문으로, 더 나은 신문으로 만들어 줄 친구들로 그 자리를 채우고 싶다고 했다. 그는 이미 거기 있는 졸업생들의 성과를 알고 어떤 일을 할 수 있을지도 알기 때문에, 가능하면 그 자리에서 바로 세 명을 채용하고 싶다고 했다. 즉, 뉴욕주 로체스터로 이사할 수 있을 정도로 제정신이 아닌 친구가 있다면 말이지, 하고 그는 덧붙였다. 온타리오호를 지나온 바람 때문에 겨울에는 콧물이 얼고 다리가 아이스크림 막대처럼 뻣뻣해지는 곳이라고 했다.

마이크 애런슨은 왜 언론학과에 가지 않고 자신들을
찾아왔냐고, 아니면 거기도 들를 예정이냐고 물었다.

『스펙테이터』에서 보낸 4년의 경험이 대학원에서의
1년보다 훨씬 가치 있기 때문이지. 맥매너스가 말했다.
자네들이 지난봄에 다룬 사태는 아주 중대하고 복잡한
일이었거든. 최근 몇 년 사이 벌어진 대학 관련 사건들
중에 가장 큰 일이었다고. 그런데 이 테이블에 앉은 자
네들 한 명 한 명은 썩 잘해 냈고, 몇몇 기사는 독보적
이었거든. 그 불구덩이를 지나왔으니 시험을 통과한
셈이지. 자네들이 합류한다면 회사가 어떻게 될지
보여.

브랜치가 『뉴욕 타임스』의 기사라는, 훨씬 중요한 문
제를 꺼냈다. 지난봄 컬럼비아 사태에 관해 『뉴욕 타임
스』가 쓴 기사를 맥매너스는 어떻게 생각하냐고, 주류
언론이 거짓말만 한다면 거기서 일할 이유가 없지 않
겠냐고 물었다.

그 사람들은 규칙을 어긴 거야, 맥매너스가 말했다.
나도 자네들만큼이나 그 일에는 화가 나, 브랜치 군. 그
들이 한 짓은 괴물 같은 짓이고 용서받지 못할 짓이야.

훗날 퍼거슨이 그날 오후에 있었던 일들을 반추해
보고, 왜 자신이 그런 결정을 내렸는지 생각하고, 그런
결정을 내리지 않았다면 어떤 일이 벌어지고 또 어떤
일이 벌어지지 않았을지 자문할 때면, 그는 모든 게 괴

물 같다라는 한 단어 때문이었음을 알게 된다. 좀 더 소심하거나 신중한 사람이었다면 무책임하다나 허울뿐이다, 혹은 실망스럽다 같은 표현을 썼을 것이다. 그런 단어들이었다면 퍼거슨에게 아주 작은 영향도 미치지 못했을 것이다. 오직 괴물 같다라는 그 표현만이 지난 몇 달 동안 그가 품고 다니던 분노에 담긴 힘을 제대로 전해 줬다. 맥매너스도 그 분노를 공유하는 것처럼 보였고, 만약 하나의 사태에 대해 그들 두 사람이 같은 감정을 느꼈다면, 다른 일들에도 같은 감정을 느낄 수 있을 것이었다. 만약 퍼거슨이 아직도 일간지에서 일하는데 약간이나마 관심이 있고, 언론 일이 자신에게 해결책이 되어 줄 수 있을지 알아보고 싶다면, 맥매너스의 제안을 받아들이고 북쪽 지방의 찬바람을 맞아 보는 것도 나쁜 생각만은 아닐지 몰랐다. 결국은 하나의 일자리일 뿐이었다. 제대로 풀리지 않으면 언제든 옮겨서 다른 일을 해볼 수 있었다.

끼워 주십시오, 퍼거슨이 말했다. 제가 한번 해보고 싶습니다.

다른 지원자는 없었다. 퍼거슨의 친구들은 한 명씩 물러났고, 한 명씩 맥매너스 씨와 악수한 다음 인사를 하고 사라졌고, 결국 두 사람, 퍼거슨과 장차 그의 상사가 될 맥매너스만 남았다. 맥매너스의 비행기는 저녁 7시에 출발할 예정이었기 때문에, 퍼거슨은 영국 낭만시 수업을 빠지기로 하고 함께 웨스트엔드로 걸어가 좀 더 즐거운 분위기에서 계속 이야기해 보자고 제안했다.

전면의 칸막이 자리가 하나 비어 있었다. 기네스 두 병을 주문하고, 옛날의 컬럼비아와 지금의 컬럼비아에 관해 몇 마디 가벼운 대화를 나눈 후, 맥매너스는 퍼거슨이 가게 될 곳의 지리적 정보들을 알려 주기 시작했고, 뉴욕 북서부의 죽어 가는 그 지역에 관해 새삼 무뚝뚝하게 이야기를 늘어놓았다. 전국에서 유일하게 인구가 줄고 있는 지역이었는데, 그중에서도 지난 10년간 주민 수가 10만 명 줄어든 버펄로는 가장 극적으로 위축되어 가는 도시였다. 한때 영광스러웠던 버펄로가 말이야, 그는 조롱이 섞이지 않았다고는 할 수 없는 투로 말했다. 옛 운하를 따라 화물 선적을 하는 보석 같았던 도시가, 이제는 버려진 공장, 빈집, 널빤지를 대거나 붕괴된 건물이 가득한, 반쯤 빈 황무지가 되어 버렸다. 전쟁을 겪지도 폭탄을 맞지도 않았지만 폭격당한 것처럼 보이는 도시, 맥매너스는 그 우울한 버펄로를 지나 지역 내 다른 도시들로 퍼거슨을 안내했다. 그는 형용사를 조심스럽게 골라 가며 얼빠진 시러큐스, 무기력증에 빠진 엘마이라, 추잡한 유티카, 불운한 빙엄턴, 단 한 번도 그 어떤 제국의 수도도 되지 못했던, 너덜너덜한 롬Rome에 관해 이야기했다.

말씀을 듣고 보니…… 참 끌리네요, 퍼거슨이 말했다. 그런데 로체스터는 어때요?

로체스터는 좀 다르지, 맥매너스가 말했다. 쇠락하는 것들 중에 좀 나은 편이랄까, 다른 도시들에 비해서는 천천히 무너지고 있고, 덕분에 아직은 기반이 단단하다고 할 수 있지. 120만 인구가 사는 주변 도심권에서 로체스터 인구는 30만 정도 되는데, 덕분에 『타임스 유니언』도 하루에 25만 부 발행하고 있고. 당연히 마이너 리그 야구팀이 있는 도시인데, 시시한 팀은 아니야. 트리플A 소속 레드 윙스에서 부그 파월스나 짐 파머스, 폴 블레어스 같은 선수들을 키워서 볼티모어 오리올스를 먹여 살렸으니까 말이야. 이스트먼 코닥과 바우슈 앤드 롬, 제록스 같은 회사의 본사가 있고, 없어서는 안 될 프랑스식 머스터드, 1904년 이후로 미국인들이 먹는 핫도그의 단짝이 된 그 머스터드의 본고장이기도 해서, 덕분에 그곳 주민들이 다니는 회사는 남부로 내려가거나 외국으로 나갈 일이 없어. 한편으로 요트와 컨트리클럽, 훌륭한 영상 자료원과 그럴듯한 관현악단, 좋은 대학과 그보다 더 좋은, 세계 최고 수준의 음악 학교가 있는가 하면, 다른 한편으로는 프랭크 밸런티와 그의 마피아 조직이 장악한 도박, 매춘, 갈취도 있고 가난과 범죄가 들끓는 지역이 넓게 퍼져 있지. 험악한 흑인 거주 구역에 전체 인구의 15~20퍼센트가 사는데, 그중 많은 사람들이 어렵게 먹고살거나, 일자리가 없거나, 마약에 빠져 있고, 혹시 자네가 잊어버렸을까 봐 하는 이야기인데(퍼거슨은 잊지 않고 있었다),

1964년 여름에 사흘간 흑인 폭동이 일어났어. 할렘에
서 폭동이 있고 일주일 후였지. 세 명이 사망했고, 상점
2백 곳이 약탈당하거나 피해를 입었고, 1천 명이 체포
되었는데, 록펠러 주지사가 주 방위군을 끌어들여서
폭동을 진압했단 말이야. 역사상 처음으로 주 방위군
이 북부 지역 도시에 진입한 사례가 되었지.

그쯤에서 퍼거슨이 뉴어크 이야기를 꺼냈다. 1967년
여름의 뉴어크를 이야기하며, 상점 유리창들이 깨지던
밤 어머니와 함께 스프링필드 애비뉴에 서 있었던 느
낌을 말했다.

그렇다면 내가 무슨 이야기를 하는지 알겠네, 맥매
너스가 말했다.

그런 것 같습니다, 퍼거슨이 대답했다.

봄에는 쌀쌀해, 맥매너스가 말을 이었다. 여름은 사
랑스럽고, 가을은 견딜 만하고, 겨울은 잔인하지. 어디
를 가든 조지 이스트먼의 이름을 보게 될 테지만, 프레
더릭 더글러스와 수전 B. 앤서니도 로체스터에 살았어.
심지어 엠마 골드만도 지난 세기말에 거기 머물면서
열악한 환경에서 일하는 공장 노동자들을 위한 조직을
만들었고 말이야. 그뿐만 아니라 — 이게 아주 중요한
데 — 기분이 가라앉고 자살하고 싶다는 생각이 들 때
는, 마운트 호프로 산책을 가면 돼. 미국 전역에서 가장
크고 오래된 공동묘지인데, 여전히 도시에서 가장 아
름다운 곳이기도 하거든. 나도 자주 가는 편이야, 특히

뭔가 깊이 생각해야 할 문제가 있다거나 아주 길고 통통한 시가를 피우고 싶을 때 말이야. 갈 때마다 머리가 맑아지고 심지어 빛을 내려 주기도 해. 30만 명의 영혼이 쉬고 있는 곳이니까.

로체스터 땅 위에 사는 사람이 30만 명이고, 땅 밑에도 30만 명이 있네요, 퍼거슨이 말했다. 제 친구라면 무시무시한 대칭이라고 부를 것 같아요.

아니면 천국과 지옥의 결혼이랄까.

그렇게 퍼거슨과 칼 맥매너스의 첫 번째 대화가 시작되었다. 지금까지는 몸 푸는 수준이었고, 이어진 두 시간 동안 웨스트엔드에서 논의를 이어 갔다. 그가 쓰게 될 기사에 관해 이야기했고, 그는 우선 지역 신문사에서 훈련기를 거친 뒤 실력을 인정받으면 최종적으로는 주나 전국 단위 사건을 취재하고 싶다고 했고, 맥매너스 씨는 고맙게도 그런 이동은 피할 수 없는 과정이라고 받아들이는 것 같았다. 그가 받게 될 봉급(적었지만, 엄청나게 힘들거나 가슴을 쥐어짤 만큼 비참하지는 않았다)이나, 다른 직원들과 신문사 운영에 관한 자세한 사정도 들었다. 대화하면 할수록 퍼거슨은 자신의 결정, 괴물 같다라는 단어에 반응해 본능적으로 끼워 주십시오라고 했던 그 결정이 기뻤고, 맥매너스 씨를 조금씩 알아 가면서 그 사람에게서 배울 게 많다는 사실도 깨달았다. 생각지도 않았던 로체스터가 사실은 그럴듯한, 좋은 변화가 될 것 같았다. 그는 왼손을 들어

보이며(처음 보는 사람들 중에 어쩌다 손가락을 다쳤
냐고 묻지 않은 사람은 맥매너스 씨가 최초였다) 말했
다. 이것 때문에 징집 면제를 받고 얼른 그 일을 할 수
있으면 좋겠네요.

병역 판정 검사는 걱정하지 마, 맥매너스 씨가 말했
다. 이미 나랑 일하기로 계약했잖아. 동시에 군대 두 곳
에서 복무할 수는 없지.

그해 봄, 서서히 그의 심장 박동은 안정되었고 배 속에
있던 단검도 빠져나갔다. 새로운 솜털 베개를 두 개 샀
고, 자몽은 계속 먹지 않았고, 노라와 함께 목욕을 세
번 더 했다. 자신의 책 원고를 교정했다. 『타임스 유니
언』을 석 달 동안 구독하면서 로체스터의 일상을 따라
잡았다. 〈컬럼비아 시 모임〉이라는 새로 생긴 정체불
명의 모임에서 요청을 받고는, 오벤징어, 퀸, 프리먼,
지머와 함께 세라 로런스 대학과 예일 대학을 방문해
학생들을 대상으로 하는 낭독회에 참석했다(청중들 앞
에서 말하기란 불가능했지만 자신의 번역 시를 읽는
건 괜찮았다). 열정이 넘치는 행사였고, 상당한 술과
웃음이 있는 뒤풀이가 이어졌고(세라 로런스에서), 남
녀 공학의 멋진 여학생 딜리아 번스와 90분 동안 대화
를 나눴는데, 그는 그녀에게 키스하고 싶은 마음이 굴
뚝같았지만 하지 못했다. 문학 세미나 수업의 마지막
과제물을 제출했고 천문학 시험이 있는 날 늦지 않게

일어날 수 있었다. 오지선다형 문제가 1백 개 나왔는데, 수업을 한 번만 들어가고 교재는 펴보지도 않았던 그는 A에서 E까지 닥치는 대로 찍었고, 18점을 받고는 가슴이 뛰었다. D+를 받기에 충분한 점수였다. 그런 다음, 자신의 보이지 않는 작은 반항을 완성하기 위해 교내 서점에 가서 교재를 되팔았고, 그렇게 그들을 두 번 골탕 먹였다. 책값으로 6달러 50센트를 받았다. 10분후, 웨스트 107번가 자신의 아파트로 향하며 브로드웨이를 걷던 중에 걸인 한 명이 다가와 동전이 있으면 좀 달라고 했고, 퍼거슨은 6달러 50센트를 전부 그의 손바닥에 내려놓으며 말했다. 여기 있습니다, 선생님. 컬럼비아 대학 이사들이 기꺼이 드리는 겁니다.

　그의 책이 5월 12일에 출간되었다. 72면짜리 소프트커버 책이었는데, 『리뷰』사무실로 배달된 택배 상자에서 그 책을 꺼내 몇 시간 동안 손에 쥔 채 들여다보면서 너무 기뻤다. 친구들과 친척들에게 나눠 주고 나니 일주일 만에 저자 증정으로 받은 스무 부 중 다섯 부밖에 남지 않았다. 표지에는 아폴리네르가 제1차 세계 대전 중에 찍은 유명한 사진이 실렸는데, 관자놀이 부근에 입은 유산탄 부상을 치료한 후 머리에 붕대를 감은 빌헬름 아폴리나리스 데 코스트로비츠키[64]의 얼굴을 보여 주는 사진이었다. 성자로서의 시인, 참호의 진흙 속에서 태어난 현대. 1916년의 프랑스와 1969년의 미국,

　64 기욤 아폴리네르의 본명.

둘 다 끝나지 않는 전쟁에 발이 묶여 있었고, 그 전쟁이 그들 나라의 젊은이들을 갉아먹고 있었다. 세 부는 고 섬 북 마트에, 다른 세 부는 에이스 스트리트 북숍에 보내기로 했고, 여섯 부는 교내 서점에 두기로 했다. 한없이 고마운 지머, 같이 수업을 들은 친구들 중 가장 친하고, 가장 존경하는 지머가 『스펙테이터』에 서평을 써줬는데, 다정한 말, 넘치도록 다정한 말밖에 없었다. 〈이 시 선집에 실린 프랑스 시들은 그저 번역 시가 아니라, 그 자체로 영시이며 우리 문학에 대한 소중한 기여로 봐야 한다. 퍼거슨 씨는 진정한 시인의 귀와 심장을 지니고 있으며, 우선 나부터 이 훌륭한 작품집을 오래도록 읽고 또 읽을 것이다.〉

지나치게 다정했다. 젊은 데이비드 지머는 그런 사람이었지만, 그 역시 모닝사이드하이츠를 떠나는 순간 다들 직면하게 될 문제에 직면해야 했다. 지머의 경우에는 운율도 맞아서 예일Yale 아니면 감옥jail이었다. 4년 장학금을 받고 예일 대학 문학 대학원에 진학하든지, 아니면 병역을 거부하고 2년에서 5년 동안 감옥에 가 있어야 했다. 예일 아니면 감옥. 아주 깔끔한 표현이었고, 가짜 어른들이 짜놓은 기막힌 세상이었다.

컬럼비아 대학에 작별을 고하는 건 어렵지 않을 것이었다. 더 다닌다고 해도 1969년 봄에 또 한바탕 항의와 시위를 겪는 것뿐일 테고, 이제 그런 사건은 순전히 자기 보호 본능 때문에라도 무시하고 싶었다. 하지만 친구들과 교수님 몇 분은 그리울 것 같았고, 노라와 함께 보냈던, 손으로 꼽을 만큼 적었던 밤들 동안 그녀에게 받았던 가르침을 더 받을 수 없다는 점도 아쉬웠다. 그리고 1965년 가을, 학교에 입학할 때 희망에 차 있었던 소년, 지난 4년에 걸쳐 서서히 사라져 버린, 이제 다시는 찾을 수 없는 그 소년도 그리웠다.

6월 중순의 어느 날 오전, 퍼거슨은 화이트홀가(街)의 병무청 건물에서 기침을 하며 징집 관련 필기시험을 봤다. 같은 시각 보비 조지는 볼티모어 산하 더블A 팀에서 주전 포수로 활약하고 있던 텍사스주 댈러스의 성토마스 아퀴나스 성당에서 마거릿 오마라와 결혼식을 올렸고, 역시 같은 날, (밀드러드 이모에게서 받은 편지에 따르면) 완전히 떠나 버린 뒤로 아무 소식도 없던 에이미는 시카고에서 열린 SDS 전국 대회에 참석했다. 대회는 진보 노동당 분파와 훗날 〈웨더맨Weathermen〉으로 불린 조직이 전략과 이념을 놓고 일으킨 격렬한 충돌로 이어졌고, 결국 정치 조직으로서의 SDS가 분열 끝에 갑자기 충격적으로 사라지고 말았다. 헨리 이모부와 밀드러드 이모는 로 스쿨 첫해를 시작한 에이미와 가끔 연락을 주고받았는데, 이모는 한때 둘도 없는 존재였던 조카에게 에이미는 이제 혁명적 활동에 관한 환상에서 벗어나, 여성의 권리라는 좀 더 현실적인 목표에 헌신하기로 했다고 전해 줬다. 깨달음의 순간은 블랙 팬서당

시카고 지부의 정보 담당 부관 차카 웰스가 발언하던 중에 찾아왔다. 그는 자리에서 일어나 진보 노동당을 공격했고, 뚜렷한 근거도 없이 SDS의 여자 회원들을 언급하면서 〈보지 권력〉이라는 표현을 썼으며, 〈슈퍼맨은 로이스 레인이랑 떡 치려는 시도를 하지 않았으니 애송이에 불과하다〉라고도 했다. 몇 분 후 또 다른 블랙 팬서당 당원 주얼 쿡이 일어나 자신은 〈보지 권력〉이라는 표현에 찬성한다고 하자 분위기는 더욱 고조되었다. 〈웰스 형제는 단지 자매 여러분이 혁명에서 전략적인 자세를 취할 수 있음을 말하려 했던 겁니다. 바로 《엎드린》 자세 말이죠.〉 그때쯤엔 이미 식상해진 농담, 지난 몇 년간 에이미가 열 번도 더 들은 농담이었지만, 더는 견딜 수가 없었다. 그래서 〈웨더맨들〉과 힘을 합치는 대신, 과거 컬럼비아 학생이었던 마이크 러브, 테드 골드, 마크 러드(모두 지난해 봄 학기가 끝날 무렵 퇴학당한 상태였다) 등이 속한 분리파와 함께 자리에서 일어나 회의장을 나와 버렸다. 밀드러드 이모는 편지 마지막에 다음과 같이 적었는데, 다른 사람에 관해 이야기할 때 종종 이모가 보이는, 조금은 잘난 체하는 어투였다. 너도 이 점만은 꼭 알았으면 해, 아치. 너희 둘이 더 이상 연인은 아니지만 말이야, 내가 보기에 에이미가 마침내 성장하기 시작한 것 같구나.

보비 조지가 혼인 서약을 한다. 퍼거슨이 육군 군의관에게 왼손을 들어 보인다. 에이미가 시카고 대경기장을 걸어 나와 사회 운동을 영원히 그만둔다. 그 세 가지 사건이 같은 순간에 벌어지는 게 가능할까? 퍼거슨은 그렇다고 생각하고 싶었다.

더 흥미로운 일도 있었다. 7월 초 퍼거슨이 로체스터로 이사할 무렵, 보비는 이미 인터내셔널 리그의 트리플A 팀인 레드 윙스로 승격된 상태였다. 아는 사람이 단 한 명도 없던 도시에서, 가장 오래된 친구와 함께 있게 되었다는 건 정말 있을 법하지 않은 일이었다. 오래 지속되지는 않을 테지만 적어도 여름이 지나고 야구 시즌이 끝날 때까지, 초기에 적응하고 자리를 잡을 때까지는 함께일 것이었다. 보비와 그의 아내 마거릿, 퍼거슨이 줄곧 알고 지냈던 두 사람, 몬트클레어의 유치원에서 캐너비오 선생님네 반이었던 시절, 짧은 꽃무늬 원피스에 늘어지는 양말을 신고는, 걸핏하면 장난치고 입으로 숨을 쉬던 보비 조지에게 혀를 삐쭉 내밀던, 예쁘장한 매기 오마라. 여전히 예쁘지만 이제 조금 예민하고 자기주장이 강해졌으며 럿거스 대학 경영학과를 졸업한 스물두 살의 마거릿, 그리고 늘 사랑스럽고 힘이 넘치며 메이저 리그를 향한 사다리를 차곡차곡 오르고 있는 보비, 이 둘의 결합은 생각지도 못한 것이라고, 퍼거슨은 생각했다. 전혀 예상치 못한 조합이지만 보비가 마거릿을 설득해 결혼에 성공했다는 사실 자체는, 군대에서 2년, 프로 야구팀에서 1년 반을 지내며 보비 역시 성장했다는 확실한 증거였다.

에이미에 관해서라면, 이제 그와는 상관없는 일이었고, 그 말은 그녀가 뭘 하든 하지 않든 그로서는 신경 쓸 필요가 없다는 뜻이었다. 하지만 퍼거슨은 신경이 쓰였고, 완전히 신경을 끊기란 도저히 불가능했다. 몇 달이 지나자 시카고에서 웨더맨들 조직에 합류하지 않기로 한 그녀의 결정에 점점 더 마음이 놓였다. 컬럼비아의 옛 친구들은 완전히 제정신이 아니었다. 상황 파악을 못 하는 고집 센 군주처럼, 이상적인 동기를 내팽개치고, 이성적으로 생각하는 능력마저 무너져 버린 그들은, 일련의 잘못된 가정과 잘못된 결론, 그리고 잘못된 가정과 잘못된 결론에 따른 잘못된 결정으로 스스로를 궁지에 빠뜨렸고, 1백 명에서 2백 명 정도의 중산층 출신 퇴학생으로 구성된 정예 부대만으로, 전국 어디에서도 추종자나 지원 세력을 얻지 못한 상태에서도 미국 정부를 무너뜨릴 혁명을 이끌 수 있다고 믿는 지경에까지 이르렀다. 그 정부는 가장 가난하고 가장 교육받지 못한 젊은이들을 배에 실어 전쟁터로, 그것도 이미 끝냈어야 하지만 질질 끌고 있던 전쟁의 현장으로 내보내 파멸시켰고, 그사이 특권층 젊은이들은 자멸의 길로 빠져들고 있었다. 에이미가 시카고의 대회장을 걸어 나오고 8개월 후, 컬럼비아 SDS에서 활동했던 그녀의 옛 친구 테드 골드, 그의 웨더맨들 동료였던 다이애나 오턴과 테리 로빈스가 뉴욕 웨스트 11번가의 공동 주택에서 폭발 사고로 사망했다. 그들 중 누군가가 지하실에 파이프 폭탄을 설치하다가 전선을 잘 못 연결했던 것이다. 오턴의 시신은 훼손이 너무 심해 서 잔해 속에 남아 있던 잘린 손가락의 지문으로 겨우 신원을 확인할 수 있었다. 로빈스의 경우 아무것도 남 지 않았다. 그의 피부와 뼈는 가스관 폭발과 이어진 화 재로 완전히 재가 되어 버렸고, 그의 죽음은 나중에 웨 더맨들에서 그가 나머지 두 명과 함께 있었다는 소식 을 전한 후에야 확인되었다.

퍼거슨은 7월 1일에 낡은 임팔라를 타고 로체스터로 이동했지만, 『타임스 유니언』에서의 일은 8월 4일부터 시작될 예정이었다. 5주 동안 새로운 환경에 적응하고, 거처를 찾고, 돈을 지역 은행에 옮겨 예치하고, 보비와 마거릿과 함께 돌아다니고, 병무청에서 날아올 신체검 사 결과를 기다리고, 미국인 우주 비행사 둘이 달 표면 을 걸어다니는 모습을 보며 케네디의 약속이 이루어진 것을 확인하고, 뉴욕에서 시작한 프랑수아 비용 시의 번역 작업을 계속하고, 일상에서 뉴욕을 지워 나갔다. 보러 다닌 집 중 넓으면서 가장 덜 비싼 곳은 사우스웨 지라는 황폐한 동네에 있었는데, 제니시강(江)에서 그 리 멀지 않은 도심 동쪽에 여러 블록이 모여 있는 구역 이었다. 맥매너스가 사랑해 마지않는 마운트 호프가 바로 앞이었고, 로체스터 대학과 하일랜드 공원의 넓 은 잔디밭도 가까웠는데, 공원에서는 해마다 봄이면

라일락 축제가 열린다고 했다. 그쪽 세상은 물가도 싸서, 월 87달러에 크로퍼드가에 있는 3층짜리 목조 주택의 꼭대기 층이 통째로 그의 차지가 되었다. 집 자체는 볼품이 없어서 천장은 갈라졌고, 계단은 흔들리고, 빗물받이 홈은 가득 차서 막혔고, 전면의 노란색 페인트는 여기저기 벗겨졌지만, 퍼거슨은 가구를 갖춘 침실 세 개와 주방을 혼자 쓸 수 있었고, 오후에 창문으로 쏟아지는 햇빛은 웨스트 107번가 아파트의 어둑어둑한 실내보다 정신 건강에 훨씬 좋을 듯했기 때문에, 그는 기꺼이 그 집의 단점을 못 본 체할 마음이 들었다. 집주인이 1층에 살았는데, 크롤리 씨 부부는 보드카를 너무 좋아하는 나머지 밤늦은 시간에 고성을 지르며 싸우는 일이 종종 있기는 했지만 두 사람 모두 퍼거슨을 진심으로 대해 줬고, 그건 크롤리 부인의 동생이자 독신이었던 찰리 빈센트 씨도 마찬가지였다. 제2차 세계 대전 참전 용사였던 빈센트 씨는 매달 장애 연금을 받으며 건물 중간층에 살았는데, 담배 피우기, 기침하기, 텔레비전 보기 말고는 거의 아무것도 하지 않는 싹싹한 사람이었다. 그는 종종 악몽을 꾸는지 한밤중에 아주 크고 놀란 목소리로 스튜어트! 스튜어트!라고 외치며 괴로워할 때가 있었다. 퍼거슨도 아래층에서 올라오는 그 소리를 들을 때가 있었지만, 종종 무방비 상태에서 과거를 떠올리는 찰리를 비난할 사람은 아무도 없었다. 26년 전 10대 때 태평양 전쟁에 끌려갔다가 머릿속에 악몽만 잔뜩 담은 채 고향 로체스터로 돌아온 그를 보면 안됐다는 생각을 하지 않을 수 없었다.

나중에 밝혀진바, 함께 여기저기 다녀 보기도 전에 보비와 마거릿은 그곳을 떠나야 했다. 퍼거슨은 두 사람과 딱 한 번 저녁을 먹었고, 보비가 출전한 레드 윙스 시합도 한 번밖에 보지 못했다. 7월 1일에 그가 도착했을 때는 팀이 원정 중이었고, 7월 10일에 보비가 로체스터로 돌아오고 나흘 후에는 오리올스의 포수가 뉴욕 양키스와의 시합 도중 홈 플레이트에서 상대 선수와 충돌하면서 손이 부러졌다. 트리플A에서 첫 3주 동안 3할 2푼 7리를 친 보비는 메이저 리그의 볼티모어 오리올스에 호출되어 합류했고, 아메리칸 리그 팀의 투수들에 맞서 꿋꿋하게 버틸 수만 있다면 그가 다시 마이너 리그로 내려올 일은 없을 것 같았다. 그런 친구를 보며 행복을 느끼지 않기란 불가능했고, 메이저 리그 승격에 흥분하지 않는 것도 불가능했다 — 그리고, 퍼거슨으로서는 받아들이기 쉽지 않았지만, 그들이 떠난다는 사실에 기뻐하지 않는 것도 불가능했다.

보비와는 아무 관련이 없었다. 보비는 여전히 옛날의 보비 그대로였다. 나이를 먹으면서 경험이 쌓이고 생각이 깊어진 보비였지만, 그는 여전히 누구에게도 나쁜 생각을 품지 않는 가슴이 넓은 소년이었다. 퍼거슨의 가장 오랜, 그리고 가장 사랑하는 친구, 지금껏 에이미를 포함해, 특히 에이미를 포함해 누구보다 그를 사랑해 준 친구, 로체스터에서 단 한 번 함께 했던 식사, 크레슨트 비치 호텔의 그 저녁 식사 자리에서도 보비는 생기가 넘쳤다. 14초에 한 번씩 마거릿을 안아 주며 몬트클레어에서의 어린 시절을 이야기했다. 아직 퍼거슨의 손가락이 멀쩡하던 10학년 때 둘이 함께 뛰던 영광스러운 날들, 16승 2패로 리그 우승을 차지한 팀, 그 시합을 치러 낸 팀에서 둘은 가장 어린 주전이었다. 보비는 그 시합 이야기라면 싫증을 내는 법이 없었기 때문에 또 이야기하고 싶어 했고, 퍼거슨이 마거릿을 위해 한번 들려 달라고 하자, 보비는 환하게 미소 지으며 아내의 볼에 입을 맞춘 다음 6년 전 5월의 어느 오후에 있었던 일을 늘어놓기 시작했다. 이렇게 된 거야, 블룸필드 팀에 마지막 이닝까지 1 대 0으로 지고 있었거든. 1 아웃에 주자가 두 명이었는데, 아치가 3루, 케일러브가 2루였어. 케일러브 윌리엄스, 론다의 오빠 말이야. 포처네이토 타석이었는데 마티노 코치님이 번트 사인을 냈어. 모자챙을 두 번 두드린 다음 머리를 긁는 게 사인이었거든. 그 사인을 낸 건 처음이었어. 그러니까 1점만 내는 희생 번트 사인이 아니라, 2점짜리 희생 번트였단 말이야. 역사상 그런 작전을 생각해 낸 사람은 없었는데, 야구 천재였던 샐 마티노 코치님이 해낸 거지. 쉽지 않은 작전이었고 성공하려면 2루 주자가 발이 빨라야 했는데, 케일러브는 엄청 빨랐거든, 팀에서 가장 빠른 선수였지. 그래서 공이 날아오자 포처네이토가 좋은 번트를 대서, 마운드 오른쪽으로 천천히 굴렸어. 투수가 공을 잡을 때쯤 아치는 이미 홈 플레이트를 통과해 동점을 만들었지. 다른 방법이 없었기 때문에 투수가 1루로 공을 던졌고, 포처네이토는 서너 발 차이로 아웃되었어. 그런데 투수가 눈치채지 못한 건 케일러브가 아치와 동시에 달리기 시작했다는 사실이었고, 투수가 다시 던질 준비를 하고 1루수가 공을 잡을 때쯤엔, 케일러브가 이미 홈에 4분의 3 정도 접근해 있었단 말이지. 블룸필드 팀 선수들은 모두 공 던져! 공 던져! 하면서 1루수에게 소리쳤고, 그래서 홈으로 던지기는 했지만 늦었던 거야. 포수 글러브에 강하게 던졌지만 2초쯤 늦었고, 그렇게 케일러브가 슬라이딩으로 결승점을 올려 버렸지. 먼지가 구름처럼 일었고, 케일러브는 두 손을 번쩍 든 채 그 자리에서 튀어 올랐어. 역전승, 데굴데굴 굴러가는 사소한 번트 하나로 만들어 낸 대단한 승리였지. 그런 건 한 번도 본 적 없었거든. 그날 이후 시합을 수백 번은 했지만, 그 장면이 내가 야구장에서 본 것 중 최고로 짜릿했던 장면이야. 역대 최고의 순간. 2점이 났는데 말이야, 얘들아, 공은 10미터도 움직이지 않았던 거야.

아니, 보비는 아무 문제도 없었다. 아무도 흉내 낼 수 없는 보비스러움은 이제 활짝 만개한 것 같았다. 문제는 마거릿이었다. 일곱 살 때부터 퍼거슨을 좋아하는 마음을 키워 왔던 마거릿, 열두 살 때 그에게 이름도 없

는 고백 편지를 보낸 마거릿, 고등학교 내내 그를 지켜
봤고, 안마리 뒤마르탱이 벨기에로 돌아갔을 땐 대놓
고 반긴 마거릿, 고등학교 졸업반 시절 에이미와 떨어
져 지낸 넉 달 반 동안 그가 유혹을 느낀 여학생 중 한
명이었던 마거릿, 보비가 홀딱 반하지만 않았더라면
그녀의 입에 혀를 넣을 수도 있었던 마거릿, 보비를 위
해 징검다리 역할을 하게 되었을 때 그를 시라노라고
놀린 마거릿, 둔하지만 똑똑하기도 한, 치명적으로 매
력적인 마거릿, 이런저런 이유로 끝까지 가볼 수 없었
던 그녀가 이제 가장 오랜 친구의 아내가 되어 있었다.
퍼거슨은 2점짜리 희생 번트에 관한 보비의 독백에 그
녀가 전혀 관심을 보이지 않아서, 또 이야기를 하는 남
편이 아니라 테이블 건너편의 자신만 계속 쳐다봐서
놀랐다. 마치 잡아먹을 듯한 눈빛으로, 맞아, 나 이렇게
덜떨어진 멍청이랑 결혼해서 한 달째 같이 살고 있어,
하지만 지금도 네 생각을 해, 아치, 우리는 처음부터 맺
어지기로 정해진 거였는데 어떻게 그렇게 오랫동안 나
를 거부했던 거야? 여기 내가 있잖아, 나를 가져, 뒷감
당 같은 건 생각하지 마, 그동안 내내 너만 원해 왔단
말이야, 하고 말하는 것 같았다. 적어도 퍼거슨은 크레
슨트 비치 호텔에서 자신을 바라보는 그녀의 눈빛을
그렇게 받아들였고, 실은 그 역시 그녀의 그런 태도에
자극을 받기도 했다. 사랑받지 못한 채 홀로 낯선 도시
에서 애타게 사랑을 찾는 독신으로서 어떻게 그녀의

그런 시선에 흥분하지 않을 수 있단 말인가? 그녀와 보비가 볼티모어로 떠나게 되지 않았더라면, 그해 여름 그가 그녀에게 굴복하지 않았을 거라고 장담할 수 없었다. 둘만 만날 기회가 수없이 많았을 것이다. 보비가 루이빌이나 콜럼버스, 리치먼드 등지로 장거리 원정을 떠나고, 집에서 같이 저녁을 먹자는 그녀의 제안을 거절하지 못하고, 함께 와인을 여러 병 마시다 보면 분명 어느 시점엔가 그의 저항은 약해졌을 것이다. 그랬다, 호텔 레스토랑에 마주 앉아 그녀가 보내는 눈빛은 그런 뜻이었다. 받아들여, 제발 받아들이라고, 아치. 자신은 충분히 강하지 못하고, 만약 그녀가 계속 그 도시에 머물렀다면 결국 그녀에게 손을 대고 말 것임을 알았기 때문에, 그는 그녀가 떠나는 상황이 무엇보다 반가웠다.

지난해에는 동심원들이 하나의 단단한 검은색 원반이 되었고, 그 LP 음반은 A면에 있는 블루스 한 곡만 주야장천 들려줬다. 이제 그 음반은 뒤집혔고, 뒷면에 있는 건 「신이시여, 당신의 이름은 죽음이니」라는 장송곡이었다. 그 곡은 퍼거슨이 『타임스 유니언』에서 일을 시작하면서 머릿속에 울려 퍼지기 시작했다. 8월 9일, 찰스 맨슨과 테이트 라비앙카 살인 사건이란 말이 들려오면서 첫 소절이 시작되었고, 얼마 후 핼러윈 밤에 마셜 블룸이 자살하면서 변주가 시작되었다. 블룸은 퍼거슨이 졸업 직후 취업을 진지하게 고민했던 〈해방 뉴스 서비스〉의 공동 설립자였다. 가을이 한창이던 무렵, 남베트남에서 윌리엄 캘리 중위 지휘하에 밀라이 마을 대학살이 벌어지면서 장송곡은 계속되었고, 1960년대의 마지막 해 마지막 달에 접어들어 시카고 경찰이 침대에서 자고 있던 블랙 팬서당 당원 프레드 햄프턴을 총살하면서 시끄러운 스타카토 연주처럼 다급한 분위기가 펼쳐졌다. 그리고 이틀 후, 롤링 스톤스가 앨터몬트의 무대에서 공연하던 도중 객석에서 권총을 흔들어대던 젊은 흑인을 〈지옥의 천사들〉[65] 회원이 칼로 찔러죽였다.

제2회 우드스톡 페스티벌, 꽃을 든 아이들과 불량배들. 밝은 한낮이 한순간에 밤이 되어 버렸다.

보비 실은 줄리어스 호프먼 판사의 명령에 따라 입에 재갈을 물고 의자에 묶인 채 재판정에 나왔고, 여덟 명이던 블랙 팬서당의 창립 당원은 일곱 명으로 줄었다.

웨더맨들은 10월 분노의 날에 2천 명의 시카고 경찰에 맞서 자살 공격을 감행했다. 퍼거슨의 옛날 학교 친구들이 미식축구 헬멧과 고글을 쓰고 바지 위로 국부보호대까지 착용한 상태로 체인, 파이프, 곤봉 등을 들고 전투에 나섰다. 그중 여섯 명이 총에 맞았고 수백 명이 호송차에 실려 갔다. 무슨 목적이었냐고? 〈전쟁을

65 Hells Angels. 미국 캘리포니아를 중심으로 활동하는 폭력 성향의 모터사이클 동호회.

고국으로〉라고 그들은 외쳤다. 하지만, 고국에서 전쟁이 잠잠했던 때가 있었던가?

나흘 후, 미국 내에서 〈베트남 전쟁을 끝내기 위한 활동 중단의 날〉이 선포되었다. 수백만 명의 미국인이 동참했고, 스물네 시간 동안 미국의 거의 모든 활동이 멈췄다.

그로부터 한 달 후, 750명의 시위대가 워싱턴에서 전쟁을 끝내기 위해 행진을 벌였고, 그건 새 정부에서 벌어진 가장 큰 정치 시위였다. 닉슨 대통령은 그날 오후 미식축구 시합을 관람했고, 그런 시위는 국가에 아무런 영향을 미치지 못할 거라고 했다.

12월 미시간주 플린트에서 열린 웨더맨들 집회에서 버나딘 돈은 〈돼지 같은 인간들〉을 처형한 데 대해 찰스 맨슨을 극찬했다. 〈돼지〉는 임신 중이던 새런 테이트를 비롯해 그녀와 함께 살해된 사람들을 뜻했다. 컬럼비아 시절 퍼거슨의 친구였던 회원이 일어나 발언했다. 〈우리는 미국 흰둥이 문화에서 《좋고 근사한 것》으로 여겨지는 모든 것에 반대합니다. 우리는 불태우고, 약탈하고, 파괴할 것입니다. 우리로부터 당신들 어머니의 악몽이 자라날 것입니다.〉

그날 이후 그들은 잠적했고, 다시는 공공 영역에 등장하지 않았다.

그리고 퍼거슨이 있었다. 가장 작은 원의 한가운데 있는 가장 작은 점으로서 자신의 역할로 돌아온 그를 둘러싸고 있는 건 더 이상 컬럼비아 대학과 뉴욕이 아니라 『타임스 유니언』과 로체스터였다. 그가 보기에 공정한 거래였고, 이제 군대 문제도 해결된 이상(업무 시작 사흘 전에 4-F 통지서가 도착했다), 스스로 능력을 증명해 보일 때까지 그 자리는 그의 것이었다.

로체스터에는 두 개의 일간지가 있었다. 둘 다 개닛 출판사 소유였지만 목적은 서로 달랐고, 편집 원칙과 삶을 보는 관점도 달랐다. 조간 『데머크랫 앤드 크로니클』은 이름과 달리 친공화당, 친기업 쪽이었고, 석간 『타임스 유니언』은 보다 자유주의 진영에 가까웠는데 맥매너스가 맡으면서 그런 성향이 더 짙어졌다. 자유주의가 보수주의보다 나은 것은 분명했다. 비록 그 자유주의라는 것이 결국은 중도의 다른 말일 뿐이고, 퍼거슨은 어떤 정치 문제에도 중도의 입장을 가져 본 적이 없었지만, 당분간은 그저 자신이 있는 자리에서 맥매너스의 관리 아래 기사를 쓰는 일에 만족했다. 『이스트 빌리지 어더』나 『랫』, 혹은 〈해방 뉴스 서비스〉 같은 언론은 거칠게 분열되었고, 특히 〈해방 뉴스 서비스〉는 완전히 다른 두 개의 조직으로 나뉘었다. 하나는 뉴욕 도심을 중심으로 하는 강성 마르크스주의자파, 다른 하나는 매사추세츠 서부의 한 농장을 중심으로 활동하는 반문화 몽상가파였다. 그 농장은 마셜 블룸이 자살한 곳이기도 했다. 고작 스물다섯의 나이에 일산화탄소 중독으로 사망한 그의 죽음 앞에서 퍼거슨은 극좌 언론이라는 폐쇄적인 세계에 믿음을 잃어 갔다. 그들은 종종 사라진 SDS의 잔당들만큼이나 비이성적인 행태를 보였고,『로스앤젤레스 자유 언론』에서 찰스 맨슨의 정기 칼럼까지 싣는 걸 보고 나니, 퍼거슨은 그쪽 일이라면 조금도 관여하고 싶지 않았다. 그는 우파를 증오했고 정부를 증오했지만 이제는 극좌파의 잘못된 혁명까지 증오하게 되었고, 그런 증오의 결과가『로체스터 타임스 유니언』같은 중도 매체에서 일하는 거라면, 어쩔 수 없었다. 어디에선가 시작은 해야 했고, 맥매너스는 — 물론 그가 능력을 증명해 보일 때의 이야기였지만 — 그에게 진짜 기회를 주겠다고 약속했다.

험난한 입문 과정이었다. 그는 지역 소식을 담당하는 부서에 배치되었는데, 부서 내 가장 어린 기자였고 조 던랩이라는 사수 밑에서 일했다. 던랩은, 그 의견이 정확하든 정확하지 않든, 퍼거슨이 맥매너스에게 총애받는 아이비리그 출신의 잘난 후배이고, 신입 직원들 중 선택받은 인물이라고 생각했고, 그런 이유로 그를 심하게 다뤘다. 퍼거슨이 던랩에게 넘긴 기사는 거의 예외 없이 대폭 수정되었는데, 단지 이야기의 흐름이나 방향뿐 아니라 단어 자체도 바뀌었고, 전체적으로 보면 기사는 늘 더 나빠졌다. 퍼거슨이 느끼기에 던랩의 편집은 가지만 다듬는 것이 아니라 나무 자체를 베어 버리는 도끼 같았다. 맥매너스는 웨스트엔드에서의 첫 만남 때 이미 그런 상황을 경고하며 절대 불평하면 안 된다고 지침을 내렸었다. 던랩은 그의 사기를 꺾어 놓을 신병 훈련소의 교관인 셈이었고, 말단 병사였던 퍼거슨은 그가 시키는 대로 따르며 입은 다물어야 했고, 던랩의 면상을 갈겨 버리고 싶은 충동이 수도 없이 들었지만 사기가 꺾여서는 안 되었다.

다른 사람들은 함께 일하기 어렵지 않았고, 몇몇은 솔직히 재미있기도 했다. 서서히 그런 사람들과 친구가 되었다. 브롱크스 출신의 뚱뚱하고 머리가 벗어진 사진 기자 톰 지어넬리는 종종 퍼거슨과 함께 취재를 나갔는데, 스무 명도 넘는 할리우드 여배우와 남배우의 성대모사를 거의 완벽하게 해냈다(그가 흉내 내는 벳 데이비스는 아주 근사했다). 낸시 스퍼론은 로체스터 대학을 갓 졸업하고 여성란 담당 부서에 새로 들어온 직원으로, 퇴근 후 연애를 하는 데도 관심이 많아서 덕분에 퍼거슨은 새로운 생활에 적응해 가던 초기에 매일 밤 혼자 잠자리에 들지 않아도 되었다. 스포츠 담당 부서의 빅 하우저는 오리올스에 간 보비의 성장 과정을 꾸준히 보도했는데, 보비가 메츠와의 월드 시리즈 시합에 선발 출전해 4타수 2안타를 쳤을 때 퍼거슨만큼이나 기뻐했다. 그리고 신문사에서 만나 좋아하게 된 사람들에 앞서, 신문사 자체가 있었다. 커다란 건물과 매일 그 안에서 일하는 수백 명의 사람들, 편집자와 영화 평론가, 안내원과 전화 교환원, 부고 담당자와 낚

시 칼럼니스트, 책상에 앉아 타자기로 기사를 작성하는 기자, 한 층에서 다른 층으로 부지런히 움직이는 복사 담당 소년, 그리고 아래층에 자리 잡은 거대한 윤전기, 정오 전에 거리마다 신문을 배포하기 위해 매일 아침 새 신문을 찍어 내던 그 기계까지. 마치 에드워드 임호프가 다시 나타난 듯 심술궂고 인정사정없던 던랩의 존재에도, 퍼거슨은 분주하게 움직이는 수많은 이들로 이루어진 그 복잡한 덩어리의 일부가 된 것을 즐겼고 자신의 결정을 한 번도 후회하지 않았다.

후회는 없었다. 하지만, 낸시 스퍼론이 아무 부담 없는 비혼인 덕에 매력적이지만 금지된 마거릿 오마라조지와는 경우가 달랐어도, 퍼거슨은 그녀가 정답이 아니라는 사실을 처음부터 알았다. 그럼에도 그는 그녀를 계속 만났고, 로체스터에서 보낸 첫 9개월 동안 그녀와 잠자리를 가졌다. 그가 인생에서 처음 겪은, 열정 없이 가끔 즐기는 연애였고, 그녀에게 호감은 있었지만 그 감정이 결코 사랑으로까지 이어지지는 않았다. 그 지역 출신이었던 낸시는 그를 데리고 다니며 로체스터의 그 유명한 〈금요일 밤 생선튀김〉을 소개하고, 닉 타후 하츠라는 식당에서 〈가비지 플레이트〉[66]라는 또 다른 지역 명물 요리를 맛보게 하고(살아 있는 동안은 다시 먹고 싶지 않은 요리였다), 이스트먼 하우스 영상 자료원에서 고전 영화 몇 편을 함께 감상했다. 그

66 큰 접시 위에 햄버거, 감자튀김, 치킨 등 온갖 패스트푸드를 담은 것.

중에는 브레송의 「사형수 탈출하다」와 눈물을 쏟게 하는 카잔의 1945년 작 「브루클린에서 자라는 나무」가 있었는데, 후자를 보면서 두 사람은 영화의 의도에 맞게 어이없이 엉엉 울고 말았다. 밝고, 함께 있으면 즐겁고, 진지한 독서가였던 낸시는 맥매너스의 새로운 아이들 무리 중 한 명으로 『타임스 유니언』에 합류한 재능 있는 언론인이었다. 눈동자가 짙고, 짧은 머리도 짙고, 얼굴은 크고 동그랬으며(본인 표현에 따르면 〈리틀 룰루〉[67] 얼굴이라고 했다), 조금 통통한 편이었는데, 일주일에서 열흘쯤 떨어져 지내다 보면 퍼거슨이 그녀의 몸을 갈망할 만큼 충분히 섹시했다. 그가 낸시를 사랑할 수 없었던 게 그녀의 잘못은 아니었고, 낸시가 남편 감을 찾고 있던 반면 퍼거슨은 아내를 찾는 데 관심이 전혀 없었다는 것 역시 그의 잘못은 아니었다. 12월 중순, 주말을 맞아 부모님을 만나러 잠깐 플로리다에 내려갔을 때 그는 자신과 낸시가 어디에도 이르지 못할 것임을 깨달았지만, 돌아온 후에도 넉 달이나 그녀를 만났고, 그 전과 마찬가지로 애매한 시간을 보냈다. 그러다가 낸시가 자신과 결혼하고 싶어 하는 새 남자를 만났고, 퍼거슨은 잘된 일이라고 생각하기로 했다. 도무지 낸시 스퍼론을 사랑할 수 없었던 그 몇 달 동안 그는 한 가지 사실을 자각했다. 슈나이더먼 집안 사람을 한 명도 만나지 않은 채 한 해를 통째로 보내고, 또 한

67 1930년대와 1940년대에 미국에서 연재된 만화의 주인공.

해를 상당히 보낸 후에도 여전히 에이미를 잃은 상처에서 회복하지 못했다는 사실이었다. 그는 여전히 그녀의 부재를 — 마치 이혼 후, 심지어 죽음 후의 상황 같았다 — 슬퍼했고, 더는 아무 느낌이 들지 않을 때까지 계속 매달려 있는 것 외에는 달리 할 수 있는 일이 없었다.

부모님과 마지막으로 함께 시간을 보낸 건 거의 1년 전이었다. 남부 플로리다의 낯설었던 세계에 완전히 정착한 부모님은 이제 태양의 자식들이 되어 있었는데, 그러니까 〈눈이 오지 않는 땅〉에서 살며 일하는 구릿빛 피부의 건강해 보이는 북부 출신 사람들, 모래로 뒤덮인 땅에서 오래 산책하는 활동을 열렬히 옹호하고(어머니), 1월부터 12월까지 매일 아침 야외에서 테니스를 치는(아버지) 사람들이 되어 있었다. 퍼거슨은 부모님을 다시 만나서 당연히 반가웠지만 못 보던 사이 양쪽 모두 달라져 있었고, 금요일 초저녁 공항에 마중 나온 부모님을 만났을 때 가장 먼저 눈에 띈 것도 그런 변화였다. 어머니는 크게 달라진 것 같진 않았는데, 여전히 『헤럴드』에서 사진 작업을 하느라 바빴고 아들과 신문에 관해 이야기하기를 무엇보다 좋아한다는 점은 그대로였지만, 지난 6개월간 담배를 끊으려 노력하는 중이었고 5킬로그램 정도 살이 찌면서 조금 달라 보였는데, 그런 일이 가능한지는 모르겠지만 나이가 들어 보이면서 동시에 젊어 보이기도 했다. 반면 아버지, 이제 거의 쉰여섯이었지만 매일 테니스를 친 덕분에 여전히 튼튼한 아버지는, 그럼에도 퍼거슨이 보기에 몸집이 조금 줄어든 것 같았다. 머리칼이 더 희끗희끗해지고 가늘어졌으며, 45~90미터쯤 걷고 나면 다리를 조금씩 절기 시작한(그저 근육이 당긴 것일 수도 있고, 아니면 다리에 문제가 생긴 것일 수도 있었다) 아버지는 이제 더는 말없이 작업대에 앉아 힘들게 물건을 고치는 마네트 박사가 아니라 『헤럴드』 광고 부서 직원이었는데, 본인은 그 일을 아주 즐기며 심지어 사랑한다고 말했지만, 결국 그건 밥 크래칫 같은 말단 직원이 되었다는 의미였다.[68] 퍼거슨은 삼 형제 홈 월드에서 이렇게 되기까지 아버지의 몰락이 참 오랫동안 이어진다는 생각을 떨칠 수 없었다.

금요일에서 일요일까지 사흘간의 방문 중 가장 좋았던 건 마지막 날이었다. 그들은 콜린스 애비뉴에 있는 울피 식당에서 거창한 아침 겸 점심을 느긋하게 즐겼다. 세 사람이 할머니를 기리며 훈제연어와 양파를 곁들인 스크램블드에그를 먹는 동안 갓 구운 양파빵과 훈제생선 냄새가 식당 안을 가득 채웠고, 그들은 할머니 이야기를 길게 하면서 중간중간 할아버지, 그리고 이제는 사라져 버린 디디 브라이언트 이야기도 했는데, 전체적으로 보면 무엇보다도 어머니가 로체스터와 『타임스 유니언』에 관해 많이 물어봤다. 모든 일을 전부

68 마네트 박사와 밥 크래칫 모두 찰스 디킨스 소설 속 등장인물.

들려 달라고 했고, 퍼거슨은 할 수 있는 한 많은 이야기를 했다. 낸시 스퍼론 이야기는 아버지가 불편해할 것 같아 꺼내지 않았는데, 아들이 가톨릭교도인 이탈리아인과 어울려 다닌다는 생각만으로 아버지는 기분이 상했을 테고, 우리 편과 저쪽 편 이야기를 하며 슈바르체나 시크사[69] 같은 단어를 입에 올렸을 것이다(그 둘은 퍼거슨이 가장 싫어하는 말, 이디시어에서 온 가장 추한 단어들이었다). 그래서 낸시 이야기는 건너뛴 채 대신 맥매너스와 던랩 이야기, 지난 7월 보비 조지가 보스턴에서 메이저 리그 첫 홈런을 쳤고 넉 달 후에는 아버지가 될 거라는 이야기, 자신이 쓴 기사와 지금 사는 값싸고 낡은 아파트 이야기를 했고, 이어서 어머니가 물었다. 모든 어머니가 자식들에게 묻는 질문, 자식이 오줌싸개 장난꾸러기이든 스물두 살 먹은 대학 졸업생이든 상관없이 묻는 질문이었다.

너 괜찮은 거니, 아치?

거기서 뭘 하고 있나 싶을 때도 있지만, 퍼거슨이 말했다. 그래도 괜찮은 것 같아요, 아직 헤매고 있는 것 같지만 어느 정도는 괜찮고, 일도 어느 정도는 마음에 들어요. 한 가지는 분명한데, 정말 확실한 한 가지는요, 남은 평생을 뉴욕주 로체스터에서 보내지는 않을 거란 사실이에요.

69 shiksa. 이디시어에서 유래한 말로, 비유대인 여성을 가리킨다. 비하의 의미로 쓰일 때가 많다.

3단계 화재 주의보. 미제 살인 사건 20주기. 지역 대학들의 반전 운동. 개 도둑 조직의 해체. 파크 애비뉴에서 벌어진 끔찍한 교통사고. 도심 서쪽 흑인 주거지에서 새로운 세입자 연합 결성. 다섯 달 동안 퍼거슨은 조 던랩의 의심 섞인 시선을 받으며 말단 풋내기 기자로 열심히 일했고, 그 후 맥매너스는 그를 지역 소식 담당 부서에서 빼내어 중요한 임무를 맡겼다. 아무래도 퍼거슨이 시험을 통과한 것 같았다. 정확히 어떤 시험이었는지, 맥매너스가 어떤 기준으로 그를 판단했는지는 알 수 없었지만, 아무튼 그런 일이 벌어졌고 이제 그가 한 과정을 마치고 다음 단계로 가도 좋다는 판단을 대장이 내린 거라고 결론지을 수밖에 없었다.

크리스마스 이튿날 아침, 맥매너스가 사무실로 퍼거슨을 불러 자신의 생각을 이야기했다. 맥매너스는 1960년대가 끝나 가고 있다고, 새해까지 일주일도 남지 않은 시점인데, 퍼거슨이 지난 10년 동안 있었던 일들과 그것들이 미국인의 삶에 끼친 영향에 관해 연속 기사를 써보면 어떻겠냐고 물었다. 시간순으로 접근해 주요 사건을 요약만 하는 기사가 아니라 좀 더 본질적인 기사, 여러 적절한 주제들에 관해 한 편에 약 2천5백 단어 분량의 기사를 써보라고 했다. 베트남 전쟁, 민권 운동, 반문화의 성장, 미술, 음악, 문학, 영화의 변화, 우주 탐사 프로그램, 아이젠하워, 케네디, 존슨, 닉슨 집권기의 대조적인 분위기, 유명 인물의 암살이라는 악몽, 인종 갈등과 대도시의 흑인 밀집 지구에서 일어난 폭동, 스포츠, 패션, 텔레비전, 신좌파의 등장과 몰락, 몰락 후 다시 일어난 우파 공화당 지지자와 보수 반동파, 블랙파워 운동의 진화와 피임약 혁명 등, 정치부터 로큰롤, 그리고 미국인이 사용하는 일상어의 변화까지, 온갖 격변이 끊이지 않았던 10년, 맬컴 엑스와 조지 월리스를 동시에 낳고, 「사운드 오브 뮤직」과 지미 헨드릭스, 베리건 형제와 로널드 레이건을 낳은 그 시대의 초상. 맥매너스는 말했다. 일반적인 탐사 보도는 아니야, 일종의 회상이지. 『타임스 유니언』의 독자들에게 그들이 10년 전에 어땠고, 또 지금은 어떤지 보여 주는 회상. 그건 석간신문이 지닌 장점 중 하나였다. 좀 느긋하게, 이것저것 살피며 제대로 조사한 뒤 분량이 꽤 되는 이야기를 실을 기회가 있다는 점 말이다. 그렇다고 건조한 재탕 기사를 써서는 안 되었다. 맥매너스는 학술적인 역사서가 아니라 뭔가 짜릿함이 있는 기사를 원했고, 자료 조사를 위해 어떤 책이나 지난 잡지를 참고할 때는 적어도 다섯 명에게 확인받기를 요구했다. 무하마드 알리를 취재할 수 없다면 그의 트레이너이자 코치였던 앤절로 던디를 찾아가고, 앤디 워홀을 만날 수 없다면 로이 릭턴스타인이나 리오 카스텔리에게 전화라도 해야 했다. 1차 취재원이어야 해. 무슨 일이 벌어졌을 때 직접 그 일을 했거나 가까이서 지켜본 사람 말이야. 분명하게 알아들었지?

네, 분명하게 알아들었습니다.

그럼 퍼거슨 자네 생각은?

그 일에 전념하겠습니다, 퍼거슨이 말했다. 그런데 몇 편이나 생각하고 계실까요, 기간은요?

여덟 편에서 열 편 정도 생각하는데, 기간은 한 편에 2주 정도. 들쭉날쭉하겠지. 그 정도면 충분한가?

잠을 줄이겠습니다. 그러면 될 것 같습니다. 초고는 던랩 선배한테 넘기면 될까요?

아니, 이제 던랩이랑은 끝났어. 이 건은 나랑 직접 하는 거야.

언제 어떻게 시작하면 될까요?

자리로 돌아가서 일단 아이디어를 열다섯 개에서 스무 개 정도 정리해 봐. 주제든 제목이든 가안이든, 뭐든 자네가 생각하기에 시급한 것들 말이야. 그런 다음에 나랑 같이 전체적인 계획을 잡자고.

저한테는 대단히 의미 있는 작업입니다.

이런 건 젊은 사람들이 해야 하는 일이야, 아치, 자네가 우리 직원 중에 제일 젊으니까. 어떻게 되는지 한번 보자고.

퍼거슨은 자신의 모든 것을 그 기사들에 쏟아 넣었다. 신문업계에서 자신의 미래가 거기 달려 있었기 때문이다. 쓰고 또 쓰고, 1백 권이 넘는 책과 1천 권에 가까운 잡지 및 신문을 훑어봤고, 앤절로 던디, 로이 릭턴스타인, 리오 카스텔리뿐 아니라 수십 명의 다른 인물과 통화했고, 막 지나간 시절, 좋기도 나쁘기도 했던 그 옛날에 관한 자신의 글에 여러 목소리를 가미했다. 2천 5백 단어 분량의 기사 여덟 편을 통해 정치, 대통령들, 사회적 이견이 난무하는 아수라장을 총망라하면서, 중간중간 존 베리먼의 「꿈의 노래」나 「우리에게 내일은 없다」의 막바지에 슬로 모션으로 펼쳐지던 충격 장면, 로체스터에서 남쪽으로 불과 4백여 킬로미터 떨어진 뉴욕주의 한 농장에서 주말에 50만 명의 미국 애들이 모여 진흙탕에서 춤을 추던 장관 같은 것들을 넣어 분위기를 전환했다. 맥매너스는 전반적으로 퍼거슨의 글에 만족을 표하며 가벼운 수정만 했는데, 퍼거슨으로서는 그 점이 가장 기분 좋았고, 그뿐만 아니라 대장은 그의 연속 기사가 독자들로부터 수많은 편지를 끌어냈다는 사실에 기뻐했다. 편지는 대부분 〈기억의 길을 다시 되짚어 볼 수 있게 해준 A. I. 퍼거슨 기자에게 큰 감사를 표합니다〉 같은 긍정적인 내용이었지만, 부정적인 내용도 적지 않아서, 〈우리 위대한 조국에 대한 빨갱이 관점〉이라는 코멘트는, 더 나쁜 반응을 예상했던 그에게도 조금은 아프게 들렸다. 회사 내 몇몇 젊은 기자가 보인 적대감은 그가 예상하지 못한 것이었지만, 원래 그런 법이라고, 누구든 기회가 왔더라면 냉큼 잡았을 거라고 생각하기로 했고, 기사를 낼 때마다 낸시가 말했듯 그런 불만은 그가 일을 얼마나 잘하고 있는지 보여 주는 반증일 뿐이었다.

원래는 연재를 10회까지 진행할 예정이었지만, 퍼거슨이 아홉 번째 기사를 준비하던 중(장발과 미니스커트, 러브 비즈,[70] 흰색 가죽 부츠 등, 1960년대 중후반에 새로 등장한 패션에 관한 기사였다) 생각지도 못했던 곳에서 엄청난 사건이 터지면서 급히 그만둬야 했다. 당시는 반전 운동이 몇 달째 상대적으로 잠잠해져 있던 시기였다. 미군의 단계적 철수, 소위 전쟁의 〈베트남화〉,[71] 추첨식 징병제 같은 것들이 반전 활동을 가라앉히는 데 기여했는데, 그러던 중 1970년 4월의 마지막 날, 닉슨과 키신저가 캄보디아를 침공하면서 갑자기 전선을 확대했다. 미국의 여론은 여전히 반반으로 나뉘어 있어서, 나라의 절반은 정부의 결정을 지지했지만 나머지 절반, 그러니까 지난 5년간 반전 행진을 벌였던 이들은 그 전략적 개입으로 모든 희망이 사라져버렸다고 생각했다. 수십만 명이 거리로 나왔고 대학가에서 대규모 시위가 조직되었는데, 그중 오하이오의 한 대학에서 초조하고 훈련이 덜 된 방위군 소속의 어린 군인들이 학생들에게 실탄을 발사하면서 그렇게 3초간 일제 사격이 이루어졌고, 그 결과 네 명이 사망하고 아홉 명이 부상을 당했다. 대다수의 미국인은 켄트 주립 대학에서 벌어진 그 사태에 몸서리쳤고, 그들

70 작은 구슬을 꿰어 엮은 줄 모양의 장식으로, 1960년대 말 캘리포니아의 히피 문화를 상징한다.

71 미군이 철수하고 베트남인에게 전쟁을 맡기는 전략.

이 자발적으로 목소리를 내면서 집단적 함성이 온 나라를 뒤덮었다. 다음 날인 5월 5일 아침, 맥매너스는 퍼거슨과 사진 기자 톰 지어넬리를 버펄로 대학에 보내 시위를 취재하게 했고, 그리하여 그는 가까운 과거를 탐사하는 대신 다시 현재를 살게 되었다.

버펄로 대학은 2월 말과 3월 초에 요란한 분쟁을 겪었고, 켄트 주립 대학 사태 이후 비교적 잠잠해진 시위라고는 했지만 그럼에도 퍼거슨이 컬럼비아에서 본 어떤 시위보다 과격했다. 특히 그가 도착하고 나서 둘째 날이었던 봄날, 땅에 눈이 쌓여 있고 이리호(湖)를 건너온 바람이 휘몰아치던 날이 그랬다. 학생들에게 점거된 건물은 하나도 없었지만 공기 중에는 컬럼비아 때보다 긴장된 분위기가 흘렀고, 2천 명에 이르는 학생과 교수 들이 총과 곤봉, 최루탄으로 무장한 시위 진압대와 대치하는 상황은 잠재적으로 더 위험해 보였다. 짱돌과 벽돌이 날아다니고 호송차 차창과 대학 건물 창문이 박살 나고 사람들의 머리와 몸이 깨지면서, 퍼거슨은 다시 한번 전쟁 중인 두 무리의 한가운데 서 있는 자신을 발견했다. 이번 상황이 더 무서웠던 이유는 버펄로 학생들이 컬럼비아 학생들보다 호전적이었기 때문인데, 몇몇은 너무 흥분한 나머지 통제가 불가능했고 퍼거슨은 그 친구들이 죽고 싶어 하는 게 아닐까 하는 느낌마저 들었다. 기자든 아니든 상관없이 퍼거슨 역시 학생들과 마찬가지로 폭력에 노출되었고, 2년 전 머리와 손에 부상을 입었던 그는 이번에는 다른 모두와 마찬가지로 최루탄 연기를 뒤집어썼고, 젖은 손수건으로 눈을 가린 채 그날 점심때 먹은 음식을 보도에 토하는 와중에 지어넬리가 그의 팔뚝을 잡고 끌어내 좀 더 숨을 쉴 만한 곳으로 데리고 갔다. 몇 분 후, 두 사람이 교정 바로 앞의 메인가와 미네소타 애비뉴가 만나는 모퉁이에 도착했을 때 퍼거슨은 손수건을 얼굴에서 뗀 뒤 눈을 떴고, 한 젊은이가 은행 유리창에 벽돌을 던지는 광경을 목격했다.

그로부터 하루 이틀 사이에 미국에 있는 대학의 4분의 3이 수업 거부에 들어갔다. 4백만 명 이상의 학생이 시위에 참가했고, 로체스터에 있는 대학들도 하나씩 남은 학기의 학사 일정을 취소했다.

퍼거슨이 버펄로 기사를 넘긴 다음 날, 그와 맥매너스는 『타임스 유니언』입구에서 짧게 이야기를 나눴다. 건물 앞을 지나다니는 자동차들을 바라보며 각자 담배를 피우다가, 1960년대에 관한 기사를 계속 내는 건 의미가 없다고 두 사람 모두 마지못해 인정했다. 여덟 편이면 충분했고, 아홉 번째와 열 번째 기사는 필요 없었다.

학생 시위 초기에 낸시 스퍼론이 새로운 남자를 만나고 난 이후 퍼거슨은 다음 6개월 동안 두 명의 여성을 쫓아다녔는데, 딱히 열심히 쫓아다닐 가치는 없었고 이름을 언급할 가치도 없기 때문에 그대로 두기로 한다. 퍼거슨은 조금씩 불안해지기 시작했고, 마이너 리그 도시에서 1년 반을 보내고 나자 로체스터 생활은 그만하면 충분할 것 같다는 느낌이 들었다. 다른 지역의 다른 신문에서 자신의 운을 시험해 볼 수도 있었고, 아니면 언론계를 완전히 떠나 번역가로서 생계를 꾸려 볼 수도 있었다. 빠른 속도로 기사를 써내야 한다는 압박감을 여전히 즐기긴 했지만, 비용의 15세기 프랑스 시를 붙잡고 씨름하는 일이 궁극적으로는 더 만족스러웠기 때문이다. 시간이 거의 없었지만 그는 「유산」의 그리 나쁘지 않은 1차 번역본을 다듬는 중이었고, 「유언의 노래」도 절반쯤 번역해 놓은 상태였다. 당연히 시 번역만으로는 먹고살 수 없겠지만 가끔 두꺼운 산문 번역도 곁들이면 이런저런 청구서를 지불하는 데 도움이 될 테고, 다른 건 몰라도, 로체스터에서 좀 더 지낼 거라면 최소한 크로퍼드가의 바퀴벌레가 들끓는 그 볼품없는 집을 떠나 더 나은 곳으로 이사하는 게 낫지 않을까?

1971년 1월과 1971년 2월은, 우울한 겨울의 변방에서 보내는 가장 어둡고 추운 시절이었다. 우울한 일만 벌어질 것 같고 죽음에 관한 환상이나 열대 지방에 살면 어떨까 하는 백일몽만 떠오르던 시기였지만, 그렇게 이불 속에 파묻힌 채 석 달 동안 침대 밖으로 나가고 싶지 않다고 생각하던 중 『타임스 유니언』에서의 일이

다시 재미있어졌다. 마을에 서커스단이 돌아온 것이다. 사자와 호랑이가 으르렁거리는 가운데 군중이 커다란 천막 아래 모였고, 퍼거슨은 서둘러 외줄 타기 복장으로 갈아입고 사다리를 기어올라 자신의 자리로 향했다.

켄트 주립 대학 발포 이후로 그는 전국 뉴스 팀에 배치되어 앨릭스 피트먼 밑에서 일했다. 피트먼은 감각이 좋고 성품도 던랩보다는 견딜 만한 젊은 부장이었다. 5월에서 2월까지의 긴 시간 동안 퍼거슨은 피트먼에게 수십 편의 기사를 넘겼는데, 새해 상반기에 터져 나온 두 개의 큰 사건만큼 사람들의 관심을 끈 이야기는 없었다. 흥미롭게도 그 두 사건은 같은 이야기의 서로 다른 판본일 뿐이라는 사실이 밝혀졌는데, 바로 누군가가 용감하게도 정부 기밀문서를 훔쳐 일반인들에게 공개함으로써, 명확히 규명되지 않은 채 남아 있던 1950년대와 1960년대를 매듭짓는 이야기였다. 그건 1960년대가 비록 연대기적으로는 끝났다고 하더라도 아직 끝나지 않았으며, 사실은 이제 막 처음부터 다시 시작되고 있었다는 의미였다. 3월 8일, 자칭 〈FBI를 조사하는 시민 위원회〉라는 활동가들의 비밀 조직이, 펜실베이니아주의 〈미디어〉라는 이름도 이상한 마을에서, 직원이 두 명뿐인 정부 기관 사무실을 습격해 1천 건 이상의 비밀문서를 챙겼다. 이튿날 이 문서들은 전국의 언론사로 보내졌고, 그렇게 FBI의 은밀한 첩보 작전인 코인텔프로[72]의 실체가 밝혀졌다. 코인텔프로는 1956년 J. 에드거 후버가 여전히 미국에 남아 있던 열네 명 혹은 스물여섯 명의 공산주의자를 괴롭히기 위해 시작한 작전이었는데, 나중에는 흑인 민권 운동 조직이나 베트남 전쟁에 반대하는 조직, 블랙 파워 조직, 여성주의 조직은 물론, SDS와 웨더맨들을 포함한 2백여 개의 신좌파 조직에 대한 작전으로 확대되었다. 단순히 그런 조직들을 사찰했을 뿐 아니라 정보원 혹은 공작원을 침투시켜 조직을 와해하거나 신뢰를 잃게 했는데, 결국 1960년대 활동가들이 신경증적으로 두려워했던 일이 사실로 밝혀진 셈이었다. 빅 브러더는 실제로 모든 일을 지켜보고 있었고, 가짜 어른들의 부하들 중 가장 제정신이 아니고 가장 충성심이 강한 병사가 그 모든 일의 배후에 있었다. 키가 작고 땅딸한 J. 에드거 후버, 47년 동안 자신의 자리를 지키며 엄청난 권력을 쌓아 올린 인물, 그가 집무실 문을 두드릴 때마다 대통령들이 깜짝 놀라곤 했다는 그 인물이었다. 기밀문서에는 죄 없는 사람들의 이름에 먹칠을 해온 수백 건의 범죄와 수백 건의 반칙이 담겨 있었는데, 후버가 한 짓 중 가장 비열한 건 비올라 리우조에게 저지른 짓이었다. 퍼거슨이 기사에서 다루기도 했던 인물로, 디트로이트에서 다섯 자녀와 함께 살던 리우조는 셀마-몽고메리 대행진에 참가하기 위해 앨라배마로 갔

---

72 COINTELPRO(Counter-Intelligence Program).

다가 자신의 자동차 문을 열고 흑인 남자를 태워 줬다는 이유만으로 KKK 조직에 살해되었다. 살인자 중 한 명인 게리 토머스 로는 〈FBI 정보원으로 알려진〉 인물이었는데, 후버는 대담하게도 존슨 대통령에게 편지를 써서 리우조 씨가 공산당 당원이며 민권 운동을 하는 흑인 남자와 성관계를 갖기 위해 자식을 버린 여자라고 했다. 그녀가 일반 시민들의 적이며, 따라서 죽어도 싼 사람임을 암시하는 거짓 비난이었다.

코인텔프로 스캔들이 있고 석 달 후, 『뉴욕 타임스』에 국방부 문서가 실렸다. 그 사건에 대한 기사도 퍼거슨 담당이었는데, 대니얼 엘스버그가 국방부 건물에서 기밀문서들을 빼내 『타임스』의 닐 시핸 기자에게 건넨 과정을 포함해 사건의 뒷이야기까지 다뤘다. 한때 혐오의 대상이었던 『뉴욕 타임스』가 기밀문서를 폭로하는 모험을 감수함으로써 1968년에 실었던 거짓말을 속죄하려는 것이었는지는 알 수 없지만, 미국 언론이 빛나는 순간이었다는 데는 피트먼과 맥매너스, 그리고 퍼거슨까지 모두 동의했다. 갑자기 미국 정부의 거짓말이 까발려져 전 세계에 들통났고, 캄보디아와 라오스에 가해진 비밀 폭격, 북베트남 해안 지역 공습 등 그때까지 어떤 언론에서도 보도하지 않은 내용들이 밝혀졌다. 하지만 그보다 먼저, 그리고 그런 것들 이상으로, 수천 페이지 분량의 그 문서들 덕분에 한때 말이 되는 듯 보였던 일들이 실은 전혀 말이 되지 않았다는 사실이 차근차근 상세히 밝혀졌다.

그런 다음 서커스단은 다시 동네를 떠났고, 퍼거슨은 핼리 도일의 품에 빠져들었다. 스물한 살의 마운트 홀리오크 대학생이었던 그녀는 신문사에서 여름 방학 아르바이트를 했는데, 그가 북부로 옮겨 온 후 처음 만나는, 마침내 에이미의 저주를 풀어 줄 힘을 가졌을지도 모를 여자였다. 대단히 지적이고 영감으로 가득한 사람이었고, 로마 가톨릭교를 믿는 집안에서 자랐지만, 동정녀가 엄마가 된다든지 죽은 사람이 무덤에서 일어나 나온다든지 하는 것들을 도무지 믿을 수가 없어 이제는 신앙생활을 하지 않았다. 하지만 그녀는 미약한 자들이 세상을 물려받을 것이고, 미덕은 그 자체로 보상이라는 내적 확신을 품은 채 살았고, 다른 사람들이 나에게 하기를 원치 않는 일을 나 역시 다른 사람에게 하지 않는 것이, 황금률 같은 계율을 따르는 것보다는 더 합리적인 행동 원칙이라고 생각했다. 그런 계율은 인간에게 성인이 되기를 강요하고, 결국 죄의식이나 끝없는 절망으로 이끌 뿐이었다.

　제정신인 사람, 아마도 현명한 사람이었다. 키가 163~165센티미터쯤 되는, 작지만 왜소하다고는 할 수 없는 체형이었고, 날씬한 몸은 재빨랐다. 코에는 할머니 안경을 걸치고 있었고, 머리는 눈에 띄게 짙은 노란색이라 마치 골딜록스가 그대로 자라 어른이 된 것 같았지만, 그 금빛 머리칼이 퍼거슨에게는 매력적으로 보였다. 신기한 건 헬리의 얼굴이었는데, 평범하면서 동시에 예쁜 얼굴이었고, 심심함과 눈부심이 교차해, 고개를 살짝 돌리거나 기울이기만 해도 면면이 다르게 보이는 얼굴이었다. 어떤 때는 입매가 골딜록스처럼 보이고 어떤 때는 눈이 번쩍 뜨이는 화이트 록 소녀처럼 보였으며, 어떤 때는 아무 특징도 없는 밋밋한 사람이었다가 어떤 때는 환하게 빛을 내며 보는 이를 사로잡았다. 특징 없는 아일랜드인 얼굴이 눈 깜짝할 새 영화에서나 보던 눈부신 외모로 탈바꿈했다. 그런 변화무쌍한 모습 앞에서 그는 뭘 해야 했을까? 전혀, 아무것도 안 해도 된다고, 퍼거슨은 정했다. 유일한 답은 그녀를 계속 바라보며, 영원히 안정되지 않는 그런 상태를 더 많이 즐기는 것뿐이었다.

그녀는 어린 시절을 로체스터에서 보냈고, 이스트 애비뉴에 있는 가족 소유의 집을 팔기 위해 여름 동안 고향에 돌아와 있었다. 과학 관련 글을 쓰는 부모님이 그해 초 샌프란시스코로 이사한 후에 로체스터 집이 필요 없어졌기 때문이었다. 『타임스 유니언』에서의 일자리는 가족의 옛 친구의 도움으로 구했고, 아무것도 하지 않기보다는 시간을 좀 더 효율적으로 쓰면서 덤으로 약간의 용돈도 벌기 위해 잠깐 일할 뿐이었다.

여름에 임시로 신문사 업무 보조를 하고 있지만, 실제로는 가을에 4학년에 진학하는 영문학, 생물학 복수 전공자였다. 막 싹트기 시작하는 시인이었고, 의대에 진학해서 정신과를 전공한 후 최종적으로는 정신분석 전문의가 되겠다는 장기 계획을 품고 있었는데, 모든 면면이 인상적이었지만 퍼거슨에게 특히 인상적이었던 건 지난 두 번의 여름 동안 그녀가 한 일이었다. 그녀는 뉴욕에 살며 이스트 4번가와 A. 애비뉴 모퉁이에 있는 자살 예방 전화 센터에서 상담원으로 일했다고 했다.

다른 말로 하자면, 그는 생각했는데, 그가 무시무시하고 기운 빠지게 하는「신이시여, 당신의 이름은 죽음이니」음반만 줄곧 들으며 지내는 동안, 헬리는 사람의 목숨을 살리고 있었던 것이다. 에이미를 비롯한 많은 사람들처럼 한 번에 모든 문제를 해결할 수 있다고 믿는 게 아니라, 하나씩 하나씩 하나씩 구해 나가는 식이었다. 어떤 남자와 통화하며 머리에 대고 있는 권총의 방아쇠를 당기면 안 된다고 차근차근 확신을 준다. 다음 날 밤에는 어떤 여자에게 손에 쥔 약을 삼키지 말라고 설득한다. 세상을 밑바닥부터 새로 만들겠다는 충동도 없고, 혁명적인 저항의 행위도 없었다. 대신 그녀가 속한 망가진 세상에서 선한 일에 헌신하고, 다른 사람을 도우며 살아가겠다는 계획이 있었다. 그건 정치적이라기보다는 종교적인 행동에 가까웠는데, 종교나 교리가 없는 종교, 한 명 한 명 한 명의 가치에 대한 믿음이었고, 의대에서 시작해 얼마가 걸리든, 그녀가 정신 분석 전문의로서 수련을 마칠 때까지 계속될 여정이었다. 에이미를 비롯한 다수는 사람들이 아픈 건 사회가 병들었기 때문이며, 병든 사회에 적응하도록 그들을 도와준다면 더 나쁜 상황으로 몰아넣는 셈이라고 주장하겠지만, 핼리라면 이렇게 대답할 것이었다. 부탁이니까 할 수 있으면 가서 사회를 개선하세요. 하지만 그러는 동안에도 사람들은 고통받고 있고, 저한테는 할 일이 있습니다.

퍼거슨은 다음 상대를 만났을 뿐 아니라, 그해 여름이 깊어질수록, 이 비참하고 아름다운 지상에서 남은 시간 동안 다른 사람들을 모두 지워 버릴 그 사람을 만난 게 아닐까 하는 생각이 들었다.

그녀는 7월 초 크로퍼드가의 쥐구멍으로 들어와 그와 함께 지냈는데, 그해 여름이 유난히 더웠기 때문에 두 사람은 창문 가리개를 내린 채 집 안에서 알몸으로 돌아다녔다. 밖에서는 평일 밤이나 주말 낮과 밤에 함께 열두 편의 영화를 봤고, 레드 윙스 시합을 여섯 번 봤고, 테니스를 네 번 쳤고(엄청난 운동선수였던 핼리는 매번 2 대 1로 그를 이겼다), 마운트 호프 공동묘지를 산책했고, 하일랜드 공원에서 각자의 자작시와 번역 시를 읽어 주다가 핼리가 자신의 작품은 좋은 작품이 아니라며 울음을 터뜨렸고(아니, 좋지 않은 건 아니었고, 퍼거슨은 여전히 발전하는 중이라고 했지만, 그녀가 문학보다는 의학 쪽에서 장래가 밝으리라는 점에는 의심의 여지가 없어 보였다), 이스트먼 음악 학교에서 열린 바흐, 모차르트, 바흐, 베베른의 음악회에 갔고, 셀 수 없을 만큼 여러 번 저녁 식사를 함께 했다. 근사한 식당도 있고 재앙인 곳도 있었지만, 가장 기억에 남는 건 레이크 애비뉴의 앤토니오 식당에서 먹은 저녁이었다. 식사하는 내내 루 블랜디지라는 남자가 노래했는데, 본인은 리틀이탈리아 출신의 〈닳고 닳은 아코디언 주자〉라고 했지만, 미국 스탠더드 팝에서 아일랜드 춤곡, 페일 지역의 군가까지 지금까지 작곡된 모든 노래를 아는 것 같았다.

좀 더 핵심을 간추려 말하자면 이렇다. 8월 초부터 두 사람은 결정적인 세 음절짜리 문장을 수십 번씩 말하는 사이가 되었는데, 그 문장은 이제 관계가 완성되었다는, 되돌아갈 수는 없다는 선언이나 다름없었고, 그달 말이 되자 둘 다 장기적인, 영원한 미래를 생각하기 시작했다. 그러다가 피할 수 없는 이별의 시간이 닥쳤고, 자신의 사랑이 매사추세츠주 사우스해들리에서 대학 마지막 학년을 보내기 위해 떠나는 모습을 지켜보며 그는 그녀 없이 어떻게 계속 살아갈 수 있을지 고민했다.

9월 8일. 여름은 지나갔고 이제 다시 볼 일은 없었다. 아침이면 그의 침실 창문 밑으로 아이들이 소리를 지르며 지나갔고, 밤이면 로체스터의 공기는 막 깎은 연필이나 빳빳한 새 구두처럼, 새 학년이 시작하는 생생한 기운, 어린 시절의 냄새, 뼛속까지 스민 그 시절의 기억으로 가득했다. 슬픔에 빠진 고독 씨는 지난 열흘 간 매시간 핼리의 부재를 애도했고, 그날은 오후 4시 30분에 자신의 쥐구멍으로 돌아왔다. 도착하고 채 1분도 지나지 않아, 저녁거리가 든 갈색 종이봉투를 내려놓기도 전에 전화벨이 울렸다. 피트먼이 『타임스 유니언』 사무실에서 건 전화였다. 목소리에서 다급함이 느껴졌다. 〈애티카에서 뭔가가 부글부글 끓고 있어〉라고 했다. 로체스터에서 남서쪽으로 80킬로미터쯤 떨어진 곳에 있는 주 교도소 이야기였고, 그는 퍼거슨에게 다음 날 아침 일찍 지어넬리와 함께 가서 교도소장 빈센트 맨쿠시를 만나 〈무슨 일이 벌어지고 있는지〉 알아보라고 했다. 인터뷰는 이미 9시로 잡혀 있었고, 지어넬리가 7시에 그를 태우러 오기로 했다. 일단은 작은 소동에 불과했지만 대규모 소란이 벌어질 수도 있다고 피트먼은 덧붙였다. 「눈과 귀를 활짝 열고, 아치, 문제에 휘말리지는 말고.」

그 전해에 뉴욕의 교도소에서는 두 건의 커다란 소동이 벌어졌는데, 각각 북부의 오번과 맨해튼의 〈무덤〉[73] 교도소에서였다. 죄수들과 교도관들 사이에 격렬한 물리적 충돌이 있었고, 수십 건의 추가 기소와 추가 처벌이 뒤를 이었다. 두 폭동의 주동자는 모두 — 대부분은 흑인이었고, 다들 이런저런 혁명 정치 세력

73 뉴욕 시립 교도소를 일컫는 속어.

에 투신한 사람들이었다 ─ 〈문제 인물들을 뿌리 뽑기 위해〉 애티카로 이송되었는데, 블랙 팬서당의 조지 잭슨이 캘리포니아주 샌퀜틴 교도소에서 아프로 가발 밑에 권총을 숨긴 채(정말 그랬다고 믿는 사람들도 있었다) 탈옥을 시도하는 것으로 간주되어 총에 맞아 사망한 상황이라, 수용 인원을 훨씬 초과한 그 뉴욕의 교도소에서 다시 잡음이 일고 있었다. 애티카에 수용된 2,250명의 죄수 중 60퍼센트가 흑인이었고, 교도관은 1백 퍼센트 백인이었다. 퍼거슨은 최고 보안 등급의 교도소를 처음 방문하는 일이 달갑지 않았을 뿐 아니라 두렵기까지 했다. 지어넬리가 함께 가서 다행이었다. 차를 몰고 가는 한 시간 동안은 지어넬리가 케리 그랜트와 진 할로의 성대모사를 하거나 내셔널 리그 우승 경쟁에 관해 떠들어 대는 소리를 들으며 즐거울 것이었다. 하지만 일단 목적지에 도착한 후 교도소 안으로 걸어 들어갈 때는 지옥에 발을 들여놓는 기분이 들 것이었다.

퍼거슨은 이제 그만하고 싶었다. 에너지가 소진된 그는 그만두고 싶었고, 지난 8~9개월 동안 대여섯 번이나 이제 끝났다고 스스로에게 말하면서도 행동으로 옮기지는 못했지만, 이번에는 물러나지 않을 생각이었다. 그가 견딜 수 있는 한계에 이르렀다. 그만하면 로체스터도 충분했고, 신문도 충분했고, 의미 없는 전쟁, 거짓말하는 정부, 간첩질하는 잠입 경찰, 뉴욕주가 지은 지하 감옥에 갇힌, 화나 있고 희망 없는 사람들로 이루어진 어두운 세계만 끝없이 바라보며 사는 것도 충분했다. 이젠 그런 것들에서 배울 점이 더는 없었다. 같은 내용만 반복해서 배우고 있었고, 카지노의 숫자판이 다시 돌기 전에 rien ne va plus(더 나올 것도 없어)라는 말을 듣는 몬테카를로의 도박사처럼, 이제 자리를 잡고 앉아 쓰기 전부터도 어떤 기사가 나올지 윌 수 있을 것 같았다. 더 이상의 도박은 없었다. 숫자 0번에 걸었던 그는 졌고, 이제 일어나서 나갈 때였다.

그는 아침에 지어넬리와 함께 교도소에 가서 교도소장과 인터뷰할 것이다. 소장은 모든 것이 통제되고 있다고 할 테고, 그가 시설을 둘러보며 수감자를 한두 명 만나 볼 수 있겠냐고 물으면 틀림없이 보안상의 문제로 어렵다고 할 것이다. 그런 다음엔 무슨 기사든 쓸 수 있는 대로 써서 피트먼에게 넘길 것이다. 그게 마지막 기사가 될 것이다. 그는 피트먼에게 그만두겠다고 말하고 악수를 나누며 작별 인사를 할 것이다. 그런 다음엔 맥매너스에게 가서 그곳에서 일할 수 있는 기회를 주어 감사했다고 말하고, 악수하며 맥매너스를 알게 된 건 혜택이었지만 자신은 더 이상 이 일을 할 수 없다고 전할 것이다. 이 일 때문에 자신이 죽어 가고 있고, 완전히 탈진한 상태라고 이야기할 것이다. 그런 다음엔 잘 대해 줘서 감사했다고 다시 한번 인사하고, 마지막으로 그 건물을 걸어 나올 것이다.

오후 5시, 그는 수화기를 들고 매사추세츠의 핼리에게 전화를 걸었지만 벨이 열네 번 울릴 때까지 아무도 받지 않았다. 룸메이트가 대신 받아 핼리는 저녁에 외출했고 밤 11시나 12시까지는 돌아오지 않을 거라고 말해 주는 일도 없었다.

침대에서 그를 향해 기어 오는 그녀를 바라보는 그를 바라보는 핼리의 파란 눈. 그의 몸을 누르는 핼리의 하얗고 뜨거운 몸. 제일 좋아하는 게 뭐야? 언젠가 그녀가 물은 적이 있다. 그는 어리석은 말장난 같은 대답을 했다. 센트럴 파크의 물개seals, 그랜드 센트럴 기차역의 천장ceiling, 그리고 저절로 붙는sealing 봉투. 그녀는 네sí, 네sí, 네sí 하고 대답했다. 어쩌면 봐see, 봐see, 봐see였을지도 모른다.

종종 그녀는 너무 웃어서 얼굴이 빨개질 때도 있었다.

로체스터에서 더 이상 살지 않을 거라면, 그는 어디로 가고 싶은 걸까? 우선은 매사추세츠였다. 매사추세츠 사우스해들리에 가서 그녀와 툭 까놓고 이야기한 다음 어떤 계획이든 세워야 했다. 가까운 곳에 아파트를 하나 빌리고, 그녀가 학교에 가 있는 동안 비용 시 번역을 계속할 수도 있었다. 느긋하게 그 작업을 하며 다시 인간으로 돌아오는 법을 익힌 다음, 크리스마스 휴가 때 그녀와 함께 파리에 가는 방법도 있었다. 아니면 혼자서 한 달, 두 달, 혹은 넉 달 동안 유럽을 돌아다

635

니며 마음껏 구경하는 방법도 있었다. 아니, 넉 달은 아니었다. 그건 너무 길고, 그는 견딜 수 없을 것이다. 애머스트 같은 동네에 작은 아파트를 빌린다. 당분간은 그게 좋은 해결책이 될 테고, 그런 다음 6월에 그녀가 졸업하면 둘이서 유럽으로 두어 달 여행을 간다. 뭐든 가능했다. 급한 일이 생길 때마다 할머니의 유산을 찾아 쓴다면, 그해에는 모든 일이 가능할 것 같았다.

6시. 스크램블드에그, 햄, 버터 바른 빵 두 조각으로 저녁을 먹었다. 레드와인 네 잔도 함께 마셨다.

Luy qui buvoit du meilleur et plus chier

Et ne deust il avoir vaillant ung pigne

7시. 그는 책상 앞에 앉아 비용의 「유언의 노래」에 나오는 두 행을 바라보고 있었다. 대충 번역하자면 〈가장 비싼 최고의 와인을 마시는 그는 / 빗 하나를 살 여유가 없었으니〉였다. 어쩌면 〈빗 하나 값을 감당할 수 없었으니〉이거나, 〈빗 하나를 살 돈이 없었으니〉이거나, 〈빗 하나를 마련할 현찰이 없었으니〉이거나, 〈빈털터리가 되어 빗 하나에 쓸 돈이 없었으니〉이거나, 〈빗 하나와 맞바꿀 빵도 없었으니〉일 수도 있었다.

9시. 그는 다시 매사추세츠에 전화했다. 이번에는 벨이 스무 번 울렸고, 역시 아무도 받지 않았다.

그건 단순히 새로운 사랑이 아니라 새로운 종류의 사랑, 누군가와 함께하는 방식이 새로워지면서 자기 자신이 되는 방식 역시 새로워지는 사랑이었다. 누구와 함께 있고, 함께 무엇을 하고, 어떻게 함께 있느냐에 따라 더 나아질 수 있는 방식, 늘 꿈꿔 왔지만 과거에는 절대 이를 수 없었던 자신이 되는 방식이었다. 발작처럼 우울한 자기 성찰에 빠지는 일도 없고, 깊은 생각의 늪에 빠져 스스로를 고문하는 일도 없고, 스스로에게 등을 돌리는 일도 없다. 그런 점들이 늘 그가 마땅히 되어야 했을 어떤 모습에 이르지 못하게 하는 약점들이었다. 〈기네스 맥주는 당신에게 힘을 줍니다〉라고 술집 벽에 적혀 있었다. 핼리는 그에게 힘을 줬다. 〈기네스 맥주는 당신에게 도움이 됩니다〉라고 술집 벽에 적혀 있었다. 핼리 도일이 그에게 도움이 된다는 점에는 일말의 의심도 없었다.

10시 45분. 퍼거슨은 침실로 가서 아침 6시 알람을 맞췄다. 그런 다음 거실로 돌아가 수화기를 들고 다시 핼리에게 전화했다.

아무도 받지 않았다.

바로 아랫집에서 찰리 빈센트는 텔레비전을 끄고, 기지개를 켠 다음, 안락의자에서 일어났다. 윗집 세입자가 잠자리에 든다. 여름 내내 예쁜 금발 아가씨와 잤던 잘생긴 청년, 아주 착하고 친절해서 계단이나 우편함 앞에서 만날 때마다 듣기 좋은 말을 해주는 젊은이들이었는데, 이제 여자는 가고 다시 남자 혼자 잤다. 어떤 면에서는 너무도 아쉬웠는데, 찰리는 한밤중에 침대가 흔들리는 소리와 남자가 앓는 것 같은 소리, 그리고 여자의 비명과 신음 소리를 즐겼기 때문이다. 그의 귀는 물론 온몸의 다른 부분들까지 만족시켜 주는 좋은 소리였고, 그는 그들과 함께 그 침대에 누워 보기를, 지금의 모습이 아니라, 그 역시 젊고 예뻤던 시절의 몸으로 돌아가 함께 누워 보기를 소망했다. 세월, 세월, 그건 얼마나 오래전 일이었을까. 비록 위층에 올라가 그들과 함께 눕거나, 구석에 있는 의자에 앉아 그들을 지켜볼 수는 없었지만, 그들의 소리를 듣고 모습을 상상하는 것만으로도 그 못지않게 좋았고, 이제 다시 남자가 혼자가 되고 나니 그것도 나름대로 좋았다. 넓은 어깨와 따뜻한 눈빛을 지닌 사랑스러운 청년, 그 청년의 발가벗은 몸을 품에 안고 곳곳에 입을 맞출 수 있다면 뭐든 내줄 수 있을 것 같았다. 그래서 찰리 빈센트는 텔레비전을 끄고 거실에서 침실로 들어가, 청년이 침대에서 뒤척거리며 잠자리에 드는 소리에 귀를 기울였다. 방 안은 어두웠다. 찰리 빈센트는 옷을 벗고 침대에 누워, 숨이 가빠지고, 따뜻한 기운이 온몸에 퍼지고, 일이 끝날 때까지 그 청년을 생각하며 자기 몸을 만졌다. 그런 다음, 그날 아침 이후 쉰세 번째로 필터 없는 기다란 팰 맬 담배에 불을 붙이고, 연기를 한 모금 내뱉었다……

7.2

7.3

7.4

밀드러드 이모가 최악의 상황에서 그를 구해 줬다. 영
문학과 과장으로서의 권위를 활용해 복잡한 형식 절차
를 하나하나 돌파하고, 만약 입학 담당관이 뜻을 굽히
지 않으면 그만두겠다고 협박하고, 새로 선출된 반전
성향의 총장 프랜시스 F. 킬코인, 연민과 높은 도덕적
기준으로 유명한 그 총장과 두 시간 동안 면담한 후에,
퍼거슨이 2학년 첫 학기를 시작하기 불과 일주일 전에
자리를 하나 만들었고, 브루클린 대학의 정식 합격자
로 넣어 줬다.

　퍼거슨이 어떻게 그런 믿을 수 없는 묘기를 부린 거
냐고 물었을 때, 밀드러드 이모는 말했다. 그냥 사실을
알려 줬을 뿐이야, 아치.

　그 사실이란 그가 편견에 빠진 백인의 위협에 맞서
흑인 친구를 지키려 나섰고, 그 행동에 대해 법원에서
무죄 판결을 받았다는 것, 하지만 프린스턴은 월트 휘

트먼 장학금을 취소하는 공정하지 못한 처사를 내렸다는 것이었다. 그는 브루클린 대학에 입학할 자격이 충분했는데, 왜냐하면 평균 학점이 상위 10퍼센트에 속할 뿐 아니라, 장학금이 사라지는 바람에 재정적인 이유로 프린스턴에는 계속 다닐 수 없게 된 상황에서, 가을 학기 전에 다른 대학에 등록하지 않으면 장학금뿐 아니라 징집 연기 자격까지 잃어버리게 되어 군대에 끌려갈 수밖에 없었기 때문이다. 베트남 전쟁에 반대하는 사람으로서 그는 육군 징집 명령이 떨어지면 거부할 테고, 그러면 의무 병역제 위반으로 감옥에 가야 했다. 장래가 촉망되는 젊은이를 그런 어둡고 의미도 없는 결과로부터 구하는 게 브루클린 대학의 의무 아니었던가?

이모가 자신이나 가족 중 누군가의 일은 고사하고, 그 어떤 일에 대해서든 그렇게 강압적인 태도를 보일 거라는 생각은 한 번도 해보지 못했다. 하지만 8월 21일, 디윗의 사무실에 전화를 걸어 거인이 해외 출장 중이라는 소식을 듣고 한 시간도 지나지 않아, 그는 절박한 마음으로 밀드러드 이모에게 매달렸다— 이모가 자신을 위해 뭘 할 수 있을 거라고 기대해서가 아니라 조언이 필요했기 때문이고, 네이글이 지중해의 섬에서 헬레니즘 이전 시대의 도자기 조각을 뒤지고 있는 상황에서, 조언을 해줄 수 있는 사람이 이모밖에 없었기 때문이다. 그날 전화벨이 네 번 울린 후 돈 이모부가 전화를 받았다. 밀드러드는 뭘 사러 나갔고 한 시간 안에는 돌아오지 않을 거라고 했는데, 퍼거슨은 한 시간을 기다릴 수가 없었고, 두려움과 믿을 수 없는 마음이 뒤섞인 상태로 디윗의 편지 내용을 계속 속에 담아 둘 수 없었기 때문에 그대로 돈에게 모든 이야기를 토해 냈고, 충격받고 분노하고 흥분한 돈은 그런 짓을 한 디윗을 찾아서 찢어 죽여야 한다고 했다. 하지만 그 위기의 초반부에도, 퍼거슨이 아무 생각도 할 수 없었던 그 순간에도 이미 돈은 해결책을 모색하기 시작했고, 아직 시간이 남아 있을 때 퍼거슨을 다른 대학에 넣을 묘책이 없을까 고민했다. 그러니까 그건 처음에는 그의 생각이었던 셈이지만, 아파트에 돌아온 밀드러드가 돈과 이야기를 나눈 후에 즉시 그녀도 같은 생각을 했고, 45분 후 그녀는 퍼거슨에게 전화해서 걱정하지 말라고, 자신이 모든 걸 처리하겠다고 말했다.

그녀를 자기편으로 만들고 나자 모든 게 달라졌다. 열정적이면서 냉정한 밀드러드 이모, 친절하면서 잔인한 밀드러드 이모, 일관성 없고, 동생 로즈에게는 그렇게 친하지도 않은 언니이고, 돈의 아들 노아에게는 종종 기운을 북돋아 줄 때도 있지만 대부분은 정신없는 새어머니이고, 하나뿐인 조카에게는 좋은 마음을 품고 있지만 본질적으로는 크게 간섭하지 않는 이모였던 그녀가, 동생의 아들을, 당사자가 짐작했던 것보다 훨씬 많이 신경 쓰고 있다고 말하는 것 같았다. 이모는 퍼거슨이 간신히 브루클린 대학에 다닐 수 있게 되었다고 알려 줬고, 그나저나 어째서 자신을 위해 그렇게까지 수고를 했던 거냐고 퍼거슨이 묻자, 너무나 정열적으로 대답해서 그를 놀라게 했다. 내가 너를 엄청 신뢰하고 있거든, 아치. 나는 네 미래를 믿고, 죽는 한이 있어도 누군가 네게서 그 미래를 빼앗도록 내버려 두지 않을 거야. 고든 디윗은 꺼지라고 해. 우리는 책 좋아하는 사람들이잖아, 책 좋아하는 사람들은 뭉쳐야 해.

에스델, 억척 어멈, 머더 존스, 케니 수녀, 밀드러드 이모.[74]

브루클린 대학과 관련해 가장 먼저 이야기할 점, 가장 중요한 점은 학비가 무료라는 사실이었다. 뉴욕을 건설한 선조들이 드물게 정치적 지혜를 발휘해 다섯 개 자치구의 소년 소녀 들은 연간 학비를 한 푼도 내지 않고 교육받을 권리가 있다고 선언했는데, 그 결정은 민주주의의 원칙을 진전시키는 데 도움을 줬을 뿐 아니라, 공동체의 세금을 제대로 사용하기만 하면 위대한 선의를 실행에 옮길 수 있음을 증명해 보였다. 덕분에 수만 명, 수십만 명의 소년 소녀 들이, 다른 상황이었다면 대부분 얻지 못했을 교육의 기회를 얻을 수 있었다. 그리고 퍼거슨, 프린스턴의 높은 비용을 감당할 수 없었던 그는 플랫부시 애비뉴 지하철역의 콘크리트

---

74 에스델, 억척 어멈, 머더 존스, 케니 수녀는 모두 문학 작품이나 현실에서 많은 사람을 구원한 인물들이다.

계단을 올라 미드우드 캠퍼스로 걸어갈 때마다 오래전에 사망한 그 도시의 선조들에게 감사의 뜻을 전했다. 거기에 더해 그 학교는 좋은 대학, 탁월한 대학이었다. 진학을 위해서는 고등학교 평균 성적이 87점 이상이어야 했을 뿐 아니라 까다로운 입학시험도 통과해야 했다. 그러니까 수업을 듣는 학생들 중 B+ 이하의 성적을 받은 학생은 없다는 뜻이었고, 대부분은 92점에서 96점 사이였기 때문에 퍼거슨은 대단히 지적인 사람들에 둘러싸여 지냈고, 대부분은 눈부시다고 할 정도로 영리했다. 프린스턴에도 나름 눈부신 학생들은 있었지만, 집안사람의 말라죽은 나뭇가지 같은 업적 덕분에 들어온 남학생들도 어느 정도 있던 반면, 브루클린은 남학생과 (감사하게도) 여학생으로 이뤄져 있었고, 그중 단 한 명도 그런 죽은 나뭇가지 따위는 갖고 있지 않았다. 모두들 당연히 도시 출신이었는데, 학부생 숫자도 학생들이 전국에서 모인 프린스턴보다 두 배 정도 많았다. 이제 퍼거슨은 뼛속까지 뉴욕 사람이자 확고한 도시 예찬론자였고, 어린 시절 천국 캠프에서 뉴욕 친구들과의 우정을 즐겼듯 브루클린 대학의 예민하고 논쟁을 좋아하는 뉴욕 사람들과 어울리는 게 즐거웠다. 그곳 학생들은 프린스턴에 비해 출신 지역이 다양하지는 않았지만, 인종과 문화적 배경이 넘칠 듯이 뒤섞여 있다는 점에서 인간적으로는 훨씬 다양한 모습을 보여 줬는데, 가톨릭교도와 유대인도 다수 있었고, 흑인과 아시아인 얼굴도 심심찮게 있었고, 학생들 대부분이 엘리스섬 출신 이민자의 손주 세대였기 때문에 절반 이상이 집안에서 처음으로 대학에 다니는 경우였다. 거기에 더해 대학 건물은 견실한 건축 디자인의 표본이라고 할 수 있었는데, 그건 퍼거슨이 전혀 예상하지 못한 바였다. 2제곱킬로미터가 넘는 프린스턴에 비하면 아늑한, 11만 제곱미터가 안 되는 땅에 불과했지만, 그의 눈에는 마찬가지로 매력적으로 보였다. 위압적인 고딕풍 탑이 아니라 우아한 조지 왕조 양식의 건물이 가득했고, 느릅나무가 여기저기 박힌 직사각형 잔디밭이 있고, 수업 사이 쉬는 시간에 찾아갈 수 있는 수련 연못과 정원이 있고, 기숙사와 이팅 클럽, 미식축구와 관련한 광기는 없었다. 완전히 다른 대학 생활이었다. 학내 주요 관심사는 체육 경기가 아니라 반전 정치 운동이었고, 학업 부담이 커서 대부분의 수업 외 활동은 밀려났고, 무엇보다도 좋았던 건, 일과를 마친 후에는 이스트 89번가에 있는 자신의 아파트로 돌아갈 수 있다는 점이었다.

매주 월요일에서 목요일까지 맨해튼 요크빌에서 브루클린 미드우드까지 지하철을 타고 이동하는 시간은 충분히 길어서, 퍼거슨은 자리에 앉아 수업 관련 책을 대부분 읽을 수 있었다. 그가 강의실에 앉아 있으면 밀드러드 이모가 부담을 느낄 것 같아 그녀가 담당한 빅토리아 시대 소설 수업은 신청하지 않았지만, 그해 봄에는 돈 이모부가 초빙 교수 자격으로 격년에 한 번 하는 한 학기짜리 〈전기(傳記)의 기술〉 수업이 개설된다고 해서 신청했다. 돈 이모부는 매 강의 초반부에 속사포처럼 빠르고 밀도 있는 수업을 한 다음, 남은 시간은 열린 상태의 자유 토론으로 진행했다. 조금 엉성한 마구잡이식 선생님이라고 퍼거슨은 생각했지만, 절대 지루하거나 사변적이지 않았고, 늘 선 채로 도전적인 생각들을 던졌고, 대부분의 다른 상황에서와 마찬가지로 재치 있으면서도 무표정한 얼굴이었다. 플루타르코스, 수에토니우스, 아우구스티누스, 바사리, 몽테뉴, 루소, 그리고 존슨 박사의 친구이자 엽기적이고 섹스에 미쳐 있던 제임스 보즈웰에 관한 이야기까지 나왔는데, 보즈웰은 글을 쓰던 중간에 런던 거리로 뛰쳐나가 하룻밤에 세 명의 창녀와 닥치는 대로 엉켜서 뒹굴기도 했다고 일기에 고백한 바 있었다. 하지만 그 수업에서 퍼거슨에게 가장 짜릿했던 건 마침내 몽테뉴를 읽게 되었다는 사실이었는데, 그 프랑스인의 까다롭고 번개처럼 번뜩이는 문장을 접한 그는, 앞으로 〈잉크의 땅〉으로 떠나는 자신의 여정에 함께할 새로운 대가(大家)를 찾아낸 것 같았다.

그러니까 나쁜 일이 좋은 일로 바뀐 셈이었다. 고든 디윗이 날린 K. O. 펀치가 이론적으로는 그를 뻗게 만들어야 했지만, 퍼거슨이 막 쓰러지려는 순간 열 명도 넘는 사람이 링으로 뛰어올라 그의 몸이 바닥에 닿기 전에 잡아 줬는데, 가장 먼저, 그리고 가장 중요하게는 밀드러드 이모가 강하게 그를 잡아 줬고, 재빨리 대안을 생각한 돈 이모부도 마찬가지였다. 그리고 다른 사람들도 그 펀치에 관한 이야기를 듣고는 하나둘 그의 주위에 몰려들었는데, 실리아, 어머니와 댄, 노아, 짐과 낸시, 빌리와 조애나, 론과 페그, 그리고 하워드가 그랬다. 하워드는 퍼거슨의 전 지도 교수가 프린스턴에 돌아오던 날 아침에 그에게 소식을 알렸고, 네이글 본인은 하워드로부터 장학금과 관련한 혼란스러운 소식을 듣자마자 유난히 따뜻한 편지를 보내 줬다. 그는 뭐든 할 수 있는 건 돕겠다며, 어쩌면 수전이 럿거스 대학에서 그를 위해 뭔가를 해줄 수도 있다고 했다. 그 편지는 퍼거슨에게는 큰 의미가 있었는데, 네이글이 친구로서 그에게 손을 내밀었고 디윗이 아니라 자신의 편을 들어 준 것이었기 때문이다. 그리고 몬트리올에 있는 에이미와 루서와도 길게 통화했고, 하워드와 모나 벨트리가 헤어지게 된 놀라운 반전에 대해서도 들었다. 둘은 친구들을 톰스 바 앤드 그릴에 데려간 데 대해 자기들 둘 중 한 명이 책임져야 한다며 사납게 말싸움했고, 서로를 맹비난하던 중에 스스로를 통제할 수 없게 되었고, 둘의 큰 사랑은 첫서리를 맞고 병든 꽃처럼 급히 시들고 말았다. 그다음에는, 며칠 지나지 않아, 루서가 갑자기 에이미와의 관계를 끝내 버렸다. 그녀를 쫓아낸 다음 미국으로 돌아가라고 한 건데, 망연자실한 채 슬픔에 빠진 그의 의붓누나는 루서가 그녀를 위해 그렇게 하는 거라고 전했다. 제발 아치, 그녀가 말했다. 자기야, 미친 동생아, 캐나다로 달려가는 멍청한 짓 같은 건 하지 마. 그냥 지금 그 자리에 단단하게 서서 숨을 고르고 좋은 일이 생기게 해달라고 기도해. 그리고 〈억척 어멈〉 밀드러드 이모 덕분에 정확히 그런 일이 생겼고, 모든 게 불확실했던 그 기간에 정신이 없기는 했지만, 퍼거슨은 자신이 사랑하는 사람들에게 자신 역시 깊이 사랑받고 있다고 느꼈다. 그랬기 때문에 월트 휘트먼 장학금을 받았을 때보다 더 큰 기운을, 그걸 놓쳐버린 일에서 받을 수 있었다.

세상이 출렁이고 있었다. 모든 곳에서 모든 게 요동치는 중이었다. 전쟁이 그의 핏속에서 끓고 있었고, 강 건너 뉴어크는 죽은 도시였고, 연인들이 불길 속에 사라졌다. 이제 처형을 면한 퍼거슨은 다시 노이스 박사와 R.의 죽어 버린 아이들 이야기 속으로 돌아가, 월요일에서 목요일까지 매일 아침 6시부터 두 시간씩 글을 썼고, 금요일에서 일요일까지는 가능한 한 많은 시간 동안 작업하려고 했다. 해야 할 학교 공부는 점점 더 쌓여 갔지만, 밀드러드 이모에게 진 빚을 갚기 위해 밭을 갈 듯 부지런히 따라갔는데, 그가 학업을 게을리하고 낙제하면 이모가 실망할 것 같았다. 몽테뉴, 라이프니츠, 레오파르디, 그리고 노이스 박사. 세상은 산산조각 나

고 있었고, 함께 조각나지 않을 방법은 자신의 작업에
정신을 집중하는 것 — 해가 뜨든 뜨지 않든 상관없이
매일 아침 침대에서 나와 일하는 것 — 밖에 없었다.

학비가 무료인 건 축복이었지만 여전히 해결해야 할
돈 문제가 있었고, 가을 학기의 첫 주에 퍼거슨은 어머
니와 새아버지의 도움이 필요 없는 계획을 마련하느라
애를 먹었다. 프린스턴의 장학금에는 학비 외에 기숙
사비와 식비도 포함되어서, 그는 5일 동안은 하루 세끼
를 공짜로 배부르게 먹을 수 있었고, 만일 일주일의 남
은 이틀을 뉴욕에서 보내지 않으면 그 5일은 7일로 늘
어날 수도 있었다. 하지만 이제 그는 도심에서, 오직 도
심에서만 지냈기 때문에 식사와 식료품 비용을 직접
지불해야 했고, 그건 더 이상 감당할 수 없는 수준이었
는데, 브래틀버러의 변호사에게 5천 달러를 써버리고
나자 은행에는 고작 2천 달러 남짓밖에 남지 않았기 때
문이었다. 1년에 4천이면 그럭저럭 지낼 수 있을 것 같
았는데, 그 정도면 교회 쥐처럼 최소한의 생활을 유지
할 만큼의 양식을 구하기에는 충분하겠지만, 2천은
4천이 아니었고, 그는 여전히 필요한 돈의 절반을 마련
해야 했다. 익히 예상했던 대로, 댄이 매월 용돈 형태로
차액을 제공하겠다고 했고, 결국 대안이 없던 퍼거슨
은 마지못해 제안을 받아들였다. 유일한 대안이라면
파트타임 일자리를 구하는 것밖에 없었는데(그것도 구
할 수 있을 때 이야기였지만), 그렇게 되면 자신의 책

을 쓰는 건 불가능했다. 그는 알겠다고 대답해야만 했기 때문에 알겠다고 대답했지만, 매달 2백 달러씩 주는 댄에게 고마운 마음이 들었다고 해서 그런 해결책이 반드시 행복한 것이었다고 할 수는 없었다.

11월 초, 도움은 예상치 못했던 곳에서 찾아왔는데, 그건 직접적으로든 간접적으로든 본인의 과거와 관련이 있었지만 동시에 그와는 아무 관련이 없었다. 그에게 필요한 돈을 주는 건 다른 사람들의 책임이었고, 비록 그는 돈을 벌지 못했지만, 돈을 벌려는 생각 없이 열심히 뭔가를 하고 있기는 했다. 작가가 자신의 작품이 혹평을 받을지 따뜻한 반응을 얻을지 알 수 없는 것처럼, 그는 책상에 앉아서 보내는 시간이 결실을 거둘 수 있을지 아니면 아무것도 아닌 게 될지 알 수 없었다. 지금까지 내내 퍼거슨은 그 무엇도 미리 가정하지 않았고, 그런 까닭에 글쓰기와 돈을 묶어서 생각해 본 적이 없었다. 시류에 영합하는 작가나 가난한 삼류 작가만이 자신의 작업을 하면서 돈을 벌기를 꿈꾸는 거라고, 빈 사각형 종이에 검은색 글자들을 한 줄 한 줄 채워 나가야만 하는 강박을 충족하려면 돈은 언제나 어딘가 다른 곳에서 마련해야 하는 거라고 생각해 왔다. 하지만 퍼거슨은 터무니없게 미숙한 나이인 스무 살에, 언제나는 실은 언제나가 아니라 대부분을 뜻하는 것임을 알게 되었고, 제정신으로 대비했던 그 언제나가 어긋나는 예외적인 순간이 닥쳤을 때 제대로 된 반응은, 무작

위로 주어진 자비에 대해 신들에게 감사하고, 다시 제정신으로 언제나를 대비하는 것뿐이었다. 심지어 대부분의 원칙을 처음 접하고 그 성스러운 자비에 뼛속까지 전율을 느꼈다고 해도 마찬가지였다.

투멀트 북스, 론과 루이스, 앤이 지난봄 설립한 합법적이고, 등사본 출판사가 아닌 출판사가 11월 4일에 첫 번째 책들을 내놓았다. 시집 두 권(루이스의 책 하나, 앤의 책 하나), 론이 번역한 피에르 르베르디 시선, 그리고 빌리의 372면짜리 대서사시 『부서진 머리들』이었다. 그 사업의 천사 후원자이자 앤의 어머니의 첫 남편의 전처였던, 트릭시 대븐포트라는 40대의 부유한 여성이 렉싱턴 애비뉴에 있는 자신의 복층 주택에서 커다란 파티를 열었고, 지인 대부분과 함께 퍼거슨도 토요일 밤의 그 잔치에 초대받았다. 그는 사람이 많은 곳에서는 한 번도 편안함을 느낀 적이 없었다. 제한된 공간, 너무 많은 몸들이 부딪치는 상황에서는 어지러움을 느끼며 말수가 줄어드는 경향이 있었는데, 그날 밤은 무슨 이유에서인지 달랐다. 그렇게 오랜 시간을 들인 후에 마침내 책을 출간한 빌리를 축하하는 마음 때문이었을 수도 있고, 칠칠치 못하고 궁핍한 도시의 시인과 화가 들이 이스트사이드의 명사들과 뒤섞인 광경이 재미있어서였을 수도 있지만, 둘 중 어느 이유 때문이었든, 두 이유 모두 때문이었든, 그날 밤엔 그 자리에 있는 게 기분 좋았다. 옆에는 아름다운, 하지만 거기 모인 사람들의 일원은 아니었던 실리아가 조금 멍한 표정으로 서 있었고, 사람으로 빽빽하고 시끄러운 실내를 돌아보면 다음과 같은 사람들이 보였다. 존 애시버리는 혼자 구석에서 지탄 담배를 피웠고, 앨릭스 캐츠는 화이트와인을 홀짝였고, 해리 매슈스는 키가 크고 파란색 드레스를 입은 붉은 머리 여인과 악수했고, 노먼 블룸은 누군가의 팔을 등 뒤로 뒤트는 시늉을 하며 웃었다. 말쑥한 차림에 머리가 곱슬대는 노아가, 육감적이고 역시 머리가 곱슬대는 비키 트리메인과 나란히 서 있었고, 하워드와 이야기를 나누는 사람은 다름이 아니라 주말을 맞아 뉴욕으로 내려온 에이미 슈나이더먼이었다. 퍼거슨이 도착하고 10분 후에 론 피어슨이 사람들을 헤치고 그에게 다가왔고, 잠시 후 뭔가 할 이야기가 있다며 퍼거슨의 어깨에 팔을 두른 채 방으로 끌고 갔다.

둘은 위층으로 올라가 복도를 지나고, 왼쪽으로 돌아 복도를 하나 더 지난 후, 책이 2천 권쯤 있고 벽에 그림이 예닐곱 점 걸려 있는 빈방으로 들어갔다. 그 뭔가는 사업 제안인 것으로 밝혀졌는데, 투멀트 북스 같은 소규모, 그것도 수익이 없을 게 자명한 출판사의 일도 사업이라고 할 수 있다면 그렇다는 이야기였다. 론의 설명에 따르면 출판사를 운영하는 3인조는 투표를 통해 퍼거슨의 책을 다음 해 출간 목록에 포함하기로 했는데, 기즈모에서 냈던 세 권을 하나로 묶어서 출간할 계획이라고 했다. 그들이 계산한 바에 따르면 그 책은 250면에서 275면 사이가 될 테고, 8개월이나 12개월 후에 출간할 수 있을 것 같다고 했다. 그의 생각은 어떠냐고 론이 물었다.

모르겠어요, 퍼거슨이 말했다. 그 책들이 낼 만할까요?

나쁜 작품이라고 생각했다면 이런 제안도 안 했겠지, 론이 말했다. 당연히 낼 만한 책이야.

빌리는요? 빌리도 괜찮대요?

이미 동의했어. 빌리도 전적으로 밀고 있다고. 빌리도 우리랑 같이 일하고 있고, 너도 함께하기를 바라고 있어.

진짜 대단한 작가예요. 나는 사람 형상의 거목과 씨름하고, 나의 믿음직한 나팔 총으로 아첨꾼과 주술사를 쏘았다라니. 그런 멋진 문장을 써낸 사람은 지금껏 없었다고요.

그리고 돈 이야기도 해야지.

무슨 돈이요?

진짜 출판사가 하는 건 다 하려고 애쓰는 중이거든, 아치.

무슨 말인지 모르겠어요.

계약, 선금, 인세. 그런 말은 들어 봤겠지?

대충요. 나랑은 상관없는 다른 세상 이야기인 것 같아서.

세 권을 한 권에 담는 거잖아, 그리고 3천 부 제작할 거니까 선금 2천 달러면 괜찮은 약혼반지일 것 같은데.

장난하지 마요, 론. 2천 달러면 나한테는 구세주라고요. 길모퉁이에서 구걸을 안 해도 되고, 적선할 형편도 안 되는 사람들에게 손 안 내밀어도 되고, 한밤중에 식은땀을 흘리는 일도 없을 거라고요. 제발 놀리는 거 아니라고 해줘요.

론은 특유의 작고 희미한 미소를 지으며 의자에 앉았다. 보통은 계약서에 서명할 때 절반을 주고, 나머지 절반은 책이 출간될 때 주는데, 네가 전액 선금으로 받아야 한다면 확실히 그렇게 맞춰 줄 수도 있어.

어떻게 그렇게 확언해요?

왜냐하면, 론은 반대편 벽에 걸린 몬드리안의 그림을 가리키며 말했다. 트릭시는 뭐든 원하는 대로 할 수 있으니까.

네, 퍼거슨은 고개를 돌려 그 그림을 보며 대답했다. 그럴 것 같네요.

마지막으로 하나만 더. 제목 말인데, 세 권을 포괄하는 책 제목 말이야. 서두를 건 없지만, 회의 중에 앤이 제안한 제목이 있는데 우리 모두 아주 재미있다고 생각했거든. 왜 재미있냐면 너는 아직 놀랄 만큼 어린 애송이라서, 우리끼리는 아직도 네가 기저귀를 차고 다니는 게 아닐까 궁금할 정도라서 말이야.

밤에만요, 하지만 이제 낮에는 안 차고 다녀요.

칠칠치 못한 우리 주인공께서 깨끗한 속옷 차림으로 다닌다는 거지?

대부분은요, 어쨌든요. 그래서 앤이 제안한 제목이 뭐예요?

선집.

아. 진짜 재미있네요. 하지만…… 단어가 잘 생각이 안 나는데…… 뭔가 장례식 느낌도 들어요. 내가 방부 처리를 한 얼굴로 이제 돌아올 수 없는 과거 시제 속으로 가버리는 느낌. 좀 더 희망적인 제목이면 좋겠다고 생각했는데.

네 책이니까. 결정은 네가 하면 돼.

서론은 어때요?

밀턴의 초기 작품들처럼?

그렇죠. 〈초기 혹은 예비 단계의 특징에 대한 문학적 구성.〉

우리는 그게 무슨 뜻인지 아는데, 다른 사람들도 알까?

모르면 찾아보면 되죠.

론은 안경을 벗어 손수건으로 닦은 후 다시 썼다. 잠시 멈췄다가, 그가 어깨를 으쓱거리며 말했다. 나는 네 편이야, 아치. 찾아보라고 하자.

퍼거슨은 멍한 허깨비 같은 상태로, 마치 머리가 더이상 몸에 붙어 있지 않은 것 같은 상태로 파티장에 돌아갔다. 실리아에게 좋은 소식을 전하려고 했지만, 주변의 다른 목소리들이 너무 시끄러워서 그녀는 그의 말을 제대로 알아들을 수 없었다. 신경 쓰지 마, 그가 그녀의 손을 꼭 쥐고 목에 키스하며 말했다. 나중에 말해 줄게. 고개를 들고 방 안에 서 있는 사람들을 살펴보니 하워드와 에이미는 그때까지도 이야기를 나누고 있었다. 둘은 꽤 가까이 붙어서 상대 쪽으로 몸을 기울인 채 대화에 깊이 빠져 있었는데, 그렇게 의붓누나와 전 룸메이트가 서로를 바라보는 모습을 지켜보던 퍼거슨은, 그 둘이 연인이 될 수도 있겠다고 생각했다. 모나와 루서가 사라졌고, 아마 앞으로도 영원히 돌아올 것 같지 않았기 때문에, 하워드와 에이미가 다른 가능성을 알아보는 건 납득이 가는 상황이었다. 하워드가 그 복잡하게 뒤얽히고 겹친 혈연관계에 합류해 슈나이더 먼-애들러-퍼거슨-마크스 유랑 극단의 명예 단원이 되면 너무 묘할 것 같았다. 그렇게 되면 그의 친구는 비공식적인 매형이 되는 셈인데, 그 친구를 집안사람으로 받아들이고, 에이미가 네코 웨이퍼를 던질 때 어떻게 피해야 하는지 알려 주는 건 대단히 명예로운 일이될 것 같다고도 생각했다. 그리고 정말 특별한 에이미 슈나이더먼, 그녀는 한때 자신이 간절히 원했던 여자애, 그래서, 그렇게 될 수도 있었지만 한 번도 일어나지 않은 일을 생각하면 아직도 그를 아프게 하는 그 여자애였다.

그는 1년 동안 지낼 충분한 돈이 있었고, 그해 처음 다섯 달 동안 계획을 지키며 안정적으로 지냈다. 이제 그에게 중요한 건 네 가지뿐이었다. 자신의 책 쓰기, 실리아에 대한 사랑, 친구들에 대한 사랑, 그리고 브루클린 대학 통학. 세상에 대한 관심을 끊은 건 아니었지만, 세상은 단순히 산산조각 나는 게 아니라 불타고 있었고, 문제는 다음과 같았다. 세상이 불타고 있지만 당신에게 불길을 잡을 수 있는 장비가 없을 때는 무엇을 하거나 하지 않아야 하는가? 불길이 당신뿐 아니라 주변에도 번지고, 당신이 무엇을 하든 하지 않든 당신의 행동이 아무것도 바꿀 수 없다면? 그저 책을 쓰면서 계획대로 하는 것. 퍼거슨이 떠올릴 수 있는 대답은 그것밖에 없었다. 책을 쓰면서 상상 속의 불로 현실의 불을 대체하고, 그 노력이 아무것도 아닌 것보다는 조금 더 기여를 할 수 있기를 바라는 일. 남베트남에서의 구정 대공세, 린던 존슨의 불출마, 마틴 루서 킹 사망 등의 사건들을 최대한 면밀히 지켜보며 심각하게 받아들였지만, 그 외에는 아무것도 하지 않았다. 그는 바리케이드를 세우고 싸우지 않았지만, 그렇게 싸우는 사람들을 응원했고, 그다음에는 자신의 방으로 돌아가 책을 썼다.

그런 위치가 얼마나 위태로운지 알고 있었다. 거기에 담긴 오만함, 거기에 담긴 이기심, 그의 생각에 담긴 예술 지상주의라는 결함을 알고 있었지만, 자신의 주장을(주장이라기보다는 본능적인 반응에 가까웠지만) 고수하지 않으면, 책이라는 게 필요 없는 세상을 가정하는 반대 주장에 굴복하게 될 것 같았다. 그리고 세상이 불타고 있다면 ─ 그리고 당신이 함께 불타고 있다면, 그해야말로 책을 쓰는 일이 가장 중요한 때가 아닐까?

그리고 그해 봄, 그를 내리친 두 개의 커다란 타격이 있었다.

마틴 루서 킹 사망 이틀 후였던 4월 6일 저녁 9시, 실제로 화재가 미국 도시의 절반을 불태우고 있던 그 시각, 이스트 89번가에 있는 퍼거슨의 아파트에 전화가 왔다. 앨런 블루먼솔이라는 사람이 아치 퍼거슨과 통화하고 싶다며, 혹시 전화받은 사람이 아치 퍼거슨이냐고 물었다. 그런데요, 하고 퍼거슨은 대답하며 앨런 블루먼솔이란 이름을 어디서 들었는지 떠올리려고 애썼다. 아득한 기억의 모퉁이에서 희미하게 울리는 이름…… 블루먼솔…… 블루먼솔…… 마침내 번뜩하며 떠올랐다. 앨런 블루먼솔, 3년 전에 아버지와 결혼한 에설 블루먼솔의 아들, 퍼거슨의 만난 적 없는 의붓동생, 결혼식 당시에 열여섯 살이었으니까 퍼거슨보다 두 살 어린, 실리아와 동갑이었다.

제가 누군진 아시죠, 그렇죠? 블루먼솔이 물었다.

내가 생각하는 앨런 블루먼솔이 맞는다면, 퍼거슨이 말했다. 내 의붓동생인데. (잠시 그 말의 무게가 가라앉기를 기다렸다가) 안녕, 동생.

블루먼솔은 퍼거슨의 가볍지만 친근한 농담에 웃지 않고, 곧장 본론으로 들어갔다. 그날 아침 7시, 출근 전에 사우스마운틴 테니스 센터의 실내 코트에서 어린 시절 친구인 샘 브라운스타인과 테니스를 치던 그의 아버지가 갑자기 쓰러져 심장 마비로 사망했다는 소식이었다. 장례식은 이틀 후 뉴어크의 비나이 에이브러햄 사원에서 열릴 예정이었고, 앨런은 어머니를 대신해 퍼거슨에게 장례식 참석 부탁을 하려고 전화하는 거라고 했다. 장례식은 프린츠 랍비께서 맡아 주실 거고, 식이 끝나면 퍼거슨도 우드브리지의 가족 묘지까지 함께 갔다가, 그다음에는 (퍼거슨이 원한다면) 메이플우드 집에서 열리는 가족 모임에까지 함께 갈 수 있었다. 블루먼솔은 자기 어머니에게 뭐라고 전하면 좋을지 물었다.

응, 퍼거슨이 말했다. 당연히 가야지.

스탠리는 정말 훌륭한 분이셨어요, 만난 적 없는 의붓동생이 말했다. 목소리가 조금 다른 느낌으로 떨리고 있었다. 이런 일이 벌어졌다는 걸 믿을 수가 없어요.

퍼거슨은 블루먼솔의 목에 뭔가 걸린 것 같은 소리를 들었다. 갑자기 그가 흐느꼈다…….

하지만 퍼거슨에게는 흘릴 눈물이 없었다. 전화를 끊고 한참 후에도, 그는 머릿속에 뭔가 묵직한 게 내려앉은 것 같은 느낌밖에 없었다. 10톤짜리 바윗덩이가 온몸을 관통해 발목과 발바닥까지 짓누르는 것 같았고, 그 무게가 서서히 몸 안에 스미며 두려움으로 바뀌어 갔다. 두려움이 그의 몸을 파고들어 혈관을 타고 돌아다녔고, 그 두려움 후에는, 어둠이 찾아왔다. 그의 안과 밖이 온통 어둠이었고, 머릿속에서 어떤 목소리가 이제 세상은 더 이상 현실이 아니라고 말하고 있었다.

쉰네 살. 8개월 전 괴상한 텔레비전 광고에서 본 후로는 지나가는 모습도 본 적이 없었다. 가격이 이보다 더 쌀 수는 없고 / 기분이 이보다 더 좋을 수는 없습니다. 상상해 보라, 쉰네 살에 쓰러져 죽다니.

갈등과 침묵만 있었던 그 오랜 기간 퍼거슨은 단 한 번도 이런 일을 바라지 않았고, 이런 일이 있을 거라고 상상하지도 못했다. 담배도 피우지 않고 술도 마시지 않던, 늘 탄탄한 운동선수 같던 아버지는 아주 오래, 어떻게든 앞으로 몇십 년은 더 살 것 같았다. 아버지와 퍼거슨은 둘 사이에서 커져 가던 원한을 잠재울 방법을 어떻게든 찾을 것이었지만, 그런 가정은 그들에게 시간이 많이 남아 있다는 확실한 전제하에서나 가능했는데, 이제 단 하루나 한 시간도, 1초보다 적은 찰나도 남지 않았다.

3년 동안 깨지지 않았던 침묵. 이제 그건 최악이 되었다. 그렇게 3년을 흘려보냈고 더 이상 그 침묵을 깰 기회는 없었다. 죽음을 앞둔 침상에서의 작별 인사도 없었고, 그가 충격에 대비할 수 있었을 투병 기간도 없었다. 이상하게도 책을 계약한 후로 퍼거슨은 아버지 생각을 점점 많이 하고 있었고(돈 때문일 거라고 그는 짐작했는데, 그건 세상에는 그럴듯한 이야기를 쓰는 시시한 일을 한다는 이유로 그에게 돈을 주는 사람들이 있다는 증거였다), 지난 몇 달간 그는 심지어 책이 나오면 아버지에게 『서론』 한 권을 보내 드릴까 하는 생각까지 하고 있었다. 자신은 잘 지내고 있다는 것, 혼자 힘으로 헤쳐 나가고 있다는 사실을 보여 주는 것은 물론, (어쩌면) 미래의 화해를 위해 문을 열어 두겠다는 신호가 될 수도 있었다. 아버지가 반응을 보일지 안 보일지, 그냥 그 책을 던져 버릴지 아니면 자리를 잡고 앉아 그에게 편지를 쓸지 궁금했고, 만약 반응을 보인다면, 그도 답장을 쓰고 어딘가에서 만나 최종적으로 담판을 지을 수도 있었다. 처음으로 서로 솔직하게 터놓고 이야기할 수도 있었을 것이다. 분명 대체로는 서로를 비난하고 고함을 질렀겠지만, 퍼거슨이 머릿속에 그 장면을 떠올릴 때면 대부분은 피 터지는 주먹다짐으로, 둘 다 팔을 들지도 못할 정도로 기진맥진할 때까지 치고받는 싸움으로 끝났지만 말이다. 결국은 책을 보내지 못했을 수도 있다. 하지만 적어도 보낼 생각은 했고, 그건 분명 의미가 있었다. 분명 희망의 신호였는데, 심지어 주먹질이라고 해도 그건 지난 3년 동안의 공허한 방관보다는 나았다.

　사원에 갔다. 묘지에 갔다. 메이플우드의 집에 갔다. 모두 공허하고 무상했다. 에설과 그녀의 아이들을 처음으로 만나고, 그들이 팔다리와 얼굴, 손이 있는, 실재하는 사람들임을 확인했다. 넋이 나간 듯한 에설은 그

힘든 시간 동안 무너지지 않으려 최선을 다했는데, 『스타레저』에 실린 결혼식 사진에서 봤던 차가운 사람이 아니라 사려 깊고 가식 없는 사람이었다. 아버지와 사랑에 빠져서 결혼했고, 아마 거의 확실히 인내심 많고 베푸는 아내였을 것 같았는데, 어떤 면에서는 행동이 빠르고 독립적이었던 로즈보다 아버지에게 더 잘 어울리는 아내였을 것이다. 앨런과 스테파니와도 악수했다. 스탠리의 생물학적 아들보다 그를 훨씬 더 사랑했던 아이들이었는데, 앨런은 럿거스에서 첫 학년을 마치고 경제학을 전공할 계획이라고 했다. 아버지는 분명 좋아했을 것이다. 대부분의 시간을 달나라에서 살고 있는 것 같은 친아들과 달리, 앨런은 머리를 현실 세계 쪽에 둔 현명한 청년이었다. 그리고 아버지의 두 번째 가족들 외에, 퍼거슨은 자신의 옛날 가족들도 만날 수 있었다. 캘리포니아에서 온 삼촌과 숙모, 조앤과 밀리, 아널드와 루까지, 어린 시절 이후로 보지 못했던 친척들, 오랫동안 잊고 있던 그들을 보고 가장 놀라웠던 건, 삼촌들이 완전히 똑같다고는 할 수 없지만 각자 다른 방식으로 아버지와 닮게 되었다는 이상한 사실이었다.

무슨 이유에서인지 퍼거슨은 그 집에, 자신이 7년 동안 죄수처럼 갇혀 지내며 신발 이야기를 썼던 그 침묵의 성에 필요 이상으로 오래 머물렀다. 대부분은 거실 모퉁이에 혼자 서 있었고 다른 수십 명의 조문객들과 말을 많이 나누지도 않았지만, 그렇다고 혼자 가만히 있거나 떠나고 싶은 것도 아니었다. 스탠리의 아들이라고 소개된 후에는 이런저런 위로 인사를 받고, 감사하다고 답례하고 악수도 했지만, 여전히 충격에서 벗어나지 못한 그로서는, 아버지의 갑작스럽고 충격적인 죽음에 놀라고 충격받았다는 사람들의 말에 자신도 그랬다고 말하는 것 외에는 아무것도 할 수 없었다. 숙모와 삼촌 들이 일찌감치 떠나고, 지칠 대로 지친 샘 브라운스타인과 그의 아내 페기도 문을 나섰지만, 대부분의 손님들이 떠난 오후 늦게까지도 퍼거슨은 댄에게 데리러 와달라고 전화할 준비가 되지 않았다(그날 밤은 우드홀크레슨트의 집에서 묵을 예정이었다). 그제야 자신이 그렇게 늦게까지 머물렀던 이유를 알 수 있었는데, 그건 에설과 개인적으로 이야기할 기회를 기다리고 있었기 때문이었다. 잠시 후 에설이 다가와 어디 가서 단둘이 이야기할 수 있겠냐고 물었고, 그는 그녀도 같은 생각을 하고 있었다는 생각에 안심이 되었다.

슬픈 대화, 그때까지 그의 인생에서 가장 슬픈 대화였다. 새로 단장한 지하실의 텔레비전이 놓인 모퉁이에서 한 번도 만난 적 없는 새어머니와 마주 앉아, 스탠리 퍼거슨이라는 수수께끼에 관해 각자 알고 있는 이야기를 나눴다. 에설은 스탠리가 전혀 속을 알 수 없는 사람이었다고 인정했고, 몸을 떨며 눈물을 흘리다가, 스

스로를 추슬렀다가, 다시 무너지는 그녀를 보며 퍼거
슨은 너무 안됐다고 생각했다. 너무 충격이라고, 쉰네
살의 남자가 그렇게 갑자기 전속력으로 죽음이라는 벽
을 향해 달려가 버린 게 너무 충격이라고 그녀는 반복
해 말했다. 9년 사이에 두 번째로 남편을 묻어야 했다.
에설 블룸버그였다가, 에설 블루먼솔이었다가, 에설
퍼거슨이 되었다. 20년 동안 리빙스턴 공립 학교의 6학
년 선생님이었고, 앨런과 스테파니의 어머니였다. 맞
는다고, 두 아이는 스탠리를 너무 좋아했다고, 그녀는
말했다. 퍼거슨은 두 아이에게 너무나 잘해 줬는데, 오
랫동안 스탠리 퍼거슨이라는 인물을 지켜본 결과 그녀
가 내린 결론은, 그는 낯선 사람들에게는 아주 너그럽
고 친절하지만 정작 가장 친밀해야 할 사람들에게는
마음을 닫고 속을 드러내지 않는다는 것이었다. 아내
와 아이들, 이 경우에는 그의 유일한 아이인 아치였다.
앨런과 스테파니는 먼 외부인, 팔촌 친척이나 그의 차
를 세차해 주는 사람의 아들딸이나 다름없는 존재였기
때문에, 그 아이들을 너그럽고 친절하게 대하는 건 그
에게 쉬운 일이었다. 하지만 너는 어땠니, 아치, 에설이
물었다. 왜 두 사람 사이에 그렇게 오랫동안 원한이 쌓
였던 거니? 얼마나 괴로웠으면 스탠리는 내가 너를 만
나는 것도 허락하지 않고, 결혼식에도 초대하지 않았
던 걸까? 정작 스탠리는 너한테 아무 불만 없다고 — 본
인 표현을 빌리자면 — 그냥 기다리고 있을 뿐이라고 했

지만 말이야.

　퍼거슨은 그녀에게 설명해 주고 싶었지만, 그렇게 자기 인생 대부분에 걸쳐 오랫동안 뒤틀려 왔던 갈등의 1천 개쯤 되는 특수한 상황을 하나하나 이야기하는 게 얼마나 힘든 일인지 알고 있었기 때문에, 단 하나의 간단하고 납득 가능한 문장으로 줄여서 대답했다.

　저는 아버지가 먼저 연락해 오기를 기다렸고, 아버지는 제가 먼저 연락하기를 기다린 거죠. 어느 한쪽이 움직이기 전에, 시간이 다 되어 버린 거예요.

　두 고집불통이었구나, 에설이 말했다.

　맞아요. 두 바보가 각자 고집 안에 갇혀 있었던 거예요.

　이미 벌어진 일을 바꿀 수는 없을 거야, 아치. 그건 지나가 버렸고 끝난 거야. 내가 해줄 말은, 앞으로는 네가 지금까지처럼 스스로를 괴롭히지 말았으면 좋겠다는 거야. 네 아버지는 나이 든 사람이었지만, 잔인하거나 앙심을 품는 사람은 아니었거든. 너한테 심하게 대하기는 했지만, 그래도 네 편이었을 거라고 나는 믿어.

　그걸 어떻게 아세요?

　왜냐하면 유언장에서 너를 지워 버리지 않았으니까. 내 생각에는 훨씬 큰 금액을 물려줘야 할 것 같지만, 네 아버지 말로는, 너는 가전제품 매장 일곱 개의 공동 소유주가 되는 데는 아무 관심이 없을 거라던데, 맞니?

　전혀 관심 없습니다.

그렇다고 해도 나는 너한테 훨씬 많이 물려줬어야 한다고 생각하지만, 어쨌든 10만 달러도 그렇게 나쁜 금액은 아니야, 그렇지?

퍼거슨은 어떻게 대답해야 할지 몰랐기 때문에, 그저 자리에 앉아 아무 말도 없이 에설의 질문에 고개를 저을 뿐이었다. 아니라는, 10만 달러는 그렇게 나쁘지 않다는 의미였다. 당시 그는 그 돈을 받아야 할지 말아야 할지도 확신할 수 없는 상태였지만 말이다. 더 이상 할 말이 없었던 에설과 퍼거슨은 다시 거실로 올라왔고, 그는 새아버지에게 전화해서 데리러 와달라고 했다. 댄의 차가 15분 후에 집 앞에 도착했고, 퍼거슨은 앨런과 스테파니와 악수하며 작별 인사를 했고, 에설이 문 앞까지 따라 나와 커민스키 변호사가 1~2주 안에 연락해서 유산 이야기를 할 거라고 남편의 아들에게 전했고, 그런 다음 에설과 퍼거슨은 포옹하며 작별 인사를 했고, 지금부터는 서로 연락도 하고 지내자고 했지만, 둘 다 절대 다시 연락할 일은 없을 것임을 알고 있었다.

차 안에서, 퍼거슨은 그날의 열네 번째 캐멀 담배에 불을 붙이고 차창을 내린 다음 댄을 돌아보며 물었다. 엄마는 어떻게 하고 있어요? 우드홀크레슨트로 향하면서 그가 맨 처음 던진 질문이었다. 전남편이자 18년 동안 동반자였고 아들의 아버지인 남자가 갑자기, 예상치 못한 시점에 세상을 떠나 버렸다는 걸 알게 된 엄마의 마음 상태에 대한 이상한, 하지만 필요한 질문이었다. 화가 난 상태에서 이혼했고, 이혼한 후로는 두 사람 사이에 침묵만 이어져 왔기 때문에, 그 소식은 어머니에게도 급작스러운 일이었을 것이다.

급작스럽다라는 말에 다 담겨 있지, 댄이 대답했다. 내 생각엔 눈물이랑 놀람, 그리고 슬픔까지 그 말로 다 설명이 되는 것 같은데. 하지만 그건 이틀 전 상황이고, 이제는 엄마도 어느 정도 안정된 것 같아. 너도 알잖아, 아치. 사람이 죽고 나면, 그 사람에 대한 느낌이 달라지니까. 과거에 어떤 문제가 있었다고 해도 말이야.

그러니까 엄마 괜찮다는 말이네요.

걱정 마. 나오기 전에 너한테 아버지 유언에 관해서 뭐 알게 된 게 있는지 물어보라고 하더라. 그건 엄마가 생각을 시작했다는 거고, 눈물은 이제 끝이라는 의미겠지. (잠시 그는 도로에서 눈을 돌려 퍼거슨을 쳐다봤다.) 엄마는 본인보다 네 걱정을 하고 있어. 그건 나도 마찬가지고.

죽음이라는 상태와 머릿속의 혼란에 관해 말하는 대신, 퍼거슨은 10만 달러 이야기를 댄에게 꺼냈다. 그 여섯 자리 숫자의 금액에 댄이 놀랄 거라고 생각했지만, 보통 화를 잘 내지 않고 태평스러웠던 댄 슈나이더먼은 조금도 놀라지 않았다. 스탠리 퍼거슨의 재산을 생각하면 10만은 거의 최저 금액이네, 그보다 더 낮았으면 불쾌할 뻔했어.

그렇다고 해도, 엄청나게 큰 돈이잖아요, 퍼거슨이
대꾸했다.

그렇지, 산더미 같은.

퍼거슨은 아직 어떻게 해야 할지 모르겠다고 설명했
다. 그 돈을 받아야 할지 아니면 관두라고 해야 할지 모
르겠으니, 자신이 고민하는 동안 댄과 어머니가 자신
을 위해 그 문제를 처리해 주면 어떻겠냐고 했다. 만약
자신이 마음을 못 정하고 있는 사이에 댄과 어머니가
그 돈의 일부가 필요해지면 마음대로 하시라고, 자신
은 기쁜 마음으로 그렇게 하고 싶다고 말했다.

바보 같은 소리 마라, 댄이 말했다. 그 돈은 네 거야,
아치. 네 통장에 넣고 너한테 써야지 — 뭐든 네가 원하
는 곳에 말이야. 아버지와의 전쟁은 끝난 거야, 아버지
가 죽었는데도 계속 싸울 필요는 없어.

아저씨 말이 맞을 수도 있어요. 하지만 결정은 제가
직접 내려야 하는데, 아직 못 하겠거든요. 그 사이에 아
저씨랑 엄마가 돈을 안전하게 보관하고 있으면 되잖
아요.

알았다, 그 돈은 우리한테 줘라. 일단 돈을 받으면 맨
먼저 너한테 5천 달러 수표부터 써줄게.

왜 5천이에요?

왜냐하면 이번 여름이랑 대학 마지막 해를 보내려면
그만큼은 필요할 테니까. 지금까지는 4천이었지만, 이
제 5천이야. 인플레이션이라고 들어 봤지, 그렇지? 전

쟁이 사람만 죽이는 게 아니라 경제까지 죽이기 시작
했어.

하지만 제가 그 돈을 받지 않겠다고 결정하면, 남은
돈이 10만이 아니라 9만 5천밖에 안 되는 거잖아요.

1년 후에는 그렇지 않을 거야. 요즘은 이자가 6퍼센
트니까. 네가 대학을 졸업할 때쯤엔 9만 5천이 다시
10만이 되어 있을 거야. 소위 보이지 않는 돈이라는
거지.

아저씨가 그런 전략가인 줄은 몰랐네요.

전략가 아니야. 전략가는 너지, 아치. 하지만 나도 약
간의 전략을 세워 놓지 않으면 너를 따라갈 수가 없을
것 같구나.

다음 타격은 그해 봄 실리아를 잃은 일이었다.

첫 번째 원인: 밀드러드 이모가 불타는 집에서 퍼거슨
을 구출해 브루클린 대학에 새로운 안식처를 마련해
줬을 때, 그와 실리아는 서로의 몸을 안고 첫 키스를 한
지 1년이 지난 상태였다. 그 키스 후에 사랑이 이어졌
고, 그건 과거의 모든 사랑들을 보잘것없게 만들어 버
린 큰 사랑이었지만, 그 1년 동안 그는 실리아를 사랑
하는 게 얼마나 복잡한 일인지 또한 알게 되었다. 둘이
서만 있을 때면 퍼거슨은 자신들이 대부분 잘 지낸다
는 느낌이 들었고, 가끔씩 차이들이 튀어나올 때도 있
었지만 옷을 벗고 침대에 들어가면 극복할 수 있었다.

그렇게 욕망에 불타는 섹스를 수도 없이 해오면서, 어떻게 살아야 할지, 자신들이 무엇을 위해 사는지에 관한 생각이 다를 때도 계속 하나로 묶여 있을 수 있었다. 퍼거슨과 실리아는 각자 본인들에게 가장 중요한 문제에 관해서는 확고한 의견을 지니고 있었는데, 퍼거슨은 예술에서 자신의 미래를 찾기 위해 준비해 나갔고, 실리아는 과학에서 자신의 미래를 찾기 위해 준비해 나갔기 때문에 그 문제라는 건 종종 달랐고, 서로 상대가 하는 일을 존중한다고 고백하기는 했지만(퍼거슨은 실리아가 자신의 작품에 열광한다는 걸 의심하지 않았고, 실리아는 퍼거슨이 자신의 엄청난 학문적 두뇌에 경외감을 품고 있다는 걸 의심하지 않았다) 늘 서로에게 전부가 될 수는 없었다.

반박: 둘 사이에는 간극이 있었지만, 그 간극을 이으려는 노력을 좌절시킬 만큼 넓지는 않았다. 실리아는 책을 읽고, 음악을 듣고, 퍼거슨과 함께 명랑하게 영화와 연극을 보러 다녔고, 퍼거슨 본인도 그해에 생물학을 공부하고 있었다. 필수 과목을 이수하기 위해 과학수업을 하나 더 들어야 해서 그런 거였지만 그 과목을 생물학으로 한 건 그녀 때문이었고, 그녀가 사용하는 언어의 기초를 익히기 위해서였다. 그리고 그가 실리아에게 설명한 것처럼, 자신의 작품에 더욱 깊이 몰두하기 위해서이기도 했는데, 둘 다 이해했듯 물리적 신체라는 노이스 박사의 영역, 20년 이상 의사로 지내며

그가 다뤘던 병든 몸과 건강한 몸의 조직과 뼈에 통달해야만 했던 것이다. 실리아는 그의 생물학 수업 숙제를 도와줬을 뿐 아니라, 그를 위해 바너드와 컬럼비아의 의대 예과 학생들, 세인트루크, 레녹스 힐, 컬럼비아 프레즈비티리언 병원의 젊은 인턴들과의 인터뷰는 물론, 어린 시절부터 자기 가족의 주치의였던 뉴로셀의 고든 에덜먼과의 귀중한 네 시간짜리 만남도 주선해 줬다. 다부지고 가슴이 떡 벌어진 에덜먼은 자신의 일상적인 진료 과정과 오랜 세월에 걸쳐 경험한 극적인 사건들을 차분하게 이야기해 줬고, 실리아의 오빠의 이른 죽음에 관해서도 잠시 이야기했다. 아티에게서는 동맥류 징후가 드러나지 않았고, 위험한 혈관 조영술 검사를 받을 정도도 아니었다. 검시 과정에서 죽은 뇌 일부를 떼어 내어 검사하는 신뢰도 있는 방법이 아니라면, 1961년 당시 살아 있는 뇌를 살펴볼 방법은 혈관 조영술밖에 없었다. 드러나지 않았다 did not present. 다른 말로 하자면, 할 수 있는 게 아무것도 없었고, 그러던 중 갑자기 혈관이 터졌고, 의사는 급히, 더 이상 존재하지 않게 되었다 no longer present라는 완전히 다른 의미가 되는 표현을 사용했다.

소설 때문에 퍼거슨은 자살 관련 문헌에 대한 황폐하지만 꼭 필요했던 검토도 진행했는데, 그와 보조를 맞추기 위해 실리아도 그중 몇 권을 읽었다. 흄과 쇼펜하우어, 뒤르켐, 메닝거의 철학적, 사회학적, 심리학적 에세이에서 시작해, 먼 과거에서 가까운 현재에 이르기까지의 수많은 사례를 섭렵했다. 에트나산의 불길 속으로 뛰어들었던 엠페도클레스의 신화적 투신, 소크라테스(독미나리), 마르쿠스 안토니우스(칼), 마사다 저항 당시 유대인들의 집단 자살, 플루타르코스의 『영웅전』에 묘사된 카토의 자살(아들과 의사, 그리고 하인들이 지켜보는 앞에서 자신의 창자를 꺼냈다), 천재 소년이었던 토머스 채터턴의 불명예스러운 자살(비소), 러시아 시인 마리나 츠베타예바(목맴), 하트 크레인(멕시코만을 지나는 배에서 투신), 조지 이스트먼(가슴에 총 발사), 헤르만 괴링(청산가리), 그리고 그중 가장 큰 울림을 준 『시지프 신화』의 첫 문장, 〈정말로 진지한 철학적 문제는 오직 하나, 바로 자살이다. 인생이 굳이 살 만한 가치가 있는지 아닌지를 판단하는 것, 그것은 철학의 근본적 질문에 대답하는 것이다〉.

　F: 네 생각은 어때, 실리아? 카뮈 말이 맞는 거 같아, 틀린 거 같아?

　C: 아마 맞겠지. 하지만 그렇다고 해도⋯⋯.

　F: 나도 같은 생각이야. 아마 맞겠지, 하지만 반드시 그런 건 아니야.

　늘 서로에게 전부는 아니었지만, 나쁘지 않게, 어쩌면 오랫동안 눈부시게 이어 갈 수 있을 만큼은 충분히 많은 것들을 공유하고 있었다. 하지만 그들은 학기가 시작했을 때 겨우 열여덟 살, 스무 살이었고, 그들이 공유하는 것 중 좋았던 점 하나는 둘 다 쾌락보다는 일을 우선시한다는, 둘 다 가정적인 생활은 적성에 맞지 않는다는 확신이었다. 퍼거슨의 이스트 89번가 아파트는 한 명이 아니라 둘이 지내기에도 충분히 넓었지만 둘은 동거는 한 번도 고려하지 않았는데, 그건 꾸준히 함께 지내는 생활의 고단함을 감당하기에는 그들이 너무 어렸기 때문이 아니라, 둘 다 본질적으로 외톨이였고, 각자의 일을 하기 위해 홀로 긴 시간을 보낼 필요가 있었기 때문이다. 실리아에게 그 일은 바너드에서의 학업을 의미했다. 그녀는 과학과 수학뿐 아니라 모든 과목에서 뛰어났고, 덕분에 공붓벌레 모임에 확실히 자리를 잡았는데, 강박적으로, 시도 때도 없이 공부만 파고든 그녀는 2학년 때 네 명의 다른 바너드 공붓벌레 여학생들과 함께 웨스트 111번가의 넓고 침울하고 초라한 쓰레기장 같은 집에서 지내고 있었고, 그 아파트를 〈영원한 침묵의 수도원〉이라고 자조적으로 불렀다. 퍼거슨에게도 자신의 일, 그러니까 브루클린 대학에서의 학업에 최선을 다하면서도 동시에 소설을 써야 한다는 이중 작업은 그에 못지않게 다급하고 절박했고, 그런 까닭에 책 쓰기는 진도가 천천히 나갔는데, 실리아가 강박적으로 공부에 매달리는 사람이었기 때문에 좋았던 또 다른 점은, 그녀가 그의 강박에도 아주 잘 맞춰 준다는 사실이었다. 그해에는 금요일이나 토요일, 일요일에 만나기로 했지만 퍼거슨이 갑자기 글이 잘

써지는 상황이 몇 번이나 발생했다. 약속 직전에 그가 전화해 데이트를 취소해도 그녀는 상처받지 않았고, 그에게 계속하라고, 마음에 있는 거 다 써버리라고, 걱정하지 말라고 했다. 그게 핵심이라고, 그는 깨달았다. 그 동료 의식이 그녀를 그가 알던 다른 모든 사람들과 다르게 만들어 주는 점이었다. 약속 시간에 닥쳐서 하는 그런 전화에 그녀가 실망하지 않았을 리 없지만, 또한 그녀는 그런 티를 내지 않는 씩씩함(강인한 성격)도 지니고 있었다.

두 번째 원인: 단둘이 있을 때는 대부분 조화로운 몸과 마음의 만남을 가질 수 있었지만, 세상에 발을 들이고 다른 사람들과 뒤섞이기만 하면 삶에서 이런저런 문제가 발생했다. 아파트를 함께 쓰는 네 명의 여학생 외에 실리아에게는 친구가, 아마도 친한 친구는 없었는데, 그런 까닭에 자주 있지 않던 두 사람의 사교 활동은 퍼거슨의 세계를 맴돌았고, 그건 실리아에게는 대부분 낯선 세계, 이해해 보려고 애썼지만 그럴 수 없었던 세계였다. 나이 든 세대와는 아무 어려움이 없어서 실리아는 퍼거슨의 어머니나 새아버지에게는 따뜻한 대접을 받고 있다고 느꼈으며, 밀드러드 이모와 댄 이모부와 했던 두 번의 저녁 식사에서도 즐거워했다. 하지만 노아와 하워드는 둘 다 잘못된 방식으로 그녀를 짜증나게 했는데, 그녀는 노아가 염세적이라고 생각했고 그의 끝없는 장난질을 못 견뎌 했으며, 하워드에 대해

서는 그의 예의 바른 무관심에 상처받았다. 에이미나 짐의 아내 낸시와는 충분히 잘 지냈지만, 점점 늘어만 가는 퍼거슨의 시인과 화가 친구 들은 그녀에게는 반은 지루하고 반은 불편했으며, 이제 그에게는 혈연관계라고 할 만큼 가까워진 빌리와 조애나 부부와 저녁을 보낼 때마다 실리아가 즐거워하지 않는 모습을 보며 퍼거슨은 슬펐다. 론이나 루이스, 혹은 앤과 함께 시인과 작가 들에 관해 길고 종잡을 수 없는 대화를 이어갈 때마다, 실리아가 그 자리에 앉아 대화를 끝까지 듣고만 있는 걸 보며 그의 슬픔은 죄의식과 짜증으로 변하기도 했다. 또한 그녀는 자신의 고귀하고 생각이 깊은 아치가 왜 보 제이너드와 그의 친구 잭 엘러비와 함께 쓰레기 같은 존 크로퍼드의 영화를 보러 가는지 점점 더 이해할 수 없었다. 미친 것 같은 그 두 날씬한 남자는 종종 복도의 어두운 곳에서 키스했고, 잠시도 웃음을 멈추지 않았다. 다들 너무 많이 웃는다고, 그녀는 말했다. 그 무리에서는 뭐든 진지하게 받아들이는 사람은 한 명도 없었고, 모두 칠칠치 못하고, 산만하고, 천하태평이고, 삶의 주변부에서 얼쩡거리며 아무도 보거나 사려고 하지 않는 예술을 하는 것 외에는 인생에서 아무 목표도 없었다. 맞는다고, 퍼거슨은 인정했다. 어쩌면 그 말이 사실일 거라고 인정했지만 그들은 그의 친구들이었고, 씩씩하고 망가지지 않은 동료 추방자들이었다. 어쩌면 그들 중 아무도 세상에 적응하지 못했기 때문에, 그렇게 한바탕 웃어넘긴 다음 그런 상황에서 자신들이 할 수 있는 최선을 다하고 있는 건지도 몰랐다.

반박: 새해(1968) 초에 퍼거슨은 더 이상 실리아를 평판이 좋지 못한 자신의 동료들과 어울리게 할 수 없음을 이해했다. 그들 중 일부는 공개적인 동성애자였고, 일부는 약물과 알코올 의존자였고, 일부는 감정적으로 망가져서 정신과 치료를 받는 폐인이었다. 그중에는 만족스러운 결혼 생활을 유지하며 어린 자식까지 둔 사람들도 있었지만, 그 머리가 어떻게 된 소규모의 편집광 무리에 그녀가 동화할 수 있도록 그가 아무리 애를 써도 그녀는 언제나 저항했고, 다른 사람들과 어울리는 자리마다 자신과 함께 가고 싶어 했다는 이유만으로 그녀를 계속 괴롭게 하기보다는, 그녀가 좋아하는 사람이 아니면 함께 만나지 않음으로써 부담감을 덜어 주고 싶었다. 그게 잘못된 방향으로 가는 한 걸음임을, 자기 삶의 일부에서 그녀를 떼어 내기로 한 그 결정이 둘 사이에 영원한 공백을 만들어 낼 것임을 알고 있었지만, 실리아를 잃을지도 모르는 위험을 감수하고 싶지는 않았고, 그로서는 친구들과의 그런 즐겁지 않은 저녁 자리에서 그녀를 해방해 주는 것 외에는 그녀를 계속 붙잡고 있을 방법을 알 수가 없었다.

나도 그래, 퍼거슨이 말했다. 그래서 잠시 쉬자는 거야. 당분간 다른 사람들은 만나지 말자고.

집 안에서만 지내고 절대 밖으로 안 나간다고?

아니, 외출은 하지. 대신 단둘이서만 하는 거야. 이제 다른 사람들이랑 어울리는 건 하지 말자.

나는 괜찮아. 내가 다른 사람 신경 쓸 건 없으니까.

문제가 하나 있어. (그녀를 불편하게 만들지 않고 이야기하기 위해 잠시 숨을 고르고 생각했다.) 대신 우리도 조금 덜 자주 만나게 될 거야.

왜 그래야만 하는 거지?

왜냐하면 네가 신경 안 써도 되는 사람들을 나는 신경 써야 하니까.

지금 어떤 사람들 이야기하는 거야?

내가 억지로 너랑 친해지게 하려고 했던 사람들. 빌리 베스트, 하워드 스몰, 노아 마크스, 보 제이너드 — 받아들일 수 없는 그 무리 전부.

나 딱히 그 사람들 싫어하지 않아.

싫지는 않겠지, 하지만 좋아하는 것도 아니잖아. 네가 왜 그 사람들을 계속 참고 견뎌야 하는지 모르겠어.

지금 이러는 게 나를 위해서야, 자신을 위해서야?

둘 다를 위해서지. 네가 기운 없이 있는 거 보면 내가 죽을 것 같아.

잘해 주려고 애쓰는 건 알겠는데, 내가 멍청이라고 생각하는 거지? 딱딱한 부르주아에 머리에 든 것도 없다고?

맞아. 줄곧 A만 받고, 여름에는 다시 우즈홀에 가서

연구 활동을 하는 학생이면 멍청이에 머리에 든 것도 없는 거지.

그래도 오빠 친구들이잖아. 실망하게 하고 싶지는 않아.

내 친구들인 건 맞지만, 그렇다고 반드시 네 친구들도 되어야 하는 건 아니야.

좀 슬프다, 그렇지 않아?

딱히 그런 건 아니야. 그냥 새로 규칙을 정하는 거야, 그게 다야.

나는 덜 부분 이야기를 하는 거야, 우리가 덜 자주 보게 된다는 거.

그 덜의 질이 지금 자주 보고 있는 것보다 높다면, 덜 자주 본다고 해도 지금 네가 그 사람들이랑 함께 있는 모습을 볼 때 내가 느끼는 비참함을 만회하고도 남을 거야. 그러면 그 〈덜〉이 결국은 더더욱 좋아지고, 〈덜〉이 사실은 〈더〉가 되는 거지.

그들은 우선 새로운 주말 일정만 정했다. 주말마다 늦은 오후와 저녁, 밤을 두 번 같이 보내는데, 금요일 토요일일 수도, 금요일 일요일일 수도, 혹은 토요일 일요일일 수도 있었다. 간혹 예외적으로 그런 금요일이나 토요일이나 일요일에 퍼거슨이 직전에 전화해서 약속을 취소하면, 그는 주말 밤을 실리아와 보내는 대신 자신의 부적응자 친구 혹은 친구들과 자유롭게 보낼 수 있었다. 그리고 말할 것도 없이, 주중에 그는 4일 중

학교 과제가 부담스럽지 않은 날 하루는 같은 거리에 사는 빌리와 조애나 부부의 집에서 저녁을 먹었는데, 한 살 된 몰리를 번갈아 안고 놀아 주면서 작가들, 정치, 영화, 화가들, 그리고 스포츠에 관한 이야기를 나눴다. 큰형 같은 빌리 베스트, 그 누구보다 퍼거슨의 장래를 믿어 줬고, 당시 퍼거슨이 놀던, 시인들만 잔뜩 있는 어항 같은 곳에서 유일한 산문 작가였던 그는 산문에 대한 감각을 지닌 유일한 동료이기도 해서, 플래너리 오코너나 그레이스 페일리가 벨로나 업다이크보다, 어쩌면 볼드윈을 제외한 그 어떤 미국 남성 작가보다 대담하고 창의적이라는 퍼거슨의 주장을 이해해 줬다. 그런 식으로 퍼거슨은 베스트 부부와 노아, 하워드, 혹은 투멀트 3인조는 물론, 자신을 세상에 붙잡아 두기 위해 필요한 사람들과의 관계를 계속 유지할 수 있었다. 과연 실리아가 말한 대로 좀 슬프기는 했지만, 새로운 규칙을 정한 후 한 달이 지나고, 또 한 달이 지나자 둘 다 조금씩 더 잘하고 있다는 느낌이 들었고, 신경 쓰이거나 상황을 악화하는 일을 마주하는 경우가 줄어들면서 한숨 돌리게 되었다. 하지만 퍼거슨은 아직 해야 할 일이 많다는 것, 자신이 해결한 그 작은 문제는 자신의 많은 부분을 그녀에게 숨기고 있다는 더 큰 문제에 비하면 아무것도 아니라는 것, 실리아에게 모든 걸 드러내고 자신에 관해 그녀가 알아야 할 사실을 전부 이야기하지 않으면, 결국 자신들의 미래를 망치고 아무것도 아닌 결과를 얻게 되리라는 것을 알고 있었다.

세 번째 원인: 그 모든 게 잘못된 가정에 기반했던 건지도 모른다. 퍼거슨이 실리아에게 거짓말을 한 건 아니었지만 중요한 사실을 계속 숨기고 있었는데, 그건 자신이 아티의 죽음을 너무 크게 생각한 나머지 그녀와의 사랑을 성스러운 정의의 실현으로 여겼다는 점이었다. 지난봄 리버사이드 파크에서 캐치볼을 한 이후로 그 문제는 대부분 극복한 것 같았다. 그 캐치볼은 더욱 발전해 그는 여름 내내 우즈홀과 버몬트 농장에서 그녀와 일대일로 위플볼을 하기도 했는데, 특히 재판을 앞두고 있던 우울한 몇 주 동안, 신나게 웃으면서 공놀이를 하는 그 시간만큼은 잠시나마 재판정에서 맞이할 심판의 날에 관한 생각을 잊을 수 있었다. 하지만 그 와중에도 그는 그녀에게 그 일에 관해서는 한마디도 하지 않았다. 제정신이 아니었던 6년 동안의 집착은 끝이 났는데, 이제 치유가 된 거라면, 혹은 부분적으로나마 건강한 마음을 되찾은 거라면, 왜 그는 죽어 버린 A. F. 쌍둥이 형제를 위해 스스로에게 부과했던 금지 사항에 관해 실리아에게 말할 용기를 내지 못했던 걸까? 왜냐하면 그녀가 그를 제정신이 아닌 사람이라고 판단하고 더 이상 그와는 아무것도 하지 않으려 할까 봐 두려웠기 때문이다.

더 나쁜 건, 자신의 상태에 관해서도 그녀에게 말할 수 없었다는 점, 수탕나귀와 암말 사이에서 태어난 특이한 출생의 비밀을 밝힐 수 없었다는 점이다. 1946년 여름, 뉴저지의 어느 마구간에서 힘차게 우는 수컷이 어여쁜 암컷에게 올라탔고, 암컷은 노새를 갖게 되었다. 말하는 노새 퍼거슨은 자식을 낳을 수 없는 생명이었고, 그렇기 때문에 유전적으로는 쓸모없는 존재로 분류되었고, 그 사실이 퍼거슨에게는 너무나 큰 좌절이었고, 남성으로서 자신의 정체성에 큰 상처를 줬기 때문에, 그는 그 사실을 절대 실리아에게 알릴 수 없었다. 그 말은 그녀와 침대에 들어갈 때마다 필요도 없는 피임 조치를 하게 내버려 뒀다는 뜻이고, 자기랑 섹스할 때는 절대 임신 걱정을 안 해도 되니 그녀가 피임 기구를 쓰는 수고를 할 필요가 없다고 말해 주지 않았다는 뜻이다.

변명의 여지가 없는 실수였다. 너무나 겁먹은 나머지 그는 절대 그렇게는 되지 않겠다고 맹세했던 사람, 즉 파렴치한 사람이 되어 버렸다.

반박: 이건 반박할 수 없었다. 하지만 퍼거슨이 생각하기에, 브룰러 선생님의 진단이 틀렸을 수도 있다는 가능성이 계속 희망을 주고 있었다. 다른 의사에게 진찰을 받을 때까지는, 혹은 받지 않으면, 변명의 여지가 없는 일에 대해서도 여전히 변명할 수 있었는데, 왜냐하면 피임을 해야 할 작은 필요성은 늘 있는 셈이었기 때문이었고, 그는 1백 퍼센트 확실해지기 전까지는 자신에 관한 수치스러운 진실을 실리아에게 알리고 싶지

않았다. 다른 의사에게 가서 한 번 더 검사를 받아 보기만 하면 되는 일이었지만, 그는 병원에 가는 게 너무 두려웠고, 결과를 아는 게 너무 두려웠고, 그래서 계속 미루기만 했다.

결론: 아버지가 돌아가시고 2주 반 후, 컬럼비아 대학 교정에 불길이 번져 가던 그 시점에 실리아는 팔에 녹색 완장을 두르고 건물 안에 있는 학생들을 위해 샌드위치를 만들며 대의에 동참했는데, 〈페리스 부스 홀 급식조〉로 편성된 수십 명의 자원봉사자 중 한 명이었다. 활동가들이 차는 빨간색이 아니라 동조자 혹은 지지자들이 차는 녹색 완장을 택한 건 학내 정치에 전혀 참여하지 않고 학과 공부에만 모든 에너지를 쏟아붓는 학생으로서 합리적인 선택이었지만, 실리아도 정치적 의견은 갖고 있었고, 그건 비록 바리케이드를 지키고 대학 건물을 점거하는 최전방 활동에는 적합하지 않더라도 학교 당국에 맞서 학생들 편을 들기에는 충분할 만큼 확고했다. 학생들의 전략에 그녀가 얼마나 회의적이었는지, 1백 명 혹은 5백 명의 학생들이 벽에 맞서, 씹새끼야라고 외칠 때마다 얼마나 자주 소름이 끼쳤는지에 상관없이 그랬다. 퍼거슨이 보기에 실리아는 〈페더먼 권리 장전〉의 기본 원칙에 따라 행동하고 있었는데, 그건 자동판매기 식당에서 노인에게 1달러를 꺼내 줬던 열여섯 살 때와 똑같은 충동에 따른 것이었고, 이제 그녀는 열아홉 살이었지만 달라진 건 하나도 없었다.

23일 저녁 그녀는 그의 아파트로 전화했고, 퍼거슨은 그날 컬럼비아 대학에서 있었던 일을 전해 들었다. 해시계에서 벌어진 정오 집회, 모닝사이드 파크의 체육관 공사 현장 습격, 그리고 SDS와 SAS의 연합을 통한 해밀턴 홀 점거, 대학을 폐쇄하기 위해 백인 학생과 흑인 학생이 힘을 합친 일까지, 퍼거슨은 웃음을 터뜨렸다 — 부분적으로는 놀라서 웃는 거라고 그는 생각했지만, 대부분은 행복해서 웃는 웃음이었다. 전화를 끊고 나서, 그는 역시 저녁 시간에 같은 수화기를 들고 앨런 블루먼솔과 통화한 이후 처음으로 기분 좋은 웃음을 웃었다고 생각했다.

금요일(26일) 오후 1시, 그날은 소설 작업을 잠시 멈추고 도심 건너편 컬럼비아에서 무슨 일이 벌어지고 있는지 확인해 보기로 했다. 실리아에게 전화를 걸기에는 너무 늦은 시간이었다. 그녀는 틀림없이 페리스 부스 홀의 급식실에서 동료들과 샌드위치를 만들고 있을 테지만 어렵지 않게 찾을 수 있을 것 같았고, 햄과 볼로냐소시지, 미리 잘라 둔 빵이 담긴 쟁반들에서 그녀를 어렵게 떼어 낸 후, 둘이 함께 교정을 돌아다니며 상황을 살펴볼 생각이었다. 도심을 통과하는 버스가 매디슨가를 지날 때, 그는 모닝사이드하이츠에 갈 때마다 떠오르던 자신과의 대화에 빠져들었다. 프린스턴이 아니라 컬럼비아에 갔다면 어떻게 되었을까? 만약 컬럼비아에 갔다면, 삶은 지금과 어떻게 달라졌을까?

우선 브루클린 대학에 가는 일은 없었을 것이다. 이스트 89번가도 없었을 것이다. 할아버지가 포르노 영화를 찍는 현장에 들이닥칠 일도 없었을 것이다. 1만 달러도 없고, 네이글도 없고, 하워드 스몰도 없었을 것이고 — 그랬다면 버몬트 술집의 싸움도 없었을 것이고, 재판도, 밀드러드 이모가 기적처럼 구원해 주는 일도 없었을 것이고, 상상 속 테니스 매치도 없었을 것이고, 하워드와 에이미의 연애, 그때쯤엔 뜨겁게 타오르며 당분간은 식을 것 같지 않던 그 연애도 없었을 것이다. 기즈모에서 출간한 세 권의 책은 그대로였을 테지만, 두 번째 책과 세 번째 책은 조금 달랐을 것이다. 메리 도너휴, 에비 먼로, 그리고 실리아의 역할도 그대로였을 것이다. 하지만 컬럼비아에 갔더라면, 그는 지금 시위대 학생들과 함께 건물 중 하나를 점거하고 있었을까? 혹은 그의 삶은 역시 그를 센트럴 파크 북쪽 모퉁이를 따라 모닝사이드하이츠로 가는 바로 이 버스에 데려다 놓았을까?

23일 이후로 상황이 달라졌다. 흑인 학생과 백인 학생의 연합은 깨졌고, 학생들은 네 개 건물을 추가로 점거했으며, 반란의 지도자로 유명했던 SDS 의장은, 우연하게도 퍼거슨의 고등학교 친구였던 마크 러드였다. 물론 마이크 러브 — 에이미를 괴롭혔던 전 남자 친구이자 퍼거슨의 옛날 친구였던 — 도 있었지만, 실리아가 들은 바에 따르면 러브는 수학관에서의 모임에 참석한 SDS 회원 중 한 명이었던 데 반해 러드는 책임자이자 SDS 대변인이고 최고 선동자였다. 그와 퍼거슨은 늘 사이가 좋았고, 영어와 프랑스어, 역사 수업을 함께 들었고, 데이나와 다이애나라는, 거의 이름이 같은 여자 친구들과 더블데이트를 했고, 어느 날 아침에는 함께 수업을 빼지고 뉴욕으로 나가 자본주의의 현장을 확인하기 위해 월가의 주식 거래소를 보러 간 적도 있었다. 대학교 2학년 봄에 퍼거슨에게 변속 레버가 달린 자동차 운전하는 법을 가르쳐 준 마크, 덕분에 퍼거슨이 아니 프레이저의 셰비 승합차를 타고 크고 무거운 물건들을 옮기며 또 한 번의 여름을 보낼 수 있게 해준 그 마크가 이제 학생 반란의 지도자가 되어 매일 신문에 실리는 상황은 적절하면서도 이상하고 웃기기도 했다.

결과만 놓고 보면, 퍼거슨은 그날 오후 컬럼비아 대학에 가지 못했다. 4번 버스는 이스트사이드에서 웨스트사이드까지 110번가를, 센트럴파크웨스트에서 리버사이드 드라이브까지는 커시드럴 파크웨이로 알려져 있기도 한 그 길을 따라 도심을 가로지르는 노선이었는데, 브로드웨이와 110번가가 만나는 모퉁이에 이르렀을 때, 퍼거슨은 버스에서 내려 116번가에 있는 컬럼비아 교정까지 걸어가기로 했다. 하지만 목적지에 도착하려면 그는 먼저 실리아가 사는 블록인, 브로드웨이와 앰스터댐 애비뉴 사이의 웨스트 111번가를 지나야 했는데, 신기하게도, 111번가를 지나 다음 모퉁이를 향해 가던 순간, 그는 실리아 본인을 발견했다. 하늘하늘한 파란색 스커트와 분홍색 블라우스 차림의 실리아는 그보다 반 블록 정도 앞선 곳에서 역시 북쪽으로 걸어가는 중이었는데, 페리스 부스 홀의 급식실로 가는 게 분명했다. 실리아가 혼자가 아니었다는 사실이, 비록 함께 있는 사람이 바너드 룸메이트 친구 중 하나가 아니라 남자, 리처드 스몰런이라는 스물두 살의 청년이기는 했지만, 퍼거슨을 혼란스럽게 하지는 않았다. 리처드는 컬럼비아 의대 예과 학생이었고, 지난 10월 실리아가 퍼거슨의 소설에 도움을 주겠다며 만남을 주선해 준 덕분에 퍼거슨이 직접 이야기를 나누기도 했던 학생이었다. 스몰런은 뉴로셸 출신이었고, 어릴 때 아티와 함께 야구팀과 농구팀에서 뛰었기 때문에 실리아는 평생 그를 알고 지낸 셈이었고, 퍼거슨으로서는 실리아가 오래된 친구와 시내를 걸어다니는 걸 발견했다고 해서 조금이라도 질투나 불안함을 느낄 이유가 없었다. 그는 두 사람을 따라잡으려고 빨리 걷기 시작했는데, 소리를 지르면 들릴 정도의 거리에 이르기 전에 실리아와 리처드 스몰런은 보도 한가운데서 서로를 안으며 키스했다. 열정적인 키스, 아주 길고, 순수하고 통제할 수 없는 욕망으로 가득한 키스였는데, 두 사람이 안고 선 자리에서 6미터 정도 떨어져 있던 퍼거슨이 보기에, 그건 사랑의 키스였다.

그게 사랑이었다면, 그 둘은 막 실리아의 아파트에서 나온 거라고 가정할 수 있었다. 그곳에서 몇 시간인지도 모를 시간을 실리아의 침대에서 함께 보낸 다음, 다시 옷을 입고 건물을 점거하고 있는 학생들에게 샌드위치를 만들어 주기 위해 컬럼비아로 가는 것이었다. 진탕 만끽했던 욕정의 후광이 아직 환하게 불타고 있어 둘은 서로의 손을 놓을 수 없었고, 여전히 굶주려 있었다.

퍼거슨은 돌아서서 남쪽으로 걷기 시작했다.

맺음말: 그는 전화하지 않았고, 그녀는 월요일에야 전화했다 — 스몰런 이야기를 하며(그때쯤엔 이미 그가 알고 있는 소식이었지만) 그만 끝내자고 했다. 침묵의 주말, 그 기간 동안 그는 그 재앙은 자기 책임이며, 스몰런은 문제의 원인이 아니라 증상일 뿐이라고 결론지었는데, 처음부터 그녀에게 솔직하지 못했기 때문에 그렇게 버림받는 건 당연했다. 미인 실리아. 그 몸에 손을 대면 그로 하여금 몇 겹의 무아지경에 빠져들게 했던 실리아와, 자기 몸을 그에게 겹치곤 했던 실리아. 하지만 섹스로는 충분하지 않았다. 결국 그런 생각을 하게 될 거라고는 상상도 못 했지만, 섹스로는 충분하지 않았고, 그걸 제외하면 둘 사이는 거의 모든 게 잘못되어 있었다. 그는 의지로 그녀를 사랑하려 했지만, 그녀를 사랑한다는 생각 외에는 그 어떤 것도 사랑하지 않았고, 그런 생각은 사랑이 아니라 역겹고 용서할 수 없

는 어리석음이었다. 그러니까 그녀가 잘생긴 의대 예과생과 함께 떠나게 놔줘야 한다고, 미래의 심장 전문의 겸 현재의 연인과 함께 컬럼비아의 소용돌이 속으로 되돌아갈 수 있게 놔줘야 한다고, 스스로에게 말했다. 여전히 불길이 번지고 있었기 때문에, 그리고 그녀가 그의 인생에서 벗어나 그 없이 다른 장소로 가도록 퍼거슨이 놔줘야 할 때가 되었기 때문이었다.

이어진 몇 달 동안, 〈퍼거슨 이야기〉에서 테니스 코트나 그 외 다른 곳에서 쓰러져 죽은 등장인물은 없었고, 새로운 사랑을 찾거나 잃어버리는 일은 물론 그에 관한 생각마저도 없었다. 2부로 구성된 그의 소설의 두 번째 부분을 쓰며 보낸, 느리고 지루한 여름이었다. 낮시간의 대부분은 원룸 아파트에 처박혀 지냈고, 밤에도 같은 블록에 사는 빌리와 조애나 부부나 첫 번째 상업 영화에 배우로 출연하느라 시내에 머무르고 있던 노아를 제외하면 만나는 사람이 없었는데, 노아는 바쁘고 피곤했기 때문에 주말을 제외하고는 볼 시간이 거의 없었다. 다른 사람들은 모두 사라졌는데, 뉴욕주 북부나 뉴잉글랜드에 있는 가족 별장 혹은 임대용 오두막집에 가 있거나, 서유럽의 다양한 도시나 시골로 저예산 도보 여행을 떠났다. 늘 그랬듯이 하워드는 이모와 이모부의 버몬트 목장으로 갔는데, 이번에는 에이미와 함께였고, 둘은 이미 1년 후 시작될 대학 이후 삶에 관한 계획까지 논의하고 있었다. 하워드가 징집을 피한다고 가정했을 때 두 사람 모두 대학원에 진학할 생각이었는데, 하워드는 철학, 에이미는 미국사였고, 가장 이상적인 선택은 컬럼비아 대학이었다. 그렇게 되면 둘은 모닝사이드하이츠의 아파트에 함께 살며 뉴욕 시민이 될 수 있었다. 하워드와 에이미는 퍼거슨에게 버몬트에 놀러 오라고 몇 번이나 이야기했고, 퍼거슨은 그 여행을 가지 않을 핑계를 몇 번이나 만들어 냈다. 버몬트는 그에게 불길한 장소라서 자신이 그곳을 다시 찾을 준비가 되어 있는지 모르겠다거나, 소설에 너무 집중하고 있어서 뉴욕을 떠날 생각을 할 수 없다거나, 여름 감기에 걸려서 여행을 갈 수 없다고, 그는 말했다. 말은 그렇게 했지만(부분적으로는 사실이기도 했다) 더 큰 사실은, 실리아를 잃은 후 에이미가 다시 그의 머릿속에 자리를 잡았다는 것이었다. 영원히 잃어버린 사랑하는 에이미, 한 번도 그를 원한 적이 없었고 앞으로도 없을 에이미, 그런 그녀가 비공식적인 그의 처남과 함께 행복해하는 광경을 보는 건, 당시의 그로서는 감당할 수 없는 일이었다. 그해 여름에 실리아 생각을 전혀 하지 않은 건 아니지만, 그녀 생각이 떠오르는 일은 짐작했던 것보다는 드물었고, 무더위의 첫 번째 달이 지나고 두 번째 달이 되자 그는 자신들이 함께 있지 않아 다행이라는 생각까지 들기 시작했다. 마치 마법이 풀리면서, 억지로 만들어 내거나 환상에 빠

진 자신이 아니라 온전한 자신으로 되돌아온 것 같았
다. 반면 여름의 뜨거운 열기 속에서 아티는 여전히 그
와 함께 있었다. 아티의 죽음과 아버지의 죽음, 그 둘은
덥고 비좁은 자신의 방에서 피를 토하듯 책에 들어갈
단어들을 쏟아 내며 그가 깊이 빠져든 기억들이었고,
4월 말 유산 문제가 정리되고 난 후로(일반적인 유산
이 아니었고, 상속세를 피하기 위한 보험사 정책에 따
라 펀드 형태로 주어졌다) 그는 댄에게 5천 달러를 받
은 다음, 9만 5천 달러가 다시 10만 달러로 조금씩 불
어나는 걸 멍하니 지켜보고 있었다. 보이지 않는 돈이
라고 댄은 말했었고, 퍼거슨은 유령 돈이라고 불렀다.

　그는 죽음에 관한 책을 쓰고 있었고, 어떤 날에는 그
책이 자신을 죽이고 있는 것 같은 기분이 들기도 했다.
문장 하나하나가 투쟁이었고, 모든 문장의 단어 하나
하나가 다른 단어가 될 수 있었으며, 지난 3년 동안 다
른 글들을 쓸 때와 마찬가지로, 그는 최종적으로 1페이
지를 쓰기 위해 거의 4페이지 정도를 쓰고 있었다. 그
런 상황에서도 여름이 시작되기 전에 122페이지를 완
성하고 이야기의 절반쯤을 마친 상태였다. 자살 유행
병은 석 달째의 막바지에 접어들고 있었고, 그 기간 동
안 도시 R.은 스물한 명의 어린이를 묻어야 했는데, 인
구 9만 4천 명의 시골 도시에서는 놀랄 만큼 큰 수치였
다. 노이스 박사는 처음부터 그 사태의 중심에서, 스무
명 남짓한 동료 의사와 열 명 정도의 정신과 의사, 그리

고 서른 명에 가까운 사제 및 성직자와 함께 다음 자살을 막기 위해 활동하고 있었다. 하지만 도시의 모든 어린이를 대상으로 긴 면담과 심리 상담을 진행하는 집단적 노력에도 그들은 아주 작은 도움조차 줄 수 없었고, 그때쯤엔 의사들도 자신들이 들인 셀 수 없을 만큼 많은 시간이 재앙을 끝내기는커녕 오히려 더 오래 끌도록 한 게 아닌지, 문제를 콕 집어내서 몇 달째 공개적으로 논의한 게 그 문제를 해결하기보다는 계속 생생한 현안으로 만든 게 아닌지, 그래서 연약한 사람들이 스스로는 생각해 내지 못했을 방식으로 자신들의 문제를 해결해 버리려는 유혹에 빠지게 한 건 아닌지 의심했다. R.의 어린이들은 이전과 마찬가지로 계속 자살했고, 확고했던 노이스 박사도 조금씩 무너지고 있었다. 거기까지가 그가 6월 말 기말시험을 치고 기말 과제를 내기 전까지 완성한 부분이었고, 여름의 초반부에 다시 이야기에 집중해야겠다는 생각이 들 무렵엔, 이미 어떻게 끝이 날지 알고 있었다. 결말을 아는 게 도움이 되기는 했지만, 안다는 게 곧 그대로 한다는 뜻은 아니었고, 제대로 해내지 못한다면 결말에 이른다는 것 자체로는 아무런 의미도 없었다. 노이스의 도시에 있는 젊은이들에게 닥쳐온 건 영원한 문제이면서 동시에 눈앞의 문제이기도 했고, 생물학적 운명과 우발적인 역사적 사실의 조합이었다. 첫사랑과 실연이라는 사춘기의 대격변, 무리에서 쫓겨나 외톨이가 될지 모

른다는 매일매일의 두려움, 임신에 대한 두려움, 실제
로 임신하고 너무 이른 나이에 엄마가 되어야 했던 정
신적 외상, 과도한 것(과속, 과음)에서 느끼는 쾌감, 권
태, 부모와 어른들, 책임 있는 자리에 있는 모든 이들에
대한 경멸, 우울함, 외로움, 그리고 햇빛이 쏟아지는 중
에도 그들의 마음을 무겁게 짓누르는 세계의 아픔
(Weltschmerz) — 젊다는 사실 자체에서 오는 오래된,
신경의 맨 끝까지 전해지는 고통 — 같은 문제들이 있
었고, 가장 불안한 건, 열일곱 살 혹은 열여덟 살 소년
들에게는 학교를 떠나는 순간 베트남에 가야 한다는
위협이었다. 그게 이론의 여지가 없는 당시 미국적 현
실이었는데, 블루칼라 도시인 R.에서는 고등학교 졸업
생들이 거의 대학에 가지 않았고, 고등학교를 졸업한
다는 건 곧 성인의 삶이 시작된다는 의미였다. 지난
3년 동안 전사한 미군 병사의 시신을 실은 관이 이미
예순네 개나 고향으로 운구되어 지역 내 공동묘지에
묻혔고, 소년들의 형들은 팔다리가 없고 안구가 없는
상태로 근처 W.의 재향 군인 병원 병동에 누워 있는 상
황에서, 1965년에 R.을 휩쓸었던 애국적인 열기는
1968년 봄에는 반감과 공포로 바뀌었고, 미국 정부가
세계 반대편에서 벌이고 있는 전쟁은 더 이상 그 소년
들 중 누구도 나가 싸우고 싶어 하지 않는 전쟁이었다.
무의미한 죽음을 맞이하는 것, 형들처럼, 사촌들처럼,
친구의 형들처럼 그런 죽음을 맞이하는 것은 삶 자체

의 원칙에 대한 모독처럼 보였다. 자신들은 왜 태어난 거냐고, 그들은 스스로에게 물었다. 삶을 시작하기도 전에 무의미한 죽음을 맞이하기 위해서만 지구상에 존재하는 거라면, 자신들은 도대체 뭘 하고 있는 걸까? 군대 신체검사에서 탈락하려고 스스로 손가락이나 발가락에 총을 쏘는 젊은이들도 있었지만, 그보다 덜 잔혹한 해결책을 원하는 다른 젊은이들은 부모님의 차고 문을 잠근 다음 공회전하는 자동차 안에서 죽을 때까지 가스를 마셨고, 꽤 자주, 어쩌다 그 남학생에게 여자 친구가 있는 경우에는, 여학생과 남학생이 함께 자동차 안에 앉아, 매연이 천천히 몸에 들어오는 동안 서로를 꼭 껴안고 있었다. 처음엔 노이스도 그 무분별한 죽음들에 놀라고 그것들을 막을 수 있도록 최선을 다했지만, 시간이 지나면서 그의 생각도 다른 방향으로 움직이기 시작했는데, 넉 달, 다섯 달째가 되자, 그 역시 거기에 감염되고 말았다. 퍼거슨이 생각하고 있는 그 이후의 이야기는, 결말에 이르러 스스로 목숨을 끊을 때까지 노이스가 거치는 다양한 단계들을 따라가는 것이었다. 그는 자신이 맡은 젊은이들에게 커다란 동정심을 느끼게 되고, 250명 이상의 여학생과 남학생을 상담한 결과, 도시는 의학적 위기가 아니라 정신적 위기를 겪고 있다는, 진짜 문제는 죽음이나 그에 대한 갈망이 아니라 미래에 대한 희망을 잃어버린 것이라는 확신을 갖게 된다. 일단 노이스가 그들 모두가 희망 없는 세계에 살고 있음을 이해한 후에는, 퍼거슨은 그를 지난 몇 달간 그가 상담해 준 젊은이 중 한 명인 릴리 맥너마라라는 열일곱 살 소녀와 엮을 계획이었다. 그녀의 쌍둥이 오빠 해럴드는 이미 자살했고, 이제 결혼 생활을 끝내고 자식도 없던 노이스 박사는 릴리를 집으로 데려가, 일주일, 한 달, 혹은 반년 정도 함께 지내며 평범하고, 고집 세고, 머뭇거리는 소녀가 죽음에 관한 생각을 포기하게 하려고 노력한다. 그게 그의 마지막 저항, 굴복해 버리고 싶은 자신의 욕망을 밀어내려는 마지막 노력이 될 것이고, 그녀를 삶으로 되돌리는 데 실패한 그는, 그녀를 따라 차고로 들어가, 문과 창문을 닫고, 그녀와 함께 자동차에 올라 시동을 켜고······.

6월 중순부터 9월 중순까지 천천히 쓰고 고쳐 쓴 글이 74페이지였고, 다시 지하철을 타고 브루클린 대학에 다니기 시작하고 2주 후에는, 투멀트 북스에서 그의 선집이 출간되었다. 그렇게 힘들었던 여름이 지나고, 『서론』이 마치 이른 봄의 첫 번째 크로커스처럼 생각지도 못한 방식으로 땅에서 솟아난 것이다. 차가운 땅의 진흙과 시커멓게 지저분해진 눈을 뚫고 튀어나온 보라색 빛, 그게 없었다면 아무 색도 없었을 세상에 창처럼 솟아난 아름다움이었다. 『서론』의 표지는 과연 보라색, 쓸 수 있었던 색 중에서 퍼거슨과 론이 고른 담자색이 살짝 도는 보라색이었고, 선이 가느다란 흰색 직사각형 안에 검은색 서체로 그의 이름과 제목을 적은 엄격한 표지 디자인은 프랑스 갈리마르 출판사의 책에 살짝 경의를 표하는 듯했다. 우아하다고, 아주 너무 우아하다고, 퍼거슨은 생각했다. 처음으로 한 권을 손에 들었을 때, 그는 전혀 대비하지 못했던 경험을 했다. 벼락같은 고양감. 월트 휘트먼 장학금을 따냈을 때의 고양감과 비슷하지 않은 건 아니었지만, 다음과 같은 차이가 있었다. 장학금은 다시 빼앗기고 말았지만, 이 책은, 비록 읽은 사람이 열일곱 명밖에 없다고 하더라도, 영원히 그의 것이 될 것이다.

서평들이 나왔다. 평생 처음으로 그는 공개적으로 키스를 받거나 주먹질을 당했는데, 이어진 넉 달 동안 그가 확인한 것만 이야기하자면, 길거나, 중간 분량이거나, 짧은 서평 열세 개가 신문과 잡지와 문학 계간지에 실렸다. 혀가 오가는 만족스러운 키스가 다섯, 다정하게 등을 두드려 주는 것 하나, 얼굴을 정면으로 때리는 주먹 셋, 무릎으로 불알을 가격하는 것 하나, 총살형 하나, 그저 어깨를 으쓱하는 것 둘이었다. 퍼거슨은 천재인 동시에 바보였고, 놀라운 재능의 소유자인 동시에 시건방진 멍청이였고, 그해 등장한 최고의 작가이자 그해 등장한 최악의 작가였고, 넘칠 듯한 재능을 가진 동시에 재능이 전혀 없는 작가였다. 반세기 전 행크-프랭크 이야기 때문에 볼드윈 선생님과는 한바탕 소동을 겪었지만, 밀드러드 이모와 돈 이모부는 선생님과 상반된 의견을 줬던 때 이후로 아무것도 달라지지 않았다. 긍정적 반응과 부정적 반응이 서로 밀고 당기는 상태, 판정을 내리는 법정에서의 끝없는 교착 상태. 퍼거슨은 자신에 대한 좋은 말이든 나쁜 말이든 모두 무시하려고 노력했지만, 키스의 느낌이 사라진 후에도 맞은 자리의 통증은 훨씬 오래 남는다는 걸 인정해야만 했다. 〈눈부신 신인이 이 판에 등장했다〉라는 칭찬을 기억하는 것보다는, 〈문학을 믿지 않고 그걸 파괴하고 싶어 하는 광기 어린, 통제 불능의 히피〉라고 공격받았던 걸 잊는 쪽이 더 어려웠다. 좇 까, 서평들을 책상 맨 아래 서랍에 챙겨 넣으며 그는 속으로 말했다. 혹시라도 다음 책이 출간된다면 그때는 촛농으로 귀를 막고, 안대로 눈을 가리고, 배의 돛대에 자기 몸을 묶은 후에, 그런 상태로 세이렌이 더는 자신을 건드릴 수 없을 때까지 폭풍우를 헤치고 나갈 생각이었다.

책이 출간되고 오래 지나지 않아 메리 도너휴가 돌아왔다. 실리아가 떠난 지 5개월 지난 시점이었고, 외롭고 섹스에 굶주려 있던 퍼거슨은 조애나가 자기 여동생이 최근에 지난 18개월 동안 만나던 남자 친구와 헤어졌다고 이야기했을 때 흥미 이상의 관심을 보였다. 퍼거슨이 메리를 다시 보고 싶다면 조애나가 다가오는 주중 어느 날에 기꺼이 둘을 함께 저녁 식사에 초대하겠다고 했다. 조애나에 따르면, 메리는 미시간 생활을 완전히 정리하고 다시 뉴욕에 돌아와 NYU에서 법학을 공부하고 있었고, 7킬로그램에서 9킬로그램 정도 살을 뺐고, 메리가 먼저 그의 안부를 물어봤기 때문에 그에게 이야기하는 거라고 했다. 만약 퍼거슨이 원하기만 한다면 메리도 원할 것 같았고, 그렇게 퍼거슨과 메리는 다시 만나기 시작했는데, 즉 오래전 1966년 여름에 그랬던 것처럼 다시 잠자리를 갖기 시작했다는 뜻이었다. 아니, 그건 사랑은 아니었고, 절대 사랑이 될 수도 없었지만, 어떤 면에서는 사랑보다 더 좋았다. 우정, 순수하고 단순한 우정, 양쪽 모두 상대를 대단히 존중해 줬고, 두 번째 연애가 두 달째로 접어들었을 때 퍼거슨은 그녀를 아주 신뢰하게 되면서, 마침내 그녀 앞에서 실리아와 관련한 자신의 짐을 내려놓기로 했다. 처음으로 아티 이야기와, 야구 이야기와, 부끄러운 피임 기구 이야기를 털어놓으며, 그 누구에게도 할 수 없었던 말들을 그녀에게 했다. 침묵과 속임수로 엉망이 되었던 그때의 이야기를 끝까지 마친 그는, 그녀에게서 고개를 돌려 벽을 바라보며 말했다. 나는 어디가 잘못된 걸까?

어린 거지, 메리가 대답했다. 네가 잘못되었던 건 그것밖에 없어. 너는 어렸고, 아직 덜 자란 어린 사람의 생각을 젊음의 과도한 이상주의라는 틀에서 크게 생각했던 거야. 이제 너도 더 이상 그렇게 어리진 않으니까, 그런 생각은 그만둬.

그것뿐일까?

그것뿐이야. 다만 한 가지, 이건 어린 거랑은 아무 상관 없는 거야. 그 친구한테도 이야기해야 했어, 아치. 네가 한 행동들이…… 네 감정이 상하지 않게 말하려면 뭐라고 해야 하지…….

비난받을 만했다고.

맞아, 그거야. 비난받을 만하다.

나 그 친구랑 결혼하고 싶었어, 알다시피. 아니면 적어도 결혼하고 싶은 거라고 생각했거든. 그런데 만약 우리가 절대 아기를 가질 수 없다는 걸 알았으면, 그 친구는 나랑 헤어졌을 거야.

그렇다고 해도, 아무 말도 안 한 건 잘못한 거야.

음, 누나한테는 이야기했잖아, 그렇지 않아?

나랑은 경우가 다르지.

어? 어떻게 다른데?

왜냐하면 너는 나랑은 결혼하고 싶어 하지 않으니까.

내가 원하는지 아닌지 어떻게 알아? 누나가 원하는지 아닌지는 어떻게 알아? 도대체 알 수 있는 게 뭐야?

메리가 웃었다.

적어도 이제 피임약은 안 먹어도 돼, 퍼거슨이 말을 이었다.

뉴욕에 남자가 너만 있는 게 아니잖아, 너도 알다시피. 어느 날 밤에 내가 우연히 멋쟁이 신사를 만나서 빠져 버리면 어떻게 되겠어?

나한테 말하지만 마. 내가 부탁하는 건 그뿐이야.

그때까지, 아치, 다른 병원이나 가봐. 확실히 해야지.

알았어, 퍼거슨이 말했다. 그래야 한다는 거 알아, 그렇게 할 거고. 조만간 말이야. 당연히 가야지, 조만간, 약속해.

1969년은 일곱 개의 수수께끼와 여덟 개의 폭탄, 열네 번의 거절과 두 번의 골절, 263이라는 숫자와, 인생을 바꿔 버린 하나의 농담이 있었던 해였다.

1) 리처드 닉슨이 미합중국의 37대 대통령에 취임하고 나흘 후, 퍼거슨은 〈폐허들의 수도〉의 마지막 문장을 썼다. 초고를 마친 것이다. 오랫동안 공들인 초고, 수많은 다시 쓰기를 거쳐서 이미 아홉 번째 혹은 열 번째라고 할 수 있는 원고였지만, 퍼거슨은 여전히 그 원고가 만족스럽지 않았는데, 그 어떤 의미에서도 흡족하다고 할 수 없었고, 다 썼다고 선언하기 전까지 할 일이 많을 것 같은 느낌이 들었다. 그래서 그는 다시 넉 달 동안 그 원고를 붙들고 앉아, 고치고 다듬고, 잘라 내고 덧붙이고, 단어를 다시 배치하고 문장을 날카롭게 만들었고, 6월 초, 마침내 최종의 최종 원고를 타자기로 작성하기 위해 자리 잡고 앉았을 때는 브루클린 대학에서의 마지막 시험을 치는 중이었고, 거의 졸업을 앞둔 시점이었다.

퍼거슨이 아는 출판사는 하나밖에 없었고, 그곳은 함께 책을 내고 싶은 유일한 출판사였다. 이제 장편소설을 완성했으니 그 원고를 투멀트 북스의 친구들에게, 그의 작품을 영원히 내고 싶다고 몇 번이나 이야기했던 그 친구들에게 넘기는 건 너무나 기쁜 일이 될 것 같았다. 하지만 지난 몇 달간 상황이 변했고, 여전히 성장 중인 신생 출판사, 1967년 여름에 출범한 후로 열두 권의 책을 출간한 그 출판사는 사라질 위기에 처해 있었다. 두 번 결혼했던 트릭시 대븐포트, 작지만 눈에 띄지 않는다고는 할 수 없었던 출판사의 유일한 재정적 후원자였던 그녀가 4월에 세 번째 결혼을 했는데, 새 남편 빅터 크랜츠는 트릭시의 투자를 관리하는 일 외에 다른 직업은 없는 것 같았고, 예술을 사랑하는 사람도 아니어서(몬드리안이나 칸딘스키처럼 이미 사망한 화가의 작품은 예외였다), 투멀트 북스 같은 〈쓸데없는 명분〉에 돈을 내버리는 일은 그만두라고 투멀트 천사에게 조언했다. 그렇게 지원이 끊겼고, 내기로 했던 책들의 계약을 취소했고, 이미 서점에 풀렸거나 도매상의 창고에 들어간 책들을 제외하고는 모두 할인 판매했고, 팔고 남은 책들은 폐지로 처분했다. 『서론』은 출간 후 9개월 동안 모두 806부가 팔렸다. 많다고는 할 수 없지만 투멀트의 기준으로 봤을 때는 나쁘지 않은 수치였는데, 출간 목록에서 앤의 에로틱한 시집(1,486부), 빌리의 『부서진 머리들』(1,141부), 해가 진 후 도심에서 펼쳐지는 퀴어들의 삶에 관한 보의 선정적인 일기(966부)에 이어 네 번째로 많이 팔린 책이었다. 5월 말,

퍼거슨은 자신의 책 1백 부를 한 권당 2달러에 구입한 후 박스에 담아 우드홀크레슨트 집의 지하실에 갖다 놓았고, 그다음엔 그날 저녁에 바로 뉴욕으로 돌아와 빌리의 집에서 열린 혼잡한 파티에 참석했다. 투멀트 북스에서 일했거나 책을 냈던 사람들이 모두 아내나 남편, 여자 친구 혹은 남자 친구를 데리고 모여서 빅터 크랜츠에 대한 험담을 쏟아 내며 자기들끼리 킥킥 웃었다. 더 슬픈 건, 조애나가 다시 임신하고 빌리가 생활비에 보태기 위해 가구 운반 일을 한다는 사실이었고, 파티 중간에 빌리가 자리에서 일어나 기즈모 프레스의 최후를 선언하는 순간도 피할 수 없었다. 하지만 적어도, 하고 술에 취한 빌리가 목에 핏대를 세우며 외쳤다. 내가 약속했던 책과 소책자 들은 모두 출간할 겁니다. 왜냐하면 나는 약속한 건 지키는 사람이니까! 투멀트의 지원을 끊어 버린 데 대한 날 선 언급이었고, 모든 사람들이 자신의 말을 지키는 빌리를 칭찬하며 환호했다. 조애나는 그 옆에서 눈물을 흘렸고, 메리는 언니의 어깨를 안은 채 옆에 서 있었는데, 그 순간 손수건을 꺼내 조애나의 얼굴에 흘러내린 눈물을 닦아 줬고, 가까이서 그 광경을 조심스레 지켜보던 퍼거슨은, 그런 행동을 하는 메리가 사랑스러웠다.

빌리의 조언에 따라 퍼거슨은 새로운 출판사를 찾아 줄 문학 전문 대리인을 구했다. 그녀의 이름은 린 에버하트였는데, 말할 것도 없이 빌리의 대리인이기도 했다(빌리가 다른 책을 완성했기 때문이 아니라, 이제 투멀트가 활동을 멈춘 상황에서 그녀가 『부서진 머리들』의 페이퍼백 출간을 원했기 때문이었다). 퍼거슨은 〈폐허들의 수도〉에 대한 그녀의 평가에 기운이 났는데, 그를 고객으로 받아들이는 편지에서 그녀는 그 작품이 눈부신 반전(反戰) 소설이라고 했고, 이틀 후 전화 통화에서는 베리만의 영화를 미국에 옮겨 와 말로 풀어놓은 같다고 했다. 퍼거슨은 베리만의 영화에 대해서는 상반된 감정을 품고 있었지만(어떤 작품은 좋았고 어떤 작품은 좋지 않았다), 린이 그걸 큰 칭찬으로 생각한다는 점은 이해할 수 있었기 때문에 좋은 이야기를 해줘서 고맙다고 했다. 린은 젊고 열정적이고 작고 예쁜 여자였는데, 금발에 입술은 밝은 빨간색이었다. 1년 전에 본인의 사업을 시작한 젊은 독립 출판 대리인으로, 데리고 있는 기존 작가는 한 명도 없었지만, 새로운 젊은 작가 중 최고를 찾아내는 일을 사명으로 생각하고 있었는데, 스물두 살 3개월의 퍼거슨은 젊다는 것 말고는 아무것도 내세울 게 없었다. 그녀는 자신의 목록에 있는 뉴욕의 출판사들에 원고를 보내기 시작했고, 거절의 답신이 하나씩 도착했다. 그렇게 거절한 출판사 중 어느 곳도 퍼거슨의 책이 나쁘다거나 가치가 없다고는 하지 않았고, 그중 한 출판사는 〈탁월한 재능〉을 예감하게 한다고도 했지만, 하나같이 〈폐허들의 수도〉가 너무 대놓고 비상업적이라서, 선금을 50달러만 주거나 아예 주지 않는다고 하더라도 제작비를 회수하기가 어려울 것 같다고 판단했다. 그해 말까지 그 원고는 열네 개 출판사의 우편함과 사무실을 거치며 열네 통의 거절 편지를 받았다.

열네 번의 스트레이트 주먹이었고, 한 번 한 번이 모두 아팠다.

걱정 마세요, 린이 말했다. 제가 뭔가 방법을 생각해낼 테니까.

2) 뒤얽힌 일족의 젊은 구성원 넷은 6월 초 각자 다니던 대학을 졸업했다. 에이미는 브랜다이스, 하워드는 프린스턴, 노아는 NYU, 그리고 퍼거슨의 경우에는 미드우드의 플랫부시 지하철역 근처에 있는 시골 은신처였는데, 이제 졸업식도 끝났고, 네 명 모두 미래를 향한 여정에 나서야 했다.

청소년기와 청년기의 많은 시간을 영화 관련 일을 하기 위한 준비에 바쳤던 노아는, 진로를 변경해 앞으로는 연극에만 집중하겠다고 선언함으로써 퍼거슨과 다른 이들을 깜짝 놀라게 했다. 영화 연기는 바보 같은 짓이라고, 중간중간 끊기는 그 기계적인 연기는, 재촬영이나 편집 감독의 가위질로 실수를 만회하는 일 없이 살아 있는 관객들 앞에서 하는 진짜 연기와는 비교할 수도 없다고, 노아는 말했다. 자신의 작은 영화 세 편을 연출하고, 다른 세 편의 영화에서 연기한 그였지만, 이제 셀룰로이드 필름에 작별을 고하고 예일 드라마 학교에서 3차원의 연기와 연출을 공부하러 떠나려는 참이었다. 왜 학교를 더 다녀? 퍼거슨이 물었다. 왜냐하면 훈련이 더 필요하니까, 노아가 대답했다. 하지만 필요 없다고 판단하면 그만두고 뉴욕으로 돌아와서 너희 집에 들어갈게. 엄청 비좁은 집이야, 퍼거슨이 말했다. 알아, 하지만 너는 바닥에서 자도 괜찮잖아, 그렇지? 노아가 말했다.

노아가 학교를 더 다니는 건 예상 밖의 일이었지만, 에이미와 하워드가 학교를 더 다니는 건 이미 약속하고 계획했던 일이었다. 둘 다 컬럼비아에 진학하면서 그와 함께 화려한 혼전 동거를 시작할 예정이었는데, 에이미는 미국사 박사 과정에 들어가고, 하워드는 철학을 그만두고 고전 연구를 하며, 당시 유행 중이던 영미권의 얼빠진 분석 철학에 시간을 낭비하는 대신 소크라테스 이전의 금언들을 더욱 깊이 파고들기로 했다. 비트겐슈타인은 괜찮았지만 콰인은 머리만 아프게 할 뿐이라고 했고, 스트로슨을 읽는 건 무슨 유리를 씹는 것 같다고 했다. 퍼거슨은 하워드가 옛 그리스인들을 얼마나 아끼는지 알고 있었지만(네이글의 영향이 지대했는데, 퍼거슨 본인보다 하워드에게 미친 그의 영향이 훨씬 오래가는 듯했다) 친구의 그 결정에는 약간의 실망감을 느끼지 않을 수 없었다. 그가 보기에 하워드는 학자보다는 예술가가 더 어울릴 것 같았는데, 그는 그런 하워드가 펜과 연필로 하는 작업을 더 과감

하게 밀어붙여서 드로잉으로 성공하고, 이미 에이미의
아버지보다 더 전문적인 솜씨를 보이던 그 손으로 먹
고살 수 있기를 바랐기 때문이다. 빌리를 위해 작업했
던 책 표지들, 『프린스턴 타이거』에 실렸던 그의 만화
들, 보는 이를 포복절도하게 한 테니스 매치 만화를 비
롯해 지난 몇 년 동안 그가 내놓은 놀라운 작품들을 봐
왔던 퍼거슨은, 결국 하워드에게 왜 예술을 하지 않고
다시 학교에 가는 거냐고 직접 물어봤다. 왜냐하면 예
술은 나한테는 너무 쉽고, 앞으로는 절대 지금보다 나
아질 수 없을 테니까, 그의 옛 룸메이트는 말했다. 나를
시험해 볼 수 있는 뭔가를, 내가 할 수 있다고 생각하는
수준 이상으로 나를 압박하는 어떤 원칙 같은 것을 찾
고 있는 거야. 그게 말이 되는 걸까, 아치? 그래, 말이
되는 거였다. 아주 많이 말이 되는 거였지만, 그럼에도
퍼거슨은 여전히 실망스러웠다.

　퍼거슨 본인으로 말하자면, 학교에 더 다니는 건 전
혀 고려 사항이 아니었다. 그만하면 충분했다고 그는
일족의 다른 구성원들에게 말했고, 그해 늦은 봄 일자
리를 구했다. 아버지라면 반대했을 일자리, 분명 아버
지를 무덤에서도 돌아눕게 할 것 같은 일자리였는데,
브루클린 대학에서 가장 똑똑하고 믿을 만했던 친구
프리츠 맨지니의 아버지가 도급 회사를 운영하고 있었
고, 회사에서 하는 여러 용역 중 하나가 아파트 도색이
었다. 프리츠가 퍼거슨에게 아버지가 그해 여름에 도

색 팀에서 일할 팀원을 구한다고 이야기했고, 퍼거슨은 로어맨해튼 데스브로시스가에 있는 맨지니 씨의 사무실에서 그를 만난 다음 채용되었다. 대부분의 일자리처럼 주 5일 근무를 하는 게 아니라 일감이 생기면 그때그때 하는 일이었기 때문에 자신에게 잘 맞는다고 생각했는데, 1주나 2주 정도 일하고 1주나 2주 정도는 일하지 않는다고 해도 일할 때 받은 돈으로 일하지 않는 동안의 식비와 집세를 내기에는 충분할 것 같았다. 이제 대학은 졸업했기 때문에 그는 작가이면서 동시에 도색 인부였지만, 막 첫 번째 장편소설을 마치고 아직 다른 뭔가를 시작할 준비가 되어 있지 않았기 때문에 (뇌가 텅 빈 것 같았고 아이디어도 바닥났다), 대부분은 도색 인부였다.

에이미는 앞길에 아무 장애물 없이 씩씩하게 나아가겠지만, 나머지 셋의 계획은 군대 신체검사 중에 혹은 그 후에 일어날 상황에 따라 가변적이었다. 하워드는 7월 중순, 노아는 8월 초, 그리고 퍼거슨은 8월 말이었다. 영장이 나올 경우 하워드와 노아는 루서 본드의 선례를 따라 북쪽의 캐나다로 떠날 생각이었지만, 두 사람보다 더 단호하고 다혈질이었던 퍼거슨은 교도소에 가는 위험을 감수할 생각이었다. 전쟁에 찬성하는 무리에서는 그런 사람들을 부르는 이름이 — 병역 기피자, 겁쟁이, 조국에 대한 배신자 — 있었지만, 세 친구는 그들이 정당하다고 느끼는 전쟁에서 미국을 위해 싸우는 데는 반대하지 않았다. 그들 중 누구도 모든 전쟁에 반대하는 평화주의자는 아니었고, 단지 이 전쟁에 반대하는 것뿐이었다. 이 전쟁은 도덕적으로 용납할 수 없는 전쟁이었고, 정치적 실수일 뿐 아니라, 광기 어린 범죄 행동이었기 때문에, 그들은 거기에 동참하지 않는다는 애국적 의무를 따르는 것이었다. 하워드의 아버지나 노아의 아버지, 퍼거슨의 새아버지는 모두 제2차 세계 대전 참전 군인이었고, 아들들과 의붓아들은 파시즘에 맞서는 전투에서 싸웠던 그 아버지들을 존경했다. 그건 그들이 보기에 정당한 전쟁이었지만 베트남은 달랐고, 세 명의 참전 군인들이 이 전쟁에 반대하는 아들들과 의붓아들을 지지하고 있음을, 뒤얽힌 거대한 일족의 모든 구성원이 알고 있다는 사실은 안심이 되었다.

햄버거 힐 전투, 아사우 계곡의 아파치 스노 작전, 푸옥뚜이 지역의 빈바 전투. 그런 것들이 셋의 대학 졸업식 전후로 베트남에서 들려오던 소식들이었고, 그들은 각각 뉴어크의 징집 위원회(하워드)와 맨해튼 화이트홀가(노아와 퍼거슨)에서 있을 신체검사를 대비하고 있었다. 하워드와 노아는 4-F(징집 면제 판정)나 1-Y(현역 판정이지만 급박한 상황에만 복무) 등급을 받을 수 있는 가짜 병이 있기를, 그래서 캐나다에 가지 않아도 되기를 희망하며 병원에 가서 미리 확인해 봤다. 하워드는 먼지와 잔디, 돼지풀, 미역취, 그 밖에 봄과 여름에 공기 중에 떠다니는 각종 꽃가루에 알레르기(건초열)가 있었고, 본인 역시 전쟁에 반대하고 하워드에게 호의적이었던 의사는 그가 천식까지 앓고 있다는 진단서를 써줬는데, 그걸로 신체검사에서 면제를 받을 수 있을지는 확실치 않았다. 노아 역시 진단서를 마련했는데, 지난 6개월 동안 그가 매주 두 번씩 상담받았던 반전 성향의 정신 분석 전문의가, 자기 환자는 탁 트인 공간에 대한 공포증(광장 공포증)이 있으며, 그 증상은 감당할 수 없는 스트레스를 받으면 편집증으로 발전할 것이고, 그게 만약 잠재적인 동성애 성향과 결합한다면 남자들만 있는 상황에서 그가 정상적인 행동을 하기란 불가능할 거라고 적어 줬다. 노아가 그 진단서를 보여 줬을 때 퍼거슨은 고개를 저으며 웃음을 터뜨렸다. 나 좀 봐, 아치. 나 사회에 위험한 인물이야. 완전 또라이라고.

의사들이 이 쓰레기 같은 진단서를 조금이라도 믿을 것 같아? 퍼거슨이 물었다.

누가 알겠어? 노아는 그렇게 대답하고는, 잠시 말을 멈췄다가 다시 웃으며 말했다. 어쩌면.

퍼거슨은 유리한 결과를 얻으려면 자기도 병원에 가서 하워드와 노아가 한 것과 비슷한 일을 해야 한다고 생각했지만, 지금까지 지켜본 독자라면 아시다시피 퍼거슨은 늘 자신에게 유리한 결과를 얻기 위해 행동하는 사람은 아니었다. 8월 25일 월요일 아침, 그는 진짜

든 가짜든, 신체적으로든 정신적으로든 상관없이, 군의관에게 제시할 그 어떤 병에 대한 진단서도 없이 화이트홀가의 징집 센터를 찾아갔다. 어릴 때 건초열을 앓았던 건 사실이지만 최근에는 그런 증상도 극복한 것 같았고, 그가 갖춘 유일한 조건, 그를 말하는 노새에 불과한 존재로 만들어 버린 저주 같은 그 조건은 눈앞의 문제와는 아무 관련이 없었다.

그는 흰색 팬티 차림으로 건물 안을 이리저리 오갔고, 역시 흰색 팬티 차림으로 이리저리 오가는 젊은이 무리와 뒤섞였다. 백인 젊은이, 히스패닉 젊은이, 흑인 젊은이, 아시아인 젊은이 — 그들 모두 같은 배를 타고 있었다. 필기시험을 치고, 몸을 재고, 몸무게를 달고, 검사를 받고, 다음으로 자신에게 어떤 일이 일어날지 궁금해하며 집으로 돌아왔다.

3) 9월 2일 호찌민이 일흔아홉의 나이로 사망했다. 여름이 시작된 후 네 번째로 맨지니 씨의 일을 하고 있던 퍼거슨은, 83번가와 84번가 사이 센트럴파크웨스트의 방 세 개짜리 아파트에서 사다리를 타고 주방 천장을 칠하던 중에 라디오로 그 소식을 들었다. 〈호 아저씨〉가 죽었지만 그것 때문에 달라지는 건 없었고, 전쟁은 북베트남이 남베트남을 정복하고 미국인들이 쫓겨날 때까지 계속될 것이었다. 그것만큼은 확실하다고, 그는 붓을 깡통에 담갔다가 천장에 다시 한번 휘두르며 생각했지만, 다른 많은 일들은 확실하지 않았다.

예를 들어, 왜 자신은 하워드와 노아가 신체검사 일자를 통보받고 한 달을 꽉 채운 후에야 신체검사 일자를 통보받았는지, 혹은 하워드는 뉴어크에서 이미 새로운 등급(1-Y)을 받았는데, 역시 비슷한 시간이 지났음에도 왜 노아는 맨해튼 위원회에서 아무 소식도 듣지 못하고 있는지 등이 그랬다. 전부 너무 제멋대로인 것처럼 보였는데, 마치 하나의 시스템이 따로 노는 두 개의 손으로 작동하는 것 같았다. 각각의 손은 다른 손이 하고 있는 일을 모른 채 자기 일만 하고 있었고, 이제 신체검사를 마친 그는 앞으로 얼마나 기다려야 하는지도 알 수 없었다.

그는 최악의 상황에 대비하고 있었고, 여름이 지나고 가을에 접어들 때까지도 줄곧 교도소에 관해, 자신의 의지에 반해 감금당하고 교도관들의 사악한 규정과 명령에 굴복해야만 하는 일에 관해, 동료 죄수 혹은 죄수들에게 강간당할 위협에 관해, 무장 강도로 7년 형을 받거나 살인으로 1백 년 형을 받은, 칼을 갖고 다니는 폭력적인 죄수들과 같은 방을 쓰는 일에 관해 생각했다. 그런 다음 그의 정신은 현재를 벗어나 떠돌기 시작했고, 그는 열두 살에 읽은, 엉뚱하게 고발된 에드몽 당테스가 이프성에서 14년을 갇혀 지내는 『몬테크리스토 백작』이나, 8학년 때 읽은, 옆방에 있는 수감자들끼리 벽을 두드려 암호를 주고받는 소설 『한낮의 어둠』, 혹은 오랫동안 봐온 턱없이 많은 교도소 영화들을 생각했다. 「거대한 환상」, 「사형수 탈출하다」, 「나는 탈옥수」, 「에밀 졸라의 생애」에서 악마의 섬에 있었던 드레퓌스, 「11동의 폭동」, 「빅 하우스」, 「싱 싱에서의 2만 년」, 「철 가면」 등을 떠올렸다. 마지막 작품 또한 뒤마 원작으로, 쌍둥이 형제 중 한 명이 자신의 수염에 숨이 막혀 죽는 이야기였다.

불확실함과 점점 커지는 두려움이라는 한 쌍의 배양기에서, 신경질적이고 날 선 생각들이 깨어나고 있었다.

여름은 언제나 열심히 일하는 시간이었지만, 그해 여름 퍼거슨은 〈폐허들의 수도〉에 대한 네 통의 거절편지를 읽는 것 외에는 한 일이 거의 없었다. 호찌민 사망 후 한 달이 지나자 숫자는 일곱 통으로 늘어났다.

4) 그해 여름과 가을을 지나는 동안, 퍼거슨이 맨지니 씨 회사에서 시간을 보내며 자기 앞에 놓인 불안한 미래에 대해 고민하는 사이에, 한 남자가 뉴욕시티 주변에 폭탄들을 설치했다. 샘 멜빌 혹은 새뮤얼 멜빌은 1934년 태어날 때는 새뮤얼 그로스먼이었지만, 『모비딕』의 작가에 대한 존경심으로, 혹은 프랑스 영화감독 장피에르 멜빌(이 감독도 태어날 때 이름은 장피에르 그룸바흐였지만)에 대한 존경심으로, 혹은 그 누구에 대한 존경심이나 별다른 이유 없이, 그저 아버지, 그리고 그 아버지 이름과의 연결 고리를 끊어 버리기 위해 성을 바꿨다. 독립적인 마르크스주의자로, 웨더맨들이

나 블랙 팬서당 당원들과 연대하기는 했지만 본질적으로 혼자 움직이는 사람이었다(종종 한두 명의 공범과 함께하기도 했지만 대부분은 아니었다). 멜빌은 7월 27일, 뉴욕 부둣가의 그레이스 피어에 있던 건물에 첫 번째 폭탄을 터뜨려 피해를 입혔는데, 유나이티드 프루트 컴퍼니 소유의 시설로 그 기업은 오래전부터 중남미 농민들을 짓밟고 착취해 온 곳이었다. 8월 20일, 그는 머린 미들랜드 은행 건물을 공격했고, 9월 19일에는 로어브로드웨이에 있는 연방 정부 건물의 상무부와 육군 징집관 사무실을 공격했다. 다음 목표물은 RCA 건물의 스탠더드 오일 사무실, 체이스 맨해튼 은행 본점, 그리고 11월 11일에 습격한 5번 애비뉴의 제너럴 모터스 건물 등이었고, 그다음 날, 팬서 21[75]의 재판이 열리고 있던 센터가의 형사 법원 건물을 폭파하려다가, FBI 정보원을 공범으로 고른 바람에 현장에서 체포되었다. 그는 1970년 〈무덤〉에 수감되었는데, 그곳에서 죄수들의 시위를 조직했고, 그 이유로 7월에 싱싱 교도소로 이송되었지만 그곳에서 또다시 시위를 조직했고, 그 이유로 9월에는 뉴욕주 북부 애티카의 최고 보안 시설로 한 번 더 이송되었다.

어느 보도를 봐도, 점점 커져만 가던 멜빌의 극단주의는 1968년 컬럼비아 대학에서 있었던 사건들에 자극받은 것이었다. 대충돌이 있던 4월 30일 밤, 그 서른

---

75 스물한 명의 블랙 팬서당 당원이 모여 만든 조직.

네 살의 전직 배관 설계사는 학생들을 돕기 위해 교정에 나타났고, 1천 명의 경찰 특공대원들이 습격하고, 7백 명의 학생들이 체포되고, 셀 수도 없을 만큼 많은 녹색 완장과 흰색 완장을 두른 사람들이 폭행당하던 대혼란의 와중에, 멜빌은 경찰에 반격하고 맞서 싸우라고 독려했다. 소규모의 시위대와 함께 그는 강철과 황화 철로 만든 약 2백 리터들이 쓰레기통을 로 도서관 옥상으로 끌고 가서 경찰들을 향해 떨어뜨리려고 했다. 어린 학생들은 겁을 먹었고, 그런 무모한 행동에 참여할 준비가 전혀 되어 있지 않았기 때문에 그대로 흩어지고 말았다. 잠시 후 경찰에게 붙잡힌 멜빌은 다른 건물에 끌려가서 의자에 묶인 채 곤봉으로 폭행당했다. 며칠 후 그는 학교 소유 건물에서 가난한 세입자들을 몰아내려는 컬럼비아 대학의 방침에 반대하는 지역 행동 위원회에 가입했고, 웨스트 112번가의 세인트마크스 암스 건물 앞에서 열린 시위에서 다른 회원들과 함께 체포되었다.

컬럼비아 대학이 그를 불타게 했고, 이듬해부터 그는 도시 이곳저곳에서 폭탄 시위를 시작했다. 첫 번째 공격을 너무 능숙하게 처리해서 석 달 반 동안이나 잡히지 않았는데, 들키지도 않고 추적당하지도 않았다. 타블로이드 신문에서는 그를 〈미친 폭파범〉이라고 불렀다.

퍼거슨은 샘 멜빌을 만난 적도 없고, 11월 12일에 체포되기 전에는 그가 누군지도 몰랐다. 여덟 번의 폭탄 공격 중 네 번째이자 가장 강력했던 공격 덕분에 둘의 이야기는 만나게 되었는데, 그 후로 퍼거슨 인생의 방향을 바꿔 놓은 만남이었다. 체격도 좋고 건강한 대학 졸업생이라면 징집 위원회에서 1-A 등급을 받을 게 거의 확실했을 것이고, 그렇다면 연방 법원에서 재판을 받고 연방 교도소에 수감되는 길이 열렸을 것이었다. 하지만 멜빌이 10월 초 화이트홀가의 육군 징집 센터를 날려 버릴 당시 퍼거슨은 아직 자신의 등급에 관해 어떤 소식도 듣지 못한 상태였는데, 10월 말까지 아무 소식이 없고 11월이 지날 때까지도 소식이 없자, 퍼거슨은 멜빌의 폭탄 공격으로 자신의 병적 기록이 날아가 버린 게 아닐까 하는 이론을 조심스럽게 세워 봤다. 그러니까 자신이, 즐겨 쓰던 표현에 따르면, 명부에서 사라진 것이었다.

다른 말로 하자면, 퍼거슨이 정말 명부에서 사라진 거라면 샘 멜빌이 그의 인생을 구원해 준 셈이었다. 소위 〈미친 폭파범〉이 수천 명까지는 아니더라도 수백 명의 다른 젊은이들의 인생도 구원해 줬고, 그다음엔, 멜빌 본인이 그들을 위해 교도소에 가면서 자신의 인생을 희생했다.

5) 혹은 그럴 거라고 퍼거슨은 상상했고, 혹은 그럴 거라고 희망했고, 혹은 그게 사실이게 해달라고 기도했지만, 그가 명부에서 사라졌든 아니든, 그 문제가 정

리되기 위해서는 건너야 할 다리가 하나 더 있었다. 닉슨이 법을 바꿨다. 선택적 징병제에 따르면 이제 육군의 여러 계급은 18세에서 26세 사이의 미국 남성 전체가 아니라 일부를 대상으로만 징집할 예정이었는데, 그 일부란 12월 1일 월요일에 열릴 추첨에서 가장 낮은 숫자를 받게 될 사람들이었다. 윤일을 포함해 1년의 모든 날짜에 해당하는 366개의 숫자가 있었는데, 이는 곧 미국 내 모든 젊은 남자들의 생일에 각각 해당하는 것이었고, 결국 자유를 얻을지 아닐지, 전쟁에 나가서 싸울지 집에 머무를지, 교도소에 갈지 가지 않을지를 놓고 무작위로 숫자 놀이를 하는 셈이었다. 미래 삶의 전반적인 형태가 〈완전 횡재 장군〉, 유골함과 관, 국립묘지를 관장하는 그 사령관의 손에 의해 결정될 참이었다.

터무니없었다.

온 나라가 도박장이 되어 버렸는데, 정작 직접 주사위를 던질 수는 없었다. 정부가 대신 던져 줄 거라고 했다. 80이나 1백 아래 숫자는 위험한 저주가 될 것이었다. 그 저주보다 높은 숫자라면, 감사합니다, 주인님.

3월 3일생이 받은 숫자는 263이었다.

이번에는 고양감 같은 건 없었고, 벼락이 치거나 혈관에 전류가 흐르는 느낌도 없었고, 보라색 크로커스가 시커멓게 지저분해진 눈을 뚫고 튀어나오는 일도 없었다. 다만 갑작스러운 차분함, 어쩌면 체념, 심지어 슬픔 같은 감정이 들었다. 그는 장담했던 대로 반항적인 행동을 할 준비가 되어 있었지만, 이제 그럴 필요가 없었다. 더는 그런 생각을 할 필요도 없었다. 자리에서 일어나 숨 쉬고, 자리에서 일어나 돌아다니고, 자리에서 일어나 세상 속으로 들어가면 되는 일이었고, 퍼거슨은 자리에서 일어나 숨 쉬고 돌아다니고 세상 속으로 들어가던 중에, 자신이 지난 다섯 달 동안 마비된 상태로 살아왔음을 깨달았다.

아버지, 그는 속으로 말했다. 이상한, 돌아가신 아버지, 아버지 아들이 철창에 가지는 않을 거예요. 아버지 아들은 원하면 어디든 갈 수 있어요. 아들을 위해 기도해 주세요, 그 아들이 아버지를 위해 기도하고 있으니까.

퍼거슨은 책상에 앉아 신문에서 6월 16일의 숫자를 찾아봤다. 노아의 생일이었다.

274.

그리고 하워드의 생일, 1월 22일의 숫자.

337.

다음 날 늦은 오후, 노아는 차를 얻어 타고 뉴헤이번에서 내려왔고, 저녁 7시에 퍼거슨과 하워드는 웨스트엔드에서 그를 만나 먼저 한잔하고, 두 블록 떨어진 브로드웨이의 문 팰리스에서 중국 음식으로 축하 식사를 하기로 했다. 하지만 모퉁이의 칸막이 자리가 편했던 그들은 중국 식당에 가지 않고 계속 웨스트엔드에 죽치고 앉아, 좋아하는 그 술집의 끔찍한 포트로스트와 국수로 저녁을 먹고, 새벽 2시 30분까지 머물며 유명한 술들을 엄청나게 퍼마셨는데, 퍼거슨은 주로 스카치였다. 고만고만한 블렌디드 위스키 때문에 그는 숙취의 바닥까지 굴러떨어졌고, 눈앞이 흐릿하고, 사물이 두 개로 보이는 만취 상태로 축 늘어진 채, 비틀거리는 두 친구에게 끌려 웨스트 113번가의 하워드와 에이미의 아파트로 옮겨졌고, 새벽까지 그 집 소파에 쓰러져 있었는데, 그렇게 되기 전에, 어느 시점엔가 하워드와 노아가 몇 가지 일에 관해 자신을 몰아붙인 일이 기억났다. 몇 가지는 생각이 나고 몇 가지는 나지 않았지만, 그중에 생각이 나는 일은 다음과 같았다.

　─ 그가 아버지 돈에 손을 대지 않은 건 바보 같은 짓이었다.

　─ 아직 손을 대지 않는 그 돈으로, 그는 미국에 작별을 고하고 대서양 건너 유럽에서 최소한 1년을 보낼 수 있다. 지금까지의 유감스럽고 초라한 삶에서 그 어디에도 가본 적 없는 그였지만, 이제 여행을 시작할 필요가 있다.

　─ 메리 도너휴가 멋쟁이 신사를 만나 결혼 이야기를 하고 있다는 건 잊어버려야 한다. 비록 메리가 탁월한 여성이며 힘들었던 시기에 퍼거슨을 잡아 준 건 사실이라고 해도 둘에게는 미래가 없었는데, 왜냐하면 그는 그녀가 원하는 남자, 혹은 그녀에게 필요한 남자가

아니며, 그녀에게 줄 수 있는 게 아무것도 없기 때문이다.

– 뉴욕 출판사 열두 곳에서 거절당한 건 잠을 설칠 일은 아니었다. 심지어 앞으로 열두 군데에서 더 거절당한다고 해도 언젠가는 누군가가 출간을 해줄 테고, 지금 중요한 건 다음 책에 대한 구상을 시작하는 것이고…….

그런 말들을 떠올리는 동안, 퍼거슨은 모두 일리가 있다고 인정했다.

6) 그는 성실한 직원이었기 때문에, 그리고 지각해서 동료 직원들을 실망하게 하고 싶지 않았기 때문에, 다음 날 아침 9시 정각에 일을 하러 나갔다. 하워드와 에이미의 소파에서 네 시간 반을 잤고, 브로드웨이와 112번가가 만나는 모퉁이에 있는 톰 식당에서 블랙커피 석 잔을 마신 후에, 88번가와 89번가 사이의 리버사이드 드라이브에 있는 현장, 며칠 전부터 후안, 펠릭스, 해리와 함께 도색 작업을 시작한 침실 네 개짜리 거대한 아파트 현장으로 걸어갔다. 그날 아침 공기는 얼음처럼 차가웠고, 퍼거슨은 숙취가 지독해서 눈이 충혈되고, 머리가 쪼개질 것 같고, 속이 울렁거리는 상태로, 목도리에 얼굴을 파묻은 채 비틀거리며 시내를 통과했고, 숨결에서는 아직도 술 냄새가 났다. 후안이 물었다. 무슨 일이 있었던 거야, 친구? 펠릭스가 말했다. 완전 쓰레기처럼 보인다, 얘야. 해리가 말했다. 집에 가서 잠

좀 자지 그래? 하지만 퍼거슨은 집에 가서 자고 싶지 않았다. 그는 완벽하게 괜찮았고, 그래서 일을 하러 온 것이었다. 하지만 한 시간 후, 길게 뽑아 쓰는 사다리 위에서 주방 천장을 칠하던 중에, 그는 중심을 잃고 바닥으로 떨어져 왼쪽 발목과 손목에 골절상을 입었다. 해리가 구급차를 불렀고, 팔목과 발목에 깁스를 해준 루스벨트 병원의 의사는 최종 상태를 살피며 이렇게 말했다. 제대로 떨어졌네, 젊은 친구. 머리부터 안 떨어진 게 다행이야.

7) 다음 6주 동안 퍼거슨은 우드홀크레슨트의 집에서 지냈다. 뼈가 다시 붙을 동안 어머니가 해주는 좋은 요리를 먹고, 저녁 식사 후에 댄과 진 러미 카드놀이를 하고, 닉스 시합 중계가 있는 밤에는 슈나이더먼 집안의 두 남자와 거실에서 텔레비전을 보고, 어머니와 임신한 낸시는 주방에서 여성의 신비에 관해 이야기를 나누는 집이었다. 그렇게 편안하고 즐거운 시간을 보내며 강제 휴식을 취하고(댄의 표현이었다), 재고 조사를 하며(어머니의 표현이었다) 앞으로 뭘 할지 생각했다.

메리는 떠났고, 곧 밥 스탠턴이라는 지적인 신사와 결혼할 예정이었다. 상대는 서른한 살의 퀸스 지방 검사보였는데, 퍼거슨이 될 수 있는 그 어떤 모습보다 더 안정된 사람이었기 때문에 어리석은 결정이라고 할 수 없다고, 그는 느꼈다. 그럼에도 아픔은 있어서 그건 부러진 뼈가 붙는 것보다는 더 많은 시간이 필요할 듯했다. 메리가 떠나자 그를 뉴욕에 붙잡아 둘 건 아무것도 없었고, 맨지니 씨 회사에서 계속 도색 인부로 일해야 했던 것도 아니며, 술에 취했던 날 밤에 하워드나 노아가 정신을 차리게 해준 덕분에 그는 아버지의 돈에 대한 지금까지의 생각을 바꿔서, 그 돈을 받지 않는 건 모욕이 될 거라는 친구들의 생각에 마지못해 동의하고 있었다. 그의 아버지는 죽었고, 죽은 사람은 더 이상 자신을 변호할 수 없었다. 지난 세월 동안 두 사람 사이에 그 어떤 화가 쌓여 왔든 아버지는 유언장에 그를 넣어 줬고, 그건 퍼거슨이 10만 달러를 받아서 스스로 적당하다고 생각하는 곳에 써주기를 원했다는 의미였는데, 이 경우에 적당한 곳이란 그 돈으로 생활하며 글쓰기를 계속하는 것이었고, 아버지도 그 점은 알고 있었으리라고 퍼거슨은 합리적으로 추론했다. 사실 그에겐 이제 화도 거의 남아 있지 않았고, 아버지 사망 후에는 시간이 지날수록 그가 화를 낼 일도 점점 줄어들어서, 1년 반이 지난 그때쯤엔 완전히 사라졌다고도 할 수 있었다. 한때 화가 차지하고 있던 곳에는 슬픔과 혼란이 자리를 잡았다. 슬픔과 혼란과 후회가.

큰돈이었고, 신중하게 쓴다면 몇 년을 지내기에 충분한 돈이었다. 하워드와 노아는 그 돈의 중요성을 잘 강조해 줬고, 퍼거슨의 소설이 거절당하는 상황에 관해서도 현명하게 상담해 줬고(린 에버하트는 2월에 마침내 그 작품의 집을 찾아 줬는데, 콜럼버스 북스라는,

1950년대부터 샌프란시스코에서 대담하고 자극적인 책을 내온 작은 출판사였다), 무엇보다도 그 친구들은 그 돈이 있기 때문에 퍼거슨이 지금 상황에서 자신에게 가장 좋은 선택을 할 수 있을 것임을 이해하고 있었다. 우드홀크레슨트의 집에서 느긋하게 지내며 그 돈 덕분에 자신에게 주어진 가능성들을 어렴풋이 그려 보던 퍼거슨은, 빙빙 돌아서 마침내 친구들과 같은 견해에 도달했다. 미국을 벗어나 세상에서 뭔가를 봐야 할 때가, 불길을 뒤로한 채 어딘가 다른 곳으로 가야 할 때가 되었다. 어디든 상관없었다.

퍼거슨은 다음 2주 동안 허둥대고 심사숙고하며 수없이 많은 〈어디든〉을 다섯 곳에서 세 곳으로, 그리고 한 곳으로 줄였다. 최종적으로 언어가 가장 중요했는데, 영국에서도 영어를 쓰고 아일랜드에서도 영어를 쓰기는 했지만 그런 음습하고 축축한 곳에서 자신이 행복할 수 있을지 의심스러웠다. 물론 프랑스에도 비가 오기는 했지만, 프랑스어는 그가 견딜 만한 수준으로 말하고 읽을 수 있는 유일한 외국어였고, 파리에 관해 단 하나라도 부정적인 이야기를 하는 사람은 만나 본 적이 없었기 때문에, 그는 그곳에서 자기 운을 시험해 보기로 했다. 연습 삼아 몬트리올을 짧게 방문해서 루서 본드를 만나 볼 생각이었다. 루서는 새로운 나라에서 잘 살고 있었는데, 퍼거슨이 브루클린 대학에 입학할 무렵 맥길 대학에 들어갔던 그는 이제 졸업 후에

『몬트리올 가제트』지에서 수습기자로 일하며 새 여자 친구 클레어, 클레어 심프슨 혹은 샘프슨(루서의 손 글씨는 읽기가 힘들었다)과 함께 살고 있었다. 퍼거슨은 북쪽으로 떠나고 싶어 안달이었고, 동쪽으로 떠나고 싶어 안달이었고, 떠나고 싶어 안달이었다.

1월 말이면 다시 편하게 걸어다닐 수 있을 것 같았고, 그때까지 이스트 89번가의 아파트를 비우고 큰 변화를 준비하기에 시간은 충분해 보였다.

그러다 1월 1일, 퍼거슨이 새로운 10년의 첫 아침 식사를 막 시작하려던 순간, 어머니가 그 농담을 이야기해 줬다.

오래된 농담인 것 같았고, 유대인 가정의 거실에서 오랫동안 이야기되어 온 것 같았지만, 어찌 된 일인지 퍼거슨은 그때까지 모르고 있었고, 그가 있었던 거실에서는 한 번도 그 농담을 들어 본 적이 없었다. 하지만 1970년 신년 오전에 마침내 어머니가 주방에서 그 이야기를 해줬다. 발음하기 어려운 긴 이름의 러시아계 유대인 청년이 엘리스섬에 도착해 나이 많고 경험도 많은 고향 사람을 만나고, 청년이 자신의 이름을 알려주자, 노인은 인상을 찌푸리며 그렇게 길고 발음이 어려운 이름은 미국에서의 새로운 삶에서는 통하지 않을 거라고, 더 짧고 미국 이름처럼 들리는 것으로 바꿔야 한다고 말한다. 추천해 주세요, 청년이 말한다. 록펠러로 하세요, 절대 실패 안 할 겁니다. 두 시간이 지나고, 이민국 직원 앞에 앉아 질문을 받게 된 러시아계 청년은 도무지 노인이 알려 준 이름을 떠올릴 수가 없다. 이름은? 직원이 묻는다. 좌절감으로 자기 머리를 때리면서, 지친 이민자 청년은 이디시어로 내뱉는다. 이크 호브 파게센Ikh hob fargessen(잊어버렸습니다)! 엘리스섬 직원은 만년필 뚜껑을 열고 성실하게 장부에 그 이름을 기재한다. 이커보드 퍼거슨.

퍼거슨은 그 농담이 마음에 들었고, 주방에서 아침을 먹으며 어머니에게 이야기를 들었을 때 크게 웃었으며, 나중에 절뚝거리며 위층의 자기 침실로 올라갈 때까지도 그 생각을 멈출 수가 없었다. 달리 생각을 방해하는 일도 없었기 때문에, 그는 남은 오전 시간은 물론 이른 오후까지 그 불쌍한 이민자를 계속 생각했고, 마침내 그 이야기는 농담의 영역에서 벗어나 인간의 운명과, 한 인간이 삶을 헤쳐 나가는 중에 끊임없이 마주치는 분기점에 관한 우화가 되었다. 그 청년은 갑자기 세 명의 젊은이로 나뉘었고, 모두 같은 인물이지만 이름은 달라서, 각각 록펠러, 퍼거슨, 그리고 러시아에서 엘리스섬까지 그와 함께 건너온 발음하기 어려운 긴 이름의 청년 X가 되었다. 농담에서 그 청년은, 이민국 직원이 그의 말을 알아듣지 못하는 바람에 결국 퍼거슨이 된다. 그것만으로도 이미 충분히 흥미로웠다. 행정적인 실수 때문에 어떤 이름을 강제로 갖게 되고,

남은 인생을 그 이름으로 살아가는 것, 기이하고, 웃기고, 비극적이라는 점에서 흥미로웠다. 누군가의 펜글씨 열다섯 획으로 러시아계 유대인이 스코틀랜드 장로교 신자가 되었다. 만일 백인들의 개신교 국가인 미국에서 그 유대인이 개신교도로 여겨진다면, 그가 만나는 사람들이 모두 자동으로 그를 그가 아닌 누군가로 여기게 된다면, 그런 사태는 미국에서의 그의 미래에 어떤 영향을 미치게 될까? 정확히 밝히기란 불가능하겠지만, 차이가 있을 거라는 점, 그가 퍼거슨으로 살아가는 삶은 히브리인 청년 X로 살아가는 삶과 같지 않을 거라는 점은 짐작할 수 있다. 그런가 하면 청년 X는 록펠러가 되는 데 반대하지도 않았다. 그는 다른 이름을 써야 한다는 나이 든 동향 사람의 조언을 받아들였는데, 그 이름을 까먹는 대신 계속 기억하고 있었으면 어떻게 되었을까? 그는 록펠러가 되었을 테고, 그날 이후로 사람들은 그를 미국 최고 부자 집안의 사람으로 여겼을 것이다. 이디시 억양은 어쩔 수 없었겠지만, 그렇다고 사람들이 그가 완전히 다른 가문의 사람이라고, 외국에서 지냈지만 혈연관계를 따지다 보면 존 D.나 그 상속자들과 직접 이어진 사람 중 한 명일 거라고 생각하는 일까지 멈추게 할 수는 없었을 것이다. 만약 청년 X가 어떻게든 자기 이름을 록펠러로 기억할 수 있었다면, 그 이름은 이후 미국에서의 그의 삶에 어떤 영향을 줬을까? 그의 삶은 똑같았을까, 아니면 달라졌을까?

당연히 달라졌을 거라고, 퍼거슨은 생각했지만, 어떻게 달라졌을지는 알 수 없었다.

퍼거슨은, 그의 이름은 퍼거슨이 아니었지만, 자신이 퍼거슨 혹은 록펠러로 태어났다면, 그러니까 1947년 3월 3일, 자신이 어머니의 배에서 나왔을 때 주어진 이름 X가 아니라 다른 이름을 가진 누군가였다면 재미있었겠다고 상상했다. 사실의 관점에서 보자면, 그의 아버지의 아버지는 1900년 1월 1일 엘리스섬에 도착했을 때 다른 이름을 받지 않았다─ 하지만 그랬다면 어떻게 되었을까?

말할 것도 없이, 퍼거슨의 다음 책이 태어났다.

세 개의 이름을 가진 한 명의 이야기는 아니라고, 그날 오후 그는 스스로에게 말했고, 마침 1970년 1월 1일은 그의 할아버지가 미국에 도착한 지 70년이 되는 날이었다(만약 집안에 전설처럼 내려오는 이야기를 믿어준다면 그랬다). 퍼거슨도 록펠러도 되지 못했던 남자, 1923년 시카고의 가죽 제품 창고에서 총에 맞아 죽은 남자, 하지만 이야기의 목적에 따라 퍼거슨은 자기 할아버지와 그 농담에서부터 시작해야 했고, 그 농담을 이야기하는 첫 문단을 제외하면 할아버지는 더 이상 여러 이름이 가능했던 젊은이가 아니라 단 하나의 이름, X도 록펠러도 아닌 퍼거슨이라는 이름을 가진 인물이 된다. 이어서 자신의 부모님이 만나고, 결혼하고, 본인이 태어나기까지의 과정을 이야기하고(모두 옛날에 어머니에게 들은 이야기들을 바탕으로 구성한다), 그런 다음에는 전제를 뒤집어서, 세 개의 이름을 지닌 한 명의 삶을 좇는 게 아니라, 다른 세 명의 자신을 만들어 그들의 이야기를 자신의 이야기(자신의 이야기도 허구화할 예정이었기 때문에 그건 어느 정도까지만 자신의 이야기일 것이다)와 함께 전하는 것, 그렇게 퍼거슨이라는 같은 이름을 가진, 동일하지만 다르기도 한 네 명의 인물에 관한 책을 쓰는 것이다.

이름들에 대한 농담에서 가져온 이름. 폴란드와 러시아에서 배를 타고 미국에 건너온 유대인들에 대한 농담에 가하는 뼈아픈 일격. 그건 말할 것도 없이 미국에 대한 유대인의 농담이었고, 뉴욕항에 우뚝 선 거대한 조각상에 대한 농담이었다.

망명자들의 어머니.

투쟁의 아버지.

엉뚱한 이름들을 붙여 주는 나라.

그는 여전히 열네 살 때 상상했던 두 개의 길을 따라 여행하고 있었고, 래즐로 플루트와 함께 세 개의 길을 걸어가고 있었으며, 그러는 내내, 의식이 생긴 후로 줄곧, 그런 갈림길을, 선택받은 길과 선택받지 못한 길들을 같은 사람이 같은 시각에 걷고 있다는 그 평행성을 감지하고 있었다. 눈에 보이는 사람들과 그들의 그림자 같은 사람들, 지금 이대로의 세상은 진짜 세상의 일부에 불과하다는 느낌, 현실은 일어날 수 있었지만 일어나지 않은 일들로도 이루어져 있다는 느낌이었다. 하나의 길은 그 어떤 다른 길들보다 더 좋지도 나쁘지도 않지만, 단 하나의 몸 안에 살아 있는 것의 고통은, 어떤 주어진 순간에 단 하나의 길 위에만 있어야 한다는 것, 다른 길을 선택하고 완전히 다른 곳을 향해 나아갈 수도 있었지만, 그래야만 한다는 것이었다.

같지만 다른, 그러니까 같은 부모에게서 태어난 네 명의 소년들, 같은 몸과 같은 유전적 자질을 지녔지만, 각각 다른 동네의 다른 집에서, 각각의 환경에서 살아가는 소년들. 이런 식으로 짜놓으면, 그 서로 다른 환경 때문에 책이 진행됨에 따라 소년들은 서로 멀어지기 시작하고, 유년기와 청소년기, 그리고 성인기의 초반에 이르기까지 각자 기거나, 걷거나, 숨 가쁘게 달리며 점점 더 다른 성격을 띠게 될 것이다. 한 명 한 명은 각자의 길을 가지만, 그 모든 각자는 여전히 같은 인물, 그 자신에 대한 상상으로 만들어 낸 세 개의 버전이고, 그다음엔 그 자신이 네 번째 자아로 투입되어 상당 부분 이야기되겠지만, 책의 구체적인 내용은 그도 아직 모르고, 자신이 무얼 하려는지는 책을 시작한 후에야 알 수 있을 것이다. 하지만 핵심은 그 나머지 소년들도 마치 실재의 인물인 것처럼 사랑하리라는 점, 1961년의 더웠던 여름날 자신의 눈앞에서 쓰러져 그대로 죽어 버린 그 소년처럼 사랑하리라는 점이었다. 이제 아버지마저 죽어 버린 시점에, 이건 그들을 위해서라도 반드시 써야만 하는 책이었다.

신은 어디에도 없다고, 그는 스스로에게 말했다. 하지만 삶은 어디에나 있고, 죽음도 어디에나 있고, 살아 있는 자와 죽은 자는 그렇게 합류한다.

분명한 건 한 가지뿐이었다. 한 명씩 한 명씩, 상상의 퍼거슨들은, 아티 페더먼이 죽었던 것처럼, 죽음을 맞이할 것이다. 하지만 그건 그가 그들을 실재 인물처럼 사랑하는 법을 알고 난 후, 그들이 죽는 모습을 지켜본다는 생각만으로도 견딜 수 없을 만큼 고통스러워질 때의 일이 될 것이다. 그런 다음 그는 다시 홀로 남아, 마지막을 지킬 것이다.

그리하여 책의 제목이 정해졌다. 4 3 2 1.

그렇게 — 퍼거슨이 책을 쓰기 위해 떠나며 이 책은 끝난다. 두 개의 무거운 짐 가방과 배낭을 든 채, 그는 2월 3일 버스로 뉴욕에서 출발해 몬트리올로 갔고, 루서와 일주일을 보낸 후 비행기를 타고 대서양을 건너 파리로 향했다. 이어진 5년 5개월 동안, 그는 파리 5구 데카르트가의 방 두 개짜리 아파트에서 지내며 네 명의 퍼거슨에 관한 소설을 꾸준히 썼고, 책은 그가 짐작했던 것보다 훨씬 방대해졌고, 1975년 8월 25일, 마지막 문장을 마쳤을 때는 원고가 두 배 줄 간격 타자로 1,133페이지였다.

가장 쓰기 어려웠던 부분은 그가 사랑하는 소년들의

죽음을 마주하는 장면이었다. 눈부신 외모의 열세 살 소년이 폭풍우 속에서 사망하는 장면을 구성하는 건 너무나 힘들었고, 스물한 살의 퍼거슨-3이 교통사고로 삶을 마감하는 장면을 세세히 묘사할 때는 너무 괴로웠다. 끔찍했지만 꼭 필요했기 때문에 그렇게 두 명을 지워 버린 후에는, 1971년 9월 8일 밤, 퍼거슨-1의 죽음을 전하는 장면이 가장 고통스러웠다. 책의 마지막 부분에 이를 때까지 미뤄 뒀던 장면이었다. 뉴욕주 로체스터의 그 집을 다 태워 버린 화재 장면, 퍼거슨-1의 아래층 이웃인 찰리 빈센트가 침대에서 팰 맬을 피우다 그대로 잠들었고, 그의 몸을 감싸고 있던 시트와 담요와 함께 온몸이 불길에 휩싸였고, 불길은 방 이곳저곳으로 퍼져 갔다. 불길이 서서히 천장까지 옮겨붙었고, 낡은 집의 건조한 목재가 잘게 부서지면서 불길은 어느새 천장을 뚫고 위층 바닥까지 휩쓸었다. 불길은 침대에서 자고 있던 스물네 살의 언론인이자, 번역가이자, 핼리 도일의 연인인 남자를 너무나 빨리 덮쳤고, 그가 일어나 창문까지 기어갈 틈도 주지 않은 채 온 방을 태워 버렸다.

퍼거슨은 잠시 멈췄다. 책상에서 일어나 셔츠 주머니에서 담배를 꺼내고, 작은 아파트의 두 방 사이를 오가다가, 다시 시작해도 좋을 만큼 머리가 맑아진 후에, 책상으로 돌아와 자리를 잡고 앉아, 책의 마지막 문단을 써 내려갔다.

퍼거슨-1이 무사히 그 밤을 넘겼더라면 그는 다음 날 아침 지어넬리와 함께 애티카에 가서 5일 동안 교도 소 폭동에 관한 기사를 썼을 것이다. 1천 명이 넘는 죄수들이 교도소 시설을 장악한 후, 서른아홉 명의 간수들을 인질로 잡은 채 처우를 개선해 달라고 요구하고 있었다. 분명 퍼거슨-1은 수용자들의 단결된 모습에 가슴이 뛰었을 것이다. 인종별로 분리된 교도소에서 거의 모든 죄수들이 같은 요구를 하고 있었고, 사람들이 기억하는 한 최초로 흑인 죄수와 백인 죄수, 라티노 죄수 들이 같은 편이었다. 반대편에서 움직임이 없지는 않았지만, 희망을 주기에는 부족했다. 그들은 사면 요청을 거부했고, 교도소 감독관들을 교체해 달라는 요청을 거부했고, 사실상 불가능해 보였던, 시위자들의 안전한 국외 도피 요청을 거부했다. 알제리 정부가 그들을 모두 받아들이겠다고 했음에도 말이다. 수용자들과 교정국 최고 책임자 러셀 오즈월드가 나흘 동안 이어 갔던 힘겨운 협상이 실패로 돌아갔고, 그 나흘 동안 주지사 록펠러는 교도소를 방문해 양측이 합의에 도달하도록 지원해 주기를 거부했다. 그리고 9월 13일, 물리력으로 교도소를 탈환하라는 록펠러의 알 수 없는 명령이 떨어졌다. 오전 9시 46분, 교정국 소속의 전투 부대와 뉴욕주 방위군이 교도소 외벽 위에서 운동장에 모인 사람들을 향해 발포하면서 인질 열 명과 죄수 스물아홉 명이 사망했고, 그중에는 샘 멜빌도 포함되어 있었는데, 그는 일제 사격이 멈춘 후 조준 사격으로 처형되었다. 서른아홉 명의 사망자 외에도 인질 세 명과 죄수 여든다섯 명이 부상을 입었다. 운동장은 피바다였다.

습격 직후에 수용자들이 인질 열 명의 목을 땄다는 소문이 돌았지만, 다음 날 로체스터에서, 먼로 카운티 검시관은 사망한 간수 열 명의 시신을 부검한 결과 자상으로 사망한 사람은 한 명도 없었다고 확인해 줬다. 그들은 모두 동료 간수들의 총에 맞아 사망했다. 조지프 렐리벨드가 쓴 15일 자 『뉴욕 타임스』 기사에 따르면, 사망한 간수의 친척인 칼 벌론은 시신을 확인한 후 이렇게 말했다고 한다. 〈칼자국은 없었다. 심지어 누군가가 칼의 몸에 손을 댄 흔적도 없었다. 그는 록펠러의 이름이 찍힌 총탄에 맞아 죽은 것이다.〉

넬슨 록펠러는 공화당 내에서 비교적 진보적인 입장을 대변하는 인물로, 애티카 학살 전에는 늘 점잖고 상식적인 인물로 통했다. 하지만 1973년 5월, 약 57그램 이상의 헤로인이나 모르핀, 아편, 코카인, 혹은 마리화나를 판매하거나 약 113그램 이상을 소지하는 경우 최소 15년 형에서 무기 징역형까지 내릴 수 있다는 뉴욕주 법안을 밀어붙이며 다시 한번 세상을 깜짝 놀라게 했다. 소위 〈록펠러 마약법〉으로 알려진 그 법은 미국 내 그 어떤 주에서 제정한 법보다 엄격했다.

아마 그는 여전히 대통령을 꿈꾸며, 법과 질서를 수

호하려는 진영의 거친 미국 국민들에게 자신이 얼마나 거칠게 나갈 수 있는지를 보여 주고 싶었을 것이다. 하지만 본인이 그렇게 자유세계의 지도자가 되고 싶어 했음에도, 1960년과 1964년, 1968년의 대통령 선거를 위한 공화당 후보 경선에서 모두 탈락했는데, 각각 닉슨과 골드워터, 다시 닉슨에게 패했다. 하지만 1974년에 닉슨이 불명예 퇴진을 하고 나자, 부통령이었던 제럴드 포드가, 역시 불명예 퇴진을 한 스피로 애그뉴의 후임으로 부통령이 되었던 그가 새로운 대통령에 취임했고, 부통령으로 넬슨 록펠러를 지명했다. 미국 역사상 최초로 미국 국민들에 의해 선출되지 않고 그 자리에 오른 두 사람이었고, 그렇게 1974년 12월 19일, 하원에서 287 대 128, 상원에서 90 대 7로 임명안이 통과되면서 넬슨 록펠러는 미합중국의 41대 부통령으로 취임 선서를 하게 된다.

그는 해피라는 이름의 여성과 결혼했다.

옮긴이의 말

4. 독자

폴 오스터를 좋아한다. 독자로서 그를 처음 만난 건, 유명한 『뉴욕 3부작』이 아니라 『브루클린 풍자극』과 『선셋 파크』를 통해서였다. 무엇보다도 그의 솔직함이 좋았다. 그에게는 글쓰기 역시, 그의 책에서 자주 등장하는, 그리고 한때 본인이 즐기기도 했던 야구와 다르지 않은 것 같다. 어떤 이는 야구에 재능이 있고, 어떤 이는 음악이나 미술에 재능이 있고, 어떤 이는 글쓰기에 재능이 있다. 글쓰기 재능이라고 해서 다른 재능에 비해 특별할 것은 없다고, 그는 생각하는 것 같았다. 그렇게 〈힘이 들어가지 않은〉 그 문장들이 나는 편안하고 친숙했다. 거기에 더해 폴 오스터는, 내가 보기에는, 판단하기보다는 관찰하는 작가였다. 의식적으로든 무의식적으로든 계산하지 않는 작가, 그저 유심히 관찰하며 세상이나 주변 인물들의 세세한 면을 놓치지 않고,

그 정확하고 섬세한 관찰로 읽는 이들의 세계까지 넓혀 주는 그런 작가였다. 어쩌면 작가란 글로 정리해야만 세상을 받아들일 수 있는 사람, 이해할 수 없는 경험을 이해할 때까지 글로 정리해 보는 사람, 받아들일 수 없는 상실을 받아들일 수 있을 때까지 글로 옮겨 보는 사람, 꿈이 있다면 그것까지도 글로 정리하며 구체화해 가는 사람일 것이다. 그런 이들이 자주 그렇듯, 폴 오스터 혹은 그의 작품에 등장하는 인물들도 종종 자의식에 빠지지만, 그 자의식이라는 필터가 세상과 주변 인물들을 왜곡하기 전에 주변 인물들이 개입하거나, 어떤 사건이 발생하여 인물의 자의식을 깨주는 경우가 많았다. 그의 작품들이 한 번도 일반인의 실감을 벗어나지 않는 이유가 그것이라고, 나는 생각했다.

3. 번역가

어떤 작가의 책을 읽으면, 직접 번역해 보고 싶은 마음이 든다. 작가가 적고 있는 경험이 어떤 것인지 완벽히 알 것 같은 기분이 들기 때문이다. 짧게는 두세 달에서 길게는 1년이 넘게(이 책이 그랬다) 한 작가의 문장을, 그것도 아주 꼼꼼히 살펴야 한다면, 그렇게 〈같은 감각〉을 지닌 작가인지가 번역가에게는 중요하다. 폴 오스터를 읽을 때마다, 특히, 자서전적 성격이 강한 『겨울 일기』와 『내면 보고서』를 읽으면서 그의 문장을 번역해 보고 싶었다. 감히 말하자면, 그의 소설 속 인물들의 감정이 어떤 것인지, 왜 그들이 특정한 상황에서 특정한 말을 하고 행동을 하는지, 혹은 하지 않는지 알 것 같았기 때문이다. 존 버거는 번역이란 하나의 언어를 다른 언어로 옮기는 작업이 아니라, 그 언어 뒤의 경험을 옮기는 것이라고 했다. 그런 의미에서 폴 오스터가 그동안의 책에서 묘사한 경험들은, 번역가로서 내가 한국어로 옮겨 전하고 싶은 경험이었다고 할 수 있다. 이번 책도 예외가 아니어서, 분량이 방대하지만 그것 때문에 작업이 힘들지는 않았고, 오히려 번역할 분량이 점점 줄어드는 게 아쉬웠다. 번역가가 원서의 문장을 너무 좋아하는 게 결과물의 객관성을 해치고, 독자들의 독서를 특정한 방향으로 이끌어 가게 되지는 않을지 걱정이 들 정도였다.

2. 소년
그래서 폴 오스터가 『4 3 2 1』에서 전하는 경험이 뭐냐고 누군가가 묻는다면, 나는 〈소년/청년의 경험〉이라고 할 것 같다. 〈소년〉이라는 단어에는 미숙함이 담겨 있고, 그 미숙함에서 좌절이 비롯하고, 좌절 이후에 때로는 짧게 때로는 길게 불안함이 따르고, 그 후에 성장이 뒤따르고, 그 성장을 가능케 하는 것은 사랑이었다.

아치 퍼거슨이라는 같은 이름과 같은 몸을 가진 인물이 겪는 네 개의 삶. 20대 초반을 넘기지 못하는 그들의 삶은 완성되지 못한 채 끝난다. 그러니 이 책에는 성년의 안정감이 없고, 정답처럼 보이는 깨달음이 없고, 어떤 사태에 대해 거리를 두고 바라보는 여유가, 아직은 없다. 소설 속의 경험들은 소년들에겐 모두 〈처음〉이었고, 그렇게 처음이었기 때문에, 그리고 한참 자라고 있던 소년들의 몸과 정신에는 감당할 수 없을 만큼 에너지가 넘쳤기 때문에, 그 경험들은 모두 유난히 강렬한 것이었다. 첫 키스의 황홀함, 처음 보는 대도시의 풍성함, 어떤 영화, 음악, 혹은 책을 만난 후 처음 느끼는, 세상이 넓어지는 느낌, 첫 실연 후에 느끼는, 바닥 없이 떨어지는 좌절감, 처음으로 책 한 권을 써냈을 때의 성취감…… 1천 페이지가 넘는 책에 넘쳐 나는 그 모든 〈처음〉들의 강렬함이 이 책의 가장 큰 장점일 거라고 나는 생각한다. 퍼거슨들의 경험을 접한 독자들이 각자의 〈처음〉들을 떠올릴 수 있다면, 그래서 내가 그랬던 것처럼, 자신의 삶에서도 그런 〈강렬함〉이 한때 있었음을 기억하고, 이제는 그 경험들을 따뜻하게 바라볼 수 있다면, 이 책은 독자들 한 명 한 명에게 그 역할을 다하는 셈이 될 거라고 말하고 싶다.

1. 가능성들, 나일 수도 있는

일이 한 가지 방식으로 일어났다고 해서 다른 방식으로 일어날 수 없었다는 뜻은 아니다. 모든 게 다를 수 있었다.(1권 102면)

독자는 이 책을 읽는 동안 초반의 어느 부분까지는 헷갈렸을 수도 있을 것 같다. 어느 퍼거슨의 아버지가 어떤 일을 하는지, 에이미는 여자 친구인지 사촌인지, 의붓누나인지, 어느 퍼거슨이 어떤 책을 읽었는지……. 소설의 중반이 지난 이후 독자의 머릿속에서 이 모든 게 엉켜 버렸을지도 모르겠다. 번역가에게도 그랬다. 세부 사항을 헷갈리지 않기 위해 하나의 퍼거슨 이야기를 마치고 다음 퍼거슨의 이야기로 넘어가는 식으로 번역했고, 완성된 원고를 책의 순서대로 놓은 다음 다시 읽으며 수정 작업을 했다. 그제야, 작가가 이런 식으로 이야기를 배치한 이유를 짐작할 수 있을 것 같았다. 그제야, 우리는 네 명의 퍼거슨 중 한 명의 삶을 보고 있는 것이 아니라, 그 모든 퍼거슨이 하나로 뒤섞인 어떤 인물의 삶을 보고 있는 것임을 알 수 있었다. 그리고, 그게 우리의 실제 삶과 더 비슷한 거라고 깨달았다. 그러니까 현실과 가능성들이 섞여 있는 모습이…….

누구나 〈그때 그랬다면 어떻게 됐을까?〉라는 생각을 품고 산다. 가능성으로서의 나, 지금의 나와는 다르지만 내가 될 수도 있었던 어떤 모습은, 늘 현실의 나와 함께 있는 것 아닐까. 그런 가능성들은 아마도 때로는 안도감과 함께, 더 자주는 후회와 함께 떠오를 것이다. 책을 옮기는 동안 본인의 과거를 되돌아보고 그런 안도감과 후회에 자주 빠졌던 나는, 후기를 쓰고 있는 지금에서야, 그런 가능성들, 〈다른 나〉라는 어떤 존재를

군이 과거에서만 찾아볼 필요는 없을 것 같다는 생각이 들기 시작했다. 과거의 어느 시점에서 〈다른 나〉가 갈라져 나올 수 있었다면, 지금의 나에게서도 앞으로 수많은 다른 나들이 뻗어 나갈 수 있을 것이다. 그 당연한 흐름을 독자들도 마침내 알아봐 주셨으면 하는 바람이다. 그럴 수 있다면, 그렇게 〈다른 나〉들에 열려 있을 수 있다면, 지금의 나이에 상관없이 우리는 여전히 어떤 〈처음〉들을 맛볼 수 있을 테고, 그렇다면 여전히 충실히 삶을 살아갈 수 있을 것이다. 그 다른 나들이, 지금 아파하는 이들에게는 위안과 희망이 되어 줄 것이며, 지금 자신의 모습에 만족하고 있는 이들이라면 자만하지 않고 좀 더 겸손할 수 있게 도와줄 것이다. 이 깨달음이, 번역과 교정을 모두 포함해 2년 가까이 함께하며 자주 번역가를 미소 짓게 하고, 때로는 눈물을 글썽이게 했던 퍼거슨들이 준 선물이었다. 독자들에게도 그 선물이 전해질 수 있기를 진심으로 기원한다.

즐거운 작업을 할 수 있는 기회를 주신 열린책들, 특히 번역과 편집 과정에서 번역가의 사정을 헤아려 주신 김이재 편집자에게 감사의 말을 전한다.

2023년 11월
김현우

옮긴이 **김현우** 연세대학교 영어영문학과를 졸업하고 동 대학원 비교문학과 석사 과정을 수료했다. 옮긴 책으로 존 버거의 『코커의 자유』, 〈그들의 노동에〉 3부작, 『초상들』, 『사진의 이해』, 『A가 X에게』, 리베카 솔닛의 『그림자의 강』, 『멀고도 가까운』, 레이철 커스크의 『환승』, 『윤곽』, 존 맥그리거의 『저수지 13』, 니콜 크라우스의 『위대한 집』, 스티븐 킹의 『스티븐 킹 단편집』 등이 있고, 지은 책으로 『타인을 듣는 시간』, 『건너오다』가 있다.

4321 ❷

발행일	2023년 11월 20일 초판 1쇄
	2024년 5월 5일 초판 4쇄

지은이	폴 오스터
옮긴이	김현우
발행인	홍예빈 · 홍유진
발행처	주식회사 열린책들

경기도 파주시 문발로 253 파주출판도시
전화 031-955-4000 팩스 031-955-4004
www.openbooks.co.kr

Copyright (C) 주식회사 열린책들, 2023, *Printed in Korea.*
ISBN 978-89-329-2374-1 04840
ISBN 978-89-329-2372-7 (세트)

추천사

끝까지 읽을 분들에게만 말하겠다. 이 소설의 분량은 너무 적다. 나는 왜 이런 인생을 살게 됐을까 하고 생각하는 사람이 있다고 치자. 그 사람은 말한다. 나는 충분히 다르게 살 수 있었다. 자신의 삶이 후회된다거나 다른 삶을 살고 싶다는 게 아니다. 왜 이런 삶을 살게 됐는지, 혹시 거기에 신이나 운명이 개입됐는지 알고 싶다는 것이다. 그래서 이 남자는 자서전을 쓰기로 했다. 단, 자신이 살아 보지 못한 인생의 자서전이다. 이 자서전은 무한의 자서전일 수밖에 없다. 왜냐하면 그가 선택하고 지나왔을 경우의 수는 무한에 달할 테니까. 그런데 이 남자는 그중에서 겨우 네 개만 썼다. 그리고 네 개의 삶 역시 결국 하나의 삶, 그러니까 자신의 삶으로 귀결된다. 그래서 나는 이 소설의 분량이 너무 적다고 생각하는 것이다. 소설가에게 단 하나의 인생은 거의 쓰지 않은 것이나 마찬가지다.

폴 오스터는 10년쯤 전부터 3년 동안 매일 손으로 이 소설을 썼다고 한다. 『4 3 2 1』은 같은 부모, 같은 주변 인물, 같은 지역을 배경으로 동일 인물의 충분히 가능했던 네 개의 삶을 순서대로 오간다. 당대의 수많은 사건들이 선택지로 제시된다면, 거기에 대한 개인적 선호도가 인생의 다음 단계로 그들을 나아가게 한다. 무한의 가능성 앞에 놓인 수많은 갈림길들. 인간은 그중 하나만을 선택할 수 있다. 선택받지 못한 길은 폐기된다. 적어도 이 우주에서는. 하지만 이 우주에서 폐기된 선택지가 새로운 우주를 생성시키는 것을 목격한 사람들이 있다. 과학자들이다. 그리고 몽상가들이다. 소설가는 몽상가에 속한다. 소설가는 이 삶에서 실현되지 못한 것들을 쓰는 몽상가다. 이론적으로 소설가는 무한 권의 소설을 쓸 수 있다. 하지만 3년 동안 매일 써도 이 정도